華嚴經明法品内立三寶章

魏國西寺沙門法藏述

清刻龍藏佛說法變相圖

華嚴經明法品內立三寶章卷上

魏國西寺沙門法藏述

三寶章　流轉章

三寶章

三寶義略作八門一明建立二釋得名三出體性四顯融攝五明種類六揀所歸七辨業用八明次第初明立意者有七種一爲翻邪故即翻外道尊師謂自在天等故立佛寶二爲翻外道邪論等故立法寶三爲翻外道邪衆等故立僧寶故涅槃經云歸依於佛者是真優婆塞終不更歸依其餘諸天神歸依於法者則離於殺害終不更歸依外道諸典籍歸依於僧者不求諸外道等二爲除病謂須良醫并藥及看病人故諸病悉愈三寶亦爾故不增減三爲出怖如經云若得一跳即譬

一歸若得三跳即譬三歸是故三寶慈悲救衆生生死苦是故三跳得出怖也四爲生緣念故爲令衆生念佛求一切智故立佛寶爲令念法求證真如故立法寶爲令念僧求入聖衆數故立僧寶故雜心論云爲開衆生佛法僧念故説三寶也五約三義故立三寶一調御師二調御師法三調御師弟子故寶性論云問曰依何等義故立三寶答曰偈言依調御師所證弟子故也六約三乘人故立三寶爲大乘人取佛菩提諸菩薩故立佛寶以此人求作佛故爲緣覺人自然知法故立法寶以此人但求證深因緣法不求佛僧故爲聲聞人立僧寶以此人但求依僧求解脱故不求餘也七約三根故立三寶爲信供養諸佛如來福田人故立佛寶爲信供養第一妙法福田人故立法寶爲信供養第一聖衆福田人故立僧寶此上三門並如寶性論説故彼偈云爲三乘信三供養等是故説三寶○第二釋名者於中有二先釋總名三是數寶是喻義從數義立名即帶數釋也又寶是可貴義依寶性論寶有六義一希有義如世珍寶以難得故無善根衆生經百千刧不能得故二無垢義如世珍寶清淨無垢三寶亦爾以離一切有漏法故三勢力義如世珠寶置濁水中令水澄淨三寶亦爾以具六通等功德故令衆生澄惑業苦三濁成淨信智等故四莊嚴義如世珍寶能雨寶莊嚴衆生三寶亦爾莊嚴行者出世行故五最上義如世珍寶於諸物中最爲微妙三寶亦爾過世間故六不變義如世珍寶以體眞故不可改易三

寶亦爾以得無流法故世間八法所不能動故也彼論偈云真寶世希有明淨及勢力能莊嚴世間最上不變等也後別名者佛陀此云覺者覺有二種一是覺悟義謂理智照真故二是覺察義謂量智鑒俗故又覺察煩惱賊故從無明睡覺故自覺覺他覺行窮滿故也者是假人即有覺之者名爲覺者有財釋也達摩此云法法有三義一自體名法如説諸法離他性各自住已性即離分別也二對意名法如法處法界等三軌則名法法有軌範開生物解故也此中正取後一兼明前二也僧伽此云和合衆此有二義一理和謂見諦理時心雖各異所證理同故二事和謂四人已上人雖各別同秉成一羯磨事故名事和是則佛是覺照義僧是和合義法是軌範

義皆從義用立名也又智論云僧伽秦言衆多比丘共一處和合是名僧伽○第三出體者三寶有三一同相二別相三住持初中有三義一約事就義門即佛體上覺照義邊名爲佛寶則彼佛德軌則義邊名爲法寶違諍過盡名爲僧寶三義雖別然佛德不殊故云同相此即以佛無漏功德爲體此義通諸乘但淺深異即唯除人天以彼不了故二約會事從理門即三寶相雖別然同以真空妙理爲性故云同也涅槃經云若能觀三寶常住同真諦我性佛性無別此即以真空爲體此義通諸教唯除凡小也三約理義融顯門心性真如中離念本覺名佛寶即此中有恒沙性功德可軌用故名法寶即此恒沙德冥和不二名僧寶故經云於佛性中即有法僧也

又淨名經云佛即是法法即是衆是三寶無爲相與虛空等爲同相是故若就覺義而論並稱爲佛軌則而言無非是法冥符和合莫不皆僧義說有三不可爲一然無別體豈爲異也故云同相此義通諸教唯除小乘及始教同體門竟第二別相中先明佛寶若約世間人天所得以有漏五蘊爲體以同世間示黑象脚身及樹神身等若小乘中毗曇等宗有二佛一生身謂父母生相好之形是報無記非可重故不入佛寶二法身以五分功德爲法身此中唯取無漏功德謂道後盡智無生智等五蘊實法爲佛寶體以有漏功德非可重故不入佛寶或有漏及報相從名佛於理無傷又此宗中於彼實法上假施人名無別假人如貧名富等若成實等宗五蘊功德等屬法寶攝別說假人爲佛寶體以有假名行人爲師匠益要在假中故也若三乘中三身佛或以五聚法中一分爲體謂無爲中真如擇滅等爲法身色處爲化身以心無化義故以無漏清淨八識心王二十一心所及不相應行中小分并色法界所成假者等相從總爲受用體此如瑜伽等說此約始教之初說亦是迴心聲聞教也或以真如爲法身大定智悲爲應身色形爲化身如梁攝論說或約五法攝大覺地謂以清淨法界爲法身鏡智及平等智爲受用身作事智爲化身妙觀智通二身此如佛地論說此等約始教之終說義當爲直進人說或唯以大智爲三身體如攝論以無垢無罣礙智爲法身以後得智爲受用身後得智之差別爲變化身或唯以

真如爲三身體如起信論中眞如三大內以體相二大爲法身用大爲二身此等約終教說此中化身亦有化心如大迦葉觀如來心知向阿難如是等又涅槃經云如來所化無量形類各令有心故知有心但前教生故順小說或唯一實性離言絕慮爲佛寶亦不分三二等此約頓教說若依一乘二種十佛既通三世間即知用一切理事人法等總爲佛寶體仍皆就覺義說若約所依以海印三昧爲體亦即攝前諸教所明並在其中以具同別二門故餘可准知。法寶體者小乘中理教行果一以四諦十六行等爲理法體二小乘三藏教等音聲名句文聲處法處二法爲教法體三以菩薩無漏五蘊即見道八忍八智斷非想結九無間八解脫合三十三心在

家四果及辟支無漏五蘊等雖有理和無事和並是向道法寶攝此依毗曇宗若依成實等三乘無漏在家出家總屬助道法寶但以假人爲佛僧故彼論云信佛有一切智名信佛信此眞智名信法故得知也四以佛及二乘所得涅槃爲果法寶以相好身及等智等有助成無漏智故相從亦入佛僧攝涅槃非助彼故是法寶故也問涅槃是滅諦助道是道諦教法屬苦集是則一理法寶已具攝盡何假後三邪答依毗曇宗有二門一壞緣者不分三寶境界差別若於此門中理實收盡二不壞緣者建立三寶等差別是故就此事中最勝義故立後三法理亦無違此義云何如道有二種一事道謂戒定等二理道謂道如跡乘此四冥通是前道諦戒等約事屬前

助道以理事異故通別異故分二也滅亦二種一事滅以離惑業品數上下令滅有優劣故是事滅屬彼果法二理滅謂盡止妙出此四冥通是前滅諦亦理事異故分二也苦無我等是所詮理教是能詮就勝分二也問佛僧俱是人何不但立人法二寶答因果異故分二也問若爾法中亦有因果何不立四寶答人用强勝能秉持法是故分二法不自弘用劣故合爲一寶也若三乘中或内以四諦十六行及三無性等理爲理法寶二以三藏十二分教假實二法識所變等爲教法體三以諸道品六度等爲行法體四以涅槃菩提等爲果法體仍此四法皆即空無分別如般若經說當知此約始教說也或以眞如體相爲理法從眞所流爲教法從眞内薰及依淨教所起諸行爲行法此行契眞證理究竟爲果法是故四義迴轉唯一眞如也此如起信等說問此中果法與佛行法與僧各何別邪答約如來所成義邊總屬佛寶約諸菩薩施學義邊總屬法寶行中約上地所得義邊爲僧寶下地所學義邊爲法寶義理差別約法體不殊也當知此就終教說或以離言眞法爲法寶如此經云云當知此約頓教顯耳若依一乘約有十法謂理事教義因果人法解行皆就軌範義說具足主伴無盡因陀羅網等如此經說此據別教言若攝方便前諸教法並在其中餘可准知僧寶體者小乘中若依毗曇宗僧有二種一應供僧上盡諸佛下極至於凡夫沙彌通是僧是故檀越僧次請一不揀上下悉得供僧之福二三歸僧唯取

聲聞人中四果四向以爲僧以凡僧無聖德不可歸故不取也緣覺出世無和合衆不成僧菩薩單一不成僧佛是佛寶亦非僧又聲聞中唯無漏寶功德爲僧寶體有漏非可重故非寶也又依彼宗僧又有二一第一義僧謂出家四果聖人二等僧謂凡夫僧聖中有三一生身即報五陰二等智有漏戒定等即方便善五陰三無漏五陰前二相從名僧非正寶體後一爲正也若成實以無漏假人爲僧體仍有四句謂有僧德無僧威儀等准之若三乘內菩薩以三賢已去乃至等覺所有漏無漏功德及色心等五蘊假者爲菩薩僧體獨覺及聲聞人入資糧位已去乃至羅漢所成漏無漏功德五蘊假者總爲僧寶體又此三乘人唯取出家同僧法者以爲僧寶以諸在家聲聞菩薩及犀角辟支等皆入法寶故大智論散花品云以花散諸菩薩名供養法以花散諸比丘名供養僧當知此約始教之初說或分勝顯劣以明大小如涅槃經云僧名和合和合有二一者世和合二者第一義和合世和合者名聲聞僧第一義和合者名菩薩僧當知此約始教之終說或說二乘入大乘者是僧寶不爾即非由唯以菩薩爲眞僧寶故寶性論云菩薩爲究竟僧也當知此約終教說或離相離分別如論云實有菩薩不見有菩薩等此約頓教寄言顯耳或唯取菩薩隨一皆遍六位盡三世間無盡法界具足主伴爲僧寶體此約一乘別教說若攝方便如前諸教並在此中上來別相竟○第三住持三寶者小乘以塑畫等色法爲佛寶

體但表示一釋迦佛以無他方佛故經法紙墨及塑像皆以色法爲體出家凡僧以有漏五蘊爲體四人已上僧以衆同分不相應法爲體問如形像致敬損壞於何處得罪福答立像擬表眞容故於眞邊得故成實云隨是何塔若能爲損皆望主故得罪福亦如是此明若是佛塔以佛爲表主餘人亦爾問若爾煞凡僧應聖邊得罪答塔像無心命從其表主僧即不爾各有心命故從凡聖自位得罪若依律中損經等望財主得罪也若三乘中佛法及僧像同以色法爲體法中亦兼有名句等凡僧以五蘊爲體若一乘中並是大法界中約機緣起所成淨用故亦遠取本法爲體餘義准之上來總明出體竟第四融攝門者有二重一約三種二約三寶初中有三一約同相於中即有别相住持此有二義一以彼二種皆悉緣成無自性故不異眞空是故俱在同相中攝問若彼攝在同相中時爲有彼二爲無彼二如其有者云何如同以有差别非同相故如其無者云何説攝以無彼二無所攝故答但以彼二本來自性空非壞彼二方得爲空是故經云色即是空非色滅空又經云非以空色故名色空但以色即是空空即是色是故當知攝别歸同而不壞别也約始教説二以眞如體相二大爲内熏因及彼用大爲外熏緣令生始覺於此始覺分得爲僧滿足爲佛此中妙軌及用中之教以爲法寶是故别相三寶皆從同起不異同也此如起信論説又彼論云本覺隨染生二種相與彼本覺不相捨離一智淨相謂依法力熏

習如實修行此明僧寶也滿足方便破和合識相滅相續心相顯現法身智純淨故此明佛寶中法身及自受用身也二不思議業相者以依智淨能作一切勝妙境界所謂無量功德之相常無斷絶隨衆生根自然相應種種而現得利益故此明他受用身及變化身并所流教及住持幢相等亦在此中又彼論云本覺者謂心體離念離念相者等虛空界無所不遍法界一相此中既以本覺隨緣作此別相還不離彼本故歸於同相也又梁論云無不從此法身流無不還證此法身此中從彼流故成法僧也還證彼故爲佛寶也是即不破別而恒同不乖同而恒別其猶攝波唯水而不廢動攝水唯波而不壞濕舉體全收二義不失當知此中道理亦爾思之可見

以此教理是故同中具於別也又彼住持之相即是眞中用大中攝以依泥等所表眞相及紙墨等所顯教相並是最淨法界之流剃髮袈裟是出世相亦從彼流非世法故是故經中造像麵麥棗葉露盤功皆不滅終成大果又以袈裟至彼獵師非法之處眞相不壞能令象王發勝心等又如彼縷救龍難等又如出家破戒悉當得泥洹等又能生天人得十種功德如牛黄存香焚氣馥如是功用極廣大者明此皆從眞如流故不異眞也又爲眞標相令諸有情即尋此相還至眞源故即眞也故論云眞如用者能生世間出世間善因果故是故以末歸本一切住持三寶幢相皆是眞中相用攝也○第二約別相中亦攝彼二既以同相成此別相是故別中亦攝同

盡如波門攝水水無不盡此中亦爾是則不失同而恒別也餘思准之又住持幢相亦在別中以泥木像等若非如來神力加持彼法豈能饒益衆生生善滅惡等也又是如來大悲巧智施設攝生既從智流不離智故攝在其中是故經云不思議菩薩力及佛力故令於末代得形像住持如是等故也。第三約住持於中攝者此中住持有其二義一是所住持由前同相別相眞實三寶餘勢力故舍利形像經卷凡僧相續不絶故名住持既以彼持此此中即攝彼二法也以此皆是如來圓智中印機所現麤末之相如大樹葉不離本莖等故也二是能住持謂籍此形像經卷凡僧住持同相別相三寶勢力相續令不斷絶與諸有情作依止處令漸修行得彼二故故名住持是故彼二由此得立攝在此中潛隱而成所以然者以若非彼所持無以能持彼是故二義無二相攝鎔融故也。第二三寶相收中亦三初約僧寶攝二謂諸菩薩中道觀心智覺名佛寶即此境智軌生物解說名法寶即此觀心内合中道外和漏諍故言僧寶如瓔珞經云菩薩謂於第一中道智爲佛寶一切法無生動與則用爲法寶常行六道與六道衆生和合故名僧寶轉一切衆生流入佛海故。二約法寶者此有二義一約理法中即有佛僧如前同相中説二以行法攝僧果法攝佛理教通因果是故法中自具三寶故經云分別一切法皆悉無眞實如是解諸法即見盧舍那又經云見緣起法即是見佛此明法中佛也但以覺義和義皆可軌

故不離法也以得法爲佛行法爲僧更無異法故也故論云行此法者名爲僧也三約佛寶者有二義一約本覺智如同相說二約始覺智謂此圓智無不覺照故名佛寶智體遍融智相圓音與智一味即爲理教攬於萬行成一妙果故於此智即具行果就此四義名爲法寶又此智中具含因智故亦有僧故經云雖得佛道轉於法輪入於涅槃而不捨於菩薩之道又經云聲聞緣覺若智若斷皆是菩薩無生法忍是則菩薩無生法忍亦是圓智攝也又經云於如來智中出菩薩及二乘智等一切智慧又經云於佛寶中即有法僧又論云依法身有法依法有究竟僧如是等上來二門融攝約三乘教說亦通一乘以同法界故若别教辨者淨法緣起有其三義支分義圓滿義軌則義以分非圓外分分圓以成分是則圓内之分也圓非分外圓攬分以成圓是即分内之圓也軌如圓分三義通融皆全攝也依是義故是故經中普賢等菩薩於毛孔中現諸佛海及轉法輪諸菩薩衆則僧中自具三寶又如經中大法界法門謂理事等法中亦具佛僧如彌多羅女寶經等事中現佛菩薩等又一塵中現佛菩薩又一一法門中皆具佛僧因果故也又如經中如來眉間出塵數菩薩又於毛孔現三世間轉正法輪爲諸菩薩衆如是佛中亦具三寶又以法界身攝一切法並皆都盡是故一切法皆是三寶故也○第五明種類差别者有二先别後總别中佛寶或同世間身此約人天或二身此約小乘或一身二身三身四身此約

三乘或十身以顯無盡此約一乘此上名義並如別說。法寶中或唯教法此約人天或具四種如小乘或亦四種或唯一種此約三乘名同小乘而義別也或具前諸説或具十種謂理事等主伴具足此約一乘僧中或唯凡僧此約人天或唯聲聞此約小乘或通三乘衆此約三乘或唯菩薩此約一乘總說者或有二種三寶一眞實謂前別相二假名謂前住持此約小乘及人天但義異也或三種謂同相等如前此約三乘或有十門以顯示應知此約一乘說何以故此十三寶相在修行心證此教智處無不顯現即是住持成其大益主伴具足通因陀羅微細等故此中亦即攝前諸教所明三寶並在其中也。第六揀定所歸者於中有五門一捨邪歸正門謂但捨外道三邪歸於有漏三寶此約人天說以於此中無無漏故佛亦同也二捨劣歸勝門以彼有漏諸功德等悉非究竟安隱處故不辨歸依彼但相從攝在寶中而非究竟眞歸依處故雜心言三寶各二種佛有二種一生身佛二法身佛法亦有二種一無我法二第一義法僧亦二種一第一義僧二等僧皆得名寶乃至約寶明歸問云三寶各二種爲歸何等耶答歸依彼諸佛所得無學法僧學無學法涅槃無上法此明唯歸佛無漏五分法身不歸有漏生身唯歸僧所得學無學無漏法不歸有漏等僧唯歸涅槃無漏法不歸無我有漏法故問何故寳中通攝歸中局耶答欲明三寶是所敬養若其揀擇此有漏此無漏則敬養心狹生福則劣歸依據究竟安

隱處者則可歸依無漏此有漏則非重故不歸也如世間田宅俱皆寶重若欲歸之要捨田歸宅此亦如是或可通收此有二義或以寶同歸實唯無漏如此上辨或以歸同寶歸亦通收以皆寶重悉爲物依故也上來約小乘説三捨權歸實門謂彼愚法二乘無漏亦非可歸以非究竟安隱處故如彼化城終須捨故唯大乘中所得無漏同歸實相是眞歸依處也寶門與供通攝如前歸門趣本捨權歸實如經中歸聲聞僧犯菩薩戒等此約三乘終教説或通歸二無漏此有二義一如前遇法亦是可歸以諸趣寂皆究竟故諸不定性必迴心故餘寶准之此約始教説二此大乘中自有二無漏故又亦自有三乘法故故説通二非攝愚法此通始終漸教説也四捨相歸眞門謂自宗中唯同相三寶究竟安隱故令歸依餘非究竟故佛勸捨是故涅槃經云汝今不應如諸聲聞凡夫之人分别三歸何以故於佛性中即有法僧爲欲化度聲聞凡夫故分别説三歸異相又云若於三寶修異相者當知是輩清淨三歸即無依處此等經意勸捨别歸同當知此約終教及頓教説也或亦通收皆可寶重悉爲佛依故此約三乘教説五捨末歸本門唯一乘中十三寶具足主伴窮於法界盡三世間攝一切法是眞歸處餘隨物機虧盈不定或亦通收以本末圓融無二相故攝方便故同一法界故是故乃至人天所得亦在其中餘義准之○第七業用優劣者三三寶中别相最勝餘二漸劣於中同相業用者此中既不分三相但平等

爲用此有三義謂依持資成别相用故隨緣顯現别相用故稱諸菩薩觀智現故别相中佛寶利益業用最勝法次僧劣故涅槃經云譬如人身頭最爲上非餘支節手足等也佛亦如是最爲尊上非法僧也餘義可知住持用僧最勝以能秉持佛法益衆生故法次但作境界資成三慧故佛寶最劣形像但爲生信境故若一乘三寶業用皆齊以普賢等亦盡佛境故法界起用法如是故又諸乘三寶益用分齊各望本宗准可知耳○第八明次第者有二先别後總初中同相三寶三相不分無始本有故無先後也别相中有四門一約起化次第先佛次法後僧以佛是敎主故依佛説法故依法修行以成僧故如經云始在佛樹力降魔得甘露滅覺道成三轉法輪於大千其輪本來常清淨天人得道此爲證三寶於是現世間寶性論亦同此説二約入證次第先法次佛後僧謂法是諸佛所師故能生佛故先明也證此法已道成佛也後度弟子方有僧也問佛未證法前豈不名僧耶答如釋迦佛未坐道樹前不名爲僧以無衆故無僧相無秉法故三約興教次第先佛次僧後法如此經中佛先現坐寶師子座次集十方諸菩薩衆後方加請説示法門四約修行次第先僧次法後佛謂修行之來先須捨俗投緇雖復出家必須依法修行行滿究竟終得成佛也住持中約元起之由以明次第則佛寶在先如憂填王等造像初故次佛滅後迦葉等結集法眼故次也後度凡僧以持佛法故居後也若一乘三寶皆無前後以

於法界大緣起中同時顯現悉具足故或皆有先後以主伴相成故隨舉爲首故總説者小乘二三寶中眞實居先假名在後三乘三三寶中同相居先别相爲次住持在後一乘十三寶或前後或非前後如前説餘義准可知

流轉章

生滅流轉略作十門一明違順二斷常三一異四有無五生滅六前後七時世八因果九眞妄十成觀初中於一有爲流轉法上義分爲二謂前念滅後念生經云如印印泥印壞文成此即印壞爲滅文成爲生又經云由前五陰故後陰相續生等皆是此流轉義也此中生滅違順有二門初總後别總中有四義一相違義以背滅爲生生盡爲滅以相違故成生滅二順義以前念若不滅後念不生要由滅前念後念方生是故相順方成生滅問若前念不滅後念不得生以二念不並故者既其滅已亦不得生以生無所依故如論云滅法何能緣故無次第緣是故滅已無物誰能生後答滅有二種一斷滅二刹那滅今非斷滅故不同無物問此刹那滅若不同無物應非是滅答是刹那滅必引後故不同無物若不引後非此滅故問若刹那必引後生是即不得入無心定等以滅已無間要必生故答刹那有二位一約能依轉識麁故皆從自種生前念後念近遠俱爲等無間緣二約所依本識細故前後流注滅已更生無間相續問若爾入寂二乘最後滅心應亦還生即無涅槃便成大過答若約小乘初敎可如所難

以彼宗中許入寂二乘永滅斷故若終教等即不如此以二乘人燒分段身生滅度想入於涅槃而餘世界受變易身受佛教化行菩薩道乃至成佛盡於未來無有斷絕以無衆生作非衆生故四記論中滅者復生分別記者此約小乘說問此微細滅既自不住何能有力而生後念答以依眞如如來藏故今此生滅得生滅也經云依如來藏故有生滅心等又經云依無住本立一切法等是故滅無眞依無以起生生不依眞不從滅起起信論云不生不滅與生滅和合名阿黎耶識是即流轉是不流轉轉也是故相順而成生滅三此二亦違亦順方得生滅由前二義不相離故以若不滅生無以生生若不依滅無以背滅是故由極相違方極相順思之可解四非違非順方得生滅由前二義相形奪故以無二爲一離二相故違順雙泯故○第二別解者此生及滅各開之爲二前念滅中二義一滅壞義二引後義後念生中有二義一依前義二背前義由滅壞與背前生滅極相違由引後與依前生滅極相順由滅壞不異引後故由依前不異背前故是故亦違亦順無有障礙由滅壞融引後背前融依前故生滅非違非順也更有句數思之可見○第二斷常者亦先總後別總中四句由前滅故不常由後生故不斷俱不俱准思之別中亦四句由滅壞及背前故法不至法本不移而不常由引後及依前故位不絕位恒流而不斷由上二義不相離故不斷即不常恒流而不轉不轉轉轉不轉無二故也由滅壞違生後由背

前違依前是故非常非非常非斷非非斷今此流轉法亦非流轉非不流轉也思之可見○第三一異者亦二門先總中亦四句由前念中引後義後念中背前義是不一門俱不俱等思之可知二别中亦四謂前後非一各二非二爲非異俱不俱思之又交絡相望亦四句可見是故一異無礙流而不流也○第四有無者亦四句一後念中背前義是有義二前念中滅壞義是無義三後念中依前義是非有義四前念中能引後義是非無義五由前二義無二是俱存義六由後二義無二是俱泯義七由存泯無礙合前六句爲一無障礙流轉經云一切法不生滅我說刹那義此之謂也○第五生滅者於中亦二重初中四句依前後起是無生義以不由自能起故引後是不滅義以有功能故俱不俱准思之又前念滅故不生後念起故不滅俱不俱思之○第六前後中亦二重初總中四句由依前及引後故二念不前後由滅壞及背前故二念不同時由上二門不相離故俱不俱等准思之是故非初非中後前中後取故而說流轉流轉即無轉别中通論有四重無礙一不礙前後而說同時二不礙同時而說前後三不礙非三時而說三時四不礙三時而說是非三時經中劫入非劫非劫入劫等准之○第七約時世者於中有三初約趣向二約相成三約時法初中有四一從前向後門謂依前念滅令後念生是故依過去轉爲現在現在滅引起當來由依此門則新新生而無窮盡二依後向前門謂依本無今有已有還

無即當來作現在現在現滅爲過去由依此門即念念滅而無停積三由前二義不相離故亦向前亦向後依此門故即生無盡而無不滅滅無積而無不生無障無礙思之四由前二義形奪盡故非向前非向後依此門故即滅無積而無滅生無盡而無生是謂無礙法門也。第二相成者有五句一此現在法由當來有及由過去滅生是故現在爲二世所成令現無體入於過未二此現在法落謝爲過去引後作當來是故二世爲現所成令過未無體二入於現在三由前二門不相離故此約相成有力義故三世俱立四由前二義形奪盡故此約相依無力義故三世俱泯五合前四義同一法故存亡無礙理事雙融思之可見。第三時法者於中亦有五門一

時不流而法轉謂依前滅引後生此生滅還引後此是法轉也然過去時不至現在現不至未來此時不流也此即約時念念間斷約法相續恒流二法不轉而時遷謂由過去謝滅方有現在現在落謝能引當來三世念念無有斷絶此是時遷流也過去法不來至現在現在法不去到於當來各住自位不相到故此法不轉也此即約法本不相到約時念念無間也三俱遷者離法無別時故是故以時流法轉無二故無始已來未曾暫停也四非遷者以不流之時不轉之法無二故無始已來未曾遷動也五合前四句不相離故從無始來不動而流遷而不易無障無礙是此法體思之可見。第八因果門中亦四位一無二有三俱四泯初中謂此一念法前因

已滅對誰稱果後果未生對誰説因當念不住非因非果二假有因果者如論云觀現在法有引後用假立當果對説現因觀現在法有酧前相假立曾因對説現果因果不無三俱者由有引後義故有因由有酧前義故有果由滅壞義故非因由背前義故非果由引後不異滅壞故亦因亦非因由酬前不異背前故亦果亦非果由四義合成一流轉故具存亡二義也四俱泯者由滅壞不異引後故非因非非因背前不異酬前故非果非非果此二門復不異故非因果非非因果又若因果先存可得對之説非既因果先自不成今亦無非因果之可立思之。第九眞妄中亦四一無人二無法三相盡四理現初中此中但是前滅後生無間流轉畢竟無人從此至彼以生滅法中竟無人故論云一切世間法法因果無人此之謂也二無法者此生滅法由後依前起後無自性無體又不可從前念而來由後背前後非前及此亦不從前念而來由前滅壞故無法可至後念由能引後故體非後位攝此亦不能至後位是故前念無法可去至後念後念無法可從前念來但緣起力故似有相續實無有一法從此至彼故論云但從於空法還生於空法此之謂也三相盡者思惟此法過去已滅未來未至故無體現在不能自住故無體也又復思惟前念已謝故無有來不至後念故無有去當念速故不能住是故此法相無不盡又細思惟現法不離過未以離首尾無別體故是故諸相未曾不盡問若爾者豈令現在如彼過未耶

亦無體空耶答即以如過未之空無爲現假有故是故此現有無不是真空以不礙假有者方是性空故以是法理空非是斷空故是故只說此生死流轉法即是真空非滅此法方爲性空經云諸法畢竟空無有毫末相又經云色即是空非色滅空此之謂也思之可知四理現者即由如是相自盡故平等理性未嘗不現論中一種真如内名爲流轉真如以尋思此流轉相盡真理現露故以爲名又經云生死即涅槃等皆此義也是故諸佛菩薩看於生死常見涅槃常見涅槃恒遊生死如履波者未嘗不踐水踐水者無不履波依是道理諸佛不起涅槃界常在生死中敎化衆生等悲智無礙斯之謂矣○第十成觀者有二先令識妄念後攝念成觀前中識妄念者既思惟此流轉之法細尅其實唯是一念至於無念彼能緣之念亦如所念無不相及彼此當處相即空故性本現故既知法實如此而昔所見自他人法是非差別悉是亂識妄想計度實無所有應傷已顛倒息諸妄念又復思惟即此妄念逐自妄境此二則令恒無所有經云從心相生與心作相和合而有共生共滅同無有住此之謂也二成觀中二先解後行初解中二一始謂解知如前所說諸義令心決定二終謂知此解是解非行亦解知正行不如所解是故方堪爲行方便二行中亦二一始謂思惟彼法至無念處諸見皆絶絶亦絶言說不及念慮不到若於乃至作無念等解並是妄念非是實行何況餘念二終謂以念智照無相境亦非照非境亦無

觀無不觀故云法離一切觀行久作純熟心不失念四威儀中常作一切而無所作雙行無礙難思議也問若爾則此一門無念便足何須如上廣分別耶答若不如前尋思彼義者即見不伏生若不解知解行別者即妄以解爲行情謂不破也設總無知但强伏心而作諸觀並是謂中作非是眞行究竟增惡見入於魔網不能成益故經頌云百千瘂羊僧無慧修靜慮設於百千劫無一得涅槃聰敏智慧人能聽法說法斂念須臾頃能速至涅槃其觀中魔事及餘行相觀利益等並如別說

華嚴經明法品内立三寶章卷上

音釋

跳他弔切越也　範音犯模範也　羯磨梵語也此云作法羯居竭切磨莫卧切　犀先稽切獸名　塑桑故切土像物也揑　煞山戛切與殺同　䵃古猛切麥也　縷力主切綫也　馥房六切芬馥也　緇莊持切帛黑也　酧市周切荅也　瘂烏下切病瘖也

華嚴經明法品內立三寶章卷下

魏國西寺沙門法藏述

法界緣起章　圓音章

法身章　十世章

玄義章 七科已上並未入疏

法界緣起章

夫法界緣起無礙容持如帝網該羅若天珠交涉圓融自在無盡難名略以四門指陳其要一緣起相由門二法性融通門三緣性雙顯門四理事分無門初緣起相由門者於中曲有三門一諸緣互異門即異體也二諸緣互應門即同體也三應異無礙門即雙辨同異也此三門中各有三義一互相依持力無力義由此得相入也二互相形奪體無體義由此得相即也三體用雙融有無義由此即入同時自在也初緣起互異門者謂於無盡大緣起中諸緣相望體用各別不相參雜故云異也依持義者一能持多一有力是故能攝多多依一故多無力是故潛入一此即無有不容多之一以無不能持故無有不入一之多以無不能依一如多依一持既爾一依多持亦然是故亦無不攝一之多亦無不入多之一是故由一望多有持有依全力無力故能攝能入無有障礙多望於一有依有持無力全力故能入能攝亦無有障礙俱存雙泯二句無礙亦准思之相入義竟二諸緣相奪體無體者多緣無性爲一所成是故多即一由一有體能攝多由多無性潛同一故無不多之一亦無不一之多一無性爲多所成多有一空即多亦爾是故一望於多有有體

無體故能攝他同已廢已同他無有障礙多望於一有無體有體亦能廢已同他攝他同已亦無障礙亦同他已亦同已他非同他已非同已他二句無礙圓融自在思之可見相即義竟三體用雙融有無門者有六句一以體無不用故舉體全用即唯用而無體但有相入無相即故二以用無不體故全用歸體唯體而無用但有相即無相入也三歸體之用不礙其用全用之體不失其體是故體用不礙雙存即亦入亦即無有障礙鎔融自在四全用之體體泯全體之用用亡是則體用交徹形奪兩非即入同源圓融一味五合前四句同一緣起無礙俱存六泯前五句絶待離言應可去情如理思攝緣起異體門竟○二諸緣互應門者謂衆緣之中以於一緣應

多緣故各與彼多全爲其一是故此一具多箇一然此多一雖由本一應多緣故有此多一然與本一體無差別是故名爲同體門也依持容入者謂此本一有力能持彼多箇一故本一中容彼多一多一無力依本一故是故多一入本一中是即無不容多一之本一亦無不入本一之多一如本一有力爲持多一無力爲依容入既爾多一有力爲持本一無力爲依容入亦爾是即無不容本一之多一無不入多一之本一是即由本一望多一有持有依有力無力故能容能入無有障礙多一望本一有依有持無力有力故能入能容亦無障礙俱存雙泯二句無礙亦准思之同體門中容入義竟二互相形奪體無體者謂多一無性爲本一成多一舉體即是本一

是則本一爲有體能攝多一多一無體融同本一故無不攝多一之本一亦無不即本一之多一如本一有體多一無體攝即既爾多一有體本一無體攝即亦然是故亦無不攝本一之多一亦無不即多一之本一是即本一望多一有有體無體故能攝他同已廢已同他無有障礙多一望本一亦體無體攝即可知亦攝不攝亦即無即非攝不攝非即不即二句無礙思之可見同體門中相即義竟三體用俱融即入無礙者亦六句無礙准前思之可見同體門竟○三應異無礙雙辨同體異體門者以此二門同一緣起不相離故若無異體則諸緣雜亂非緣起故若無同體緣不相資亦非緣起故要由不雜方有相資是故若非同體無異體故若非異體無同體故是故通辨亦有四句一或舉體全異具入即俱二或全體是同亦具入即俱以法融通各全攝故三或俱以同異無礙雙現前故四或俱非以相奪俱盡故雙非也餘入即等准思知之上來第一緣起相由門竟 餘未作

圓音章

圓音義略作四門分別一舉義二決擇三會違四辨釋初中有二一謂如來能以一音演說一切差別之法所謂貪欲多者即聞如來說不淨觀如是等乃至一切故名圓音是故華嚴云如來於一語言中演說無邊契經海二謂如來一音能同一切差別言音謂諸衆生各聞如來唯已語故華嚴經云一切衆生語言法一言演說書無餘○第二決擇者或有說言如來於一語業之中演出一切衆生

言音是故令彼衆生各聞已語非謂如來唯發一音但以語業同故名曰一音所發多故名曰圓音或有說言如來唯發一梵言音名爲一音能爲衆生作增上緣令其所作感解不同故名圓音非謂如來有若干音或有說言如來唯一寂滅解脫離相言音名爲一音而諸衆生機感力故自聞如來種種言音故名圓音非謂如來音有一有多問此上三說何得何失答若别偏取三俱有失何者初說但多無一音故次唯一語無多音故後唯無惟非音義故如實義者三說合爲一圓音義何者若彼多音不即一音此但多音非是圓義以彼多音即一音故鎔融無礙名作圓音若彼一音不即一切但是一音非是梵音以彼一音即多音故融通無礙名一梵音若此等音不即無性同眞際者是所執故非如來音以彼音等離作故無性故如響故所以法螺恒震妙音常寂故也○第三會違者如婆沙論中七十九卷說世尊有時爲四天王先以聖語說四諦二王領解二不能解世尊憐愍故饒益故以南印度邊國俗語說四諦二天王中一解一不解世尊憐愍復一一種蔑戾車語說四聖諦時四天王皆得領解問若以一音異類解後二天王何不同解答彼論釋云彼四天王意樂不同爲滿彼意故佛異說復次世尊欲顯於諸言音皆能善解斷彼疑故復次有所化者依佛不變形言而得受化又所化者依佛轉變形言而得受化依佛不變形言而受化者若轉變形言而爲說法彼不能解如說佛在摩竭陀國爲度池堅步

行十二由旬七萬衆生皆得見諦云云依佛轉變形言而受化者若不變形言而爲說法彼不能解是故世尊作三種語爲四王說法准上三釋義理可通並由衆生宜聞有異故不相違○第四辨釋者有二一明分齊二顯利益初中佛一言音普遍一切謂一切處一切時一切法等根熟之者無遠不聞根未熟者近而不聞言遍一切處者如智論目連尋聲極遠如近故二遍一切時謂此圓音盡未來際未曾休息三遍一切法無有一法非圓音所宣說者四遍一切衆生謂此圓音無有根器而不開覺若爾何故鶖子在座如聾不聞釋非謂圓音能至所聞亦能至此不聞之處故名遍至問此若普遍何成語音屈曲詮表設爾何失二俱有過何者此若等遍失音曲故如其存屈曲非等遍故今釋若由等遍失其音曲是圓非音若由屈曲乖其等遍是音非圓今則不壞曲而等遍不動遍而差韻是謂如來圓音非是心識思量境界二利益者若依小乘如來言音未必一切皆有利益如佛問阿難天雨等非是法輪音聲所攝若大乘等中如來所發世俗言音無不皆成大利益故如佛入城唱乞食聲令城同聞俱獲利益故經云諸佛音聲語言威儀進止無非佛事

法身章

法身義四門分別初釋名者法是軌持義身是依止義則法爲身亦名自性身二體性者略有十種一依佛地論唯以所照眞如清淨法界爲性餘四智等並屬報化二或唯約智

如無性攝論以無垢無罣礙智爲法身故謂離二障諸德釋云此據攝境從心名爲法身匪爲法身是智非理今釋一切諸法尚即眞如況此眞智而不如耶既即是如何待攝境三亦智亦境如梁攝論云唯如如及如如智獨存名爲法身四境智雙泯經云如來法身非心非境五此上四句合爲一無礙法身隨說皆得六此上總別五句相融形奪泯茲五說通然無寄以爲法身此上單就境智辨七通攝五分及悲願等法行功德無不皆是此法身收以修生功德必證理故融攝無礙如前智說八通收報化色相功德無不皆是此法身收故攝論中三十二相等皆入法身攝有三義一相即如故歸理法身二智所現故屬智法身三當相並是功德法故名爲法身九通攝一切三世間故衆生及器無非佛故一大法身具十佛故三身等並在此中智正覺攝故十總前九爲一總句是謂如來無礙自在法身之義三出因者有四一者了因照現本有眞如法故二者生因生成修起勝功德故三者生了無礙因生了相即二果不殊故四者總此勝德爲所依因印機現用爲所成果四業用者亦有四一此理法身與諸觀智爲所開覺經云法身說法授與義故二依此以起報化利生勝業用故三或作樹等容攝化故四遍諸塵道毛端等處重重自在無礙業用也

十世章

十世義作二門一建立者如過去世中法未謝之時名過去現在更望過去名彼過去爲

過去過去望今現在此是未有是故名今爲
過去未來此一具三世俱在過去又彼謝已
現在法起未謝之時名現在現在望彼過去
已滅無故名彼以爲現在過去望於未來是
未有故名現在未來此三一具俱在現在又
彼法謝已未來法起未謝之時名未來現在
望彼現在已謝無故名未來過去更望未來
亦未有故名未來未來此三一具俱在未來
此九中各三現在是有六過未俱無問若於
過未各立三世如是過未既各無邊此三世
亦無邊何但三重而說九耶答設於過未更
欲立者不異前門故唯有九又此九世總爲
一念而九世歷然如是總別合論爲十世也
第二相攝者有二門一相即二相入此二得
成由二義故一緣起相由義二法性融通義
初緣起相由者且如過去現在法未謝之時
自是現在以現在現在望之乃是現在之過
去是故彼法亦現在亦過去所望異故不相
違又現在現在法自是現在以未謝故以過
去現在望之乃是過去之未來又以未來現
在望之復是未來之過去是故彼法亦現在
亦過未又未來現在法亦現在亦未來准之
可見又此九中三世現在必不俱起六世過
未亦不俱一現在二過未此三定得俱是故
九中隨其所應有隱有現以俱不俱故且就
俱中由過去過去無故令過去現在法得有
也何以故若彼不謝此不有故又由過去現
在有故令過去過去無也以若不此有彼無
謝故又由過去現在有令過去未來無也以
由彼未謝令此未有故又由此過去未來無

故令彼過去現在成有以若此有彼巳謝故是故由此未有彼得未謝故也又由過去過去無故令過去未來無也謂若彼不無此現不成有現不成有此未來不成無是故此無展轉由彼無也又由過去未來無故令過去過去無也反上思之如過去三世有此六義相由現在未來各有六可知二就不俱中有二初顯現相由亦有六義謂由過去現在有方令現在現在成有何者以若彼不有無法可謝至此現有又由現在現在有故方知過去現在是有以若此不有彼有不成故何者若無此有即令彼有不得謝無不謝之有非緣起有故不成有也現在現在望未來現在亦二義准上思之過去現在望未來現在亦二義謂若過去現在不有即未來現在有不成故反此亦准知問俱者可相由不俱者云何得相由答俱者現相由不俱者密相由亦是展轉相由以若無此不俱俱不成故是故此九世總為五位有此十門一如過去過去唯一謝滅但是過去現在家之過去故二如過去現在有二門謂是過去位中自現在故以現在望之是過去故是故此法亦現在亦過去以所望異故不相礙也三如過去未來有三門一以過去現在望之此未有故是過去家未來二以現在緣現起猶未謝故是現在現在三以未來現在望之此巳謝故是未來過去是故此現在現在亦現在亦過未四未來現在亦二門五未來未來唯一門並准可知上來次第相由有斯九門第十超間相由謂若無初一則無後一等是故如次及超

間無礙相由故依是道理令諸門相入相即如經云過去一切劫安置未來今未來一切劫迴置過去世斯之謂也凡論相由之義有二門一約力用謂若無此彼不成仍此非彼故以力用相收故得說入然體不雜故不相是也二約體性謂若無此彼全不成故此即彼也是故約體說爲相即釋此二門如別說是故不失本位不無即入也思之可見經云無量無數劫能作一念頃等是此義也○第二約法性融通門者然此九世時無別體唯依緣起法上假立此緣起法復無自性依眞而立是故緣起理事融通無礙有其四重一泯相俱盡二相與兩存三相隨互攝四相是互即初中以本從末唯事而無理以末歸本反上可知經云非劫入劫劫入非劫是此義也二中全事之理非事全理之事非理故俱存而不雜也經中諸劫相即而不壞本劫者是此義也三中由隨事之理故全一事能容一切也由隨理之事故一切事隨理入一中也反上即是一入一切可知四中由即理之事故全一即一切也由即事之理故全一切即一也是故唯理無可即入唯事不可即入要理事相從相即故是故有即有入時劫依此無礙法故還同此法自在即入餘義思之可解

玄義章

緣起無礙一淤淨緣起二揀理異情三藥病對治四理事分無五因因果果六二諦無礙七眞妄心境八能化所化九入道方便十緣起無礙門第一

問緣起諸法會融無礙如何可見答今釋此義作二門一開義融通三句數決擇初中開有三重四句一空不空門謂一切皆空無有毫末相以緣起無性故虚相盡故或一切不空以空爲諸法故以非情謂之無故不異色等故或二義無礙或兩門俱泯並可准思二相在不在門謂或一切入一中由一無性以法性爲一又一切法既即法性是故一切同在一中而不相是也或不在一謂由無性一多絕故不壞其有互不雜故雖恒涉入住自位故或俱謂微細相入恒在外故萬里迯然恒相在故相在不在是一事故無障礙故或俱非謂入出融故絕二相故無在不在仍有此法難名目也如一切入一具斯四句一入一切亦准思之三相是不是門或一切即是一此有二門一約性謂如經云若人欲成佛勿壞於貪欲諸法即貪欲知是即成佛此經意以貪欲即無性故不可壞諸法即貪欲者即貪欲之無性法也若不爾者豈貪是一切法體耶是故當知舉貪名而取貪實二約事此中二一始二終始謂法界無別有即以諸法即法界爲法界一法無別有即以法界即一法爲一法是故一切法即是一法也二終者既全以法界即一法爲一法故是故此一即是一切一切法即是一也問若就理性既一多俱絕則無可即若約事相人法相乖故云何即若約事有即即壞其事即乖於俗若約理有即即乖於眞若舉事而取理即不異前門更何可辨答只由此二義故得相即也何者若事而非理不可即若理而非事無可

即今由理事不二而二謂即事之理方爲真理故全事相即而真理湛然即理之事方爲幻事故恒相即而萬像紛然良由理事相是而不一故全一多互即而不雜也去情思之或若嚮像執言求解終日難見或一切不是一謂全體相是而不雜故不壞本法故其猶色即空而不壞色等准之或俱由前二義無礙具故或俱非由前二義互形奪故絶二相故無是不是仍有此法也如一切即一有此四句一即一切四句准思此上三重融成一際圓明具德無礙自在是謂法界緣起門思之知耳二句數決擇者亦三重先約一多相即不相即總有四四句一由一即多故名一二一即多故非一三一即多故亦一亦非一四一即多故非一非不一多即一准之第二由一不即多故名一二由一不即多故非一三一不即多故亦一亦不一四一即多故非一非不一多不即一准之第三由一不即多故名一二由一即多故非一三由亦即亦不即故亦一亦不一四由非即非不即故非一非不一多即一准之第四由一即多故名一二由一不多故非一三由俱故俱四由不俱故不俱多一亦准之是故此上順有十六句逆亦十六總三十二句也二約相在不在亦三十二句三約空不空亦三十二句是故合有九十六句又若三重相融有三重四句一或唯空不空或唯即不即或俱或不俱二或唯在不在或唯空不空或俱不俱等三或唯即不即或唯在不在等四句准之是故三四爲十二句帖前九十六總爲一百八句法門

也

染淨緣起門第二

問衆生雜染及三寶清淨爲俱是妄爲亦非妄答此二各有四句謂衆生是妄以横計有故衆生非妄成法器故此二約用衆生是妄由上二句故衆生非妄以妄即空故眞如性滿故三寶是妄妄情取有故經云衆生强分別作佛度衆生經云若解眞實者無佛無菩提等二三寶非妄以能治妄故經云佛菩提智之所能斷故三三寶是妄由治妄故立也無妄即無眞故論云但隨衆生見聞得益故說爲用也四三寶非妄由全體是眞故恒一相故經云三寶同一味故也

揀理異情門第三

問眞空與斷空何別答略有四別一約境謂眞空不異色等名法理空也斷空在色等外及滅色方爲空名爲斷滅空也二約心謂眞空聖智所得比證等不同也斷空情謂所得世人所知也三約德用謂觀達眞空必伏滅煩惱令成正行入位得果若緣念斷空成斷滅見增長邪趣入外道位顛墜惡趣經云寧起有見如須彌不起空見如芥子論云若復見於空諸佛所不化等又眞空即色故不可斷空取是故眞空不思議也斷空不爾反上知之四約對辨異者問色等既即是眞空斷空何獨不眞耶答若斷空亦即空而實無差別但爲濫取空名是故揀之耳略作四句一色與斷空不相即以俱是所執故如見人畜等二斷空即空與色即空二空不別以無二相故三色眞空與斷空不相即以情理異故

又斷空空與色不相即亦情理别故四即空之色與即眞之斷得相即以從詮說理故就法融通故如此二門具斯四句餘一切法相望皆亦如是准思故經云諸法即貪者以即空之諸法還即彼即空之貪耳問如貪法既即空瞋等亦即空未知瞋等空爲即是貪空爲猶在貪外答全是內而外宛然全是外而內亦爾以圓融故無限分故無障礙故問爲如堂內空與房內空此二空無分限故一味同故云堂空即房空而實堂內空不是房中攝爲如此不答不也此是世法非可同彼若如彼言房空不移而全在堂內堂中亦爾非是彼此相通故說無二但以彼空元來是此空故各無二也既非世法難申說也會意思之或容可見耳

藥病對治門第四

問對病與治分齊有幾修行之要故請示之答病有二種一麤謂巧僞修行二細謂執見不破前中亦二一內實破戒而外現威儀等二假全不破爲他知故求名利故狡滑故伺狎故不直故護短故第二細中亦二一雖具直心而執我修行二雖不執有人而計有法實見不破故對治之藥亦有二種一麤亦二謂於諸過非而不覆藏深愧懺悔二於所修行不雜巧僞皆質直柔軟作下下意不顯己德第二細中亦二一諸修行時知無我人不計疲苦二觀察諸法等不二一相無相入理究竟二通說者但深觀諸法平等之時於上諸病無不治盡此是大乘修行法門依佛藏經義說

理事分無門第五

問如此理事爲理無分限事有分限耶爲不耶答此中理事各有四句且理一無分限以遍一切故二非無分限以一法中無不具足故三具分無分一味以全體在一法而一切處恒滿故如觀一塵中見一切處法界四俱非分無分以自體絕待故圓融故二義一相非二門故事中一有分以隨自事相有分齊故二無分以全體即理故大品云色前際不可得後際亦不可得此即無分也三俱以前二義無礙具故具此二義方是一事故四俱非以二義融故平等故二相絕故由上諸義是故理性不唯無分故在一切法處而全體一內不唯分故常在一中全在一外事法不唯分故常在此處恒在他方處不唯無分故遍一切而不移本位又由理不唯無分故不在一事外不唯分故不在一事內事不唯分故常在此處而無在也不唯無分故常在他處而無在也是故無在不在而在此在彼無障礙也

因因果果門第六

師子吼品云佛性者有因有因因有果有果果因者十二因緣因因者即是智慧(通法已去)果者阿耨菩提果果者無上大般涅槃後四句者是因非果如佛性是果非因如大涅槃是因是果如十二因緣所生之法(此中具智慧及菩提二句)非因非果名爲佛性(中道正性謂法身理也開第三句即爲五種佛性也)或有佛性闡提人有善根人無(是前因性)或有佛性善根人有闡提人無(是曰因性)或有佛性二人俱有(非因非果性)或有佛性二人俱無(果與果果二性)

十二因縁名佛性者且如無明是佛性有二義一當體淨故是法身性二是能知名義成反流故名報身性餘支准此又初四句中初者謂染淨縁起門二内熏發心三始覺圓四本覺現又初隨染隱體二微起淨用三染盡淨圓四還源顯實又初與第四俱是理性但染淨異中間二俱是行性但因果異又初染而非淨第二淨而非染第三亦染亦淨第四非染非淨又初是自性住二是引出三四是至得果又初二因後二果又轉初爲四轉二爲三又依初起二以二成三以三證初冥合不二是故四義唯一心轉若離無明此四相皆盡也

二諦無礙門第七

二諦無礙有二門說一約喻二就法喻者且如幻兎依巾有二門一兎二巾兎亦二義一相差別義二體空義巾亦二義一住自位義二擧體成兎義此巾與兎非一非異且非異有四句一以巾上成兎義及兎上相差別義合爲一際故爲不異此是以本隨末就末明不異二以巾上住自位義及兎上體空義合爲一際故爲不異此是以末歸本就本明不異三以攝末所歸之本與攝本所從之末此二雙融無礙俱存故爲不異此是本末雙存無礙不異四以所攝歸本之末亦與所攝隨末之本此一俱泯故爲不異此是本末雙泯平等不異第二非一義者亦有四句一以巾上住自位義與兎上相差別此二相違故爲非○此是相背非一○巾上成兎義兎上體空義此二相害故爲非一三以彼相背與此

相害此二位異故爲非一謂背即各相背捨相去懸遠也相害即與敵對親相殘害是故近遠非一也四以極相害泯而不泯由極相匪存而不存此不泯不存義爲非一此是成壞非一又此四非一與上四不異而亦非一以義不雜故又上四不異與此四不一而亦不異理遍通故是故若以不異門取諸門極相和會若以非一門取諸義極相違諍極違而極和者是無障礙法也第二就法說者巾喻眞如如來藏兎喻衆生生死等非一非異亦有十門准喻思之可知又兎即生即死而無礙巾即隱即顯而無礙此生死隱顯逆順交絡諸門鎔融並准前思攝可解二顯義者有四門一開合二一異三相是四相在初開合者先開後合開者俗諦緣起中有四義一諸緣有力義二無力義三無自性義四事成義眞諦中亦有四義一空義二不空義三依持義四盡事義合者三門一合俗二合眞三合二初者有三一約用謂有力無力無二故二約體謂性無性無二故三無礙謂體用無二唯一俗諦合眞者亦三一約用謂依持成俗即是奪俗全盡無二故二約體空不空無二故三無礙謂體用無一故三合二者有四門一約起用門謂眞中依持義與俗中有力義無二故二約泯相門謂眞中盡俗與俗中無力無二故三約顯實門謂眞中不空義與俗中無性義無二故四成事門謂眞中空義與俗中存事義無二故開合門竟理事即不即門者此中理事相即不相即無礙融通各有四句初不即中四句者一二事不相即以

緣相事礙故二二事之理不相即以無二故三理事不相即以理靜非動故四事理不相即以事動非靜故二相即中四句者一事即理以緣起無性故二理即事以理隨緣事得立故三二事之理相即以約詮會實故四二事相即以即理之事無別事是故事如理而無礙

眞妄心境門第八

眞妄心境通有四句一約情有心境境謂空有相違以存二相故心謂一見不壞是妄情故或境上有空同性以俱是所執故心上亦同俱是妄見故二約法亦有心境境謂空有不二以俱融故心謂絕二見以見無二故或境上空有相違以全形奪故心上亦二謂隨見一分餘分性不異故三以情就法說謂境即有無俱情有有無俱理無無二爲一性或亦相違以全奪故心謂妄取情中有以是執心故或亦比知其理無以分有觀心故四以法就情說境即有無俱理有有無俱情無無二爲一性或亦相違以全奪故心謂見理有以智故見情無以悲故或見無二心是一心故此上四門中約境各有四句心上各四句總有三十二句准思之

能化所化融作十門第九

諸佛衆生緣起融通總有十門一分位門佛有二義一法身平等二報化差別此二是能化佛門衆生亦二義一所依如來藏二能依妄染此二是所化衆生門二理事門以佛法身與衆生如來藏無二性故爲理法門也以佛報化與衆生妄染以相由是故是事法門

也三以法身不異如來藏報化依染器而現是故總是衆生門也四以如來藏不異法身妄染是報化所翻是故總是佛門也五以事虛無體故理性不改故唯一理門六以理隨緣故事無不存故唯一事門七以報化外攝妄染內攝理性唯報化門八以妄染能現報化復內攝眞理故唯妄染門九此上諸義無礙現前是俱存門十此上諸義容融平等是俱泯門此十門應以六相准之

入道方便門第十

作入道緣起要有三義一識病二揀境三定智初中有二一麤謂求名利等二細存見趣理等二揀境中二一對境謂情謂之境在邊等二眞境有二一三乘境謂空有不二融通等二一乘境謂共盡緣起具德圓融等二定智中亦二一解謂能生正解仍解知解行別者是也二行謂不如所解以解不能至故無分別心行順法妄情等又此行依解成亦行現前其解必絕又約境以三空亂意揀之約行以無分別智互相揀之其義即見又入道方便略作四門一懺除宿障門二發菩提心門三受菩薩戒門四造修勝行門造修勝行有二途一始二終初中有三門一捨緣門二隨緣門三成行門初中有六重一捨作惡業二捨親眷屬若出家捨門徒及生緣眷屬三捨名聞利養四捨身命五捨心念六捨此捨令絕能所無寄故二隨緣門者有四重一還隨前六事而守心不染二凡於一切堪情下至微少堪處皆應覺知不受勿有少染三於一切違境乃至斷命等怨皆應守心歡喜忍

受四凡所作行遠離巧偽虛詐乃至一念亦不令有三成行門者一起六波羅蜜行一一云云二四無量行一一云云三十大願行一一云云願行有二一諸未起行策令起二已起行持令不退皆由願力即通法行也二終者亦三門初捨門者即止行也觀諸法平等一相諸緣皆絶云云二隨緣門者即觀行也還就事中起大悲大願等行云云三成行門者即止觀俱行雙融無礙成無住行眞俗境不殊悲智心不別又此境而不別也又明菩薩住不住行說有二門一開二合開中亦二初不住後明住不住亦二一不住生死二不住涅槃初中亦二一由見生死過患故不可住二生死見本空故無可住二不住涅槃亦二一見涅槃本自有故不待住二由不異生死故不住又智理無

別故能所絶故無能住也二明住亦二初住生死者亦二一由見過患起大悲故住爲除纏故也二見空故住不怖故也又二一見過生猒故住二見空則涅槃住此即常在生死恒住涅槃也二住涅槃者亦二一常證理故住二常化衆生故住以所化衆生即涅槃故第二合中有四初合生死涅槃以無二故無偏住故云無住又即住此無二之處故亦云住二合住不住二行者良由以不住爲住住爲不住唯一無分別行故無二也三合行境一味故無境行之異也四合前開與此合無二門者以法界法門絶能所故平等法性唯三無別唯一無礙法門是故不礙開而恒合不壞合而恒開無二相故且言說所不能至也若更以句數分別有四重四句一唯不住

生死即是二唯不住涅槃亦是三俱不住亦是四俱非不住亦是二唯住亦四句返上思之三唯住生死唯不住生死俱不俱皆是可知四唯住涅槃唯不住涅槃俱不俱亦唯之此上十六門門皆全得○得一即不假餘餘門仍不壞是故無障無礙多即多一即一隨智取捨思之

華嚴經明法品內立三寶章卷下

音釋

螺落戈切蛣蠋 蔑戾車梵語也此云邊地蔑莫結切戾力計切 鷲七由切 乖公懷切戾也 濫盧瞰切汎濫也 狡猾狡古巧切狡猾也猾下刮切 伺狎伺息利切偵候也狎侯夾切玩熟也

修華嚴奧旨妄盡還源觀

唐大薦福寺翻經沙門法藏述

清刻龍藏佛說法變相圖

修華嚴奥旨妄盡還源觀

唐大薦福寺翻經沙門法藏述

夫滿教難思窺一塵而頓現圓宗叵測覩纖毫以齊彰然用就體分非無差別之勢事依理顯自有一際之形其猶病起藥興妄生智立病妄則藥妄舉空拳以止啼心通則法通引虛空而示徧既覺既悟何滯何通百非息其攀緣四句絶其增減故得藥病雙泯靜亂俱融消能所以入玄宗泯性相而歸法界竊見玄網浩瀚妙旨希微覽之者詎究其源尋之者罕窮其際是以真空滯於心首恒爲緣應之場實際居於目前翻爲名相之境今者統收玄奥囊括大宗出經卷於塵中轉法輪於毛處明者德隆於即日昧者望絶於多生會旨者山嶽易移乖宗者錙銖難入輙以旋

披往誥紖覿舊章備三藏之玄文憑五乘之妙旨繁辭必削馱義復全雖則創集無疑況乃先規有據窮兹性海會彼行林别舉六門通爲一觀參而不雜一際皎然冀返迷方情同曉日佩道君子俯而詳焉今略明此觀總分六門先列名後廣辨

一顯一體謂自性清淨圓明體二起二用一者海印森羅常住用二者法界圓明自在用三示三徧一者一塵普周法界徧二者一塵出生無盡徧三者一塵含容空有徧四行四德一者隨緣妙用無方德二者威儀住持有則德三者柔和質直攝生德四者普代衆生受苦德五入五止一者照法清虚離緣止二者觀人寂怕絶欲止三者性起繁興法爾止四者定光顯現無念止五者事理玄通非相止六起六觀一者攝境歸心眞空觀二者從心現境妙有觀三者心境祕密圓融觀四者智身影現衆緣觀五者多身入一境像觀六者主伴互現帝網觀

一顯一體者謂自性清淨圓明體然此即是如來藏中法性之體從本已來性自滿足處染不垢修治不淨故云自性清淨性體徧照無幽不燭故曰圓明又隨流加染而不垢返流除染而不淨亦可在聖體而不增處凡身而不減雖有隱顯之殊而無差别之異煩惱覆之則隱智慧了之則顯非生因之所生唯了因之所了起信論云眞如自體有大智慧光明義故徧照法界義故眞實識知義故自性清淨心義故廣説如彼故曰自性清淨圓明體也

自下依體起二用者謂依前淨體起於二用一者海印森羅常住用言海印者眞如本覺也妄盡心澄萬象齊現猶如大海因風起浪若風止息海水澄清無象不現起信論云無量功德藏法性眞如海所以名爲海印三昧也經云森羅及萬象一法之所印言一法者所謂一心也是心即攝一切世間出世間法即是一法界大總相法門體唯依妄念而有差別若離妄念唯一眞如故言海印三昧也華嚴經云或現童男童女形天龍及以阿脩羅乃至摩睺羅伽等隨其所樂悉令見衆生形相各不同行業音聲亦無量如是一切皆能現海印三昧威神力依此義故名海印三昧也二者法界圓明自在用是華嚴三昧也謂廣修萬行稱理成德普周法界而證菩提言華嚴者華有結實之用行有感果之能今則託事表彰所以舉華爲喻嚴者行成果滿契理稱眞性相兩亡能所俱絶顯煥炳著故名嚴也良以非眞流之行無以契眞何有飾眞之行不從眞起此則眞該妄末行無不修妄徹眞源相無不寂故曰法界圓明自在用也華嚴經云嚴淨不可思議刹供養一切諸如來放大光明無有邊度脱衆生亦無限施戒忍進及禪定智慧方便神通等如是一切皆自在以佛華嚴三昧力依此義故名華嚴三昧也

三示三徧者謂依前二用一一用中普周法界故云徧也言三徧者一者一塵普周法界徧謂塵無自性攬眞成立眞既無邊塵亦隨爾經云華藏世界所有塵一一塵中見法界

寶光現佛如雲集此是如來剎自在準此義故當知一塵普周法界也二者一塵出生無盡徧謂塵無自體起必依眞眞如旣具恒沙衆德依眞起用亦復萬差起信論云眞如者自體有常樂我淨義故清涼不變自在義故具足如是過恒沙功德乃至無有所少義故經云如此華藏世界海中無問若山若河乃至樹林塵毛等處一一無不皆是稱眞如法界具無邊德依此義故當知一塵即理即事即人即法即彼即此即依即正即染即淨即因即果即同即異即一即多即廣即狹即情即非情即三身即十身何以故理事無礙事事無礙法如是故十身互作自在用故唯普眼之境界也如上事相之中一一更互相容相攝各具重重無盡境界也經云一切法門無盡海同會一法道場中如是法性佛所說智眼能明此方便問據其所說則一塵之上理無不顯事無不融文無不釋義無不通今時修學之徒云何曉悟達於塵處頓決羣疑且於一塵之上何者是染云何名淨何者爲眞何者稱俗何者名生死何者名涅槃云何名煩惱云何名菩提云何名小乘法云何名大乘法請垂開決聞所未聞答大智圓明覩纖毫而周性海眞源朗現處一塵而耀全身萬法起必同時一際理無前後何以故由此一塵虛相能翳於眞即是染也由此塵相空無所有即是淨也由此塵性本體同如即是眞也由此塵相緣生幻有即是俗也由於塵相念念遷變即是生死由觀塵相生滅相盡空無有實即是涅槃由塵相大小皆是妄心

分別即是煩惱由塵相體本空寂緣慮自盡即是菩提由塵相體無徧計即是小乘法也由塵性無生無滅依他似有即是大乘法也如是略說若具言之假使一切衆生懷疑各異一時同問如來如來唯以一塵字而爲解釋宜深思之經云一切法門無盡海一言演說盡無餘依此義故名一塵出生無盡徧三者一塵含容空有徧謂塵無自性即空也幻相宛然即有也良由幻色無體必不異空眞空具德徹於有表觀色即空成大智而不住生死觀空即色成大悲而不住涅槃以色空無二悲智不殊方爲眞實也寶性論云道前菩薩於此眞空妙有猶有三疑一者疑空滅色取斷滅空二者疑空異色取色外空三者疑空是物取空爲有今此釋云色是幻色必不礙空空是眞空必不礙色若礙於色即是斷空若礙於空即是實色如一塵既具如上眞空妙有當知一一塵等亦爾若證此理即得塵含十方無虧大小念包九世延促同時故得殊勝微言纖毫彰於圓教奇特聖衆輕埃現於全軀逈超言慮之端透出筌罤之表經云如有大經卷量等三千界在於一塵内一切塵亦然有一聰慧人淨眼普明見破塵出經卷廣饒益衆生等若據理而言即塵衆生妄計經卷即大智圓明智體既其無邊故曰量等三千界依此義故名一塵含容空有徧也自下依此能徧之境而行四德謂依前一塵能徧之境而修四種行德一者隨緣妙用無方德謂依眞起用廣利羣生衆生根器不等受解萬差樂欲不同應機授法應病與

藥令得服行維摩經中具明斯義又以大悲故名曰隨緣以大智故名爲妙用又不壞假名而常度衆生故曰隨緣了知衆生性空實無度者名爲妙用又理即事故名隨緣事即理故名妙用又眞不違俗故隨緣俗不違眞故妙用又依本起末故隨緣攝末歸本故妙用良以法無分齊起必同時眞理不礙萬差顯應無非一際用則波騰鼎沸全眞體以運行體則鏡淨水澄舉隨緣而會寂若曦光之流彩無心而朗十方如明鏡之端形不動而呈萬像故曰隨緣妙用無方德也二者威儀住持有則德謂行住坐卧四威儀也大乘八萬小乘三千爲住持之楷模整六和之綸緒出三界之梯隥越苦海之迅航拯物導迷莫斯爲最但以金容匿彩正教陵夷傳授澆訛師於已見致使教無綱紀濫挹淳流得失齊舉妄參眞淨故令初學觸事成非不依經律混亂凡情自陷陷他甚可悲矣故瑜伽論云非大沉非小浮常住於正念根本眷屬淨修梵行華嚴經云戒是無上菩提本應當具足持淨戒梵網經云微塵菩薩衆由是成正覺起信論云以知法性體無毀禁是故隨順法性行尸波羅蜜所謂不殺不盗不婬不妄語遠離貪瞋欺詐諂曲邪見亦應遠離憒鬧少欲知足乃至小罪心生大怖不得輕於如來所制禁戒常護譏嫌不令衆生妄起過罪用此威儀住持以化衆生也問準上文所説眞如一相佛體無二具足一切功德者何故要須威儀等戒行耶答譬如大摩尼寶體性明淨久被塵累而有麤穢之垢若人唯念寶性

不以種種磨治終不得淨眞如之法體性空淨久被無明煩惱垢染若人唯念眞如不以持戒定慧種種熏修終無淨時准此義故理須持戒也問出家五衆超然出俗可具威儀在家之流身纏俗網寧無愆犯答出家之輩自有嚴科在家之儔通持五戒夫三歸五戒者蓋是出苦海之津梁趣涅槃之根本作毗尼之漸次爲七衆之崇基萬善藉此而生寔佛法之平地經云尸羅不清淨三昧不現前當知戒爲定體慧爲定用三學圓備即證菩提四分律云第一持戒不毀犯比丘威儀自端嚴怨家之人不能近若不如法即被訶依此義理故云威儀住持有則德三者柔和質直攝生德謂大智照眞名爲質直大悲救物故曰柔和又質直者約本性不遷柔和者約隨流不滯柔則伏滅煩惱和則順理修行用慈調和之法以攝衆生也又質直者體無妄僞言行相符蘊德居懷不拘名利輕金若塊重教逾珍但爲正業調生速願自他圓滿故曰柔和質直攝生德也四者普代衆生受苦德謂修諸行法不爲自身但欲廣利羣生寃親平等普令斷惡備修萬行速證菩提又菩薩大悲大願以身爲質（音致）於三惡趣救贖一切受苦衆生要令得樂盡未來際心無退屈不於衆生希望毛髮報恩之心華嚴經云廣大悲雲徧一切捨身無量等刹塵以昔劫海修行力令此世界無諸垢謂衆生妄執念念遷流名之爲苦菩薩教令了蘊空寂自性本無故云離苦問衆生無邊苦業無邊云何菩薩而能普代衆生受苦答菩薩代衆生受苦

者由大悲方便力故但以衆生妄執不了業體從妄而生無由出苦菩薩教令修止觀兩門心無暫替因果喪亡苦業無由得生但令不入三塗名爲普代衆生受苦德也雜集論云於不堅堅覺深住於顛倒離煩惱所惱得最上菩提已上明四種行德竟

自下攝用歸體入五止門五止門者謂依前能行四德之行當相即空相盡心澄而修止也所言入者性相俱泯體周法界入無入相名爲入也華嚴經云如來深境界其量等虛空一切衆生入而實無所入又準入佛境界經云入諸無相定見諸法寂靜常入平等故敬禮無所觀此乃一切衆生本來無不在如來境界之中更無可入也如人迷故謂東爲西乃至悟已西即是東更無别東而可入也衆生迷故謂妄可捨謂眞可入乃至悟已妄即是眞更無别眞而可入也此義亦爾不入而入故云入也何以故入與不入本來平等同一法界也起信論云若有衆生能觀無念者是名入眞如門也言五止者一者照法清虛離緣止謂眞諦之法本性空寂俗諦之法似有即空眞俗清虛蕭然無寄能緣智寂所緣境空心境不拘體融虛廓正證之時因緣俱離維摩經云法不屬因不在緣故依此義理故云照法清虛離緣止也二者觀人寂怕絶欲止謂五蘊無主名曰寂怕空寂無求名爲絶欲故云觀人寂怕絶欲止也三者性起繁興法爾止謂依體起用名爲性起起應萬差故曰繁興古今常然名爲法爾謂眞如之法法爾隨緣萬法俱興法爾歸性故曰性起

繁與法爾止經云從無住本立一切法即其義也四者定光顯現無念止言定光者謂一乘教中白淨寶網萬字輪王之寶珠謂此寶珠體性明徹十方齊照無思成事念者皆從雖現奇功心無念慮華嚴經云譬如轉輪王成就勝七寶來處不可得業性亦如是若有衆生入此大止妙觀門中無思無慮任運成事如彼寶珠遠近齊照分明顯現廓徹虚空不爲二乘外道塵霧煙雲之所障蔽故曰定光顯現無念止也五者理事玄通非相止謂幻相之事無性之理互隱互顯故曰玄通又理由修顯故事徹於理行從理起理徹於事互存互奪故曰玄通玄通者謂大智獨存體周法界大悲救物萬行紛然悲智雙融性相俱泯故曰理事玄通非相止也上來明五止竟

自下依止起觀問準上義理依之修行足爲圓滿云何更要入止觀兩門耶答起信云若修止者對治凡夫住著世間能捨二乘怯弱之見若修觀者對治二乘不起大悲狹劣之過遠離凡夫不修善根以此義故止觀兩門共相成助不相捨離若不修止觀無由得入菩提之路華嚴云譬如金翅鳥以左右兩翅鼓揚海水令其兩闢觀諸龍衆命將盡者而摶取之如來出世亦復如是以大止妙觀而爲兩翅鼓揚衆生大愛海水令其兩闢觀諸衆生根成熟者而度脱之依此義故要修止觀也問止觀兩門既爲宗要凡夫初學未解安心請示迷徒令歸正路答依起信論云若修止者住於静處端坐正意不依氣息不依

形色不依於空不依地水火風乃至不依見聞覺知一切諸想隨念皆除亦遣除想以一切法本來無想念念不生念念不滅亦不隨心外念境界然後以心除心心若馳散即當攝來令歸正念常勤正念唯心識觀一切魔境自然遠離凡夫初學邪正未分魔網入心欺誑行者又無師匠諮問莫憑依四魔功將爲正道日月經久邪見既深設遇良緣終成難改沈淪苦海出離無由深自察之無令暫替此義如起信論中說也六起六觀者依前五門即觀之止而起即止之觀何以故理事無礙法如是故定慧雙融離分齊故一多相即絶前後故大用自在無障礙故言六觀者一者攝境歸心真空觀謂三界所有法唯是一心造心外更無一法可得故曰歸心謂一切分別但由自心曾無心外境能與心爲緣何以故由心不起外境本空論云由依唯識故境本無體故真空義成以塵無有故本識即不生又經云未達境唯心起種種分別達境唯心已分別即不生知諸法唯心便捨外塵相由此息分別悟平等真空如世有醫王以妙藥救病諸佛亦如是爲物說唯心以此方知由心現境由境現心心不至境境不入心當作此觀智慧甚深故曰攝境歸心真空觀也二者從心現境妙有觀即事不滯於理隨事成差謂前門中攝相歸體今此門中依體起用具修萬行莊嚴報土又前門中攝相歸體顯出法身今此門中依體起用修成報身故曰從心現境妙有觀也三者心境祕密圓融觀言心者謂無礙心諸佛證之以成法

身境者謂無礙境諸佛證之以成淨土謂如來報身及所依淨土圓融無礙或身現刹土如經云一毛孔中無量刹各有四洲四大海須彌鐵圍亦復然悉現其中無迫隘或刹現佛身如經云華藏世界所有塵一一塵中佛皆入普爲衆生起神變毗盧遮那法如是就此門中分爲四句如玄談疏中說如是依正混融無有分齊謂前兩觀各述一邊今此雙融會通心境故曰心境祕密圓融觀也四者智身影現衆緣觀謂智體唯一能鑑衆緣緣相本空智體照寂諸緣相盡如如獨存謂有爲之法無不俱含眞性猶如日輪照現迴處虛空有目之流無不親見生盲之輩亦蒙潤益令知時節寒熱之期草木無情悉皆滋長如來智日亦復如是故曰智身影現衆緣觀也五者多身入一鏡像觀即事事無礙法界也謂毗盧遮那十身互用無有障礙也經云或以自身作衆生身國土身業報身聲聞身緣覺身菩薩身如來身智身法身虛空身如是十身隨舉一身攝餘九身故曰多身入一鏡像觀如一身有十身互作一一毛孔一一身分一一支節中皆有十身互作或以眼處作耳處佛事或以耳處作眼處佛事鼻舌身意亦復如是何以故證此大止妙觀法力加持得如是故經云或以多身作一身或以一身作多身或以一身入多身或以多身入一身非一身沒多身生非多身沒一身生皆由深定力故得有如是或以異境入定同境起或以同境入定異境起或以一身入定多身起或以多身入定一身起故曰多身入一鏡

像觀也六者主伴互現帝網觀謂以自爲主望他爲伴或以一法爲主一切法爲伴或以一身爲主一切身爲伴隨舉一法即主伴齊收重重無盡此表法性重重影現一切事中皆悉無盡亦是悲智重重無盡也如善財童子從祇桓林中漸次南行至毗盧遮那莊嚴大樓閣前暫時斂念白彌勒菩薩言唯願大聖開樓閣門令我得入彌勒彈指其門即開善財入已還閉如故見樓閣中有百千樓閣一一樓閣前各有彌勒菩薩一一彌勒菩薩前各有善財童子一一善財童子皆悉合掌在彌勒前以表法界重重猶如帝網無盡也此明善財童子依此華嚴法界之理修行位極頓證法界也此舉一樓閣爲主一切樓閣爲伴也故云主伴互現帝網觀亦是事事無礙觀也此上所述六重觀門舉一爲主餘五爲伴無有前後始終俱齊隨入一門即全收法界此理喻如圓珠穿爲六孔隨入一孔之中即全收珠盡此亦如是開爲六門隨入一門即全收法界圓滿敎理法自爾故善財一生皆全證故卷舒無礙隱顯同時一際絶其始終出入亡於表裏初心正覺攝多生於刹那十信道圓一念該於佛地致使地前菩薩觸事生疑五百聲聞玄鑒絶分融通無礙一多交參圓證相應名爲佛地然此觀門名目無定若據一體爲名即是海印炳現三昧門若約二用而論即名華嚴妙行三昧門若據三徧爲言即是塵含十方三昧門若準四德爲名即名四攝攝生三昧門若約五止而言即爲寂用無礙三昧門若取六觀爲名即是

佛果無礙三昧門如是等義隨德立名據敎說爲六觀隨入一門衆德咸具無生旣顯幻有非亡攝法界而一塵收舉一身而十身現如斯等義非情所圖識盡見除思之可見余雖不敏素翫茲經聊伸偶木之文式集彌天之義頌曰

備尋諸教本　集茲華嚴觀　文約義無缺

智者當勤學

修華嚴奧旨妄盡還源觀

紀重校

宋晉水沙門淨源述

昔孤山智圓法師嘗稱杜順尊者抉華嚴深旨而撰斯文蓋準唐中書舍人高郢序北塔銘耳淨源向讀唐丞相裴休述妙覺塔記記且謂華嚴疏主仰賢首還源觀味亡歎若驪龍之戲珠也乃知斯觀實賢首國師所著斷矣抑又觀中具引三節之文皆國師之語章章焉熙寧元年冬十一月特抱諸郡觀本再請錢唐通義大師子寧重校其辭寧公學深知古力考諸文朝而思夕而玩因與源曰賢首所集具引之語捄而得之矣請試陳其一二焉觀不云乎用就體分非無差別之勢事依理顯自有一際之形茲乃義海百門之一也又曰拯物導迷莫斯爲最豈非般若心經疏序歟又謂就此門中分爲四句此亦晉疏玄談又已明矣源應之曰夫有條不紊表其綱之在綱探乎深辭貴其通於奧義然則君子僧博覽祖訓負卓卓之識豈獨疇昔有之乎源愛通義師傳慈恩祖教講儒者五經而考文責實章灼同異意猶吾心也於是乎題之卷末云耳

紀重校 竟

音釋

瀚 侯旰切浩瀚廣大貌 罕 許侃切希也 錙銖 錙側持切大銖爲錙銖市朱切十黍爲銖 紾 彌兗切反覆也 狹 胡夾切隘也 翳 於計切障也 筌

罤筌此緣切魚笱也罤杜奚切兎網也綮緒綮文運切亂也緒徐呂切絲端也梯蹬梯土奚切木階也蹬都鄧切登陟之道也澆訛澆古堯切不淳也訛五禾切舛也慣鬧慣古對切心亂也鬧奴教切不靜也翅矢利切翼也抉一決切挑剔也斁羊益切厭也驪呂支切深黑色也捄巨鳩居又二切

華嚴金師子章

京大薦福寺沙門法藏述

清刻龍藏佛說法變相圖

金師子章雲間類解 并序

法非喻不顯喻非法不生是故至人見一眞之性匪殊也故用金師子以況之見羣生之器匪齊也故用諸法章以導之富哉非吾祖賢首垂一乘之文廓十方之奥則何以流慈訓世隨機有授非天冊聖帝畀萬乘之心尊三寶之教則奚能因喻了法由法達性者乎然而斯文禪叢講席莫不崇尚故其注解現行于世者殆及四家清涼澄觀禪師注之於前昭信法燈大士解之於後近世有同號華藏者三衢昭昱法師五臺承遷尊者皆有述焉曆觀其辭或文煩而義闕或句長而教非遂使修心講說二途方興傳習之志反陷取捨之情源不佞每念雅誥嘗疚于懷旣而探討晋經二玄推窮唐經兩疏文之煩者刪之

義之闕者補之句之長者剪之敎之非者正之其間法語與辭與祖師章旨炳然符契者各從義類以解之于時絶筆於雲間善住閣故命題曰雲間類解焉元豐三年歲次庚申四月八日晋水沙門淨源序

華嚴金師子章

華嚴標所宗經金師子章正立其名舉喻顯法序文備矣

京大薦福寺沙門法藏述

京即長安漢高祖所都也大薦福寺唐中宗所建也沙門乃釋子生善滅惡之稱次二字名諱也出家傳道翻宣茂德具如聖宋高僧傳并唐閻少監碑銘若夫判五章教道則隴西美之於釋論集六重觀門而河東推之於塔銘耳抑又遵此章旨而爲規式則雜華圓覺二疏載之詳矣述者樂記云明也鄭玄曰訓其義也

初明緣起

夫至聖垂教以因緣爲宗緣有内外之殊世出世之異故標第一明諸緣起也

二辨色空

前明緣起莫逾色空幻色俗諦眞空眞諦二諦無礙唯一中道故次辨色空也

三約三性

空宗俗諦明有即徧計依他也眞諦明空即圓成實性也故次第三約三性也

四顯無相

徧計情有理無依他相有性無圓成理有情無性有相無故次第四顯無相也

五說無生

前之四門眞俗有無皆成對待今此一門唯辨妙性本無增減故第五說無生

六論五教

夫妙性無生超羣數而絶朕然機緣有感逐根性以類分故次第六論五教也

七勒十玄
以義分教教類有五前四小大始終漸頓
皆偏今示圓融故次第七勒十玄也
八括六相
雲華十玄根於觀門剛藏六相源乎大經
經觀融通相玄交徹故第八括六相
九成菩提
六相遒文一經奧旨非情識所窺唯智眼
所覩將遊薩婆若海故第九成菩提
十入涅槃
菩提智果覺法樂也涅槃斷果寂靜樂也
照而常寂心安如海故第十入涅槃
明緣起第一
謂金無自性隨工巧匠緣
金喻眞如不守自性匠況生滅隨順妄緣
遂有師子相起
喻眞妄和合成阿賴耶識此識有二義一
者覺義爲淨緣起二者不覺義作染緣起
起但是緣故名緣起
經云諸法從緣起無緣即不起即理事無
礙門同一緣起也上句示緣中句辨起下
句總結然釋此初章非獨撫起信申義亦
乃採下文爲準
辨色空第二
謂師子相虛唯是眞金
幻色之相既虛眞空之性唯實諸本無虛
字唯五臺注本有之
師子不有金體不無
色相從緣而非有揀凡夫實色也空性不
變而非無揀外道斷空也

故名色空

色蘊既爾諸法例然大品云諸法若不空即無道無果上句雙標色空次句雙釋下句雙結

又復空無自相約色以明

空是眞空不礙於色則觀空萬行沸騰也

不礙幻有名爲色空

色是幻色不礙於空則涉有一道清淨也

總而辨之先約性相不變隨緣以揀斷實後約不住生死涅槃以明悲智

約三性第三

師子情有名爲徧計

謂妄情於我及一切法周徧計度一一執爲實有如癡孩鏡中見人面像執爲有命質礙肉骨等故云情有也

師子似有名曰依他

此所執法依他衆緣相應而起都無自性唯是虛相如鏡中影故云似有也

金性不變故號圓成

本覺眞心始覺顯現圓滿成就眞實常住如鏡之明故云不變有本作不改亦通上文依空宗申義蓋躡前起後也此章引性宗消文亦以喻釋喻也若依教義章明三性各有二義徧計所執性有二義一情有二理無依他起性有二義一似有二無性圓成實性有二義一不變二隨緣今文各顯初一皆隱第二仰惟祖意單複抗行義有在焉

顯無相第四

謂以金收師子盡

既攬眞金而成師子遂令師子諸相皆盡
金外更無師子相可得
眞金理也師子事也亦同終南云以離眞
理外無片事可得
故名無相
名號品云達無相法住於佛住無量義經
云其一法者所謂無相然名號品約果無
量義約理理果雖殊無相一也

說無生第五

謂正見師子生時但是金生
上句妄法隨緣下句眞性不變偈云如金
作指環展轉無差別
金外更無一物
離不變之性無隨緣之相問明品云未曾
有一法得入於法性

師子雖有生滅金體本無增減
成事似生而金性不增則起唯法起也體
空似滅而金性不減則滅唯法滅也
故曰無生
大經云蘊性不可滅是故說無生又云空
故不可滅此是無生義䟽云無生爲佛法
體諸經論中皆詮無生之理楞伽說一切
法不生中論不生爲論宗體

論五教第六

一師子雖是因緣之法念念生滅
以師子屬乎緣生原人論辨小乘教亦云
從無始來因緣力故念念生滅相續無窮
實無師子相可得
論次云凡愚不覺執之爲實
名愚法聲聞教

因説四諦而悟解故號聲聞既除我執未達法空故名愚法有本作愚人法名聲聞教然此一教下攝人天由深必収淺故上該緣覺以其理果同故例如約人辨藏唯出聲聞藏耳

二即此緣生之法

躡前起後也初文師子二字亦通此用下三皆然

各無自性徹底唯空

始自形骸之色思慮之心終至佛果一切種智皆無自性徹於有表唯是眞空以色性自空非色滅空也

名大乘始教

始初也大品云空是大乘之初門此教有二一始教亦名分教今但標始教者以深密第二第三時教同許定性無性俱不成佛故今合之唯言始教耳

三雖復徹底唯空不礙幻有宛然

空是眞空不礙幻有即水以辨於波也

緣生假有二相雙存

有是幻有不礙眞空即波以明於水也

名大乘終教

緣起無性一切皆如方是大乘至極之談故名爲終此亦有二一終教對前始教立名二實教對前分教立名分猶權也始權而終實以有顯實宗故然終實二宗并始分二教皆大乘漸門耳

四即此二相互奪兩亡

以理奪事而事忘即眞理非事也以事奪理而理亡即事法非理也亦同行願疏中

形奪無寄門
情僞不存
反蹠上句理事雙亡則情識僞相無所存
矣
由前互奪故皆無力理奪事則妙有泯也
俱無有力空有雙泯
事奪理則真空泯也心經略蹠云空有兩
亡一味常顯
名言路絶棲心無寄
通結心言罔及寶藏論云理冥則言語道
斷旨會則心行處滅
名大乘頓教
頓者言說頓絶理性頓顯一念不生即是
佛等故楞伽云頓者如鏡中像頓現非漸
此亦有二一逐機頓即此文示之二化儀
頓即後圓教收之
五即此情盡體露之法混成一塊
情盡見除也大蹠亦云情盡理現諸見自
亡混成一塊者約法則混成真性約喻則
一塊真金故裴相序云融餅盤釵釧爲金
繁與大用起必全真
用則波騰鼎沸全真體以運行
萬象紛然參而不雜
萬法起必同時一際理無先後釋上二節
依還源觀
一切即一皆同無性
無量中解一也大經云華藏世界所有塵
一一塵中見法界
一即一切因果歷然
一中解無量也禪詮都序云果徹因源位

滿分稱菩薩
力用相收卷舒自在
一有力收多爲用則卷他一切入於一中
即上文一切即一皆同無性也多有力收
一爲體則舒已一位入於一切即上文一
即一切因果歷然也文雖先後義乃同時
故云卷舒自在也
名一乘圓教
所說唯是法界縁起無礙相即相入重重
無盡此亦有二謂同教一乘圓全收諸教
宗別教一乘圓全揀諸教宗
勒十玄第七
一金與師子同時成立圓滿具足
師子六根與金同時成立以表人法因果
體用悉皆具足妙嚴品云一切法門無盡
海同會一法道場中
名同時具足相應門
大疏云如海一渧具百川味
二若師子眼收師子盡則一切純是眼若耳
收師子盡則一切純是耳
眼耳互收純一事故
諸根同時相收悉皆具足
會諸根之同例眼耳之别
則一一皆雜一一皆純爲圓滿藏
眼即耳等皆雜也如菩薩入一三昧即六
度皆修無量無邊諸餘行德俱時成就故
名爲雜耳非眼等皆純也又入一三昧唯
行布施無量無邊更無餘行名之爲純即
教義章云純雜自在無不具足名圓滿藏
名諸藏純雜具德門

此名依至相立賢首新立廣陿自在無礙
門故大疏云如徑尺之鏡見千里之影
三金與師子相容成立一多無礙
多容一則六根成立多容多則師子無殊
於中理事各各不同
金性喻理師子喻事二雖互容性相各别
或一或多各住自位
此經偈云以一佛土滿十方十方入一亦
無餘世界本相亦不壞無比功德故能爾
名一多相容不同門
大疏云若一室之千燈光光相涉
四師子諸根一一毛頭皆以金收師子盡
諸根諸毛各攝全體
一一徹徧師子眼眼即耳耳即鼻鼻即舌舌
即身

諸根相即體非用外
自在成立無障無礙
經云一即是多多即一文隨於義義隨文
名諸法相即自在門
大疏云如金與金色二不相離
五若看師子唯師子無金即師子顯金隱
相顯性隱
若看金唯金無師子即金顯師子隱
性顯相隱
若兩處看俱隱俱顯
性相同時隱顯齊現
隱則祕密顯則顯著
賢首品云東方入正受西方從定起
名祕密隱顯俱成門
大疏云若片月澄空晦明相並

六金與師子或隱或顯或一或多
若觀金時師子似隱唯顯一金觀師子時
金性似隱具顯諸根
定純定雜有力無力
一體真金純而有力六根分異雜而無力
即此即彼主伴交輝
此主彼伴交光互參
理事齊現皆悉相容
教義章云猶如束箭齊頭顯現
不礙安立微細成辦
經云一塵中有無量刹刹復為塵説更難
名微細相容安立門
大疏云如瑠璃鉼盛多芥子
七師子眼耳支節一一毛處各有金師子一
一毛處師子同時頓入一毛中
以一切攝一切同入一中即交涉無礙門
偈云一切佛刹微塵等爾所佛坐一毛孔
一一毛中皆有無邊師子又復一一毛帶此
無邊師子還入一毛中
又以一切攝一切帶之復入一中即相在
無礙門偈云無量刹海處一毛悉坐菩提
蓮華座
如是重重無盡猶天帝網珠
梵語釋迦提桓因陀羅此云能仁天主網
珠即善法堂護淨珠網取譬交光無盡也
名因陀羅網境界門
大疏云若兩鏡互照傳耀相寫
八説此師子以表無明語其金體具彰真性
妄法生滅無明也如來藏不生滅真性也
理事合論況阿頼識令生正解

理事即眞妄論云眞妄和合非一非異名阿賴耶識此識有覺不覺二義覺即令生眞性正解不覺即令生無明正解若約善財叅諸知識遇三毒而三德圓皆生正解

名託事顯法生解門

大疏云如立像豎臂觸目皆道

九師子是有爲之法念念生滅

隨工匠緣時時遷謝

剎那之間分爲三際

攝前標後

謂過去現在未來此三際各有過現未來

普賢行品云過去中未來未來中過去亦

離世間品答普慧之問也

總有三三之位以立九世即束爲一段法門

如師子諸根諸毛本純一之金也

雖則九世各各有隔相由成立融通無礙同爲一念

通玄論云十世古今始終不離於當念

名十世隔法異成門

大疏云若一夕之夢翺翔百年

十金與師子或隱或顯或一或多各無自性由心迴轉

謂全心一事隨心徧一切中即一隱多顯也全心之一切隨心入一事中即多隱一顯也以表師子與金悉皆迴轉而無定相耳

說事說理有成有立

經云應觀法界性一切唯心造

名唯心迴轉善成門

賢首亦改此一門爲主伴圓明具德門故

大疏云如北辰所居衆星拱之
括六相第八
師子是總相
一即具多爲總相
五根差別是別相
多即非一名別相
共從一緣起是同相
多類自同成於總
眼耳等不相濫是異相
名體別異現於同
諸根合會有師子是成相
一多緣起理妙成
諸根各住自位是壞相
壞住自法常不作教義章中有八句偈文
上引六句隨文注之末後二句結歎勸修
云唯智境界非事識以此方便會一乘彼
章廣寄一舍以喻六相後學如仰祖訓宜
悉討論耳
成菩提第九
菩提此云道也覺也
翻梵從華新茗究竟覺一
謂見師子之時即見一切有爲之法更不待
壞本來寂滅
淨名云衆生即寂滅相不復更滅
離諸取捨即於此路流入薩婆若海故名爲
道
離諸取捨之言義屬上句文連下句謂不
捨一切有爲而取寂滅無爲則義屬上句
也既取捨情亡自然流入一切智海則文
連下句也第八不動地亦明斯旨薩婆若

云一切智令明果德爲道故深廣如海耳即了無始已來所有顛倒元無有實名之爲覺

起信論云一切衆生不名爲覺以從本來念念相續未曾離念故説無始無明即同此文無始已來所有顛倒也論又云若得無念者則知心相生住異滅乃至本來平等同一覺故即同次文元無有實名之爲覺矣

究竟具一切種智名成菩提

究竟極果也亦名究竟覺一切種智即三智之一也昔圭峯疏圓覺以一切種智釋圓明賢首述還源由圓明而證菩提今文謂具一切種智而成菩提者通而辨之雖發辭小異而歸宗大同也若依起信有大智用無量方便乃至得名一切種智皆屬同教又按昭信鈔文叙五教機各成菩提唯取圓宗以因果二門相攝即别教耳

入涅槃第十

見師子與金二相俱盡煩惱不生

二相俱盡所觀境空也煩惱不生能緣心泯也内外雙亡玄寂著矣

好醜現前心安如海

新記云如金作器巧拙懸殊即好醜現前也記次文云一以貫之唯金究竟即心安如海也上句覆疏二相俱盡下句覆疏煩惱不生

妄想都盡無諸逼迫出纏離障永捨苦源名入涅槃

惑業都盡無集諦之妄想也三苦皆亡無

苦諦之逼迫也無漏智發出纏離障則道諦已修也解脫自在永離苦源則滅諦已證也入者了達解悟之名涅槃義翻圓寂經云流轉是生死不動名涅槃然涅槃一章誠雜華之淵藴故晉譯寶王性起而搜玄探玄鉤深以索隱唐翻如來出現則舊疏新記聯芳而續燄且高麗國中斯文尚備而傳授不絕況此諸部盡出中華願諸後昆求師鑽仰同報雲華賢首清凉圭峯之劬重德耳

金師子章雲間類解

華嚴法界玄鏡

唐清涼山大華嚴寺沙門澄觀述

清刻龍藏佛說法變相圖

華嚴法界玄鏡卷上

唐清涼山大華嚴寺沙門澄觀述

余覃思大經薄修此觀羅其旨趣已在疏文恐隨業於深經少讚演玆玄要精誠之者時一發揚數子懇求叩余一闡咸言注想訪友尋源或學或傳徧求衆釋積歲疑滯今方煥焉夕惕勤勤願釋深旨顧以西垂之歲風燭難期恐妙觀之淪滑使枝辭之亂轍乃順誠請略析幽微名法界玄鏡冀將來道友見古賢之深衷矣　觀曰修大方廣佛華嚴法界觀門略有三重終南山釋法順俗姓杜氏

釋曰大等六字所依之經略無經字法界觀下能依之觀今先略釋經名大方廣者一切如來所證法也佛華嚴者契合法界能證人也法分體相用人有因果大者體大也則深

法界諸佛衆生之心體也曠包如空湛寂常住強稱爲大故經云法性徧在一切處一切衆生及國土三世悉在無有餘亦無形相而可得即大義也方廣者相用周徧即體之相相德之法無邊即相之用業用廣而無盡三無障礙擧一全收聖智所緣爲所證之法界也佛者果也萬德圓明華喻因也衆行榮曜嚴通能所而有二重一華因能嚴佛果所嚴以十度因成十身果無行不備無德不圓二華爲能嚴大方廣者則所嚴也嚴體相用成佛三德稱體而嚴顯眞常德如相而嚴辯修成德依用修嚴成大用德徧嚴如德成德無邊之華嚴也故一總題有體相用人有因果人法雙題法喻齊擧一經三大皆大方廣五周因果並佛華嚴一題七字各有十義今當

略釋大十義者則七字皆大一大者體大法界常徧故二方者相大性德無際故三廣者用大稱體用周故四佛者果大十身皆悉徧法界故五華者因大普賢行願自體徧故六嚴者智大佛智如空能爲嚴故七經者教大竭海墨不能書一句故八者義大上六字所證皆稱性故九者境大總斯七字普以衆生爲所緣故十者業大以斯教旨橫徧竪窮無休息故具十無盡故稱大也方廣十義者如體之相稱體之用即十方法十大用也佛十義者一大者法身佛以法爲身佛身充滿於法界故二方者智身智如法故三廣者具於二身一者化身一身普周爲無量故二者意生身一多隨意無不周故佛者含五六身一菩提身覺樹道成故二者威勢身初成正覺

映菩薩故華者含七八身七福德身三世所行衆福大海因不可盡故八者願身毗盧願因周法界故嚴者第九相好莊嚴身十蓮華藏相好嚴故經者第十力持身舍利圓音聲教無盡故則經七字皆成佛也華嚴十義者以十度華嚴於十身爲嚴不同即十嚴故略無經字十義亦略是攝是貫是常是法並可知也無盡教海不出七字故依此教以成觀門修法界觀門略有三重者略標綱要修之一字總貫一題止觀熏修習學造詣也言法界者一經之玄宗總以緣起法界不思議爲宗故然法界之相要唯有三然總具四種一事法界二理法界三理事無礙法界四事事無礙法界今是後三其事法界歷別難陳一一事相皆可成觀故略不明總爲三觀所依體其事略有十對一教義二理事三境智四行位五因果六依正七體用八人法九逆順十感應隨一一事皆爲三觀所依之正體其製作人名德行因緣具如傳記　觀曰眞空觀第一理事無礙觀第二周徧含容觀第三

釋曰此列三名眞空則理法界二如本名三則事事無礙法界言眞空者非斷滅空非離色空即有明空亦無空相故名眞空如文具之二理事無礙者理無形相全在相中互奪存亡故云無礙亦如文具三周徧含容者事本相礙大小等殊理本包徧如空無礙以理融事全事如理乃至塵毛皆具包徧此二相望成於十門亦如下說然事法名界界則分義無盡差別之分齊故理法名界界即性義無盡事法同一性故無礙法界具性分義

不壞事理而無礙故第四法界亦具二義性融於事一一事法不壞其相如性融通重重無盡故　觀曰第一眞空觀法於中略作四句十門　釋曰此標章也前二各四加第三四故爲十門　觀曰一會色歸空觀二明空即色觀三空色無礙觀四泯絶無寄觀　釋曰此列名也　觀曰就初門中爲四一色不即空以即空故何以故以色不即斷空故不是空也以色舉體是眞空也故云以即空故良由即是眞空故非斷空也是故言由是空故不是空也　釋曰四觀皆有三段謂標釋結然準下文前三以法揀情第四正顯法理揀情三句標名則同釋義則異今先總明三句所揀所揀有三一揀即離二揀亂意三揀形顯初中就通相說三句皆揀即離從多分

說初句明空不離色以揀離色次句明空不即色以揀太即第三句雙明不即不離揀具即離由揀三情故第四句顯其正理第二揀亂意者謂寶性論明地前菩薩有三種空亂意以不了知眞如來藏生死涅槃二際平等執三種空一謂斷滅故空初句揀之二取色外空第三句揀之三者謂空爲有第二句揀之既揀三種不正之空故第四句說眞空也第三揀形顯者有云第一句形色體空非斷空第二句顯色無體自性空第三句空無形顯一體空第四句色空不二俱空空解曰此第三義乍觀有理以見第二有青黃言謂爲顯色第一第三無青黃言便爲形色故爲此釋細詳有違何者一三何以不言形色長短等耶第二何以徧言顯色耶何以形色揀非

斷滅顯色不得揀斷滅耶第二顯色何以得言青黃之相非即眞空之理形色何以不得言長短方圓非眞空耶故第三釋非爲愜當但揀前二足顯眞空而文第二偏言青黃非眞空者顯色明相相顯著故又形色是假顯色是實實色即空倒假形色亦即空矣是知三句皆含形顯二皆即空次正釋文今初第一句有三初標次何以下釋此揀離色明空及斷滅空言離色者空在色外色外復二一對色明空如牆處不空墻外是空此第三句揀二滅色明空謂如穿井除土出空要須滅色今正揀此故中論云先有而後無是即爲斷滅然外道二乘皆有斷滅外道斷滅歸於太虛二乘斷滅歸於涅槃故肇公云大幻莫若於有身故滅身以歸無勞勤莫先於有智故絶智以淪虛又云智爲雜毒形爲桎梏故灰身滅智擯喪無餘若謂入滅同於太虛全同外道故楞伽云若心體滅不異外道斷見戲論故今文云不即斷空次以色舉體下釋上以即空故三良由下結成於中先約義結由即眞空故非斷滅後是故下結成標名

觀曰二色不即空以即空故何以故以青黃之相非是眞空之理故云不即空然青黃無體莫不皆空故云即空良以青黃無體之空非即青黃故云不即空也　釋曰亦標釋結釋中揀二妄情一揀太即以聞色空不知性空便執色相以爲眞空故須揀之故云青黃之相非是眞空之理此唯揀凡也小不計色爲即空故次然青黃下明亦非離相有性要即青黃無體爲眞空耳由此義故則似雙揀

亦揀小乘然是舉法雙揀情後明不離是舉法耳二亦用上文以揀亂意三種空中以空爲有彼謂別有一物是於空體故今揀之故十地經云有不二不盡此一句經揀三亂意空以有揀斷滅空以不二揀異色明空以不盡揀空爲有不謂有體盡滅今當不盡謂空若是物則有盡滅若有盡滅則有生起今法空相不生不滅豈有有耶故般若云是諸法空相不生不滅等又青黃之相尚非眞空要須無性豈得以空而爲有耶三良以下結成舉其無體之空結非色相明空非有豈得色耶　觀曰三色不即空以即空故何以故以空中無色故不即空會色無體故是即空良由會色歸空空中必無有色是故由色空故色非空也上三句以法揀情訖　釋曰此中文二先釋當句後結前三前中亦三初標次釋釋中先雙揀即離以空中無色故色不即空以離色無體故空不離色不即不離方爲眞空二揀亂意異色明空彼執色外有空與色爲異如前對色明空今明空中尚無有色何得有空與色相對又會色無體故說即空豈於色外有空對色古人云色去不留空空非有邊住也三良由下結成上義以下即空結上不即空也特由會色爲空安得空中有色二上三下總結三門　觀曰四色即是空何以故凡是色法必不異眞空以諸色法必無性故是故色即是空如色空既爾一切法亦然思之　釋曰此中有二先正顯眞空之義後結例諸法前中亦三初標次釋以色從緣必無性故者依他無性即眞空圓成三是

故下結既非滅色異色不即不離故即眞空空非色相無徧計矣緣生無性即依他無性無性眞理即是圓成故此眞空該徹性相二如色空既爾下結例諸法上之四門但明色空色即法相之首五蘊之初故諸經論凡說一義皆先約色故大般若等從色已上種智已還八十餘科皆將色例今此亦爾例一切法若略收法不出上之十對所依體事無不即空皆須以法揀情顯即事歸理　觀曰第二明空即色觀於中亦作四門　釋曰此總標也然此四門總相但翻上四亦前三句以法揀情第四句正顯法理就揀情中翻前色空義則大同取文小異亦標語則同釋義有別今先總揀亦有三義一揀即離二揀亂意三揀形顯今初第一句明眞空不離前色第二句明眞空非即色相第三句明眞空雙非即色離色第二揀三亂意者第一句明斷空非是實色第二句明相有非眞空即揀相有第三句明所依非能依即揀能依其第三義揀形顯者有云第一句明非斷空不礙形色第二句明自性空不礙顯色第三句明一體空俱不礙形顯第四句明俱空空不礙二空色解曰前會色歸空觀第三揀義既違正理今雖列之以對前文亦不取也次正釋文四句亦各有三後二復加有二　觀曰一空不即色以空即色故何以故斷空不即是色故云非色眞空必不異色故云即色要由眞空即色故令斷空不即色也　釋曰此門亦三初標二釋釋上二句初句明斷空非眞色對前色即空中實色非斷空下句明眞空不異

色對前不離色明空雖含即離下句則是舉正上句是所揀情情謂離色二揀亂意者揀斷空非實色對前會色歸空觀實色非斷空三要由真空下結成以下句舉正結上句是所揀情　觀曰二空不即色以空即色故何以故以空理非青黃故云空不卽色然非青黃之真空必不異青黃故是故言空即色要由不異青黃故不即青黃故言空即色不即色也　釋曰此亦有三初標釋中先揀即離明真空非即色相云空不即色正揀太即對前會色歸空中色相非真空後然非青黃之理必不異青黃者明不即色之空亦非全在色外對前亦非離相有性二揀亂意者揀謂空爲有既空理非青黃豈是有耶對前真空不是相有三要由下結舉不異之正結前太即之情　觀曰三空不即色以空即色故何以故空是所依非能依故不即色也必與能依作所依故即是色也良由是所依故不即色是所依故即是色是故言由不即色故即是色也上三句亦以法揀情訖　釋曰就文亦二先釋此句後結上三句前中亦三初標釋中雙揀即離可知但前約空中無色揀此約能依非所依揀次下當知然正反前應云色中無空故今不云爾者空中無色有理有文色中無空文理俱絕以空中無色由事即理理絕相故色必有空無空之色非實故故不反上別就能所依以釋其義二揀亂意者唯取下句必與能依爲所依故揀於異空之色對前異色明空三良由下結以一所依雙結不即不離意云既是所依之空必非能依

之色故云不即色二既是色之所依非餘所依故不離色也結離亂意者既必與能依之色而爲所依明色非空外對前空非色外也二上三句下總結三門義如前說　觀曰四空即是色何以故凡是眞空必不異色以是法無我理非斷滅故是故空即是色如空色既爾一切法皆然思之　釋曰此門亦二先釋第四後結例諸法今初亦三初標二釋言以是法無我理等者出所以也無我即空以是法空即法無我故空是色三是故空即是色者結此門也二如空色下結例舉上四門空即是色則例此空是一切法況不是十對所依耶　觀曰第三色空無礙觀者謂色舉體不異空全是盡色之空故即色不盡而空現空舉體不異色全是盡空之色故即空即色而空不隱也是故菩薩觀色無不見空觀空莫非見色無障無礙爲一味法思之可見　釋曰此觀有三謂標釋結二謂色下釋釋相云全是盡色之空者有本無盡色之三字但云全是空故耳而釋義亦通以不對下文理非全現故今依有本釋然色是有中之別稱通是空有二門耳空有各有二義空二義者謂空非空有二義者謂有非有空中言空者以空必盡有故言非空者亦無空相故又不礙有故有中言有者有必盡空故非有者有相離故又不礙空故今明色空無礙中初明色不礙空取空上盡色之義次明空不礙色取色上盡空之義其不相礙即是舉體全是之義其離空有相義在第四泯絶門中然今文中色空之上各有三句皆初句標無礙

下向出無礙相色中出相言色不盡而空現者以色不礙空故色不盡也即是盡色之空故而空現也空中出相云即空即色而空不隱者以空不礙色故空即色也而是盡色之空故空不隱也若總相言但色舉體即空即色不盡以即空故空便現也空上亦然以空舉體爲色故空即色既即是空空不隱也若依此釋前無三字義理亦通則應後句滅却盡空之三字今依有本三是故下結成無礙亦是前明所觀此正明能觀故云菩薩見色等　觀曰第四泯絶無寄觀者謂此所觀眞空不可言即色不即色亦不可言即空不即空一切法皆不可不可亦不可此語亦不受逈絶無寄非言所及非解所到是謂行境何以故以生心動念即乖法體失正念故　釋

曰此第四觀大分爲二先正釋第四後對前三觀會釋成總今即初也文中三初標名二謂此下釋相三何以下徵結此中大意但拂迹現圓若細釋者然色空相望乃有多義一融二諦義初會色歸空明俗即是眞二明空即色顯眞即是俗三色空無礙明二諦雙現四泯絶無寄明二諦俱泯若約三諦初即眞諦二即俗諦後一即中道第一義諦若約三觀初即空觀二即假觀三四即中道觀三即雙照明中四即雙遮明中雖有三觀意明三觀融通爲眞空耳二者色空相望總有四句取文小異初會色歸空觀中四句前三句明色不異空第四句明色即是空第二明空即色觀中四句前三句明空不異色第四句明空即是色第三觀明但合前二今第四句拂

四句相現真空相不生不滅乃至無智亦無得真空觀備矣若約三觀就心經意色不異空明俗不異真空不異色明真不異俗色空相即明是中道即上四句爲空假中之三觀也與今義同取文小異耳三者色空相望總有三義一相成義二無礙義三相害義廣如第二理事無礙觀中今文含有三前二相即亦相成義第三色空無礙觀正明無礙義今第四觀即相害義相害俱泯故雖有此三意俱顯於真空義耳若别消文者不可言即色不即色者拂前第二明空即色觀不可言即色者正拂第四句不可言不即色者亦拂前三句以空非空故無可言即色不即色又理本絶言故約觀即心冥真極故方成妙色觀耳次云亦不可言即空不即空者拂第一會色歸空觀不可言即空正拂第四句不可言不即空亦拂前三句以色亦即非色無可言即空不即空故即事同理故理本絶言故心冥真極無心即故方成即空觀耳又上會色歸空無增益謗明意即色無損減謗色空無礙無雙非戲論謗今無可相即無相違謗四謗既無百非斯絶故逈絶無寄又云一切法皆不可者結例總拂言結例者非獨色法成其三觀並皆拂之受想行識萬化之法皆同前色言總拂者總拂前三會色歸空觀等皆不可也亦無四句可絶三觀可拂故不可亦不可言此語亦不受者若受不可說言是則有受有受則有念有念者皆是心言之迹故逈絶無寄二邊既離中道不存心境兩亡亡絶無寄般若現矣若生心動念皆不會理言

語道斷故言不及心行處滅故解不到言是謂行境者結成上行然有二意一者上是行家之境今心與境冥智與神會亡言虛懷冥心遺智方詣玆境明唯行能到非解境故二者即上心智契合即是眞行行即是境行分齊故三何以下反釋成行　觀曰又前四句中初二句八門皆揀情顯解第三句一門解終趣行此第四句一門正成行體若不洞明前解無以躡成此行若不解此行法絕於前解無以成其正解若守解不捨無以入玆正行是故行由解成行起解絕也　釋曰此即第二總結四門然上第四門唯結當門成行今總結四門然云上二句八門者則句大門小前總標中亦云四句十門皆句大門小上結中云上三句以法揀情此第四句一門是則門句互通應合門大句小義既互通此隨文釋於中三句初正分解行二若不洞明下反顯相資如目足相資於中初以解成行次若不解下絕解成解後若守下捨解成行三是故下結成二相總成眞空絕相觀也則內外並冥緣觀俱寂也　觀曰理事無礙觀第二　釋曰即理事無礙法界也　觀曰但理事鎔融存亡逆順通有十門　釋曰此觀文三初總標二別釋三結勸今則初也即總顯觀名具爲十門本就前色空觀中亦即事理不得此名者有四義故一雖有色事爲成空理色空無礙爲眞空故二理但明空未顯眞如之妙有故三泯絕無寄亡事理故四不廣顯無礙之相無爲而爲無相而相諸事與理炳現無礙雙融相故爲上四義故不得名至

此獨受是以今標具下十門無礙之根鎔融是總該下十門似如洪鑪鑄衆像故鎔謂鎔冶即初銷義融謂融和即終成一義以理鎔事事與理和二而不二十門無礙其義同故又此二理事鎔融别當相徧相徧互融故次存即九十眞理非事事法非理二相存故亡即七八眞理即事事法即理廢巳同他各自泯故逆即五六眞理奪事理逆事也事能隱理事逆理故順即三四依理成事理順事也事能顯理事順理也故此二句總攝十門方爲事理無礙之義成第二觀然事理無礙方是所觀觀之於心即名能觀此觀别說觀事俗觀觀理眞觀觀事理無礙成中道觀又觀事兼悲觀理是智此二無礙即悲智相導成無住行亦即假空中道觀耳　觀曰一理徧於事門謂能徧之理性無分限所徧之事分位差别一一事中理皆全徧非是分徧何以故以彼眞理不可分故是故一一纖塵皆攝無邊眞理無不圓足　釋曰此第一門然下十門應即爲十以釋二意便總料揀故分五對第一理事相徧對第二理事相成對第三理事相害對第四理事相即對第五理事相非對亦名不即對然此五對皆先明理尊於理故又皆相望一三五七九以理望事二四六八十以事望理初對爲二先正釋二料揀前中二門即分爲二今初也文中有三初標名二謂能徧下釋事理相性空眞理一相無相故不可分則無分限事約緣起故分位萬差三一一事中下釋其徧相理非事外故要徧事經云法性徧在一切處一切衆生及國

土故次何以下釋全徧所由謂要全徧者若不全徧理可分故非如浮雲徧滿虚空隨方可分故是故下别指一事顯其徧相以塵含理顯理全徧　觀曰二事徧於理門謂能徧之事是有分限所徧之理要無分限此有分限之事於無分限之理全同非分同何以故以事無體還如理故是故一塵不壞而徧法界也如一塵一切法亦然思之　釋曰文亦有三初標二謂能徧下示能所相三此有分下明徧理之相於中初正明以全同名徧次何以下釋同所以有分之事全如理故若不徧同事有别體次是故下結示徧相後如一塵下例一切法此對爲下四對之本由相徧故有相成等　觀曰此全徧門超情難見非世喻能況　釋曰第三料揀上二門也於中三初標難喻二寄喻别顯三問答解釋今初也言難見者以道理深故有本云離見離見即超情義耳言難見者容有見理故下寄喻以明難言世喻難喻耳言難喻者事理相殊而互相徧理徧事故無相全在相中事徧理故一塵便無涯分一塵既無涯分何有法之當情無相全在相中至理何曾懸遠即相無相五目難覩其容全理之事世法何能爲喻故經云譬如法界徧一切不可見取爲一切又云三界有無一切法不能與此爲譬喻顯下海喻亦分喻耳　觀曰如全大海在一波中而海非小如一小波帀於大海而波非大同時全徧於諸波而海非異俱時各帀於大海而波非一又大海全徧一波時不妨舉體全徧於諸波一波全帀大海時諸波亦各全

帀互不相礙思之 釋曰第二寄喻以明也既無可喻而舉喻者借其分喻通其玄意令諸達識因小見大亡言領旨文有三重無礙初以大海對一波明大小無礙此舉喻上事理相徧二義竟也文但舉喻略無法合若總相合以海喻理以波喻事配文可解然意猶難見大海何得全在一波以海無二故一理何得全在於一事以理無二故一波何以全帀大海以同海故一塵何以全徧於理事同理故一同時全徧下以一海對諸波明一異無礙約法即一理對於諸事以辯無礙又上即非大非小此即非一非異其一異等相至下問答自明所以三又大海全徧一波下以大海雙對一波諸波互望齊徧無礙約法即以一理對一事多事相望齊徧無礙 觀曰問理既全體徧一塵何故非小既不同塵而小何得說爲全體徧於一塵又一塵全帀於理性何故非大若不同理而廣大何得全徧於理性既成矛盾義極相違 釋曰第三問答解釋雙釋法喻而其文中但就法說例使曉喻上喻之中文有三節今但合爲兩重問答一問牒大小而答兼一異二對前第三以大海雙對一波諸波互望齊徧無礙爲問前中先問後答今初問也文中二先以理望事問約喻即前大海全在一波而海非小故云理既全體徧等即以徧難小既不同塵而小下以非小難徧二又一塵全帀下約事望理難先以一塵難大次云若不同理而廣大下以非廣難徧約喻即前一波全徧於大海而波非大既成矛盾下結難矛者鑹也盾者排

也昔人雙賣二事歎盾即云矛刺不入歎矛即云能穿十重之盾買者云我買汝矛還刺汝盾豈不傷哉意明二語互相違　觀曰答理事相望各非一異故得全收而不壞本位　釋曰此下答中二先雙標後雙釋今即初也上問但問大小今正答一異兼於大小由於理事二法相望故云各非一異　觀曰先理望事有其四句一眞理與事非異故眞理全體在一事中二眞理與事非一故理性恒無邊際三以非一即是非異故無邊理性全在一塵四以非異即是非一故一塵理性無有分限　釋曰此釋理望事四句中前二正明徧塵非小之相初句徧塵第二句非小其三四二句徧酬其難難意云徧塵非小二義相違何得互通今第三句明大理徧在一塵第四句明雖徧非小其無分限則非小也即雙答徧塵難非小及非小難徧一塵難雖兩段但一相徧耳

華嚴法界玄鏡卷上

音釋

揀（賈限切分別也）桎梏（桎之日切梏古沃切）矛盾（矛音謀盾食尹切）

鏡（七亂）

華嚴法界玄鏡卷下

唐清涼山大華嚴寺沙門 澄觀述

觀曰次以事望理亦有四句者一事法與理非異故一塵全帀於理性二事法與理非一故不壞於一塵三以非一即非異故一小塵帀無邊眞理四以非異即非一故帀無邊理而塵不大思之 釋曰答事望理即答前一塵徧理何故非大等亦初二句正明徧理非大之相初句一塵徧理第二句明其非大亦三四句正答相違之難亦第三句明一小塵徧於大理亦第四句雖徧於理而塵不大但明事理非一非異兩義難通 觀曰問無邊理性全徧一塵時外諸事處爲有理性爲無理性若塵外有理則非全體徧一塵若塵外無理則非全體徧一切事義甚相違 釋曰此下第二番對前以大海雙對一波諸波互望齊徧無礙之喻而爲問答今此問也彼前喻云又大海全徧一波時不妨舉體全徧於諸波一波全徧大海時諸波亦各全徧互不相礙文中先正問後答若塵外有下結成妨難若約喻問應云大海全徧一波時餘諸波處爲有大海爲無大海若波外有海則非全體徧一波若波外無海則非全體徧一切波對難文可知 觀曰答以一理性融故多事無礙故故得全在內而全在外無障無礙是故各有四句 釋曰此下答中文則雙標二門一理性融故標約理四句多事無礙故標約事四句餘可知 觀曰先就理四句者一以理性全體在一切事中時不礙全體在一塵處是故在外即在內二全體在一塵中時

不礙全體在餘事處是故在内即在外三以無二之性各全在一切中故是故亦在内亦在外四以無二之性非一切故是故非内非外前三句明與一切法非異此之一句明與一切法非一良爲非一非異故内外無礙

釋曰此就理中文一先正明後結無礙今初即答前無邊理性全徧一塵時外諸事處爲有理性爲無理性今第二句正答明餘處有即釋喻中大海全徧一波時不妨舉體全徧於諸波其第一句兼明在一切中時亦全在一塵前略無問若爲問者應云理性全在諸法時爲全在一塵不全此明全在一塵以徧一切豈揀一塵第三句明其總徧内外此是恒理故亦無問若問應云爲齊徧不第四句雙非亦非徧義故不爲問義理無妨故具出四句後前三下結成無礙亦酬前結難義甚相違之言内外無礙故不相違

觀曰次就事四句者一一事全帀於理時不礙一切事法亦全帀是故在内即在外二一切事法各帀於理時不礙一塵亦全帀是故在外即在内三以諸事法同時各帀故是故全在内亦全在外無有障礙四以諸事法各不壞故彼此相望非内亦非外思之

釋曰此約事四句前問所無今影出之前喻却有喻云一波全帀大海時諸波亦各全帀互不相礙先舉一波以望於海故是就事四句故前標云多事無礙故若別爲問者應問云一事徧於理時餘事亦徧理不若亦徧者則理有重重若不徧者多事則不如理故今答云多事如理同理而徧則無重重何以故理無二故但事

同理即無分限故云徧耳於中第一句一事徧不礙多事徧第二句多事徧不礙一事徧第三句諸法同時徧第四句一多之相歷然問理望於事在一事爲在內在多事爲在外今事望理以何爲內外邪答亦以一事爲內多事爲外若爾何異前門理望於事答前門先舉理徧於事名理望事今門先舉事徧於理名事望理故分二門本意但問多事徧理一事徧不前門答之又問一事徧理多事徧不故用此門答之通相皆以事爲內外故前門中但有一重之問即第一句一事全徧理故在內不礙一一亦徧理故即在外以其一多皆即理故故云全徧非有多理與事徧也故第四句云彼此相望非內非外以前約理第四但以性非一切居然非內非外今此約事望理理無內外何有非一非異故言既不壞相要須一事之中非是一切一切事中非是一故方成第四故須彼此相望非內非外

已釋第一相徧對竟　觀曰三依理成事門謂事無別體要因眞理而得成立以諸緣起皆無自性故由無性理事方成故如波攬水以成動水望於波能成立故依如來藏得有諸法當知亦爾思之　釋曰此下第二相成對然下八門皆先標名後謂字下解釋下更不料揀就此對中先明理望於事即第三門先正釋後以諸下出所以所以有二一由無性故二眞如隨緣故而文有三初明由無性成中論云以有空義故一切法得成若無空義者一切則不成大品云若諸法不空則無道無果二如波下喻喻有二義一上喻無性

由水不守水自性故而能成波二下喻眞如隨緣成故謂若無水則無有波若無眞如依何法成三依如來藏下合於上喻眞如隨緣即勝鬘經云依如來藏故有生死依如來藏故有眞如謂若無眞如將何合妄而成生死以一切法離於眞心無自體故其如來藏即生死門之眞如也故問明品文殊難云心性是一云何見有種種差別覺首荅云法性本無生示現而有生則是眞如隨緣荅　觀曰四事能顯理門謂由事攬理故則事虛而理實以事虛故全事中之理挺然露現如由波相虛令水體露現當知此中道理亦爾思之

釋曰此第四門事望理也文有法喻合令釋之然躡前門成謂無第三則離理有事令第四門何能顯理如離水無波波起現水旣

攬理成故能現理以法從緣則無性故況從無性理而成於事事必無性故從緣無性即是圓成夜摩偈云分別此諸蘊其性本空寂空故不可滅此是無生義由蘊之事方顯性空性空即是無生眞理又須彌偈云了知一切法自性無所有如是解法性則見盧舍那一切法事也無所有即眞理也　觀曰五以理奪事門謂事旣攬理成遂令事相皆盡唯一眞理平等顯現以離眞理外無片事可得故如水奪波波無不盡此則水存已壞波令盡

釋曰此下第三相害對言相害者形奪兩亡故今此第五理望於事故理奪事文有法喻亦攬第三成此第五以全將理而爲事故事本盡矣先正釋後以離眞下出其所以眞外無事故則奪事也如攬水爲波波唯是

濕波自虛矣故出現品云設一切衆生於一念中悉成正覺與不成正覺亦無有異何以故菩提無相無非相故物物無相斯理顯現生佛兩亡　觀曰六事能隱理門謂眞理隨緣成諸事法然此事法既違於理遂令事顯理不現也如水成波動顯靜隱經云法身流轉五道名曰衆生故衆生現時法身不現也

　釋曰此事望理也文分爲三初正釋亦由第三門成以全理成事事有形相理無形相故事覆理故然此事法既違於理故隱也有本云既而於理不及違也次喻顯取靜爲水隱義明故三經云下引證即法身經下當更釋財首亦云世間所言論一切是分別未曾有一法得入於法性者事隱理故　觀曰七眞理即事門謂凡是眞理必非事外以是法無我理故事必依理理虛無體故是故此理舉體皆事方爲眞理如水即波無動而非濕故即水是波思之　釋曰此下第四相即對也前明隱奪事隱於理而理不亡理奪於事而事猶存雖言奪事皆盡而意在彼事相虛非無彼事也今明相即廢己同他各唯一耳今第七門理望於事亦有法喻法中先略釋後以是法無我下出所以若是但空出於事外則不即事今以即法爲無我理離於事外有何理耶故理虛無體全將事法本來虛寂爲眞理耳喻中無動而非濕以事即理意明全將濕爲動故理即事耳　觀曰八事法即理門謂緣起事法必無自性無自性故舉體即眞故說衆生即如不待滅也如波動相舉體即水故無異相也　釋曰事望理也亦有

法喻中論曰若法從緣生是則無自性若無自性者云何有是法無自性者是眞理也故事即理故說衆生即如下闍引淨名淨名彌勒章云一切衆生皆如也又云若彌勒得滅度者一切衆生亦應滅度所以者何一切衆生即眞如相不復更滅森羅及萬象一法之所印觸事而眞不壞假名而說實相擧喻可知是即第八衆生寂滅即是法身第七法身隨緣名曰衆生衆生法身體一名異從本已來未曾動靜亦無隱顯以名異故有互相即有互隱奪以一體故得互相即得互隱顯由此相即眞俗二諦曾不相違夜摩偈云如金與金色展轉無差別法非法亦然體性無有異理即事故雖空不斷事即理故雖有不常理即事故無智外如爲智所入事即理故無如外智能證於如　觀曰九眞理非事門謂即事之理而非是事以眞妄異故實非虛故所依非能依故如即波之水非波以動濕異故　釋曰此下第五相非對也即雙存義若不雙存無可相成相即隱奪等此門則隨緣非有之法身恒不異事而顯現後門則寂滅非無之衆生恒不異眞而成立謂於此門理望於事而有三對一是眞二是實三是所依即顯第十門是妄是虛是能依故　觀曰十事法非理門謂全理之事事恒非理性相異故能依非所依故是故擧體全理而事相宛然如全水之波波恒非水以動義非濕故

釋曰此第十門事望於理但有二對一明事是於相則影出第九理是於性都有四對二能依所依不異前門文並可知若依此對二

諦跱立即於諦常自二七八即於解常自一五六則二而不二三四則不二而二由初一對則令前義皆得相成　觀曰此上十義同一緣起約理望事則有成有壞有即有離事望於理有顯有隱有一有異逆順自在無障無礙同時頓起深思令觀明現是謂理事圓融無礙觀　釋曰第三結勸於中二先結束前義後勸修成觀前中先總標若闕一義非眞緣起後約理下別收十門以成八字然一三五七九理望於事二四六八十事望於理先理望於事有成者第三依理成事門有壞者第五眞理奪事門有即者第七眞理即事門有離者第九眞理非事門事望理中有顯者第四事能顯理門有隱者第六事能隱理門有一者第八事法即理門有異者第十事法非理門然成壞等就功能說言有成者理能成事非理自成餘七亦然則一一門皆有事理無礙之義故云約理望事等不會相徧者有三義故一是總相後八依此相徧而得成故二者相徧無別異相非如成壞隱顯等殊故三者大同相即相即攝故言逆順自在者理事相望各二順二逆三成七即理順事也四顯八即事順理也五奪九非理逆事也六隱十非事逆理也其相徧言亦是順也欲成即成欲壞即壞欲顯即顯欲隱即隱等故云自在成不礙壞壞不礙成等故云無礙正成之時即壞時等故曰同時五對無前後故云頓起又上四對理望於事但有成等而無顯等事望於理但有顯等而無成等事從理成故可許言成理非新有故但可言顯事成

必滅故得言壞眞理常住但可言隱理無形相故但可即事事有萬差可與理冥故得云一理絶諸相故云離事事有差異故云異相上約義别有此不同統而收之但成五對五中前四明事理不離後一明事理不即不即不離方爲緣起相又五對之中共有三義成顯一對是理事相作義奪隱不即此之二對即是事理相違義相徧相即二對是事理不相礙義又由相徧故有相作有相作故有於相即由相違故有於不即又若無不即則無可即乃至相徧由相徧故四對皆成故說眞空妙有各有四義約理望事有眞空四義一廢已成他義即依理成事門二泯他顯已義即眞理奪事門三自他俱存義即眞理非事門四自他俱泯義即眞理即事門由其相即故得互泯又由初及三有理徧事門以自存故舉體成他故徧他也後約事望理有妙有四義一顯他自盡義即事能顯理門二自顯隱他義即事能隱理門三自他俱存義即事法非理門四自他俱泯義即事法即理門又由初及三有即事徧於理門以自存故而能顯他故徧他耳故約有存亡無礙眞空隱顯自在故故逆順自在無障無礙二深思下勸修成觀學而不思同無所得體達於心即凡成聖矣　觀曰周徧含容觀第三　釋曰即事事無礙法界也　觀曰事如理融徧攝無礙交衆自在略辯十門　釋曰此觀有三初總標舉數二别顯觀相三結勸修行今則初也即總名之意以事事無礙若唯約事則彼此相礙若唯約理則無可相礙今以理融事

事則無礙故云事如理融然理含萬有無可同喻略如虛空虛空中略取二義一普徧一切色非色處即周徧義二理含無外無有一法出虛空故即含容義理亦如空具於二義無不徧故無不包故即事如理乃至纖塵亦能包徧故云事如理融徧攝無礙攝即含容義無礙二義一徧不礙攝二攝不礙徧故事事能攝能徧等皆無礙其交參自在亦徧十門　觀曰一理如事門謂事法既虛相無不盡理性眞實體無不現是則事無別事即全理爲事是故菩薩雖復看事即是觀理然說此事爲不即理　釋曰此下十門展轉相生然事理相如大同前門相徧門也即爲總意能成下八此二猶兼理事無礙有此二故得有事事無礙之義屬事事攝而有本云理如

事現事如理徧作觀釋文多徧現義細尋成局但有徧現闕餘義故徧現二字諸本多無無則義寛今依無本今理如事者如事之現如事之局如事差別如事大小一多等故後門事如於理非但如理徧亦如於理無相無礙非内外等又若有徧現亦似事理無礙觀中事理相徧故無徧現於義爲正十門皆先標名後解釋今初理如事中先正釋既以事虛理實理體現是則眞理如事之虛以虛名爲實體虛即是實名無別事次是故菩薩下以人證成由見事實是故見事即是見理後然說此事下不壞相故若壞於相理何所如是則眞理如事相大小　觀曰二事如理門謂諸事法與理非異故事隨理而圓徧遂令一塵普徧法界法界全體徧諸法時此一微

塵亦如理性全在一切法中如一微塵一切事法亦爾　釋曰據初釋文似但明徧義徧是理之別稱相無分限故既一微塵舉體全在一切法中亦如理之不可分也文中先出所因由不異理故由第一門理如事故遂得此門事全如理言圓徧者無分故圓體周故徧次遂令下別示徧相謂徧理法界從法界全體下明壞徧事由塵如理故徧諸事次如一塵下舉微塵例諸事即事事皆徧斯則事事重重無礙矣　觀曰三事含理事無礙門謂諸事法與理非一故存本一事而能廣容如一微塵其相不大而能容攝無邊法界由剎等諸法既不離法界是故俱在一塵中現如一塵一切法亦爾此事理融通非一非異故總有四句一一中一二一切中一三一中一切四一切中一切各有所由思之　釋曰文有三一正釋二結例三融通今初由上一事含於理故餘一切事與所含理體不異故隨所含理皆在一事中而言與理非一者前門與理非異同理而徧此門亦是如理而含則亦不異由不壞一相方有能含對前非異故言非一下通爲中則顯第二亦不壞相如一微塵其相下出事含相二如一塵下結例三此事理下融通就廣容門有此四句此中能含所含不出一多交絡成四爲能含邊皆具與理非一非異義由非一故有體爲能含由非異故有用方能含爲所含邊但約與理非異義耳如初一中一者上一不壞相故有能含體而與下一理非異故便能包含下一而下一田與上一理非異故隨所含理在上

一中以離理無事故二一切中一者以一切不壞相故有能含體與下之一理不異故能含於下一下之一與上一切理不異故隨下自一之理在上一切中三一中一切者由一不壞相故得為能含而與下一切理不異故能含一切所含一切與上一理不異故隨自一切之理在上一中四一切中一切者由上一切不壞相故有能含體與下一切理非異故含下一切下之一切與上一切理非異故隨下一切之理在上一切之中是故結云各有所由前第二門是廣徧義此第三門是含容義已具此觀之總名矣此下之七門並皆不離廣徧含容之二義也　觀曰四通局無礙門謂諸事法與理非一即非異故令此事法不離一處即全徧十方一切塵內由非異即非一故全徧十方而不動一位即遠即近即徧即住無障無礙　釋曰此門重釋第二第二俱徧今不壞相有不徧義徧即是通不徧是局文中與理非一故局非異故通即遠下結徧即是通住則是局　觀曰五廣陿無礙門謂諸事法與理非一即非異故不壞一塵而能廣容十方剎海由非異即非一故廣容十方法界而微塵不大是則一塵之事即廣即陿即大即小無障無礙　釋曰此重釋第三門三明如理包含今由與理有非一義不壞陿相而能廣容文中非一故陿非異故廣先明非一即非異故明不壞廣容下句反上是則一塵下結　觀曰六徧容無礙門謂此一塵望於一切由普徧即是廣容故徧在一切中時即復還攝彼一切法全住自一中

又由廣容即是普徧故令此一塵還即徧在自內一切差別法中是故此一塵自徧他時即他徧自能容能入同時徧攝無礙思之　釋曰此門正合前四五二門兼合二三以四五二門釋二三故廣容普徧不相離故名中徧即普徧容即廣容釋文中先標次釋後結今初以一望多有徧容義以有彼多可得徧故此一能容若多望一即無徧容以所望之一無可言徧能望之多而容於一不可得言為廣容故次由普徧下釋有二對初徧即是容唯一徧一容後又由下容即是徧亦是一容一徧前中徧即是容者一徧多時還攝所徧之多在我一內猶如一鏡徧九鏡時還攝九鏡在一鏡內後容即是徧約法反上謂如一鏡容多鏡時能容之一鏡却徧所容多鏡影中故云還徧自內一切差別法中是故下結可知　觀曰七攝入無礙門謂彼一切望於一法以入他即是攝他故一切全入一中之時即令彼一還復在自一切之內同時無礙又由攝他即是入他故　法全在一切中時還令一切恒在一內同時無礙思之　釋曰釋相之中先標後釋今初但約以多望一能攝即前能容入即前徧而前一為能徧有多可徧今入但入於一不得言徧前門有多可容故得言容今一無多可容故但云攝次以入他即是攝他故下別釋其相亦有二對前對多為能入故還攝所入之一在能入多中如九鏡入於一鏡還攝所入一鏡在能入多鏡之中後對但反前多能入為多能攝耳謂多攝一時多為能攝一為所攝而多即能

入故還將此多入於所攝一法之中如九鏡爲能攝還將九鏡入所攝一鏡之中然上三對能入能攝皆是於多即攝即入名攝入無礙而一但爲所攝所入不得能攝能入之名至第八門方有能攝能入耳後同時無礙者結也結上多能入時即爲能攝故云同時

觀曰八交涉無礙門謂一法望一切有攝有入通有四句謂一攝一切一入一切一切攝一一切入一一攝一法一入一法一切攝一切一切入一切同時交条無礙有本後二句入在頭心釋曰釋文亦三初標所依次釋三結初中但一望多有攝有入次通有四句下釋以一望一切故一在初然第六門亦一望多但有容徧二句而無攝入第七門但多望一有攝有入亦唯二句今第八門雖一望一切而一與多俱爲能攝能入得交涉名又交涉者前第七門多能攝一即多亦爲能入今第八門多攝於一所攝之一亦能攝多故能攝之多却爲所攝故入一中得交涉名旣一之與多俱爲能攝能入便有四句雖似八句二二合故故但四句四句皆具攝之與入第一句云一攝一切一入一切者謂上句一爲能攝一切爲所攝而所攝一切亦得爲能攝即上能攝之一却爲所攝故上之一却入一切之中故云一入一切第二句云一切攝一一切入一者上句一切爲能攝一爲所攝而所攝一亦爲能攝故上之一切却爲所攝云一切入一此句但反上第一句耳三即以一望他一四即第三句中一切復望別一切以其四句爲能攝邊同理之包爲能入邊同理

之徧故又四句皆由與理非一非異故由與理非一有一多體可爲攝入由與理非異便能攝入若以十鏡爲喻一鏡爲一九鏡爲多謂初句云一攝一切一入一切者應云一鏡攝九鏡一鏡入九鏡謂上一鏡爲能攝則九鏡爲所攝而所攝九鏡亦爲能攝故上能攝之一鏡却入九鏡之中云一鏡入九鏡下三例然第二句云一切攝一一切入一者應云九鏡攝一鏡九鏡入一鏡謂上九鏡爲能攝則一鏡是所攝以所攝一鏡亦爲能攝故上能攝之九鏡却入所攝一鏡中云九鏡入一鏡第三句一攝一法一入一法者應云一鏡攝一鏡一鏡入一鏡謂第一一鏡攝第二一鏡第二一鏡亦入第二一鏡第四句云一切攝一切一切入一切者應言十鏡各攝於九鏡十鏡皆入於九鏡而所入所攝但云九鏡者留一爲攝入故言有本云後二句入在頭者云一入一法一攝一法一切入一切一切攝一切以不倒前故依現本四句皆攝在初

觀曰九相在無礙門謂一切望一亦有入有攝亦有四句謂攝一入一攝一切入一攝一入一切攝一切入一切同時交參無障無礙

釋曰初標名云相在者自已攝法入他法中他又攝法在我已中故云相在至下句中當見釋中亦三謂標釋結標云一切望一者一切在初正反第八二亦有四句下釋釋四句中上標既云一切望一則有四句四句之首皆合有一切之言以爲能攝今並略耳但取所攝所入以成四句然此四句與前全異如前一攝一法一入一法但明自一隨對

他一自一攝他一時亦入他一耳今則不然謂第一句云攝一入一者此謂一切隨攝一法將入一法約十鏡說總以九鏡爲能攝第一句者九鏡攝第一一鏡入第二一鏡之中二攝一切入一者謂九鏡皆攝九鏡入一鏡中三攝一入一切者九鏡各攝一鏡徧入九鏡之中四攝一切入一切者九鏡皆攝九鏡各入九鏡之中攝將隨一入彼一中復攝彼一在此多中等故名相在約法一一作者且約諸佛望衆生說總以諸佛爲一切是能攝衆生爲所攝所入第一句者諸佛攝一衆生入一衆生中二者諸佛攝一切衆生入一衆生中三者諸佛身攝一衆生入一切衆生身毛中四者諸佛各攝一切衆生入一切衆生中餘法相望一多皆爾三同時下總結由此互攝互在故有帝網重重之義問此一切望一皆一切在初前一望一切何不四句皆一在初答若但一在初唯有兩句謂一攝一切一入一切爲一句一攝一法一入一法爲兩句耳今由相涉第二句一切是前所攝爲能攝故第三句互一相對第四句唯一切對故成四句耳故不得四句皆一在初然正義如前更有一意如攝一入一謂一切正攝一時即能入一等若爾何異第八第八一攝一一入一者一入所攝一中今趣舉一其一皆入以正同理廣容即同理普徧故若爾何異第七第七但有二句亦自入所攝一中故此中一切正攝一亦入餘一亦入一切等故若約十鏡作者一鏡爲一九鏡爲一切一者九鏡攝一鏡九鏡亦能入一鏡二者九鏡攝九鏡

九鏡入一鏡三者九鏡攝一鏡九鏡即入九鏡四者九鏡攝九鏡九鏡亦即入九鏡爲攝一切入一切雖通此釋今不取之亦有云前第八門是複四句一攝一一入一兩句方成一句故今一攝一者但攝其二入我一中二但攝一切入我一中等若爾但有一攝句耳亦無入義故不取之　觀曰十普融無礙門謂一切及一普皆同時更互相望一一具前兩重四句普融無礙準前思之　釋曰此第十門總融前九近且收三第八門一望一切第九門一切望一令具此二以一望一切有第八門四句以一切望一有第九門四句其第七門雖不具四句而是一切攝一中收故近收三言總收九者九門不出一多故由其初門理如事故一可爲多由第二門事如理故多可爲一二四如理之徧三五如理之包二即二而不二四即不二而二以不壞相故三即非廣而廣五即廣即非廣亦以不壞相故六即雙含一多容徧無礙七便攝入自在八含一多交涉九含攝入自在十即融成一致故第十門即同時具足相應門九即因陀羅網境界門由第八交涉互爲能所有隱顯門其第七門相即相入門五即廣陿門四不離一處即徧有相即門三事含理事故有微細門六具相即廣陿二門前三總成諸門事理相如故有純雜門隨十爲首有主伴門顯於時中有十世門故初心究竟攝多劫於剎那信滿道圓一念該於佛地以諸法皆爾故有託事門是故十玄亦自此出　觀曰令圓明顯現稱行境界無障無礙深思之令現在

前也　釋曰第三結勸修學謂若圓明在心依解生行行起解絕雖絕而現解行雙融修而無修非唯周徧一門實亦三觀齊致無心體極無間常行何障不消何法能礙斯觀顯現聖遠乎哉體之則神矣體非權小聖亦難思矣故初生王宮貴極臣佐離此成觀安造玆玄余久探玄籍注想華嚴此之一觀久而究盡不鏡方寸虛負性靈故名法界玄鏡時已從心之歲矣本文結云華嚴法界玄一卷有本無玄字今依有本也今夾本文在內別題云華嚴法界玄鏡

華嚴法界玄鏡卷下

天台八教大意

天台沙門灌頂撰

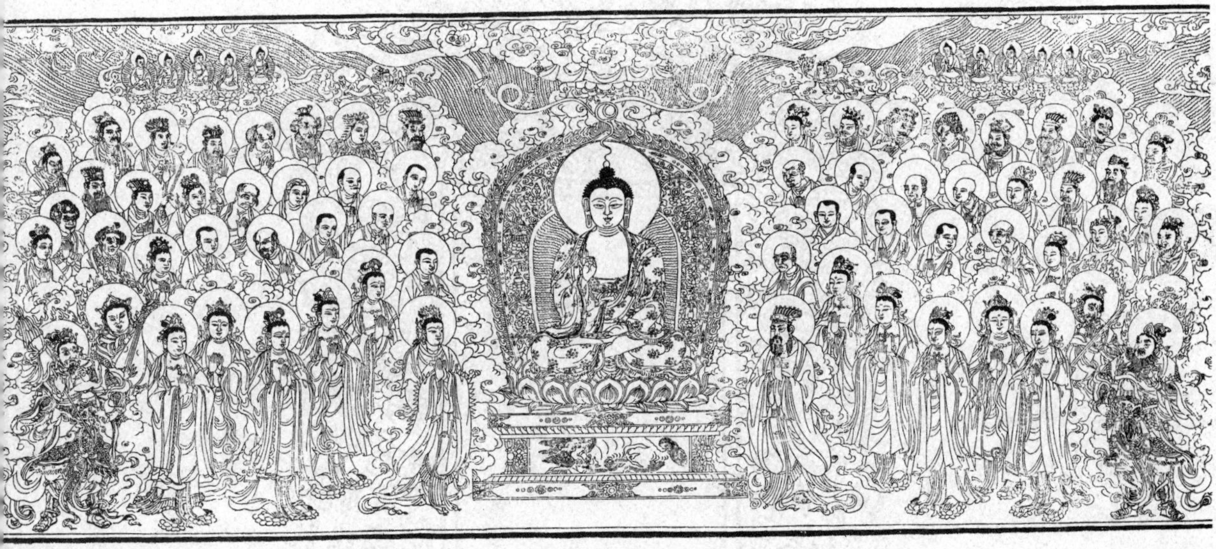

清刻龍藏佛說法變相圖

天台八教大意

天台沙門灌頂撰

前佛後佛自行化他究其旨歸咸宗一妙佛之知見但機緣差品應物現形爲實施權故分乎八頓漸祕密不定化之儀式譬如藥方藏通別圓所化之法譬如藥味初言頓者從部得名即華嚴也佛垂迹化塵劫叵量因壽倍之果寧可喻且從今日一期降生託隂摩耶主伴互爲唯資大法譬如日出先照高山機不經歷故名爲頓約譬次第以初譬初名爲乳味故涅槃云從佛出十二部經譬從牛出乳又二乘機生未受大化雖復在座如聾若盲初會俱無見聞之益亦名爲乳故迦葉領解云即遣傍人急追將還迷悶躃地等即第一時也次從鹿苑至于般若名爲漸教既

二乘全生貴藥非賤治不動九會脱妙著麤貫日託陰納妃生子示成鹿苑轉生滅四諦法輪小乘生信先度五人約譬次第名爲酪味故迦葉領解云密遣二人方便附近等故涅槃云從十二部經出修多羅譬從乳出酪即第二時也次明方等大集寶積淨名褒圓歎大折小彈偏自悲敗種約譬次第名生酥味故涅槃云從修多羅出方等典譬從酪出生酥故迦葉領解云過是已後心相體信出入無難然其所止猶在本處即第三味也次說諸部般若轉教付財融通洮汰約譬次第名熟酥味故迦葉領解云長者自知將死不久等即第四味也此等四味對頓名漸法華涅槃非頓漸攝開前頓漸歸會佛乘約譬次第名醍醐味故涅槃云從摩訶般若出大涅槃合於法華譬從熟酥出醍醐味故迦葉領解云臨欲終時而命其子等即第五味也餘之六教遍在漸頓之中同聽異聞互不相知名祕密教同聽異聞彼彼相知名不定教祕密不定名下之法只是藏通別圓佛世逗機一音異解從化儀大判且受二名略明化儀四教義竟次明藏通別圓四教亦遍頓漸二味之中華嚴頓部圓教兼別鹿苑初成十二年前說戒定慧三並屬小但三藏教十二年後般若之前大集寶積楞伽思益淨名金光明除般若外並屬方等對半明滿具有四教諸部般若帶半明滿具通別圓無三藏教法華會竟無三唯一圓教涅槃最後談常四教並知圓理所以二經同醍醐味第一明三藏教者仍於法華及大智度論對斥小乘得此

名也論云迦旃延子自以聰明利根於婆沙中明三藏義不讀衍經非大菩薩廣破三祇六度權義建立衍門通别圓三大乘觀行謂四阿含即修多羅藏俱舍婆沙即阿毗曇藏五部毗尼即是戒藏此之三藏三乘同須戒防身口經多詮定論多辯慧聲聞觀於四諦縁覺觀十二因縁菩薩修事六度二乘則自調自度菩薩乃弘誓與拔因雖小異俱析實陰而歸但空聲聞階位立於七賢七聖不同種福乃三生六十劫次明支佛者支佛此翻縁覺若出無佛世觀華飛葉落頓悟支佛名爲獨覺生於佛世聞説因縁頓悟支佛名爲縁覺並福厚根利謂四生一百劫所修因也三明菩薩乘者從初發心縁生滅四諦發四弘誓願一未度者令度即衆生無邊誓願度

謂度天魔外道愛見二種六道衆生此縁苦諦境而發心也二未解者令解即煩惱無數誓願斷願斷愛見六道衆生二十五有見思之縛令得解脱即縁集諦境而發心也三未安者令安謂法門無盡誓願知即令愛見六道衆生知三十七品道諦自安此縁道諦而發心也四未得涅槃者令得涅槃即佛道無上誓願成此令六道愛見衆生滅二十五有因果證滅諦理此依滅諦境而發心也既以發心須行塡願行即三祇百劫所修六度從初値釋迦牟尼至罽那尸棄名初僧祇從此常離女人身亦不自知當得作佛即是外凡五停心總别念位從尸棄至然燈佛用七莖蓮華供養布髮掩泥受然燈記當得作佛號釋迦文爾時自知口亦未説名二僧祇此是

熸法修事六度次從然燈至毗婆尸佛爲第三僧祇亦知亦說此是頂法之位修行六度若過三祇百劫種福三十二相百福成一相福謂相因福義多途難可定判於南洲男身佛出世時緣佛身相故得種也一云輪王於四天下自在爲一福有云如帝釋於二天下自在爲一福有云大千人盲治差爲一福有云一切人破戒能爲說法令捨毀禁爲一福有云不可譬喻唯佛能知入第三僧祇修行大行故福難量問幾時種三十二相因答極遲百劫極疾九十一劫故弗沙佛觀見釋迦弟子根熟宜在前度於寶窟中放光遠照菩薩尋光至弗沙所七日七夜一心觀佛目不暫眴苦行讚歎超彌勒前九劫獲證修行六度各有滿時凡有所施而無遮礙如尸毗王代鴿是檀滿如須陀摩王捨國獲偈護不妄語是名尸滿如羼提仙人爲歌利王割截無恨身體平復是忍辱滿如大施太子爲諸衆生入海求珠充足窮乏得珠入手海神見其睡即藏其珠太子覺已誓將此身抒海令盡天帝感見諸天助之海水減半乃至七日翹足偈讚弗沙即精進滿如尚闍黎仙人入定鳥巢髻中待子能飛方乃出定是名禪滿如劬嬪大臣分閻浮提地而爲七分息國仇諍是般若滿此訖前百劫並下忍位也次入補處生兜率託母胎出生出家降魔魔軍散已安坐住禪即中忍成就次一刹那入上忍次一刹那入世第一次一刹那發眞無漏三十四心斷惑證果十力無畏等皆成就名佛轉于法輪緣盡入滅舍利住世廣福人天此是

三藏三乘之相問何故二乘即生斷結菩薩從初乃至降魔仍未斷耶答二乘猒患生死自求涅槃故先斷結菩薩慈悲先物後已設乃因時斷思未得無漏力弱從其元意亦名未斷問三乘所修凡具幾法答大而爲論並用十法能通之門有四隨入咸然今約有門略明十義一明所觀之境即是識正無明因緣生一切法也故大論云色若麤若細總而觀之無常無我悉是顛倒如阿毗曇廣說不同外道計微塵世性及自然等二眞正發心者既識無明乃至老死正求涅槃發三乘心出離見愛不要名利唯志無餘三遵定慧者既誓求出有依木叉住修道但遮障紛馳道何由剋爲修四念學五停心破五種障名停事觀名定念處即慧慧定均停故名安心四

破法遍今見有得道以無常等慧遍破見愛也五知通塞者前雖知見等是過未見其德過即是塞德即是通通謂道滅無明滅等及於六度塞即集因緣生等及於六蔽節節檢校是通須護塞即須破六道品調適既識通塞進修道品所謂觀身不淨觀受是苦觀心無常觀法無我勤修念處名四正勤定心中修名四如意五善根生名五根根增長名五力定慧調停名七覺安隱道中行名八正若一停作三十七品餘停心亦如是此三十七是行道法將入無漏城有三門謂空無相無作苦下空無我二行爲空門集道各四及苦下苦無常十行爲無作門滅下有四爲無相門故知三乘莫不依諦七修對治者若利人即入鈍人不入當修助道故論云貪欲心起

教修不淨及背捨等爲助無常析觀歸眞爲正八識次位者雖修正助等法明識眞似階降不同令無上慢九善修安忍總修四念入於煖法似道煙生若不安忍不至煖頂頂法退爲五逆煖退爲一闡提忍世第一後入眞無漏由能安忍内外諸障十無法愛者上安忍策進外凡令入内凡令無法愛策内凡位而入見諦斷於見惑或超或次得成無學利人節節得入鈍人具乘至十阿毗曇中所明雖廣不出十意名爲十法成乘有門既爾空門亦有亦空門非有非空門亦如是廣如大本三藏教竟次明通教通者同也此教三乘因果大同故名通教故經云欲得三乘當學般若論云聲聞及緑覺解脱涅槃道皆從般若得三人共行十地三人同斷見思前無七賢之名後無等覺妙覺所證雖同三藏觀法巧拙有殊通教體陰即眞名巧三藏析陰方眞名拙即是界内巧拙相對相對雖爾此去三教並屬大乘大名雖同若地若行名數多少深淺天隔初乾慧地即是外凡體陰界入如幻如化總伏見愛八倒名四念觀住是觀中修正勤如意根力覺道雖未得煖法相似理水總相智慧深利故稱乾慧地二性地者得煖法理水霑心增進頂忍及世第一見無漏性皆名性地即内凡也三八人地四見地此兩地不出入觀共斷見惑發眞無漏見於諦理即初果位八人者八忍也即無漏一十六心亦應云八智智少一分文略從因故云八人五薄地者體破欲界六品思惑故名爲薄即斯陀含果六離欲地斷欲九品不來欲

界即阿那含果故云離欲七已辦地者三乘進斷色無色界八九七十二品思惑即羅漢果名爲已辦聲聞行極八支佛地雖同斷見思福厚根利能除習氣也九菩薩地從初發心緣無生四諦發菩提心至六七地從空入假假謂化道空即空觀道觀雙流誓扶習氣還生三界用道種智遊戲神通淨佛國土成就衆生三乘機熟即坐道場用一念相應智慧進斷餘習及界内無知得一切種智名第十佛地轉無生四諦法輪化三乘衆入無餘涅槃如火燒木無復灰炭香象度河到於邊底故經云諸法實性相三乘亦皆得而不名爲佛三乘觀行亦有四門今亦約有門明於十法成乘初明觀境即六道陰入能觀所觀皆如幻化二明發心二乘緣真自行菩薩體幻兼人與樂拔苦譬於鏡像三安心定慧前雖止觀並空如空而安二法四破法遍用幻化之慧破幻化見思五識通塞雖知苦集十二緣生及六蔽等皆如幻化亦以幻化道滅十二緣滅及六度等通之節節檢校皆如幻化六道品調適者以不可得心修三十七品也七對治者體三藏法無常苦空如幻而治八識次位者了乾慧等十地因果三人殊途而不謬濫九令安忍乾慧外凡内外諸障而入性地第十速令内凡性地不著相似法愛而入八人見地證真餘三門亦如是廣如大本通教竟三明別教者此約界外獨菩薩法教理智斷行位因果別前二教別後圓教故名爲別涅槃云四諦因緣有無量相非諸聲聞緣覺所知諸大乘經廣明菩薩歷劫修行

行位次第互不相攝並此教也華嚴明十住十行十迴向爲賢十地爲聖妙覺爲佛瓔珞明五十二位前加十信仁王不論等覺但五十一位金光明經但出十地佛果勝天王但明十地涅槃明五行十功德既是界外菩薩行位隨機利益豈得定說今約瓔珞總明十位一十信二十住三十行四十迴向五十地六等覺七妙覺初十信者十心之中以信爲本故云十信十心者一信二念三精進四慧五定六不退七迴向八護法九戒十願即是外凡伏忍位也住行向三並屬內凡柔順忍位二明十住者即習種性從信入住習從假入空斷界內見思故名習種一發心二持地三修行四生貴五方便具足六正心七不退八童真九法王子十灌頂三明十行者性種性也從十住空性而入十行假性名性種性一歡喜二饒益三無瞋恨四無盡五離癡亂六善現七無著八尊重九善法十真實四明十迴向道種性者修中道觀伏界外惑故名道種一救護衆生二不壞三等一切諸佛四遍至一切處五無盡功德藏六隨順一切堅固平等善根七等觀一切衆生八真如相九無縛無著解脫十入法界無量五明十地聖種性者證中道觀故名爲聖一歡喜二離垢三明地四燄地五難勝六現前七遠行八不動九善慧十法雲此之十地破界外十品無明更破一品入於等覺更破一品入於妙覺始終但破十二品無明乃與圓教第二行齊以我之因爲汝之果教權位高者譬如邊方未靜高位目之定爵論功其官則下此教緣

無量四諦發菩提心苦集滅道皆無量相若論自行隨一門竪入化他始終橫破故十住自行從假入空用生無生觀六界空十行入假廣集四四十六門法知十界假迴向後心滅九界假證佛界中地前緣修兩觀經劫無量爲中道方便登地三觀現前與圓初住無二無別名爲證道若有宜聞地上歷別亦作一地不知二地說之故得諸大乘經或明七地之前猶居方便位也此則始終約教不同緣修地前對地名爲教道且約自行四門之中有門所修十法成觀初明境者緣於登地中道妙有之境而爲所觀局出空有之表二明發心者緣此妙有起四弘誓故華嚴云菩薩不爲一人一國一界微塵人乃爲法界衆生發菩提心也三安心者既發心已安心進

行修諸定慧定愛慧策耳四破法遍者用妙有慧遍破空有也五識通塞者次第三觀爲通見思塵沙無明爲塞傳傳檢校是塞令通耳六道品調適者三十七品是菩薩寶炬陀羅尼念處破倒正勤如意能生五根力必增長七覺八正定慧均平入三解脫門證中無漏七對治助開者用前藏通助開妙有實相中道八知次位者善達卜位終不謂我叨極上聖九安忍者策十信位入於十住令離違順強軟二賊十無法愛者策三十心令入十地若愛相似之法名爲頂墮餘三門亦如是廣如大本別教竟次略明圓教者圓名圓妙華嚴法界廣大淨名入不二法門般若最上之乘涅槃一心五行等並圓妙法也此等圓妙一理無他兼帶半滿權覆於實旨趣猶隱

今從佛意卷權歸實開顯之圓粗騰綱要即以法華分別功德品末明本迹流通如來滅後五品聞經轉説起觀行成以爲凡地措心之首經云又復如來滅後若聞是經而不毀呰起隨喜心從會而出聚落田里爲父母宗親隨力演説如是展轉至第五十人聞而隨喜其福超勝於四百萬億那由他恒河沙等衆生令得羅漢百千億分不及其一則初隨喜品也

經云何況讀誦受持之者即第二品經云若有受持讀誦爲他人説即第三品經云況復有人能持此經兼行布施持戒忍辱精進一心智慧是兼行六度即第四品經云若人讀誦爲他人説復能持戒忍辱無瞋精進勇猛得諸深定智慧問答則是具行六度第五品也初品之初校量叵測餘之四品非凡小所知略如經文不能具述初言隨喜者隨喜妙法也法即心法及生佛法此法即心此心即法三無差別凡聖一如如即實相實相遍相百界三千百界三千無非實相故經云諸法實相即指諸佛權實法也所謂如是相性體力等即百界三千也妙心體具具不出心猶如金體具足衆器具不出金故名具心以之爲妙妙心是境妙智是觀觀境不二能照能遮所言境者具三諦也具心即空眞諦境也具心即假俗諦境也具心即中中道第一義諦也知眞即空觀知俗即假觀知中即中觀常境無相常智無緣無緣而緣無非三觀無相而相三諦宛然初心此知慶已慶人故名隨喜即第五十人也會初聞説即五品之初

觀念無間故有異也一一品中以五悔爲本故彌勒因時無別苦行但修五悔日夜六時無時有須臾廢成等正覺次以圓解觀心修行五悔更加讀誦善言妙義與心相會如膏助火是時心觀益明名第二品也次以增品勝心修行五悔更加說法轉其内解導利前人以曠濟故化功歸巳心倍勝前名第三品次增進心修行五悔傍行六度福德力故倍助觀心更一重深進名第四品次以圓心修行五悔正行六度自行化他事理具足心觀無礙轉勝於前不可比喻名第五品此等五品並外凡位假名五品旣轉明靜豁入聞慧通達無滯深信難動即入十信六根清淨内凡位也見思之惑任運先除如冶鐵作器麤垢先盡故仁王般若云十善菩薩發大心長別三界苦輪海與三藏通教佛果位齊與別教十迴向齊也信名雖同別教人之與行深淺永殊住行向地亦復如是圓賢位竟次明聖位四十二品並破界外微細無明初入十住破十品無明證圓佛性開佛知見故華嚴云初發心時便成正覺眞實之性不由他悟即此意也證初一位即能分身百佛世界爲十界像普現色身隨機設化二住已去十位加前乃至妙覺不可說界本高迹下普現三昧次入十行更破十品示佛知見次入十迴向更破十品悟佛知見次入十地進破十品入佛知見竪論雖爾橫論一一皆具開示悟入佛知見也次破一品入等覺後破一品入妙覺妙覺無上無所復論始終理等故名爲圓約事仍殊乃分諸位譬如濕性冰水無殊

融冰成水初後宛然應明六即方顯聖理圓性恒遍生佛咸如理即佛性如理而知名字佛性如知修觀刹那無間觀行佛性獲淨六根相似佛性破界外惑證眞初住乃至等覺四十一位分證佛性妙覺一位智斷俱圓究竟佛性理同故即事異故六故名六即如諸大教有即名者生死即涅槃煩惱即菩提等並判六即方免濫非問華嚴經云初發心住便成正覺何須更因餘之位耶答正覺分成名成正覺非即發心成究竟正覺譬如闇室分四十二分一炷之燈即名室明可同於二三乃至四十二炷若了此喻一成一切成不失初後明昧宛然應知圓人四門並位位十法淺深有異今且總明十法名相一觀不思議境者謂觀一念所具之心即無作四諦達此具心無非衆生生佛一如涅槃無二即苦滅諦不可思議達此具心無非煩惱煩惱即般若即集道諦不可思議惑智相即因果寧殊一一無非空假中境即空故方便淨即假故圓淨即事故性淨三淨一心中得名大涅槃故淨名云一切衆生即大涅槃名不思議境境法非一名廣無非實相名高故法華云其車高廣第二發眞正菩提心者緣前實境起四弘誓緣前苦境誓度衆生故法華云未度者令度緣前集境誓斷煩惱故法華云未解者令解達惑即智則法門無盡誓願知故法華云未安者令安生死即涅槃則佛道無上誓願成故法華云未得涅槃者令得涅槃四諦是所緣之境四弘是能發之誓誓若無境名爲狂願境不發誓名爲頑諦依諦發心

離於邪小偏僞之過故名眞正故法華云又於其上張設幰蓋等三巧安止觀者體境法界法界寂然名止止即定也寂然常照名觀觀即慧也此即總安若分止觀逗四悉機名爲別安若總若別無非圓觀故名善巧故法華云安置丹枕即車內枕也四破法遍者以圓三觀遍破三惑惑智俱圓一心中破名破法遍故法華云其疾如風五識通塞者苦集無明見思塵沙爲塞道滅無明滅即空即假即中等爲通是通須護有塞須破於通起塞亦復如是節節檢校名識通塞即車外枕也六道品調適者無作七科一一調試隨宜而入四念爲本雙非枯榮餘品例之無非中道名道品調適故法華云有大白牛等七對治助開者若正道多障圓理不開須修事助事即五停及三藏六度等事成理顯事理咸如名爲合行故法華云又多僕從等八知次位令無上慢九能安忍策進五品而入十信十無法愛策於十信入證初住故經總譬乘是寶車遊於四方乃至直至道場等故知中下修觀十法具須上根體境含諸或一二三不定內外作受無不咸然大車無量言豈徒設以法對譬出自一家本迹所歸圓理無二不別而別位位增明廣如餘文非此可具俟文判義若四若八目擊道存更引涅槃證成其理故第六云凡夫如乳須陀洹如酪斯陀含如生酥阿那含如熟酥阿羅漢辟支佛佛如醍醐大論云聲聞經中稱阿羅漢名爲佛地故三人同是醍醐此譬三藏教五味也涅槃三十二云衆生如雜血乳須陀洹斯陀含如

淨乳阿那含如酪阿羅漢如生酥辟支佛如熟酥佛如醍醐此譬通教五味支佛侵習小勝聲聞故與菩薩同爲熟酥佛正習俱盡名醍醐涅槃第九云衆生如牛新生血乳未別聲聞如乳緣覺如酪菩薩如生熟酥佛如醍醐此譬別教五味十信輕毛菩薩如雜血乳九住已前斷通見思名乳比擬聲聞十住小深故比擬支佛如酪十行十向如生熟酥十地之初已名爲佛故如醍醐涅槃二十七云雪山有草名爲忍辱牛若食者即成醍醐草喻八正能修八正即見佛性此譬圓教不歷四味即成醍醐又涅槃二十七云置毒乳中遍於五味皆能煞人譬於祕密及不定教毒譬佛性了因種子五味譬受報五道煞人譬值佛聞法斷惑不明諸教經不可通無彼經譬教何能顯問別具五味亦具四教及方等涅槃四教何別答涅槃四教俱知常住方等四教隔別不融別具四教法四人一謂菩薩人知四種法雖四不同善須得意故知稟教自行化他暗於八教旨歸行解甚難通會爲實施權意在於實卷權歸實意在於權權實雖殊不思議一本迹久近妙理恒同十方佛化無他戒定智慧人人備足汝等所行是菩薩道五篇何局自度心修無二無三之談方便焉不歸實得法華意冰冶雲銷古今失意之人咸招打脚之喻執實謗權尚違安樂之行執權謗實傲逾七遊者哉謹案天台一宗略論旨趣究其始末餘文廣尋可謂習義觀之初章辯偏圓之妙慧終朝結舌遍誦衆經八音掩扇常聞梵響靈山親證語不徒施發

陀羅尼言可驗矣頃因好事者直筆書之儻有見聞者咸資種智自他功德兾必由茲法界怨親俱霑願海天台釋明曠於三童寺録焉

天台八敎大意

音釋

躃毗亦切倒也　洮汰洮徒刀切汰他蓋切洮汰猶洗濯也　罽居例切

羼提梵語也此云忍羼初限切　扞夫呂切捍也　翹其堯切舉也

劬嬪劬權俱切嬪毗賓切　呰蔣氏切口毀也　幰許偃切車上張繒曰幰

破邪論集

唐虞秘書製

清刻龍藏佛說法變相圖

破邪論集序

唐 虞 秘書 制

若夫神妙無方非籌筭能測至理凝邈豈繩準所知實乃常道無言有崖斯絕安可憑諸天縱窺其窅㝠者乎至於五門六度之源半字一乘之教九流百氏之目三洞四検之文苟可以經緯闡其圖詎可以心力到其境者英猷茂實代有之焉法琳法師者俗姓陳頴川人晉司空羣之後也自梁及陳世傳纓冕爰祖及伯累業儒宗法師少學三論名聞朝野長該衆典聲振殊俗威儀肅穆分節淹通留連清翰發擿微隱比地方春藏用顯仁之量如愚若訥外闇内明之功固能智周測海道亞彌天豈止操類山濤神侔庾亮而已爾其文情乃典而不野麗而有則猶八音之並

奏等五色以相宣道行則納正見於三空拯羣迷於八苦既學博而心下亦守卑而調高實釋種之梁棟蓋人倫之羽儀者矣加以賑乏扶危先人後已重風光之拂照林牖愛山水之負帶煙霞頗力是融晦迹肥遯以隋開皇之末隱於青溪山之鬼谷洞焉廻擀巖崖則薇虧日月空飛戸牖則吐納風雲其間採五芝而偃仰遊八禪而寢息餌松朮於溪澗披薜荔於山阿皆合掌歸依摩頂問道經行恬靜十有餘年然其疊嶂危岑長松巨壑野老之所棲盤古賢之所遊踐莫不身至目覩攀穴指歸仍撰青溪山記一卷見行於世太史令傅奕學業庸淺識慮非長乃穿鑿短篇憑陵正覺將恐震茲布鼓竊比雷門中庸之人頗成阻惑法師愍彼後昆又撰破邪論二卷雖知虞衛同奏表異者九成蠅驥並馳見奇者千里終須朱紫各色清濁分流訶以凡測聖之豐責以俗校眞之咎引文證理非道則儒典致深情指的周密莫不轍亂旗靡瓦解氷銷入室有操矛之圖厥角無容頭之地於是傳寫不窮流布長世若披雲而見日同迷縱而得道法師著述之性速而且理凡厥勒成多所遺逸今散採所得詩賦碑誌讚頌箴誡記傳啓論及三教系譜釋老宗源等合成三十卷法師與余情敦淡水義等金蘭雖服制異宜風期是篤輒以藤綆聯彼珪璋編爲次第其詞云爾

上殿下破邪論啓

法琳啓緬尋三元五運之肇天皇人帝之興竊圖烏策之文金版玉筒之典六衡九光之

度百家萬卷之書莫不尊人倫信義之風述勛華周孔之教統其要也未達生死之源陳其理也不出有無之域豈若五分法身三明種智湛然常樂何變何遷邈矣眞如非生非滅而能道資萬有慈被百靈啓解脱彼岸之津開究竟無爲之府拔羣生於見海之外救諸子於火宅之中但化隔葱河千有餘載教流漢土六百許年龕塔相望禪人接踵所以道安登秦帝之輦僧會上吳主之車高座法師能陳八正浮圖和尚巧説五乘化洽九州福霑三世其爲利物此之謂歟有隋禠運駮馬生郊災起四兇毒流百姓慧燈既隱法雨將收賴我大唐上應乾心下協黎庶補天以麗三象紐地以安五嶽生民蒙再造之恩釋門荷中興之賜方欣六玆五帝四彼三皇反淳朴之風行無爲之化竊見傅弈所上誹毀之事在司既不施行弈乃公然遠近流布人間酒席競爲戲談有累清風寔穢華俗長物邪見損國福田理不可也伏惟殿下往藉三多久資十善赴蒼生之望膺大寶之期道叶隆平德光副后發洊雷之響則蟄戶俱開啓明离之暉則幽衢並鏡赫矣允矣難得名矣固以漢光重世周卜永年復能降意福門迴情勝境津梁在念墻塹爲心伏願折邪見幢然正法炬像化被寄深幸兹乎不任憤懣懇焉之志謹上破邪論一卷塵黷威嚴伏增悚息謹啓

武德五年正月二十七日上

破邪論卷上

唐沙門釋法琳撰

太史令朝散大夫臣傅弈上減省寺塔廢僧尼事十有一條臣弈言臣聞羲農軒頊治合李老之風（彈曰詩云上以風化下下以風刺上老子在周爲守書藏吏如今秘書官也本非天子有何風化令羲農上帝與之合治）虞夏湯姬政符周孔之教（彈曰周公孔子並是國臣上述虞夏之教下化澆薄之民亦非人王不得自爲教主豈令虞夏四君却符周孔之教耶）雖可聖有先後道德不别君有沿革治術尚同竊聞八十老父擊壤而歌十五少童鼓腹爲樂耕能讓畔路不拾遺孝子承家忠臣滿國然國君有難則殉命以報讎（彈曰既國並忠臣何得有難曰常六卿之徒不應起逆）父毋有病則終身以側侍豈非曾參閔子之友庠序成林墨翟耿恭之儔相來羽翼（彈曰二十九代止一曾參漢高已前獨推閔子成林之言無寔羽翼之奏本虛事太過矣）乃有守道合德無欲無求（彈曰州吁叔段不能守道夏桀殷紂唯事貪求也）寵辱若驚職參朝伍（彈曰潘崇羿浞未肯若驚季氏陽貨亦居朝列）荆山鼎上攀附昇龍緱氏壇邊相從駕鶴瑤池王母之使具禮來朝碧海無夷之神周行謁帝所以然者當此之時共遵李孔之教（彈曰黃帝昇龍蓋是三皇之世瑤池王母復是周穆之時計此李老未出之前孔丘無名之日不應反遵老教却習孔書）而無胡佛故也（彈曰汝既稱無佛亦不得有道）自漢明夜寢金人入夢傅毅對詔辯曰胡神（彈曰周世不來傅毅豈知有佛量已先來有佛是傅氏得知先祖言佛汝反稱無五逆重殃自貽永劫也）後漢中原未之有信（彈曰虛詞大過）魏晉夷虜信者一分（彈曰禮樂衣冠晉朝始備汝既謗言夷虜華夏是誰）符融託佛齋而起逆逃竄江東呂光假征胡而叛君跱立西土（彈曰時人嫉融謗云結聚呂光征還符主國破遂居河右霸在涼州亦不由僧叛居西土）降斯已後妖胡滋盛太半雜華（讖曰慈悲所熏出于末劫惡世有緣度正在於斯）搢紳門裏翻受禿丁

邪戒儒士學中倒說妖胡浪語箴曰搢紳導忍辱之服儒士貴全口之談曲類哇歌聽之喪本臭同鮑肆過者失香彈曰發汝哇聲揚汝鮑臭聽之必知喪本過者寧不失香仰面唾天自受其辱斯言信矣兼復廣置伽藍壯麗非一箴曰造生天之業種脫苦趣之因勞役工匠獨坐泥胡箴曰爭運身手儀象聖尊撞華夏之鴻鐘集蓄僧之僞衆箴曰鳴百練之神鐘召三千之聖衆動淳民之耳目索營秘之貨賄箴曰感信心之耳目廢貪婪之貨賄女工羅綺剪作淫祀之旛巧匠金銀散雕舍利之塚箴曰女工羅綺造續命之旛巧匠金銀起碎身之塔秔粱麵米橫設僧尼之會香油蠟燭在照胡神之堂箴曰秔粱米麵爭陳福田之會香油蠟燭求照慈悲之堂剝削民財割截國貯朝廷貴臣曾不一悟良可痛哉彈曰朝廷稽古捨俗歸真崇敬釋門不同邪見伏惟陛下定天門之開闔更新寶位通萬物之迍否再育黔黎布李老無爲之風而民自化執孔丘愛敬之禮而天下孝慈且佛之經教妄說罪福箴曰原教所由示人斷惡之門開人十善之路軍民逃役剃髮隱中不事二親專行十惡箴曰捨二親之恩愛修十善之仁風忍其小違以成大順歲月不除姧僞逾甚臣閱覽書契爰自庖犧至於漢高二十九代四百餘君但聞郊祀上帝彈曰員丘南郊不免殺生之咎豈如佛戒不殺爲先校量是非斷可知矣官吏民察未見寺堂銅像建社寧邦請胡佛邪教退還天竺箴曰緣感則興事訖便息來往應物隱顯隨時凡是沙門放歸桑梓令逃課之黨普樂輸租避役之曹恒忻効力勿度小禿長揖國家彈曰昔嚴子陵不拜天子趙元叔長揖司空典籍稱其美也況沙門是出世福田釋氏爲物外高士欲令拜謁違損處深理不可也自足忠臣宿衛宗廟則大唐廓定作造化之主百姓無事爲犧皇之民彈曰造化之世人不輸租犧皇之民鼓腹而卧聖門在上豈信崔浩姜斌之詞者乎臣弈誠惶誠恐彈曰事君盡忠言而有信聞奏不實罪有所歸誣罔國家終須伏劒豈惶恐能了謹上益

國利民事十有一條如左謹言彈曰如汝所奏損國害民事不可也

武德四年四月二十日上

上秦王論啓

沙門法琳等啓琳聞情切者其聲必哀理正者其言必直是以窮子念達其言勞人願歌其事何者竊見大業末年天下喪亂二儀黲黷四海沸騰波振塵飛丘焚原燎五馬絶浮江之路七重有平壘之歌烽燧時警羽檄競馳關塞多虞刁斗不息道消德亂運盡數窮轉輸寔繁頭會箕斂積屍如莽流血爲川人不聊生物亦勞止控告無所投骸莫從百姓苦其倒懸萬國困其無主豈圖法輪絶響正教淩夷聖上與弔俗之心順昊天之命爰舉義旗平一區宇當時道俗蒙賴華戎胥悅於是叶天地而通八風測陰陽而調四序和邦國叙人倫功蓋補天神侔立極降雲雨而生育開日月而照臨發之以聲明紀之以文物恩霑行葦施洽蟲魚方欲重述九疇再敷五教與石渠之學布庠序之風遠効軒犧近同文景功業永隆不知手之舞之足之蹈之者矣竊見傅奕所上之事披覽未遍五內分崩尋讀始周六情破裂嗚呼邪言惑正魔辯逼眞猶不足聞諸下愚況欲上干天聽但奕職居時要物望所知何容不近人情無辜起惡然其文言淺陋事理不詳辱先王之典謨傷人倫之風範何者夫人有言言必有中夫子曰一言合理則天下歸之一事乖常則妻子背叛觀奕所上之事括其大都窮其始末乃罔冒闕廷處多毀辱聖人甚切如奕此意本

欲因茲自媒苟求進達寔未能益國利民意是惑弄朝野然陛下應天順時握圖授籙赴萬國之心當一人之慶扶危救世之力夷兇靜難之功固以威蓋前王聲高往帝爰復存心三寶留意福田預是出家之人莫不感戴天澤但由僧等不能遵奉戒行酬報國恩無識之徒非違造罪致令傅弈陳此惡言擗踊痛心投骸無地然僧尼有罪甘受極刑恨弈輕辱聖人言詞切害深恐邪見之者因此行非按春秋云魯莊公七年夏四月恒星不現夜明如日即佛生時之瑞應也然佛有真應二身權實兩智三明八解五眼六通神力不可思議法號心行處滅其道也運衆聖於泥洹其力也接下凡於苦海自後漢明帝永平三年夢見金人已來像教東流靈瑞非一具在漢魏諸史姚石等書至如道安道昱之輩圖澄羅什之流並有高行深解當世名僧盡被君王識知貴勝崇重自五百餘年已來寺塔遍於九州僧尼溢於三輔並由時君敬信朝野歸心像教興行於今不絕者寔荷人王之力也世間君臣父子猶謂恩澤難酬昊天莫報況佛是衆生出世慈父又爲凡聖良醫欲抑而挫之罪而辱之理不可得也仰尋如來智出有無豈三皇能測力包造化非二儀可方昔商太宰嚭問孔丘曰夫子聖人歟孔子對曰丘博識強記非聖人也又問三王聖人歟對曰三王善用智勇聖非丘所知又問五帝聖人歟對曰五帝善用仁信聖亦非丘所知又問三皇聖人歟對曰三皇善用時聖亦非丘所知太宰大駭曰然則孰爲聖人乎

夫子動容有對曰西方之人有聖者焉不治而不亂不言而自信不化而自行蕩蕩乎民無能名焉若三王五帝必是大聖孔丘豈容隱而不說便有匿聖之愆以此校量推佛爲大聖也老子西昇經云吾師化遊天竺善入泥洹符子云老氏之師名釋迦文直就孔老經書師敬佛處文證不少豈弈一人所能謗讟昔公孫龍著堅白論罪三王非五帝至今讀之人猶切齒已爲前智不鑑良可悲矣主上至聖欽明方欲放馬休牛軾閭封墓興皇王之風闡釋老之化狂簡之說尤可焚之若言帝王無佛則大治年長有佛則虐政祚促者按堯舜獨治不及子孫夏殷周秦王政數改蕭墻内起逆亂相尋爾時無佛何因運短但琳預居堯世日用莫知在外見不便事恐蕃國遠聞謂華夏無識夫子曰言滿天下無口過行滿天下無怨惡言之者欲使無罪聞之者足以自誡傳弈出言不遜聞者悉驚有穢國風特損華俗謹録冊欵冒以啓聞伏惟大王殿下天挺英靈自然岐嶷風神穎越器局含弘好善爲樂邁彼東平温易是歡更方西楚加以阿衡百揆式序六條德既褰羅仁兼裂網開康莊之第坐荀卿之賓起脩竹之園醼文雅之客莫不詩極緣情而賦窮體物信可譽形朝野美貫前英者焉但琳等内顧闕如方圓寡用念傳弈下愚之甚䰟凡僧秃丁之訶惡之極也罪莫大焉自尊盧赫胥已來天地開闢之後未有如弈之狂悖也不任斷骨痛心之至謹録弈害事輙述鄙詞件荅如左塵黷威嚴伏增殞絶謹啓

武德四年九月十二日濟法寺沙門
釋法琳啓
弈云海内勤王者少樂私者多乃外事胡佛内生邪見剪剃髮膚迴換衣服出臣子之門入僧尼之戸立謁王庭坐看膝下不忠不孝聚結連房且佛在西域言妖路遠捨親逐財畏壯慢老重富强而輕貧弱愛少美而賤着年以幻惑而作藝能以矯誑而爲宗旨然佛爲一姓之家鬼也作鬼不兼他族豈可催驅生漢供給死胡賤此明珠貴彼魚目違離嚴父而敬他人何有跪十箇泥胡而爲卿相置一盆殘飯得作帝王據佛邪説不近人情且佛滑稽大言不及旃孟奢侈造作罪深桀紂入家破家入國破國者
對曰夫出家者内辭親愛外捨官榮志求無上菩提願出生死苦海所以棄朝宗之服披福田之衣行道以報四恩立德以資三有此其之大意也若言佛爲胡鬼僧是秃丁者按孔老經書漢魏已來内外史籍略引孔老師敬佛處文證如左 以荅邪人冀其伏罪○道士法輪經言若見沙門思念無量願早出身以習佛眞又云若見佛圖思念無量當願一切普入法門○太上清淨消魔寶眞安志智慧本願本戒上品經四十九願云若見沙門當願一切明解法度得道如佛○老子昇玄經云天尊告道陵使往東方詣佛受法道士張陵别傳云陵在鵠鳴山中供養金像轉讀佛經○昇玄經又云東方如來遣善勝大士詣太上曰如來聞子爲張陵説法故遣我來看子語張陵曰卿隨我往詣佛所當令子得

見所未見聞所未聞陵即禮大士隨徃佛所○老子西昇經云吾師化遊天竺善入泥洹智慧觀身大戒經云道學當念極大梵流影宫禮佛○昇玄經云若有沙門欲來聽經觀齋供主不得計飲食費遏截不聽當推置上座道士經師自在其下○昇玄經又云道士設齋供若比丘來者可推爲上座好設供養道士經師自在其下若沙門尼來聽法者當穩處安置推爲上座供主如法供養不得遮止○化胡經云願採優曇花願燒栴檀香供養千佛身稽首禮定光○又云我生何以晚泥洹一何早不見釋迦文心中常懊惱○靈寶消魔安志經云道以齋爲先勤行當作佛（新本並改云勤行登金闕）故設大法橋普度諸人物○老子大權菩薩經云老子是迦葉菩薩化遊震旦○靈寶法輪經云葛仙公生始數日有外國沙門見仙公禮拜抱持而語仙公父母曰此兒是西方善思菩薩今來漢地教化衆生當遊仙道白日昇天仙公自語弟子云吾師姓波閱宗字維那訶西域人也仙人請問衆聖難經云葛仙公告弟子曰吾昔與釋道微竺法開張太鄭思遠等四人同發願道微法開二人願爲沙門張太鄭思遠願爲道士○仙公起居注云于時生在葛尚書家尚書年逾八十始有此一子時有沙門自稱天竺僧於市大買香市人怪問僧曰我昨夜夢見善思菩薩下生葛尚書家吾將此香浴之到生時僧至燒香右遶七帀禮拜恭敬沐浴而止仙公請問上經云與沙門道士言則志於道○上品大戒經校量功德品云施佛塔廟得

千倍報布施沙門得百倍報○昇玄内教經云或復有人平常之時不肯作福見沙門道士說法勸善了無從意云云○道士陶隱居禮佛文一卷○智慧本願本戒上品經曰施散佛僧中食塔寺一錢已上皆二萬四千倍報功多報多世世賢明玩好不絕七祖皆得入無量佛國○仙公請問經云復有凡人行是功德願爲沙門道士太博至經云後生便爲沙門大學佛法爲衆法師復有一人見沙門道士齋靜讀經乃笑之曰彼向空吟經欲何希耶虛腹日中一食此罪人耳道士乃慈心喻之故執意不釋死入地獄考毒五苦○仙公請問經云高上老子曰善古之時人民純朴各懷道德虛心玄寂無爲無事此風既散百競煙起萬流分析姧巧互攺愚智相淩鬼神執威衆聖並出製作教化唯令民修善自守是以有五經儒俗之業道佛各歎其教大歸善也○太上靈寶眞一勸誡法輪妙經云吾歷觀諸天從無數劫來見道士百姓男子女人已得無上正眞之道高仙其人自然十方佛皆受前世勤苦求道不可稱計○法輪妙經云道言夫轉輪不滅得還生人中大智慧明達者從無數劫來學已成眞人高仙自然十方佛者莫不從行業所致也

右録道經師敬佛文如前

按周書異記云周昭王即位二十四年甲寅歲四月八日江河泉池忽然泛漲井水並皆溢出宮殿人舍山川大地咸悉震動其夜五色光氣入貫太微遍於西方盡作青紅色周昭王問太史蘇由曰是何祥也由對曰有大

聖人生於西方故現此瑞昭王曰於天下何如由曰即時無他一千年外聲教被及此土昭王即遣鐫石記之埋在南郊天祠前當此之時佛初生王宮也穆王即位三十二年見西方數有光氣先聞蘇由所記知西方有聖人處世穆王不達其理恐非周道所宜即與相國吕侯入西會諸侯於塗山以禳光變當此之時佛久已處世至穆王五十二年壬申歲二月十五日平旦暴風忽起發損人舍傷折樹木山川大地皆悉震動午後天陰雲黑西方有白虹十二道南北通過連夜不滅穆王問太史扈多曰是何徵也對曰西方有大聖人滅度衰相現耳穆王大悦曰朕常懼於彼今已滅度朕復何憂當此之時佛入涅槃史録曰吴太宰嚭問於孔子曰孰為聖人乎孔子曰西方之人有聖者焉不治而不亂不言而自信不化而自行蕩蕩乎民無能名焉

右録孔書稱歎佛文如前

對曰書云見善如不及見惡如探湯然太上貴德其次立言德欲使人歸言欲使人信汝無德庇身出言損他輕侮大聖豈為人乎但孔老聖人尚自稱揚佛法令道士等敬讓僧尼汝既禀承孔老為師何以違背師教誹毀聖尊符子曰老氏之師名釋迦文○子書牟子二卷盛論佛法○内典天地經曰佛遺三聖化彼東土迦葉菩薩彼稱老子清淨法行經云佛遺三弟子震旦教化儒童菩薩彼稱孔丘光淨菩薩彼云顔回摩訶迦葉彼稱老子○按前漢孝武帝元狩中霍去病討凶奴至臯蘭過居延山獲昆耶休屠王等將其衆

五萬來降獲其金人率長丈餘列之於甘泉宮漢帝以爲大福燒香禮拜及開西域遣張騫使大夏還云有身毒國身毒國一名天竺始聞浮圖之教魏書云漢武得金人不祭祀但燒香禮拜而已得佛教流通之漸也○漢哀帝元壽元年使景憲往大月氏國因誦浮圖經還漢當時稍行浮圖齋戒○至章帝時楚王英喜爲浮圖齋戒奉黃縑白紈三十疋以贖愆詔報楚王尚浮圖之仁祠齋潔三月與神爲誓信也○桓帝時襄楷言佛陀黃老以課主上欲令好生惡殺少嗜欲尚無爲○後漢書孝明帝永平三年上夢金人項有日月光飛行殿前顧問羣臣通事舍人傅毅對曰臣聞西域有神其名曰佛陛下所見得無是乎帝遣郎中蔡愔博士弟子秦景等使於天竺而圖其形像愔乃與沙門迦攝摩騰竺法蘭東還洛陽中國有沙門自此始也○後漢郊祀志曰佛者漢言覺將以覺悟羣生也統其教以修善慈心爲主不殺生類專務清淨其精進者爲沙門漢言息心剔髮去家絕情洗欲而歸於無爲也又以人死精神不滅隨復受形所行善惡後生皆有報應所貴行善修道以練其精神練而不已以至無生而得爲佛也身長丈六尺黃金色項中佩日月光變化無常無所不入故能化通萬物而大濟羣生也有經書數千卷以虛無爲宗包羅精麤無所不統善爲宏闊勝大之言所求在一體之內所明在視聽之外歸於玄微深遠難得而測故王公大人觀生死報應之際莫不懅然自失也○魏書云蔡愔得佛經四十二章及釋迦立像明帝令畫工圖

寫像形置於清涼臺及顯節陵上經文緘於蘭臺石室愔之還也以白馬負經而至漢因立白馬寺於洛陽雍門西其經旨大抵言生生之類皆因行業而起有過去當今未來三世也其修道階次心行等非一皆緣淺以至深藉微以爲著率在於積仁順蠲嗜欲習虛靜而成通照也其始修心則依佛法僧受三歸也三歸如君子之三畏又有五戒斷殺盜婬妄語飲酒大意與仁義禮智信同云奉持之則生人天勝處虧鬼畜諸苦言善惡之處凡有六道在其防心正身口斷妄語總謂之十善道也能具此者近獲天報遠得菩提四月八日夜從母右脇而生當周昭魯莊之世姿容超異者三十二種大人之相天降嘉瑞以應之亦三十二佛既去世弟子等以香木焚身靈骨分碎大小如粟粒其色紅白擊之不壞焚之不燋每有光明神驗滅後百年有阿育王以神力分佛舍利役諸鬼神造八萬四千寶塔今洛陽彭城扶風蜀郡姑臧臨淄等皆有塔焉並有神異○漢法本內傳云明帝遣郎中蔡愔中郎將秦景博士王遵等十八人至天竺國得迦攝摩騰等將釋迦像是優塡王第四師所造還明帝問摩騰曰法王出世何以化不及此摩騰對曰迦毗羅衛國者三千大千世界百億日月之中心三世諸佛皆從彼生不問天龍鬼神有願行力者皆生於彼受佛正化咸得悟道餘處衆生無緣感佛佛不往也佛雖不往光明及處或五百年或一千年或一千年外皆有聖人傳佛聲教而教化之漢法本內傳曰明帝永平十四

年正月一日五岳諸山道士朝正之次互相命曰至尊棄我道法遠求胡教我等今日朝次各將太上天尊所制經書盡已之所能共上一表曰五岳十八山觀太山三洞弟子道士褚善信等六百九十人死罪上言臣聞太上無形無名無極無上虛無自然大道元首自從造化道教從生無為之尊自然之父上古同遵百王不易今陛下道邁羲皇德過堯舜光澤四海八表歸仁臣等竊承陛下棄本逐末求教西域臣觀西域所事者既是胡神所說者不參華夏復請胡人令翻其語託同似漢臣等思忖陛下雖翻得此語恐非大道如不依信願陛下恕臣等罪聽與驗試臣等五岳諸山道士多有聰明智慧博通經典從元皇已來太上經行悉能曉了太虛符呪並皆明達或有吞符餌氣或有策使鬼神或有入火不燒或有履水不溺或有白日昇天或有隱形於地至於方藥法術無有不能者願陛下許臣等得與比校一則聖上意安二則得辯真偽三則大道有歸四則不亂華俗臣等若比對不如任上重決若臣比對有勝乞除虛詐勑遣尚書令宋庠引入長樂宮曰此月十五日大集白馬寺南門外道士等共置三壇壇別開二十四門南岳道士褚善信等七十人將靈寶真文太上玉訣崆峒靈章昇玄步虛太上左仙人請問自然五種諸天內音等經合一百三卷○華岳道士劉正念等七十人將智慧定志智慧上品戒仙人請問本行因緣明真科等六十二卷○恒岳道士桓文度等七十人將本業上品法科罪福明

眞科齋儀太上洞玄眞文合八十卷岱岳道士焦得心等七十人將諸天靈書度命九天神章太上太極太虛自然滅度五練生屍度自然券儀合八十五卷○嵩岳道士呂慧通等一百四人將太上安志上品三元品戒太極左仙公神仙本起内傳服御五牙立成朝夕朝禮儀合九十五卷○霍山天目山五臺山白鹿山宮山合八山諸山觀道士祁文信等二百七十人將太極眞人敷靈寶文太上洞玄靈寶天文五符經步虛文神仙藥法屍解品上天符録敕禁合八十四卷都有四百六十九卷置之西壇茅成子許成子列子黃子老子莊子慧子合二十七家諸子經書總有二百四十五卷置之中壇饌食奠祀百靈置之東壇明帝設七寶行殿在白馬寺南門外道西置佛舍利及經像十五日齋訖道士等即以柴荻和栴檀沉水香積遶西壇經教上啼泣啓告曰臣等上啓太上無極大道衆仙百靈今胡神亂夏人主信邪正教失蹤玄風墜緒臣等敢以置經壇上以火取驗欲開曉未聞以辯眞僞伏願無極玄老太帝三皇今謹依三五步罡之術燒經爲驗便放火燒經經從火化悉成灰燼道士等見火焚經心大驚怖先時昇天者不復能昇先時隱形者不復能隱先時入火者不復能入先善禁呪者呼策不應先有種種功能者無一可驗諸道士等大生慚愧爾時太傅張衍語褚信曰卿今所試無驗即是虛妄宜就西域眞法褚信不答南岳道士費叔才自感而死時佛舍利光明五色直上空中旋環如蓋遍覆大衆

映蔽日輪摩騰法蘭先得阿羅漢果以慈善力踊身高飛行卧空中神化自在還坐本處怡然而住于時天雨寶花在於佛殿及衆僧上又聞天中諸樂之音感動人情大衆歡悅歎未曾有法蘭法師即說偈言
狐非師子類　燈非日月明　池無巨海納　丘無嵩岳榮　法雲垂世界　善種得開萌　顯通希有法　處處化羣生
於時大衆圍遶蘭師數百餘重法師復出梵音歎佛功德亦令大衆稱揚三寶讚述善法或說人天地獄因緣或說小乘阿毗曇或說大乘摩訶衍或說懺悔滅罪或說出家功德時司空陽城侯劉善峻官人民庶及婦女等發心出家四岳諸山道士呂慧通等六百二十人出家五品已上九十三人出家九品已上鎮遠將軍姜苟兒等一百七十五人出家京都治民張子尚等三百七十人出家明帝後宮陰夫人王婕妤等一百九十人出家京都治民婦女阿潘等一百二十一人出家十六日帝共大臣文武數百人與出家者剃髮日日設供夜夜燃燈作種種妓樂比至三十日法衣瓶鉢悉皆施訖即立十寺城外七寺城内三寺七寺安僧三寺安尼漢之佛法從此興焉

漢法本内傳凡有五卷
第一卷明帝得夢求法品
第二卷請法師立寺功德品
第三卷與諸道士比校度脱品
第四卷明帝大臣等稱揚品
第五卷廣通流布品

按玄通記云漢桓帝建和三年己丑之歲有沙門安靜是安息國王之太子捨國出家意存遊化至洛陽譯出衆經○魏書云文帝黃初三年壬寅之歲有沙門曇摩迦羅至許都譯出戒律○漢侍中傅毅異記云周昭王二十七年丁巳歲佛生耶吴書云吴主孫權赤烏四年辛酉之歲有沙門康僧會是康居國大丞相之長子初達吴地營立茅茨設像行道吴人初見謂是妖異有司奏聞吴主問曰佛有何神驗也僧會荅曰佛晦靈迹出餘千載遺身舍利應現無方吴主曰若得舍利當爲起墖經三七日遂獲舍利五色曜天剖之逾堅燒之不然光明出火作大蓮華照曜宮殿吴主歎異信心乃發因造建初寺度人出家吴主問尚書令都鄉侯闞澤曰漢明已來凡有幾年闞澤對曰從永平十年至今赤烏四年合一百七十年吴主曰佛教入漢既久何緣始至江東闞澤對曰永平十四年五岳道士與摩騰捔力之時道士不如南岳褚善信費叔才等在會自感而死門徒弟子歸葬南岳不預出家無人流布後遭漢政陵遲兵戎不息經今多載始得興行吴主曰孔丘老子得與佛比對以不闞澤曰臣尋魯孔丘者英才誕秀聖德不羣世號素王制作經典訓奬周道教化來葉師儒之風澤潤今古亦有逸民如許成子吕成子原陽子老子莊子等百家子書皆修身自翫放暢山谷縱大其心學歸淡泊事乖人倫長幼之節亦非安世化民之風至漢景帝以黄子老子義體尤深改子爲經始立道學勑令朝野悉諷誦焉若將

孔老二家遠方佛法遠則遠矣所以然者孔老設教法天制用不敢違天諸佛設教天法奉行不敢違佛以此言之實非對明矣吴主大喜用澤爲太子太傅○魏明帝曾欲壞宫西浮圖外國沙門乃金盤盛水置於殿前以舍利投水仍有五色光起帝加歎異乃於道東作周閣百間以爲精舍元魏太祖天興元年下詔曰夫佛法之興其來遠矣濟益之功冥及存沒神蹤遺軌信可依憑有勑於京邑建飾容範修整官舍令信向之徒有所居止是歳始作五級佛圖耆闍崛山及須彌山殿加以飾績別構講堂禪室及沙門坐處莫不具焉檢史籍通儒並稱佛法盡美也盡善也邪見何緣自招逆罪魏世祖即位亦遵太祖太宗之業每引高德沙門與共談論於四月八日輿諸佛像行於廣衢帝親御門樓散花禮敬沙門慧始甚有神異赫連昌破長安慧始身被白刃而體不傷五十餘年未嘗寢臥跣行泥塗初不汚足色逾鮮白世號之白足阿練時主敬重大興佛法死十餘年儼然不變○魏太武時崔浩爲司徒不信佛每與帝言恒加誹毀因蓋吴作亂關中浩便進說遂除佛法道士天師寇謙之苦與浩諍浩不肯從謙之謂曰卿從今年受戮滅門矣於後太武通身發瘡痛苦難忍羣臣議云崔浩邪佞毁除佛法陛下所患必由於斯浩後果伏誅備加五刑豈非積不善之家必受餘殃然元魏君臨凡一十七帝一百七十九年唯七八年中佛法淪廢自餘光顯不可具陳興光元年於五級大寺太祖已下五帝鑄像五軀各

長一丈六尺用金二十五千斤正光元年歲次庚子七月明帝加朝服大赦二十三日請僧尼道士女冠等在前殿設齋齋訖帝遣侍中劉騰宣勑請法師等與道士論議以釋弟子疑網爾時清通觀道士姜斌與融覺寺法師曇謨最對論帝問曰佛與老子同時以不姜斌對曰老子西入化胡佛時以充侍者明是同時法師問曰何以得知姜斌曰按老子開天經是以得知法師問曰老子當周何王幾年而生周何王幾年西入姜斌曰當周定王即位三年乙卯之歲於楚國陳郡厲鄉曲仁里九月十四日夜子時生當周簡王即位四年丁丑之歲事周爲守藏吏當周簡王即位十三年景戌之歲還爲太史當周敬王即位元年庚辰之歲年八十五見周德凌遲遂與散關令尹喜西入化胡此足明矣法師報云佛當周昭王二十四年四月八日生穆王五十二年二月十五日滅度計入涅槃經三百四十五年始到定王三年老子方生生已年八十五至敬王元年凡經四百二十五年始與尹喜西遁此則年月懸殊不同無乃謬乎姜斌曰若佛生當周昭王之時出何文記法師對曰出周書異記并漢法本內傳並有明文斌曰孔子既是制法聖人當時於佛逈無文記法師對曰仁者識同管見閲覽不弘遠按孔子有三備十經謂天地人佛之文言出在中備仁者善自披覽足得開曉也姜斌曰孔子聖人不言而知何假卜乎法師對曰唯佛是衆聖之王四生上首達一切衆生前後二際吉凶終始不假卜觀自餘聖人雖曉

未然之理必藉著龜以通靈卦也明帝即遣侍中尚書令元乂宣勑語道士云姜斌論無宗旨宜下席又問斌開天經何處得來是誰所說即遣中書侍郎魏收尚書郎祖瑩等就觀取經帝令羣臣議定太尉丹陽王蕭綜太傅李寔衞尉卿許伯桃吏部尚書刑巒散騎常侍溫子昇等一百七十人讀訖奏云老子只著五千文更無言說臣等所議姜斌罪當惑衆帝時加斌極刑三藏法師菩提流支諫免死配徙馬邑太和元年於方山太祖營壘之處建思遠寺自興光之後京內及四方諸寺新舊有六千四百七十八所僧尼十萬七千二百五十八人又以鷹師曹爲報德寺考魏有天下至於禪讓佛經通流大集中國凡有四百一十五部合一千九百一十九卷略計僧尼二百萬人寺有三萬餘所自有佛法未之盛也時世隆平人民豐樂僧徒甚衆曾無逆人洎永嘉南遷迄於陳世三百許年像教東興法之盛也出好名德利益倍多光讚時君頗有凶者

破邪論卷上

音釋

擿他歷切發也　疊許覲切疊隙也　緬彌兖切遠也　褫丈爾切奪也　駥如融切馬八尺曰駥　惄乃歷切憂也　殉松閏切從也　痾烏何切病也　緱古侯切山名也　哇烏瓜切淫聲也　貯展吕切積也　闔胡臘切閉也　黔巨鹽切黑也　黲七感切淡青黑色　䣛普鄙切　縑古甜切絹也　愔抱溷切安也　淄側飢切臨淄郡名　婕好婕即葉切好以諸切婕好婦官名　繢胡對切與繪同　闚去規切視也　著書之切蓍屬　壘力軌切軍壁也

破邪論卷下

唐沙門釋法琳撰

弈云僧尼六十已下簡使作民則兵强人衆弈去寺多僧衆損費爲甚但是寺舍請給孤老貧民無宅義士三萬戶州唯置一寺草堂土塔以安經像遣胡僧二人傳示胡法奕云西域胡者惡泥而生便事泥凡今猶毛臊人面而獸心土梟道人驢騾四色貪逆之惡種佛生西方非中國之正俗蓋妖魅之邪氣也弈云庖犧已下二十九代父子君臣立忠立孝守道履德生長神州得華夏正氣人皆淳朴以世無佛故也弈云秦起秦仲三十五世六百三十八年弈云帝王無佛則大治年長有佛則虐政祚短自庖犧已下二十九代而無佛法君明臣忠國祚長久弈云未有佛法前人民淳朴世無篡逆弈云佛來漢地有損無益入家破家入國破國弈云趙建武時有道人張光反梁武時僧光反況今僧尼二十萬衆早須廢省弈云自開闢已來至今武德四年辛酉積二百七十六萬一千一百八載父子君臣立忠立孝弈云請胡佛邪教退還西域凡是僧尼悉令歸俗○一荅廢省僧尼事者對曰夫形迹易察而真僞難明自非久處未可知矣昔遠法師荅桓玄書云經教所述凡有三科一者禪思入微二者諷味遺典三者興建福業然有興福之人不存禁戒而迹非阿練者或有多誦經文諷詠不絕而不能暢說義理者或有年已宿長雖無三科可紀而體性眞正不犯大罪者以此校量取捨難辯按出家功德經云度一人出家勝起寶

塔至于梵天何者人能弘道自利利他潔己立身住持三寶津梁七世資益國家諸有罪者依法苦治無過者爲國行道。一荅毁寺給民草堂安像者對曰法流漢地五百餘年寺舍僧尼積代來有龕塔堂殿皆是先代與營房宇門廊都由信心起造或爲存殁二親及經生七世求將來勝報種見在福田咸出彼好心非佛僧課造書云成功不毁故子産不毁伯夷之廟夫子謂之仁人況佛爲三世良田四生父母唯可供養不可毁除佛雖去世法付人王伏惟陛下再造生民重興佛道即是如來大檀越主請遵漢明永平之化近同文帝開皇之時。一荅西域胡者人面獸心貪逆惡種佛生西方妖魅邪氣者對曰按史記曆帝王僉目録及陶隱居年紀等云庖犧氏蛇身人首大庭氏人身牛頭女媧氏亦蛇身人頭秦仲衍鳥身人面夏禹生於東夷文王生於西羌簡狄吞鷰卵而生契伯禹剖母胷而出伊尹託自空桑元氏魏主亦生夷狄並應天明命或南面稱孤或君臨萬國雖可生處僻陋形貌鄙麤而各御天威人懷聖德老子亦託牧母生自下凡何得以所出庸賤而無聖者乎夫子云君子居之何陋之有信哉斯言也僉曰有道則尊豈簡高下故知聖應無方隨機而見尋釋迦文祖祢蓋千代輪王之孫刹利王之太子期兆斯赴物感則形出三千世界之中央南閻浮提之大國垂教設方但以利益衆生爲本若言生在羌胡出自戎虜便爲惡者太昊文命皆非聖人老子文王不足師敬。按地理志西域傳言西

胡者但是葱嶺已東三十六國不關天竺佛生之地若知而妄說何罪之深若不知浪言死有餘責。一荅庖犧已下二十九代父子君臣立忠立孝守道履德稟華夏正氣者對曰史記淮南衆書等云黄帝時出蚩尤銅頭鐵額作亂天下與黄帝戰于阪泉以登帝位蚩尤逆命復戰涿鹿之野凡經五十二載。顓頊時共公作亂頭觸不周山天柱折地傾危顓頊又誅三苗於洞庭又彭蠡汲冢竹書云舜囚堯於平陽取之帝位今見有囚堯城舜又與三苗戰於丹水之浦堯上射九日落其烏羽（楚詞十日化出流金鑠石）繳大鳳於青丘斬脩蛇於洞庭戮封豕於大澤殺九嬰於凶水尚書云洪水滔天懷山襄陵黎民阻饑百姓昏墊禹時百姓各自其心而栢谷子退耕於野三苗不修德政禹親滅之夏桀之居左河濟右太華伊闕在其南羊腸背其北焚皇圖殺龍逄囚成湯縱妹喜修政不仁湯放滅之湯凡九征七十二戰大旱七年江河枯竭流金爍石高宗伐鬼方三年殷紂辛迷惑妲己恣十惡之害流五虐之刑剖賢人之心刳孕婦之腹囚文王禁箕子周武王伐紂於牧野血流漂杵誅之鹿臺王親射紂躬懸頭太白之旗而夷齊非之不食其粟孔子曰武盡美矣未盡善也武王之世三監作亂成王之日二叔流言宣王六月出征詩云薄伐獫狁至于太原采薇遣戍役云北有獫狁之難西有昆夷之患采芑又云宣王南征對曰上來所道並是三皇已下三王之時必能守道履德懷忠奉孝爾時無佛足可清平何爲世世興師兵

戈不息至於毒流百姓殃及無辜乃爲姚石慕容永嘉之世豈名蕩蕩無爲之時邪見失言一何謬矣一荅秦仲已下三十五世六百餘年者對曰史記云自殷已前諸侯不可得而譜爲多失次第年代難知故尚書但以甲子爲次第而無年月者良爲史闕不記也邪見乃始於秦仲迄于二世有六百餘年者一往似長出何明證按春秋已前秦本未有春秋已來始有秦伯當春秋時秦雖漸覇但是周之小邑孝王之世命非子牧馬於汧謂之間不承天命未有正朔曾孫秦仲宣王之世始受車馬侍御之臣仲孫襄公以送平王東遷進爵爲伯文公已下始見史記自玆訖滅不過二百餘年史記竹書及陶公年紀皆云秦無曆數周世陪臣故隱居列之在諸國之下何因得有年紀續至胡亥史記但從厲公列之一百一年終乎二世縱有年代皆附春秋自無別記赧王之末秦昭襄王因周微弱始滅周國僭號稱王諸史相承秦唯五世四十九年齊秘書揚玠史目云秦自始封至滅凡三十五世六百餘年者盖取始封秦號經六百餘年非統霸中國經多年也邪見乃延秦短祚冐上長年一何虛妄哉○一荅帝王無佛則大治年長有佛則虐政祚短自庖犧已下爰至漢高二十九世君明臣忠者對曰夫理貴深據言資寔録何故庖犧獨治不及子孫堯舜二君位居五帝堯則翼善傳聖舜則仁盛聖明如尚書之典論其化民治道功業最高民無能名則天之明君也堯又廢兄目立其子丹朱不肖舜則父頑母嚚並止一

身不能及嗣爾時無佛何不世世相傳遂遭磨滅隱居年紀云夏禹治九年羿簒十五年浞簒十二年夏皋十一年夏發十二年對曰書云舜禹之有天下巍巍乎其有成功煥煥乎其有文章大禹謨云禹能卑宮室菲飲食皁帳綈衣而盡力於溝洫爲民治水於民有功若皇天輔德何爲天祚不永治止九年勘年紀云夏后相及少康之世其臣有窮羿簒浞及風夷淮夷黄夷斟尋等國並相次作亂凡二十六年簒夏自立當時無佛簒逆由誰殷湯治十三年太丁治三年仲壬治四年太甲治十年沃丁治十三年太戊治十年外壬治三年沃甲治四年盤庚治九年小辛治七年對曰湯仁不殺開三面之網放夏桀於鳴條甚有仁德爾時無佛何以天曆不長太丁外壬其年轉促尚書云湯行九代太甲五征伊尹立湯次子勝又立勝弟仲壬又放太甲于桐宫汲冢書云伊尹自簒立後太甲潛出親殺伊尹而用其子既稱忠朴之世爾時無佛何爲亹起蕭墻君臣無道周武王治十一年懿王治三年絶嗣僖王治五年絶嗣頃王治六年匡王治六年元王治八年烈王治七年静王治六年貞王治八年悼王治一百一日哀王治三月思王治五月對曰武王伐紂師渡孟津白魚入舟應天嘉命謚法曰剋定禍亂曰武民賴來穌軾閭封墓休牛牧馬治致太平汝言無佛年長何因祚短武王治十一年懿王僖王更復絶嗣○一荅佛未出前世無簒逆者對曰何故周烈王弟顯王簒位四十八年悼王立一百一日爲庶弟子朝所

害敬王弟哀王治三月思王外哀王弟治五月思王殺哀王考王復殺思王三王共立一年（出楊玢史目陶公年紀）秦五世六君四十九年昭王五年注滅周後始稱王在位五載孝文王式一年襄王楚三年始皇政三十七年胡亥三年殤帝子嬰四十六日對曰周顯王五年秦穆公始霸三十四年秦權周政竹書云自秦仲之前本無年世之紀陶公並云秦是篡君不依德政次第不在五運之限縱年長遠終非帝王以短爲長指虛爲實有何意見秦時北築長城備胡人僞殺扶蘇矯立二世陳勝蟻聚作亂關東漢時凶奴入塞烽火照甘泉宮南越不賓乃習水戰漢高祖在位十二年惠帝七年文帝高祖第四子（非嫡）武帝本膠東王景帝第六子（非嫡）孝景帝時吳楚等七國皆反昭帝崩立兄子昌邑王即位二十七日凡有一千一百二十七罪霍光廢之後立宣帝此時無佛何爲乃爾後漢凡十二帝一百九十五年光武三十三年孝明十八年章帝十三年和帝十七年安帝十九年順帝十九年桓帝二十一年靈帝三十一年獻帝三十年對曰後漢書云光武撥亂及正明帝致治昇平民無百里之憂吏無出門之役麒麟入囿神鳳栖桐赤雀文龜蒼烏白鹿嘉瑞備臻兆民胥悅垂沕汨磅礴之恩布通天滿泉之澤論衡等書並云後漢徵祥不尠周夏汝言有佛祚短何故年長○隱居云自魏黃初元年至蕭齊之末凡二百八十二歲拓跋元魏十七君合一百七十九年爾時佛來何故年久弃云西域胡旦末國兵三百二十人小宛國

兵三百人戎盧國兵三百人渠勒國兵三百人依耐國兵三百五十人郁立師國兵三百三十一人單相國兵三十五人孤胡國兵四十五人凡八國胡兵合有一千八百九十一人皆得紹其王業據其土地自相征伐屠戮人國況今大唐僧尼二十萬衆共結胡法足得人心寧可不預備之哉對曰檢漢書西域傳云旦末國小宛等八國並是葱嶺已東漢域胡國計去長安不過萬里本非天竺佛生之地又無僧尼在中謀叛縱彼造惡何關此僧但弃狂鬼入心外與邪說虛引往事假謗今賢達者知其浪言愚人必生異見惑亂朝野深可痛哉。一荅佛來漢地有損無益入家破家入國破國漢明之世佛法始來者大唐聖朝正信君子論曰諸佛大人遊涅槃之妙苑住般若之眞空不可以言像求不可以情慮揆形同法性壽等太虛但應物現身如水中月所以瞿師見三尺之貌羅漢覩丈六之容大滿虛空小入絲髮隨緣應質化無常儀尋釋迦之肇依後漢郊祀晉魏等書及王儉史録費長房三寶録考校普曜本行等經並云佛是周時第十五主莊王佗九年癸巳之歲四月八日乘旃檀樓閣現白象形從兜率下降中天竺國迦毗羅城刹利王種淨飯大王第一夫人摩耶之胎至十年甲午二月八日夜鬼宿合時於嵐毗園波羅樹下從摩耶夫人右脇而生放大光明照三千世界瑞應經云沸星下現侍太子生本行又云虛空無雲自然而雨左傳云星殞如雨杜氏注解盖時無雲然與佛經等符合通儒以爲佛生

時也十九出家三十成道四十九年處世說法利益天人度脫羣品至周匡王四年壬子二月十五日夜於拘尸城入般涅槃自滅度已來至今大唐武德五年壬午之歲計得一千二百二十一歲滅後一百一十六年東天竺國有阿育王收佛舍利役使鬼兵散起八萬四千寶塔遍閻浮提我此漢地九州之內並有寶塔育王起塔之時當此周敬王二十六年丁未之歲也塔興周世經二十王至秦始皇三十四年焚燒典籍育王諸塔由此淪亡佛家經傳靡知所在如釋道安朱士衡等經錄云始皇之時有外國沙門釋利防等一十八賢者賫持佛經來化始皇始皇弗從遂囚禁防等夜有金剛丈六人來破獄出之始皇驚怖稽首謝焉問曰雖有此說年紀莫知以何爲證請陳其決也荅曰前漢成帝時都水使者光禄大夫劉向傳云向博觀史籍備覽經書每自稱曰余遍尋典策往往見有佛經及著列仙傳云吾搜檢藏書緬尋太史創撰列仙圖自黃帝已下六代迄到于今得仙道者七百餘人向檢虛實定得一百四十六人又云其七十四人已見佛經矣推劉向言藏書者蓋是始皇時人間藏書也或云夫子宅內所藏之書據此而論豈非秦漢已前早有經佛流行震旦也尋道安所載一十二賢者亦在七十之數今列仙傳見有七十二人按文殊師利般泥洹經云佛滅度後四百五十年文殊至雪山中爲五百仙人宣說十二部經訖還歸本土入于涅槃恒星之瑞即其時也檢地理志西域傳云雪山者即葱嶺也

其下三十六國先來秦漢以葱嶺多雪故號雪山文殊往化仙人即其處也詳而驗之劉向所論可爲證矣雖遭秦世焚除漢興復出所以荆楊吴蜀扶風洛陽有寶塔處皆發神瑞具在衆書依檢成帝鴻嘉三年歲在癸卯劉向撰列仙傳明矣故知周世佛法久來生盲人云有佛祚短實可悲矣依經律云釋迦正法千年像法千年末法萬年五千年已還四衆學者得三達智證四道果末法已去猶披袈裟勘周書異記云穆王聞西方有佛遂乘驊騮八駿之馬西行求佛因以禳之據此而推同齊時上統法師荅高麗使云佛是西周第五主昭王二十四年甲寅歲生至武德五年得一千五百七十七年也信穆王之世法已東行劉向之言蓋爲明矣又漢武鑿昆明池得黑灰問東方朔朔云非臣所知可問西域胡人後外國沙門竺法蘭來因以事問蘭云是劫燒之餘灰也方朔既博識通人生知俊異無問不酬無言不荅豈容不達逆記胡人蓋是方朔久知佛法當興勝人必降故有斯對也佛既去世阿難總持一言不失迦葉結集羅漢千人咸書皮紙并題木葉致令五百中國各共奉持十六大王同時起塔逮于漢世東流二京所經帝王十有六代翻胡梵本爲漢之言相承至今垂六百祀是以佛日再曜起自永平之初經像重興發于開皇之始魏人朱士衡沙門衛道安等並爲紀録總其華梵道俗合有一百八十二人所譯經律戒論大小乘三藏雜記等凡二千一百七十部總有六千四百四十六卷莫不垂甘露

於八魔之境流慧日於三有之中汲引將來永傳勝業教人捨惡行善佛法最先益國利人無能及者汝言破家破誰家破國破何國耶見豎子無角畜生凨結豺心又懷蠆毒無絲髮之善負山岳之辜長惡不悛老而彌篤乃以生盲之慮忖度聖尊何異尺鷃之笑大鵬井蛙不信滄海可謂闡提逆種地獄罪人傷而憫之故爲論也尋夫七十二君三皇五帝孔丘李老漢地聖賢莫不葬骨三泉橫屍九壤未有如佛舍利現瑞放光火燒不然磓槌不碎於今現在立試可明且據此一條足知佛法之神德也震旦諸聖孰與爲儔乃欲毀而滅之事難容忍傷風敗俗虧損福田誑惑生民汙黷朝廷實可歎也

沙門安世高譯一百七十部

沙門鳩摩羅什譯九十八部

沙門衛道安譯二十四部

沙門嚴佛調譯七部

沙門寶唱撰衆經目録四卷譯一千四百三十三部

吳人支謙譯一百二十九部

晉人聶承遠譯三部

晉人聶道真譯五十四部

宋人謝靈運譯三十六卷涅槃經

北梁安陽侯沮渠京聲譯三十五部

元魏期城郡守楊衒之譯一部

元魏李廓撰衆經録四百七十部

魏人萬天懿譯一部

齊竟陵文宣王蕭子良譯一十七部

齊人常侍庾頡譯一部

梁人木道賢譯一部
梁武帝注大品經五十卷
梁人表曇允撰論抄一部
梁簡文帝法集記一部二百卷
梁記室虞孝敬内要一部
隋人洋川郡守曇法智譯一部
右古來翻經人宋臨川康王義慶撰宣驗記
一部又撰幽明録一部
太原王琰撰冥祥記一部
瑯琊王巾撰僧史
齊竟陵文宣王造三寶記傳一部
齊著作裴子野撰高僧傳
淮南劉俊撰益部寺記
晉中書令郄景興撰東山僧傳
中書陸明霞撰沙門傳
治中張孝秀撰廬山僧傳一部
太原王延秀撰感應傳
吴興朱君台撰徵應傳
晉中書侍郎于寶撰搜神録
彭澤令陶元亮撰搜神録
道士陶隱居發菩提心禮佛文
道士陸修靜對沙門記
宋光禄顔延之庭誥文
齊隱士周顒撰三宋二帝論
周儀同甄鸞撰笑道論一部
隋成都費長房撰三寶録
右古來博通君子識量王公尊敬三寶撰沙
門記傳者對曰此等先賢並皆翻譯佛經爲
目録記傳者悉學窮稽古精諳内外信道俗
之白眉爲羣英之稱首咸遵敬三寶研味一

乘棄世辭榮欽承勝軌邪見朋黨一口不論一人不說太劇苦剋誹毀酷毒穢言自保螢燀欲張蚊翼何殊朝菌之知晦朔蟪蛄之暗春秋信其管窺輕忽大道足令洗耳安可言乎請付朝官博通君子檢內外典籍明邪見人謬妄之罪若言佛法來漢無益世者對曰按孔子周靈王時生敬王時卒計其在世七十餘年既是聖人必能匡弼時主何以十四年中行七十國至宋伐樹至衛削跡在陳絕粮避桓魋之殺慚喪狗之呼雖歷聘諸侯莫能見用當春秋之世文武道墜君闇臣奸禮崩樂壞爾時無佛何為逆亂滋甚篡殺由誰孔子乃婉俛順時逡巡避患雖保妻子終壽百年亦無取矣或發匏瓜之言或興逝川之歎然復遜辭於季氏傷鳳鳥不至河不出圖及西狩獲麟遂反袂拭面稱吾道窮雖門徒三千刪詩定禮亦疾歿世而名不稱吾何以見後世矣遭盜跖之辱被丈人之譏校而論之足可知矣若以無利於世孔老二聖其亦病諸何為訥其木舌而不陳彈也。一荅寺多僧衆妖孽必作如後趙沙門張光後燕沙門法長南京道蜜魏文孝時法秀太和時惠仰等並皆反亂者對曰檢崔鴻十六國春秋並無此色人出何史籍苟生誣枉誑惑君王請勘國史知其妄奏按前後漢書即有昆陽常山青泥綠林黑山白馬黃巾赤眉等數十羣賊並是俗人不關釋子如何不論後漢書云沛人道士張魯母有姿色兼挾鬼道往來劉焉之家焉後為益州刺史任魯為都督義司馬魯共別部司馬張修將兵掩殺漢中太

守蘇固斷絶斜谷殺漢使者魯既得漢中又殺張修而并其衆于時假託神言黃衣當王魯因與張角等相應合集部衆並戴黃巾披道士之服數十萬人賊害天下自據漢中垂三十載後爲曹公所破黃衣始滅爾時無一沙門獨饒道士何默不論然漢魏名僧德行者衆益國甚多何以不說但能揚惡專論人短豈是君子乎魏志曰張魯字公期期祖父陵客蜀學道在鵠鳴山中造作道書以惑百姓從受道者出米五斗世號米賊陵死子衡傳業衡死魯復傳之陵爲天師衡爲嗣師魯爲係師自號三師也素與劉焉善焉死子璋立以魯不順殺魯母及家室魯遂據漢中以鬼道化民符書章禁爲本其來學道初名鬼卒受道用金帛之物號爲祭酒各領部衆衆多有名治頭有病者令首過大都與張角相似後漢皇甫嵩傳云鉅鹿張角自稱大賢郎師奉事黃老行張陵之術用符水呪言以治病遣弟子八人使於四方以行教化轉相誑惑十餘年間衆數十萬自青徐幽冀荊楊兗豫八州之民莫不必應遂置三十六方方猶將軍之號也大方萬餘人小方六千人訛言蒼天死黃天當立歲在甲子天下大吉以白土書京邑寺門皆作甲子字中平元年三月五日內外俱起皆著道士黃巾或殺人祠天于時賊徒數十萬衆初起潁川作亂天下並爲皇甫嵩討滅南鄭反漢而蜀亡（事在魏書）孫恩習仙而敗晉（事在晉書）道育醮祭因而禍宋（事在宋書）于吉行禁殆以危吳（事在吳書）公期學仙而誅家（事在華陽國志）陳瑞習道而滅族（事在晉陽春秋）魏華叛夫

事在靈寶經序張陵棄婦事在陵傳子登背父衛叔去兄出神仙傳右古來道士破國破家為逆亂者對曰自陵三世專行鬼道符書章醮出自道家禁厭妖孽妄談吉凶訞由此起然吴魏已下晉宋已來道俗為妖數亦不少何以獨引衆僧不論儒道二教至如大業末世王充李密建德武周梁師都盧明因李軌朱粲唐弼薛舉等亦是俗人曾無釋氏何為不道事偏理曲黨惡嫉賢為臣不忠明矣○弈云自開闢已來至今武德四年辛巳積二百七十六萬一千一百八歲父子君臣立忠立孝者對曰汝云庖犧氏凡三十世治二萬二百九十七年少昊至漢高有三千二百一年從庖犧至漢高二十九代計之不過二萬三千四百九十八年何因爰自開闢迄之武德四年頓有二百七十六萬餘歲耶勘帝系譜云天地初起狀如鷄子盤古生其中經九萬年次三皇及燧人氏治二萬二百九十七年按齊祕書楊玠史目云伏犧元年甲寅至開皇元年辛丑有六萬一千六百八年總而言之一十七萬一千九百五年校此而論太懸殊矣請勘年紀定其脩短也檢正史所載伏犧氏始畫八卦陳甲子造書契乃有年世庖犧已前本無紀曆進退何依○弈云請胡佛邪教退還西域凡是僧尼悉令歸俗者對曰周莊云六合之內聖人論而不議六合之外聖人存而不論老子云域中有四大而道居其一考詩書禮樂之政但欲攸叙彝倫明忠烈孝慈之先意在敬事君父縱稱至德唯是安世治民假令要道不出移風變俗自衛返魯詶述解脱

之言六府九疇未宣究竟之旨及養生濟物之談龍圖鳳紀之說亦可懷仁抱信導厲鄉之志删經賛象肆闕里之文次曰九流末曰七略按前漢藝文志所紀衆書一萬三千二百六十九卷莫不功在近益但未暢遠途皆自局於一生之内非迥拔於三世之表者矣遂使當現因果理涉旦而猶昏業報吉凶義經丘而未曉故知逍遥一部猶迷有有之情道德二篇未入空空之境斯乃六合之寰塊五常之俗謩詎免四流浩汗爲煩惱之場六趣諠譁造塵勞之業也原夫實相杳冥逾要道之要法身凝絶出玄之又玄唯我大師體斯妙覺二邊頓遣萬德俱融不寂不喧安能以境智求非爽非昧豈可以形名取爲小則小而無内處大則大而無垠故能量法界而

興悲揆虚空而立誓所以現生穢土誕聖王宫示金色之身吐玉毫之相布慈雲於鷲嶺則火宅炎銷扇慧風於鷄峯則幽途霧卷行則金蓮捧足坐則寶座承軀出則帝釋居前入則梵王隨後左輔密迹以滅惡爲功右弼金剛以長善爲務聲聞菩薩儼若侍臣八部萬神森然翊衛演涅槃則地現六動説般若則天雨四華百福莊嚴狀滿月之臨滄海千光照曜猶聚日之映寶山師子一吼則外道摧鋒法鼓暫鳴則天魔稽顙是故號佛爲法王也豈得與衰周迦葉比德爭衡末世儒童輒相連類者矣是以天上天下獨稱調御之尊三千大千咸仰慈悲之澤然而理趣深遠假筌蹄而後悟教門善巧憑師友而方通統其教也八萬四千之藏二諦十地之文祇園

鹿苑之談海藏龍宮之旨玉牒金書之字七處八會之言莫不垂至道於百王扇玄風於萬古如語實語不思議也近則安國利民遠則超凡證聖故能形遍六道教滿十方實爲世界福田蓋是蒼生歸處於是敬信之侶猶七曜之環北辰受化之徒如萬川之投巨海考其神變功業利益天人故無得而名也既滿恒沙之因故得常樂之果善矣哉不可測也但以時運未融遂令梵漢殊感所以西方先音形之奉東國暫見聞之益及慈雲卷潤慧日收光乃夢金人於永平之年覩舍利於赤烏之歲於是漢魏齊梁之政像教勃興燕秦晉宋已來名僧間出或晝滿月於涼臺之側表相輪於雍門之外遠河北翻辭漢南著録道興三輔信洽九州跨江左而彌殷歷金陵而轉盛渭水備逍遥之苑廬岳總般若之臺深文奧旨發越來儀碩學高僧蟬聯遠至暨梁武之世三教連衡三乘並騖雖居紫極情契汾陽屏酒肉而撤饔人熏戒香而味法喜恐四流難抜躬以七辯之能將乃輕袞飾而御染衣捨雕輦而敷草座於時廣創慧臺之業大啓寶塔之基注梁記云東臺西府在位八十餘年都邑大寺七百餘所僧尼講衆常有萬人討論内典共遵聖業孜孜無倦各猒世榮也遂令五都豪族猒冠冕而歸依四海名家棄榮華而入道自皇王所居之土聲教所覃之域莫不頂禮迴向五體歸依利物之深其來久矣孔子垂化安能以競按三十六國春秋高僧名僧牟子等記傳始後漢明帝永平十年已來佛法東流政經十代年將

六百其名僧大德世所遵敬者凡二百五十七人傍出附見者及燕趙王公齊梁卿相等凡二百五十一人合五百八人陳其行業大開十例一曰譯經二曰解義三曰神異四曰習禪五曰明律六曰遺身七曰誦經八曰興福九曰經師十曰唱導此等高僧皆德効四依功備三業法傳震旦實所賴焉邪見隱而不論但說三五惡者夫雪山之内本多甘露亦有毒草大海之中雖有明珠亦饒羅剎榆崑山缺於片石鄧林損於一枝耳何可為惟也譯經沙門第一五十二人義學沙門第二九十九人神異沙門第三二十人習禪沙門第四二十二人明律沙門第五十二人遺身沙門第六十一人誦經沙門第七二十二人興福沙門第八一十四人經師沙門第九十一人唱導沙門第十十人此等沙門或

踰越沙險汎漾洪波皆能委命弘經亡形徇道或以神力救世或以異迹發人或慧解開矜或通感適化安禪湛慮則功德如林業行清高則氷霜彌潔樹興福善則寔衛可祈諷誦法言則幽顯沾慶於是三藏四含功用邃廣方等般若取信尤多但神化所該無遠必届葱河由跬步之間聲光有見聞之限豈非時妙也及緣運將感像教遐通或號曰西域大神或稱為浮圖之主所以摩騰杖策而來儀法蘭懷道而降德什師碩學鉤深神鑑奥遠及遊中土備悉方言受學者三千入室者八俊生融景叡嚴觀恒肇皆領悟前言辭芬蘭桂執筆承旨任得其人晉有道安擅名當世質學圖澄傳業慧遠門人日盛世不乏賢足使陳郡謝安推其神俊襄陽習郁屈我彌

天自晉惠蒙塵懷愍遷播羯胡縱毒寇蕩中州劉曜纂虐於前石勒僭凶於後華夏分崩人民塗炭聖師佛圖澄憫傷殺之方始慮刑害之未央遂設神化於葛陂示懸記於襄鄴藉祕呪以濟命盡因香氣而拔臨危占鈴映掌坐定吉凶終令二石發心四民免害（澄傳云澄在漢地二十五年所歷郡縣興立佛寺八百九十三所年一百一十七歲亡當石氏凶强虐害無道若不與澄同日孰可言乎百姓危亡得存性命者不可稱紀）及白足臨刃不傷遺法為之更始志上分身員戶帝五以之加信具諸史籍其可詳乎莫不功被將來傳燈永劫議者僉曰僧乃紹隆聖種佛則冥衛國家福蔭皇基必無退廢之理者也我大唐之有天下也應四七之辰安九五之運扶濟世之德越湯武而獨彰夷凶撥亂之功逾漢魏而孤顯蕩蕩乎巍巍乎難以揄揚者矣加以留情佛法降意玄門造像書經度僧立寺種種功德處處檀那利益華戎汲引黎庶方欲與上皇之風開正覺之道蔑茲五帝跨彼三王治致太平永隆淳化上來邪見所述穢言並是天地之所不容人倫之所同棄恐塵黷聖覽不足可觀伏惟陛下布含弘之恩垂鞠育之惠乞審其逆順議以真虛涅槃經云佛滅度後法付國王陛下君臨正當付囑伏願杜其邪說使像教興行博雅君子四海通人聞之乃共扼腕指掌旰衡而作論云爾孟子有言曰余豈好辯哉余不得已也夫虛妄顯於真實錄亂於偽世人不悟是非不定朱紫雜廁瓦玉參糅糠米以情言之豈予心所能忍也孔子曰詩人疾之不能默丘疾之不能伏是以論也夫玉亂於石人不能

别是反為非虛轉為實安能不言乎考王者之降靈也或流星貫月或長虹繞電或赤雀銜書或素靈夜哭帶龍雲之氣合奇異之像皆有天命非由人也或問曰何周通其曆泰不及期荅曰夫冥理難知人情易惑校其指歸略詳之矣何者昔宋景修德守心便退丁蘭篤孝木母舒顏但使專精嘉祥可致必能潔己災禍自亡信哉斯言也觀夫文武成康之世治道隆平蓋積善所資福鍾來葉所以過曆也始皇在位焚書坑儒酷毒天下逮于一世誅戮更甚生民寒心手足無措上天降禍故不及期也易曰不善之家必有餘殃此之謂矣故知興滅之理非關力能咸稟先因頗由行善信為明證也近如周武錯見毀寺廢僧不盈幾時後嗣磨滅竊見隋文皇帝初生即有神尼撫養後為實禪師觀見當為霸王及其即位普興佛法大度僧尼四部詵詵三學濟濟安心行道以報國恩登即漸息干戈日就豐樂嘉祥靈應史不絕書四海晏安六合同慶後封禪岱嶽世致太平至煬帝屏除寺塔流擯僧尼繕造奢華萬事過度天垂海外親自征行禍及無辜殃鐘身世見前可驗何待將來論衡云俗儒好長古而短今言瑞則渥前而薄後不非古之虛美而責今之實論信久遠之僞詞忽近今之實事不知指馬之妄而競儒墨之談膏肓之病固難治矣觀夫釋氏之為教也大矣哉包羅三世囊物四流方萬像之列太空譬八河之歸滄海至乎博尋子史覽見經誥六宗七廟之典五玉四望之儀丹筒金版之文名山石室之記玉

檢芝泥之冊雲臺麟閣之書清分濁泮已來鳥跡書契之後赫胥栗陸之曠天皇人帝之前斗杓之所撝臨輪烏之所暉浸地輿迴邈天角遼長補鰲折柱之靈刋山刻海之異立功立德之道一陰一陽之言禾黍藥石之所基衣裳宮室之所肇恭玄祀黃之典五禮六樂之制勛揖華讓之則湯征武伐之威金縢零雨之翁泣麟傷鳳之叟莫不事極寰中而理盡域內者也豈知上界縈二死之患下方抱三塗之憂苦海漂淪愛河綿遠是以大悲出世導彼生盲開八正之門闢五乘之路宣忍服戒珠之旨啓優波木叉之規遂使體施飛禽軀投野獸列國都城方之脫屣嬌娥慢瞼棄似遺塵正欲去此四蛇息茲八苦永斷生老病死無復怨會愛離一罷受形長辭毒器況復乘雲寶殿號曰天宮帶地珍臺稱爲淨國八行玉樹四照金樓百味香餐三銖輭服動足飛去無煩列子之風妙樂騰聲詎勞蕭史之吹故知花幖碧瑠暫暉於地府琅枝珠蘂失彩於天津矣夫釋迦者譯云能仁言德充道備堪濟萬物也然法身二義一曰眞實二謂權應眞身謂至極之體妙絕拘累不得以方處期不可以形量限有感斯應體常湛然應身者積劫行因億生求果和光六道同塵萬類生滅隨時脩短爲物形由感生體非實有權形雖謝法體不遷但時無妙感故莫得常見也○世說曰魯人尚不貴東家丘邪見豈信有西方佛根深難拔悲夫或者問曰豈其然耶請諭斯旨論者對曰子不聞乎夫瞽者無以與乎文章之觀聾者無以與乎

鐘鼓之聲盖知十惡波浪易動心源萬善枝條難抽意樹良以凡夫顛倒渴愛所燒妄想攀緣身心放逸激五欲浪漂二死河常在黑闇崖下無明波底長夜睡眠處於夢宅莫醒迴天之醉詎知迷亂之色昬昬永劫役役偷生乃復隨逐邪師親近惡友咆哮狂象放恣心猨起六十二見之山汎九十八使之海耽湎行廁戀著畫餅扇八魔風吹三毒火縱六入賊盜五陰城不憂二鼠之危恒興四蛇之怒信其牛羊之眼發其梟獍之凶於是立我慢幢聲自大鼓翻覆毀譽之口誇伐儒墨之談反表爲裏顛裳爲衣破俗傷真鬭朋亂友陵辱三寶欺侮二親輕忽冥祇訶罵風雨與鬼神爲讎隙與骨肉爲怨憎自矜自高不仁不孝恃其管見愚謂指南何異蝍蛆之甘臭帶鵶鴉之嗜腐鼠以毒爲美深可畏哉靡慮將來之辛不愁地獄之報嗟乎肆一言之禍招萬劫之殃致使沉滯幽陰淪歷惡道入銅狗銅蛇之網居八寒八熱之城鋸解磑磨爐燒鑊煮飡灰食火噉雪吞氷處處燋然心心苦楚百骸九竅繚亂刀鋒五臟四肢紛披劍鍔所以然者皆由撥無因果謗出世間破和合僧不信正法邪見根深之所致也況復捨身受身常縈三界從獄入獄不離三塗大聖覩已興悲至人爲之流慟故知善惡之理如響應聲報施之徵似形逐影可不慎歟可不慎歟○詔云棄父母之鬚髮去君臣之章服利在何門之中益在何情之外損益二宜請動妙釋法琳聞至道絶言豈九流能辯法身無像非十翼所詮但以四趣茫茫漂淪欲海

三界蠢蠢顛墜邪山諸子迷以自焚凡夫溺而不出大聖爲之興世至仁所以降靈遂開解脱之門示以安隱之路於是刹利王種辭恩愛而出家天竺貴族猒榮華而入道是以悉達太子去衮龍之衣就福田之服誓出二種生死志求一妙涅槃弘道以報四恩育德以資三有此其利益也按佛本行經剃髮出家品偈曰

假使恩愛久共處　時至命盡會別離
見此無常須臾間　是故我今求解脱

於後慕其德者斷惡以立身欽其風者潔己而修善毁形以成其志故棄鬚髮美容變俗以會其真故去君臣華服雖形闕奉親而内懷其孝禮乖事主而心戢其恩澤被怨親以成大順福沾幽顯豈拘小違上智之人依佛語故爲益下凡之類違聖教故爲損懲惡則濫者自新進善則通人感化伏惟陛下至德含弘仁心鞠育爰復降情正法留意出家廣布慈雲重興佛日利益之道難得而稱此即大唐帝業慈被百靈聖種洪基惠流千祀不敢輒以愚意輕測天心謹課庸詞略伸管見塵黷御覽伏深戰越謹對

破邪論卷下

音釋

涿 竹角切涿鹿山名　繳 戢略切矰繳也　癭 於郢切　洶 許拱切　譜 博古切籍録也　獫狁 獫虚檢切狁余準切獫狁北夷也　芑 去巳切采芑詩篇名　汧 苦田切水名　玢 甲巾切　浞 士角切寒浞人名　綈 杜奚切厚繒也　沕汩 沕亡弗切汩古忽切沕汩深沉貌　磅礴 磅步光切礴旁各切

磅礴廣被也
蠆五戒切毒蟲也
頡胡結切
菌渠殞切地蕈也
蟪蛄蟪胡桂切蛄古胡切蟪蛄蟬屬
魋杜回切
婉於阮切順也
孽魚傑切妖孽變怪也
謩莫胡切議謀也
鶩亡過切馳也
饔於容切熱食也
跬丘癸切半步也
糅忍九切雜也
煬餘章切
夐許正切遠也
笥相吏切方竹器也
縢徒登切緘繩也
瞼九儉切面瞼也
榱烏可切榱榱花木茂盛貌
咆薄交切
哱蒲沒切
獍居慶切獸名
蝍蛆蝍子力切蛆子魚切蝍蛆毒蟲也
鵄亦脂切鳥名
鍔五各切刀鍔鋒也

集古今佛道論衡實録

唐 釋道宣 撰

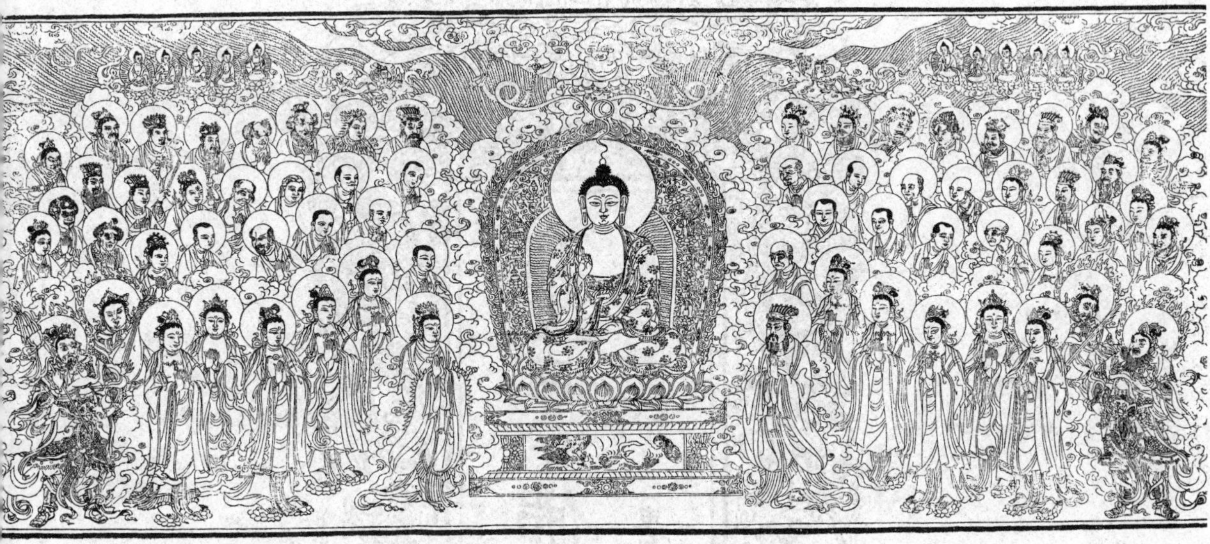

清刻龍藏佛說法變相圖

古今佛道論衡實録序

唐　釋　道　宣　述

若夫無上佛覺迥出籠樊超三界而獨高截四流而稱聖故使隄封所漸區寓統於大千聲教所覃沐道霑於八部所以金剛御座峙閻浮之地心至覺據焉布英聖之良術遂有天人受道龍鬼歸心挹酌不相之方散釋無明之患然夫聖人所作起必因時時有邪倒之夫故即因而陶化天竺盛於六諦神州重於二篇遂使儒道互先真僞交正自非入證登位何由分析殊途致令九十六道競飾澆詞六十二見各陳名理在緣或異大約斯歸莫不謂無想爲泥洹指梵主爲生本故二十五諦開計度之街衢六大論師立神我之真宰居然設教億載斯年攝統塵蒙九土崇敬

考其術也輕生而會其源論其行也封固而登其信故有四韋陀論推理極於冥初二有天根尋生窮於劫始臆度懸遠冒罔生靈致有赴水投巖坐熱卧棘吸風露而曰仙袒形骸而號聖守死長迷莫知迴覺如來哀彼黔黎降靈赤澤曜形丈六金色駭於人天敷揚四辯慧解暢於幽顯能使魔王列陣千軍碎於一言梵主來儀三輪摧於萬惑於是鍱腹戴爐之輩結舌伏於道場敬日重火之徒洗心仰於覺教舍衛城側大偃邪鋒堅固林中傾倒巢穴能事既顯將務弘通王關揚正道之秋金相表乘機之瑞清涼臺上圖以靈儀顯節陵中陳茲聖景度人立寺創廣仁風抑邪通正於斯啓轍于斯時也喋喋黔首無敢抗言瑣瑣黄巾時褰異議然其化被不及於

龍勒名位無践於槐庭王何達其上賢班馬隆其褒貶安得與夫釋門相抗雷同混迹者哉斯何故耶良以博識既寡信保常迷今則通觀具瞻義必爽開前惑且夫其流易曉關澤之對天分其理難通孫盛之談海截然猶學未經遠情弊踈通邪辯通真能無猜貳孔丘之在東魯尚啓虛盈卜商之據西河猶㳂疑聖自餘恒俗無足討論今以天竺胥徒聲華久隔震旦張葛交論寔繁故商推由來銓衡叙列筆削無濫披圖藻鏡總會聚之號曰佛道論衡分爲上中下三卷如有隱括覽者詳焉

集古今佛道論衡實録卷第一

唐　釋　道　宣　撰

後漢隆法道士表請角試事一
魏時吳主立寺造塔問三教優劣事二
魏陳思王曹子建辯道論事三
晉孫盛聖賢同軌老聃非大賢論事四
晉孫盛老子疑問反詰事五
元魏釋李雙信致有廢興感應之事六
宋太宗文皇帝朝會與羣臣論佛事七
魏明帝登極召佛道對論叙先後事八
梁武帝捨事道法事九
北齊高祖文宣帝廢道事十

後漢隆法道士表請角試事第一

漢顯宗孝明皇帝感夢金人乃遣使尋佛法還洛陽與道士角神力僧護信爲立寺度人

漢法本内傳云明帝永平三年上夢神人金身丈六項有日光飛在殿前欣然悦之明日博問羣臣此爲何神有通人傅毅曰臣聞天竺有得道者號曰佛飛行虚空身有日光殆將其神乎於是上悟遣郎中蔡愔博士弟子王遵一十八人於大月支中天竺國寫佛經四十二章藏在蘭臺石室第十四間又於洛陽城西雍門外爲起佛寺於是壁畫千乘萬騎繞塔三帀又於南宮清涼臺及開陽城門上圖佛儀像時造壽陵名曰顯節亦於其上作佛圖像廣如牟子所顯時有沙門攝摩騰竺法蘭位行難論志在開化承蔡愔達天竺請騰東行不守區域隨至洛陽曉喻物情崇明信本帝問騰曰法王出世何以化不及此騰曰迦毘羅衛者三千大千世界百億日月

之中心三世諸佛皆在彼生乃至天龍鬼神有願行者皆生於彼受佛正化咸得悟道餘處衆生無縁感佛佛不往也佛雖不往光明及處或五百年或一千年外皆有聖人傳佛聲教而化導也廣說教義帝信重之永平十四年正月一日五嶽諸山道士朝正之次自相命曰天子棄我道法遠求胡教今因朝集可以表抗之其表曰五嶽十八山觀太上三洞弟子褚善信等死罪上言臣聞太上無形無名無極無上靈寶自然大道出於造化之前上士同遵百王不易今陛下道邁羲皇德過堯舜竊承陛下棄本逐末求教西域所事乃是胡神所說不參華夏願陛下恕臣等罪聽與試驗臣等諸山道士多有徹視遠聽博通經典從元皇已來太上羣録太虚符呪無不綜練達其涯極或策使鬼神或吞霞飲氣或入火不燒或履水不溺或白日昇天或隱形不測至於方術藥餌無所不能願得與其比校一則聖上意安二則得辯眞僞三則大道有歸四則不亂華俗臣等若比對不如任聽重決如其有勝乞除虚妄勑遣尚書令宋庠引入長樂宮勑以今月十五日可集白馬寺道士等便置三壇壇别開二十四門南嶽道士褚善信華嶽道士劉正念恒嶽道士桓文度岱嶽道士焦德心嵩嶽道士呂惠通霍山天目山五臺山白鹿等八山道士祁文信等都合六百九十人各持靈寶眞文太上玉訣三元符籙等五百九卷置於西壇茅成子許成子黄子老子等二十七家子書有三百三十五卷置於中壇饌食奠祀百神置於東

壇帝時御行殿在寺南門以佛舍利經像置於道西十五日齋訖道士等以柴荻和檀沉香爲炬遶子經而泣曰臣等上啓太極大道元始天尊衆仙百靈今胡神亂夏人主信邪正教失蹤玄風墜緒臣等敢置經壇上以火取驗欲使開示羣心得辯眞僞便縱火焚經經從火化悉成灰燼道士等相顧失色大生怖懼將欲昇天隱形者無力可能禁効鬼神者呼策不應各懷赧愧南嶽道士費叔才自感而死太傅張衍語褚善信曰卿等所試無驗即是虛妄宜就西來眞法褚信曰茅成子云太上者靈寶天尊是也造化之初謂之太素斯豈妄乎衍曰太素有貴德之名無言教之稱今子說有言教即爲妄也信便默然時佛舍利光明五色直上空中旋環如蓋遍覆大衆映蔽日光摩騰法師踊身高飛坐卧在空廣現神變于時天雨寶華在佛僧上又聞天樂感動人情大衆咸悅歎未曾有皆遶法蘭請說法要蘭乃出大梵音歎佛功德亦令大衆稱三寶說善惡諸業皆有果報六道三乘諸相不一以說出家功德其福最高初立佛寺同梵福量時有司空陽城侯劉峻與諸官人士庶等千餘人出家及四嶽諸山道士呂惠通等六百二十人出家徐夫人王婕妤等與諸宮人婦女等二百三十人出家至月末以來日日供設種種行施法衣缾器並出所司便立十寺七寺安僧在城邑外三寺安尼在雒城內漢立佛法自此興馬摩騰西來將畫釋迦立像帝乃令圖出之於陵園及洛城供養

魏時吳主立寺造塔問三教優劣事第二

吳書云孫權赤烏四年有沙門康僧會者是康居國大丞相之長子神儀剛正遊化爲任于時三國鼎峙各擅威衡佛法北通未達南國會欲道被未聞開教江表初達建業營立茅茨設像行道吳人初見謂之妖異有司奏聞吳主問曰佛有何神驗也會曰佛晦靈跡出餘千載遺形舍利應現無方吳主曰若得舍利當爲立塔經三七日遂獲舍利五色曜天剖之逾堅燒之不然光明出火作大蓮華照曜宮殿臣主驚嗟信情發越因爲造塔度人立寺以其所住爲佛陀里教法創興故遂名建初寺焉下勑問尚書令闞澤曰漢明已來凡有幾年佛教入漢既久何緣始至江東澤曰自永平十年佛法初來至今赤烏四年則一百七十年矣初永平十四年五嶽道士與摩騰角力之時道士不如南嶽道士褚善信費叔才等在會自感而死門徒弟子歸葬南嶽不預出家無人流布後遭漢政陵遲兵戎不息經今多載始得興行又問曰孔丘老子得與佛比對不澤曰臣聞魯孔丘者英才誕秀聖德不羣世號素王制述經典訓奬周道教化來葉師儒之風澤潤今古亦有逸民如許成子原陽子莊子老子等百家子書皆修身自翫放暢山谷縱汰其心學歸澹怕事乖人倫長幼之節亦非安俗化物之風至漢景帝以黄子老子義體尤深改子爲經始立道學勑令朝野悉諷誦焉若將孔老二教比方佛法遠則遠矣所以然者孔老二教法天制用不敢違天諸佛設教天法奉行不敢違

佛以此言之實非比對吳主大悅以澤爲太子太傅餘如晉宋炳明佛論廣之

魏陳思王曹子建辯道論事第三

夫神仙之書道家之言乃云傳說上爲辰尾宿歲星降爲東方朔淮南王安誅於淮南而謂之獲道輕舉鉤弋死於雲陽而謂之尸逝柩空其爲虛妄甚矣中興篤論之士有桓君山者其所著述多善劉子駿嘗問言人誠能抑嗜欲闔耳目可不衰竭乎時庭中有一老榆君山指而謂曰此樹無情欲可忍無目可闔然猶枯槁腐朽而子駿乃言不可衰竭非談也君山援榆喻之未是也何者余前爲王恭典樂大夫樂記言文帝得魏文侯樂人竇公年百八十兩目盲帝奇而問之何所施行對曰臣年十三而失明父母哀其不及事教臣鼓琴臣不能導引不知壽得何力君山論之曰頗得少盲專一內視精不外鑒之助也先難子駿以內視無益退論竇公便以不鑒證之吾未見其定論也君山又曰方士有董仲君者有罪繫獄佯死數日目陷蟲出死而復生然後竟死生之必死君子所達夫何喻乎夫至神不過天地不能使蟄蟲夏潛震雷冬發時變則物動氣移而事應彼仲君者乃能藏其氣尸其體爛其膚出其蟲無乃大怪乎世有方士吾王悉所招致甘陵有甘始廬江有左慈陽城有郄儉始得行氣導引慈曉房中之術儉善辟穀悉號三百歲本所以集之於魏國者誠恐斯人之徒倿姦詭以欺衆行妖慝以惑人故聚而禁之甘始者老而有少容自餘術士咸共歸之然始詞繁寡實頗

竊有恠之言若遭秦始皇漢武帝則復徐福欒大之徒矣桀紂殊世而齊惡姦人異代而等僞乃如此耶又世虛然有仙人説仙人者黨猱猨之屬與世人得道化爲仙人乎夫雉入海爲蛤鷰入海爲蜃當其徘徊其翼差池其羽猶自識也忽然自投神化體變乃更與黿鼈爲羣豈復自識翔林薄巢垣屋之娱乎而顧爲匹夫所罔納虛妄之詞信眩惑之説隆禮以招弗臣傾産以供虛求散王爵以榮之清閑館以居之經年累稔終無一効或歿於沙丘或崩於五柞臨時雖復誅其身滅其族紛紜足爲天下笑矣然壽命長短骨體强劣各有人焉善養者終之勞擾者半之虛用者殀之其斯之謂歟

陳思王曹植字子建魏武帝第四子也初封東阿郡王終後謚爲陳思王也幼含珪璋十歲能屬文下筆便成初不改定世間術藝無不畢善邯鄲淳見而駭服稱爲天人植每讀佛經輒流連嗟翫以爲至道之宗極也遂製轉讀七聲升降曲折之響世之諷誦咸憲章焉甞遊漁山忽聞空中梵天之響清颺哀婉其聲動心獨聽良久而侍御莫聞植深感神理彌悟法應乃摹其聲節寫爲梵唄撰文制音傳爲後式梵聲光顯始於此焉其所傳唄凡六契見梁釋僧祐法苑集然統括道源精據仙籙姦妄奇妖終歸飾詐故前論所委辯當明矣

晉孫盛撰聖賢同軌老聃非大賢論事第四

頃獲閑居復伸所詠仰先哲之玄微考大賢於靈術詳觀風流究覽行止髙下之辯殆可

髣髴夫大聖知時故迹浪於所因大賢次微故與聖而舒卷所因不同故有揖讓與干戈迹乖次微道亞故行藏之軌莫異亦猶龍虎之從風雲形聲之會影響理固自然非召之也是故箕文同兆元吉於虎兕之吻顏孔俱否逍遙於匡陳之間唐堯則天稷契翼其化湯武革命伊呂讚其功由斯以言用舍影響之論惟我與爾之談豈不信哉何者大賢庶幾觀象知器觀象知器豫籠吉凶預籠吉凶是運形同御治因應對接羣方終保元吉窮通滯礙其揆一也但欣聖樂易有待而享欽冥而不能冥悦寂而不能寂以此爲優劣耳至於中賢第三之人去聖有間故冥體之道未盡自然運用自不得玄同然希古爲勝高想頓足仰慕淳風專詠至靈故有栖峙林壑若巢許之倫者言行抗轡如老彭之徒者亦非故然理自然也夫形躁好靜質柔愛剛讀所常習愒所希聞世俗之常也是以見編抗之詞不復尋因應之適覩矯狂之論不復悟過直之失耳案老書之作與聖教同者是代大匠斲駢拇指之喻其詭乎聖教者是遠救世之宜違明道若昧之義也六經何常闕虚靜之訓謙沖之誨哉孔子曰述而不作信而好古竊比於我老彭尋斯指也則老彭之道以籠罩乎聖教之内矣且肯説二事而不非實言也何以明之聖人淵寂何不好哉又三皇五帝已下靡不制作是故易象經墳爛然炳著棟宇衣裳與時安在述而不作乎故易曰聖人作而萬物覩斯言之發蓋指説老彭之德有以髣髴類已形迹之處所耳亦猶匿

怨而友其人左丘明恥之丘亦恥之豈若於吾言無所不説相體之至也且顔孔不以導養爲事而老彭養之孔顔同乎斯人而老彭異之凡斯數者非不亞聖之迹而又其書往往矛盾粗列如左大雅搢紳幸袪其弊盛又不達老聃輕舉之指爲欲著訓戎狄宣導殊域類乎若欲宣導殊類則左衽非玄化之所孤逝非嘉遁之舉諸夏陵遲敦訓所先聖人之教自近及遠未有譸張遐險如此之遊也若懼禍避地則聖門可隱商朝魯邦有無如者矣苟得其道則遊刃有餘觸地元吉何違天心於戎貊如不能然者得無庶於朝隱而祈仙之徒乎昔裴逸民作崇有貴無二論時談者或以爲不虛達勝之道者或以爲矯時流遁者余以爲尚無既失之矣崇有亦未爲得也道之爲物惟恍惟惚因應無方惟變所適值澄淳之時則司契垂拱遇萬動之化則形體勃興是以洞鑒雖同有無之教異陳聖致雖一而稱爲之名殊自唐虞不希結繩湯武不擬揖讓夫豈異哉時運故也伯陽以執古之道以御今之有逸民欲執今之有以絶古之風吾故以爲彼二子者不達圓化之道各矜其一方者耳

晉孫盛老子疑問反詰事第五

道經云故常無欲以觀其妙常有欲以觀其徼此兩者同出而異名同謂之玄玄之又玄衆妙之門舊説及王弼解妙謂始徼謂終也夫觀始要終覩妙知著達人之鑒也既以欲澄神照其妙始則自斯以已宜悉鎭之何以復須有欲得其終乎且有欲俱出妙門同謂

之玄若然以往復何獨貴於無欲乎天下皆知美之爲美斯惡已皆知善之爲善斯不善已盛以爲大美惡之名生于美惡之實道德淳美則有善名頑嚚聾昧則有惡聲故易曰惡不積不足以滅身又曰美在身中暢於四支而發於事業又曰韶盡美矣又盡善也然則大美大善天下皆知之何得云斯惡乎若虛美非美爲善非善所美過美所善違中若此皆世教所疾聖王奮誠天下亦自知之於斯談也不尚賢使民不諍不貴難得之貨民不爲盜常使民無知無欲使知者不敢爲又曰絶學無憂唯之與阿相去幾何善之與惡相去何若又下章云善人不善人之師不善人善人之資不貴其師不愛其資雖智大迷盛以爲民苟無欲亦何所師於師哉既相師資非學如何不善師善非尚賢如何貴愛既存則善惡不得不彰非相去何若之謂下章云人之所教我亦以教人吾言甚易知而天下莫能知又曰吾將以爲教父原斯談也未爲絶學所云絶者孔之學耶堯孔之學隨時設教老氏之言一其所尚隨時設教所以通百代一其所尚不得不滯於適變此又闇弊所未能通也道沖而用之又不盈和其光同其塵盛以爲老聃可謂知道非體道也昔陶唐之莅天下也無日解哉則維昭任衆師錫疋夫則駭然禪授豈非沖而用之光塵同彼哉伯陽則不然既處濁位復遠導西戎行止則猖狂其迹著書則矯誑其言和光同塵固若是乎余固以爲知道體道則未也三者不可致詰混然爲一繩繩兮不可名復歸於無

物無物之像是謂惚怳下章云道之爲物惟怳與惚惚兮怳兮其中有象怳兮惚兮其中有物此二章或言無物或言有物先有所不宜者也執古之道以御今之有上章云執者失之爲者敗之而復云執古之道以御今之有或執或否得無陷矛盾之論乎絶聖棄智民利百倍盛曰夫有仁聖必有仁聖之迹此而不崇則陶訓焉融仁義不尚則孝慈道喪老氏既云絶聖而每章輒稱聖人既稱聖人則迹焉能得絶若所欲絶者堯舜周孔之迹則所稱聖者爲是何迹乎即如其言聖人有宜滅其迹者有宜稱其迹者稱滅不同吾誰適從絶仁棄義民復孝慈若如此談仁義不絶則不孝不慈矣復云居善地與善仁不審與善人之仁是向所云欲絶者非耶如其是也則不宜復稱述矣如其非也則未詳二仁之義一仁宜絶一仁宜明此又所未達也若謂不聖之聖不仁之仁則教所未詳不假高唱矣退至莊周云聖人不死大盜不止又曰田常竊仁義以取齊國夫天地陶鑄善惡兼育各禀自然理不相關梟鴟縱毒不假學於鸞鳳豺虎肆害不借術於麒麟此皆天資自然不須外物者也何至凶頑之人獨當假仁義以濟其姦乎若乃冒頓殺父鄭伯盜鄶豈復先假李道獲其終害乎而莊李棓擊殺根毀駮正訓何異疾盜賊而銷鑄干戈覩食噎而絶棄嘉穀乎後之談者雖曲爲其義辯而釋之莫不艱屯於殺聖困躓於忘親也知我者希則我貴矣上章云聖人之在天下百姓皆注其耳目師資貴愛必彰萬物如斯則知

之者安得希哉知希者何必貴哉即己之身貴九服何得背實抗言云貴由知希哉斯蓋欲抑動恒俗故發此過言耳聖教則不然中和其詞以理訓導故曰在家必聞在邦必聞也是聞必達也不見善而無悶潛龍之德人不知而不愠君子之道衆好之必察焉衆惡之必察焉既不以知多爲顯亦不以知少爲貴誨誘綽綽理中自然何與老聃之言同日而語其優劣哉禮者忠信之薄而亂之首前識者道之華而愚始是以大丈夫處其厚不居其薄處其實不居其華也盛曰老聃足知聖人禮樂非玄勝之具不獲已而制作耳而故毀之何哉是故屏撥禮學以全其任自然之論豈不知萩麥不復得返自然之道直欲申已好之懷然則不免情於所悅非浪心救

物者也非惟不救乃獎其弊矣或問老莊所以故發此唱蓋與聖教相爲表裏其於陶物明訓其歸一也盛以爲不然夫聖人之道廣大悉備猶日月懸天有何不照哉老氏之言皆駁於六經矣寧復有所愸之俟佐助於聃周乎即莊周所謂日月出矣而爝火不息者也至於虚詠譎怪徼詭之言尚滯於一方於而攡稱不經之奇詞也王侯得一以爲天下貞貞正也下章云孰知其極其無正耶正復爲奇善復爲妖尋此二章或云爲天下正或云無正既云善人不善人師而復云爲妖天下之善一也而或師或妖天下之正道一也而云正復爲奇斯反鄙見所未能通也集論者曰盛字安國師東晋名士綽之子也祖則魏名臣之子荊也綽有顯論才學所推聞之

前史盛以爲名父之子仕晉爲給事中祕書監散騎常侍吴昌男少好墳典遊心史籍常以爲歎雖賢聖玄邈得諸言表而仁愛自我陶滌庶物漸漬之功莫過乎經史是以仲尼因魯史記以著春秋使百代之後仰髙風以式瞻孟軻孫卿並讃揚大化暨乎史遷亦記一代之成敗明鑒誡將來今遂厝心博綜撰考諸事疏著春秋庶擬前賢以美道訓傳本弁音合三十二卷又命掌國史竭意經綸一時名作是稱良史未奏遂卒子潛以晉太元十五年上之詔曰得上故祕書監所著書省以慨然遠模前典憲章在昔與一代之事輒勑納之祕閣以貽于後潛襲父爵位叅驃騎將軍諮議叅軍見于晉紀盛凡著述備如別集品評老氏中賢之流故知爲尹喜述書乃祖承有據嵇子云老子就涓子學九仙之術尋乎練餌斯或有之至於聖也則不云學故語云生知者上學知者次王何所謂典建鴻猷故班固叙人九等之例孔丘等爲上上類例皆是聖李耳等爲中上類例皆是賢聖有極聖亞聖賢有大賢小賢並以神機有利鈍故智用有漸頓盛叙老非大賢取其閑放自牧不能兼濟於萬物坐觀周衰陽遁於西裔行及秦壤而實死扶風葬槐里非遁大之仙信矣

元魏君臨釋李雙信致有廢興感應之事第六

魏太祖道武皇帝託跋珪天興元年下詔曰夫佛法之興其來遠矣拯濟之功冥及存没神蹤遺跡信可依憑可於京邑建飾容範修

整宫舍令信向之徒有所居止是歲始作五級佛圖耆闍崛山及須彌殿加以飾繪别構講堂禪室沙門坐處莫不畢爲魏世祖太武託跋燾即位亦遵太祖太宗之業雖有黄老不味其術每引高德沙門與談玄理於四月八日與諸佛像行於廣衢帝親御門樓散華禮敬篤敬兼至晚據有平城與敬李術爲立道壇司徒崔皓少習左道猜忌釋門既位居佐輔尤不信有佛謂是虚誕見讀佛經奪而投井中密欲加滅燾所仗信道士寇謙之與皓欵狎遂奏拜謙位稱天師皓有才畧太武信用國人以爲楷模時有沙門玄高道王河西名高海右神用莫測貴賤咸重燾乃軍逼掠境徵高東還暨達平城大弘禪化太子晃事高爲師形心盡禮晃時被讒爲父所疑乃告高曰空羅枉苦何由可脱高令作金光明齋懺七日懇誠燾乃夢見其祖及父執劒列威曰何故信讒枉疑太子燾驚覺大集羣臣説所先夢諸臣咸言太子無過實如皇靈降誥燾於太子無復疑焉蓋高誠感之力也因下書曰朕承祖宗重光之緒思闡鴻基恢隆萬代武功雖昭而文教未暢非所以崇太平之治也今域内安逸百姓富昌宜定制度爲萬代之法夫陰陽有往復四時有代序授子任賢安全相付所以休息疲勞式固長久古今不易之令典也可令皇太子副理萬機總統百揆更舉賢良以備列職擇人授任而黜陟之其朝士庶民皆稱臣於太子于時崔寇先得寵於燾恐晃篡政有奪威權又譖云太子前事實有謀心但結高公道術故令先帝

降夢如此物論事跡難明若不早除必爲巨害燾納之即勑收高於太平五年九月十五日縊於平城之隅太子又幽殺之即宋元嘉二十一年也爾夜門人莫知其死忽有光明繞塔入房其光聲曰吾其已逝弟子等崩赴屍所請告遺累言畢高眼稍開汗通俄起更坐謂曰大法應化隨緣盛衰在迹理恒湛然但念汝等不久復當如我耳汝等死後法當更興善自修心無令中悔言已便卧而絶崔氏於此縱以姦心每與帝言恒加非毀以佛無益於政有傷民利勸令廢之從太武至長安入僧寺見有矛盾帝怒誅寺僧皓因進説盡殺沙門焚經毀像勑留臺下四方僧寺有者依長安法除之道士寇謙不從其毀苦與皓爭皓拒之謙謂皓曰卿從今年受戮滅門矣燾惑其言以太平七年遂普滅佛法分軍四出燒掠寺舍統内僧尼罷令還俗其竄逃者捕獲梟斬有沙門惠始甚有神異昔赫連昌破長安始被白刃而體不傷五十餘年未嘗寢卧跣行泥塗初不汚足而色鮮白世號白足和尚死十餘年身相如在初入深山習行蘭若太平之末方知滅法始聞之乃於元會之日杖錫宮門有司奏云有一道人足白於面云欲入見屢依軍法斬而不傷遂至殿庭燾大怒自以所佩劒斬之體無餘異時北園養虎勑以始飴之虎皆潛伏終不敢視試以天師近檻虎輒鳴吼燾方知佛化高尊黄老之所不及即迎上殿頂禮足下悔其愆咎始爲説法明辯因果燾於是大生愧懼遂感癘通身發瘡痛苦難忍羣臣議曰崔皓邪佞

毀害佛僧陛下所患必由於此于時崔寇二人次發惡疾燾懼過由於彼以太平十一年乃載皓於露車官使十人推於車上便尿其口行數里不堪困苦又生埋出口而尿之自古三公戮辱未足過於此之甚遂誅諸姻親門族都盡宣下國中興復正法俄而燾崩孫濬襲位大弘佛事即高宗文武皇帝是也見後魏書及十六國春秋僧傳等

宋太宗文皇帝朝會與羣臣論佛事第七

文帝即宋武第三子也聰睿英博雅稱令達在位三十年嘗以暇日從容而顧侍中何尚之吏部羊玄保曰朕少來讀經不多比日彌復無暇三世因果未辦厝懷而復不敢立異者正以卿輩時秀率所敬信也范泰謝靈運皆言六經典文本在濟俗爲正必求性靈眞奧豈得不以佛理爲指南耶近見顏延之析達性論宗炳難白黑論明佛法汪汪無爲名理並足開獎人意若使率土之賓皆淳此化則朕坐致太平矣夫復何事尚之對曰悠悠之徒多不信法以臣庸弊更荷褒拂非所敢當至如前代英賢則不負明詔矣中朝已遠難復具知度江已來則王導周顗庾亮王濛謝尚郗超王坦王恭王謐郭文謝敷戴逵許詢及亡高祖兄弟及王元琳昆季范汪孫綽張玄殷顗等或宰輔之冠蓋或人倫之羽儀或置情天人之際或抗跡煙霞之表並稟志歸依厝心歸信其間比對則蘭護開潛深遁崇邃皆亞迹黃巾或不測之人也惠遠法師嘗云釋氏之化無所不可適道固自教源濟俗亦爲要務竊尋此說有契理奧若使家家

奉戒則罪息刑清陛下所謂坐致太平誠如聖旨羊玄保進曰此談蓋天人之際豈臣所宜預竊恐秦楚論强兵之事孫吴盡吞併之術將無取於此也帝曰此非戰國之具良如卿言尚之曰夫禮隱逸則戰士怠貴仁德則兵氣衰若以孫吳爲志苟在吞噬亦無取堯舜之道豈惟佛教而已哉帝曰釋門有卿亦猶孔門之有季路所謂惡言不入於耳也自是文帝致意佛經及見嚴觀諸僧輒論道義屢延僧殿會帝躬御地筵同僧列飯時有竺道生法師學出羣品英義獨拔帝重之曾述生頓悟義沙門僧衞等皆設巨難帝曰若使逝者可興豈爲諸君所屈時顔延之著離識論帝命嚴法師辯其同異往返終日帝笑曰公等今日無愧支許之談也云云見僧史傳

魏明帝登極召佛道對論叙先後事第八

元魏君臨凡一十七帝一百七十九年與顯佛法教不可勝言惟太武在位五六年中屏除佛法自餘光顯具彰魏史畧陳相狀以成信重獻文即位興皇元年於五級大寺太祖已下五帝鑄像五軀各長一丈六尺用金二十五萬斤正光元年明帝加朝服大赦天下請僧尼道士女冠前殿齋訖侍中劉騰宣勑法師等與道士論議以釋弟子疑網時清通觀道士姜斌與融覺寺法師曇模最對論帝曰佛與老子同時以不姜斌曰老子西入化胡佛時以充侍者明是同時法師曰何以知之斌曰案老子開天經是以得知法師曰老子當周何王幾年而生周何王幾年西入斌曰當周定王即位三年乙卯之歲於楚國陳

郡苦縣厲鄉曲仁里九月十四日夜子時生周簡王四年丁丑歲事周爲守藏吏簡王十三年遷爲太史至敬王元年庚辰之歲年八十五見周德陵遲遂與散關令尹喜西入化胡斯足明矣法師曰佛以周昭王二十四年四月八日生穆王五十二年二月十五日滅度計入涅槃後經三百四十五年始到定王三年老子方生生已年八十五至敬王元年凡經四百二十五年始與尹喜西遁據此則知年代懸殊無乃謬乎斌曰若佛生周昭之時出何史記法師曰周書異記漢法本內傳並有明文斌曰孔子即是制法聖人當時於佛迴無文記何耶法師曰仁者識同管窺覽不弘遠寀孔子有三備卜經謂天地人也佛之文言出於中備仁者幸自披究不有此迷

斌曰孔子聖人不言而識何假卜乎法師曰惟佛是衆聖之王四生之首達一切含靈前後二際吉凶終始不假卜觀自餘小聖雖曉未然之理必籍著龜以通靈卦也侍中尚書令元又宣勑語道士姜斌論無宗旨宜下席又問開天經何處得來是誰所説即遣中書侍郎魏收尚書郎祖瑩等就觀取經帝令議之太尉丹陽王蕭綜太傅李寔衛尉許伯桃吏部尚書邢欒散騎常侍温子昇等一百七十人讀訖奏曰老子只著五千文更無言説臣等所議姜斌罪當惑衆帝加斌極刑三藏法師菩提流支極諫乃止配徒馬邑

梁武帝捨事道法事第九

梁高祖武皇帝年三十四登位在政四十九年雖億兆務殷而卷不釋手內經外典罔不

厝懷皆爲訓解數千餘卷而儉約自節羅綺不緣寢處虚閑晝夜無怠致有布被莞席草屩葛巾初臨大寶即備斯事日惟一食永絶辛羶自古帝王罕能及此舊事老子宗尚符圖窮討根源有同妄作帝乃躬運神筆下詔捨道又曰維天鑒三年四月八日梁國皇帝蘭陵蕭衍稽首和南十方諸佛十方尊法十方聖僧伏見經云發菩提心者即是佛心其餘散善不得爲喻能使衆生出三界之苦門入無爲之勝路故如來遍盡智凝成覺至道通機德圓最聖發慧炬以照迷鏡法流以澄垢啓瑞迹於天中爍靈儀於像外度羣迷於欲海引含識於涅槃登常樂之高山出愛河之深際言乖四句語絶百非應迹娑婆王宫誕相步三界而爲尊普大千而流照但以機心淺薄好生厭怠遂乃湛説圓常亦復潛輝鵠樹闍王滅罪婆藪除殃若不逢值大聖法王誰能救接在迹雖隱其道無虧弟子比經迷荒躭事老子厯葉相承染此邪法習因善散棄迷知返今捨舊醫歸憑正覺願使未來生世童男出家廣弘經教化度含識同共成佛寧在正法中長淪惡道不樂依老子教暫得生天涉大乘心離二乘念正願諸佛證明菩薩攝受弟子蕭衍和南

于時帝與道俗二萬人於重雲殿重閣上手書此文發菩提心至四月十一日勑門下大經中説道有九十六種唯佛一道是於正道其餘九十五種名爲邪道朕捨邪外以事正内諸佛如來若有公卿能入此誓者各可發菩提心老子周公孔子等雖是如來弟子而

化迹既邪止是世間之善不能隔凡成聖其公卿百官侯王宗族宜返僞就眞捨邪入正故經教成實論云若事外道心重佛法心輕即是邪見若心一等是無記性不當善惡若事佛心强老子心弱者乃是清信言清信者清是表裏俱淨垢穢惑累皆盡信是信正不信邪故言清信佛弟子其餘諸信皆是邪見不得稱清信也門下速施行至四月十四日侍中安前將軍丹陽尹邵陵王上啓云臣綸聞如來嚴相巍巍架于有頂微妙色身蕩蕩顯于無際假金輪而啓物託銀粟以應凡揮般若之利刀收涅槃之妙果汎生死之苦海濟常樂於彼岸故能降慈悲雲垂甘露雨七處八會教化之義不窮四諦五時利益之方無盡並況氷清日盛霧豁雲除爝火翳光塵熱自靜可謂入俗化於蒙底出冥道此眞如使稠林邪逕之人景法門而無倦渴愛聾瞽之士慕探賾而知迴道樹始於迦維德音盛于京洛恒星不見周鑒娠徵滿月圓姿漢感宵夢五法用傳萬德方兆華俗潛改競扇高風資此三明照迷途之失憑茲七覺拔長夜之苦屬值皇帝菩薩應天御物負扆臨民含光宇宙照清海表垂無礙辯以接黎庶以本願力攝受衆生故能隨方逗藥開示權因顯崇一乘之旨用廣十地之基是以萬邦迴向俱稟正識幽顯靈祇皆蒙誘濟人與等覺之願物起菩提之心莫不翹勤歸宗之境悦懌還源之趣共保慈悲俱修忍辱所謂覆護饒益橋梁津濟者矣道既光被民亦化之於是應眞飛錫騰虛接影破邪外道堅持正法伽

藍精舍寶刹相望講會傳經德音盈耳臣昔未達理源禀承外道如欲植甘果翻種苦栽欲除渴乏返趣鹹水今啓迷方粗知歸向受菩薩大戒戒節身心捨老子之邪風入法流之眞教伏惟天慈曲垂矜許謹啓至四月十八日中書舍人臣任孝恭宣勑云能改迷入正可謂是宿植勝因宜加勇猛也

北齊高祖文宣皇帝廢道事第十

昔金陵道士陸修靜者道門之望在宋齊兩代祖述三張弘行二葛郗張之士封門受録遂妄加穿鑿廣制齋儀糜費極繁意在王者遵奉會梁祖啓運下詔捨道修靜不勝其憤遂與門人及邊境亡命叛入北齊又傾散金玉贈諸貴遊託以襟期冀興道法帝惑之也於天保六年九月乃下勑召諸沙門與道士學達者十人親自對校于時道士呪諸沙門衣鉢或飛或轉呪諸梁木或横或竪沙門曽不學方術黙無一對士女擁閙貴賤移心並以靜徒爲勝也諸道士等雀躍騰倚魚睨雲漢髙自矜誇衒其道術仍又唱言神通權設抑挫强禦沙門現一我當現二今薄示小術並辟退屈事亦可見帝命上統法師與靜角試上曰方術小伎俗儒恥之況出家人也雖然天命令拒豈得無言可令最下坐僧對之即尋往覓有僧曇顯者不知何許人遊行無定飲噉同俗時有放言標悟宏遠上統知其深量私與之交于時名僧盛集顯居行末酣酒大醉昴兀而坐有司不敢召之以事告於上統上統曰道士祭酒常道所行止是飲酒道人可共言耳扶轝將來於是合衆皆憚而

怯上統威權不敢有諫乃兩人扶顯令上高座便立而含笑曰我飲酒大醉耳中有所聞云沙門現一我當現二此言虚實道士曰有實顯即翹足而立我以現一卿可現二各無對之顯曰向呪諸衣物飛颺者我故開門試卿術耳命取稠禪師衣鉢呪之諸道士一時奮發共呪一無動搖帝勑取衣乃至十人牽舉不動顯乃令以衣置諸梁木又令呪之卒無一驗道士等相顧無頼猶以言辯自高乃曰佛家自號爲内内則小也詔我道家爲外外則大也顯應聲曰若然則天子處内定小百官矣靜與其屬緘口無言帝目驗臧否便下詔曰法門不二眞宗在一求之正路寂泊爲本祭酒道者世中假妄俗人未悟仍有祇崇麴蘖是味清虚焉在胸脯斯甘慈悲永隔上異仁祠下乖祭典皆宜禁絶不復遵事頒勑遠近咸使知聞其道士歸伏者並付昭玄大統上法師度聽出家不發心者可令深剃爾日斬首者非一自謂神仙者可上三爵臺令其投身飛逝皆碎屍墮地僞妄斯絶致使齊境國無兩信迄于隋初漸開其術至今東川此宗微末無足抗言帝諱洋即魏承相王歡之第二子也嫡兄澄怠慢爲奴所害洋襲其位爲相國魏將曆窮洋築壇於南郊筮遇大横大吉漢文之卦也乃鑄金像一寫而成魏收爲禪文魏帝署之即受其禪爲大齊也凡所行履不測其愚智委政僕射楊遵彦帝大起佛寺僧尼滿諸州縣冬夏供施行道不絶時稠禪師箴帝曰檀越羅刹可臨水自見帝從之覩羣羅刹在後於是遂不食肉禁鷹

鷄去宰漁屠辛葷悉除不得入市帝恒坐禪竟日不出禮佛行繞其疾如風受戒於昭玄大統法上面掩地令上履髮而授馬先是帝在晉陽使人騎駝勑曰向寺取經函使問所在帝曰任駝出城及出奄如夢至一山山半有佛寺羣沙彌遥曰高洋駞駝來便引見一老僧拜之曰高洋作天子何如曰聖明曰爾來何爲曰取經函僧曰洋在寺嬾讀經今北行東頭與之使者反命初帝至谷口木井佛寺有捨身癡人不解語忽謂帝曰我去爾後來是夜癡人死帝尋崩於晉陽著作王卲曰釋氏非管窺所及率爾妄言之引列子述商太宰問孔子聖人事又云黄帝夢遊華胥氏之國在佛神遊而已佛之所言蓋欲柔伏人心故多寓言以方便不知是何神變浩蕩之甚乎説人身善惡世事因緣以慈悲喜捨常樂我淨盡辯至精明如日月非正覺孰能證之凡在順首莫不歸命達人則愼其身口修其慧定平等解脱究竟菩提及僻者爲之不能通理徒務費竭財力功利煩濁猶六經皆有所失未之深也已矣其事如此依齊書録之

集古今佛道論衡實録卷第一

音釋

扆於豈切 朐音劬 婕妤上即涉切下羊諸切婕妤好婦官 愒切貪美也 柞音昨木名皂斗也五柞漢官因木以名 駁悉合切行疾也

鄶光會切祝融之後也國名在於鄭地也

集古今佛道論衡實録卷第二

唐　釋　道　宣　撰

周高祖武皇帝將滅佛法有安法師上論事
第十一

周武初信佛後以讖緯云黒衣當王遂重於道法躬受符籙玄冠黄褐内常服御心忌釋門志欲誅殄而患信佛者多未敢專制有道士張賓譎詐罔上私達其策潛進李宗排棄釋氏又與衛元嵩脣齒相副共相葅醢帝納其言欲親覘視經過貶量佛失召僧入内七宵行道時既密知各加懇到帝亦同僧七夕不寐爲僧讃唄并諸法事既無過犯無何而止天和四年歳在己丑三月十三日勅召有德衆僧名儒道士文武百官二千餘人昇正殿帝御坐量述三教優劣廢立衆議紛紜情見乖角不定而散至其月二十日依前集論是非更廣莫簡帝心索然又散至四月初又依前集令極言陳理又勅司隷大夫甄鸞詳佛道二教定其深淺鸞乃上笑道論三卷用笑三洞之名及笑經稱三十六部文極據明

事多商摧至五月十五日帝大集羣臣詳鸞上論以爲傷蠹道士即於殿庭焚之有道安法師慧解洞達内外淹通時號釋宗衆標僧傑帝所信重常侍對揚僉議攸同三教齊立惟安抗辯教止二焉言出難尋著文易顯乃撰二教論一十二篇初歸宗顯本篇畧云夫萬化本於無生三才兆於無始然則無生無始物之性也有化有生人之聚也聚雖一體而形神兩異散雖質别而心數不忘故救形之教教稱爲外濟神之教教稱爲内是以智論有内外兩經仁王辯内外兩論方等明内外兩律百論言内外二道若通論内外則該被華戎若局命此方則可云儒釋釋教爲内儒教爲外道無别教宗結儒流備彰前典非爲誕謬詳覽載籍尋討根源教惟有二何得有三何者昔玄古朴素墳典之誥未弘淳風稍離丘索之文乃著故包論七典統括九流咸爲軍國之謨並是修身之術若派而别之則應爲九教令總而合之則同屬儒宗論其官也各王朝之一職談其籍也並皇家之一書何欲於一化之内令九流爭川大道之世使小成競辯豈不上傷皇極莫二之風下開拘放鄙蕩之弊眞所謂巨蠹鴻猷眩曜朝野矣言佛教者窮理盡性之格言出世入眞之正轍論其文則部分十二語其旨則四種悉檀理妙域中固非名號所及化擅象表又非情智所尋至於遣累落筌陶神盡照近超生死遠證泥洹播闡五乘接羣機之深淺該明六道辯善惡之昇沉變期出世而理無不周邇及王化而事無不盡能博能要不質不文

自非天下之至慮孰能與斯教哉雖復儒道千家農墨百氏取捨驅馳未及其度者也夫厚生情篤身患之誠遂與不悟遷流逝川之歎乃作並是域内之至談非踰方之巨唱也何者推色盡於極微老氏之所未辯究心窮於生滅宣尼又所未言可謂瞻之似盡而察之末極者也經曰分别色心有無量相非諸聲聞緣覺所知況凡夫識想安得齊於佛聖乎經云無以日光等彼螢火斯喻極也若夫以齊而齊不齊者未曰齊也余聞善齊天下者以不齊而齊天下者也何須夷嶽塞淵然後方平續鳬截鶴於爲始等此蓋狷夫之野議豈達士之貞觀乎故諺曰紫實昧朱狂斯濫哲請廣其類上至天子下至庶人莫不資色心以成軀稟陰陽而作體不可以色心是等而便混以智愚陰陽義齊則使同之貴賤此之不可至理皎然雖强齊之其義安在餘文多不載又史記云李老西邁止及流沙化胡西昇等經不足窮究漢末三張方行其道惑亂天下備見史書故李膺蜀記云張陵避瘧病於丘社中得呪鬼術書遂解鬼法後爲大蛇所翕弟子尋妄述昇天其子衡衡子魯還習其道自號三師陵爲天師衡爲係師魯爲嗣師咸以鬼道以化愚俗後漢書云張魯初爲督義司馬遂掩殺漢中太守蘇固斷絶斜谷殺漢使者專據漢中三十餘載戴黃巾服黃布造作符書以惑百姓受其道者出米五斗世號米賊初來學者名爲鬼卒後云祭酒各領部衆夷俗信向朝廷不能討遂就拜魯爲鎮夷中郎將通其貢獻至獻帝二十年

曹操征而破之初漢末鬼言黃衣當王於是張角張魯等始服黃衣曹氏受命以黃代赤故年號黃初黃巾之賊至是始平元魏寇謙稍稍還服令大道之世風化宜同小巫巾色宜改復古且老子大賢絶棄貴尚又是朝臣服色寧異古有專經之學而無服像之殊黃巾布衣出自張氏夫聖賢作訓弘裕温柔鬼神嚴厲動爲寒暑老子誡味祭酒咸飲張制鬼服黃衣則齊眞僞皎然急緩可見故畧引張氏數條妄作用懲未聞

一初言禁經止價者玄光論云道家諸經制雜凡意教迹邪險是故不經但得金帛便與其經貧者造之至死不覩貪利無慈逆莫過此又其方術穢濁不清乃有扣齒爲天鼓咽唾爲醴泉馬屎爲靈薪老鼠爲芝藥資此求道焉能得乎

二或妄稱眞道者蜀記云張陵入鶴鳴山自稱天師漢嘉平末爲蟒所噏子衡奔出假設權方用表靈化生縻鶴足置石崖頂到光和元年遣使告曰正月七日天師昇玄都米民山獠遂因妄傳敗死利生逆莫過此之甚矣

三或合氣釋罪者妄造黃書呪癩無端乃云開命門抱眞人三五七九天羅地網士女溷亂不異禽獸用銷災禍其可然乎

四或挾道作亂者黃巾鬼道毒流漢室孫恩求仙禍延皇晉破國害俗惑亂天下五千道德全不許之

五或章善書代德者遷達七祖乞免擔沙橫費紙筆奏章太上又云戊辰之日上必不達不達太上則生民枉死嗚呼哀哉

六或畏鬼帶符者符云左佩太極章右佩昆吾鐵指日則停暉擬鬼千里血若受黄書赤章即是靈仙

七或制約輸課者蜀記云受其道者輸米肉布絹器物紙筆薦蓆五綵後生邪濁増立米民

八或解除墓門者左道餘氣也墓門解除春秋二分祭竈祀社冬夏兩至祠祀同俗先受治籙兵符社契皆言軍將吏兵都無教誡之義

九或妄度苦厄者立塗炭齋事起張魯驢騠泥中黄土塗面擿頭懸櫛埏埴使熟至義熈初道士王公旗省去打拍吴陸修靜猶泥額反縛懸頭而已資此度厄何癡之甚

十或夢中作罪者夢見先亡輒云變怪召鬼神兵吏奏章斷之

十一或輕作凶佞者造黄神越章用持殺鬼又造赤章用持殺人趣悦世情不計殃罪陰謀懷嫉凶邪之甚

斯並三張之鬼法非老子之本懷傾世濫行罕有覺者論成上之帝覽安論以問臣下僚宰尋校莫敢排斥當時廢立遂寢誡所推焉乃經六載至建德三年歲在甲午五月十七日遂普滅佛道二宗别置通道觀簡釋李有名者百二十員並著衣冠名爲通道觀學士時有蜀地新州願果寺僧猛法師不遠千里躬詣魏闕雖面陳至理邪正未分而帝滅毁之情已決乃著論十有八條難道本宗又以三科釋其前執其詞畧云猛以世之濫述老子尹喜西度化胡出家老子爲説經誡令尹

喜作佛教化胡人又稱鬼谷先生撰南山四皓注未善尋者莫不信從以爲口實異哉此傳君子尚不可罔況貶大聖者乎今具陳此說非直人世差錯假託名字亦乃言不及義翻辱老子者乎勝人達士不出此言將是無識異道誇競佛法假託鬼谷四皓之名附尹喜傳後作此異論用迷昏俗竊聞傳而不習天子不許妄作者凶老君所誡此之過患增長三塗宜應糺正救其此失然教有內外用生疑假人有賢聖多迷本迹故班固漢書品人九等孔丘之徒爲上上類例皆是聖李耳之儔爲中上類例皆是賢何晏王弼云老未及聖此則賢聖自分優劣路顯故魏文之博識也

黄初三年下勑告豫州刺史老聃賢人未宜先孔子不知魯郡爲孔子立廟成未漢桓帝不師聖法正以嬖臣而事老子欲求以福良足笑也此祠之興由桓武皇帝以老子賢人不毀其屋朕亦以此亭當路行來者輒往瞻視而樓屋傾頹儻能壓人故令修整昨過視之殊未整頓恐小人謂此爲神妄作禱祀犯常禁宜宣告吏民咸使知聞據斯以言足露久矣愚惑者多致有前弊故著論焉雖復上聞終不見納有猛法師者氣調横挺抗言帝旨詞頗激切衆恐禍及其身帝通容之情無愧恧次有藹法師者年德榮盛道俗所歸聞之歎曰朱紫雜糅狂哲交侵至矣可使五衆流離四生倒惑哉又曰餐周之粟飲周之水食椹懷音寧無酬德又爲佛之弟子豈可見此淪滑坐此形骸晏然自靜徑來上表引見

登殿舉手而言曰來意有二所謂報三寶慈恩酬檀越厚德援引卓明從旦至午交言支任抗對如流梗詞厲色鏗然無撓帝雖納其言情決已定遲疑不言藹又進曰釋李邪正即事可求不煩聖慮索鑊煮兩宗門人不害者立可見矣帝怯其言乃令引出時宜州沙門道積者次又出諫不用其言遂與同志七人於彌勒像前不食禮懺經於七日一時同逝藹入南山錫谷自割身肉布於石上引腸掛樹捧心而卒有人尋之於崖上見捨身偈三十餘行其後偈云願捨此身已早令身自在法身自在已在在諸趣中隨有利益處護法救衆生又復業應盡有為法皆然三界皆無常時來不自在他殺及自死終歸如是處智者所不樂業盡於今日

周武平齊大集僧徒問以興廢慧遠法師抗詔事第十二

周武帝以齊承光二年春東平高氏召前修大德並赴殿集帝昇御座序廢立事義云朕受天命寧一區宇世弘三教其風逾遠考定至理多愆陶化今並廢之然其六經儒教典文久弘政術禮義忠孝於世有宜故須存立且自眞佛無像遥敬表心佛經廣陳崇建圖塔壯麗修造致福極多此實無情何能恩惠愚人嚮信傾竭珍財徒爲引費故須除蕩故凡是經像皆毀滅之父母恩重沙門不敬勃逆之甚國法不容並退還家用崇孝始朕意如此諸大德謂理何如于時沙門大統等五百餘人咸以王威震赫決諫難從關内以除義非孤立衆各默然下勅催答並相顧無色

俛首垂淚有慧遠法師聲名光價乃自惟曰佛法之寄四衆是依豈以杜言謂能通理遂出對曰陛下統臨大域得一居尊隨俗致詞憲章三教詔云眞佛無像誠如天旨但耳目生靈賴經聞佛藉像表眞今若廢之無以興敬帝曰虛空眞佛咸自知之未假經像遠曰漢明已前經像未至此土含生何故不知虛空眞佛帝時無答遠曰若不藉經教自知有法者三皇已前未有文字人應自知五常等法當時諸人何爲但識其母不識其父同於禽獸帝又無答遠曰若以形像無情事之無福故須廢者國家七廟之像豈是有情而妄相尊事帝不答此難乃云佛經外國之法此土不須廢而不用七廟上代所立朕亦不以爲是將同廢之遠曰若以外國諸經非此用者仲尼所說出自魯國秦晉之地亦應廢而不行又以七廟爲非將欲廢者則是不尊祖考祖考不尊則昭穆失序昭穆失序則五經無用前存儒教其義安在若爾則三教同廢將何治國帝曰魯邦之與秦晉封域乃殊莫非王者一化故不類佛經七廟之難帝無以通遠曰若以秦魯同遵一化經教通行者震旦之與天竺國界雖殊莫不同在閻浮四海之內輪王一化何不同遵佛經而今獨廢帝又無答遠曰詔云並退僧還家崇孝養者孔經亦云立身行道以顯父母即是孝行何必還家帝曰父母恩重交資色養棄親向踈未成至孝遠曰若如來旨陛下左右皆有二親何不放之乃使長役五年不見父母帝曰朕亦依番上下得歸侍奉遠曰佛亦聽僧冬夏

隨緣修道春秋歸家侍養故目連乞飯餉母如來擔棺臨葬此理大通未可獨廢帝又無答遠抗聲曰陛下今恃王力自在破滅三寶是邪見人阿鼻地獄不簡貴賤陛下何得不怖帝勃然作色大怒直視於遠曰但令百姓得樂朕亦不辭地獄之苦遠曰陛下以邪法化人現種苦業當共陛下同趣阿鼻何處有樂可得帝理屈言前所圖意盛更無所答但云僧等且還有司録取論僧姓字帝已行虐三年關隴佛法誅除畧盡既克齊境還准毀之爾時魏齊東川佛法崇盛見成寺廟出四十千並賜王公充爲第宅五衆釋門滅三百萬皆復軍民還歸編户融刮佛像焚燒經教三寶福財簿録入官登即賞賜分散蕩盡帝以爲得志於天下也未盈一年癘氣内蒸身瘡外發業相已顯無悔可銷遂隱於雲陽宫纔經七日尋爾傾崩天元嗣曆於東西二京立陟岵寺每寺置菩薩僧用開佛化不久帝崩國運移華至隋高祖方始大通如後所顯

注云　近見大唐吏部尚書唐臨冥報記云外祖隋文僕射齊公親見文帝問死者還活人云初死見周武帝云爲我相聞大隋天子昔與我共食倉庫玉帛亦我之儲我今爲滅佛法極受大苦可爲我作功德也文帝出勑普及天下人出一錢爲之追福焉

周武巡鄴除殄佛法有前僧任道琳上表請開法事第十三

周建德六年十一月四日上臨鄴宫新殿内史宇文昂上士李德林收上書人表于時任道琳以表上之上士覽表曰君二教也聖主

機辯特難酬荅可思審之對曰主上鋒辯名流十方琳亦早聞正以聞辯故來得辯無爽云云乃引入上階御座西立詔曰卿既上事助匡治政朕甚嘉尚可條別自申勿廣詞費琳乃上撫安齊餘省減賦役事帝備納之又曰琳願誓弘佛道向且專論俗政似欲謟附君人其實無心護法自釋氏弘訓權應無方智力高奇廣宣正法救茲五濁特拔三有人中天上六道四生莫不歸依迴向受其開悟自漢至今踰五百載王公卿士遵奉傳通及至大周頓令廢絕陛下治襲前王化承後帝何容偏於佛教獨不師古如其非善先賢久滅如言有益陛下可行廢佛之義臣所未曉詔曰佛生西域寄傳東夏原其風教殊乖中國漢魏晋世似有若無五胡亂治風化方盛朕非五胡心無敬事既非正教所以廢之奏曰佛教東傳時過七代劉淵篡晋元非中夏以非正朔稱為五胡其漢魏晋世佛化已弘宋趙符燕久習崇盛陛下恥同五胡盛修佛法請如漢魏不絕其宗詔曰佛義雖廣朕亦甞覽言多虛大語好浮奢罪則喜推過去無福則指未來事者無徵行之多惑論其勸善未殊古禮研其斷惡何異俗律昔甞為廢所以暫學決知非益所以除之奏曰理深語大非近情所測義遠事高寧小機欲辯豈以一世之局見而拒久遠之通議封迷勿悟不亦過乎是以佛理極於法界教體通於內外談行自他俱益辯果常樂無為樹德恩隆天地授道廣利無邊見奇則神通自在布化則萬國同歸救度則怨親等濟慈愛則有識無傷

戒除外惡定止心非慧照古今智窮萬物若家家行此則民無不治國國修之則兵戈無用今離不行何處求益因重奏曰臣聞孝者至天之道順者極地之養所以通神明光四海百行之本孰先此孝昔世道將傾魏室崩壞太祖奮威補天夷難創啓王業陛下因斯鴻緒遂登皇極君臨四海德加天下追惟莫大終身無報何有信己心智執固自解倚恃爪牙任縱王力殘壞太祖所立寺廟毀破太祖所事靈像休廢太祖所奉法教退落太祖所敬師尊且父母床几尚不敢損虧況父之親事輒能輕壞國祚延促弗由於佛政治興毀何關於法豈信一時之慮招萬世之譏愚臣冒死特爲不可詔曰孝道之義寧非至極若專守執惟利一身是使大智權方反常合道湯武伐主仁智不非尾生守信禍至身滅事若有益假違要行儻非合理雖順必剪不可護己一名令四海懷感內乖太祖外潤黔元令沙門還俗省侍父母成天下之孝各各自活不擾他人使率土獲利捨戎從夏六合同一即是揚名萬代以顯太祖即孝之終也何得言非奏曰若言壞佛有益毀僧益民昔太祖康日高鑒萬理智括千途必佛法損他即尋除蕩寧肯積年奉敬興遍天下又佛法存日損處是何自破已來成何利潤若實無益寧非不孝詔曰法非不孝廢興有時道亦難准制由上行王者作則縱有小利尚須休廢況佛無益理不可容何者敬事無徵招感無効自救無聊何能益國自廢已來民役稍希租調年增兵師日盛東平齊國西定妖戎

國安民樂豈非有益若事有益太祖存日屢嘗討齊何不見獲朕壞佛法若是違害亦可亡身既平東夏明知有益廢之合理義無更興奏曰自國立政惟貴於道制化養民寧高於德止見道消國喪未有兵强祚久是以虐紂恃衆禍傾帝業周武修德福集皇基夫差驕戰遂至滅身勾踐以道危而更安以此論之何關壞佛退僧方平東夏直是毀佛當此託定之時偶然斯會妄謂壞佛有益若爾湯伐有夏文王滅宋武王誅紂秦并天下赤漢滅項此等諸君豈由壞佛自後交論譏毀人法或以抗禮君親或謂妄稱佛性或譏辯析色心或重見作非業或指身本陰陽琳皆隨難消解帝終構難重疊三番五番窮理盡性琳則無疑不遣有難斯通帝曰卿言業不乖理凡有入聖之期性非業外道有通凡之趣此則道無不在凡聖該通是則教無孔釋虛崇如是之言形通道俗徒加剔翦之飾是知帝王即是如來宜停丈六王公即是菩薩省事文殊耆年可爲上座不用賔頭仁惠眞爲檀度豈假棄國和平第一精僧寧勞布薩貞謹即成木叉何必受戒儉約眞是少欲無假頭陀蔬食至好長齋豈煩斷穀放任妙同無我何藉解空忘功全通大乘寧希般若文武直是二諦不覩空有權謀徑成巧便豈待變化加官眞爲受記無謝證果爵祿交獲天堂何待上界罰戮見感地獄不指泥犁以民爲子可謂大慈四海爲家即同法界治政以理何異救物安樂百姓寧殊拔苦剪罰殘害理是降魔君臨天下眞成得道汪汪何殊淨土

濟濟豈謝迦維卿懷異見妄生偏執即事而言何處非道奏曰伏承聖旨義博言深融道混俗移專散執乃令觸處乘眞有情俱道物我咸通千徒齊一美則美矣愚臣尚疑若使至道惟一則無二可融若理恒外内則自可常別若一而非一則半是半非二而無二則乍道乍俗是則緇素錯亂儒釋失序外内交雜上下紊倫何直遠沉清化亦是近惑氓俗是以陰陽同氣生殺恒殊天地齊形高卑常異不可以其俱形而使地動天靜感者見其並氣而令陰生陽殺即事永無此理虛言難可成用所以形齊氣一可得言同生殺高卑義無不別故使同而不同一而不一道俗之理有齊無齊與無爲自別又若王名雖一凡聖無殊形事微同寬狹全異是故儒釋與無始俱與道俗共天地同化若欲泯之爲一止可以道廢俗與如其俱益於世則兩理幽顯齊明今則惟一廢一興眞成不可詔曰卿言道俗天殊全乖内外亦可道應自道無預於俗釋應自釋莫依儒王道若惟道道何所利佛若獨佛化有何功故道俗相資儒釋更顯卿不因朕言卿欲何論是以内外抑揚廢興彼此今國法不行王力所斷廢興在數常理無違義無常興廢復何咎奏曰仰承聖旨如披雲覩日伏聽勑訓實如聖説道不自道非俗不顯佛不自佛惟王能興是以釋教東傳載經五百弘通法化要依王力方知道藉人弘神由物感佛之盛毀功歸聖旨道有興廢義無恒久法有隱顯理難常存比來已廢義無即行休斷既久興期次及興廢更遞理自

應機並從世運不亦宜乎詔曰帝王之法善決取捨明斷去就審鑒同異妙察非常朕於釋教以潛思於府内校量於今古驗之以行事筭之以得失理非常而不要文高奇而無用非無端而棄廢何愛憎於儒釋奏曰弘法之本必留心於達人通化之首要存志於王道勿見忤已以惡者懷之以踈隔容已以美者歡心以親近是則自惑於所見自亂於所聞不可數聞有謗正之言遂便信納從唱而和乘生是非尋討懲短日懷憎簿是則以僞侈真衆聲惑志故令當踈者更進之當親者更遠之遂使談論偏駮取捨專非斯乃害真之禍患喪德之妖累於是帝不答乃更開異途以發論端問曰朕聞君子舉措必合於禮明哲動止要應於機比頻賜卿食言不飲酒食肉且酒是和神之藥肉爲充肌之膳古今同味卿何獨鄙若身居喪服禮制不食即如今賜自可得食可食不食豈非過耶奏曰貪財喜色貞夫所鄙好膳嗜味廉士所惡割情從道前賢所歎抑欲崇德往哲同嗟況肉由殺命酒能亂神不食是理寧得爲非詔曰肉由害命斷之宜然酒不損生何爲頓制若使無損計罪無過言非飲漿食飯亦應得罪而實不爾酒何偏斷奏曰結戒隨事得罪據心肉體因害食之即罪酒性非損過由弊神餘處生過過生由酒斷酒即除所以遮制不同非謂酒體是罪詔曰罪有遮性酒體生罪今有耐酒之人能飲不醉又不弊神亦不生罪此人飲酒應不得罪斯則能飲無過不能招咎何關斷酒以成戒善可謂能飲耐酒常名

持戒少飲即醉是大罪人奏曰制過防非本爲生善戒是止惡身口無違緣中止息遮性兩斷乃名戒善今耐酒之人既不亂神未破餘戒實理非罪正以飲生罪酒外違遮教緣中生犯仍名有罪以乖不飲猶非持戒詔曰大士懷道要由妙解至人高達貴其不執融心與法性齊寛肆意共虛空同量萬物無不是善善惡何有非道是則居酒卧肉之中寧能有罪帶婦懷兒而遊豈言生過故使太子取婦得道周陀以捨妻沉淪淨名以處俗高達身子以出家愚執是故善者未可成善惡者何足言惡禁酒斷肉之奇殊乖大道奏曰龍虎以鱗牙爲能猨鳥以超翔爲才君子以解行爲道賢哲以眞實成德故使内外稱奇緇素高尚若惟解而無行同沙井而非潤專虛而不實似空雲而無雨是以匠萬物者以繩墨爲正御天下者以法理爲本故能善行防邪前察姦宄故使一行之失痛於割肉一言之善重於千金若使心根妙解則居惡爲善神智靈明處罪成福亦可移臣賤質居天重任迴聖極尊處臣卑下是則君臣雜亂上下倒錯即事不可古今未有何異詞談忠孝身恒叛逆語論慈捨形常殺盜口閑百伎觸事無能言通萬里足不出戶斯皆情切事奢言高無用是以才有大而無用理有小而必適執此爲道誠難取信詔曰執情未可論道小智者難與談眞是以井坎之魚寧知東海深廣鸞雀籬翔詎美鵬鳳之遊斯皆固小以違大趣守文害於通途若以我我於物無物而非我以物物於我無我而非物我既不異

於物物復焉異於我我物兩忘自他齊一虛心者是物無不同遺功者無事而不可奏曰仰承聖旨名義深博宗原浩瀚究察莫由事等窺天誰測其廣又同測海寧識其深若以小小於大無大而不小以大大於小無小而非大大無不大則秋毫非小小無不小則太山非大故使大大非大小小非小是則小大異於同大小同於異無大小之異同何小大之同異方知非異可異同寧有同可同異無同可異同非異同無異可異異無同可同是故無同而同非同無異而異非異何同異而可異同非異同而可同異帝遂不答於是君臣寂然不言良久詔乃問曰卿何寂寞乃欲散有歸無匆以談不適懷遂息清辯奏曰古人當言而懼發言而憂是以古有不言之君世傳忘功之士所以息言表知非為不適詔曰至人無為未曾不為知者不言未曾不言亦有鸚鵡言而無用鳳凰不言而成軌木有無任得存鴈有不鳴致死卿今取捨若為自適又曰士有一言而知人有目擊而道存亦有覩色審情復有聽言辯德朕與卿言為日既久其間旨趣寧不畧委卿可為朕記録在所申陳令諸世人知朕意焉是則助朕何愧信誠琳以佛法淪陷冒死申請帝情較執不遂所論辯論雖明終非本意承長安廢教後别立通道觀其所學者惟是老莊好設虛談通申三教冀因義勢發明釋部乃表鄴城義學沙門十人並聰敏高明者請預通道觀上覽表即曰卿入通道觀大好學無不有至論補已大為利益仍設食訖曰卿可裝束入關

衆人前却至五月一日至長安延壽殿奉見二十四日帝往雲陽宫至六月一日帝崩天元登祚在同州至九月十三日長宗伯岐公奏訖帝允許之曰佛理弘大道極幽微興施有則法須研究如此累奏恐有稽違奏曰臣奉申事止爲與法數啓懇懃惟願早行令聖上允可議曹奏決上下舍和定無異趣一日須行天下稱慶臣何敢言至大成元年正月十五日詔曰弘建玄風三寶尊重特宜修敬佛化弘廣理可歸崇其舊沙門中德行清高者七人在正武殿西安置行道二月二十六日改元大象又勑佛法弘大千古共崇豈有沉隱捨而不行自今已後王公已下并及黎庶並宜修事知朕意焉即於其日殿嚴尊像具修虔敬于時佛道二衆各詮一大德令昇法座敷揚妙典遂人懷無畏互吐微言佛理汪汪沖深莫測道宗漂泊清淺可知挫鋭席中王公嗟賞至四月二十八日下詔曰佛義幽深神奇弘大必廣開化儀通其修行崇奉之徒依經自檢遵道之人勿須剪髮毀形以乖大道宜可存鬚髮嚴服以進高趣令選舊沙門中懿德貞潔學業沖博名實灼然聲望可嘉者一百二十人在陟岵寺爲國行道擬欲供養資須四事無乏其民間禪誦一無有礙惟京師及洛陽各立一寺自餘州郡猶未通許周大象元年五月二十八日任道琳法師在同州衛道虎宅修述其事呈上内史沛公宇文譯視覽小内史臨涇公宇文弘披讀常禮上事託跋行恭委尋都上士吐寇臣審覈

高祖諱邕即西魏丞相宇文黑泰之第三子也泰以魏氏廢帝三年崩世子洛陽公覺嗣位受魏禪號大周其年被廢立弟寧都公敏三年崩謚明帝立弟魯國公即高祖是也改號保定盡五年改元天和盡六年改元建德至三年滅佛法六年平齊江淮巴蜀中原一統帝以爲得政於天下也改號宣政五月便崩初帝深信佛宗曾無有二流俗讖緯黒衣當王以僧緇服彌所經壞所以太祖入關便改衣幡悉爲皂色用厭不祥乃至高齊竊忌釋種將戮稠師以通覺故所以免害遂使周祖相從嫉之危身事迫信用讒佞終是信非徹到故受斯言不思禍國滅身勇意而行誅剪三寶摧碎寶命銷亡所以統御旣窮當年便殞子贇襲位改元大成二十六日禪位子衍改元大象贇號天元明年五月天元又崩後年正月改元大定於二月内國禪有隋改號開皇率改皂衣普同黄色是知讖緯虛誕光武已著前規卜射雉期虞氏加其潤色漢末謠言黄衣當王張角張魯並變服以應之黄初黄武又改元以附之斯術不亡又見周隋交禪以事徵驗終歸於空若夫興廢之道曆數有期因亡故昌亡亦爲貴故經云難遭想滅大聖爲之碎身隨機得度淨土由來不毁周武行事不亦宜乎道琳法師俗姓任氏高齊之時在相州鄴下有名大德周氏東平誅除釋種當時高祖召僧共評廢立上統等五百餘人無敢陳抗慧遠法師崛起抗詺帝無以答遂以威滅道琳法師初以他行後乃申表武帝舍弘召至御座對坐交論二十餘

日前後七十餘番帝極嚴徵竟不能屈既理有所歸乃付議曹量其可否會帝昇遐天元嗣位至大象元年八月二十九日議表九月内申奏時深加面許明年正月遂詔頒行於是佛法如前廣通

周天元皇帝納王明廣表開佛法事第十四

又大象元年二月内鄴城故趙武帝白馬寺佛圖澄孫弟子王明廣上衞元嵩佛法事表

達天元皇帝至四月八日内史上大夫宇文譯宣勑旨佛教興來多歷年代論其至理實自難明但以世代澆浮不依佛教致使清淨之法變成濁穢大祖武皇帝所以廢而不存正爲如此朕今情存至道思弘善法方欲簡擇練行恭修此理令形服不改德行仍存敬設道場欲行善法王公已下並宜知委餘如前說

隋文帝詔爲絳州天火焚老君像事第十五

門下夫妙覺垂慈等羣生於一子玄門亭毒總萬物而爲母故泥洹大教化被者城無爲眞道被斯神國豈徒足相淨土不容眞人之勝哉曲沃東南土名烏谷有靈宮一所道佛同座碑記湮滅莫識修起所由年代叅差不知營造遠近忽有異風揚礫如飛長者之蓋頽雲掩地似狎司空之兵驟雨闌干翻伊倒洛電女掣鞭天帶流金之色雷童挽軸地有崩山之響霹靂老君身首各去而佛靈相儼然無損黃鶴已高青牛遂遠未識金丹安能不惑者焉主者施行

集論者云夫邪正糺紛在智猶惑幽明路絶顯驗斯形自皇覺照臨滿於空有之域靈瑞

感應充於凡聖之心自赤澤降神青丘化及威德之清昏識神光之燭幽都無不衷膽求師疑懷請道所以掃六師於舍衛梵主傾誠偃十陣於伽耶魔天稽首安得與夫區區老叟黄巾奉而抗衡瑣瑣尹生黔首則而齊化故使周昭降生已後唐文教迹以前未聞釋尊儀相靈祇之所輕毀至於李老形像頻被欺陵曲沃同座而别焚彭門僧拜而道偃斯徒衆矣畧舉知之頃俗多迷疑腸自結終非果敢故抱遲惟余以近歲通訪古蹤行至鄠西地名樓觀古樹摧枿院宇層重中有宗聖觀觀南有尹先生别廟周訪道士云此是老君之本地也尹喜聞道故置廟以處之其觀地通南山近坡有一土臺叢樹森聳云是老君之墓也訪問周歷暮宿觀西尹村尹長樂家因問氏族長樂年雖遲暮慧解清明言晤徵擊諸道怯其過往自云是尹令之餘胤也東邊樓觀此乃先君尹令之故宅也先君志重丘園情敦稼穡地廣畞厚通觀莫因遂結草爲樓以用觀望故云樓觀也本非老君之宅先君承老君西遁將往流沙道左邀携逆旅相待老君遂之此宅周眺久之東南高崗即先君之古臺也當時亦與李老共登此臺祖宗相承墳墓峙列不聞先君與李老西邁此乃出自道書非關古史又云昔聞李老生陳苦縣長亦東川老方入秦死於槐里未聞正説西化流沙雖史遷浪言非爲定指莊蒙所及斯途有歸自餘云云不可尋檢余又往始平之西二十餘里渭水之北槐里古城基址尚存中有一冢訊問耆舊斯冢是誰皆莫

知其由棄縣圖經但述古城亦不測其年代冢跡今遠訪問流沙即燉煌鳴沙之地是也彼有流沙之地而無伯陽之風檢道化胡西昇經等聃往化胡胡人不受乃令尹喜爲佛化胡胡人方服今窮其浮辯較其宗匠自天竺已北諸外國者乃稱胡國人皆奉佛未承喜化還祖天竺釋迦如來若此捜求聃行不遠槐里死矣秦佚弔之頗爲實録自餘虛引未足稱之故隋尚書令楚國公楊素行經樓觀見壁畫尹喜化胡之像素告諸道士曰承聞老君化胡胡人不受令喜變身作佛胡人方受是知佛能化胡胡人奉佛道不能化云何言老子化胡深思此言也故列時緣露布惟遠後進未廣聞安能博詰想有識者顧此懐諸

隋兩帝重佛宗俱受歸戒事第十六

案隋著作郎王邵述隋祖起居注云帝以後魏大統七年六月十三日生于同州般若尼寺于時赤光照室流溢戶外紫氣滿庭狀如樓閣色染人衣內外驚異帝母以時炎熱就而扇之寒甚幾絶困不能啼有神尼者名曰智仙河東劉氏女也少出家有戒行和尚失之恐墮井乃在佛屋儼然坐定時年七歲遂以禪觀爲業及帝誕日無因而至語太祖曰兒天佛所祐勿憂也尼遂名帝爲那羅延言如金剛不可壞也又曰兒來處異倫俗家穢雜自爲養之太祖乃割宅爲寺以兒委尼不敢召聞後皇妣來抱忽化爲龍驚惶墮地尼曰何因妄觸我兒遂令晚得天下及年七歲告帝曰兒當大貴從東國來佛法當滅由兒

興之尼沉靜寡言時道吉凶莫不符驗初在寺養帝年至十三方始還家及周滅二教尼隱皇家帝後果自山東入爲天子重興佛法皆如尼言及登位後每顧羣臣追念阿闍梨以爲口實又云我興由佛法而好食麻豆前身似從道人中來由小時在寺至今樂聞鍾聲乃命史官爲尼作傳帝昔龍潛所經四十五州及登極後皆悉同時起大興國寺仁壽元年帝及後宮同感舍利並放光明砧槌試之宛然無損遂前後置塔諸州百有餘所皆置銘勒隱于地府感發神瑞充牣耳目具如王邵所撰感應傳所以周祖竊忌黑衣當王便摧滅佛法莫識隋祖元養佛家王者不死何由可識事過方委知聖作狂自古皆爾備諸聞見然帝信重佛宗情注無已每日登殿坐列七僧轉經問法乃至大漸至於道觀羈縻而已崇建功德佛門隆盛時既非遇故略其叙于時曇延法師是稱僧傑昇於正殿而授帝菩薩戒焉事如别顯及大業嗣曆彌隆前政昔居晉府盛集英髦慧日法雲道場興號玉清金洞玄壇著名四海搜揚總歸晉府四事供給三業依憑禮以家僧不屬州省迄于終曆徵訪莫窮而情慕佛宗崇奉誡約天台智顗定門幽祕神用罕加請爲國師尊稱智者言令所及無不允從及其即世廢朝追感就山造寺廣度衆僧下書優問慇懃委曲遺錫粮粒并諸法衣欲使徒衆行道如師存日故每至忌晨必預先設供門人歳至面叙昔縁情欵莫二自有帝王於師珍重無以加也至於李老符籙曾無預懷致使交論與言

絶於徵召故無編次云

集古今佛道論衡實録卷第二

音釋

覘丑廉切 狷倶犬切 獠音老 恧尼六切 枿吾割切 襰落苦切 祩襰祝詛

集古今佛道論衡實録卷第三上

唐 釋 道 宣 撰

高祖問僧形服有何利益琳法師奉對事第十七

皇唐啓運諸教並興然於佛法彌隆信重捨京舊第置興聖寺自餘會昌勝業慈悲證果集仙等寺架築相尋至於道觀無聞於俗武德四年有太史令傅奕者先是黄巾深忌緇服既見國家別敬彌用疚心乃上廢佛法事十有一條云佛經誕妄言妖事隱損國破家未聞益世請胡佛邪教退還天竺凡是沙門放歸桑梓則家國昌大李孔之教行焉武皇

容其小辯朝輔任其放言乃下詔問僧曰棄父母之鬚髮去君臣之華服利在何間之中益在何情之外損益二宜請動妙釋有濟法寺沙門襄陽釋法琳憤激傳詞側聽機候承有斯問即陳對曰琳聞至道絶言豈九流能辯法身無像非十翼所詮但四趣茫茫飄淪慾海三界蠢蠢顛墜邪山諸子迷以自焚凡夫溺而不出大聖爲之興世至人所以降靈遂開解脱之門示以安隱之路於是天竺王種辭恩愛而出家東夏貴遊猒榮華而入道搢出二種生死志求一妙涅槃弘善以報四恩立德以資三有此其利益也毁形以成其志故棄鬚髮美容變俗以會其道故去君臣華服雖形闕奉親而内懷其孝禮乖事主而心戢其恩澤被怨親以成大順福霑幽顯豈拘小違上智之人依佛語故爲益下凡之類虧聖教故爲損懲惡則濫者自新進善則通人感化此其大畧也而傅氏所奏在司既不施行乃多寫表狀公然遠近流布京室閭里咸傳秃丁之誚劇談席上昌言胡鬼之謡佛日翳而不明僧威阻而無力于時達量道俗動毫成論者非一各騁佛理曲陳邪正皆是奕之所廢豈得引廢成興雖曰破邪終歸邪破琳情出玄機獨覺千載器局天授博悟生知睹作者之小功信乘權之有據乃著破邪論其詞曰

莊周云六合之内聖人論而不議六合之外聖人存而不論老子云域中有四大而道居其一案前漢藝文志所紀衆書一萬三千二百六十九卷莫不功在近益意在敬事君父

俱未暢於遠途止在移風易俗遂使三世因果理涉旦而猶昏業報吉凶義經丘而未曉斯乃六合之寰塊三才之俗蓍詎免四流浩瀚爲煩惱之波六趣諠譁造塵勞之路者也原夫實相杳冥逾要道之道法身凝寂出玄之又玄所以現生忍土誕聖王宫示金色之身吐玉毫之相行則蓮華捧足住則百寶承軀出則天主導前入則梵王從後聲聞菩薩儼若朝儀八部萬神森然輔衛演涅槃則地現六動説般若則天雨四華百福莊嚴狀滿月之臨滄海千光照曜如聚日之映寶山師子一吼則外道摧鋒法鼓暫鳴則天魔稽首是故號佛爲法王也豈與衰周李耳比德爭衡末代孔丘輒相聯類非所言也文有三十餘紙自琳論出冠絶羣篇家藏一本心口常誦並流畧之菁華史書之藻鏡茂譽於是乎沸騰蒙俗由之而開悟琳有功矣琳以論卷初出意在榮達所知上之化下風靡之言則易乃上啓儲貳親王及公卿侯伯並文理弘被庶績咸嘉其博詣焉故奕奏狀因之遂寢得使釋門重敞琳有其功東宫庶子虞世南詳所上論爲之序胤光價之顧又重由來琳姓陳氏潁川太丘之後遠祖移於襄陽故爲縣人焉少出家住荊州青溪山玉泉寺博通内外以文學見知大業初元入關視聽以槐里老宗張葛承繼言多誕謬有阻素風不勝其安親事觀閲史云老氏西之流沙莊云老氏死於槐里二説紏紛名實乖競故西窮砂塞絶李氏之蹤中至槐城有古墳之驗追訪耆舊莫識其源然樓觀道宫乃尹喜之宅延

老君過之非柱下居處今觀西尹村尹長樂者村中毗岸即尹令之後事佛不事道也余徃問焉昌言我祖結草爲樓於觀望故曰樓觀本非老君之所宅也今東觀中廟者即尹先君之宗廟也自古至今子孫承紹不徃流沙昭穆斯在但以時逢寛政不事糺徵任彼黄巾髙仰尹李致有符圖章醮代代繁廣道德宏旨豈有然乎莫不後生存利非老厥宗琳慨其謬妄方欲討其根源若非共住久處無由得成探賾則戴冠服褐從其靜舘爲述道德通説莊黄昔在荊楚曾經陶練義在玄微藴括情抱秦川道學麟角罕逢自餘章句梗槩而已致使九仙九府之録三元三洞之儀黄庭黄書之祕天文步剛之術服氣練尸飛丹濩液莫不詭如指掌寫送無遺於是髙會舘宇把臂朋從藏篋並開奇方畢吐琳本期既暢窮力捜求乃見乾竺古皇老君之師奉僧位高顯道士之所推敬佛之目如雲重法之科霧結並具抄畧用擬不虞後乃返迹舊徒如常綜業及皇運初興傅令陳表仲卿進喜踳駮佛僧著論形於見聞興言在於貶退琳遂依而抗拒引道敬我佛乘劉李違師背教妄作罔冒凡聖及太宗覽論試以顯驗之刑琳對以正理極言上帝一無所問移於益部僧寺行至百牢關因疾而卒時年六十有九凡所著論集三十餘卷然於釋李交論偏意敷弘固使文據卓明終始包富後賢引用不假傍求斯即季代護法之開士也當時同代相侮逝後惜之自餘玼瑣未足言議其對晤重沓如後廣之此但叙其風素耳

高祖幸國學統集三教問僧道是佛師事第十八

武德八年歲居協洽駕幸國學禮陳釋奠堂列三座擬叙三宗時勝光寺慧乘法師隋煬所珍道俗敦敬衆所樂推以爲導首于時五都才學三教通人榮貴宰伯臺省咸集天子下詔曰老教孔教此土元基釋教後興宜崇客禮今可老先次孔末後釋宗當時相顧莫敢酬抗乘雖登座情慮不安太宗時爲秦王躬臨位席直視乘面目未曾迴頻降中使云無所慮師但廣述佛宗光敷帝德既最末陳唱冠徹前通乃命衆曰上天下地其貴在人榮位緣業必宗佛聖今將叙大致須具禮儀並合掌虔跪表師資有據聲告纔止皇儲以下爰逮羣僚各下席互跪竚聆清辯乘前開帝德云陛下巍巍堂堂衆聖中王如星中之月言多不載次述釋宗後以二難雙徵兩教先問道云先生廣位道宗高邁宇宙向釋道德云上卷明道下卷明德未知此道更有大此道者爲更無大於道者答曰天上天下惟道至極最大更無大於道者難曰道是至極最大更無大於道者亦可道是至極之法更無法於道者答曰道是至極之法亦更無法於道者難曰老經自云人法地地法天天法道道法自然何意自違本宗乃至更無法於道者若道是至極之法遂更有法於道者何意道法最大不得更有大於道者答曰道只是自然自然即是道所以更不別有法能法於道者難曰道法是自然自然即是道道亦得自然自然法道不答曰道法是自然自然

不法道難曰道法是自然自然不法道亦可道即法自然自然不即道荅曰道法是自然自然即是道所以不相法難曰道法是自然自然即是道亦可地既法於天天應即是地法然於天天不即地故知道法自然自然不即道若自然即是道天應即是地於是仲卿在座周慞神府抽解無地忸赧無荅當時禁貴昌言道士遭難不通遂使玄梯廣布義網高張可謂躡響風飛應機河寫于時天子迴光驚美其辯舒顏解頤而笑皇儲懿戚左右重臣並同歎重黄巾之黨結舌無報博士祭酒張喉愕視束體轅門慧日所以更明法雲於茲還布尋於座中下詔問乘道士潘誕奏云悉達太子不能得佛六年求道方得成佛是則道能生佛佛由道成道是佛之父師佛乃道之子弟故佛經云求於無上正眞道又云體解大道發無上意外國語云阿耨菩提晉翻云無上大道若以此驗道大佛小於事可知乘畧荅云震旦之與天竺猶環海之比隣洲聃乃周末始生佛是周初前出計其相去二十許王論年所經三百餘載豈有昭王世佛而退求敬王時道乎勾虚驗實足可知也仲卿向叙道者謂太上大道先天地生鬱勃洞虚之中煒曄玉清之上是佛之師不言周時之老聃也且五帝之前未聞有道三王之季始有聃名漢景以來方興道學窮今討古道者爲誰案七籍九流經國之典宗師周易五運相生既關兩儀陰陽是判故曰一陰一陽之謂道陰陽不測之謂神天地於事可明陰陽在生有驗此理數然也不云有道先

天地生道既莫從何能生佛故車胤云在己爲德及物爲道殷仲文云德者得也道者由也言得孝在心由之而成者也王充論衡云立身之謂德成名之謂道道德者爲若此矣卿所言道寧異是乎若異斯者不足論評豈有頭戴金冠身披黄褐鬢垂素髮手把玉璋别號天尊居大羅之上獨名大道治玉京之中山海之所未詳經史之所不載大羅同烏有之説玉京本亡是之談言畢下座乘爾時獨據詞鋒舉朝矚目致使異宗無何而退可謂一席之揚扇足爲萬代之舟航可尚可師立功立事是知近假叨幸之力遠庇護念之恩道藉人弘惟乘有矣乘姓劉氏彭城人也有陳之時早經師訓聽成實論大涅槃經聲論之美光華江表及隋降陳國望逸朝廷煬帝昔在晉蕃南鎮淮海立四道場追徵四遠有名釋李率來府供乘以學優見舉召入王庭言論酬對殊有風釆然其儀相魁岸眉目高朗貌體時事不在思量鋪詞摛藻俊逸終古自寓内推舉聲辯之最無越南朝良以吳楚之文騷經陳其翹楚典午南據才學涌於波瀾故得遊談玄路天下稱焉乘於斯伍聲價尤甚所以慧日道場義門法將躬衡而對雄伯電舌而卷羣英乘於僧位灼灼高出煬帝初在春坊因從京邑談講徒侶互顯英雄論難之華道俗同許及成雄邑召往東都厚供重賜月望相接及往西平且末遼海襄平無不預從戎麾對晤詞旨京師西南建兩禪室内獲舍利擬瘞寺塔終憂所重特詔此行粤自東都西至京室威儀福瑞聽逸郊闉及

帝往江都留乘洛邑常事恒業不擁素風皇泰初元彌崇敬重内置道場晨宵覲接開明建始鄭重相仍齋講繼軫法輪不絶及武德四年蕩定東夏入僞諸州例留一寺洛陽舊都僧徒極盛簡取名勝配住同華兩州仍舉勝達者五人天策別供乘以德高衆望又處其貞在京住勝光寺以勝光寺主僧珍法師即隋煬國師智顗禪師之弟子也以行解有聲追住慧日舊曽同寺同氣相求珍亦文帝素交特隆恒准所以秦國福供並入勝光寺乘達帝城弘通無倦福智二嚴與時俱積勝光北院寳塔高華堂宇綺飾像設嚴麗乃至畫繪瓌奇冠絶區域皆乗目准心計巧類神功不可思也每有盛集必事先驅湧注若河傾名貌如摛錦能使智人傾心清耳竚聆逸辯不覺晷度形疲自餘昏漠得聞寫送輕快莫知筌緒然爲人慈育以濟度爲心言問所流惟存賛悅不及其過斯亦季代之辯士也年將八十終於勝光寺帝深悼惜賻贈榮顯

道士李仲卿等造論毀佛沙門法琳著辯正論以抗事第十九

武德九年清虚觀道士李仲卿劉進喜猜忌佛法恒加訕謗與傅奕脣齒結構誅剪釋宗卿著十異九迷論喜著顯正論仍託傅氏上聞天聽孟春下勑京立三寺僧限千人餘並放還桑梓有才用者八品處分嚴勑行下無敢抗言五衆哀號四俗驚歎不久震方出帝氛祲廓清太宗素襲啓闡薄寃宗領登即大赦一切休寧僧還本寺佛日還朗法琳前造破邪論道俗具瞻道士斯論猶未筆削乃因

劉李二論造辯正論以擬之一袠八卷綸綜終古立信當今絶後光前布露惟遠頴川陳子良才術縱横聲振寰㝢爲之注解并序由來文多不載

太宗下勑道先佛後僧等上諫事第二十

貞觀十一年駕巡洛邑僧中先有與黄巾論者聞之於上乃下詔云老君垂範義在清虚釋迦貽神則理存因果求其教也汲引之迹殊途求其宗也弘益之風齊致然大道之興肇於遂古源出無名之始事高有形之外邁兩儀而運行包萬物而亭育故能經邦致治反樸還淳至如佛教之興基於西域逮於後漢方被中土神變之理多方報應之縁匪一洎於近世崇信滋深人冀當年之福家懼來生之禍由是滯俗者聞玄宗而大笑好異者望眞諦而爭歸始波涌於閭里終風靡於朝廷遂使殊俗之典鬱爲衆妙之先諸華之教翻居一乘之後流遯忘返于茲累代今鼎祚克昌既憑上德之慶天下大定而頼無爲之功宜有改張闡兹玄化自今已後齋供行立至於稱謂道士女道士可在僧尼之前庶敦反本暢於九有貽諸萬葉時京邑僧徒各陳極諫有司不納沙門智實後生俊頴内外兼明携諸宿老隨駕陳表乃至關口上其表畧云僧某等言某等年迫桑榆始逢太平之世貌同蒲栁方值聖明之君竊聞父有諍子君有諍臣某等雖預出家仍在臣子之例有犯無隱敢不陳之伏見詔書國家本系出自柱下尊祖之風形于前典頒告天下無得而稱今道士等在僧之上奉以周旋豈敢拒詔尋

老君垂範治國治家所佩服章亦無改異不立館宇不領門人處柱下以全眞隱龍德而養性智者見之謂之智愚者見之謂之愚非魯司寇莫之能識今之道士不遵其法所著衣服並是黃巾之餘本非老君之裳行三張之穢術棄五千之妙門反同張禹漫行章句從漢魏以來常以鬼道化於浮俗妄託老君之教實是左道之苗若位在僧尼之上誠恐眞僞同流有損國化如不陳奏何表臣子之情謹録道經及漢魏諸史佛先道後之事如別所陳伏願天慈曲垂聽覽中書侍郎岑文本宣勑語僧等此事久以行訖不伏者與杖諸大德等咸是暮年形瘦道路飲氣而旋智實勇身先出云不伏此理萬刃之下甘心伏罪遂杖之放還實少出家住京師總持寺沙彌時殊有髙烈有精神善談論有聲遠近通攝論俱舍自受具已後嚴策形心衣鉢自隨淨瓶常執不入市不乘騎每有勝集無不論難鏗鋐髙調聲氣堅正屬武德初薛舉東逼乃選翹勇僧千人入於戎幕有僧法雅躬爲幕頭京師鼎沸僧徒無計實於衆中大哭云雅是魔賊擬而毆之以事達太上乃令還俗因周行講肆不涤俗風貞觀初元雅有事故下勑令實出家住於本寺及尊黃老令在僧前實攜京邑大德法常慧淨法琳等十餘人隨頓上表以死上請不許之實曰深知明詔不可轉也萬載之後知僧中之有人焉後染疾清齋如初有勸非時食者實曰余見死者多矣臨終之時多陷戒律豈重身輕聖何名師資乎乃閉口不食有問後事答曰彎弓箭

下可選地邪住須量處省事爲要言已卒寺

春秋三十餘矣

集古今佛道論衡實録卷第三上

集古今佛道論衡實録卷第三下

唐 釋 道 宣 撰

皇太子集三教學者詳論事第二十一

貞觀十二年皇太子集諸宫臣及三教學士於弘文殿開明佛法紀國寺慧淨法師預斯嘉會有令召淨開法華經奉旨登座如常序胤道士蔡晃講道論好獨秀時英下令遣與抗論晃即整容問曰經稱序品第一未審序第何分淨曰如來入定徵瑞放光現奇動地雨華假近開遠爲破二之洪基作明一之由漸故爲序也第者爲居一者爲始序最居先故稱第一晃曰第者弟也爲弟則不得稱一言一則不得稱第兩字鉾盾何以會通淨曰向不云乎第者爲居一者爲始先生既不領前宗而謬陳後難便是自難何成難人晃曰言不領者請爲重釋淨啓令曰昔有二人一名蛇奴道帚忘掃一名身子一聞千解然則蛇奴再聞不悟身子一唱千領此非授道不明但是納法非俊晃曰法師言不出脣何以可領淨曰菩薩說法聲振十方道士在座如迷如醉豈直形骸聾瞽其智抑亦有之晃曰野干說法何由可聞淨曰天宫嚴衛理絶獸蹤道士魂迷謂人爲畜有國子祭酒孔穎達者心在道黨潛扇斯玷曰承聞佛教無諍法師何以構斯諍淨啓令曰如來在日已有斯事佛破外道外道不通反謂佛曰汝常自言平等今既以難破我即是不平等佛爲通曰以我不平破汝不平汝若得平即我平也而今亦爾以淨之諍破彼之諍彼得無諍即淨無諍也于時皇儲語祭酒曰君既讓說眞爲

道黨淨曰嘗聞君子不黨其知祭酒亦黨乎皇儲怡然大笑合座歡躍今日不圖法樂以至於斯淨頻入宫闈抗論無擬殿下目矚斯神銳也尋下令曰紀國寺慧淨法師名稱高遠行業著聞網紀伽藍必有弘益請爲普光寺主仍知本寺上座事復下書與普光及以淨所廣述寺綱住持惟人在寄等淨本趙郡房氏即隋國子博士徽遠之猶子也家代儒宗流畧固其常習而精爽清舉卓朗文雄機論標放乘時搆采少出家遊學三河不專師傅於大小乘探賾沉隱開皇末曆覯化帝京優柔教義亟發光問大業之紀聲唱轉高預有才人無不臨造或決疑豫或示新文讎校古今商搉儒墨問之不已乃爲叙述古來詩人雅什雖多罕登百二羣髦重其慧悟服其

品藻遂勸纘詩英華自梁高齊宋以下逮于皇運編爲十卷吳王文學劉孝孫序之并俱舍毘曇大莊嚴咸爲著疏合三十一卷法華已下行用諸要亦纘疏今成誦之注經集論不能委述貞觀嗣寶宰伯咸欽僕射玄齡尤所敬重每有勝集引諸僚寀預聽法筵曰下當時以爲榮觀之極也然能事匪一學罕兼通淨之陳迹可謂玄儒並騖所以吹熱易發光華莫不由此年逾縱心風疾交集然猶憑几談寫叙對時賢余曾問其疾苦答云淨嘗疾甚無計可投承聞病是著因因當捨著遂召五衆一切都捨夜覺有問曉又重發依前都捨疾間亦然今則七十有餘生事極矣安有爲命而捨財乎念念死計無情財事昔人年至百歲猶不體命行無常今淨悟之任時

而已然其恕已謙光接誘道俗迎送禮遇不爽恒倫至於同法論難知窮引通不咎前人共代即目聞見自多故不曲盡其宗轄其道化履歷具見續高僧傳

辛中舍著齊物論并淨琳二師抗拒事兩首

第二十二

太子中舍辛諝學該文史誕傲自矜心存道術輕弄佛法染翰著論詳畧釋宗時有對者諝必碎之于地謂僧中之無人也慧淨法師不勝其侮乃裁論以擬之曰披覽高論博究精微旨贍文華驚心眩目辯超炙輠理跨聯環幽難勃以縱横梭藻紛其駱驛非夫哲士誰其溢心瞻彼上人固難與對輕持不敏寧酬客難來論云一音演說各隨類解蠕動衆生皆有佛性然則佛陀之與先覺語從俗異智慧之與般若義本玄同習知覺若非勝因念佛慧豈登妙果答曰大哉斯舉也深固幽遠理涉嫌疑今當爲子畧陳梗槩若乃問同答異文郁郁於孔書名一義乖理明明於釋典若名同不許義異問一則不得答殊此例既昇彼並自没如有未喻更爲提撕夫以住無所住萬善所以兼修爲無不爲一音所以齊應豈止絶聖棄智抱一守雌冷然獨善義無兼濟較言優劣其可倫乎二宗既辯百難斯滯論云彼此名言遂可分別一音各解乃翫空談答曰誠如來旨亦須分別鴳以逍遙一也鵬鷃不可齊乎九萬榮枯同也椿菌不可齊乎八千而況爝火之侔日月浸灌之方時雨寧有分同潤而遂均其曜澤哉至若山豪一其大小彭殤均其壽夭莛楹亂其横竪

施厲混其妍媸斯由相待不定相奪可忘莊生所以絶其有封非於未始無物斯則以余分别攻子分别子亡分别即余亡分别矣君子劇談幸無謔論一言易失駟馬難追斯文誡矣深可慎哉

論云諸行無常觸類縁起復心有待資氣涉求然則我淨爰於熏修慧定成於繕尅答曰無常者故吾去也縁起者新吾來也故吾去矣吾豈常乎新吾來矣吾豈斷乎新故相待假熏修以成淨美惡更代非繕尅而難功是則生滅破彼斷常因果顯其中觀斯寔莊釋玄同東西理會而吾子去彼取此得無謬乎

論云續鳧截鶴庸詎眞如蟲化蜂飛何居弱喪答曰夫自然者報分也熏修者業理也報分已定二鳥不羨於短長業理資縁兩蟲有待而飛化然則事象易疑沉冥難曉幽求之士淪惑罔息乃道圓四果尚昧衣珠位隆十地猶昏羅縠聖賢固其若此而況庸庸者乎自非鑒鏡三明雄飛七辯安能妙契玄極敷究幽微貧道藉以受業家門朋徒是寄希能擇善敢進蒭蕘如或鑑然願詳金牒於是辛氏頃受斯文頓裂邪網有遠問舍人者曽讀斯論意所未詳便以示沙門法琳請更廣其義類琳乃答曰蒙示辛氏與淨法師齊物論大約兩問詞旨宏贍理致幽絶既開義府特曜文鋒舉佛性平等之談引羣生各解之説陳彼此之兩難辯玄同之一門非夫契彼寰中孰能振斯高論美則美矣疑頗疑焉何者尋上皇朝徹始流先覺之名法王應物爰標佛陀之號智慧者蓋分别之小術般若者乃

無知之大宗分別緣起所以强稱先覺無知性寂於是假謂佛陀分別即於外有數無知則於內無心於外有數分別之見不忘於內無心誘引之功莫匱甚秋毫之方巨嶽喻尺鷃之比大鵬不可同年而語矣莊生云吾亡是非不亡彼此庸詎然乎所以小智不及大智小年不及大年唯彭祖之特聞非衆人之所逮也況三世之理不差二諦之門可驗是以聖立因果凡夫有得聖之期道稱自然學者無成道之望從微至著憑繕剋而方研乘因趣果藉熏修而始見彼既知而故問余亦述而畧答詳夫一音普被弱喪由是同歸四智廣覃眞如以之自顯自顯也者唯微唯彰同歸也者孰來孰去蓋知隨業受報二鳥不嫌其短長因濕致生兩蟲無擇於飛化不存待與無待明即待之非待矣請試論之昔闞澤有言孔老法天諸天法佛洪範九疇承天制用上方十善奉佛慈風若將孔老以匹聖尊可謂子貢賢於仲尼跛鼈陵於駿驥欲觀渤澥更翫涓流何異蔽目而視毛端却行以求前路非所應也非所應也且王導周顗宰輔之冠蓋王濛謝尚人倫之羽儀次則王謐郗超劉璆謝容等並江左英彥七十餘人皆學綜九流才映千古咸言性靈眞要可以持身濟俗者莫過于釋氏之教及宋文帝與何尚之王玄保等亦有此談如其宇內並遵斯要吾當坐致太平矣尚之又云十善暢則人天興五戒行則鬼畜絕其實濟世之玄範豈造次而可論乎中舍學富才高文華理切奏懸一字蜀掛千金何以當茲奇麗也不量管

見輕陳鄙俚敢此有酬以麻續組耳李舍人得琳重釋渙然神解重疑頓消仍以斯論廣于視聽故得二文雙顯各其志乎

太宗文皇帝問沙門法琳交報顯應事第二十三

貞觀十四年先有黄巾西華觀秦世英者挾方術以自媚因程器於儲貳素嫉釋宗陰上法琳所造之論云此辯正但欲謗訕皇宗罪當罔上太宗聞之便下勑沙汰僧尼貌減年齒使御史韋悰將軍于伯億并寺省州縣官人日別鴻臚檢閱情狀見在衆僧宜依遺教仍追訪琳身據法推勘琳扼腕奮發追徵未及即詣公庭輕生受對不懼性命乃繫之縲紲下詔問曰周之宗盟異姓爲後尊祖重親寔由先古何爲追逐其短首鼠兩端廣引形似之言備陳不遜之喻已毀我祖禰謗讟我先人如此要君罪有不恕琳答曰文王大聖周公大賢追遠愼終昊天靡答孝悌之至通於神明雖有宗廟義不爭長何者皇天無親竟由輔德古人黨理而不黨親不自我後雖親有罪必罰雖踈有功必賞賞罰理當故天下和平老子習訓道宗德教加於百姓恕已謙光仁風形于四海又吾師名佛佛者覺一切人也乾竺古皇西昇逝矣討尋老教始末可追曰授中經示誨弟子言吾師者善入泥洹綿綿常存吾今逝矣今劉李所述謗滅老氏之師世莫能知所以著茲辯正論有八卷畧對道士六十餘條並陳史籍前言實非謗毀家國自後辯對三十餘例具狀奏聞勑云所著辯正論信毀交報篇曰有念觀音者臨

刃不傷且放七日令爾念之試及刑期能無傷不琳外纒桎梏內迫刑期水火交懷惟祈顯應恰至限滿忽神思彯勇橫逸胷懷頓亡死畏立待追對須臾勑至云今赦期已滿即事加刑有何所念念有靈不琳荅曰自隋季擾攘四海沸騰毒疫流行干戈競起興師相伐各擅兵威臣佞君荒不爲正治遏絶王路固執一隅自皇王弔伐載清海陸斯寔觀音之力咸資勢至之功比德連衡道齊上聖救橫死於帝庭免淫刑於都市琳於七日已來不念觀音惟念陛下又勑詔書侍御韋悰問琳有詔令念觀音何因不念乃云惟念陛下琳荅伏聞觀音聖鑒陳形六道上天下地皆爲師範然大唐光宅四海九夷奉職八表刑清君聖臣賢不爲枉濫今陛下子育恒品如經即是觀音旣其靈鑒相符所以惟念陛下且琳著辯正論爰與書史符同一句參差任從斧鉞陛下若順忠順正琳則不損一毛陛下若刑濫無辜琳則有伏屍之痛以狀奏聞遂不加罪下勑徙于益部僧寺于時朝廷上下知英構扇御史韋悰審英飾詐疑陽陳俗乃奏彈曰竊以大道鬱興沖虛之迹斯闡玄風旣播無爲之教寔隆未有身預黃冠志同凡素者也道士秦英頗解醫方薄閑祝禁親戚寄命羸疾投身姦婬其妻禽獸不若情違正教心類犲狼逞貪競之懷恣邪穢之行家藏妻子門有姬童乘肥衣輕出入衢路揚眉奮袂無憚憲章徤羨未忘覬覦在慮斯原不殄至教或虧請置嚴科以懲婬侈有勑追入大理竟以狂猾被誅公私同知賊惡怪其死

晩可謂賊夫人之子於斯見矣
太宗幸弘福寺立願重施叙佛道先後第二
十四
貞觀十五年五月十四日太宗文帝躬幸弘
福寺于時僧衆並出虔候遠闕勅召大德五
人在寺内堂中坐訖具叙立寺所由意存太
穆皇后哀淚横流僧並垂淚乃手製願文曰
皇帝菩薩戒弟子稽首和南十方諸佛菩薩
聖僧天龍大衆若夫至理凝寂道絶名言大
慈方便隨機攝誘濟苦海以智舟朗重昏以
慧日開曉度脱不可思議弟子夙罹諐舋早
嬰偏罰追惟撫育之恩每念慈顔之遠泣血
崩心永無逮及號天躃地何所厝身歳月不
居炎涼亟改荼毒之痛在乎粉骨敬養已絶
方恨不追寃酷之深百身何贖惟以丹誠歸
依三寶謹於弘福道場奉施齋供并施淨財
以充檀捨用斯功德奉爲先靈願心悟無爲
神遷妙喜策紺馬以入香城躡金階而昇寶
殿遊玩法樂逍遥淨土永蔭法雲常飡甘露
疾證菩提早登正覺六道四生並同斯願帝
謂僧曰比以老君是朕先宗尊祖重親有生
之本故令在前師等應恨恨寺主道懿奉對
陛下尊重祖宗使天下成式僧等荷國恩重
安心行道詔旨行下咸大歡喜豈敢恨恨帝
曰朕以先宗在前可即大於佛也自有國已
來何處别造道觀凡有功德並歸寺家國内
戰場之始無不一心歸命於佛今天下大定
戰場之地並置佛宇乃至本宅先妣惟置佛
寺朕敬有處所以盡命歸依師等宜悉朕懷
彼道士者止是師習先宗故位在前今李家

據國李老在前若釋家治化則釋門居上可不平也僧等起謝帝曰坐此是弟子意耳不述不知天時大熱房宇迮狹若爲居住今有施物可造後房使僧等寛展行道餘言多不載事訖還宫

太宗勑以道士三皇經不足傳授令焚除事第二十五

貞觀二十二年十月有吉州上表云有事天尊者行三皇齋法依檢其經乃云欲爲天子欲爲皇后者可讀此經據此言及國家檢田令云道士通三皇者給地三十畝檢公式令諸有令式不便者奏聞此三皇經文言有異具録以聞有勑令百官議定依追道士張慧元問有此言不慧元答云此處三皇經並無此言不知遠州何因有此然爲之一字聲有平去若平聲讀之誠如所奏若去聲讀之此乃爲國於理不妨臣等以爲慧元所説不乖勸善然聞經中天文大字符圖等不入家籍請除餘者請留吏部楊纂等議云依讀三皇經全與老子道德經義類不同並不可留以惑於後勑旨其三皇經並收取焚之其道士通道德經者給地三十畝仍著令于時省司下諸州收三皇經並聚於尚書禮部廳前于尚書試以火焚爇一時灰燼昔宋時鮑靜初造三皇被誅今仍宗尚改三皇爲三洞妄立天文大字惑誤昏俗其詐顯然迷者不覺今遇大唐聖帝體其僞妄故此焚除近如大業末年京師五通觀道士輔慧詳三年不言改涅槃爲長樂經將欲入山巖中于時條制不許出城門候見其內著黄衣又獲新經執送

留守及至勘校改經事實尚書衞文昇以狀
奏聞於金光門外戮之耳目生靈之所同委
其覺者如此不覺者有之然彼輒爾制經寫
于藏篋無人檢勘誰辯僞真且所造者文義
淺俗濫引佛經讀者無味未足觀採至如南
華幽求固是命家之作不可及之
太宗詔令奘法師翻道經爲梵文與道士辯
覆事第二十六
貞觀二十一年西域使李義表還奏稱東天
竺童子王所未有佛法外道宗盛臣已告云
脂那大國未有佛教已前舊有得道人說經
在俗流布但此文不來若得文者必當信奉
彼王言卿還本國譯爲梵言我欲見之必道
越此從傳通不曉登即下勑令奘法師與諸
道士對共譯出于時道士蔡晃成英二人李
宗之望自餘鋒潁三十餘人並集五通觀日
別參議詳覈道德奘乃句句披析窮其義類
得其旨理方爲譯之諸道士等並引用佛經
中百等論以通玄極奘曰佛教道教理致大
乖安用佛理通明道義如是言議往還累日
窮勘出語濩落的據無從或誦四諦四果或
誦無得無待名聲雲誦實聖俱靈奘曰諸先
生何事遊言無可尋究向說四諦四果道經
不明何因喪本虛談老子且據四諦一門門
有多義義理難曉作論辯之佛教如是不可
陷淪向問四諦但答其名諦別廣義尋問莫
識如何以此欲相抗乎道經明道但是一義
又無別論用以通辯不得引佛義宗用解老
子斯理定也晃遂歸情曰自昔相傳祖承佛
義所以維摩三論晃素學宗致令吐言命旨

無非斯理且道義玄通洗情爲本在文雖異厥趣攸同故引解之理例無爽如僧肇著論盛引老莊成誦在心由來不怪佛言似道如何不思奘曰佛教初開深經尚壅老談玄理微附虛懷盡照落筌滯而未解故肇論序致聯類喻之非謂比擬便同涯極今經正論繁富人謀各有司南兩不諧會然老之道德文只止五千無論解之但有羣注自餘千卷事雜符圖蓋張葛之旨附非老君之氣叶又道德兩卷詞旨沉深漢景重之誠不虛及至如何晏王弼嚴道鍾會顧歡蕭繹盧景裕韋處玄之流數十餘家注解老經指歸非一皆推涉俗理莫引佛言如何棄置舊蹤越津釋府將非探賾過度失混沌之竅耶於是諸徒無言以對遂即染翰綴文厥初云道此乃人言梵云末伽可以翻度道士等一時舉袂曰道翻末伽失於古譯古稱菩提此謂爲道未聞末伽以爲道也奘曰今翻道德奉勑不輕須覈方言乃名傳旨菩提言云覺末伽言道唐梵音義確爾難乖豈得浪翻冒罔天聽道士成英曰佛陀言覺菩提言道由來盛談道俗同委今翻末伽何得非妄奘曰傳聞濫眞良該匪惑未達梵言故存恒習佛陀西天音此言覺者菩提天語人言爲覺此則人法兩異聲采全乖末伽爲道通國齊解如不見信謂是妄談請以此語問彼西人足所行道彼名何物非末伽者余是罪人非惟罔上當時乃取笑天下自此衆鋒一時潛退便譯盡文河上序胤關而不出成英曰老經幽祕聞必具儀非夫序胤何以開悟請爲翻度惠彼邊戎

奘曰觀老存身存國之文文詞具矣叩齒咽液之序序實驚人同巫覡之淫哇等禽獸之淺術將恐西關異國有愧卿邦英等不惬其情以事陳諸朝宰中書馬周曰西域有道如李莊不答曰彼土尚九十六家並猒形骸爲桎梏指神我爲聖本莫不淪滯情有致使不拔我根故其陶練精靈不能出俗上極非想終墜無間至如順俗四大之術冥初六諦之宗東夏老莊所未言也若翻老序彼必以爲笑林奘告忠誠如何不相體悉當時中書門下同僚咸然此述遂不翻之奘姓陳氏頴川人也後葉居于兩河以慧解馳名周行嶽瀆承西梵學富揞欲博求以貞觀初入關住莊嚴寺學梵書語不久並通上表西行有司不許因間行遠詣天竺三年方達所在王臣髙勝無不重之經十餘年備獲經論旋于京邑天子降禮賜以優言貞觀末年敬重尤甚常處内禁行往畢隨永徽已來不爽前敬常以翻譯而爲命家令在北山玉華宫寺領徒翻經勤注不絶然其髙行不可具陳别有大傳廣文如彼自永徽嗣曆屢發深衷降意佛宗徵延論道覽前王之逸軌追賢達之行事宗魏兩朝咸興談述周隋接運俱暢論衡然則晉氏南遷以釋宗爲命族魏朝北有齊緇黄而等駕由是江表談玄規猷自隔關河語極淄澠一亂所以屢有揚激教義殊途雖事拒輪終歸陷網雲泥路絶聲采罕追人代致混論辯韜隱顧斯陳迹不逸懷悼致黄巾被責緘默當時彼出論場唱言我勝未登席者隨言信之輒以所聞叙斯實録事連宸極故絶

浮詞

集古今佛道論衡實録卷第三下

音釋

疢音救 踳尺尹切 忸尼六切 赧女板切 摛丑知切 闉音因 瓌古回切 賻音附 祲音浸 輠音果 覎賢覔切 譟楚交切代人言也 讟徒谷切痛怨而謗也 悢音量惆悵也

集古今佛道論衡實録卷第四

唐 釋 道 宣 撰

帝召佛道二宗入内詳述名理事第二十七

顯慶三年四月下勑追僧道士各七人入内論義時會隱法師竪五蘊義神泰法師立九斷知義道士黄賾李榮黄壽等次第論義並以莫識名體茫如夢海雖事往返牢落無歸次下勑遣道士竪義李榮立道生萬物義大慈恩寺僧慧立登論座先叙云皇帝皇后神功聖德遠夷順化宇内肅清豈直掩映軒羲亦乃牢籠周漢云云又歎仰佛化戡濟黎民文多不載便問榮云先生立道生萬物未知此道爲是有知爲是無知答曰道經云人法地地法天天法道既爲天地之法豈曰無知難曰向叙道爲萬物之母今度萬物不由道生何者若使道是有知則唯生於善何故亦生

於惡據此善惡昇沉叢雜總生則無知矣如不通悟請廣其類至於人君未開闢之時何不早生今日聖主子育黔黎與之榮樂乃先誕共工蚩尤桀紂幽厲之徒而殘酷羣生授以塗炭人臣之中何不唯生稷偰夔龍之輩而復生飛廉惡來靳尚新王之侶諛諂其君令邦國危亂哉羽族之中何不唯生鸞鳳善鳥而復生梟獍惡禽乎毛羣之中何不唯生騏驥驊騮而復生犲狼豪蝟乎草木之中何不唯生松栢梓桂蕙蓀蘭菊而復生樠櫪樗棘葶艾蒺茨乎既而混生萬物不蠲善惡則道是無知不能生物何得云天地取法而爲萬物之宗始乎據我如來大聖窮理盡性之教也天地萬物皆是衆生業力所感善業多者則瑠璃爲地黃金界道瓊枝蔭陌玉葉垂空甘露充粮綺衣爲座惡業多者則沙壤爲土瓦礫爲衢稗飯充虚麻衣被體泥行雨宿霜穫暑耘日夜驅馳以供公府皆自業自作無人使之吾子心愚不識横言道生道實不生一何可愍李榮得此一徵愕然不知何對立時乘機拂弄榮亦杜口默然於是赧然下座次道士黃壽登座竪老子名義會隱法師將事整容與其抗論夫唯論難之體褒貶爲先恐難道名有所觸悞即奏云黃壽身預黃冠不知忌諱誠狐社鼠徒事依憑國家遠承龍德之後陛下即老君子孫豈有對人子孫公談祖禰之名字至如五千文内大有好義不能標列而説聖人之名計罪論刑黃壽死有餘及於時掌勑云是更竪別義壽因此挫鋭流汗失色雖事言對次序乖越遞相擊論

遂至逼暝僧等見將燭來便起辭退勒曰向來觀師等兩家論義宗旨未甚分明立遂奏云向來兩家議論宗旨不明誠如聖旨何者衆僧竪義道士不識其源旣恥無言遂讕訌漫語至如僧會隱竪五蘊義黃賾以蔭名來難且蔭以覆蓋爲宗蘊以積聚爲義如色有二十一聚在色名之下識有八種聚在一名之下舉統以收稱爲蘊義若以蔭名來難義理全乖又神泰竪九斷知義道士生來未聞此名雖上論座不知發問之處無以遮羞遂浪作餘語眞可謂欲適南越而揔轡北冥馬足雖行朔方終非越趣之步李榮浪語亦復如是由是宗旨不明塵黷聖聽過在道士然佛法大宗因緣爲義故論云未曾有一法不從因緣生且如眼觀殿柱須具五緣一識心不亂二眼根不壞三藉以光明四有境現前五中間無障必具此緣方得見柱若使曦光已沒龍燭未明徒有朱楹何由可見又如穀子陽和之月遇水土人功則能生芽夏盛甕裏冬委地中緣不具故畢竟不生人亦如是内則業惑爲因外則父母爲緣身方得生父母乖各終不能生如是禽魚鳥壽万物皆尒從因緣生故經云深入緣起斷諸邪見有無二邊無復餘習以佛智慧窮法實相是故號佛爲無等覺爲天人師外道之輩則不如是皆悉邪網覆心倒針刺眼或言諸法自然而生即是此方莊老之義或言諸法從自在天生韋細天生冥性生或言無因或言宿作此並西方異道之計也皆不知法本不識因緣信意放言詿誤黨俗致使天人惑其飾詐又

對聖上說三性義一遍計性二依他起性三圓成實性外道所立遍計性收事等空花由來非有廣解三性言多不具自上起來經過食頃僧及道士陪侍臣僚佑兩行立聽時既夜久息言奉辭勑云好去各還宿所經停少時勑使告云語師等因緣義大好何不早論于時三藏已下莫不欣慶斯則無勞廣畧碎蕩高旗不藉軍威堅城屠陷見之今日矣于時以道士不識蘊蔭斷知等義莫允帝情散席之後承內給事王君德雲勑語道士等何不學佛經因斯以言釋李宗人學業優劣辯給通塞實録如前貧富之懷亦具瞻矣

帝以西明寺成功德圓滿佛僧創入榮泰所期又召僧道士入內殿躬御論場觀其義理事第二十八

顯慶三年六月十二日西明寺城郭道俗雲合幢盖嚴華明辰良日將欲入寺簫鼓振地香華亂空自北城之達南寺十餘里中街衢闐闠至十三日清旦帝御安福門上郡公僚佐備列于下內出繡像長旛高廣驚於視聽從於大街沿路南往並皆御覽事訖方還尋即下勑追僧道士各七人入上幸百福殿內官引僧在東道士在西俱時上殿帝曰佛道二教同歸一善然則梵境虛宗爲於無爲玄門深奧德於不德師等栖誠碧落學照古今志契寶坊業光空有可共談名理以相啓沃慧立奉對陛下睿性自天欽明纂曆九功包於虞夏七德冠於嬴劉遂使天平地成遐安邇肅既而寓內無事垂慮玄門爰詔緇黃考覈名理但僧道士等轉生多幸濫沐恩光遂

得屢入金門頻昇玉砌所恐聞見寡狹詞韻庸踈虛煩聽覽不足觀采伏增悚汗降勑云好師等依位坐又勑云師可一人登座開題時清都觀道士張慧元奏云周之宗盟異姓爲後陛下宗承柱下今日竪義道士不得不先又夷夏不同客主位别望請道士於先上座帝沉默久之立遂奏曰竊尋諸佛如來德高衆聖道冠人天爲三千大千之獨尊作百億四洲之慈父引迷拯溺唯佛一人此地未出娑婆即是釋迦之兆域慧元何得濫言客主妄定華夷伏惟陛下屈初地之尊光臨贍部受佛付囑顯揚聖化爇慈燈於闇室浮慧舸於苦流書云皇天無親唯德是輔蓋此之謂歟慧元邪説未可爲依勑云好更遞上仍僧爲先爾時會隱法師昇座竪四無畏義道士七人各陳論難無足叙之事在别傳○次道士李榮開六洞義擬佛法六通爲言立昇論席問榮六洞名數答訖徵云夫言洞者豈不於物通達無擁義耶答云是難曰若使於物通達無擁名洞未委老君於物得洞以不答云老君上聖何得非洞立徵曰若使老君於物通洞者何故道經云天下大患莫若有身使我無身吾何患也據此則老君於身尚礙何能洞於萬物榮云師緩莫過相凌轢榮在蜀日已聞師名不謂今在天庭得相談論共師俱是出家人莫若事非駮立報曰觀先生此語似索姑息古人云黄塵下不許借稍乍可出外别叙暄涼此席終須定其邪正向云與立同是出家檢形討事焉可同耶先生鬢髮不剪褌袴未除手把桃符腰懸赤袋巡

門猒鬼歷巷摩皃本不異淫祀邪巫豈得同我清虚釋子李榮大怒云汝若以翦髮爲好何不剔眉立曰何爲剔眉榮曰一種毛故立曰一種是毛剔髭亦剔眉卿亦一種是毛何爲角髮不角髭榮遂杜默無對立調曰昔平津困於十難李榮死於一言論德立謝古人論功無慚往哲於是即避席主上解顔大笑次後諸僧與論時熱坐久恐勞主上且辤勑云好遂散還寺觀三藏玄奘在西明寺度僧不在論席十四日平旦勑使報奘云七僧入内與道士論議五人論道大勝幽州最好兩人雖未論議亦應例是勝色立姓趙氏其先伯益之後益孫造父有功於周穆王封於趙城遂因氏焉趙襄趙盾即其遠祖隨宦東西故爲北地之新平人也祖禮周太中大夫平東將軍上柱國龍門侯父毅隋祕書郎司隸刺史崇儒好道撰文帝起居注二十五卷大業畧記三卷並藏祕閣董狐直筆公有之矣立即司隸第三子也幼鍾荼毒有叔照法師携接慈育年十五貞觀三年出家住幽州照仁寺權以公貫無由遠學生知特達不染俗流志仰前良謀猷慧解迺假借經史内外披尋自強不息通鏡今古一坐北荒二十餘載聲榮籍甚曜逸京皐慈恩譯經通訪巖穴以文辯騰譽致北徵延永徽元年舉以申省依追參譯既添芝蘭芬郁逾美自到帝京頻登闥輦潔齋行道率先總至所以導達功業咸立之能光輝論道咸立之力前後重錫備顯僧倫既非教元畧而不述然其聲辯包富寫道雲行事逾宿構蓋難與競遂使挫拉強禦

傾倒帝前顧問此何人斯答曰其本幽州僧也所以帝偏眄睞允副遺頻告奘云幽州師大好斯言有旨至七日内勑鴻臚卿韋慶儉補充西明寺都維那性不習諠詰闕辯退所司抑之不爲通表因理僧務不墜彛倫矣

帝以冬旱内立齋祀召佛道二宗論議事第二十九

顯慶三年冬十一月上以冬雪未零憂勞在慮思弘法雨雩祈雪降爰構福場故能靜處中禁廣嚴法座下勑召大慈恩寺沙門義褎東明觀道士張慧元等入内於别中殿講道論好于斯時也内外宫禁咸集法筵釋李搜揚選窮翹楚即斯榮觀終古無之天子親問褎所來邑於座具答時道士李榮先昇高座立本際義勑褎云承師能論義請昇高座共談名理便即登座問云既義標本際爲道本於際名爲本際爲際本於道名爲本際答云互得進難云道本於際際爲道本亦可際本於道道爲際元答云何往不通竝曰若使道將本際互得相返亦可自然與道互得相法答曰道但法自然自然不法道又竝曰若使道法於自然自然不法道亦可道本於本際本際不本道於是道士著難恐墜厥宗但存緘默不能加報褎即覆詰難云汝道本於本際遂得道際互相本亦可道法於自然何爲道自不得互相法榮得重竝既不領難又不解詰便浪嘲云法師喚我爲先生汝則便成我弟子褎應聲挫云今對聖言論中明邪正用簡帝心芻蕘之嘲塵黷天聽義須棄置誠不可也雖然無言不酬古有遺誥聊以相答

我以事佛爲師我爲佛之弟子汝既稱爲先生汝應先道而生我爲弟子佛是我師汝若先道而生汝則應爲道祖道士當時忸怩無對麈尾垂頓聲氣俱下褒因調曰麈尾巳萎鹿巾將折語聲既惡義鋒亦摧李榮無對遂巡下席尋即有勑令褒依法登座便辭讓曰義褒江表庸僧山中朽箨天光遠被漏影林泉輕枉絲綸親臨御覽然則佛法僧寶無上福田梯隥樂山津梁苦海法身常住迹示與亡像教住持取資帝力伏惟陛下道邁軒羲德隆堯舜遊刃萬機弘顯三寶皇后懋績宮闈皇太子聲高啓顯令爲膏雨不降瑞雪未零憂勞黎庶設齋祈福紫庭之内建立勝幢黄屋之中安施法座欲使道風常扇佛日連輝爰詔緇黄各陳名理玉階闡玉京之教金闕揚金口之言以斯景福莊嚴聖御伏願皇帝金輪永轉玉鏡恒明等敬北辰慶隆南嶽皇后心明七耀體固二儀垂訓六宫毋儀萬國皇太子凝神望苑作睿春坊布采前星被圖下武義褒海隅遺隱忽厠高華以有怯之心登無畏之座用木訥之口釋解頤之談云云然則聖旨斯臨課虚立義令標義目厥號摩訶般若波羅蜜義此乃大乘之象駕方等之龍津菩薩大師如來智母摩訶大也般若慧也波羅蜜者到彼岸也夫玄府不足盡其深華故寄大以目之水鏡未可喻其澄明假慧以明之造盡不可得其崖極借度以稱之云云道士張慧元問曰音是胡音字是唐字翻胡爲唐此有何益答曰字是唐字音是梵音譯梵爲唐彼此俱益又難曰胡音何能益人答

曰佛生天竺梵音爲正教流中夏利見甚多云何無益彼進無難返唱不通褭調之曰道士年老今復發狂答義若此頓不思量張曰我那忽狂褭調曰子心不狂那出狂語退亦佳矣佇軸何爲張遂復座姚道士次論曰般若非愚智何以翻爲智答曰爲欲破愚癡歎美稱爲智姚責云何者是愚癡而將智來破答曰愚人是道士將智以破之姚曰我那忽是愚答曰般若非愚智破愚稱爲智道士若亡愚我智藥亦遣如是覆却數番姚遂飲氣吞聲周慞失守無難坐默褭因總調云張生則逃狂無所姚道又避愚無地狂愚既退李可進關榮因問曰義標般若波羅蜜斯乃非彼非此何以言到彼岸答曰般若非彼此歎美爲度彼李曰非彼非此歎度彼岸亦應非彼非此歎到此岸答曰雖彼此兩亡歎彼令離此李曰歎彼不歎此亦應非此不非彼答曰歎彼令離此此離彼亦亡李榮更無難乃嘲曰僧頭似彈丸解義亦團圝褭接聲曰令彈彈黄雀已射兩鵶鵶彈彈黄雀足射射鵶鵶腰于時李既發機被彈張元乃拔箭助之褭又調曰李不自拔張强助言姚生一愚那不見救姚即發言云云褭合調曰兩人助一人三愚成一智昔聞今已見斯言有從記于時天子欣然内宫諠合李榮俛首不已便云作如此解義何須遠從吳地來褭云三吳勝地本出英賢横目苟身舊無人物云云言訖下座當斯時也獨御黄老無敢抗言可謂振論鼓於王庭不異提婆之日灑法音於帝掖何殊身子之秋事罷相從還栖公館褭謂諸道士

曰駟不及舌明言非易天下清論何有窮涯等星曜之在天類河山之鎮地須便引用未待鄙言何有面對天顔輕爲謔論脱付法推罪當不敬頼聖上慈弘恕其不逮不敬之罪終難可逃道士等大慚張元曰不須述也褒曰往不可咎來猶可追請廣義方統詳名理豈非釋李高軌不墜風流勝負兩亡情理雙遣者也筆者詳畧褒之義道可曰勝顗當時准的萬代碎黄巾於黄屋不藉漢師列帝網於帝前無勞秦陣是以雲梯嬰帶徒聞姚主之談呑併合從成祖宗君之美信矣

帝幸東都又召西京僧道士等於彼論事第三十

顯慶五年上幸駕東都歸心佛道崇尚義理匪因談叙無由釋會下勑追大慈恩寺僧義褒西明寺僧慧立等各侍者二人東赴洛邑登即郵傳依徃至合壁宮奉見叙論義旨不爽經通下勑停東都淨土寺褒即於彼講大品三論聲華崇盛光價逾隆褒姓薛氏常州晉陵人蓋齊相孟嘗君之後大吳名臣綜瑩之胤也而天體高邈履性清明少染緇衣長遊聽採初在蘇州明法師所服勤教義具美清涼大品華嚴開明巖穴又往晉雲山婺州曠法師所經于多載備閲幽求會體素誠爽拔玄致於是周流禹穴三十餘年傳經述論學侶奔從每惟大乘至教元在渭陰播蕩淳源乃流楊越嗟乎高軌中原失蹤後住東陽金華山法幢寺弘道不倦終日坐忘思契伊心長懷卒歲會慈恩申請寓内搜揚京邑髦彥承風仰德以名聞奏下勑徵延既達京師

幽憂頓蕩三藏玄奘不以形隔致猜共敘大綱護法爲務請所學經論通講十遍顧諸門徒並往聽之時在慈恩創開宏理有空雙遣藥病齊亡于時執有毘曇存空成實分河飲水之客別部説戒之徒我見鏗然欻然驚視皆謂空見外道或曰空華道人遂即負氣衝天莫不承風摧轍喪魂破膽失路迷歸褭乃誨以謗法之愆示以信首之路責以三關則周憧無計導以五過則負罪彌天辯給之口引用飛流能使答對無前翔集雲雨自戾止日下光問德音宰輔傾誠道勝嗟賞中興大法斯人在斯纔有一月即蒙勑召中禁明道躬閱清言如前畧述不爽華望晚巡洛下重復徵延聲榮籍甚彌隆今古不意法幢忽崩仁舟淪没因疾卒於洛邑幽明結慘道俗悲涼下詔流問并給賻贈令葬鄉邑自餘道勝未獲其文隨得編之恐有遺逸故耳

帝在東都令洛邑僧靜泰與道士李榮對論

第三十一

顯慶五年八月十八日勑召僧靜泰道士李榮在洛宫中帝問僧曰老子化胡經述化胡事其事如何可備詳其由緒靜泰奏言詳夫皇王盛事具跡不同或闢明堂以待賢或臨衢室而問下或賦清文於栢殿或延雅論於蓬山並驅名教之場未踐真玄之肆豈若我皇德靜兩儀道清八表巖廊多暇二教融襟控方外之輪高昇慧日理域中之躅暢引玄風爰詔緇黃對揚賔主但靜泰編學謏聞雕氷鑄木肅承旒宁斧鉞交襟聖旨問道士化胡經云老子化胡爲佛此事如何靜泰奏言

老子二篇莊生內外或以虛無爲主或以自然爲宗固與佛教有殊然是一家恬素降茲已外制自下愚靈寶創起張陵吳時始盛上清肇端葛氏齊代方行亦有鮑靜謬作三皇被誅具明晉史大唐貞觀之際下詔普焚此化胡經者泰據晉代雜録及裴子野高僧傳皆云道士王浮與沙門帛祖對論每屈浮遂取漢書西域傳擬爲化胡經搜神記幽明録等亦云王浮造僞之過道士李榮云靜泰無知浪爲援引榮據化胡經云老子化胡爲佛又老子序云西適流沙此即化胡之事顯矣靜泰奏言李榮重引化胡靜泰前已指僞縱令此經實録由須歸佛大師化胡經中老子云我師釋迦文善入於泥洹又榮引老子經序似無西邁流沙之論但云尹喜謂老子曰將隱乎據榮對詔不實請付嚴科又莊子云老聃死秦佚弔之又西京雜記云老子葬於槐里此並典誥良證又道士諸經唯有莊老餘皆僞誑偷竊佛教安置縱橫首尾蹈機進退惟各假令榮經改無歸佛之語陛下祕閣亦有道經請對三觀學士以定是非即原真謬李榮云道人亦浪譯經據白馬將經唯有四十二章餘者並是道人僞作近亦有玄奘浪翻經論靜泰奏言李榮苟事往來莫知史籍據騰蘭初至此地大譯諸經其後支迦婁之徒康僧會之輩曇摩提之屬鳩摩羅之流翻譯皆有年月詳諸國史亦有俗士聶承遠謝靈運等皆翻譯備詳羣録豈比汝之僞經或云朱鳥喙銜或道青鳥吻噬終散失於龍漢卒改易於赤明足涉憑虛未聞崇有又榮

所云近有玄奘亦浪翻經竊謂不可據玄奘久遊五印妙盡梵言考之風雅理無倫奪又玄奘所譯契我聖朝藻二帝之天文煥兩皇之宸照無知祭酒輒事毀礬案榮之罪已合萬死李榮奏云老釋二教並是聖言非榮靜泰即能陳述靜泰奏言榮自不能泰即能矣李榮重云榮據道劫經云道上於佛佛還小道化胡之事斯亦不虛靜泰奏言道士語稱檀越已竊僧言經引劫文還偷梵語擫角受化尚戴黃巾既漸佛風不披緇服食我桑椹不見好音人之無良胡不遄死劫是梵語豈是道言邊境有人其名竊矣李榮云大道空同何佛何道靜泰奏言李榮體中無物固是空同李榮自云可無糞屎耶靜泰奏言聖人之側帝者之前用鄙俚爲樞機將委巷爲雅

論古人請尚方馬劍今時可拂彼驢頭刑於可刑仁因仁矣李榮云我莊子曰道在糞屎靜泰曰汝道在糞屎此據縱下而言汝道本清虛何不據極上而說又責榮云汝面對宸極而云我莊子耶李榮曰汝經中亦云如是我聞阿難亦復稱我我亦何妨靜泰曰經云如是我聞結集之語又阿難無我假言我我汝我未除不得我我又阿難稱我以對後人爾今稱我親承嚴扆此而不類何以逃辜李榮辭窮遂嘲云靜泰語莫憧憧我未發汝剩揚靜泰云李榮烏槑何異蛣蜣先師米賊汝亦不良李榮遂云汝頭似瓠蘆等語云靜泰奏言此對旒冕宜應雅論幸許劇談敢欲問作亦請嘲李榮頭勝負聖旨便曰可令連脚嘲泰曰李榮道士額前垂髮已比羊頭口上

生鬚還同鹿尾纔堪按酒未足論文更事相嘲一何孟浪泰又奏言向承聖旨令連脚嘲可曰李榮腰長即貌而述屢申駝項亟蹙蛇腰舉手乍奮驢蹄動脚時搖鶴膝李榮頻被嘲急不覺云靜泰不長不短靜泰奏云靜泰加之一分則太長李榮云向共相嘲便誦洛神之賦靜泰云此關宋玉之語未涉陳王之詞義屈言窮周慞迷妄李榮是蜀郡詞人泰云泰是洛陽才子榮云賈生已死才子何關靜泰奏云嚴揚不嗣江漢虛衰榮爲蜀郡詞人一何自枉李榮無詞又轉語云箇是虛衰那得靈輝靜泰云夷歌嫐曲自謂成章鳥韻怪言用闕音賞李榮又轉語云何意喚我爲李王因言大唐天子故是李王靜泰云汝此語爲自屬爾耶爲屬帝耶如其自屬爾是何人如其屬帝言王非帝李榮云我經云域中有四大王居一焉言王何過靜泰云管子曰明一者皇察道者帝通德者王汝言域中有四大者汝教自淺汝復不閑以帝爲王汝過之極李榮既急不覺直云靜泰言是靜泰奏言李榮既稱泰是伏乞宸鑒李榮又轉語云大道老君皇帝所尚何物綠睛胡子剃髮小兒起自西戎而亂東夏靜泰云如來出現彼處爲天中我皇御寓此間爲地正佛法有囑委以皇王有感必通何論彼此若限以華裔恐子自弊於杜郵老是楚人未知何地又榮向云綠睛胡子自是葱嶺已東李仲卿之鄙辭亦無關於佛事雖然無言不酬請商畧汝家之穢法無知鬼卒可笑顛狂或灰刺圍身或牛糞塗體或背擎水器或脊負楊枝或解

髮却拘交繩反繫以厠溷而爲神主將井竈
而作靈師自臣奴僕之辭又引頑愚之稱醮
祭多陳酒脯求恩唯索金銀禮天曹而請福
拜北斗而祈壽淫祀之黨充斥未亡衒惑之
徒冐罔綱紀加又扣頭搏頰銜枚縲紲三黙
九閼之方丹門玉柱之術旣無慙於父子寧
有愧於弟兄並是汝天師之法豈非汝之教
耶李榮不覺云是靜泰云李榮旣屢云泰是
如何不伏重乞宸鑒李榮又奏云靜泰所言
榮疑宿構請共嘲燭即是臨機之能靜泰奏
言泰雖無德言若成誦又語李榮云汝欲嘲
燭汝宿構耶燭與李榮無情是同燭明勝汝
李榮奏言道之與佛非榮泰等之所言委時
久請休靜泰奏言李榮知難而退重乞天鑒
夜久更闌恐疲聖旨帝休榮遂走下堦云去
也干 時靜泰脚痺未行少選停立泰自奏言
靜泰先患風痺帝令人扶之榮於堦下云靜
泰已死兩人扶侍泰云帝者之前理須戰慄
辯而復語一何失敬也明日帝令給事王君
德責李榮曰汝比共長安僧等論激連環不
絶何意共僧靜泰論義四度無答李榮事急
報云若不如此恐陛下不樂由是失厝令還
梓州形色摧惡聲譽頓折道士之望唯指於
榮旣其對論失言舉宗落彩泰本洛陽人素
有遠識之量雖畧通玄理而以才辯見知上
幸東都多營法祀晝覽萬機夜通論道禮誦
餘暇偏重義宗道士李榮老宗魁首恃其管
見親預微近屢遭剋敵仍忝勝席故泰爲衆
樂推登鋒奮擊挫拉若摧枯潛聲如舌結面
陳泰是斯即心伏魂飛況對天顏裒貶足稱

畫一此則千載之龜鏡也初以言辯見知具問才術東臺侍郎上官儀云又能賦詩上令作之應命便上帝重之欲令觀國登庸問欲還俗不須何等官泰答夙昔素心常懷出俗遠同法王之棄俗近喻巢禽之解網俗榮非其所慕伏願不虧發趾之心上大幸之便勑所司東都敬愛寺大德未臨可以泰居之其所須侍者任取多少諸餘大德例止一人泰別勑垂顧便將五人入寺爾後頻登榮觀事多不録

帝在西京蓬萊宫令僧靈辯與道士對論第三十二

龍朔二年十二月八日於蓬萊宫碧宇殿靈辯奉詔開淨名經題目問曰難思之道唯凡不測聖亦不知答凡聖俱不思。難至理玄微凡流容可不測聖心懸鑒妙智寧得不知答法性虛融道無不遍物理平等何法可思○難山芥無容入之義於凡故是難思大小有苞含之理在聖寧非不測答難思之道物無不遍何必山芥有納不納凡聖分思不思難凡智聖智不分思不思凡力聖力不分納不納答凡聖跡殊容有納不納凡聖本一不分思不思○難凡聖本無二不分思不思凡聖跡有殊應有議不議答本跡雖殊不思議一也難此是聖者本跡殊何預凡夫事答一切衆生即涅槃相難思之道詎簡聖凡○難難思無有二可使凡聖本無別難思既不殊凡聖跡寧兩答不二處說二二亦何所二○難亦可不思處說思何得聖人亦不思答不二處說二不二若存二可使不思處說思不

思得有思不二處説二無二不存二無思處説思不立思不思。○難此乃何止不立思亦不存不思何得經首稱不思答絶思慮故言不思非謂有不思故華嚴經云如是不思議不可得深入不思議思非思寂滅勑留僧靈辯及道士二人至十五日乃放還初十四日道士方惠長開老經題靈辯問曰向陳道德唯止老教亦在儒宗答道經獨有儒教所無○難孝經曰有至德要道易云一陰一陽謂之道此則已顯於儒家豈獨明於老氏答自然之道爲本餘者爲末難自然道不攝在陰陽老氏可爲本陰陽亦苞於自然周易豈爲末答元氣已來大道爲本萬物皆從道生道爲萬法祖○難曰道爲物祖不異前言老易同歸若爲遣難惠長不能答因嘲之曰昔列子纔遇季咸怳然心醉黄冠暫逢緇服不覺魂迷上大笑令更難靈辯奏曰向者纔申短畧黄巾以成瓦解今若更憑神筭赤舌將必冰消上又笑重問曰向云道爲物祖能生萬象以何爲體答大道無形難有形可有道無形應無道答雖復無形不妨有道○難無形得有法亦可有形是無法有形不是無無形不有道答大道生萬物萬法即是道何得言無道○難象若非是道可使象外别有道道能生於象既指象爲道象外即無道無道説誰生答大道雖無形無形之道能生於萬法○難子外見有母知母能生子象外不見道誰知汝道生又前言道能生萬法萬法即是道亦可如母能生子子應即是母又前言道爲萬法祖自違彼經教老子云無名天地始

有名萬物母毋祖語雖殊根本是一義道既是無名寧得爲物祖惠長總領前語不得因嘲之曰既非得意何爲杜默巳倒穀皮答吞米賊○又難曰道無有形指象爲道形亦可道無有祖指象爲物祖答道爲物祖象非物祖○難道别有形不得象即道形答大道無形○難大道非祖答道本無名强爲立名爲物之祖那得非祖難道本無名强爲立名亦可道本非祖强爲物祖答然難道本非是祖非祖强説祖亦可大道無有形無形强説形○又難離象無别道象未生時有道生亦可離眼無别目未有目時有眼見答道是玄微眼爲麤法二義不同安得爲類○難象是質礙道本虚無有無性乖若爲同體惠長又無答靈辯奏曰靈辯忝預玄門實懷慈忍雖逢死雀不願重彈上大笑稱善五月十六日於蓬萊宫又與道士論難其道士對答不相領當無可記録至六月十二日於蓬萊宫蓬萊殿論義靈辯與道士李榮同奉見上謂榮曰襄陽道人有精神好交言無令墮其圍中榮奏曰孔子尚畏後生況榮不如前哲辯奏曰靈辯誠爲後生李榮故當是老（以榮住在蜀中故有此譏）上大笑曰榮巳被逼榮開昇玄經題目道玄不可以言象詮辯問曰玄理本寂思慮情智不可度量妙道既絶言詞若爲得啓題目答玄雖不可説亦可以言説雖復有言説此説無所説難玄若可言詮即當云可詮如實不可詮當云不可詮何得向云不可詮今復言可詮榮領難不得辯謂榮曰求魚兔者必藉於筌蹄尋玄旨者要資於言象在言既其謇

棘於理信亦迷朦又更爲述前難答曰玄道實絶言假言以詮玄道或有説玄道或無説微妙至道中無説無不説辯曰此是中論龍樹菩薩偈偈云諸佛或説我或説於無我諸法實相中無我無非我安得影兹正偈爲彼邪言竊菩薩之詞作監齋之語榮曰佛道何殊西域名爲涅槃正是此處死滅辯曰螢光日光不可一邪法正法安得齊西域名涅槃唐翻爲滅者此乃玄寂之妙境恬惔之虚宗絶患累於後身證無爲於極地詎得以生死變謝而相擬乎子聞涅槃亦是滅生死亦是滅兩滅即是齊鳥鷃亦有聲鸞鳳亦有聲二聲應可一二鳥俱出聲清雅猶來別二法雖同滅冥寂本不均因呵曰足下若不情昏菽麥目闇玄黄何爲以至人涅槃同庶類生死

上大笑曰向者道士標章今乃翻是道人竪義令難問玄理是可詮可使以言詮玄理體是不可詮如何得詮答曉悟物情假以言詮玄亦可詮○難玄體不可詮假言以詮玄玄遂可詮者空刺不可拔强以手來拔空刺應可拔反問空是玄不反答非是玄反難是玄可並玄非玄若爲得並玄正難空既不並玄空體非是玄言既可詮玄可並玄非玄若爲得並玄正難空既不並玄空體非是玄言既可詮玄言應得是玄言雖不是玄言亦可詮玄空雖不是玄何妨空並玄答玄是微妙妙何以空來並○難玄是微妙如何以言來詮又汝玄理不可詮玄理亦可詮空雖不可並空亦應可並空體不可並非並不得並玄體不可詮非詮不得詮榮不能答直抗聲曰明

王有道致使番僧入貢辯曰日磾生於塞外爲忠臣於漢朝道陵長自蜀中作米賊於魏曰榮嘿然不答又謂之曰得嘲急解何事踟蹰榮曰既得玄旨所以杜嘿辯曰魚目不類明珠結舌何關杜口上大笑令更難○難曰玄理幽深至人可測道士庸昧若爲得知答玄雖幽奥至人深知凡則淺知難道士學玄理至人能深知道士得淺知道士學仙法仙人能高飛道士應下飛仙飛有高下道士高下俱不飛玄理有淺深道士淺深俱不測榮不能答辯嘲之曰老子兩卷本未研尋莊生七篇何曾披讀頭戴死穀皮欲似鈍啄木榮未及對又嘲曰聞君來蜀道蜀道信爲難何不乘鳬遊帝里翻被枷項入長安勑追榮入京日著枷榮曰死灰其慮槁木其形行忘坐忘著枷何妨辯曰行忘坐忘終身是忘亦可行枷坐枷終身著枷仍嘲之曰槁木猶應重死灰方未然既逢田甲尿仍遭酷吏懸榮未答又嘲曰柱枷異支榮擎枷非據梧閉口臨枷柄眞似濫吹竽榮恚曰天子知有榮乃與榮枷著如汝道人之流主上何曾記録辯曰天子今年知有榮來年亦應知有榮今年既與榮枷著來年亦與榮枷著聖恩方復未已著枷豈有了時又謂曰詳刑抵罪天子未必皆知道士著枷聖人何曾記識又謂曰李榮著枷聖人必不承意儻若因枷被識亦猶以醜見知榮慙怒厲聲曰道門英秀蜀郡李榮何物小僧敢欲相輕辯曰李李榮榮先乏雄情爽氣何勞瞋目厲聲仍嘲曰區區蜀地老竊號道門英巳摧頭上角何用口中鳴榮不能酬但曰

道人何所知努力加飡飯辯曰衆僧本來齋潔故當飡飯進蔬道士唯重醮祭應須酌醴焚魚榮曰天宫清淨何意論魚辯曰向已同齋何爲語飯（當論時在中後）榮曰蠢爾荊蠻詎堪爲敵辯曰周德未被往日暫有荊蠻皇澤遠覃今時猶見蜀獠榮曰心裏若無烏泥袈裟何爲得黑辯曰心中既有柴棘頭上遂褁木皮末席辯嘲榮曰道士當諦聽沙門贈子言鴻鶴已高逝鷰雀徒自喧已前雜嘲甚多不能盡記每嘲上皆垂恩欣笑

茅齋中與國學博士范賁談論第三十三

昔毘城長者遊談里巷之中今皇邑先生迂駕蓬門之内以今況古夫何異哉范先生洞曉儒宗兼精李釋未甞不覈玄微於道肆談空理於法筵小僧往遊江左遐想風流適至關中彌欽道德尚未披叙邂逅相逢深適鄙懷是所願也既而光陰易失嘉會難留豈可使慧遠仲堪獨論象繫道林玄度自解逍遙請各據宗塗標榜題目以申考擊共叙幽微云爾范曰莊子之書頗曽披攬其間旨趣待問當酬問曰七篇繁廣一問無由得窮請更別舉章門以申往復范曰齊物之理今古以爲難法師可依此義以開宗轍問曰今古共難誠如所論命開宗轍未敢輒當聊復竭愚試陳短句秋毫大山儒墨咸稱大小莊生以爲不爾豈非孟浪之談范曰俗滯情於是非莊生遂忘於大小○難曰但忘俗見之情應不齊彼山毫之質范曰意在忘情難曰不須齊質范曰不論齊質情詎得忘○難曰秋毫旣無陵霄之峯太山未有入塵之細逼令均

等其可得乎范曰毫有入塵之細不羨陵霄之峯山有陵霄之峯不鄙入塵之細各冥自性故説爲齊○難曰物雖各冥其極大小之體不無莊周雖貴捐情不覺翻迷物理至如空虛本無質象不可論有差殊山毫既有形容安得談其均等范曰談其齊等本貴忘情若欲均形豈非爲蛇畫足○難曰前言形均始可情喪未是悟他今持畫足過人翻爲自咎更立曰山大毫小莊書遂可齊其大小天尊地卑周易應可混其尊卑莊生安得齊其大小范曰二教所詮由來是别均齊之理本自不同難易本是别不得同山毫本不齊不齊應説異異物既不異不異得説異别物應可同何得説不同

靈辯姓安氏襄陽人也其先西域胡族晉中朝時徙居長安白鹿原永嘉末又南遷因家于襄陽宿植德本累修淨業家遞士農門傳貞素靈辯載江漢之英靈胤荊衡之秀氣幼而聰慧早能言理年十五出家聽習三論大乘諸經究極幽微尨長白黒天骨峻爽風韻凄清眉目口鼻之間自然虛肅常若秋崖含霽霜松引飈每至辯波騰迅詞芒灑落又如河箭飛流月弦揚彩永徽中暫遊東都聲馳天闕尋奉勅住大慈恩寺仍被追入内論義前後與道士李榮等亟經往復靈辯肅對宸嚴縱敷雄辯神氣高邁精彩抑揚望敵摧鋒前無强陣嘲戲間發滑稽有餘頻解聖顔每延優奬然素懷謙恒加復謹慎溫雅絶訪時莫能知同侶所傳百不存一昔次卿宏論唯聞重席之賞充宗小辯纔傳折角之謠尚想

連環沉吟千祀畧題梗槩爲之記云但恨言唯應物理非獨詣尋微之延猶有餘功

集古今佛道論衡實録卷第四

音釋

𦧇具惟切 諡古合切 謝徒搭切 闍於結切 拉力合切

續集古今佛道論衡

唐沙門智昇撰

清刻龍藏佛說法變相圖

續集古今佛道論衡 西域天竺國事出後漢列傳七十八

唐 沙門 智昇 撰

案漢法本內傳云明帝永平年中夜夢見丈六金人光明特異色相無比明帝寤不自安至旦大集羣臣以占所夢通人傳毅奉答曰臣聞西域有神號之爲佛陛下所夢將必是之國子博士王遵謹對曰臣案周書異記云周昭王時有聖人出在西方太史蘇由對曰所記一千年外聲教被及此土陛下所夢必當是之明帝信以爲然即遣中郎蔡愔與中郎將秦景博士王遵等十八人尋訪佛法至天竺國遇見沙門迦葉摩騰竺法蘭二人秦景等乃求請之摩騰二人誓志弘通不辭疲苦即共景等乃冒涉流沙至於洛陽明帝大悅甚尊重之即於洛陽西立精舍即今白馬

寺是也本白馬負經來因以爲名摩騰二人既至翻譯衆經二人爲漢地僧之始經是漢地法之初又釋迦像是優塡王像師第四作之明帝即令圖畫模寫如法供養即是漢地三寶之初

永平十二年十二月十一日明帝在白馬寺設齋行道帝問法師摩騰曰佛處生化世滅度日月可知不法師對曰佛癸丑之年七月十五日夜託陰摩耶夫人甲寅之年四月八日在迦毘羅衛國藍毘尼園從母右脇而生案周書異記云周昭王即位二十四年甲寅歲四月八日江河泉池忽然汎漲井水並皆溢出宮殿人舍山川大地咸悉震動其夜五色光氣入貫太微遍於四方盡作青紅色周昭王問太史蘇由曰是何祥也蘇由對曰有聖人生在西方故現此瑞昭王曰於天下何如蘇由曰即時無他一千年外聲教被及此土昭王即遣鐫石記之埋在南郊天祠前當此之時佛生王宫壬申之年十九出家

漢統師云佛十九出家當周昭王四十二年壬申之歲三十成道漢統師云佛三十成道周穆王二年癸未之歲當陽化世四十九年漢統師云佛出世化物四十九歲案周書異記云周穆王即位三十二年見西方所有光氣先問蘇由所記知西方有聖人處化穆王不達其理恐非周道所宜令相國吕侯西入會諸侯於塗山以禳光變當此之時佛法久已處世壬申之年二月十五日臨般涅槃漢統師云佛入涅槃當周穆王五十二年壬申之歲案周書異記云周穆王即位五十二年

壬申歲二月十五日平旦暴風忽起廢損人舍傷折樹木山川大地皆悉震動午後天陰雲黒西方有白虹作十二道南北通過連夜不滅穆王問太史扈多曰是何徵也扈多對曰西方有聖人滅度衰相現也穆王大悦曰朕常懼於彼今將滅度朕何憂也當此之時佛入涅槃計佛入涅槃至今合有一千二十二年明帝大悦曰弟子此土周書異記法師所説恰然與同帝復問法師曰佛是大慈法王當時出世何不化及此土法師對曰迦毘羅衛國者是三千大千世界百億日月之中三世諸佛皆從彼生乃至天龍鬼神有願行力者並生於彼受佛正法咸得悟道餘處衆生無縁感佛佛不往也當時佛不往處光明皆悉及之光明及者佛涅槃後或五百年或一千年之外皆有聖人傳佛聲教而教化之明帝曰法師言一千年外有聲教者亦與周書異記同案齊國大統法師達摩鬱多羅荅高黎國諸法師云佛當周昭王二十四年四月八日生當周孝王五年二月十五日入般涅槃案帝王世記云周昭王即位五十一年崩周穆王即位五十五年崩周恭王即位十二年崩懿王二十五年崩從昭王二十四年計至孝王五年合一百二十四年從佛初生計入涅槃合七十九年今言孝王五年者何太謬乎未知統師出何書典

案世傳記云正法五百年像法一千年末法一萬年經云息用名滅非死滅也一本無像法有正末二法記從佛入涅槃計漢明帝永平十年凡一千二十年從漢明帝永平十年

計至大業十年甲戌歲凡五百四十八年合一千五百六十八年從大業十年至貞觀十年歲次丙申二十二年通前一千五百九十年

漢法本内傳第三

道士度脱品

明帝永平十四年正月一日五嶽諸山觀道士朝正之次先承京師向西域天竺國取得佛本言是修多羅教復請梵師迦葉摩騰竺法蘭二人等翻譯佛本一從漢言又立白馬興聖二寺勑度公子女令作沙門承事梵師遵用其法京師貴賤奉敬者衆諸道士怪馬遁互相命曰至尊棄我道法遠求梵教我等今日朝次各將太上天尊所制經書各盡巳之所能共上一表乞與梵師比校令至尊意悟使有所歸爾時南嶽道士褚善信等七十人將靈寶真文一部太上靈寶玉訣一部空洞靈章一部中玄步虛章一部太上左仙公請問一部自然五稱一部諸天内音一部合一百三卷

華嶽道士劉正念等七十人將智慧定志一部智慧上品戒一部仙人請問本行因緣一部明真科一部合六十二卷

恒嶽道士桓文度等七十人將本業上品一部法科罪福一部明真科齊儀一部太上説洞玄真文一部合八十卷

岱嶽道士焦德心等七十人將諸天靈書度命一部太上説太極太虛自然一部滅度五練生屍一部度自然處儀一部合八十五卷

嵩嶽道士吕惠通等一百四十人將太上安

志上品一部三元誡品一部太極左仙公神仙本起内傳一部服御五芝立成一部朝夕朝儀一部合九十五卷

霍山天目山五臺山白鹿山宫山合八山諸山觀道士祁文信等二百七十人將太極眞人敷靈寶文一部太上洞玄靈寶天文五符經一部步虚文一部神仙藥法一部尸解品一部上天符録勑禁一部合八十四卷并茅成子一部許成子一部列子一部惠子一部合二十七家諸子經書總二百四十五卷

正月九日揚州界豫章郡吴丘縣南嶽道士褚善信以爲表頭五嶽十八山觀太上三洞弟子道士褚善信等六百九十人死罪上言

臣聞太上無形無名無極無上虚無自然大道元首自從造化道教從生無上無爲之尊自然之父上古同遵百王不易今陛下道邁羲皇德過堯舜光澤四海八表歸仁臣等竊承陛下棄本追末求教西域臣觀西域所事者既是梵師所説者不叅華夏復請得梵道人令翻其語託同似漢臣等忖陛下雖翻得此語恐非大道如不依信願陛下恕臣等罪聽與驗試臣等五嶽諸山道士多有聰明智慧博通經典從元皇已來太上經術悉能曉了太虚符呪並皆明達或有吞符餌氣或有策使鬼神或有入火不燒或有履水不溺或有白日昇天或有隱形於地至於方藥法術無有不能者願陛下許臣等得與比校一則聖上意安二則得辨眞僞三則大道有歸四則不亂華俗臣若比對不如任上重決若臣等比對有勝乞除虚詐臣等誠惶誠恐死

罪死罪以聞明帝又得沙門迦葉摩騰竺法蘭等二人説法善明法相心大信敬既得道士表聞即遣尚書令宋庠引諸道士至長樂宫前帝謂道士曰諸大德莫自誤也大德所言太上無形無上爲尊自然之父者今日西域所將來是修多羅之教其教難遇今始東傳大德比來所學者影響耳非其眞法大德今既見眞法仍不捨本從末何異古人葉公之龍也褚信奉問曰若佛道是眞應無形色云何圖畫其像以此驗之定非虚無自然之宗帝曰摩騰法師曾爲朕説法言佛有四種法身所謂法報應化一者法身無爲無相無主無宗蕩寂空無自然憺怕二者報身獨立無侶朗然無匹光耀世界自在隱顯三者應身備諸形色言行無端任物千圖神應萬變四者化身開演正法導以三乘利潤蒼生隨機化悟諸大德須知佛有四種法身出没自在不可思議其用也則萬像俱應其息也則託入幽玄此是智慧之大山涅槃之巨海必須敬信得福無量褚信問曰不審帝説涅槃是何句義帝曰涅槃無爲憺怕自然此四者一味耳如似眼目異名焉褚信問曰涅槃之義有幾種帝曰摩騰法師曾與朕説法云涅槃義乃有多種言入聖位中者涅槃有五種一者隨分涅槃二者有餘涅槃三者覺滅涅槃四者方便涅槃五者究竟涅槃褚信問曰未審五者其義云何帝曰一者小乘初果須陀洹果斯陀含果阿那含果各受人天報盡得生初禪或生二禪或生三禪是名隨分涅槃二者小乘極果阿羅漢善蔽六根證七識

空智得生四禪或生空處是名有餘涅槃三者中乘辟支佛果觀十二因緣證滅盡樂得生識處乃至非想非非想處是名覺滅涅槃四者大乘初地已上菩薩常居六道出入生死不捨衆生隨類受形而教化之清淨願行不退菩提是名方便涅槃五者菩薩於無量劫世常在生死海中歷諸勤苦修行善本成就萬行得證無上正眞正道是名究竟涅槃褚信奉答曰若佛是究竟涅槃願聽與試帝曰卿若爲比試褚信對曰臣以太上天尊所說經典設壇置經壇上以火焚之其法若眞願火不燒其法若虛妄願從火化西域之教願與臣同於此試帝曰卿無自辱焉朕恐卿等螢火之光明濫同日月之顯彈丸之土竊價隋國之珠實非其類如欲相比卿既不相信可此月十五日平旦總集白馬寺與卿比校道士既得勑許歡忻而去諸道士在京師聚衆或在洛水上履水而行水不能溺或在園苑積薪自燒火不能損或在京師市巷作種種咒禁呼策鬼神京師觀者咸言大聖正月十一日帝詣白馬寺至佛殿前燒香行道禮拜訖問二法師稽首具說諸山道士功能欲來與師比校弟子輒不自量口以許之尅此月十五日大集白馬寺願師垂恩開示法藥摩騰法師對曰如來滅度一千餘年正教東流法不虛設道士欲來比校今正是時貧道雖處緇服戒行無取今仰憑正法諸佛威力得與開悟帝聞此言心大歡喜摩騰法師復語曰陛下往修福業得爲天下主既遇正法復能信心奉敬方欲引導群生指於歸處

此是開基之功恩加萬葉菩薩之行功德難量帝即整容禮摩騰法師足啓法師曰弟子往業法師光相喜滿交懷又屈法師持法宣化弟子一生再幸不勝慈澤法師大悅令帝復坐問竺法蘭法師曰西域有道士以不法師對曰西域梵志者同此間道士帝曰道有幾種以何爲宗法師對曰道有九十五種並宗正法其行有差欲可觀者八種梵行一者常修梵行博通外典事摩醯首羅天王以爲天尊求生空處識處非想非非想處二者常修梵行博通外典事大梵天王以爲天尊求生初禪二禪三禪四禪三者常修梵行博通外典以爲天尊求生燄摩天兜率天化樂天他化自在天四者常修梵行博通外典辯於論答事六師弟子等以爲師尊求憑空滅絕有離無五者常修梵行志在仙學善禁呪事阿私陀仙以爲仙尊求五神丹服之若得仙道會假風鳥力得昇霄漢六者常修梵行志在醫學善於符術事阿私陀仙以爲仙尊求五芝草服之若得仙道會假商劣得匿形影七者常修梵行事波頭大仙以爲仙尊求入火聚火不能損八者常修梵行事夷制叔羅水仙以爲仙尊求入江海水不能溺此八種道以梵行力得生天上以不發正信迴向心故天上壽盡還墮三惡道中帝曰此八種道常修梵行博通外典即是世間聰慧上人當時值佛應得悟正法云何不捨諸見仍有此執法蘭法師對曰佛生難遇百一小劫一佛出世佛未出已前造化之始或有大力諸天或有自在聖人恐世無訓降生此俗或作帝

王或作師儒各舉已一或教梵行或可教禮敬行或教事佛或教事日月神或教事江海神或教事諸山神或教事水火神或教事社稷神或教事先師神如是等種種神明悉教事之衆生從劫初已來學習久遠雖值佛出世有鈍根者咸言我之所事從元皇已來世世尊仰佛雖神異其教近耳何能捨本從今爾時執見者在其道不滅帝曰佛道之中亦有仙號尒不法師對曰仙者並傳梵行多諸技術是以爲世所尚佛初成道時坐於菩提樹下世人未識是佛光明顯照咸言摩訶大仙生未曾有也舍利弗目連等坐卧空中神化自在各相謂言此是大仙弟子天仙也佛以隨機應顯仙號生焉帝曰弟子蒙法師說法心想朗然未審法師預設何法欲調伏道士法師對曰龍吟雲起非蚯蚓之所能虎嘯風生非跛驢之所及雷門無施布鼓電曜豈懼螢光敵對即施何用預擬待痒帝乃大笑弟子知師有證達之理無畏懼焉法師對曰貧道未得過人法又不敢增上慢譬如帝子爵位封王帝令即命將勑巡省華易風俗其王見州郡縣官人豈有不懼以不帝曰使者既是朕子又行朕命至於州郡縣豈敢不懼法師又問曰王巡省之次郡縣令長敢在王前行自在以不帝曰承朕威命所在官人懲肅畏法寧敢自在法師曰如是如是誠如帝說貧道出家人亦名法王子所持正法亦是法王金口所說所在教化亦無畏懼若法行處一切諸天魔鬼莫不奉敬道士小慧何足消伏帝聞法師一言轉加意大即辭法師入

城勑有司令辦供設齋并勑五品已上文武內外官人仰十五日平旦悉集白馬寺十三日道士在白馬寺南門外道東裏東西置三壇壇別開二十四門西壇置太上靈寶天尊經合三百六十九卷中壇置諸子黃老等二十七家書合有二百四十五卷東壇置饌食奠祀百靈十四日帝設七寶行殿在白馬寺南門道西百步置佛舍利及佛經像十五日平旦大衆普集已時齋訖帝謂道士曰諸大德欲試今正是時先顯卿等所能以示大衆道士等奉勑即以柴荻和栴檀沉水等香木積遶西壇經教上復作啓告啼哭流涕曰太上天尊經典與造化俱開往哲今賢遵行不捨今爲西域別教入亂華俗臣等五嶽諸山觀褚善信等合有六百九十人敢以置經壇上以火取驗欲用曉示衆生以辯眞僞伏願上慈顯出神効即便放火燒經經隨火化悉作灰燼道士等見火焚經心大驚愕先時昇天者不復能昇先時隱形者不復能隱先時入火者不敢更入先善禁呪者呼策不應先有種種功能者施用無一可驗道士等大生慙愧帝謂道士曰卿等不聞益州部內有鍾山亡命賊在於山澤放縱自由謂無過者及其臺軍討罰形勢不立卿等今者亦復如是爾時太傅張衍語褚信曰卿今角試無一効驗即是虛妄宜就西域眞法褚信對曰茅成子云太上者靈寶天尊是也造化之始謂之太素豈妄乎張衍曰太素有貴德之名更無言教之稱今說有言教者即是虛妄也吾究尋典籍靈寶逈無氏族可依推尋古今靈寶

亦無成道處所若靈寶自然者經典從何而生若說靈寶出世者古帝前王與誰說法虛受太上之名妄假天尊之號此是仙學法王說也濟於六道普潤含靈卿亦可歸眞棄妄必須尊學若不奉敬可謂虛度百年無功而逝卿若慢心不信亦可專心黃老黃老雖無法王之量亦是前世聖人撰集雖同諸子言行甚與託性無爲道德之府也昔孝景皇帝常修行不倦道學從此生焉處百家之長得擬佛法爲次至於茅子成子列子莊子等書並學自然逍遥塵外亦是黃老之次卿可慕焉何獨專於靈寶也褚信對曰靈寶有昇天隱地之功符禁鬼神之力履於水火無有不効今者以火焚經不蒙哀愍吾大生恥辱衍曰大之制小使其然也譬如州郡令長各處一境判決自由若對帝王威德不立卿等比校亦復如是今日卿等所學法者欲使山無猛獸之文世絶謬學之侶一則就眞辯僞二則不誤將來褚信默然不答與南嶽道士費叔才自感而死爾時佛舍利光明五色出直上空中旋環如蓋徧覆大衆映蔽日輪摩騰法師先得阿羅漢果以慈善根力踊身高飛行於虛空中神化自在還坐本處怡然而住其時天雨寶華在於佛殿前及衆僧上又聞天中音樂之聲感動人情大衆歡喜歎未曾有也爾時法師即於大衆中而說偈言

狐非師子類　燈非日月明　池無巨海納
丘無嵩嶽嶸　法雲垂世界　善種得開萌
顯通希有法　處處化羣生

法師說偈訖白道士曰諸大德欲有所問者

前出共論爾時嵩嶽道士呂惠通對曰吾等諸人不量德力輙欲比校向見神光顯照絶世難知又逢大士神變奇特無比天樂垂音以開我等迷路天華表瑞始知大道有歸我等未解聖法焉敢諮問明帝即從座起禮法師足白法師曰弟子常處生死淪没愛河今值正教東傳之初願法師大慈開蹤曉示法師受請默然而許帝勑大衆欲求法者前近法師座大衆圍遶數百餘重各各靜然爾時法師即出大梵音聲微妙第一歎佛功德不可思議亦令大衆稱揚三寶歎述善法即爲大衆說人天地獄因緣法或說小乘阿毘曇法或說大乘摩訶衍法或說懺悔滅罪法或說出家功德法大衆既聞法已各生希有心爾時司空楊城侯劉善峻白法師曰大德向者仰觀智慧與海同量非我凡流所能度也我等欲憑大士出家充奉給侍願垂聽許不法師曰諸大衆發心出家是解脱業縁仁者各有王難所繫非我所許帝即前出白法師弟子比來常爲眞假相亂無慧能辯得蒙法鏡垂照始知實相有歸今此會中有道士官人民庶及婦女等若能出家者弟子自與剃頭三衣瓶鉢並悉施與別立精舍奉之使學道法法師歎曰善哉善哉帝之功德不可思議爾時大衆聞帝聽許皆大歡喜四嶽諸山觀道士呂惠通等六百二十人出家南嶽觀道士褚善信費叔才在會身死南嶽觀道士六十八人殯埋信等不預說法不得出家五品巳上楊城侯劉善峻等九十三人出家時帝侍衛九品巳上鎮遠將軍姜苟兒等一百

七十五人出家京都治民及婦女阿潘等一百二十一人出家十六日帝共大臣并文武官數百人與出家者剃頭日日設供夜夜然燈作種種技樂比至正月三十日法服瓶鉢悉皆施訖即立十寺城外七寺城内三寺七寺安僧三寺安尼漢之佛法從此興焉

漢法本内傳凡有五卷

第一卷明帝求法品

第二卷請法師立寺品

第三卷與諸道士比校度脱品

第四卷明帝大臣等稱揚品

第五卷廣通流布品

傳法記一卷

案玄通記云漢桓帝建和三年已丑之歲有沙門安清是安息國王太子捨國出家存意遊化至洛陽譯出衆經漢靈帝嘉平五年丙辰之歲有一沙門支樓迦讖出家是月支國人至洛陽譯出衆經漢靈帝光和二年已未之歲有沙門竺佛朔是月支國丞相棄相位願弘佛道開化衆生至洛陽譯出衆經

案魏書文帝黄初三年壬寅之歲有沙門曇摩迦羅中天竺國人至許都譯出經戒律漢明帝永平十年至魏文帝黄初三年合一百五十年

案吴書吴主孫權赤烏四年辛酉之歲有沙門康僧會是康居國人大丞相之長子志弘大道遊化諸國初達吴地營立茅茨設像行道吴人初見謂是妖異有司奏聞吴主曰漢明帝夢神號名爲佛是其遺風乎即召僧會問之曰佛有何神驗也僧會對曰佛晦靈迹

出餘千載唯有舍利至心求者應現無方吳主曰若得舍利當爲起塔如其虛妄國有常刑僧會對曰舍利慈愍求即顯降若無感者當以死期何假王憲乃請至七日至三七日遂獲舍利五色光耀於天吳主即置舍利鐵碪上令大力者以鐵鎚擊而試之當即碪鎚俱陷於地舍利無損吳主復置舍利剛炭火中舍利光明從火而出作大蓮華照耀宮殿吳主敬信僧會一遵其法即造建初寺爲舍利起七寶塔其地名佛陀里江東佛法自是興焉起黃初三年至吳赤烏四年凡二十年從永平十年至吳赤烏四年合一百七十年康會是吳地僧之始教是吳地法之初吳主孫權問尚書令都鄉侯闞澤曰漢明帝夢神遣中郎蔡愔等向西域尋訪佛教至今可有幾年闞澤對曰從漢永平十年至赤烏四年合一百七十年吳主曰佛教入漢已久何緣今始傳至江東闞澤對曰漢明帝永平十四年南嶽道士褚善信朝正之次與諸山觀道士褚信同上一表乞與西域法師迦葉摩騰竺法蘭等比校爾時佛教初到洛陽漢明帝始立白馬寺與聖寺法師迦葉摩騰竺法蘭翻譯衆經始從漢讀道士未達正法深淺不知上表乞與對驗明帝許之至正月十五日在白馬寺門南嶽諸道士設壇將所學法名靈寶經置壇上放火焚之當時以正法力故道士書典悉從火化無有遺者復作種種技術施用無効諸道士等皆大慙恥南嶽褚善信費叔才等在會中自感而死自餘道士明帝勑放還嶽其時不預蘭法師說法者不得

出家爾時無人流布後遭漢政淩遲兵戎不息是以佛法一百七十年中滯而不通今遇法師僧會入來教化江東始得興行吳主曰孔丘老子二家得與佛道比對以不闞澤對曰臣建安年中在洛陽遊學曾入法舉寺禮拜得遇法師惠鏡垂照講大乘經臣聞法愛樂當時遂憑法師在寺得聽法旨首尾向三年臣審知佛是無上法王衆聖所歸教加一切哀含萬像深同巨海不簡細流明竝日月不嫌星燭會觸即化遇物斯乘天上人中自然尊大縱使天有普覆之功地有能載之力皆是諸佛建立使之然臣又尋魯孔丘者英才誕秀聖德不羣世號素王制作經典訓獎周世教加來葉師儒之風澤潤今古亦有逸民如許成子廣成子原陽子列子老子莊子等百家諸子書皆修身自翫放暢山谷縱汰其心學歸憺怕事乖人倫長幼之節亦非安世化民之風是以古人將爲滯陷蓋此之謂至漢景帝考諸百家以黄子老子義體尤深内外明遠改子爲經始立道學勑訓朝野令諷誦焉若將老孔二家比方佛法遠則遠矣所以然者孔老設教法天制用不敢違天諸佛設教天法奉行不敢違佛以此言之實非比對明矣吳主曰仙有靈寶之法何如闞澤對曰靈寶者一無氏族可憑二無成道處所教出山谷無所知也直是幽居濫說非聖人所制吳主咨之曰公學博精通覽無不悉宜加太子太傅領侍中尚書令如故

案後涼書秦主符堅建元十九年遣征西將軍醴泉公吕光西討龜茲國得沙門鳩摩羅

什是龜茲國大丞相之長子呂光至涼州聞秦主姚萇所害光遂稱帝於涼治姑臧羅什在涼州譯出大華嚴經以自翫適至秦主姚興弘始三年至長安譯出衆經佛法爾時大盛當晉大興三年

案北涼州沮渠蒙遜永和二年有沙門曇摩讖是天竺國人至涼州譯出衆經至持地六度不譯戒品謂漢地人不能持戒隱而不譯時有比丘披讀經文恠無其戒品遂即行道心專求夜夢見一道人授戒本與比丘得戒誦持至明告讖曰昨夜夢中見有法師授我戒品恐有所忘願與正之讖即令比丘誦之與本無異讖曰善哉善哉大德吾恐漢地人不能持戒不復譯之今大德求而得者漢地必有持者戒品從此流行當晉隆安四年自此已後年年西國沙門傳法來者衆非記可盡

論營記元魏正光元年歲次庚子七月明帝加元服大赦二十三日請僧尼道士在佛殿前設齊齊訖帝語侍中劉騰宣勅請法師等與道士論議以釋弟子疑網爾時諸觀道士姜斌與融覺寺法師曇謨最對論帝問曰佛與老子同時以不姜斌對曰老子西入化胡以佛充侍者明是同時法師問曰何以知之姜斌對曰案老子開天經是以得知法師問曰老子當周何王幾年始生周何王幾年西入姜斌曰當周定王即位三年乙卯之歲在於楚國陳郡苦縣厲鄉曲仁里九月十四日夜子時生周簡王即位四年丁丑之歲事周爲守藏史當周簡王即位十三年丙戌之歲

遷爲太史當周敬王即位元年庚辰之歲年八十五見周德淩遲遂與散關令尹喜西入化胡此足明矣法師對曰佛當周昭王二十四年歲次甲寅四月八日生當周昭王四十二年歲次壬申十九出家當周穆王二年歲次癸未三十成道當陽化世四十九載當周穆王五十二年歲次壬申二月十五日入般涅槃今計佛入涅槃後經三百四十五年至周定王三年老子始生生已年八十五至周敬王元年經四百二十五年始與尹喜西道此則年代懸殊不同鄙夫一何闇說輒言佛爲侍者豈不高拒爲荅此乃謬乎姜斌曰案開天之文李柱史西入化胡佛爲侍者亦應不謬法師輒拒此事恐理未安法師對曰夫佛者法王也故能降靈兜率生出王宮萬福圓備億善臻集普化三千均濟六道行即金華捧足坐即百寶蓮臺出則帝釋前驅入則梵王侍後左輔密跡以斷邪僞爲効右弼金剛以滅邪魔爲功無央菩薩以充法子無量聲聞以爲聖衆護世四王朝省天龍八部曉夜奉接天樂懸空如雲天華散落如雨師子一吼外道歸眞法鼓自鳴邪魔從正何得與周藏史以爲侍者若周柱下史有法王子之量應在周世如現神通行有避世西逃方能化物若也柱史能化其時周德雖曰衰微仍承文武成康之風柱史既乃周世五王何不加之以神變顯之以法藥授之若能此者如風在草危正自由何用潛逃於西遠化戎俗況法王柱史相去四百二十餘年今言作周時爲侍者此亦誤之太甚深可興悼焉仁者

既有開天之説此狂簡斐然文章何足依信姜斌曰若生當昭王滅當周穆王時出何文記法師對曰出周書異記幷出漢書法本内傳並有明文當今君子故應覽見不能爲君一人對衆更説姜斌曰孔子既是制法聖人當時於佛何得迴無一言記法師對曰直是仁者識同管闚覽不弘廣何得輒謗孔子於佛迴無一言記仁者若不相信孔子自有三備卜經佛之出世在中備仁者善自披究足得開曉姜斌曰孔子聖人不言而識何假卜乎法師曰唯佛是聖人諸法中王四生良導遠視一切衆生前後二際吉凶終始不假卜觀視如掌中自餘聖人雖曉未然之理必藉筮龜以通靈卦也爾時明帝即遣中書侍郎魏收又宣勑道士姜斌論無宗旨復云開天經言老子説者問姜斌此開天經何處得來是誰持與姜斌對曰臣亡師道士張祥邊得帝曰經在何處姜斌對曰在觀遣中書侍郎魏收尚書祖瑩等就觀取經得經將來帝遣文武官尚書郎巳上議當太尉公蕭琮太傅李寔衛尉卿許百桃吏部尚書邢巒散騎常侍温子昇等一百七人讀訖奏云老子止著五千文西隱流沙更無言説此書虚妄專言老子化胡説十二部經臣等所議姜斌罪當惑衆帝謂道士曰卿等比來專學此法何名求道諸道士對曰臣等並無此書今日始聞姜斌所説帝即遣中書侍郎邢子才黄門侍郎楊寬等向觀重搜諸房搜訖盡無此書帝曰姜斌一人罪合極刑付獄斬決爾時廷尉卿元超領斌將出三藏法師菩提流支諫曰

陛下新赦恩宥天下今復建齋以啓多福勑令論議開暢風猷姜斌雖可語無宗旨得沾寀會今陛下縱天怒之威就寀法之中如欲戮人恐不當天意帝曰弟子謹寀經云佛在因中作國王時殺五百婆羅門不犯戒律今姜斌開天之說此即妖書惑亂朝廷今不斬決誤後不少法師極諫姜斌免死配徒馬邑

續集古今佛道論衡

佛說阿彌陀經疏

唐海東新羅國沙門元曉述

清刻龍藏佛說法變相圖

佛說阿彌陀經䟽

唐海東新羅國沙門元曉述

將釋此經三門分別初述大意次釋經宗致其第三者則入文釋第一述大意者夫衆生心之爲心也離相離性如海如空如空之故無相不融何有東西之處如海之故無性是守豈無動靜之時爾乃或因染業隨五濁而長流或承淨緣絶四流而永寂若斯動靜皆是大夢以覺望之無流無寂穢土淨國本來一心生死涅槃終無二際然無二之覺取之良難迷一之夢去之不易所以大聖垂迹有遐有邇所陳言教或褒或貶至如牟尼善逝現此穢土誡五濁而勸往彌陀如來御彼淨國引三輩而導生今是經者斯乃兩尊出世之大意四輩入道之要門示淨土之可願讚

妙德而可歸妙德可歸者耳聞經名則入一乘而無反口誦佛號則出三界而不還何况禮拜尊念讚詠觀察者哉淨土可願者浴於金妙蓮池則離有生之染因遊玉樹檀林則向無死之聖果加復見佛光入無相聞梵響悟無生然後乃從第五門出回轡生死之苑憩煩惱之林不從一步普遊十方世界不舒一念遍現無邊三世其爲樂也可勝度乎極樂之稱豈虚也哉言佛説者從金口之所出千代不刊之敎阿彌陀者含實德之所立萬劫無盡之名能所合舉以標題目故言佛説阿彌陀經也第二辨經宗致者此經直以超過三界二種清淨以爲其宗令諸衆生於無上道得不退轉以爲意致何者名爲二種清淨如論説言此清淨有二種一者器世間清淨二者衆生世間清淨乃至廣説故然入此清淨有其四門一圓滿門唯佛如來得入此門如本業經説二一向門八地已上菩薩得入此門如攝大乘論説三純淨門唯有第三極歡喜地已上菩薩得入此門如解深密經説四正定聚門唯無退者得入此門無邪定聚及不定聚如兩卷經説通論極樂世界具此四門今此經宗二種清淨正示第四正定聚門不定聲聞及説凡夫亦得生故論説二乘種不生決定種性不得生故聲王經説安樂世界阿彌陀佛有父母者是變化女非實報女論説女人不生彼者無實女故如變鳥此亦如是故又復雖有父母而非胎生寔是化生假爲父母如彼經言若四衆能正受彼佛之名號以此功德臨命終時阿彌陀佛即

與大衆往此人所令其得見見巳尋生慶悅倍增功德以是因緣所生之處永離胞胎穢欲之形純處鮮妙寶蓮華中自然化生具大神通光明赫奕當知父母假寄之耳又彼經言阿彌陀佛與聲聞俱如來應供正遍知其國號曰清泰聖王所住其城縱廣十千由旬而觀經說彼佛身高六十萬億那由他恒河沙由旬城小身大不相當者當知彼佛有衆多城隨衆大小城亦大小大城之中示以大身小城之中現以小身聲王經十千由旬者是與聲聞俱住之城當知佛身相當而住觀經所說身高大者當知其城亦隨廣大與諸大衆俱住處故如兩卷經及此經中池中蓮華大小懸殊隨池有大小其華亦大小當知城身大小亦爾其餘相違準此而通或說聲王經中說有父母是顯彼佛所住穢土是義不然所以然者彼經既說寶蓮華中自然化生具大神通光明赫奕又下文言有二菩薩一名觀世音二名大勢至此二菩薩侍立左右此等悉是淨土相故不異觀經之所說故當知彼經所說提婆達多及魔王等悉於淨土變化所作不由此等爲非淨土如化畜生非穢土故且止乘論還釋本文此下第三入文解釋文有三分序正流通序分之中有其六句於中前二是其標句其後四事證成前二言如是者總舉所聞之法表有信順之心言我聞者別提能聞之人表無違諍之意下四則引二對證成明憶聞時處成能聞之不謬既有大師大衆證所說之可信於中委悉如常可知第六序大衆有三先聲聞衆次菩

薩衆後雜類衆聲聞衆中舍利弗者此云身子目揵連者此云讃誦迦葉者此云飲光迦旃延者此云扇繩摩訶拘絺羅者此云大膝離婆多者此云假和合周利槃特迦者此云蛇奴或云小道難陀此云慶喜阿難陀此云歡喜羅睺羅此云覆障或云宮生憍梵波提此云牛呞賓頭盧此云耆年頗羅墮此云利根迦留陀夷此云黑上此是悉達未出家時師也劫賓那此云房宿薄拘羅此云善容阿㝹樓馱此云無貧或云如意菩薩衆中阿逸多者此云無能勝乾陀訶提者赤色餘則可知爾時佛告已下第二正説分於中有三一者正示二種清淨果二者勸修二種正因其第二者引例證成初中有二略標廣解中二句先標依果後標正報釋中亦二先釋依果後釋正報依果清淨之中義門有二文相有六别總功德有其十五義門二一釋名門二辨相門六者名門開二相門分四故别總十五者别有十四總成一故别有十四者六文之中有其四例前一各有一後二各有二第三文中開三第四文中分五是故合有十四功德第一文言無有衆苦但受諸樂者是無諸難功德成就如論頌言永離身心惱受樂常無間故第二文言七重欄楯羅網行樹者是莊嚴地功德成就如論頌言雜華異光色寶欄徧圍繞故第三文中有三功德池水金沙者是莊嚴水功德成就如論頌言諸池帶七寶渌水含八德下積黄金沙上耀青蓮色故皆道樓閣有金銀等者是種種事功德成就如論頌言備諸珍寶性具足妙莊嚴故蓮

華如輪青色青光等者莊嚴妙色成就功德如論頌言無垢光焰熾明淨耀世間故第四文中有五功德一妓樂功德常住天樂故二寶地功德黃金爲地故三雨華功德六時雨華故如論頌曰金地作天樂雨華散其間歡樂無疲極晝夜未嘗眠故四自在功德乘通遊行故五受用功德飯食經行故如論頌曰供養十方佛報得通作翼愛樂佛法味禪三昧爲食故然彼土食有二種一者内食如此論說二者外食如餘經說如兩卷經言若欲食時七寶鉢器自然在前百味飯食自然盈滿雖有是食而無食者但見色聞香意以爲足今此經言飯食經行者文相合於受用外食也第五文中有二功德如變化功德化作衆鳥說妙法故如論頌曰種種雜色鳥各各出雅音聞者念三寶忘想入一心故二大義功德無惡道等之名體故如論頌曰大乘善根男等無譏嫌名女人及根缺二乘種不生故案云經說無有惡道譏嫌論顯無有人道譏嫌互擧之爾義如所說第六文中有二功德如論說言莊嚴虛空功德成就者偈言無量寶交絡羅網虛空中種種鈴發響宣吐妙法音故二者莊嚴性功德如論說言莊嚴性功德成就者偈言正道大慈悲出生善根故今言自然聞生念三寶心者正是性心以依出世善根種子不待功用自然生故正念三寶離邪歸正結道衆行故名正道念此三寶勝妙功德回施一切名大慈悲上來合有十四功德無不超過三界六道是故總名清淨世界如論說言莊嚴清淨功德成就者偈言

觀彼世界相勝過三界道故或有論說十八圓滿今此經中依果清淨說此十五若加後說正報四句則有十九清淨功德然經與論有同有異於中委悉準之可知舍利弗於汝意云何此下第二正報清淨於中示顯四種功德一者主功德二者伴功德三者大衆功德四者上首功德主功德中略出二種一者光明無量二者壽命無量準此經文釋阿彌陀此土譯之應云無量又言成佛已來於今十劫者爲遣疑情有人疑言壽雖無量要有始終未知今者爲始爲末今解言今既所過唯經十劫當知今後無量劫住故第二伴功德者聲聞弟子皆阿羅漢故論云莊嚴眷屬功德成就者偈言如來淨華衆正覺華生故案云此言淨華衆者謂得七種淨華之衆何等爲七一者戒淨二者心淨三者見淨四度疑淨五道非道知見淨六行知見淨七行斷知見淨於中廣說出瑜伽論有此七種淨華之衆從佛正覺華中化生也第三大衆功德者衆生生者皆是阿鞞跋致故乃至十念功德生彼國者入正定聚永無退故論言何者莊嚴大衆功德成就偈言人天不動衆清淨智海生故案云皆依如來智海含潤入正定聚無動轉故第四上首功德者其中多有一生補處乃至阿僧祇說故言何者莊嚴上首功德成就偈言如須彌山王勝妙無過者故案云一生菩薩十地中勝如妙山王故論中具顯八種莊嚴此經略示四種功德上來二文合爲第一示顯二種清淨果已竟衆生聞者應當發願自此已下第二勸修二種淨因

就中有四一勸發願二明修因三示受果四
結勸言第二文中明二種因一者正因二者
助因正因中言不可以少善根福德因緣得
生彼國者顯示大菩提心攝多善根以爲因
緣乃得生故如菩薩地發心品文又諸菩薩
最初發心能攝一切菩提分法殊勝善根爲
上首故能違一切有情處所三業惡行功德
相應案云菩薩初發菩提之心能攝一切殊
勝善根能斷惡業功德相應是故說言非少
善根福德因緣得生彼國所以得知此爲因
者兩卷經中攝九品因以爲三輩三中皆有
發菩提心論中唯顯此文意言大乘善根男
等無譏嫌名此意正言生彼國者雖有九品
齊因大乘發心善根所以等無譏嫌之名也
有人難言若要發大心方生淨土者不應生
彼而證小果彼無退具故若乃退大而證小
果無有是處故又兩卷經中十八願中言設
我得佛十方衆生至心信樂欲生我國乃至
十念若不生者不取正覺唯除五逆誹謗正
法若未發大心不得生者則應亦揀未發心
而不揀故明知不必然不至心爲至心言之
所揀故更不須揀雖有是破皆不應理所以
然者發菩提心既是正因未發心者直是無
因而非有障何須揀别五逆謗法乃是障礙
非直無因故須揀别是故此難無所聞也又
非生彼退菩提心但在此間先發大心熏成
種子後時退心下地現行良由先發大心種
子不失故得作因以生彼國而退現行大乘
之心故生彼國取小果耳是故彼難還顯自
短之耳第二明助因者執持名號一心不亂

故阿彌陀如來不可思議功德所成之名號故一日乃至七日者勝人速成劣者遲熟故聲王經說十日誦名者劣人十日乃成故或一二日等是下品因五六七日者是中品因乃至十日成上品因故其人已下第五受執我見已下第四結勸上來四文合爲第二勸修因竟如我今者讚歎已下大分第三引例證成於中有四一者引餘佛說證有可信二者釋此經名成有勝利三者舉願無違重勸發心四者歎法希結勸信受初中先辨自所稱讚後引六方諸佛同讚於汝意云何已下是第三文於中有三問次第二勸信若有人發願已下是第三文先示願勢後勸發願如我今者已下是第四文於中有三先已讚他次他讚已其第三者結歎勸信上來三分正說文竟佛說已下是流通分

佛說阿彌陀疏終

往生教觀眞攝心成道之要術也而小本彌陀不特時所宗尚秦譯且造疏立章者衆生有以六方佛已去爲流通分雖近古嘗闢之晚學又乃承用不遇指南何從正轍唐初海東曉法師不唯以佛說此經已下爲流通分且以執持名號爲助因此尤超然拔萃於諸疏之上予獲是本喜不自勝俟它日刻諸梓與天下共之則使浪斷經科臆判正助者當比面斂衽俯伏而抱媿焉時慶元四年五月既望雪川烏戍比丘宗相題跋

音釋

疚居又切病也　遒慈秋切健也　呞抽之切　欄楯楯食井切欄檻也　臆於力切胸臆也　衽如鴆切衣襟也　霅真甲切水名在吳興

大唐内典録

唐沙門釋道宣撰

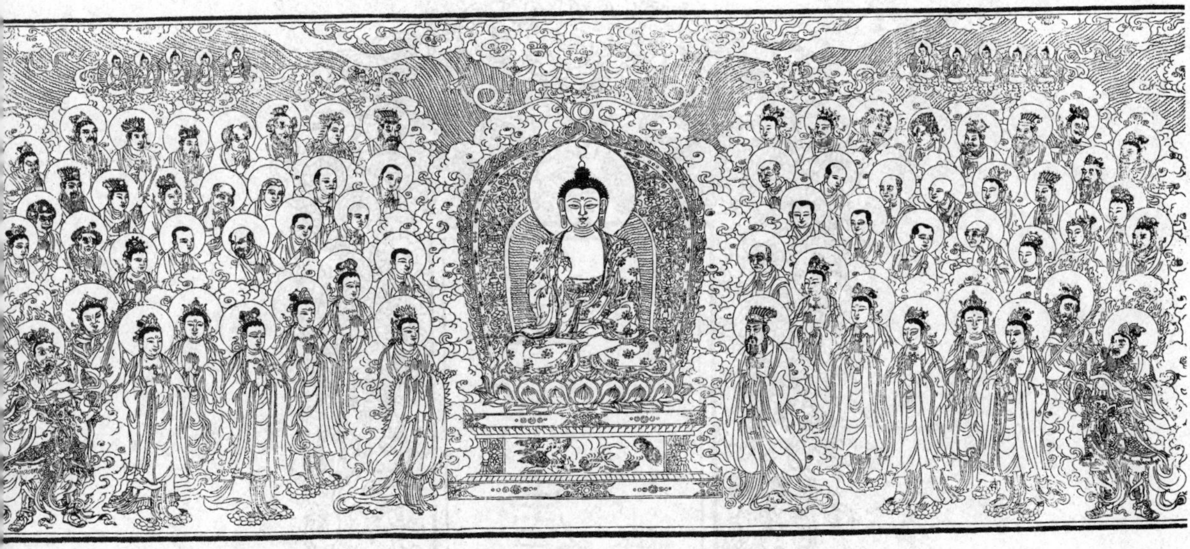

清刻龍藏佛說法變相圖

大唐内典録序

唐　沙　門　釋　道　宣　撰

原夫正法稱寶誠有其由良是出俗之津途入真之軌轍所以歷劫英聖仰之如父母遂古沿今隆之如日月豈不以喪我倒之筌蹄證無生之寶位者也自仙苑告成金河靜濟敷字群品汲引塵蒙隨機候而設謀猷逐性欲而陳聲教網羅一化統括大千受其道者難訾傳其宗者易曉故尊者迦葉集四篋於崛山大智文殊結八藏於圍表遂能流被來際終七萬之脩齡餘波東漸距六百之嘉運詳夫爰始梵文負之億計香象今譯從於方言大約五千餘卷遷貿更襲澆薄互陳卷部單重疑僞凡聖致使集録奔競三十餘家舉統各有憲章徵覈不無繁雜今總會群作以

類區分合成一部開爲十卷依例條顯無相奪倫文雖重張義絶煩亂若夫大聖彝訓其流曰經述經叙聖其流曰論莫非徙滯之方略會正之格言珍重則超生可期疑謗則劾尤斯及故試銓廣餘隨更陳序之云爾

歷代衆經傳譯所從録第一謂代別出經及人述作無非通法並入經收故隨經出

歷代翻本單重人代存亡録第二謂前後異出人代不同又遭離亂道俗波迸今總計會故有重單緣叙莫知致傳失譯

歷代衆經總撮入藏録第三謂經部繁多綱要備列從帙入藏以類相從故分大小二乘顯單重兩譯

歷代衆經舉要轉讀録第四謂轉讀尋翫務在要博繁文重義非曰被時故隨部撮舉簡取通道自餘重本存而未假

歷代衆經有目闕本録第五謂統檢羣録校本則無隨方別出未能通徧故別顯目訪之

歷代道俗述作注解録第六謂註述聖言用通未悟前已雜顯未足申明今別題録使尋覽易曉

歷代諸經支流陳化録第七謂別生諸經曲順時俗未通廣本但接初心四句頌不可輕削故也

歷代所出疑僞經論録第八謂正法深遠凡愚未達隨俗下化有悖真宗若不標顯玉石斯濫

歷代衆經録目終始序第九謂經録代出須識其源

歷代衆經應感興敬録第十謂經翻東夏應感徵祥而有蒙祐增信故使傳持惟遠

大唐内典録卷第一

唐 沙 門 釋 道 宣 撰

歷代衆經傳譯所從録第一之初

自教流東夏代涉帝朝必假時君弘傳聲略然後玄素依繕方開基構明后重其義方情存鑒護闇君順其倫軌相從而已故始自後漢爰洎維唐世變澆淳宗猷莫二皆欽承至訓爲滅結之元標體解玄圖鏡死生之本據故能傳度梵網代代滋彰斯即法施奔流時時不絶然則西蕃五竺祖尚天言東夏九州聿遵鳥跡故天書天語海縣之所絶思八體六文大夏由來罕覩致令昔聞重譯方見於斯然夫國史之與禮經質文互舉佛言之與俗典詞理天分何以知耶故佛之布教説導爲先開蒙解撲決疑去滯不在文華無存卷軸意在啓情理之昏明達神思之機斂斯其致也諦聽諦聽善思念之吾當爲汝分別解説斯聖言也善哉善哉願樂欲聞唯願世尊分別解説斯受法也言重意得不慮煩拏但論正悟莫叙文對斯本經也譯從方俗隨俗所傳多陷浮訛所失多矣所以道安著論五失易從彦琮屬詞八例難及斯誠證也諸餘俗習不足涉言今録彼帝世翻譯賢明弁顯時君信毀偏競以爲初録且夫漢晉隋唐之運天下大同正朔所臨法門一統魏宋齊梁等朝地分圮裂華夷參政翻傳並出至於廣部傳俗絶後超前即見敷揚聯輝惟遠今則隨其時代即而編之仍述道俗所撰附之於後庶將來同覩其若面焉都合一十八代所出衆經總有二千二百三十二部七千二百

卷失譯經三百一十部五百三十八卷

後漢朝傳譯道俗一十二人所出經律等三百三十四部四百一十六卷失譯經一百二十五部一百四十八卷

前魏朝傳譯僧六人所出經律等一十三部二十四卷

南呉孫氏傳譯道俗四人所出經律傳等一百四十八部一百八十五卷失譯經一百一十部二百九十一卷

西晉朝傳譯道俗一十三人所出經戒等四百五十一部七百一十七卷失譯經八部一十五卷

東晉朝傳譯道俗二十七人所出經傳等二百六十三部五百八十五卷失譯五十三部五十六卷

前秦符氏傳譯僧八人所出經傳等四十部二百三十八卷

西秦乞伏氏傳譯僧一人所出經十四部二十一卷并失譯經八部十一卷

後秦姚氏傳譯僧八人所出經傳一百二十四部六百六十二卷

北涼沮渠氏傳譯道俗八人所出經傳四十二部一百二十四卷并失譯經五部一十七卷

宋朝傳譯道俗二十三人所出經傳二百一十部四百九十卷

前齊朝傳譯道俗一十九人所出經傳四十七部三百四十六卷

梁朝傳譯道俗二十一人所出經律傳等九十部七百八十卷

後魏元氏傳譯道俗一十三人所出經論傳録八十七部三百二卷

後齊高氏傳譯道俗二人所出經論七部五十三卷

後周宇文氏傳譯道俗一十一人所出經論天文等二十二部一百四卷

陳朝傳譯道俗三人所出經論傳疏等四十部三百四十七卷

隋朝傳譯道俗二十餘人所出經論等九十餘部五百一十餘卷

宋朝傳譯僧等十有一人所出經論等二百餘部一千五百餘卷

自教被神州時移九代朝分真僞士雜華夷所以五涼四燕三秦二趙夏蜀之居褊隘晉宋之據江陰經部翻傳隨方而出上列兼正之國取其傳譯所由自餘不言以無通法故也庶後之覧者知其致焉

後漢傳譯佛經録第一

序曰教流源起寔本姬周秦政殄之遺蹤間出劉向校書天閣往往見有佛經依此據量不止漢明之世餘如别顯令叙其先俗中興之始故摩列之言經出起於後漢孝明帝者帝諱莊廟號顯宗光武皇帝之第四子也神用沖簡雅爲聖則於永平七年夜夢金人身長丈六項佩日輪飛空而至光明赫弈照於殿庭旦集羣臣令占所夢通人傳毅進奏對曰臣聞昔西方有神其名爲佛陛下所夢將必是乎帝以爲然欣感靈瑞詔遣使者羽林中郎秦景博士弟子王遵等一十四人往適天竺於月氏國遇沙門攝摩騰竺法蘭寫得經像載以白馬還達雒陽依漢法本内傳云于時五岳十八山舘諸道士上表不許帝乃設行殿於京西任其捔力道士等設壇列奠以道經諸子置於壇上以火燒經不灰爲驗及陳祝訖經從火化南岳道士褚善信費叔才自感而死諸餘道士六百餘人並歸佛法

求從出家帝許之由是廣度僧尼初立十寺即於茲地立白馬寺諸州競立報白馬恩長安舊城青門道左二百餘步中興寺右即是白馬寺之餘基也竺法蘭於即便譯四十二章經緘於蘭臺石室自爾釋教相繼雲興沙門信士接踵傳譯孝桓帝時以金銀作佛形像孝靈帝時光和三年遣中大夫於雒陽佛塔寺中飯諸沙門懸繒燒香散華然燈至光和七年因張角等謀誅其逆黨內外姻屬諸事老子妖巫醫卜並皆廢之其有奉佛五戒者勿坐以斯事證佛教正真湼而不淄磨而不磷妖詐塵滓於我浮雲誠可重哉自秦世沙門釋利防前漢劉子政已來雖聞佛經莫知其目至於後漢方有定錄經則四十二章爲首僧則迦葉摩騰最初迄於獻帝建安末齡則經一百五十二年歷一十一主華梵道俗十有二人兼摭舊遺更補先闕幷古失譯合出經律三百三十四部四百一十六卷爲後漢經錄運乎斯軸庶通鑒者識古今經典散聚待期明揚盛化法寶之光被矣

後漢沙門迦葉摩騰 一部一卷經

沙門竺法蘭 五部一十三卷經

沙門安清字世高 一百七十六部一百九十七卷經

沙門支婁迦讖 二十一部六十三卷

優婆塞都尉安玄 二部三卷經

沙門竺佛朔 二部三卷經

沙門支曜 十一部十二卷經

沙門康巨 一部一卷經

清信士嚴佛調 七部九卷經

沙門康孟詳 六部九卷經

沙門釋曇果一部三卷經
沙門竺大力一部二卷經
諸失譯經一百二十五部一百四十八卷雜
於經呪
四十二章經一卷
右一經後漢明帝世中天竺國婆羅門
沙門迦葉摩騰所譯或云竺攝摩騰群
録互存未詳孰是元來不譯故備叙之
以永平十年隨漢使蔡愔東返至雒邑
於白馬寺翻出此經依録而編即是漢
地之經祖也舊録云其經本是天竺經
抄元出大部撮引要者似孝經十八章
也道安録無出在舊録及士行漢録僧
祐出三藏集記又載但大法初傳人少
歸信使摩騰蘊其深解不復多翻後卒
雒陽載其委曲備朱士行録及高僧傳
諸雜録等寶唱録云竺法蘭所出者此
或據其同來時耳
佛本行經五卷
十地斷結經四卷或八卷見朱士行録
一百六十戒合異二卷見別録
法海藏經一卷一本無藏字　佛本生經一卷
右五部合一十三卷是中天竺國沙門
竺法蘭與迦葉摩騰同來蘭行後至在
明帝世翻之初共騰出四十二章騰卒
蘭自譯訖昔漢武穿昆明池底值黒灰
以問東方朔朔云非臣所知可問西域
梵人法蘭既至追以問之蘭云此乃劫
燒之遺灰也朔言有徵信者甚衆又秦
景使還於月支國得優塡王栴檀像師

第四畫像樣來至雒陽帝勑圖之於西陽城門及顯節陵上供養自爾丹素流演于今又以佛法初至興道乖競遂敘時事著漢法本内傳五卷未詳作者今見存焉

修行道地經六卷出支敏度録製序及寶唱録別録一云順道行經

大僧威儀經四卷見別録新附興出不同祐録失譯分兩部部二卷此別録合者是

法句經四卷與威儀同見別録分二部

禪行三十七品經一卷見寶唱録

十報法經二卷祐録云一名多增道章經舊録云出長阿含

陰持入經二卷別録云道安注解見朱士行漢録及祐録

大安般守意經二卷道安云小安般見士行僧祐李廓録

大安般經一卷道安注見僧祐録

雜四十四篇經二卷或云雜經四十四篇既不顯名未知何經道安出增一祐録備載

大道地經二卷初出道安注是修行經抄元中國略本或無大字出長阿含見祐録

道意發行經二卷出長阿含或一卷見道安及祐録

禪經二卷初出見別録

無量壽經二卷初出見別録沙門曇鸞著論注解

百六十品經一卷舊録云增一阿含百六十章經見祐録

大十二門經一卷別録云二卷出長阿含道安注見唱祐二録

小十二門經一卷出長阿含見唱祐二録

七法經一卷舊録云阿毗曇七法行經出長阿含或直云七法行見祐録

十四意經一卷舊録云菩薩十四意經見祐録

阿毗曇九十八結經一卷見祐録

明度五十校計經二卷

難提迦羅越經一卷見祐録

獨富長者經一卷一云獨富長者財物無付經一云無子付物經出雜阿含

四十六卷

長者夫惱二處經一云長者懊惱二處經一云二處惱經巳下並單卷

由起長者悔過經一云申越長者悔過供佛經由起申越未詳何者

佛爲那拘說根熟經一云爲那拘羅長者說根熟經

長者兄弟詣佛經一云長者利師達多兄弟二人往佛所經出中阿含

佛神力救長者子經

阿那邠祁化七子經出增一阿含

十支居士八城人經出中阿含第六十卷

無畏離車白阿難經出雜阿含二十一卷

受呪願經一云最勝長者受呪願經

長者子制經一名制經

郁伽居士見佛聞法醒悟經一云修伽陀居士佛爲說法得醒悟經出雜阿含

得非常觀經一伽長者夜輸字

舍頭諫經初出見舊録一云舍頭諫太子明二十八宿經一云太子明星二十八宿經一云虎耳經

出家因緣經一名佛說字但云出家緣經

佛度旃陀羅見出家經

純陀沙彌經或作沙門字出雜阿含二十四卷

外道出家經

精勤四念處經出雜阿含二十九卷

父母恩難報經一云難報經出中阿含

禪思滿足經出阿含

數息事經

禪法經

禪祕要經出禪要祕治病經或無祕字

世間言美色經出雜阿含二十四卷

一切行不恒安住經出雜阿含三十四卷

人受身入陰經出修行道地經初卷

多倒見衆生經一無多字出出曜經第十六卷

人身四百四病經出修行道地經初卷

人病醫不能治經出修行道地經
分別善惡所起經　斫毒樹復生經出出曜經
禪定方便次第法經
阿練若習禪法經出菩薩禪法第一
四百三昧名經
自誓三昧經內題云獨證品第四出比丘淨行中初出與護師出者小異
流離王經初出增一阿含　罵意經
佛爲頻頭婆羅門說像類經出雜阿含十一卷
婆羅門問佛布施得福經
佛爲調馬聚落主說法經出雜阿含三十二卷
婆羅門行經出中阿含三十九卷
豆遮婆羅門論義出家經出雜阿含四十二卷
佛爲事火婆羅門說法悟道經出雜阿含
婆羅門虛僞經出雜阿含三十二卷
佛化大興婆羅門出家經出雜阿含一作火字

佛爲呵支羅迦葉說自他作苦經
婆羅門子命終愛念不離經出增一阿含
四吒婆羅門出家得道經出雜阿含四十四卷
佛爲憍慢婆羅門說偈經出雜阿含
婆羅門服白經出雜阿含二十八卷
婆羅門問佛將來有幾佛經出雜阿含
婆羅門避死經出增一阿含
佛爲婆羅門說耕田經出雜阿含一無田字
七老婆羅門請爲弟子經
婆羅門通達經論經出雜阿含二十五卷
佛覆裸形子經出生經一名審裸形子經
婆羅門解知衆術經出雜阿含
佛爲婆羅門說四法經出雜阿含第二卷
佛爲年少婆羅門說善不善經
如幻三昧經或二卷　安般經

内藏經 元嘉二年十月第二譯一名内百品一名百寶見朱士行漢録
五門禪要用法經 初出
大喻經 出增一阿含
浮木譬喻經
髓喻經 出六度集
提婆達生身入地獄經 出出曜經
摩那祇女人誹謗佛生身入地獄經
尸迦羅越六向拜經 一名大六向拜經與法護出少異
人本欲生經 出長阿含道安注見祐録
鬼問目連經
地獄罪人衆苦經
目連見衆生身毛如箭經 出雜阿含十九卷
摩訶衍精進度中罪報品經
尊者薄拘羅經 出中阿含第八卷
阿難問事佛吉凶經 一云阿難問事經一云事佛吉凶經
迦旃延無常經 出生經第二卷
當來變滅經
堅心正意經 一名堅心經一名堅意經

分明罪福經
多增道章經 舊録無道字出長阿含一名異出十報法
金色女經
前世爭女經 出生經
承事勝已經
悔過法經
舍利弗悔過經
太子夢經
小般泥洹經 見別録
慈仁不殺經
阿難同學經 出增一一十八卷
商人脱賊難經
過去彈琴人經 出雜阿含四十八卷
世間強盜布施經 出增阿含
商人子作佛事經 出長含
呪賊經
卒逢賊結衣帶呪經
梵天諸婆羅門講堂經 出增一
五陰成敗經 出修行道地經
八光經
五戰鬬人經 出增一
五法經 見僧祐録

五行經　三毒經
良時難遇經　求離牢獄經
蓮華女經　孤毋喪一子經
昔有二人相愛敬經出出曜經
佳陰持入經或二卷　鏡面王經出六度集
子命過經出生經
歎寶女經一云舍利弗歎寶女説不思議經
大迦葉遇尼犍子經出長阿含
正齋經
阿那律思惟目連神力經
舍利弗問寶女經
月燈三昧經出大月燈三昧經
阿難惑經出人本欲生經　佛印三昧經
迦葉詰阿難經一云迦葉責阿難雙度羅漢喻經初出
大乘方等要慧經

空淨天感應三昧經舊録云空淨三昧經
情離有罪經世注為疑　藥王藥上菩薩觀經
義決律一卷一云義決律法行或云經者道安云出阿含見祐録
四諦經與孟詳出小異道安云出長含經巳前見祐録三十四部四十卷餘雜出
附見
寶積三昧文殊問法身經一名遺日王三昧寶積經
法受塵經見祐録　禪行法想經見唱祐二録
阿含正行經一名佛説正意經
揵陀國王經或無國字　佛説處處經
十八泥犂經一名十八地獄經
罪業報應教化地獄經一名地獄報應經
犯戒罪報輕重經一名犯罪經
闡成十二因縁經一名十二因縁經見祐録
本相倚致經出中含呉録云大相倚致經見祐録與縁本致經同見士行漢録

普法義經一名具法行經出長含見士行及祐録

摩鄧女經一名摩登女經一名阿難爲蠱道女惑經

漏分布經道安云出長含見士行祐二録

是法非法經出中含見士行祐二録

切流攝守因縁經舊録流攝經一云一切流攝守經吳録無一切

七處三觀經又云受因出中阿含見行祐二録道安云出雜阿含祐録同出朱士行録

九横經出雜阿含

八正道經出雜阿含見行祐二録

五陰譬喩經一名水沫所漂經出雜阿含見行祐二録

轉法輪經一名法輪經出雜阿含見安祐二録

思惟要略經一名思惟經

請賓頭盧法

阿含口解十二因縁一云斷十二因縁一云阿含口解經者一云安侯口解經或云安玄譯據題不尒

阿毗曇五法行經或云阿毗曇五法經出長阿含

右並後漢桓帝元嘉元年有安息國太子名清字世高次當嗣王讓位與叔既而捨國出家懷道遊方弘化爲務以桓帝建和二年振錫來儀届于雒邑少時習語大通華言慨法化猶微廣事宣譯至靈帝世二十餘年凡譯一百七十餘部合一百九十餘卷其釋道安録僧祐録三藏記慧皎高僧傳等止云高出經三十九部義理明析文字允正辯而不華質而不野凡在讀者皆亹亹然而不倦焉余廣詢求究檢群録紀述世高互有出没將知權迹隱顯多在見機隨便開譯致有他所闕而未傳者又其傳録之未果云古舊二録所載之者此並出高刪正前譯不必全翻然世高從西至

於中原巡歷江南嶺表東越方始現隱周行顯迹是聖不凡今總群篇備搜雜紀有題注者多是河西江南道路隨逐因緣從大部出録目分散未足致疑彼見故存此寧不續敢依諸集緝而編之散在諸分詳覈可委冀廣法流知本源注欲識其迹具諸僧傳任具鏡也

大集經 二十七卷初出見李廓録

道行般若波羅蜜經 十卷初出名摩訶般若波羅蜜經或八卷一名波若道行品經出支敏度及祐録

首楞嚴經 二卷後漢中平三年二月八初出見十行祐二録吳録云三卷

無量清淨經 二卷見吳録與帛延出者異本一云無量清淨平等覺經

阿閦佛國經 二卷一云阿閦佛刹菩薩學成經一名阿閦佛經一卷見士行祐録

孛本經 二卷初出見僧祐録

屯真陀羅所問經 二卷初出舊録云屯真陀羅尼王經見士行及祐録

阿闍世王經 二卷初出道安云長含具僧祐集記

佛遺日摩尼寶經 一卷出方等部一名摩訶衍寶嚴經一名大寶積經古品云遺日般若經見祐録

大寶積經 余尋此經與前略同以光和二年初出道安云摩尼寶經或二卷見舊録及士行漢録僧祐録

文殊師利問署經 一名問署經道安云出方等部見吳録及祐録

內藏百寶經 一名內藏百品經第二出與世高譯少異道安云出方等部編校羣録並云百寶故知即此經也

胡般泥洹經 初出或二卷見朱士行漢録及三藏記

阿闍世王問五逆經 一云阿著世王經

大方便報恩經 見吳録

光明三昧經 安録無見吳録及三藏記

禪經 見別録

雜譬喻經 凡十事祐云失譯今檢見別録故載之

阿育王太子壞目因縁經（此佛滅後一百三十年育王方出故非佛說一本無經字祐録明之）

究沙經（一云見別録及三藏記）

右二十一部六十三卷是月支國沙門支婁迦讖亦直云支讖以漢桓帝世建和歲至中平年於雒陽譯河南清信士孟福張蓮等筆受檢僧祐録有二十四部今案經目止獲如前其中有胡般泥洹等經者未詳胡字之本也竊覩上代有經已來賢德筆受每至度語無不稱云譯胡爲漢且東夏九州名西域爲天竺者是總名也或云身毒如梵稱此方爲脂那或云真丹或作震旦此蓋承聲有楚夏耳若當稱漢漢止劉氏兩代一號已後禪讓魏晉不同須依帝王稱謂甄別今爲此録悉改正之又胡之雜戎乃是西方邊俗類此並氐羌蠻夷之屬何得經書乃云胡語佛生天竺彼土士族婆羅門者總稱爲梵梵者清淨也承胤光音色天其光音天梵世最下劫初來此食地肥者身重不去因即爲人仍其本名故稱爲梵語言及書既象於天是以彼云梵書梵語如舊曰僧悉稱俗姓云釋迦者起自秦世有沙門釋道安獨拔當時居然超悟乃云既存剃染紹繼釋迦子而異父豈曰承襲今者出家宜悉稱釋及翻四含果云四姓出家同一釋種衆咸歎服（四姓一剎帝利此是王種二婆羅門是高行人三名毗舍如此士民四名首陀最爲卑下如此皁隷）而安正當晉秦之世刊定録目刪注群經自號彌

天楷模季葉猶言譯胡爲秦此亦崑山
之一礫未盡美焉但上來有胡言處並
以梵字替之遮後哲善談得其正真者
也

法鏡經二卷或一卷康僧會注見僧祐録

阿含口解十二因緣經一云斷十二因緣經一云安侯口解經

右二部三卷是安息國優婆塞都尉安
玄於後漢靈帝光和四年遊賈雒陽因
遇經至又逢佛調即共翻譯佛調筆受
亦世號爲安侯騎都尉云

般舟三昧經二卷舊録云大般舟三昧經一卷第二出見高僧傳

道行經嘉平元年譯見朱士行漢録及三藏記道安云是般若抄外國高明者所撰安爲之注并製序

右二部合三卷天竺沙門竺佛朔以靈
帝之世賫道行經來適雒陽轉梵爲漢
譯人時滯雖有失旨然其音句棄文存
質深得經意光和中更譯般舟讖爲傳
語孟福張蓮筆受文少勝前事在讖傳

成具光明定意經一云成具光明經一云成具光明三昧經見朱士行支敏度僧祐慧皎等四録

小本起經二卷或云修行本起或云宿行近來加小字見舊録及高僧傳

馬有八態譬人經一馬有八弊經一八態經一名馬有惡態經

賴吒和羅經初出道安云出方等部

首至問佛十四事經或無佛字

聞成十二因緣經第二出與世高十二因緣經少異

墮落優婆塞經　小道地經

阿那律八念經或直云八念經見舊録

大摩耶經或無大字　馬有三相經

右一十一部西域沙門支曜以靈帝世
於雒陽譯

問地獄事經一卷見朱士行漢録

右一經一卷中國沙門康巨以靈帝中平四年於雒陽譯並言直理詣不加潤飾

古維摩詰經二卷初出見古録及朱士行漢録

濡首菩薩無上清淨分衛經二卷一名決了諸法如幻三昧經

思意經亦云益意經

慧上菩薩問大善權經或無菩薩字亦二卷者

内六波羅蜜經亦云内外者安云出方等經

十慧經佛調自撰出弁注序亦云沙彌十慧見僧祐寶唱及高僧傳等三録

迦葉詰阿難經第二出見岑號及寶唱二録與世高出迦葉責阿難雙度羅漢喻經大同小異

右七部一十卷臨淮清信士嚴佛調當靈帝世於雒陽譯並理得音正盡經微旨郢匠之美見述後代焉

梵網經二卷初出見吳録　報福經一卷或云福報經見吳録

中本起經二卷初出一名瑞應本起一名太子本起見三藏記

興起行經二卷一名十緣見吳録

四諦經與世高譯小異見竺道祖漢録

右六部九卷中天竺國沙門康孟詳獻帝時於雒陽譯

修行本起經二卷

右一經二卷建安二年二月沙門釋曇果與竺大力康孟詳於迦維羅衛國賚梵本來於雒陽譯孟詳度爲漢文釋道安云孟詳所翻奕奕流便足騰玄趣矣又釋道安録云中本起經二卷一云太子中本起經亦是沙門曇果於迦維羅衛國得此梵本於雒陽以建安十二年

翻孟詳度語見始與録及長房録余以
詳公所譯與前無異故兩別來由耳
梵本經 四卷似長安中出今應言梵本
泥洹後千歲中變記經 四卷一名千歲變經
合道神足經 一名道神足無極變化經
諸經佛名 二卷　舊譬喻經 二卷
觀無量壽佛經 一卷已後並單卷
龍種尊國變化經
過去香蓮華佛世界經
佛見牧牛者示道經　三千佛名經
五十三佛名經　十方佛名經
賢劫千佛名經 一惟有佛名與曇無蘭所出四諦經千佛名異
稱揚百七十佛名經 亦直名百七十佛名
南方佛名經 一名治城寺經　滅罪得福佛名經
觀世音所説行法經 是呪經

彌勒爲女身經
寂調意所問經 一名如來所説清淨調伏經與前經所出異
薩陀波崘菩薩求深般若圖像經
菩薩生地經　菩薩所生地經
菩薩受戒法經 異出本　受菩薩戒次第十法
菩薩懺悔法
初發意菩薩常晝夜六時行五事
六菩薩名　善唄比丘經
僧名數事行　比丘諸禁律
摩訶僧祇律比丘要集 一名摩訶僧祇部比丘隨用要集法
比丘尼十戒經　受十善戒經
四天王經 後有呪似後人所附出雜阿含
行檀波羅蜜經 或云一切施主行檀波羅蜜經
功德莊嚴王八萬四千歲請佛經
摩調王經 異出　誨子經

教子經一名須達教子經舊録云須達訓子經
福子經
小兒聞法即解經
菩薩修行經一名長者威施所問菩薩行經或云長者修行經
長者賢首經
長者命終無子付囑經
質多長者請比丘經
善德婆羅門求舍利經
外道誘質多長者經
無害梵志執志經
梵志避死經
梵志喪女經
梵志觀無常得解脱經
貧子得財發狂經
獛狗齧王經舊録云獛狗經
居士物故爲婦鼻虫經
鐵城泥犂經
勤苦泥犂經
地獄經
積骨經
苦陰經
持齋經

人弘法經
華嚴瓔珞經一卷
觀世樓炭經
波若得經
惟日雜難經
内身觀章經
摩訶刹頭經與舊灌頂經同少異
清淨法行經
摩訶衍寶嚴經
十住毗婆沙經
佛遺日摩尼寶經
轉女身菩薩經一名樂瓔珞莊嚴方便經一名樂瓔珞莊嚴女經同本別出
受持佛名不墮惡經
七寶經
十二因緣章經舊録云十二因緣經
沙門爲十二頭陀經
三十二相因緣經與安公失源所出三十二相大同小異
三十七品經異出本
般舟三昧念佛童經
庾伽三摩斯經譯云修行略一名達摩多羅禪法一云達摩多羅菩薩撰禪要集

禪要呵欲經　　恒河譬經（異本）
法句譬喻經　　譬喻經
胡音偈本（今應云梵音）　　阿彌陀佛偈
恒怒尼百句　　讚七佛偈
五言詠頌本起（一百四十首）
道行品諸經梵音解（舊云胡音）
般若波羅蜜神呪（異本）　　七佛所結麻油術呪
幻師陂陀神呪　　五龍呪毒經
取血氣神呪（舊云血呪）　　呪齲齒呪（一名虫齒一名呪齒）
呪牙痛呪（異本）　　呪眼痛呪（異本）
呪賊呪法（異本）
七佛安宅神呪（又安宅呪諸別行）
安宅呪法

右一百二十五部合一百四十八卷並是僧祐律師出三藏記撰古舊二録及道安失源并新舊所得失譯諸經卷部甚廣雖校群目蕪穢者衆出入相交實難詮定未覩經卷空閱名題有入有源無入無譯詳其初始非不有由既涉遠年故附此末冀後博識脫覩本流希還正收以爲有據瀅澄法海使靜濤波焉

余又勘入藏見録止得二十五卷如别舒之餘闕本未獲

大唐内典録卷第一

大唐内典録卷第二

唐 沙門 釋 道宣 撰

歴代衆經傳譯所從録第一之二

前魏 南吴 西晋

前魏朝曹氏傳譯佛經録第二

序曰自漢巳來天下一統建安之始鼎峙而分表曹競逐於中原劉孫分鑣於江峽五岳塵擁九牧雲屯或二祀而啓於帝圖或三分而陳於覇業故使魏祖挾天子而令諸侯劉宗憑劒閣而規雍輦孫氏英略高枕長江横武爪牙盱龍威力別據一域呑噬爲心各跨壃埸互嚴關塞廣延俊乂以佐股肱厚禮賢能賔爲國寶良匠妙法復此徂來僧會適吴舍利耀靈於江左迦羅遊魏禁律創啓於洛都歸戒自此大行圖塔由斯特立譯人隨俗仍彼方言出經逐時便題名目致有吴品蜀普曜馬重疊再翻因斯而始泒流失譯良在於兹既三國峙居而西蜀一都獨無代録者豈非佛日麗天而無縁者弗覩法雷震地而比屋者弗聞哉且舊録雖注蜀普曜首愣嚴等經而復闕於經本譯人年代設欲紀述罔測所依推入失翻故亡別録今叙曹魏中原所傳文帝諱丕字子桓沛郡譙人漢丞相王操之世子也初生之日有青雲大如車盖當於其上竟日翠然望氣者爲至貴之證非人臣象八歳善屬文初嗣相位爲魏王受後漢禪改稱爲魏初居相在洛魏公都鄴王基在譙又許受禪於繁昌後都洛邑自文帝黄初元年庚子至元帝咸熙元年甲申其中五主四十五年僧有六人所出經律羯磨一十三

部合二十五卷以爲魏朝一代經録其有失
譯諸經總結吳録之末備之于彼
魏朝沙門曇柯迦羅一部一卷戒本
沙門康僧鎧二部四卷經
沙門曇諦一部一卷羯磨
沙門白延六部八卷經
沙門支彊梁樓一部六卷
沙門安法賢二部五卷經

僧祇戒本一卷初出見竺道祖魏世録

右戒本一卷中天竺國沙門曇柯迦羅魏言法時幼而才聰質像瓌偉讀書一覽文義悉通善四圍陀風雲星月圖讖運變靡所不該自謂世間畢已心目年二十五入一僧坊遇見法勝阿毗曇心聊取觀之茫然不解慇懃重省更增惛漠乃歎曰佛法鈎深備論三世乃棄俗出家誦大小乘經及諸律藏遊化至洛于時魏境雖有佛法而道風訛替亦有衆僧未禀歸戒止以翦落爲殊俗耳設復齋懺事同祠祀迦羅既至大行佛法諸僧請出毗尼迦羅以律藏曲制文言繁廣佛教未昌必不承用以嘉平年於白馬寺出此戒本一卷且備朝夕中夏戒法始自此焉

郁伽長者所問經二卷第二譯一名郁伽羅越問菩薩行經見竺道祖魏録

無量壽經二卷第二譯與世高出者小異見竺道祖及寶唱等録

右二部合四卷天竺國沙門康僧鎧齊王世嘉平年於洛陽白馬寺譯高僧傳載直云郁伽長者等四經檢道祖魏晉

録及僧祐出三藏記并寶唱梁代録等所列如前自外二部並不顯名披閲群録未見

曇無德羯磨一卷初出見竺道祖魏録

右一卷曇無德者魏云法藏藏師地梨荼猶是阿瑜闍第九世弟子藏承其後即四分律主也自斯異部與馬此當佛後二百年中後安息國沙門曇諦以高貴鄉公正元二年届于洛陽妙善律學於白馬寺衆請譯出

首楞嚴經二卷第二出漢支讖所出本同文少異見道祖晉録及三藏記

無量清淨平等覺經二卷第三出與世高僧鎧出無量壽經本同文少異見道祖晉世雜録

又須賴經一本無又字見道祖及僧祐録

除災患經見三藏集記

平等覺經見道祖魏吳録

菩薩修行經一名長者威施所問菩薩修行經一名長者修行經見始興及寶唱等録

右六部合八卷高貴鄉公世西域沙門帛延懷道遊化甘露年中來届洛陽止白馬寺衆請譯焉

法華三昧經六卷一本有加正字

右一部六卷高貴鄉公世甘露元年七月外國沙門支彊梁樓魏言正無畏於交州譯沙門道馨筆受祐云失譯房檢及見竺道祖魏世録及始興録若依交州及始興地應入吳録今據年及魏録收附於此

羅摩伽經三卷見道祖寶唱法上僧祐等四録

大般涅槃經二卷大本前數品為此二卷初出見道祖魏録

右二部合五卷外國沙門安法賢譯群

録並云魏世不辯何帝年今依編于鬼録之末又別録亦載故不敢削之

南吳孫氏傳譯佛經録第三

序曰自漢永平已來至吳赤烏之歲將二百載教流中原不達江表及僧會初適設像置齋時爲矯異以問尚書令闞澤曰佛之化被乃在漢明流漸既久如何始至江東澤曰自摩騰入洛之初五岳十八山館道士與騰抗力之時道士不如南岳道士褚善信等自感而死弟子昇屍歸葬南岳無人流布今方至此餘如後列吳大皇帝孫權字仲謀吳郡富春人世仕於吳其家東塚上數有神光雲氣又權父堅初在孕其母夢腸引出繞吳昌門衆咸稱爲孫氏興矣及權生眼有異光方頤大口其父奇之應霸王也跨躡閩越都邑杲平封授諸侯建立年號朝宗海岳南面君臨稱大吳也初都鄂武昌次遷秣陵又遷建鄴魏承漢後二年權立稱元黃武四主五十九年皓立二年晉受魏禪經一十五年平吳若以年分則皓一十四年應入晉代今別結取集爲吳録道俗四人所譯諸經一百四十八部一百九十卷并魏吳兩代諸失譯經都合以爲吳録云

吳沙門維祇難 二部六卷

沙門竺律炎 三部三卷

優婆塞支謙 一百二十九部百五十二卷經

沙門康僧會 十四部二十九卷及注

諸失譯經一百一十部百九十二卷

阿差末菩薩經 四卷見吳別二録初出

法句經 二卷初出吳録云五卷見三藏記

右二部合六卷魏文帝世天竺沙門維祇難呉言障礙學通三藏妙善四舍歷國遊方以行化爲業發趾西域同伴竺律炎到自江左黄武三年於武昌郡譯爲呉文而維祇難既未善方音翻梵之際頗有不盡志存義本辭句朴質如文可知

三摩竭經 見始興録與分惒擅王經大同小異

梵志經 見始興録與五百梵志經同本異出

佛醫經 共支越出非全典從大經略見寶唱録或云佛醫王經

右三經合三卷魏明帝世天竺沙門竺律炎維祇難卒後爲孫權於揚都譯群録不同或云將炎或云持炎或云律炎未詳孰是故備舉之

明度經 四卷一云大明度無極經或六卷見道祖魏呉等三録

撰集百縁經 十卷見唐録

阿差末菩薩經 四卷見呉録第二出與前維祇所出本文小異

菩薩本縁經 四卷傳云天竺沙門僧伽斯那撰或三卷

維摩詰所説不思議法門經 三卷一云普入道門經或二卷與後漢佛調譯者少異見道祖魏呉録及出三藏集記

修行方便經 二卷或有禪字見呉録

大般泥洹經 二卷此略大本序分哀歎品後之一卷紙少異見呉祖録道安云出長阿含祐云與長阿含異第二譯

瑞應本起經 二卷黄武年譯第二出亦云太子本起瑞應與康孟詳出者小異陳郡謝鏘呉郡張詵等筆受魏東阿王植詳定見始興録及三藏記

法鏡經 二卷道安録無僧祐云見別録僧會注并製序

小阿差末經 二卷見別録及三藏記

阿彌陀經 二卷第四譯與漢世高魏僧鎧出者小異内題云阿彌陀三耶三佛薩樓檀過度人道經一名無量壽經見竺祖呉録

義足經二卷見竺道祖吳録及寶唱録

方等首楞嚴經二卷黃武年譯第二出與後漢支讖出少異見道祖吳録安録無祐云見別録

法句經二卷第二出見別録及三藏記

慧印經二卷一云慧印三昧經一云十方現在佛悉在前立定經一云寶田慧印三昧經與如來智印經同本見祖吳録及三藏記

本業經一名菩薩本業經見祐録

須賴經第二出與白延出者同本別出一名須賴菩薩經見祖吳録及三藏記

梵摩喻經見竺道祖吳録及三藏記

私阿末經一名私阿昧道安云即菩薩道樹經一同本見道安及支敏度三藏記等三録

微密持經一云無量門微密持經見僧叡二秦録及三藏記

阿難四事經見三藏記及別録

月明童子經一云月明童男經或云月明菩薩三昧經見三藏記

差摩竭經一云菩薩生地經見道祖吳録

優多羅母經一本無母字

七女經安云出阿毗曇一云七女本經初出

郁伽長者經第二出見道祖吳録或二卷

八師經見道祖吳録

釋摩男本經出中阿含見道祖吳録

孛抄經初出即孛經見三藏記及別録

老女人經出阿毗曇吳録直云老女經或老母經見三藏記

持齋經初出一云持齋經見別録

悔過法經一云序禮十方佛禮拜悔過文或無經字

賢者德經

佛從上所行三十三偈經或無經字

了本生死經安云出生經祐云今五卷生經無名一名稻芉同本異出譙自注并製序

唯明二十偈經或無經字

龍施女經安録無祐云見別録

鹿子經安録無祐云見別録及竺道祖吳録

十二門大方等經安録無祐云見別録

賴吒和羅經第二出與支曜出者小異或云加羅漢字安録無祐云見別録

凡三十經四十八卷除郁伽長者經並見祐録

四十二章經第二出與摩騰譯者小異文義允正詞句可觀見別録

難龍王經一本無王字

不自守意經或云自守或云不自守

五陰事經已前四十四經

七知經一本作智出中阿含第十

人民求願經

佛開解阿拔梵志經一梵志阿颰經長阿含出

寶海梵志成就大悲經

梵志子死稻販經

梵志問佛師經

降千梵志經出阿含

梵志經第二出

度梵志經

外道仙尼說度經

梵志結淨經

梵志問佛世間增減經

佛爲外道須深說離欲經

梵網六十二見經見別録初出

阿質國王經

桀貪王經出六度集

國王成就五法久存於世經

惟婁五師子潼譬喻經一本無譬喻字

諸法本經

枯樹經見道安録一本上有大字

五母子經

戒消伏災經見舊録

是我所經出生經

甘露道經出出曜經

不淨觀經出長阿含

水上泡經

恒水戒經見舊録或無戒字

色無常經出阿含

護口意經

壽命促經出雜阿含

法施勝經

諸漏盡經出雜阿含或云諸結盡

修行慈經

四願經見道祖吳録及三藏記

須摩提長者經

摩調王經初出一本無王字

淨行品經 出華嚴一名菩薩本業經
金剛清淨經 一云金剛清淨本性清淨不壞不滅經
惟越雜難經
佛爲訶利曠野鬼說法經
阿闍世王女阿術達菩薩經 初出
勸進學道經 一本無勸字
貝多樹下思惟十二因緣經 第二出
堅意經 或作心字
三品弟子經
摩訶精進經 亦云大精進經
菩薩修行經 見寶唱録
普廣菩薩經 見別録
陀羅尼句呪經 一云持句呪經
華積陀羅尼呪經 見寶唱録
八吉祥經 見古録亦有呪字初出
摩訶般若波羅蜜呪經 見寶唱録或無摩訶字
七佛神呪經 一本無經字
大慈無減經

寶女明三十二相經 一云問慧經一云三十二事經一云寶女問經凡四名
長者音悅經 一云長者音悅不蘭迦葉經一云音悅經
三魚失水經
孫多耶致經 或云加梵志字道安云出中阿含
演道俗業經 見舊録或無業字
不莊校女經 見寶唱録
申日經 道安云出中阿含
黑氏梵志經 見別録
法律經 一云法律三昧經
出家功德經 見吳録
弊魔試目連經 見舊録出阿毗曇
七漏經 見別録
藍達王經 一云目連因緣功德經或云目連功德經見吳録
魔女聞佛說法得男身經 出大集見別録
魔化作比丘經
佛以三車喚經 出法華
未生怨經

弗加沙王經（一名蓱沙王五願經道安云出中阿含）
須摩提女經　百喻經
雪山獼猴經　度脫狗子經
猘狗經　三種良馬經
鵄鳥事經　河中草龜經
瞎鼈經　四種良馬經
鷹鷂獵經（出增一阿含）
法滅盡經（初出或云法沒盡經或云空寂菩薩所問經）
無毋子經

右魏文帝世月支國優婆塞支謙所譯合有一百二十九部一百五十二卷並如位别所列謙字恭明一名越漢末遊洛受業於支亮亮字紀明受業於支讖讖見漢録世稱天下博知不出三支謙該覧經籍莫不精究世間技藝多所綜習徧學異書通六國語其爲人細長黑瘦眼多白而睛黄時人爲之語曰支郎眼中黄形軀雖細是智囊漢末分亂避地歸吳孫權聞其才慧召與相見意甚悦之即拜爲博士使輔導東宫與韋曜諸人共盡匡弼甚有裨益但謙生自西域故吳誌不載任其力而不録其功此史家過豈帝者之心夫爲天下之君感得天下之才士堪世務則爵之於朝垂名竹帛何華戎之限隔而爲代典不述乎且葉公子高性愛於龍天龍遂爲之降既不禮待戎夷之民而望其君附化難矣然市死馬之骨以要駿驥置九九之術用俟賢才斯盖上帝括囊包羅吞納刋之自古今獨削哉謙以大教雖行

而經多梵語未盡翻譯之美自既妙善方言乃更廣收衆經舊本譯爲吴言從黄武首歲迄建興末年其間首尾三十餘載所出維摩大般泥洹法句瑞應本起經等僧祐三藏集記唯有三十六部慧皎高僧傳止云四十九經余廣檢括衆家雜録自四十二章已下並是別記所顯雜經以附今録如後所述量前傳録三十六部或四十九經似謙自譯在後所獲或正前翻多梵語者然紀述聞見意體少同録目廣狹出没多異各存一家致或取捨兼法海淵曠事方聚滴既博搜見故備列之而謙譯經典得聖義詞旨文雅甚有碩才又依無量壽經及中本起製菩薩連句梵唄三契七聲于今江淮間尚行兼注了本生死等經并序餘諸行狀並附高僧傳及三寶紀見焉

六度集經九卷一云六度無極經一云度無極經一云雜無極經見竺道祖録及三藏記

吴品經五卷即小品般若見三藏集記

菩薩淨行經二卷赤烏年譯出大集寶髻品或直云淨律經見竺道祖吴録

舊雜譬喻集經二卷或無集字見祐集録

阿難念彌經二卷亦云法阿難念經見祐録

鏡面王經見三藏記　察微王經見祐録

梵皇王經見祐録及高僧傳　權方便經見吴録及別記

坐禪經一見吴別録

菩薩二百五十法經或二卷以此代大僧二百五十戒呈皓者是

法鏡經解子注二卷并製序

道樹經注解并製序　安般經注解并製序

右經一十四部合二十九卷魏齊王世正始年中天竺沙門康僧會學通三藏博覧六經天文圖緯多所綜渉辯於樞機善屬文翰于時孫權跨有江表威武所被爰備三呉先有清信士支謙宣譯經典既初染大法風化未全僧會欲使道振江淮興立圖寺及杖錫東遊以呉赤烏年達于建業即構茅茨設像行道時未有僧疑其矯異有司奏權召而詰問佛何靈驗爾獨改形會曰如來遷跡已越千年遺骨世間名爲舍利在所應現神曜無方昔阿育王統閻浮提乃起八萬四千寶塔夫塔寺之興以表遺化也權以爲夸誕乃曰若能得舍利當爲造塔會乃以瓶盛水燒香禮請三七日暮猶無所覩莫不震懼既入五更忽聞瓶中鏘然有聲會自往視果獲舍利明旦呈權舉朝集觀五色光燄照曜瓶中權自執瓶寫銅槃上舍利所衝槃即破碎權大肅然驚起而曰希有瑞也會進曰舍利威神豈直光相而已此乃劫燒之火不能焚金剛之杵不能碎權命試之會更誓曰法雲方被蒼生仰澤願更垂神迹以廣示威靈乃置舍利於鐵砧之上使有力者用槌擊之槌砧俱陷舍利無損權大嗟服即爲建塔以始有佛寺故號建初寺因名其地爲佛陁里由是江左大法遂興會之力也至孫皓時制令苛虐廢棄淫祀及佛伽藍並欲毀壞諸臣僉曰佛之威力不同餘神康會

感靈太皇創寺今若輕毀恐貽後殃皓意未然乃遣張昱詣寺詰會自旦之夕昱不能摧乃請退還會送門外子時寺側有淫祀者昱又折云玄化既孚此輩何緣近而不革會曰雷霆震擊聾者不聞豈聲之微貴在理會理而有會萬里斯通苟非其人比屋胡越昱還謂皓歎會才明非臣所測伏願天鑒親檢察之皓大集朝賢以車馬迎會會既坐皓問曰佛教所明善惡報應何者是乎會對曰夫明主以孝慈訓世則赤烏翔老人星見仁德育物則醴泉湧嘉苗出生善既有徵惡亦可驗故爲惡於隱鬼得而誅之爲惡於顯人得而戮之詩詠求福不回易稱積善餘慶雖儒典之格訓即佛教之明謨也皓曰若然則周孔已行何用佛教會曰周孔所說略示世間釋教幽微廣明因果故行惡則有永劫地獄苦酸修善則有長受天宮安樂舉茲以明勸勵不亦大哉皓不能折諮問罪福之理會爲敷析詞甚精要皓不覺欣然大悅求看僧戒會以戒秘不可輕宣乃取菩薩本業百二十五願分爲二百五十事持擬大僧二百五十戒用以呈皓皓覩諸佛行住坐卧皆願衆生令得安樂倍加歡喜即請會受五戒乃於會寺更加修飾宣示宗室莫不信奉會在吳朝亟説王法爲衆祈請於建初寺譯出衆經衆經多有失本如別所顯又注述諸經幷爲序製並妙得正體文義允

洽其所注經安般守意法鏡道樹等備
見於録又傳梵唄聲甚清靡哀亮轉韻
于今則之吳天紀四年四月皓降于晉
九月會終見諸傳録費長房三寶紀

雜譬喻經八十卷　雜數經二十卷
阿惟越致轉經十八卷上三經並見舊録
摩訶乘經十四卷　蜀普曜經八卷
摩訶衍優波提舍經五卷
三昧王經五卷　梵王請問經五卷
不退轉輪經四卷
佛從兜率降中陰經四卷出王宗録
四天王經四卷疑一部四本　魔王請問經四卷
那先譬喻經四卷見舊録　度無極譬經四卷或三卷
釋提桓因所問經三卷
大梵天王請轉法輪經三卷
法華光瑞菩薩現壽經三卷
普賢菩薩荅難二千經三卷
輭首菩薩經二卷疑即是濡首菩薩分衛經
太子試藝本起經二卷　小本起經二卷見舊録
不思議功德經二卷或作功德經
蜀首楞嚴經二卷見舊録似蜀土所出
後出首楞嚴經二卷見舊録云有千偈
梵天王請佛千首經二卷又云大梵天王經似此
深斷連經二卷
甘露味阿毗曇經二卷或云甘露味
七佛父毋姓字經一卷舊録云七佛姓字經
阿惟越致菩薩戒經一卷舊録無菩薩字
菩薩常行經見舊録
摩訶目連與佛捔能經見舊録
阿難得道經見舊録　阿難般泥洹經見舊録

阿那律念復生經見舊録
沙門分衛見怪異經見舊録
人詐名爲道經見舊録　大戒經見舊録
衣服制經見舊録　沙彌離威儀經見舊録
弟子本行經見舊録　道本五戒經見舊録
威儀經見舊録
爲壽盡天子說法經舊録云命盡天子經
魔試佛經見舊録
阿須倫問佛八事經舊録云阿須所問八事經
摩竭王經舊録云摩竭國王經　薩波達王經見舊録
尸呵偏王經舊録云尼呵偏王經
年少王經見舊録
太子法慧經舊録云太子法經
是光太子經見舊録　長者難提經見舊録
長者子誓經見舊録

五百婆羅門問有無經見舊録
女利行經見舊録
貧女聽經蛇齧命終經古録加生天二字
國王癡夫人經見舊録　四婦因緣經見舊録
婬人曳踵行經見舊録
須多羅經舊録云須多羅入胎經
墮迦經見舊録胥言堅强　槃達龍王經見舊録
牛來自供養經舊録無養字
行牧食牛王經見舊録　墮釋迦牧牛經見舊録
法嚴經見舊録疑即是等入法嚴經
璧四經見舊録　責智慧經見舊録
初受道經見舊録　學經福經見舊録
止寺中經見舊録
無端底持經舊録無端底總持經
安般行道經見舊録　解慧微妙經見舊録

失道得道經見舊録
心情心識經見舊録云有注
檢意向正經見舊録
道德果證經見舊録
父子因緣經見舊録
螢火六度經舊録云有明度經一卷云一名螢火明度經
小觀世樓炭經見舊録
雜阿含經見舊録
内禪波羅蜜經見舊録
四輩經舊録云四輩弟子經或云四輩學經
大四諦經見舊録
五方便經見舊録
五惟越羅名解脫經見舊録
五陰經見舊録
中五濁世經見舊録
六波羅蜜經見舊録
大七車經見舊録
八正邪經見舊録
八總持經見舊録
八輩經見舊録
八部僧行名經見舊録
大十二因緣經見舊録
十八難經見舊録
五十二章經見舊録別有孝明四十二章經

百八愛經見舊録以抄五蓋疑結經
逮慧三昧經見舊録一名文殊師利問菩薩十事行經
小安般舟三昧經見舊録
禪行斂意經舊録云禪行檢音經
禪數經見舊録
化譬經見舊録亦云化喻經
羣生偈經見舊録
大總持神呪經見舊録一云無大字
薩和菩薩經見舊録亦云國王薩惒菩薩
慧定普徧神通菩薩經見舊録一云慧定普徧國土神通菩薩經
貧女人經見舊録亦云貧女難陀經
阿秋那經見舊録亦云阿秋那三昧經

右一百一十部合二百九十二卷並是古舊兩録失譯諸經今結附此以彰遠年之所依據其名附本並入見科有録闕文訪得後附

西晉朝傳譯佛經録第四

教流漸漬漢魏雖聞至於弘義方開於晉且晉雖不文文才實盛故使翻傳終由人顯所以禮樂衣冠晉朝始備信源智海相從遂興可不然歟西晉録者司馬炎字安世河内温人魏大將軍侍中録尚書相國晉王昭之太子也昭薨炎嗣爲王元帝知曆數有歸使太保鄭沖奉璽致位炎乗拱受禪是爲武帝稱晉都洛及長安舊東西京也晉武在馭十有五年到咸寧中命司馬伷平吳得皓封歸命侯自後漢永安二十四年至晉泰康肇元庚子歳首於是九州還一統矣又吳黄武初陸績有言曰從今已後更六十年天下車同軌書同文至是果如績言蜀平吳滅將六十年二十載後至乎惠帝永寧之初正道虧頽群雄岳峙趙王創基構逆簒立於朝張軌繼迹弗臣擅牧涼土内外糜沸仍漸亂階劉淵所以平陽李雄因玆井絡懷帝蒙塵函谷愍帝播越長安既道藉時興而兩都版蕩法由人顯屬二主栖遑萬姓崩離歸信靡託百官失守釋種無依時有沙門竺法護及畺梁婁至等忘身利物誓志弘宣匪憚苦辛闡法爲務護於晉世出經最多弘護法綱由其而起其法欽羅叉聶遠父子竺叔蘭等相繼度述所以五十年間華戎道俗十有三人幷前失譯諸經戒等合四百五十一部七百一十七卷集爲西晉二京四主五十二年世録云爾

西晉沙門竺法護（一百一十部三百九十四卷經戒）

沙門畺良婁至（一部一卷經）

沙門安法欽（五部一十二卷經）

沙門無羅叉一部二十卷

清信士聶承遠三部四卷經

沙門竺叔蘭二部五卷經

清信士聶道真五十四部六十六卷經録目

沙門白法祖二十三部二十五卷經

沙門釋法立四部二十二卷經

優婆塞衛士度一部二卷經

沙門支敏度二部十三卷經

沙門釋法炬一百三十二部一百四十二卷經

沙門支法度四部五卷經

諸失譯經八部一十五卷經

西晉雜譬喻三百五十首經二十五卷見別録

光讚般若經十卷見道安録

新道行經十卷一名小品出光讚般若

漸備一切智德經十卷見道安録或云聶道真録

閑居經十卷

正法華經十卷見道真録

普曜經八卷見道真及古録

颰陀劫三昧經七卷

修行經七卷見寶唱録太康五年出第二譯與世高者少異亦云道地經

大哀經七卷見道祖晉世雜録

賢劫經七卷見道真録或十三卷

小品經七卷第二出太始四年三月四日譯見舊真二録或八卷與舊道行經本同文少異

薩云分陀利經六卷見道祖晉世雜録及太始元年譯

持心經六卷見道真録有四名

度世品經六卷見真録

樓炭經五卷或云八卷是長阿含世說分文少異見道真録安云出方等部

宻迹金剛力士經五卷太康元年出見支敏度竺道祖晉世雜録

生經五卷見真録

如來興顯經四卷見真録

阿差末經四卷見真別二録或七卷見唐録

無盡意經四卷見真録

寶女經四卷或三卷亦云寶女三昧經亦云寶女問慧經出大集見聶道真録

普超經四卷見道祖雜録一加三昧字

海龍王經四卷太康六年七月出或三卷見真録

阿惟越致經四卷見真録或三卷

持人菩薩所問經三卷或四卷與持世經同本別譯

等集衆德三昧經三卷一云集一切福德三昧經或二卷見道真録

超日明三昧經三卷見道真録

菩薩藏經三卷

諸神呪經三卷

寶髻菩薩所問經二卷見舊真二録一名淨行經

阿耨達龍王經二卷見唐録

文殊師利佛土嚴淨經二卷見道祖晉録

須真天子經二卷見道祖晉録或四卷

弘道廣顯三昧經二卷見真録

大般泥洹經二卷見真録一云佛般泥洹經

無量壽經二卷見道祖雜録

首楞嚴經二卷別有異出首楞嚴云阿難言

寶藏經二卷太始六年出

要集經二卷一名諸佛要集

般舟三昧經二卷道安云出般舟三昧經

大善權經二卷凡五名見道真録一加惠上菩薩字

順權方便經二卷舊録云順權安經見道真録

隨權女經二卷見別録安録無

如幻三昧經二卷或三卷

等目菩薩經二卷或三卷或加等目所問經

勇伏定經二卷元康元年四月九日出第四譯與支讖支謙白延等出首楞嚴同本小異見道真録

更出阿闍世王經二卷第二出

賈客經二卷

文殊師利現寶藏經二卷一云文殊師利佛土嚴淨經

佛昇忉利天爲母說法經二卷太始年出一云佛昇忉利天品經見聶道真録

仁王般若經一卷見晉世雜録巳後單經

普門品經太康七年正月出見聶道真録

月光童子經與申日三經同本小異
金剛藏菩薩行經元康七年於長安市西寺譯出華嚴第二十二卷
大淨法門經建興元年十二月二十六日出見真録
離垢施女經太康十年二月二日出見道真録
須摩提菩薩經一云須摩經見道真録道祖等録
龍施女經舊録云龍施本經第二出
大方等頂王經初出一云頂王經一云維摩詰子問經一云善思童子經四名見支敏度録
無所希望經一云象步一云象腋見真録
魔逆經太康十年十二月一日出見道真録
濟諸方等學經或無學字見竺道祖録
菩薩行五十緣身經凡二名見竺道祖録
彌勒菩薩所問本願經太康二年五月十七日譯凡三名見道真祖録
文殊師利淨律經太康十年出見道真道祖録

無極寶三昧經永嘉元年三月三日出見道真録及別録
寶網童子經一云寶網經見道真録
文殊師利悔過經初出三云文殊五體悔過經
普法義經一云普義經第二譯與漢世高出者小異見道真録
滅十方冥經光熙元年八月十四日出一本無滅字見聶道真録
菩薩十地經一云十地經一云大方廣經出華嚴十地品
溫室洗浴衆僧經見聶道真録
賴吒和羅所問光德太子經太始六年九月三十日出見竺道祖録
當來變經見道真録
五百弟子自說本起經太安二年五月譯見舊真二録
師子月佛生經太安年譯見道真録
迦葉結集傳經或云結集戒經見道真録
柰女耆域經太安年出一名柰女經見道真録
胞胎經太安二年八月一日譯一云胞胎受身經見道真録

維摩詰所説法門經 太安二年四月一日譯第三譯與漢佛調吳支謙出者大同小別見真録

郁伽羅越問菩薩行經 或云郁伽長者經即大郁伽經或二卷第二出與僧鎧支謙出小異見道安及支敏度録

幻士仁賢經 見道真録

決總持經 一云決定總持經

首意女經 一云梵女首意經

舍頭諫經 一云太子二十八宿經一云虎耳意經與摩登伽經同第二譯與世高出者少異見道安録

十二因緣經 第三出與世高出少異一云貝多樹下思惟十二緣經見唐録

六十二見經 一加梵網字見道祖録

四自侵經

無言童子經 或二卷一云無言菩薩經出大集見道真録

聖法印經 元康四年十一月五日出於酒泉郡譯竺法首筆受一云聖印經一云慧印經道安云出雜阿含見真唱等録

移山經 舊録云力士移山經

無思議孩童菩薩經 一云不思議光所問經一云不思議光經

彌勒成佛經 太安二年出一名彌勒當來下生經見道真録

舍利弗目連遊諸國經 一云舍利弗摩訶目揵連遊四衢經

流離王經

寶施女經 一云須摩提法律三昧經見道真録

佛為菩薩五夢經 太安二年五月譯一名佛五夢一名太子五夢一名仙人五夢見舊録及道真録

摩訶目揵連本經 一本無揵字

太子墓魄經 第一出

四不可得經 見道真及正度等録

菩薩悔過法經 或無經字下注云龍樹十住論

乳光經 與犢子經同本別譯

心明女梵志婦飯汁施經 一云心明經

大六向拜經 太安元年譯或云尸迦六向拜或云六向拜經見支敏度及寶唱録

鴦掘魔經一名指鬘經或央掘摩羅經見道真録
菩薩十住經與菩薩十地經大同小異
摩調王經第二出與支謙出者小異出六度集
照明三昧經
所欲致患經太安三年正月譯見道真及王宗録
法沒盡經或作滅字或云空寂菩薩所問經第二譯與支謙出者同
菩薩齋法經或無經字一名賢首菩薩齋法經一名正齋一名持
獨證自誓三昧經一名如來自誓三昧經
過去佛分衛經或云過世見舊録
五蓋疑結失行經永寧二年四月十二日出見道真録
總持經出生經或云佛心總持經
無憂施經阿闍世王女名
五福施經一云清淨毗尼方等經見唐録
嚴淨定經
慧明經
大迦葉本經
光世音大勢至受決經元康年出或觀音受記經見真録

諸方佛名功德經
目連上淨居天經一本無天字出佛本行集
普首童真經見道真録
十方佛名經
三品修行經或三品悔過經道安云近代人所集合大修行經
金益長者子經
衆祐經
觀行不移四事經
小法沒盡經
四婦喻經
盧夷亘經
盧羅王經
檀若經
龍施經
馬王經
鹿母經
無垢施菩薩分別應辯經與離垢施女經同見唐録
給孤獨明德經或給孤獨氏經
龍王兄弟陀達誠王經
勸化王經
百佛名經初出
殖衆德本經
沙門果證經

佛悔過經　三轉月明經
解無常經　胎藏經
離垢蓋經
小郁伽經與郁伽長者經不同
阿闍世王女經建武元年第二譯與支謙譯小異或云阿述達或云阿闍世王女或云阿述達菩薩經見真度等録
人所從來經亦云所從來　戒羅云經
鴈王經　十等藏經
鴈王五百鴈俱經　誡具經
決道俗經　猛施經或云猛施道地經見舊録
城喻經　戒王經
菩薩齋經或賢首菩薩齋經已上一百六十一部三百四十五卷並見舊録及三藏記
多聞經已下四十八部四十八卷並見吳録別録及晉世雜録
彌勒菩薩爲女身經一本無菩薩字

離睡眠經　文殊師利菩薩經
寤意經
寶月光明菩薩經或寶月光明菩薩問蓮華國相貌經
樂想經　尊上經
身觀經　醫王經
法觀經　意經
降龍經　應法經
邪法經　何苦經
受歲經　貧窮經
灌臘經或般涅槃後四輩灌臘經　蜜具經出生經
悔過經或舍利弗悔過經　犯罪經
法社經世注爲疑　雜讃經
盂蘭經　分別經
腹使經出生經　苦應經
閑居經出生經　四種人經

七寶經
四未曾有經或四未有經
入陽經
四自在神通經
三十二相因緣經或菩薩三十二相經見道安録
慈仁問八十種好經或八十種好經見道安録
夫那羅經
隨藍本經見別録云是興出維藍經
貧女爲國王夫人經
寶女問慧經第二譯與支謙出者同出四卷寶女經
七女本經第二譯與吴支謙譯同
女人欲熾荒迷經出出曜
悉鞞梨天子詣佛說偈經出雜阿含
梵王變身經
光世音經出正法華
惟明二十偈第二出與支謙譯者同
三品悔過經
耆闍崛山解經見祐録
比丘尼戒十誦本或有經字與曇摩持所出少異

衆經目録卷一

右二百一十部合三百九十四卷月支國沙門曇摩羅察晉言法護本姓支歷遊西域解三十六國語及書從天竺國大賫梵本婆羅門經來達正門因居燉煌遂稱竺氏後到洛陽及往江左起武帝世太始元年至懷帝世永嘉二年其間在所遇緣便譯清信士聶承遠執筆助翻卷軸最多而高僧傳惟云護出一百六十五部僧祐出三藏集記止録一百五十四部三百九卷其中釋道安録又闕四部祐足安云遭値亂世録目星散更相錯涉信有是焉所以雜録及諸別記多注竺法護出故知今之所獲審是護公翻譯不疑故聶承遠子道真與

竺法首陳士倫孫伯虎虞世等前後並是筆受之人已見別傳不復委載又李廓及雜別衆録悉云支菩薩譯經六部一十六卷僧祐録云天竺菩薩譯經數同群録惟名不同而祐下注支菩薩共竺法護譯檢上覩名曇無羅察晉言即是法護然支菩薩六部經目並入法護録中支竺姓乖始末異耳言菩薩者蓋美其號究檢群録其支菩薩即竺法護無別兩人出三藏記便成二舉小非審譯

十二遊經一卷

右上一經武帝世外國沙門彊梁婁至晉言真喜太始二年於廣州譯見始興及寶唱録

大阿育王經五卷光熙年出見道祖録

道神足無極變化經二卷第二譯或二卷即法護出佛昇忉利天爲母說法同本別譯文小不同見竺祖録

文殊師利現寶藏經二卷太安二年出或三卷一云示現寶藏經見道祖録

阿闍世王經二卷太康年譯見道祖録

阿難目佉經一卷與微密持經本同譯見道祖録有本作目法字

右五部合一十二卷惠帝世安息國沙門安法欽太康年於洛陽譯

放光般若經二十卷第三出與漢世竺佛朔所譯道行及小品並同本異譯別名耳

右一部二十卷此經元是潁川朱士行覩其別本行在洛陽嘗講道行披覽竊覺文句隱質諸未盡善者每嗟嘆曰此經實是大乘之要而文未周譯理不盡

誓志捐身發心尋取行以魏末甘露五年發迹雍州遂遊西域於于闐國得前梵本九十章減六十萬言遣弟子弗如檀晉言法饒從于闐送還洛陽未發之頃于闐諸小乘學衆遂以白王云漢沙門欲以梵書惑亂正典王爲地主若不禁之將斷正法聾盲漢地王之咎也王即不聽賫經出境士行懊惱深懷痛心乃請乞求燒經爲證王即許焉於是積薪聚置殿前欲以焚之士行至誠臨火誓曰若當大法應流漢地經當不然如其不獲命也如何言已投經火即爲滅皮牒如本更覺光鮮大衆駭服咸稱神異遂得送來達到陳留還遇于闐僧無羅叉竺叔蘭等當惠帝世元康元年五月十日於陳留倉垣水南寺譯之而竺道祖僧祐王宗寶唱李廓法上靈裕等諸録述著衆經並云朱士行翻此蓋據其元尋之人推功歸之耳長房云余審詳校勘支敏度録及高僧傳出經後記諸雜別目等乃是無羅叉竺叔蘭等三人詳譯朱士行身留停於于闐仍於彼化唯遣弟子奉賫經來到于晉地斯豈得稱士行出耶

超日明三昧經 二卷第二譯或超日明經與竺法護前出三卷大同小異

迦葉詰阿難經 第二出與漢佛調出小異見始興寶唱録

越難經 第二出

右三部合四卷惠帝世清信優婆塞聶承遠以此經等雖並先出文義隱質理句未圓遂更重整文偈删改勝前見今

所行於世者是也
異毗摩羅詰經三卷元康元年第五出與漢佛調吳支謙及竺法護羅什等出大同小異或二卷見道祖録
首楞嚴經二卷元康元年出是第五譯與二支一白一竺出文是本同見道真録
右二部合五卷惠帝世西域沙門竺叔蘭並於洛陽出之
十住經十二卷　諸佛要集經二卷
觀世音授記經一卷第二出
寂音菩薩願經
大光明菩薩百四十八願經
文殊師利般涅槃經
師子步雷菩薩問發心經或問文殊師利成佛發心經
大雲密藏問大海三昧經
溥首童真經　寂音菩薩問五濁經

無言菩薩流通法經出大集
菩薩戒要義經出菩薩戒經
菩薩呵睡眠經　菩薩呵家過經
菩薩如意神通經　菩薩苦行經
菩薩宿命經　菩薩受齋經
菩薩導示行經　菩薩求佛本業經
菩薩奉施詣塔作願念經
菩薩本願行品經　菩薩求五眼法經
菩薩出要行無礙法門經
菩薩初發心時經
大方廣菩薩十地經第二出與法護譯大同小異
菩薩戒身自在經或自在王菩薩問如來警戒經
菩薩三法經　無言菩薩經第二出
菩薩道行六法經
三曼陀跋陀羅菩薩經即異出離垢施經亦云應辯經

無垢施菩薩分別報應經
菩薩初地經　儒童菩薩經出六度集
菩薩十道地經
光昧菩薩造七寶梯經出大集
菩薩緣身五十事經與五十緣行經大同小異
菩薩戒自在經　菩薩十法住經
波斯匿王欲伐鴦掘魔羅經
轉輪聖王七寶具足經
轉輪聖王發心求淨土經
文殊師利與離意女論議極似維摩經
文殊師利淨律經第二出與法護譯少異
初發意菩薩行易行法出十住論
菩薩布施懺悔法出決定毗尼
菩薩戒獨受壇文　菩薩懺悔法異出本
菩薩雜行法　菩薩所行四法

菩薩五法行經　菩薩六法行經
異出菩薩本起經或無起字
衆經目録一卷
右五十四部合六十六卷聶承遠子道真惠帝之世始太康年迄於永嘉末其間詢稟諮承法護筆受之外及護公歿後真遂自譯前件雜經誠師護公真當其稱頗善文句詞義分炳此並見在別録所載
嚴淨佛土經二卷亦云淨土經
泥洹經二卷　善權經一卷後例一卷
持心梵志經　檀持陀羅尼經
大方等如來藏經　如來興顯經
海龍王經
長者修行經或長者威施所問修行經或菩薩修行經

五百童子經或幼童經出生經

佛問四童子經

調伏王子導心經出大集

誓童子經或作遊與菩薩逝經小異第二出

五百王子作淨土願經

三幼童經

二童子見佛說偈供養經

大愛道般泥洹經

等集三昧經

首達經

無量破魔陀羅尼經

賢者五福經

郁伽羅越問菩薩經

惟逮菩薩經見高僧傳及三藏記

右二十三部合二十五卷惠帝世河内沙門白法祖出高僧傳止云祖出一經然其所出諸經遭世擾攘名録罕存莫紀其實費長房廣搜撿諸雜記録見此二十二經並注祖出今依所覩備而載之

樓炭經六卷第二出見別録與法護出五卷者少異出長阿含安録無

法句本末經五卷第二出或法句譬喻經或云法喻經或四卷六卷

大方等如來藏經見三藏記舊録云佛藏方等經

諸德福田經亦直云福田經

右四部合一十三卷惠帝世沙門釋法立共法炬等於洛陽出之

摩訶般若波羅蜜道行經二卷第二出或云道行經與漢佛朔所譯出者文質耳見道祖晉世新録

右一部二卷惠帝世優婆塞衛士度略出從舊道行中刪改亦是小品及放光等要別名耳未詳士度是何許人傳録弗載緣起莫尋

合首楞嚴經五本八卷第六出合兩支兩竺一白合五本爲一部見支敏度

録

合維摩詰經三本五卷第四出合一支兩竺三本爲一部見支敏度録

右兩部合一十三卷惠帝世沙門支敏度撰集衆譯共合爲部

樓炭經八卷第三出長阿含世記一分與法護法立出五卷大同略廣異先共法立出以意未悉故廣之見敏度唱等二録

法句喻集四卷一名法句本末或五卷見唐録

遺教法律經三卷一云遺教法律三昧經一云遺教三昧經見始興録

諸經菩薩名經二卷

佛爲比丘説燒頭喻經一卷出雜録

波斯匿王祖母命殁經後例一卷

魔女聞佛説法得男身經第二譯與先出弊魔試目連經本同名異見始興及三藏記

無懼經　衰利經

普施經出阿含　無常經

慢法經　數經出雜阿含

名稱經　受持經

忍辱經　時非時經或直云時經

灌經一云四月八日灌經

福田經一名諸德福田第二出與法立出小異見道祖晉録

福行經出阿含　柔軟經

正意經第一出　伏婬經

危脆經　息恚經

要意經出阿含或云惡意　求欲經出阿含

舉鉢經　惡道經出阿含

海法經　曉食經出修行道地經

放逸經　灰河經

群牛譬經出阿含　鑄金喻經

毒草喻經出生經　恒河喻經

須阿喻經　木杵喻經出阿含

調達喻經　嬰兒喻經
大蛇譬喻經亦云大蛇經見舊録
爪甲擎土譬喻經一云爪甲取土經見舊録
塵灰河譬喻經與灰河經小異
毒喻經與毒草喻小異出生經
飛鳥喻經出阿含　譬喻六人經出罵意經
群羊喻經　田夫喻經出阿含
馬喻經
韋提希子月夜問夫人經
項生王故事經
波斯匿王詣佛有五威儀經出阿含
波斯匿王喪母經　淨飯王般泥洹經
阿闍世王受決經　阿闍世王問五逆經
轉輪聖王七寶現世間經
頻婆娑羅王詣佛供養經

流離王攻釋子經
波斯匿王太后崩塵土坌身經
優填王經
阿闍世王問瞋恨從何生經
波斯匿王女命過詣佛經出阿含
羅漢遇沂沙王經出阿含
明帝釋施經　和難經出生經
鴦掘魔婦死經或云婦化經
阿梵和利比丘無常經
波利比丘謗梵行經　摩訶比丘經
拘提比丘經
調達教人爲惡經出六度集
調達問佛顏色經
尊者瞿低迦獨一思惟經出阿含
差摩比丘喻重病經出雜阿含

瞻波比丘經
鴦掘髻經第二出與法護指髻經小異
比丘分衛經出生經
佛看病比丘不受長者請經出出曜經
佛為諸比丘說莫思惟世間經或莫思惟世間思惟經
比丘求證人經
比丘問佛多優婆塞命終經出中阿含經
佛為比丘說大力經
佛為年少比丘說正事經
聰明比丘經
大悲比丘本願經
羅漢迦留陀夷經
和難釋經出生經與和難經小異
羅句喻經
佛降鴦掘魔人民歡喜經
優陀夷坐樹下寂靜調伏經出阿含

金師精舍尊者病經
難提釋經
浮彌經出增一阿含經
比丘各言志經出生經
比丘疾病經
比丘於色厭離經
佛為比丘說三法經
坐禪比丘命過生天經
比丘避女惡名欲自殺經
比丘問佛何故捨世學道經出出曜經
佛為比丘說極深險難處經
沙曷比丘功德經見舊錄
深淺學比丘經
相應相可經
比方世利經
前世三轉經
少多制戒經
欲求說法經
衆生身穢經
信能渡河經
苦陰因事經出中阿含經
葉喻多少經
異信異欲經
向邪違法經

說法難值經　增壹阿含經（出增一阿含經）
積木燒然經（與枯樹經大同小異）　邪業自活法經（出生經）
恒水流澍經　眼色相繫經
栴檀塗塔經　無始本際經
處中行道經（出雜阿含經）　捨諸世務經
往古造行經
衆生未然三界經　有衆生三世作惡經
人民疾疫受三歸經（出阿含）
信人者生五種過患經
四大色身生厭離經
以金貢太山贖罪經（世注入疑經）
右一百三十二部合一百四十二卷惠帝世沙門釋法炬出初炬共法立同出立歿後炬又自出多出大部與立所出每相參合廣略異耳僧祐録全不載既見舊别諸録依聚結之庶知有據以考正僞焉

文殊師利寶藏經（二卷第二出與安法欽出三卷者小異見竺道祖録）
十善十惡經（見竺道祖晉録）
逝童子經（第二出一長者制經二云制經三名菩薩逝經四逝經五本大同别出名殊）
善生子經（第三出與竺護竺難提尸迦羅六向拜大同小異見支度及竺祖録）
右四部合五卷惠帝永寧年中沙門支法度出總見寶唱録
度世品經（六卷）
如來祕密藏經（二卷一名方廣如來性起微密藏經一直云如來性起經）
阿耨達龍王經（二卷）　方等陀羅尼經
寶嚴經　五福德經（亦直云五福經）
明相續解脫地波羅蜜經
弟子學有三輩經（或云三品弟子經）

右八部合一十五卷吴别二録並直單注元康年中出不顯譯人詳覽群録未見指的所以别件猶殊失譯

大唐内典録卷第二

大唐内典録卷第三上

唐 沙 門 釋 道 宣 撰

歷代衆經傳譯所從録第一之三

東晉　前秦　後秦

西秦　北涼

東晉朝傳譯佛經録第五

序曰經云三界無常有爲非久晉氏之基魏室遠係髙標誅曹爽而絶其宗設帝策而陳其績及金承土運曆數在躬平蜀而降大吳昇平而曰寛政文既允備武亦戢戈百六奄臻王官失守天下大亂莫匪斯馬于時道俗崩離朝不謀夕寄政江表法隨政興沙門信士於是攸集故就録之東晉録者宣帝曾孫瑯琊武王後恭王謹之子名睿字景文初生之辰内有神光一室盡明白毛生於日角之左眼有精曜睇眄煒如也累官使持節安東將軍都督揚州諸軍事左丞相懐愍敗後百官分離或走江南或爲曜戮長安失據帝幽平陽江東于時忽見五日羣下勸睿宜稱晉王統攝萬機以臨億兆愍帝崩後遂即居尊號建武年因都建業避愍帝諱改爲建康先太康二年吳舊將管恭作亂于時建業五振筮曰恭已滅矣然更三十八年揚州當有天子至是果如其言又秦始皇世望氣者云吳金陵山五百年後當出天子始皇忌焉發兵因鑿金陵山斷改稱秣陵塹絶其王自子正至睿五百二十六年有晉金行奄君四海金陵之瑞其在於斯時又謡云五馬浮渡江一馬化爲龍永嘉喪亂天下淪覆唯瑯琊西陽汝南南頓彭城等五王獲濟江表而睿首基

為元帝矣將知受命上感天靈欲跨輿圖下資地勢地負其勢始皇鑿之弗亡天降其靈劉曜殲而莫盡自元皇建武元年丁丑創都至恭帝元熙元年己未禪宋其間一百四載華梵道俗二十七人而所出經并舊失譯合二百六十三部五百八十五卷集為東晉一十二王建康録云

東晉帛尸利蜜多羅　三部一十一卷經呪

沙門支道根　三部七卷經

沙門康法邃　一部十卷經

沙門竺曇無蘭　一百一十部一百一十二卷經呪戒

沙門支道林　七部七卷論指歸

沙門竺僧度　一部一卷指歸

沙門康道和　一部三卷經

沙門加留陀伽　一部一卷經

沙門僧伽提婆　五部一百一十七卷經論

沙門卑摩羅叉　一部五卷律雜事

沙門曇摩　一部二卷律要

沙門佛馱跋陀羅　一十五部一百一十五卷經戒論

沙門釋法顯　六部二十四卷經戒論傳

沙門祇多蜜　二十五部四十六卷經

外國居士竺難提　三部三卷經

沙門釋法力　一部一卷經

沙門釋嵩公　三部三卷經

沙門釋退公　一部一卷經

沙門釋法勇　一部一卷經

沙門釋慧遠　一十四部三十五卷論讚

沙門釋僧敷　一部一卷論

沙門釋曇詵　二部六卷法論

沙門釋道祖　四部四卷目録

沙門支敏度一部一卷都録
沙門康法暢一部一卷論
沙門竺法濟一部一卷傳
沙門釋曇徵二部一卷論指歸
諸失譯經五十三部五十六卷經呪
東晉灌頂經九卷見雜録
大孔雀王神呪經一卷見道祖及三藏記
孔雀王雜神呪經一卷見道祖及三藏記俱譯未盡

右三部合一十一卷元帝世西域沙門帛尸梨蜜多羅晉言吉友國王之子當承世位以國讓弟暗軌太伯悟心内啓遂爲沙門天姿高朗風神俊邁直爾對之便已卓然出於物表況其聰辯言晤者乎丞相王導一見而奇之以爲吾之徒也由是顯名導嘗謂蜜曰外國有君一人而已耳蜜笑而曰若使貧道如檀越爲今日豈得歷遊至此時人以爲佳對善持呪術所向皆驗盛行建康時人呼爲高座法師又授弟子覓歷高聲梵唄傳響迄今

方等法華經五卷咸康元年譯
阿閦佛刹諸菩薩學成品經二卷太康年出第二譯與支讖譯大同小異

右二部合七卷成帝世沙門支道根出並見竺道祖晉世雜録

譬喻經十卷舊録云出譬喻經

右一部合十卷成帝世沙門康法邃類集衆經撰出此部事甚要好

即色遊玄論　辯三乘論
釋矇論　聖不辯知論

本業經序

本起四諦序

道行指歸

右七部合七卷哀帝世沙門支遁撰遁字道林幼而才拔善談名理謝安王洽劉恢殷浩許詢郗超孫綽桓彦表王敬仁何次道王文度謝長遐袁彦伯等一代名流皆著塵外之狎每以山居爲得性之所頻被勑召後出帝京郗超與親友書云道林法師神理所通玄拔獨悟數百年來紹明大法令真理不絶者一人而已餘如傳述有集十卷盛行於世

毗曇指歸一卷

右一卷哀帝世沙門竺僧度撰餘如高僧傳

義足經二卷見吳録亦云異出

二百六十戒三部合異二卷太元六年六月二十日於謝鎮西寺合僧譯重校見舊唱二録

三十七品經一卷太元二十年譯道安云出律經後例一卷

賢劫千佛名經上二經見祐録

八師經

玉耶經或云玉耶女經

荷鵰阿那含經舊録何鵰或作呵字

戒德經或云戒德香經

七夢經舊録阿難七夢經

水沫所漂經

比丘聽經

治禪法經

蚰行法經出阿含

暴象經

群羊千頭經

拘薩國烏王經或有羅字出生經

夫婦經出生經

犢牛經或作子

野鷄經出生經

驢駝經

蠱狐烏經或作烏出生經

孔雀經出生經

五苦經或淨除罪蓋娛樂佛經或五道章句經或五苦章句經凡四名

十善十惡經第二譯吳錄云異出
自愛經或自愛不自愛經見舊錄
國王不犁先尼十夢經
阿難念彌經或作離字
摩大國王經出六度集
彌蓮經見舊錄或彌蘭或彌蓮出六度集
梵志頞波羅延問種尊經
寂志果經
羅婆鳥爲鷹所捉經此言牛雜
大魚事經
見水世界經出大集
新歲經
佛見梵天頂經
鼈獼猴經出生經
赤觜烏喻經
無吾我經
戒相應經
阿耨風經此言依次
阿難多洹羅云母經
阿育王供養道場樹經
採蓮華王經或採蓮華王上佛授決號妙華經

四天王案行世間經
帝釋慈心戰勝經
三十三天園觀經出增一阿含
比丘問佛釋提桓因因緣經出雜阿含
天於修羅欲鬭戰經
天帝受戒經
釋提桓因詣目連放光經
梵天策數經舊錄云諸天事經
諸天地經異本出
比丘浴遇天子放光經
諸天問如來警戒不可思議經出大集經
天神禁實經一卷出義足經
罪業報應經
救護身命經
集修士行經
勸行有果經出雜阿含
禪思滿足經出阿含第二譯
忠心正行經出六度集或忠心經舊錄大忠心經小忠心經
見正經
四大泥犁經別錄載三藏記云失譯無大字

佛爲比丘説大熱地獄經
地獄衆生相害經
十法成就惡業入地獄經
衆生頂有鐵磨盛火熾然經（出雜阿含）
見一衆生舉體糞穢塗身經（出雜阿含）
鐵城泥犂經　泥犂經（或中阿含泥犂經）
目連見大身衆生然鐵纏身經（出雜阿含）
比丘成就五法入地獄經（出阿含）
學人意亂經　洴沙王五願經
般泥洹時大迦葉赴佛經（或云摩訶迦葉）
五眼文經　弟子命過經
孔雀王呪經（異前吉支出者）
龍王結願五龍神呪經
摩尼羅亶神呪經　龍王呪水浴經
大神將軍呪經　伊洹法願神呪經

大龍王神呪經
摩尼羅亶神呪案摩經　藥呪經
大神母結誓呪經　呪毒經
持句神呪經　麻油術呪經
檀持羅麻油術神呪經
七佛所結麻油術呪經
解日厄神呪經　呪水經
觀水經　請雨呪經
止雨呪經
幻師䟦陀羅神呪經（亦云波陀）
陀隣鉢呪經　呪時氣病經
呪小兒經　呪齒經
呪眼痛經　呪牙痛經
六神名神呪經　幻師阿鄒夷神呪經
醫王惟婁延神呪經（或加阿難所問餘如上列）

十誦比丘戒本太元六年合僧純曇摩持竺僧舒三家本以爲此一卷見寶唱録

離欲優婆塞優婆夷戒文亦云具行十二戒文

右一百一十部合一百一十二卷孝武帝世西域沙門竺曇無蘭晉言法正於揚都謝鎮西寺簡取世要略大部出唯二經是僧祐録載自餘雜經並見別録雖並有正本既復別行故悉列之示有所據

益意經三卷

右一部合三卷孝武帝世沙門康道和太元末譯見竺道祖晉世雜録朱士行漢録云二卷不顯譯人

二遊經第二出與畺良譯者小異

右一卷孝武帝世外國沙門迦留陀晉言時水太元十七年譯見竺道祖晉世雜録及寶唱録

中阿含經六十卷隆安元年十一月於東亭寺出至二年六月訖道祖筆受第二譯與曇摩難提出不同見祖録

增一阿含經五十卷隆安元年正月出是第二譯與難提本小異道祖筆受卷或三十二三十三無定見道祖寶唱録

阿毗曇心論四卷太元十六年在廬山爲慧遠出道慈筆受

三法度論二卷太元六年於廬山出別録云一卷與秦曇摩難提出者小異或云三法度無論字或注經者

教授比丘尼法見別録亦云在廬山出

右五部合一百一十七卷孝武及安帝世罽賓國三藏法師瞿曇僧伽提婆晉言衆天後秦姚世度江先是廬山釋慧遠翹心妙典聞提婆至止即請入廬岳出之去華存實今見所傳蓋其文也隆

安末年春遊建康晉朝王公風流名士莫不造席至冬爲衛軍將軍東亭侯王珣重出中增阿含等集京都名德釋慧持等四十沙門詳共翻譯來夏方訖其在江洛前後所出經論百餘萬言皆妙得深旨

毗尼誦 三卷是十誦後善誦

雜問律事 二卷衆律要用並見二秦録

右二部合五卷安帝世罽賓國三藏律師卑摩羅叉晉言無垢眼姚秦弘始八年至長安羅什去世乃適壽春止石澗寺律徒雲聚盛闡毗尼先弗若多羅共羅什所譯十誦有五十八卷羅叉後開爲六十一卷改善誦爲毗尼誦故今有兩名後之江陵出律雜事道場慧觀筆受盛行於世相傳迄今

雜問律事 兩卷人處不同文亦不異見別録

右一部合二卷安帝世隆安四年三月二日沙門釋僧導等二十餘德於揚州尚書令王法度精舍請三藏律師曇摩晉言法譯出序具卷首明佛法僧物互相交涉分齊差殊甚要須善防護

華嚴經 五十卷義熙十四年於道場寺出至宋初二年方訖或六十卷見竺道祖晉世雜録

觀佛三昧經 八卷一加海字見道祖晉世録或云宋世出

過去因果經 四卷見別録

新無量壽經 二卷永初二年道場寺出見僧録

達摩多羅禪經 二卷一名不淨觀經名修行道地經

大方等如來藏經 元熙二年於道場寺出是第二譯見道祖晉録與法立出者小異

文殊師利發願偈經元熙二年於道場寺出出經後記其歲庚申或無偈字見唱録

出生無量門持經一名成道降魔得一切智經於廬山譯見竺道祖録

本業經

新微密持經隆安二年第二出與支謙出小異見祖録

淨六波羅蜜經

菩薩十住經第三出

僧祇律四十卷義熙十二年十一月共法顯譯見道祖及別録或三十卷

僧祇大比丘戒本於道場寺譯第二出見寶唱録

方便心論共法業出見高僧傳

右一十五部合一百一十五卷安帝世北天竺國三藏禪師佛陀跋陀羅晉言覺賢於揚都及廬山二處譯沙門法業慧義慧嚴等詳共筆受高僧傳云賢出泥洹及修行等一十五部凡一百一十七卷依寶唱録足無量壽及戒本部數雖滿尚少兩卷未詳何經來括博尋或希續繼冀補遺漏庶滿法流焉余檢別録云方等泥洹經二卷與顯公共譯疑入顯傳是

大般泥洹經六卷義熙六年於謝司空謝石道場寺出舊録云覺賢出寶雲筆受是六本前分十卷大衆問品見祖録或十卷

雜藏經與鬼問目連餓鬼報應目連説地獄餓鬼因緣等四本同體異名別譯見寶唱録

僧祇尼戒本共覺賢譯第二出與魏曇柯迦羅出小異

雜阿毗曇心論十三卷共覺賢譯第二出與秦僧伽跋澄出者大同

方等泥洹經二卷見竺道祖録

歷遊天竺記傳

右六部二十四卷平陽沙門釋法顯以安帝隆安三年發趾長安遊歷天竺遠尋靈跡求晉所無衆經律論經涉諸國學梵書語自手抄寫前件梵本從北之

南次師子國中有佛齒每年三月彼之國王預前十日莊嚴白象遣一貴重辯說智臣著王衣裳象上擊鼓大聲唱言如來在世四十九年說法度人無量億數衆生縁盡乃般泥洹自爾已來一千四百九十七載世間長昏衆生可愍却後十日佛齒當出無畏精舍可辦香花各來供養時正當晉義熈元年顯還汎海達到揚都於道場寺譯經戒論別傳備委所履歷云計從義熈元年太歲乙巳至開皇十七年歲次丁巳便成一千六百八十一載矣

瓔珞經 十二卷或十四卷　維摩詰經 四卷第三出

禪經 四卷

大智度經 四卷已上四部二十四卷見南來新録

如幻三昧經 二卷第二出與漢支讖出般若三昧二卷小異見道祖晉録

阿術達經 一卷已下例單卷　無所希望經

普賢觀經 或觀普賢菩薩見道慧録

無極寶三昧經 第二出

五蓋疑結失行經 第二出

所欲致患經 第二出

如來獨證自誓三昧經 第二出

法沒盡經 第二出　菩薩齋經 第二出

照明三昧經 第二出　分衛經

威華長者六向拜經 一作威華字

菩薩十住經 第二出　摩調王經

指髻經 或作指髻　浮光經 或乳光經

彌勒所問本願經　十地經

寶女施經

普門品經 第二出與法護出者大同見道祖及三藏記

右二十五部合四十六卷西域沙門祇多蜜晉言訶友譯諸録盡言祇多蜜晉世出譯名多同計不應虚名若非涇洛應是江南未詳何帝一部見僧祐出三藏記已外並彰雜別諸録所載

大乘方便經 三卷元熙二年譯是第三出與法護僧伽陀譯小異與慧上菩薩所問經同本別譯見始興録

請觀世音菩薩消伏毒害陀羅尼經 第二出見法上録

威華長者六向拜經 晉宋間廣州譯第三出與法護多蜜六向拜同見始興録及寶唱録

有三部合四卷外國居士竺難提晉言喜法上録云晉世譯未詳何帝代唐録云宋時

無量壽至真等正覺經 一名樂佛土樂經一名極樂佛土經

右一經一卷恭帝元熙元年二月外國沙門竺法力譯是第六出與支謙康僧鎧白延竺法護鳩摩羅什等所出本大同文名少異見釋正度録

迦葉結集戒經

洴沙王五願經 一名弗沙王經

日難經 即是越難經後説事小異

右三部三卷群録並云晉末不知何帝年沙門釋嵩公出或云高公見趙録及始興録載

迦葉禁戒經 一卷摩訶比丘經名真偽沙門經

右一經一卷晉末未詳何帝云沙門釋退公出見始興録

佛開解梵志颰經

右一經一卷晉末未詳何帝云沙門釋

法勇出見趙録
大智論要略二十卷亦云釋論要鈔
問大乘中深義十八科合三卷并羅什答
阿毗曇心序　妙法蓮華經序
修行方便禪經序　三法度序
法性論　明報應論
釋三報論　辯心識論
不敬王者論　沙門祖服論
大智論序秦主姚興遣請述　佛影讚

右十四部合三十五卷孝武及安帝世廬山沙門釋慧遠述製遠鴈門人姓賈氏年二十一遇釋道安以爲真吾師也聽安講波若經乃曰儒道九流皆糠粃耳便投簪落髮即以綱維大法特爲已任聞羅什入關便致書通好曰釋慧遠頓首去歲得姚左軍書具承德問仁者曩日殊域越自外境于時音譯未交聞風而悦頃承懐寶來遊則一日九馳徒情欣雅味而無由造盡寓目望途增其勞佇夫栴檀移植則異物同薰摩尼吐曜則衆珍自積且滿願不專美於絶代龍樹豈獨善於前蹤今往比量衣裁願登高座爲著之什答曰鳩摩羅者婆和南既未言面又文詞殊隔導心之路不通得意之縁圯絶傳譯來說粗述風德比如何必備聞一途可以蔽百經言末後東方當有護法菩薩勗哉仁者善弘其事夫財有五備福戒博聞辯才深智兼之者道隆未具者疑滞仁者備之矣所以寄言通好因譯傳心豈其能盡粗

酬來意耳損所致比量衣裁欲令登法座時著當如來意但人不稱物以爲愧耳今往常所用鍮石雙口澡鑵可以備法物數也幷遺偈一章曰既已捨染樂心得善攝不若得不馳散深入實相不畢竟空相中其心無所樂若悅禪智慧是法性無照虛誑等無實亦非停心處仁者所得法幸願示其要遠重答以報偈一章曰本端竟何從起滅有無際一微涉動境成此頽山勢惑想更相乘觸理自生滯因緣雖無主開途非一世時無悟宗匠誰將握玄契來問尚悠悠相與期暮歲餘爲什欽重姚主致書桓玄雅歎靈運崇服文多如傳遠有詩書等集十卷五十餘篇見重於世

神無形論

右論一卷元帝世揚都瓦官寺沙門竺僧敷撰于時異學之徒咸謂心神有形但妙於萬物耳隨其能言更相摧壓邪正莫辯取捨靡從僧敷緣茲故著斯論其論略云有形便有數有數則有盡神既無盡故知無形時伏辯之徒見理愜服

維摩詰子注經五卷　窮通論一卷

右二部六卷廬山東林寺沙門釋曇詵撰詵即慧遠弟子甚有才學

魏世録目　吳世録目

晉世雜録　河西録目

右四録經目合四卷廬山東林寺遠公弟子釋道流創撰未就而卒同學竺道

祖成之行世
經論都録
右録一卷成帝世豫章山沙門支敏度總校群經合古今目撰此都録
人物始義論
右論成帝世沙門康法暢作暢常執麈尾行每值名賔輙清談盡日餘如傳
高逸沙門傳
右傳孝武帝世剡東仰山沙門竺法濟撰
立本論九篇　六識指歸十二首
右二卷孝武帝世荆州上明寺沙門釋曇徽作本安公弟子圖形禮拜講利為業故江陵士女咸西向致敬印手菩薩云

遺教三昧經二卷或遺教三昧法律經
未曾有因緣經二卷或未曾有經
阿那含經一卷　那先經二卷或三卷
觀無量壽佛經
三世三千佛名經餘例一卷　五十三佛名經
千佛因緣經
八部佛名經　十方佛名經
賢劫千佛名經唯有佛名與曇無蘭所出四諦經千佛名異
稱揚百七十佛名經或直云百七十佛名
南方佛名經　滅罪得福佛名經
比丘諸禁律經或無經字
摩訶僧祇律比丘要集或云僧祇部隨用要集法
優波離問佛經　沙彌威儀一卷
比丘尼十戒經　受十善戒法
沙彌尼戒經　賢者五福經

賢者五戒經 或云賢者威儀經

優婆塞五戒經　優婆塞威儀經

波若得經　觀世樓炭經

本行六波羅蜜經　定意三昧經

般舟三昧念佛章經

庾伽三磨斯經 隋言修行略一名達磨多羅禪法一名磨多羅菩薩撰禪法要集

禪定方便次第法經　禪要呵欲經

七萬三千神王護比丘呪經

十二萬神王護比丘呪經

三歸五戒帶佩護身呪經

百結神王護身呪經

宫宅神王守鎮左右呪經

塚墓因緣四方神呪經

伏魔封印大神呪經　摩尼羅亶大神呪經

召五方龍王攝疫毒神呪經 自七萬三千神王已下至此並有灌頂字今總爲大灌頂經

梵天神策經　普廣經

七佛所結麻油述呪 出異本

七佛神呪 有結縷法異出本　陀羅尼章句經

摩尼羅亶神王呪按摩經 或無王字

五龍呪毒經

齲齒呪經 或云呪虫齒或云呪齒經

七佛安宅神呪經　安宅呪

三歸五戒神王名 一卷道安法護經目有神呪三卷此神王名既入中即非失譯

右五十三經合五十七卷並是僧祐三藏集記新録失譯見有經本者八百四十六部合八百九十五卷已外散入諸代世録所餘附此爲晉下失源

大唐内典録卷第三上

大唐内典録卷第三下

唐　沙　門　釋　道　宣　撰

前後二秦傳譯佛經録第六

自晉氏失御天下分崩匈奴焚洛伊瀍涇渭非曰帝京夫子有云四夷交侵中國微矣其在斯乎然則天無二日有道則可君又十六國中二秦爲霸得矣符氏富有八州意在兼并區宇姚主情存三寶志在弘護法城故使萬里追風異人間出翻傳大部盛集于今是則棟幹由兹增隆匡救不爽高稱言前秦符氏録者其先蒲健本氏武都人也因二趙亂據有關西子孫乘機繼立稱帝號秦都長安至第三主諱堅字永固生有神光從天屬地銘見其背曰草付臣遂改蒲爲符氏堅立後十有六年時太史奏有德星見外國分野當有聖人輔中國得之者王堅乃使將吕光求龜兹國鳩摩羅什又使將符丕攻取襄陽彌天釋道安并習鑿齒等堅既獲之欣然謂僕射權翼曰朕不以珠玉爲珍但用賢哲爲寶今以十萬之師攻襄陽獲一人有半翼曰誰堅曰安公一人鑿齒半也毎與安同輦言及東征安極諫曰東南土卑氣厲非曰中華且舜禹遊而不返秦皇適而不歸今以百萬之師求厥田下下之土未敢聞也餘云云不載自爾詢安政術兼敷釋典征西得什而堅已没六主四十四年依甲子推符健皇始元年當晉穆帝永和六年庚戌之歲至堅建元二十一年當晉孝武太元十年乙酉之歲華梵道俗凡八人所出戒論集志解傳四十部合二百三十九卷結爲前秦之録

符秦沙門曇摩持二部二卷戒本壇文

沙門釋慧常一部一卷戒本

沙門曇摩蜱一部五卷經

沙門鳩摩羅弗提一部一卷經

沙門曇摩難提五部一百一十四卷經集論

沙門僧伽跋澄三部二十七卷經

沙門僧伽提婆三部六十卷阿毗曇

沙門釋道安二十四部二十八卷注解志録

十誦比丘戒本

教授比丘尼二歲壇文僧純於龜茲國得來佛念執文譯語慧詳筆受見寶唱録

右二部合二卷晉簡文世西域三藏律師曇摩持秦言法慧共竺佛念等於長安譯慧詳筆受

比丘尼大戒本

右一卷晉簡文帝世律師釋慧常共曇摩持竺佛念等於長安譯録乃不載所出部名計應多是十誦戒本

摩訶鉢羅般若波羅蜜經建元十八年釋或七卷見僧叡三秦録

右一經五卷晉孝武帝世天竺三藏沙門曇摩蜱秦言法愛執大品梵本竺佛念譯爲秦文亦云長安品從所出處爲名是外國經鈔

四阿含暮鈔經建元十四年出之

右一經二卷晉孝武世西域三藏沙門鳩摩羅佛提秦言童覺於鄴寺譯佛提執梵本竺佛念佛護等譯爲秦文沙門僧導曇究僧叡等筆受

中阿含經五十九卷建元二十年出是第一譯竺佛念筆受見竺道祖晉世雜

録

增一阿含經五十卷建元二十年四月一日爲秦武威太守趙業出第一譯慧嵩佛念筆受見僧叡二秦録祐唱録録並載

阿育太子懷目因縁經亦云王子法益壞目因縁經建初二年六月八日於安定城爲尚書令姚旻出見二秦録一本無經字此應入後秦從多附此

僧伽羅刹集二卷佛滅後七百年僧伽羅寨造見唱録

三法度二卷與晉世僧伽提婆出者小異

右五部合一百一十四卷晉孝武帝世兜佉勒國三藏法師曇摩難提秦言法喜以建元初至長安誦四阿含梵本口授竺佛念寫爲梵文到二十年爲符主譯作五十九卷時屬慕容冲及姚萇反亂關中危阻未過委悉難提西出不知所之弘法也多艱遇縁也勤就可重可

悲

婆須蜜經十卷建元二十年出或云是集論

阿毗曇毗婆沙十四卷建元十九年出或十一卷

僧伽羅刹集經三卷建元二十年十一月三十日出

右三部合二十七卷晉孝武帝世罽賓三藏法師僧伽跋澄秦言衆現舊誦婆羅門梵本甚熟利難提先録爲梵文佛圖羅刹傳譯沙門慧嵩智敏祕書郎趙文業等受爲秦文

阿毗曇八犍度三十卷建元十九年出亦名迦旃延阿毗曇竺佛念傳沙門慧力僧茂等筆受佛滅後三百餘年迦旃延阿羅漢造或二十卷

阿毗曇心一十六卷建元末於洛陽出見僧叡二秦録

毗婆沙阿毗曇一十四卷亦云廣説同洛陽出見二秦録

右三部六十卷罽賓三藏法師僧伽提

婆或云提和此盖梵之楚夏耳秦言衆天晋簡文帝世符氏建元年中入乎長安宣流法化初僧伽跋澄出婆須蜜及曇摩難提譯中增二含及三法度等時屬戎難譯未詳悉道安去世未及改正後山東清帖提婆乃與道安同學釋法和俱適洛陽四五年間研講前經居華稍久轉洞秦言方知先出多有乖失法和慨難遭之法出而未善乃更屈提婆重譯前經如是少時後姚興法事甚盛法和西歸提婆南度故前後本文有小不同

般若析疑略 二卷　大十二門注解 二卷
陰持入注解 二卷　答法汰難 二卷
光讃析中解　光讃抄解
般若析疑准　起盡解
道行集異注　小十二門注解
了本生死注解　密迹持心二經甄解
賢劫諸度無極解　人本欲生注撮解
安般守意解　大道地注解
衆經十法連雜解　義指注解
九十八結連約通解　三十三相解
三界混然諸雜僞録　答法將難
西域志　綜理衆經目録

右二十四件合二十八卷晋孝武帝大元中前秦沙門釋道安撰安本常山扶栁人俗姓衛氏家世英儒早失覆蔭爲外兄孔氏所養年七歲讀書再覽能誦鄉隣嗟異至年十二出家神性聰敏而形貌甚陋不爲師之所重執勞作役曾

無怨色篤性精進齋戒無闕數歲之後方啓師求經師與辯意經一卷可五千言安賫經入田因息就覽暮還以經歸師更求餘者師曰昨經未讀今復求耶安答已誦訖師雖異之而未信也復與成具光明經一卷減萬言賫之如初暮復還師師執經覆之不差一字師大驚嗟而大異之後爲受具戒恣其遊學晉懷愍世避難西東初遇佛圖澄澄見嗟歎與語終日衆方敬伏後至襄陽大宣佛法初經出已久而舊譯時謬致使深義隱而未通安每至講說惟叙大意轉讀而已安乃窮覽經典鉤深致遠注述前件二十餘部叙致淵富妙盡典旨條貫既叙文理會通經義克明自安始也

抑習郁以彌天分梨盡衆答郗超之遺米有待爲繁又以漢魏至晉經來稍多其傳述經人名字弗說後生追尋莫測年代安乃總集目名表其時世詮品新舊撰爲經目衆經有據實由有功符主遠承故命符丕將十萬衆攻取襄陽獲安既返長安住五重寺僧衆數千大弘法化符主嘗出命安昇輦同載有識者帝曰朕以天下不易而治輦輿之榮豈稱其德安諫不聽南征帝不從果敗之安每稱譯梵爲秦有五失本三不易也一者梵言盡倒而使從秦一失本也二者梵經尚質秦人好文傳可衆心非文不合二失本也三者梵經委悉至於歎詠丁寧反覆或三或四不嫌其繁而今

裁斥三失本也四者梵有義説正似亂詞尋説向語文無以異或一千或一百今並刈而不存四失本也五者事以合成將更傍及反騰前詞已乃後説而悉除此五失本也然智經三達之心覆面所演聖必因時時俗有易而刪雅古以適今時一不易也愚智天隔聖人叵階乃欲以千載之上微言傳使合百王之下末俗二不易也阿難出經去佛未久尊大迦葉令五百六通迭察迭書今離千年而以近意量截彼阿羅漢乃兢兢若此此生死人而平平若此豈將不以知法者猛乎斯三不易也涉茲五失經三不易譯梵爲秦詎可不愼乎正當以不闕異言傳令知會通耳何復嫌於得失乎是乃未所敢知也又云前人出經支讖世高審得梵本難繼者也叉羅支越斵鑿之巧者也夫聖賢導達正可勗勵𪚥鏡以書諸紳永爲鑒誡但稱梵爲胡言小傷本據竊所未承耳依檢安公出家之始西晉愍帝建興之末年德王道震乃居東晉孝武太元之晚紀今取注述之時故在斯列

後秦傳譯佛經録第七

霸主承統隨方利見各有司存正朔接運知之久矣故因時而王事通夷夏眄望前古繼踵相從後秦姚萇西戎羌也因符堅征亂即而締構仍都雍闗改長安爲常安登位八年符堅領鬼兵白日入宮刺其陰出血一石計論怨結難可淪亡可不鏡諸既崩其子興立

弘始三年春有樹連理生於廟庭逍遥一園葱變爲茝咸稱嘉祥應有智人來入國瑞冬、什到雍與加禮遇待以國師崇敬甚隆大闡經論震旦宣譯盛在此朝四方沙門雲奔湊集先是長安自前漢廢到符秦興其間三百三十一載曠絶朝市民俗荒蕪雖數伽藍歸信尠寡三千德僧同止一處共受姚秦天王供養世稱大寺非是本名中構一堂權以草苫即於其内及逍遥園二處翻譯法寶遠被瑞驗若兹因立僧官俸侍中衮置兩都録緝五部僧昭玄之興始自此起魏末周初衢術稍整大寺因爾成四伽藍草堂本名即爲一寺草堂東常住寺常住南京兆王寺京兆後改安定國寺安定國西爲大乘寺邊安定左天街東畔八隅大井舊大寺之東厨供三千僧之甘泉也子孫三主三十二年爲晉所滅始於姚萇初元元年歲在丙戌即晉太元之十一年終於姚泓永和二年太歲丙辰即晉安義熈之十二年也身死建康國入元魏沙門譯傳凡有八人所出經律戒論一百二十四部合五百六十五卷爲後秦姚氏録云

沙門竺佛念 十三部八十六卷經論

沙門曇摩耶舍 二部二十一卷阿毗曇

沙門弗若多羅 一部五十八卷律

沙門鳩摩羅什 九十八部四百二十五卷經論傳

沙門佛䭾耶舍 四部六十九卷經律戒

沙門釋僧肇 四部四卷論

沙門釋僧叡 一部一卷録目

沙門釋道恒 一部一卷論

出曜經 一十九卷建元十年出見二秦録及高僧傳寶唱録或云論

菩薩瓔珞經十四卷建元十二年七月出見二秦録及高僧傳或十二卷

十住斷結經一十二卷第二出與漢法蘭出八卷小異見二秦録高僧傳或十卷

鼻柰耶律一十卷或云戒因緣經沙門曇景筆受見釋道安經序

十地斷結經一十卷第二出

菩薩處胎經五卷亦直云胎經見秦録高僧傳

大方等無相經五卷或四卷亦云大雲經

持人菩薩經三卷

菩薩普敬經三卷

瓔珞本業經二卷

中陰經二卷見二秦録高僧傳

王子法益壞目因緣經第二出與曇摩難提譯者小異或云阿育王息壞目因緣經

十誦比丘尼戒所出本末僧純於拘夷國得本佛念譯文頗後竺法汰刪改正見唱録

右一十三部合八十六卷晉孝武帝世

涼州沙門竺佛念識朗通敏少好遊方家世西河洞華梵語前秦符氏建元年初來入長安時祕書郎趙正請僧伽跋澄及曇摩難提等出衆經論當世名僧莫能傳譯衆咸推念二舍文顯念之譯功自漢末來安高支謙之後莫踰於念故符姚二代爲譯人之宗關内名僧咸共嘉尚其後自出所件如前高僧傳中唯載五部其外入部彰别雜録故備列之

舍利弗阿毗曇三十卷或二十卷祐云毗婆沙出長房録檢傳乃是耶舍

差摩經一卷晉隆安年達廣州在白沙寺爲清信女張普明出此應入晉世隨人故改正之見寶唱録附秦

右二部合三十一卷晉安帝世罽賓三藏法師曇摩耶舍秦言法稱耶舍是名

稱而高僧傳乃云法明從聲爲字於理小僻義熙中入長安共天竺沙門曇摩掘多秦言法藏以弘始九年初爲姚興書出梵文至十六年秋譯訖秦太子泓親管理味沙門釋道標制序

十誦律五十八卷弘始六年十月十七日於中寺出見二秦録

右晉安帝世罽賓三藏律師弗若多羅秦言功德華以戒節見稱歷遊行化羅既至止姚興即召常安名德六百餘僧延請多羅惣於中寺誦出十誦梵本羅什度爲秦文三分獲二未竟而多羅卒衆咸痛惜什後又共曇摩流支秦言法希續譯都訖

摩訶般若波羅蜜經三十卷或四十卷舊二十七卷僧叡二秦録云姚執舊本什執梵文念傳叡肇筆并制序故知先譯今第二出

大方等大集經三十卷第二出與支讖出二十七卷小異見李廓録今别録及二秦録並題新字如舊明矣今六十卷

放光般若波羅蜜經二十卷第二出見别録

小品般若波羅蜜經十卷弘始十年重出或七卷叡筆見二秦録與七卷菩提經同本别名異出叡制序

華首經一十卷一名攝善根經弘始八年出見二秦録

檢諸罪福經一十卷見别録

妙法蓮華經七卷弘始八年於大寺出叡筆制序第二出與護正法華同本相去垂百年見二秦録

賢劫經十卷弘始四年三月五日出與護譯小異曇恭筆見二秦録一名賢劫三昧經一名賢劫定意經三名

十住經五卷什共佛陀耶舍譯或四卷見二秦録

思益經四卷一云思益梵天所問經弘始四年十月一日逍遥園出第二譯與護出勝思惟經本同異出見二秦録叡制序

大樹緊那羅經四卷第二出與支讖佗真陀羅同本文又廣略

持世經四卷第二出與法護持人菩薩所問經同本小異廣見二秦録

維摩結經三卷弘始八年於大寺出第四譯與佛調支謙法護出小異生筆付注叡序見二秦録

佛藏經三卷亦名選擇諸法經或四卷見二秦録弘始七年六月十二日出

菩薩藏經三卷一名富樓那問經一名大悲經或二卷弘始七年出見二秦録

稱揚諸佛功德經三卷弘始七年出見二秦録一名集華經

禪經三卷弘始四年正月五日出見二秦及晋録一名菩薩禪法經與坐禪三昧經同

禪祕要經三卷見別録或無經字

禪法要三卷

阿闍世經二卷見別録

阿蘭若習禪法經二卷見別録或無經字與坐禪三昧經本同異

禪要經二卷一名禪法要解見別録

發菩提心經二卷見李廓録

自在王經二卷弘始九年於尚書令常山公姚顯第出叡筆制序與大集自在品不同長五澄文句出没互多見二秦録

善信摩訶神呪經二卷見李廓録

首楞嚴經二卷第七出與識謙白延法護蘭公及勇伏定二經等本同別譯又蜀及後出二本合九譯文各異

梵網經二卷弘始八年於草堂寺三千學士最後出此一品梵本一十二卷六十一品譯訖融影等三百人一時受菩薩十戒見經前叙肇筆受

大善權經二卷見李廓録

諸法無行經二卷或一卷見二秦録

無量壽經一卷一名阿彌陀經弘始四年二月八日出第五譯與支謙僧鎧白延法護出兩卷小異見二秦録

彌勒下生經亦云彌勒受決經見二秦録

彌勒成佛經亦云彌勒受決經見二秦録

金剛般若經佛在舍衛國者二秦録

仁王護國般若波羅蜜經見別録第二出與晋法護出者文小異

菩提經一名文殊師利問菩提經一名伽耶頂經一名菩提無行經

遺教經一名佛垂般涅槃略說教誡經

十二因緣觀經　菩薩訶色欲經

雜譬喻經弘始七年十月出道略集

須摩提菩薩經　文殊悔過經

比丘應法行經長阿含中祐注入疑録

無思議光孩童菩薩經一云不思議光菩薩所說經

大方等頂王經第二出與法護譯大頂王經同文少異

大金色孔雀王經在逍遥園弁結界場法悉備具

莊嚴菩提心經第二出與護譯菩提十地同本異出

佛弟子化魔子偈頌經出大集

太白魔王堅信經出大集

開化魔經　魔業經

過魔法界經出大集

佛問阿須輪大海有減經出長阿含

魔王變身經

東方善華世界佛座震動經

陀羅尼法門六種動經

佛跡見千輻輪相經　佛齋化出菩薩經

往古生弘佛國願行法典經

佛謦欬徹十方經出大集

過去無邊光淨佛土經

佛變時會身經　無量樂佛土經

王后爲蟯蜋經

佛心總持經與生經所出心總持少異

獼猴與婢共戲致變經

水牛王經出生經　雀王經出六度集

兎王經出生經

菩薩身爲鴿王經出六度集

佛昔爲鹿王經　牧牛經

虛空藏菩薩問持經　得幾功德經

觀世音經出新妙法蓮經

彌勒菩薩本願待時成佛經已上三十二經並見別録云什重譯

燈指因緣經　觀普賢菩薩經

睒本起經亦直云睒經　觀佛三昧經

寶網經　樂瓔珞莊嚴經

請觀世音經已上七經見李廓録云什譯

思惟要略法經或無經字　持地經

菩薩戒本

十誦比丘戒本第二出與曇摩持出者小異

大智度論一百卷龍樹造弘始六年五月逍遥園出勅筆制序見二秦録什云具翻千卷秦人識弱略之十分存一

般若經論集二十卷見吳録

十住毗婆沙一十二卷龍樹菩薩造

成實論二十卷或十六卷弘始八年出曇略筆見二秦録佛滅後八百餘年訶梨

跋摩造勅製序

大莊嚴論一十卷馬鳴菩薩造

十住論一十卷龍樹造弘始年譯未訖卷未似六度集經見二秦録

中論八卷或四卷龍樹造弘始年出見一秦勅序録

百論二卷提婆菩薩造弘始六年出見二秦録

十二門論龍樹造見寶唱録叡公序

馬鳴菩薩傳　龍樹菩薩傳

提婆菩薩傳　實相論什目著

右九十八部合四百二十五卷晉安帝世天竺國三藏法師鳩摩羅什婆秦言童壽弘始三年冬到常安秦主姚興厚加禮遇乃請入西明閣及逍遥園別館安置勅令僧䂮集諸沙門八百餘人諮受什旨更出大品使什持梵本與自執舊經以相讎校新文異舊義悉圓通衆

心愜伏故二秦録稱什所定者爲新大品即知有舊明矣諸此例有二十餘部並標新部字在於題首後人年遠多省新字今並悉無然後秦之世大盛宣譯甲萬乘之心尊三寶之教興既虛襟崇仰佛法恒於大寺草堂之中供三千僧與什參定新舊諸經莫不精究洞其深旨時有僧叡法師甚爲興知什所譯經叡並參正昔竺法護出正法華受決品云天見人人見天什譯至言曰此語與西域義同但在言過質叡應聲曰將非人天交接兩得相見乎什大喜曰實然故相開發皆此類也什又爲著實相論及注維摩什雅好大乘志存敷演嘗歎曰吾操筆著摩訶衍阿毗曇非迦旃延子比也今以秦地深識者寡折翮於此將何所論嘗聽秦僧道融講新法華乃歎曰佛法之興融其人也俄伏師子國婆羅門事在別傳云

長阿含經 二十二卷弘始十五年出佛念筆見二秦録

虛空藏經 後反罽賓得此經寄與京部諸僧見道慧宋齊録

曇無德律 四十五卷秦言法藏此是人名即四分律主今六十卷

曇無德戒本 上二律戒見晋世雜録

右四部合六十九卷晋安帝世罽賓三藏法師佛馱耶舍秦言覺明家世外道不信奉佛沙門從乞父怒打之父因遂攣悶亟坐犯賢聖乃請所打沙門竭誠懺悔數日便瘳因令耶舍剃落爲其弟子至年十五日誦經得二三萬言有羅漢乞食供之年十九諷誦大小乘經數

百萬言頌以簡傲年及進戒莫爲臨壇乃從舅學五明世術至二十七方受具戒恒以讀誦披尋爲務昏曉勤劬手不釋卷每思惟義尚不覺虛過良時其精專例此後與羅什於沙勒國相見什待以師禮什便前至常安耶舍後來姑藏什令興請別立新省逍遥園四事供養並無所受時至分衛一食而已舍爲人赤髭善毗婆沙人因號之既奉什師爲大毗婆沙四事滿三間屋不以關心與爲貨造寺先常誦四分律疑其遺謬乃試誦差籍藥方可五萬言二日覆之不誤一字衆咸揖服弘始十二年譯四分等十五年解座興施耶舍萬疋悉不受沙門道含竺佛念二人筆受各施千疋已外名德五百沙門皆重嚫施後還西域不知所終

般若無知論　不真空論

物不遷論　涅槃無名論

右四部四卷晉安帝世京兆沙門釋僧肇作其行狀精理具如本傳

一秦衆經録目

右沙門釋僧叡撰叡魏郡人少出家年二十二博通經論聽僧朗法師講放光屢有譏難朗謂其師僧賢曰叡比格難吾累思不能通可謂賢賢弟子也後與羅什相遇叅預翻譯又爲姚嵩所重與又賞歎什後出成實命叡講之文迂義伏者皆釋滯懸會什歎曰吾傳譯值子真無恨矣後常以西方爲任臨終合掌

瑞光出云

釋駮論

右沙門道恒撰恒京兆人年九歲爲隱士張忠嗟曰此小兒有出人之相俗有輔政之功道有光顯佛法恒少事後毋以孝聞家貧無蓄手自畫繢供奉二十遊刃佛理學該内外遇羅什譯經並助詳定有同學道標雅有才力姚興以恒標二人有經國之量下書逼令罷道云云恒標答詔云云興又致書於什碧什碧又答之云云興後頻復下書闔境救免乃歎曰古人有言益我貨者損我神生我名者殺我身遂緬迹人外故著論及百行箴云

西秦乞伏氏傳譯佛經録第八

若夫乘時拯俗開化利生有國之歸宗華夷所同志有乞伏國仁者隴右鮮卑人也代居苑川爲南單于前秦敗後接統創業都於子城號爲西秦尊事沙門時聖堅大德行化達彼國仁崇敬恩遇其禮彌隆即播釋風因事陳譯相承五主四十四年爲夏赫連所滅夏又爲魏所呑一云仁弟乞伏乾歸稱王建號南涼太初元年當晉孝武太元十三年戊子之歳至太初十二年降於李暠經於九年乾歸又立稱元更始至暮末立二年當宋元嘉七年爲夏勃所擒其實合三十七年矣今總會之所出經及失譯等如别所顯不繁標列

方等主虚空藏經八卷又云虚空藏所問經或五卷第二出與法賢譯羅摩伽同本見晉雜録出大集

演道俗業經第二出與支謙出小異後例一卷

孛經第二出與吳支謙異譯

太子須大拏經於江陵辛寺出庚㚖筆見始興寶唱録應入晉世隨人附秦

睒子經一孝睒經一菩薩睒經一佛説睒經一睒本經一孝子隱經凡六名第一出與羅什譯者小異見始興録

無涯際持法門經一名無際經見始興録一上金光首女所問經

除恐災患經第二出與魏世白延出小異見始興寶唱二録

婦人遇辜經見始興録

阿難問事佛吉凶經一名阿難分別經一分別經與弟子優多者域述經同本見始興録上九録法上録云出別録

菩薩所生地經一摩竭所問經見趙録未知前後趙遂人附西秦見始興録

賢首經一名賢首夫人經見始興録

童迦葉解難經第二出與什譯迦葉經同庚㚖筆見始興王宗寶唱支敏度四録同載

灌佛經與別譯摩訶刹頭經大同小異見始興録

七女本經第二出與支謙出大同小異亦名女本心明經

羅伽摩經三卷入法界品見唐録

右一十五經合二十四卷晉孝武世沙門聖堅於河南國爲乞伏乾歸譯或云堅公或云法堅未詳孰是故備列之依檢群録一經江陵出一經見趙録十經見始興録始興即南録或竺道祖晉世雜録或支敏度都録或王宗或寶唱勘諸録名人似遊涉諸處隨處出經既適無停所弗知附見何代世録爲正今依上總注入乞伏西秦世録云

梵本經四卷似是長安中出

薩惒薩王經

阿多三昧經或作阿陀

陀賢王經

颰陀悔過經

沙彌羅經

方等決經　　比丘二事經

右八部合一十一卷並是沙門僧祐出三藏集録釋道安所記關中異經今還附入三秦之録總爲失譯時代處云

北涼沮渠氏傳譯佛經録第九

序曰沮渠蒙遜臨松盧水胡也代爲北匈奴左大沮渠即官爲氏因藉前涼叚業所基至晉安帝隆安五年歲在辛丑自號北涼改元承乾至十二年從於姑臧改元玄始遇曇無讖法師翻譯大部弘扇佛教即宋武之初運也初遜奉讖欽重難倫元魏聞讖道術將延東謁遜懼讖爲魏設計或及西圖執固不許讖知遜情便辭西出求經又知業期將及詐爲行調累以終事既爾果行遜忿之令刺客於路害讖古人諺曰知識相逢不吉則凶斯言可録於後遜行虐已心愧其事白日見鬼以劒刺之遂崩二主四十二年爲魏所滅凡譯經道俗九人所出一十三部二百六十八卷并失譯經爲北涼之録

沮渠北涼沙門釋道龔二部一十二卷

沙門釋法衆一部四卷經

沙門僧伽陀一部二卷經

沙門曇無讖二十四部一百五十一卷經或檀文

安陽侯沮渠京聲一部二卷禪法

沙門佛陀跋陀一部六十卷論

沙門釋智猛一部二十卷經

沙門釋曇覺一部一十五卷

沙門釋道泰一部二卷論

諸失譯經五部一十七卷經佛名

悲華經十卷見古録似是先譯龔更刪改

寶梁經二卷見竺道祖河西録

右二部合一十二卷晉安帝世沙門釋道龔於張掖爲河西王沮渠氏出

大方等檀持陀羅尼經四卷亦云方等陀羅尼經

右晉安帝世高昌郡沙門釋法衆於張掖爲河西王沮渠氏譯見竺道祖晉世雜録

慧上菩薩問大善權經二卷第二出與法護譯善權方便經同見始興録一名大善權經一名大乘方便經一名慧上菩薩經凡五名本並同

右晉安帝世西域沙門僧伽陀涼言饒善於張掖爲河西王沮渠氏出見法上録

大般涅槃經四十卷玄始三年於姑臧出至十年訖此經凡三萬五千偈於涼減百萬言今尚萬餘偈三分始一見道祖涼録

大方等大集經三十一卷第三出與漢讖出二十七卷什出三十卷廣略小殊或二十九或三十二由初未勘定即抄寫致本不同今翻驗矣見道祖録

悲華經十卷第二出見道祖河西録又古録載此道龔已出雖歲年不同等是涼世出疑前譯未善故有兩分異似再翻實

菩薩地持經十卷或稱論亦八卷見道祖河西録

優婆塞戒經十卷承玄元年二月二十三日涼城内出道俗五百餘人同聽沙門道泰筆或六卷大小不定

菩薩戒經八卷

方等大雲經六卷一方等大雲無想一大雲無想一大雲密藏於涼内苑寺出見㲉二秦録及李廓呉録又載

虚空藏菩薩經五卷第二出與西秦聖堅譯方等王虚空藏經同出大集

佛本行經五卷第二出

金光明經四卷第一出十八品見道祖河西録

海龍王經四卷玄始七年出第二譯與法護出同本見道祖河西録

楞伽經四卷
信善經二卷或云善信女經祐云疑
無爲道經二卷世注爲疑
勝鬘經一云勝鬘師子吼一乘大方便經
羅摩伽經一卷第二出與魏世安法賢出者二卷廣略異
須真天子經見吴録又云什出似再録
居士請僧福田經見別録祐云疑
文陀竭王經　功德寶一光菩薩經
腹中女聽經一名不莊校女　決定罪福經世注爲疑
菩薩戒本第二出
菩薩戒壇文一云優婆塞壇文見唱録
右二十四部合一百五十一卷晉安帝世中天竺國三藏法師曇摩讖或云無讖涼言法豐賫大涅槃前分十卷并菩薩戒等到姑臧止於傳舍慮失經本枕之而寢夜有人牽讖墮地驚覺謂盜如此三夕乃聞空中聲曰此如來解脫之藏何爲枕之讖乃慚悟別安高處果有盜者夜數舉竟不能勝明日讖持不以爲重盜謂聖人悉來拜謝沮渠蒙遜僭據涼土稱河西王聞讖德名呼與相見一面交言禮遇甚厚仍請宣譯涼土英俊沙門慧嵩親承筆受西州道俗將數百人欣覩明能縱横問難讖釋疑滯清辯若流仍出寶坊諸經等六十餘萬言涅槃三分之一前後首尾來往追尋涉歷八年凡經三度譯乃周訖雖四十卷所闕尚多冀弘法王咸令滿足一覩圓教再隆化哉涼譯經竟宋武永初二年
禪法要解二卷

右晉安帝世蒙遜從弟安陽侯京聲爲人博識涉獵書史因譏弘經乃閱意内典奉持五禁守攝六情讀誦譯經即能諷誦西至于闐從天竺三藏禪師佛馱斯那涼言佛將諮問道義斯那天才聰明誦半億偈經明了禪法故西方諸國號爲人中師子安陽從學禪要諸術口誦梵本歸涼翻譯傳示流行復南度江事在別傳

阿毗曇毗婆沙六十卷

右佛滅度後六百餘年迦旃延羅漢弟子五百人造見寶唱録宋文帝世西域沙門浮陀跋摩或云佛陀涼言覺鎧於涼域内閑豫宮寺永和五年爲遜子虔譯沙門道泰筆受慧嵩道朗與名德僧三百餘人考正文義再周方訖凡一百軸沙門道挺製序屬魏滅涼經法被焚失四十卷至今應有六十卷是而王宗録云一百此據本耳今日見行有一百九卷當是近代後人分之

般泥洹經二十卷

右宋帝世雍州沙門釋智猛遊歷西域尋訪異經從天竺國賫梵本來道經王門於涼州譯元嘉十四年流至揚都與法顯同見宋齊録

賢愚經十五卷

右宋文帝世涼州沙門釋曇覺一云慧覺與僧威德於于闐得此經梵本來當元嘉二十二年於高昌國天安寺譯見宋齊録

大忍辱經十卷

不退轉經四卷一名不退轉法輪

金剛三昧經　　金輪王經

賢劫五百佛名

右五部合一十七卷是沙門僧祐新集釋道安涼土異經今還附入涼世目録爲失譯源庶知時代顯譯有無卷部少多出之處所

入大乘論二卷堅意菩薩譯

右一部　北涼世釋道泰釋見唐舊録

大唐内典録卷第三下

大唐内典録卷第四上

唐　沙　門　釋　道　宣　撰

歷代衆經傳譯所從録第一之四

宋朝　前齊　梁朝
後魏　後齊

宋朝傳譯佛經録第十

佛經創云信爲道原功德之毋智是出世解脱之基無信不可以登輕舟無智不可以斷深惑故生死大海浩汗無涯非夫六舟無以超越是以智士信六度爲超生之本故登舟而大濟斯道顯然唯智能克自教開中土三被誅除晩移南服五代弘闡以事據量則文明之朝信智不言而自顯武猛之國仁慧不可以開壃可不然乎可不然乎然則晉宋兩朝斯文卓越揚扇釋道宗猷可觀今略叙之用顯陳迹宋世録者劉裕字德轝彭城都鄉人初生之辰神光照室形長七尺六寸受東晉禪稱宋仍都建康至第三主元嘉年中有上事者云比寺塔修飾過興樂福之徒奢競日甚文帝以問何侍中曰范泰及謝靈運皆稱六經本是濟俗性靈真要會以佛經爲指南此賢達正言實誠有讜若使率土之濵皆純此化則朕垂拱坐致太平尚之對曰中朝以遠難復盡知渡江已來王導周顗宰輔之冠蓋王濛謝尚人倫之羽儀郗超王謐等或號絶群或稱獨步略述數十人靡非英俊清信之士無乏於時慧遠法師云釋氏之化無施不可臣謂此説有契理奥何者百家之鄉十人持五戒則十人淳謹千室之邑百人修十善則百人和穆傳此風教已偏寰區編戶

億千則仁人百萬夫能行一善則去一惡去一惡則息一刑一刑息於家萬刑息於國則陛下之言坐致太平是也故佛圖澄入鄴石虎殺戮減半澠池寶塔放光符堅椎鋸用息蒙遜反噬無親虐如豺虎末節改悟遂成善人法建道人力兼萬夫幾亂河渭面縛甘死以赴師尼此豈非是内化之被哉時吏部郎羊玄保在坐進曰臣竊恐秦趙論強兵之術孫吴盡吞併之計將無取於此也帝曰此非戰國之具良如卿言尚之曰夫禮隱逸則戰士怠貴仁德則兵氣衰若以孫吴爲心志在吞噬亦無取於堯舜之道豈惟釋教而已哉帝大悦曰釋門有卿亦猶孔氏之有季路所謂惡言不入於耳帝使中書陸澄撰續法論百有餘卷讚述佛理有弘裕焉唯此而談可謂至矣法由人顯佛囑帝王自是宋朝釋教隆盛名僧智士鬱若稻麻寶刹金輪森如竹葦相承八主五十九年其諸譯人華梵道俗二十有四人合出修多羅毗尼戒本羯磨優波提舍阿毗曇論傳録等凡二百一十部四百九十六卷結爲宋代建康録云

宋朝沙門佛馱什 三部三十六卷律戒羯磨

沙門釋智嚴 十四部二十六卷經

沙門釋寶雲 四部十五卷經

沙門釋慧嚴 一部三十六卷經

沙門伊葉波羅 一部十卷論

沙門求那跋摩 七部三十八卷經論

沙門僧伽跋摩 五部二十七卷論集

沙門求那跋陀羅 七十八部二百六十一卷經集

沙門曇摩蜜多 一十部十二卷經

沙門畺良耶舍二部三卷經

沙門曇無竭二部六卷經

安陽侯沮渠京聲三十五部三十六卷經

沙門功德直二部七卷經

沙門釋慧簡二十五部二十五卷經

沙門釋僧璩一部二卷戒法

沙門釋法穎三部二卷戒法

沙門竺法眷六部二十九卷經

沙門釋翔公一部二卷經

沙門釋道嚴二部三卷經

沙門釋勇公四部四卷經

沙門釋法海二部二卷經

沙門釋先公一部一卷經

沙門釋道儼一部二卷論

沙門竺道生七部七卷論

彌沙塞律三十四卷見道整宋齊録別録云二十四卷恐誤

彌沙塞戒本一卷見竺道祖録

彌沙塞羯磨見竺道祖録

右三部合三十六卷廢帝滎陽王世罽賔三藏毗尼師佛馱什宋言覺壽少受業於彌沙塞部專精律品兼達禪要壽以景平元年七月到於揚都先是法顯於師子國得彌沙塞梵本來未及翻譯而顯遷化京邑諸僧聞佛馱什既善此學於是衆議請令出之即以其年冬十一月集龍光寺譯爲三十四卷什執梵文于闐沙門智勝傳語龍光寺沙門竺道生東安寺沙門慧嚴等更互筆受叅正文理儀同侍中瑯琊王練爲檀越至二年十二月方訖仍於大部抄出戒心

幷羯磨等文並行於世

普曜經八卷第三譯與蜀出竺法護出本同文異見宋齊録及祐皎傳記或六卷四卷

無盡意菩薩經六卷亦云阿差末經見李廓録

生經五卷見別録

廣博嚴淨經四卷元嘉四年出一廣博嚴淨不退轉經一不退轉法輪與護阿惟越致遮經同本文別

菩薩瓔珞本業經二卷

毗羅三昧經二卷明居士入定事見東録祐云疑

阿那含經二卷　四天王經

善德婆羅門問提婆達多經

一音顯正法經或一音演王法經

調伏衆生業經　善德優婆塞經

法華三昧經　淨度三昧經

右一十四部合三十六卷文帝元嘉四年涼州沙門釋智嚴弱冠出家遊方博學遂於西域遇得前經梵本賫至揚都於枳園寺共寶雲出嚴之神德備高僧傳不復妄載

付法藏經六卷見李廓録

佛所行讚經五卷於六合山寺出見寶唱録一云佛本行七卷或云傳馬鳴撰見別録

新無量壽經二卷於道場寺出是第七譯與支謙僧鎧白延法護羅什法力出不同見道慧宋齊録及高僧傳

淨度三昧經二卷法顯賫來見道祖雜録

右四部一十五卷文帝世涼州沙門寶雲少歷西方善梵書語天竺諸國字音訓釋悉皆備解後還復至江左晚出諸經多雲刋定華梵兼通言音允正衆咸信服初時關中有竺佛念善於宣譯符

姚二代獨擅其名領會真文最爲稱首其江左翻傳譯梵爲宋莫踰於雲初與智嚴恒共同出嚴既遷化雲後獨宣故不多載

大般涅槃經三十六卷見寶唱録及高僧傳

右元曇無讖晉末於姑臧爲北涼沮渠氏譯本有四十卷語小朴質不甚流靡宋文帝世元嘉年初達于建康時豫州沙門范慧嚴清河沙門崔慧觀共陳郡處士謝靈運等以讖涅槃品數踈簡初學之者難以措懷乃依舊泥洹經加之品目文有過質頗亦改治結爲三十六卷餘感神徵應廣如高僧傳云

雜阿毗曇心十一卷

右文帝世外國沙門伊葉波羅宋言自在於彭城爲北徐州刺史王仲德譯至擇品緣礙遂輟

菩薩善戒經二十卷於祇桓寺第二出與文讖翻八卷小異見祖録及高僧傳後弟子定林寺更出三品成三十卷

雜阿毗曇心十三卷初伊葉波羅出至擇品停及續譯都訖見高僧傳

四分尼羯磨元嘉八年祇桓寺出第二譯與魏曇帝所出同見高僧傳別録及寶唱録

優婆塞五戒略論元嘉八年祇洹寺出亦云五戒相亦云五戒略論見高僧傳及唱録

善信二十二戒亦云離欲優婆塞優婆夷具行二十二戒亦云三歸優婆塞戒見高僧傳

沙彌威儀　　經律分異記

右七部合三十八卷罽賓國三藏法師求那跋摩宋言功德鎧元嘉年來達于建業文帝引見勞問慇懃因問持齋不

殺迫以身殉物不獲從志摩答以帝王匹夫所修各異帝乃撫几歎之事在高僧傳乃勑住祇桓供給隆厚譯前經論或有布花座下采更鮮榮摩後終於祇桓預作遺偈三十六行云證二果其文廣如傳

雜阿毗曇毗婆沙 十四卷元嘉十年於長干寺出第二譯與前本小異

摩德勒伽毗尼 十卷一云薩婆多毗尼元嘉十二年於秣陵平樂寺出見道慧宋齊録

大勇菩薩分別業報集 一云略者見唐録

龍樹菩薩勸發諸王要偈 一云求那跋摩出見唐録

請聖僧浴文 並見高僧傳及別録

右五部合二十七卷文帝世天竺三藏法師僧伽跋摩宋言衆鎧元嘉十年届自建業善律藏明雜心彭城王劉義康崇其戒範請以爲師名重京邑道場慧觀以跋摩妙解雜心諷誦通利先三藏等雖復譯出未及繕寫更重請飜寳雲傳語觀自筆受一周乃訖其後相續出摩德伽等

雜阿含經 五十卷瓦官寺譯法顯賫持來見道慧宋齊録

衆事分阿毗曇 十二卷共菩提耶舍譯

楞伽阿跋多羅寳經 四卷元嘉二十年道場寺譯慧觀筆受見道慧僧祐法上等録

央掘魔羅經 四卷道場寺出見道慧宋齊録及祐上別録等

過去現在因果經 四卷荊州辛寺第三出與漢竺大力吳支謙出本起瑞應等同小異見始興祐廊等録

釋六十二見經 四卷見別録祐云一卷

大方廣寳篋經 三卷見李廓録

現在佛名經 三卷元嘉二十九年正月二十七日荊州爲南譙王劉義宣出

亦名華數現在佛名見始興録及高僧傳

菩薩行方便神通變化經三卷見李廓録

淨度三昧經三卷見李廓録

相續解脱了義經二卷東安寺出見道慧僧祐李廓法上等四録

大法鼓經二卷東安寺譯見道慧僧祐李廓及別録等

阿蘭若習禪經二卷見李廓録

勝鬘師子吼一乘大方便經一卷丹陽郡出寶雲傳觀筆見道惠祐廓等録

無量壽經孝建年出第八譯見道惠宋齊録與僧鎧支謙白延法護羅什法力寶雲等出大同廣略異

賔頭盧突閣羅爲優陀延王説法經

般泥洹經孝建元年辛寺出第二譯或無般字與法護卷泥洹大同小異見道惠宋齊録

八吉祥經元嘉二十九年於荊州司空南譙王譯第二出與吳支謙出小異見祐唱二録

無憂王經後例一卷於荊州辛寺譯見吳録

出無量持門經見吳録

三小劫經見別録

食四經見別録

十二遊經第二出與晉迦留陀伽譯小異見舊録

十二頭陀經

三因緣經

異處七處三觀經第二出出雜阿含或無異處字

十一想思念如來經或思惟經

十二品生死經

十報法三統略經

罪福報應經

六齋八戒經

十一頭陀經

四人出現世間經出雜阿含

四品學法經

申兜本經或申日

舅甥經出生經

那先經異本出

日難經一云越難

君臣經出生經

鞞摩肅經

鸚鵡經中阿含

負債爲牛經 生經　那賴經 生經
二僑士經 出出曜經　釋摩男本經
阿蘭那經　老毋經
樹提伽經　阿遬達經
大意經　目連降龍王經
阿難見伎啼哭無常經
舍利弗等比丘得身作證經
佛往慰迦葉病經　請般特比丘經 一云時
佛命阿難詣最勝長者經
目連弟布施望即報經
舍利弗般泥洹經 生經　摩訶迦葉度貧毋經
阿那律七念章經　雜藏經
虛空藏菩薩經　菩薩訶欲經 第二出
阿彌陀經　諸法無行經
貧子須賴經 見李廓録　無量義經 見李廓録

殺龍濟一國經 六度集　無涯際持法門經
墮珠著海中經 生經
當來選擇諸惡世界經
阿難陀目佉尼呵離陀經
佛入甘露調正意經 出大十二門經
過去行檀波羅蜜經
本行六波羅蜜經 已上不注諸録者並別録
第一義五相略集 一卷東安寺譯見僧祐録
三藏法師自述喻 一卷見雜録

右七十八部合一百六十一卷文帝世中天竺國三藏法師求那跋陀羅宋言功德賢善大乘學時人亦稱爲摩訶乘亦云衍元嘉十二年來至揚都帝深崇敬彭城王劉義康南譙王劉義宣並師事之勑住祇桓寺仍請令譯雜阿含等

寶雲傳語慧觀筆受後隨譙王鎮撫荆州復於辛寺復出無憂王等經凡百餘卷多是弟子法勇傳語譙王請講華嚴經跋陀自忖未善宋言旦夕請觀世音遂夢易首明旦就講辯注若流餘有一在機悟領會具如高僧傳祐録止云賢譯七十三卷今案衆録悉具列之

禪祕要經三卷一云禪法要元嘉十八年於祇桓寺譯見祐録

五門禪經要用法見祐唱録

觀普賢菩薩行法經出深功德經一普賢觀經見祐録

虚空藏觀經一觀虚空藏菩薩一無觀字見道惠僧祐等録

諸法勇王經見李廓録

佛昇忉利天爲母説法經

轉女身經　象腋經

郁伽長者所問經

虚空藏菩薩神呪經已上六經並見李廓魏世録

右一十部一十二卷文帝世罽賓三藏禪師曇摩蜜多宋言法秀生而連眉爲人沉邃甚有慧鑒常爲善神潛形密護毎之國境神必託夢告其王知去亦如之誓以遊方教化爲志習性清修不拘名利初到燉煌即立禪閣於閑曠地植柰千株開園百畝禪衆濟濟趍者如雲元嘉年初來到建業届止中寺晩憩祇桓即譯禪經及以神呪兼復傳畫迦毗羅神王像形迄至于今是其則也

觀藥王藥上二菩薩經

無量壽觀經上二經並見道惠宋齊録及高僧傳

右文帝世西域沙門畺良耶舍宋言時稱性剛直寡嗜欲善三藏學多所諳知

尤工禪思元嘉年初遠萃京邑帝深加
賞勑住鍾山道林精舍以上二經是轉
障之祕術淨土之洪因常受持諷誦故
沙門僧舍祈請譯出舍躬筆受

觀世音菩薩受記經第二出與護出少異

外國傳五卷竭自述遊西域事

右二部六卷武帝永初元年黄龍國沙
門曇無竭宋言法勇招集同志釋僧猛
等二十五人共遊西域二十餘年自外
並化唯竭隻還於罽賓國寫得前件梵
本經來元嘉末年達于江左即於揚都
自譯見王宗僧祐惠皎李廓法上等録

治禪病祕要法經二卷孝建二年竹園寺出或無經字見祖祐唱録

淨飯王般涅槃經第二出

八關齋經異出本　普明王經

佛大僧大經二兒名　生死變識經

分恕檀王經　長者音悅經

賢者律儀經一威儀　進學經

優婆塞五戒經一名五相經

耶祇經　摩達經

五百梵志經　旃陀越經

五反覆大義經　迦葉禁戒經

弟子死復生經　弟子事佛吉凶經

五苦章句經

釋種問優婆塞經雜阿含經

波斯匿王喪母經　菩薩誓經

中陰經

佛母般泥洹經孝建二年鍾山定林寺出見祐録亦云大愛道經

摩夷比丘經　梵摩皇經

優婆塞五法經　五恐怖世經

末羅王經
觀彌勒菩薩生兜率天經見道慧宋齊錄及三藏記
觀世音觀經　諌王經
清信士阿夷扇經一云阿夷扇持父子經
弟子慢爲耆域述經一云弟子爲耆域述慢或明弟子慼誕經上來
不注見處並出別録
右三十五部合三十六卷孝武帝世北涼河西王沮渠蒙遜從弟安陽侯京聲屬涼運終爲元魏滅京聲竄竊南奔建康晦志卑身不交人世常遊止塔寺以居士自卑絶妻室淡榮利縱容法侶宣通正教是以黑白咸加敬焉所譯前件雜要衆經既諷習久對衆筆綴曾無滯礙丹陽尹孟顗善之賞贍隆厚見高僧傳

菩薩念佛三昧經六卷或念佛三昧經見道慧宋齊録
無量門破魔陀羅尼經或無量門見僧祐録
右二部七卷孝武帝世西域沙門功德直以大明六年於荊州爲沙門釋玄暢譯暢刊正文義詞旨婉密而暢舒手出香掌中流水莫之測也後適成都止大石寺即是阿育王塔所乃手自作金剛密迹等十六神像傳至今焉
藥師瑠璃光經大明元年出一拔除過罪生死得度一名灌頂出大灌頂經祐録爲疑長房勘婆羅門今有梵本神言小異耳
商人求財經　僧王五天使經疑僧字
善生王子經亦異出六向拜經
懈怠耕者經舊録懈怠耕經
釋迦畢罪經一本作家字出生經
貧窮老公經或貧老　殺身濟貴經出六度集

舍衛城中人喪子發狂經 阿含
請賓頭盧法經　譬喻經
阿難見水光瑞經 一云水光經
呪願經　瞿曇彌記果經
學人亂意經 一毋子作比丘比丘尼亂意經出增一含
竊爲沙門經
佛毋般泥洹經 與安陽侯出小異
長者子六過出家經 出曜經出
獼師捨家學道事經 出曜經出
瞿曇彌經
旃闍摩暴志謗佛事經 出生經
二老男子見佛出家得道經
真僞沙門經 或真僞經　佛涅槃後諸比丘經
大力士出家得道經 亦云力士跋陀經出雜阿含經自他無注並見別録

右二十五部合二十五卷孝武帝世沙門釋慧簡於鹿野寺出
十誦僧尼要事羯磨 二卷
右廢帝世大明七年律師釋僧璩於揚都中興寺依律撰出 亦云略要羯磨法見僧祐三藏記
十誦律比丘戒本 大明年出
十誦律比丘尼戒本 太始年出
十誦律羯磨比丘要用 太始年出
右三經三卷明皇帝世律師釋法頴於揚都長干寺依律撰出見僧祐三藏記及寶唱録
無盡意經 十卷　海意經 七卷
如來恩智不思議經 五卷
寶頂經 五卷
阿述達菩薩經 太始年廣州譯第三出與晉法護冊出者大同

二紮底耶經亦賢人用律經

右六部二十九卷明皇帝世天竺沙門竺法眷於廣州譯見始興僧祐出三藏記及寶唱等三録

輭首菩薩無上清淨分衛經一卷一決了諸法如幻三昧經

右宋世不顯年未詳何帝譯群録直注云沙門翔公於南海郡出見道安始興祐録

瓔珞本業經二卷

佛藏大方等經或問明顯經

右宋世不顯年未詳何帝譯群録直云沙門釋道嚴出見始興及法上録並載

空淨三昧經亦名空淨大感應三昧經

車匿經或車匿本末經

勸進學道經與梁史共出亦名勸進經

梵女首意經一首意女經

右件四部宋世不顯年帝譯群録直云沙門釋勇公出見始興趙録法上録亦載

樂瓔珞莊嚴方便經一名大乘瓔珞莊嚴經一名轉女身菩薩經與法護順權方便經同

寂調音所問經一名如來所說清淨調伏經與法護出文殊行律經同本

右二卷宋世不顯帝年譯群録注云沙門釋法海出見始興法上録

月燈三昧經一名文殊師利菩薩十事行經一名逮慧三昧經

右同前不顯帝年譯群録直注云沙門釋先公出見趙録法上録亦載

決正四部毗尼論二卷

右昇明元年沙門釋道儼依諸律撰出

善不受報論　佛無淨土論

應有緣論　頓悟成佛論
佛性當有論　法身無色論
二諦論

右七部宋初龍光寺沙門竺道生思力
天挺智不從師推佛性通於有心考性
命窮於法座著論開化廣如本紀

前齊朝傳譯佛經録第十一

齊氏宋運交禪因循統御道俗有聲南服故
不廣述其高帝蕭道成者臨沂人也因宋餘
業仍都建康於建元年安成野火洞澤焚燼
惟數丈地草獨不然往視其中得一金像既
感靈瑞聖化復隆帝曰使我治天下十年必
令黄金與土同價不幸四載而崩子賾字宣
遠嗣江海晏安有竟陵文宣王子良帝之次
子輔政司徒之位變諧鸞華大偃澆風偏弘
釋教多所製述弘護之美獨以見推廣搜髦
彦翼賛玄理撰淨住子二十卷佛史十卷抄
集群經增略刪廣有兼濟焉相承七主二十
三年傳譯道俗二十人所出經律傳等四十
七部合三百四十六卷爲齊朝録云

沙門曇摩伽陀耶舍一部一卷經
沙門摩訶乘二部二卷經律
沙門僧伽跋陀羅一部一十八卷律
沙門求那毗地三部一十二卷經
沙門釋法意二部二卷經
沙門釋法度二部二卷經律
沙門釋法願二部二卷經
沙門釋王宗二部七卷經及目録
沙門釋曇景二部四卷經
沙門釋法尼一部二卷經

沙門釋道正一部一卷經
沙門釋道備五部五卷經律
竟陵王蕭子良一十七部二百五十九卷經抄
常侍庾頡一部一卷經
沙門釋超度一部七卷律例
沙門釋法化一部一卷經
沙門釋慧基一部一卷注經
沙門釋法瑗一部三卷注經
文宣王記室王巾一部十卷僧史
荆州隱士劉虬二部一十卷經注

齊無量義經見僧祐法上等錄

右一經高帝世建元二年天竺沙門曇摩伽陀耶舍齊言法生稱於廣州朝亭寺手自譯出傳受人沙門慧表永明三年賫至揚都繕寫流布荆州隱士劉虬在武當山注之出經序

五百本生經見三藏記
他毗利律他毗利齊言宿德見僧祐錄

右二部武帝世外國沙門摩訶乘於廣州譯

善見毗婆沙律十八卷見道慧宋齊錄及三藏記

右一部一十八卷武帝世外國沙門僧伽跋陀羅齊言衆賢師資相傳云佛涅槃後優波離既結集律藏訖即於其年七月十五日受自恣竟以香花供養律藏便下一點置律藏前年年如是優波離欲涅槃時付弟子陀寫俱陀寫俱欲涅槃付弟子須俱須俱欲涅槃付弟子悉伽婆伽婆欲涅槃付弟子目揵連子帝須目揵連子帝須欲涅槃付弟子旃

陀跋閣如是師師相付至今三藏法師三藏法師將律藏至廣州臨上船返還去以律藏付弟子僧伽跋陀羅羅以永明六年共沙門僧猗於廣州竹林寺譯出此善見毗婆沙因共安居以永明七年庚午歲七月半受自恣竟如前師法以香華供養律藏訖即下一點當其年計得九百七十五點點是一年趙伯休梁大同元年於廬山值苦行律師弘度得此佛涅槃後衆聖點記年月訖齊永明七年伯休語弘度云自永明七年已後云何不復見點弘度答云自此已前皆是得道聖人手自下點貧道凡夫止可奉持頂戴而已不敢輙點伯休因此舊點下推至梁大同九年癸亥歲合得一千二十八年長房依伯休所推從大同九年至今開皇十七年丁巳歲合得一千八十二年若然則如來滅度始出千年去聖尚邇深可歡慶願共勵誠同宣遺法

觀世音懺悔除罪呪經（永明八年十二月出亦名觀世音所說行法經見寶唱錄及三藏記）

妙法蓮華經提婆達多品（沙門法獻於于闐國得此梵本來見道慧宋齊錄及三藏記）

右二部合二卷武帝世外國三藏法師達摩摩提齊言法意永明年爲沙門法獻於揚州瓦官寺譯出獻時爲僧正獻初以宋元徽三年遊歷西域於于闐國得此經梵本來弁佛牙經譯流行相傳至今佛牙到梁普通三年正月忽有數

人並執仗初夜扣門稱臨川殿下奴叛有人告云在佛牙閣上請開閣檢視看因即隨語開閣主師至佛牙座前開函取牙作三禮以錦手巾盛牙繞山東而去今竟不測所在

百句譬喻集經十卷外國僧伽斯那撰永明十年九月十日出此即第三譯或五卷見僧祐録

十二因縁經第四出　須達長者經

右三部合一十二卷武帝世天竺國三藏法師求那毗地齊言德進永明年於揚州毗耶離寺譯出

灰河經見始興録及高僧傳三藏記等

毗跋律見三藏記

右二部武帝世揚州沙門釋法度出見寶唱録載

佛法有六義第一應知經

六通無礙六根淨業義門經

右二部武帝世沙門釋法願抄集衆經依義撰出雖弘經旨異於僞造既標名號則別成卷部世皆共列用爲疑經故復載傳後業識源幸同鑒勗

佛所制名數經五卷　衆經目録二卷

右二部合七卷武帝世釋王宗抄集衆經論依事類撰有似數林首題經名編預於録懼亂名實故復委論既非正經世所疑惑又撰大小乘經目並見出三藏記

未曾有因縁經二卷亦直云未曾有經見始興録

摩訶摩耶經二卷亦直云摩耶經並見王宗寶唱法上等三録

右二部合四卷群録直云齊世沙門釋

曇景出既不顯年未詳何帝

益意經二卷祐云失譯見法上録

右一部合二卷齊世沙門釋法尼出既不顯年未詳何帝

彌勒成佛經

右先是長安釋道標譯是第三出小異護什本齊世江州沙門道政更復刪改標所定者首尾亦名成佛又云下生而其經首有大智舍利弗者是既不顯年未詳何帝

九傷經見別録　安墓呪經見別録

菩提福藏法化三昧經武帝世出見三藏記及寶唱録

七佛各說偈見吳録　深自知身偈見吳録

右五部合五卷齊世沙門釋道備出備後改名歡雖見衆録然並注入疑經

注遺教經　注優婆塞戒三卷

抄妙法蓮華經五十九卷

抄阿毗曇毗婆沙五十九卷

抄百喻經三十八卷　抄維摩詰經二十六卷

抄華嚴經一十五卷　抄地持經一十二卷

抄菩薩決定要行經十卷亦云淨行優婆塞經

抄成實論八卷　抄勝鬘經七卷

抄阿差末經四卷　抄摩訶摩耶經三卷

抄胎經三卷　抄方便報恩經二卷

抄鴦掘魔羅經二卷　抄律頭陀事經二卷

三寶記十卷亦云佛史法傳僧録　撰淨住子二十卷

雜義記二十卷

右子注及抄經合二十部凡三百四卷並齊司徒竟陵文宣王蕭子良愛好博尋躬自緝撰備忘擬歷不謂傳行後代

學人相踵抄讀世人忝雜惑亂正文故
舉本綱庶知由委其外猶有二十餘經
並是單卷文繁不復備録但上題抄字
者悉是其流類例抽尋始末自別見三
藏記及寶唱等録

戒果嚴經或無經字有八章頌
右一部武帝世永明五年常侍庾頡採
經意撰

律例七卷
右一部武帝世永明七年沙門釋超度
依律撰出

腹中女聽經第二出與先不莊校女經本同
右一部永元年中沙門釋法化誦出見
祐録衆録相承並云誦出未詳誦意依
而列之以有先譯故免疑失

勝鬘子注經三卷
右一部揚州靈根寺沙門釋法瑗述注
解

遺教子注經
右一部山陰法華山沙門釋慧基述注
解

僧史十卷
右一部合十卷司徒竟陵文宣王府記
室王巾撰

注法華經十卷　注無量義經
右二部經一十一卷南郡武當山隱士
劉虬撰弁製序劉虬即梁祖布衣之友
也其子之遴梁任爲太常

大唐内典録卷第四上

大唐内典録卷第四下　阜六

唐　沙　門　釋　道　宣　撰

梁朝傳譯佛經録第十二

弘傳聖教隨代興隆其中高者無越梁祖衍字叔達蘭陵人也承齊建命亦都建康登極思濟同契等覺垂拱臨朝盛弘經教廣延博古旁採遺文扇以淳風利之法俗祖禰相承尊事老氏及臨大寶下勑斷之唯以佛宗開物成務天監七年帝以正像侵末信重漸微三藏彌綸鮮能該洽勑沙門僧旻等撰經律異相以類相從凡五十卷皇太子綱撰法寶聯壁二百餘卷諸餘雜集其徒寔繁又勑沙門僧紹撰華林佛殿衆經目録四卷帝具省之周洽未委又勑沙門寶唱更纘經目乃顯譯有無證經真僞凡十七科頗爲覼縷前後二梁凡七帝八十七年五十年在金陵餘在江陵譯經道俗二十一人所出經律傳記等九十部凡七百八十卷爲二梁録云

沙門尼僧法 二十一部三十五卷經

沙門釋僧盛 一部一卷戒法

沙門釋妙光 一部一卷經

沙門釋僧祐 一十四部六十三卷集記傳

沙門釋道歡 一部一卷偈

沙門曼陀羅 三部一十一卷經

沙門僧伽婆羅 一十一部三十八卷經論傳

清信士木道賢 一部一卷經

西蕃王子月婆首那 一部一卷經

沙門真諦 一十六部三十六卷經論疏記

沙門釋僧旻 一部八十八卷經抄

沙門釋僧紹 一部四卷録目

沙門釋寶唱八部一百七卷雜録
沙門釋法朗一部七十二卷注經
沙門釋智藏一部八十卷義林
武皇帝一部五十卷注經
沙門釋慧令一部一十二卷經抄
沙門釋慧皎一部一十四卷僧傳
清信士袁曇允一部二十卷論抄
簡文帝綱一部二百卷法集
湘東王文學虞孝敬一部三十卷内典傳要

淨土經七卷永元元年出年八歲　妙莊嚴經四卷
妙音師子吼經三卷天監四年出年十六
益意經二卷天監三年出年十三
阿那含經二卷天監四年出年十六
寶頂經永元元年出年八歲　正頂經永元二年出年九歲
法華經永元二年出年九歲　勝鬘經二年出年九歲
藥草經三年出年十歲　太子經三年出年十歲
伽耶婆經三年出年十歲　波羅柰經年十一
優婁頻經年十二　般若得經天監元年出年十三
華嚴瓔珞經永元元年出年十三
出乘師子吼經三年出年十五
踰陀衛經四年在臺内華光殿出年十六
優曇經　維摩經
序七世經

右二十一部合三十五卷太學博士江泌女小而出家名僧法年八九歲有時靜坐閉目誦出前經揚州道俗咸稱神授長房云驗於經論斯理皎然是宿習來非關神授且據外典夫子有云生而知者聖學而知者次此局談今生昧於過往耳若不爾者何以得辯内外賢聖

浅深過現乎故高僧傳云釋曇諦者俗姓康氏其先康居人漢靈帝時移附中國獻帝末亂移止吳興諦父彤嘗爲冀州别駕毋黄氏晝眠夢見一僧呼爲毋寄一麈尾幷鐵鏤書鎮黄既眠覺見二物具存私密異之因而懷孕生諦諦年五歲毋以麈尾等示之諦曰秦王所餉毋曰汝置何處答曰不憶至年十歲出家學不從師悟自天發此即其事後隨父之樊鄧遇見關中僧䂮道人忽然喚䂮䂮曰童子何以呼宿士名諦曰阿上本是諦沙彌曾爲衆僧採菜被野猪傷不覺失聲今可忘耶然僧䂮經爲弘覺法師弟子爲僧採菜被野猪所傷䂮初不憶此乃詣諦父諦毋具說諦生本末幷示䂮書鎮麈尾等䂮乃悟而泣曰即䂮先師弘覺法師也師經爲姚萇講法華貧道爲都講姚萇餉師二物今遂在此追計弘覺捨命正是寄物之日傷憶採菜之事彌增悲悼諦後遊覽内外遇物斯說晚入吳虎丘山寺講禮易春秋各七徧法華大品維摩各十五徧又善屬文有集六卷盛行於世年六十餘終宋元嘉末年也房曰弘覺法師弟子僧䂮師徒匠導名重二秦什物三衣亦復何限惟書鎮麈尾保惜在懷及移識託生此之二物遂得同往神外質礙之像尚得相隨況心内慮知之法而不憶念所以鏡瑩轉明刃砥彌利滴聚爲海塵積成山世世習而踰增生生學而益廣

近匹初始之月終至十五團圓捨人還受人即是次生事憶而弗忘其神功乎閉目靜思自是女人情弱暗誦相續豈非前身時諷而論神受何乃愚瞽昧智慧之道乎

薩婆若陀眷屬莊嚴經

右一經天監九年郢州頭陀道人妙光詣揚州治下普弘寺出此經聚徒誑惑梁朝擯治故指斥明示以誡於後

教戒比丘尼法

右一卷武帝天監三年揚州沙門釋僧盛於鍾山靈根寺依律撰出見寶唱録

出三藏集記十六卷　法苑集一十五卷

弘明集一十四卷　世界記一十卷

薩婆多師資傳五卷

釋迦譜四卷更有十卷本余親讀之

大集等三經記　賢愚經記

集三藏因緣記　經來漢地四部記

律分十八部記　律分五部記

十誦律五百羅漢出三藏記

善見律毗婆沙記

右一十四部合六十三卷揚州建初寺律師釋僧祐撰故祐三藏記序云夫真諦玄凝法性虛寂而開物導俗非言莫津是以不二默訓會於義空之門一音震辯應乎群有之境自我師能仁之出世也鹿苑唱其初言金河究其後說契經以誘小學方典以勸大心妙輪區别十二惟部法聚總要八萬其門至善逝晦跡而應真結集始則四含集經中則

五部分戒大寶斯在含識資焉然道由人弘法待緣顯有道無人雖文存而莫悟有法無緣雖並世而弗聞聞法資乎時來悟道藉於機至然後理感時來方乃化通矣昔周代覺興而雲津致隔漢世像教而妙典方流法待緣顯信有徵矣漢末安高宣譯轉明魏初康會注述漸暢道由人弘於茲驗矣自晉氏中興三藏彌廣外域勝賓稠疊以總至中原慧士煒曄而秀生提什舉其宏綱安遠震其奧領渭濵務逍遥之集廬岳結般若之衆像法得人於斯爲盛原夫經出西域運流東方提挈萬里飜轉梵漢國音各殊故文有同異前後重來故題有新舊而後之學者鮮克研覈遂乃書寫繼踵而不知經出之歲誦說比肩而莫測傳法之人授之受道亦已闕矣夫一時聖集猶五事證經況千載交譯寧可昧其人世哉昔安法師以鴻才淵鑒爰撰經録訂正聞見炳然區分自茲已來妙典間出皆是大乘寶海時競講習而年代人名莫有詮貫歲月逾邁本源將没後生疑惑奚所取明祐以庸淺預憑法門翹仰玄風誓弘末化每至昏曉諷持秋夏講說未嘗不心馳菴園影躍靈鷲於是牽課羸恙沿波討源綴其所聞名曰出三藏記集一撰緣記二銓名録三總經序四述列傳緣記撰則原始之本克明名録銓則年代之目不墜經序總則勝集之時足徵列傳述則伊人之

風可見並鑽析内經研鏡外籍參以前識驗以舊聞若人代有據則表爲司南聲傳未詳則文歸盖闕秉牘凝翰志存信史三復九思事取實録有證者既標則無源者自顯庶行潦無雜於醇乳燕石不亂於楚王矣其法苑等並皆有序著述指訂不復具抄焉

衆經要覽法偈二十一首

右一卷武帝天監三年沙門釋道歡撰僧祐三藏集記注以爲疑故依舊編

寶雲經七卷見東録

法界體性無分別經二卷見李廓録及寶唱録

文殊師利般若波羅蜜經二卷或有説字見李廓録

右三部合一十一卷天監年初扶南國沙門曼陀羅梁言弘弱大賚梵本經來貢獻雖事翻譯未善梁言其所出經文多隱質共僧伽婆羅於楊都譯

阿育王經十卷第二出天監十一年六月二十日於楊都壽光殿譯初翻日帝躬筆受後付慧超令繼訖見寶唱録

孔雀王陀羅尼經二卷第二出與晉世帛尸利蜜譯本同文少異見寶唱録

文殊師利問經二卷天監十七年勅僧伽婆羅於占雲館譯袁曇允筆受光宅寺沙門法雲譯定

度一切諸佛境界智嚴經

菩薩藏經

文殊師利所説般若波羅蜜經第二譯小勝前曼陀羅所出二卷者

舍利弗陀羅尼經此呪大有神力若能持者雪山八夜叉王常來擁護所欲隨心

八吉祥經若人聞此八佛名號不爲一切諸鬼神衆難所侵

十法經並普通年譯

解脫道論一十三卷天監十四年於占雲館譯

阿育王傳五卷天監年第二譯與魏世者小異

右一十一部合三十八卷正觀寺扶南沙門僧伽婆羅梁言衆養亦云僧鎧幼而穎悟十五出家偏學阿毗曇心具足已後廣習律藏聞齊國弘法隨舶至都住正觀寺爲求那跋摩弟子復從跋陀研精方等博涉多通乃解數國書語值齊氏季末道教陵夷婆羅靜絜身心外絶交故大梁御寓搜訪術能以天監五年被勑徵召於揚都壽光殿及正觀寺占雲館三處譯上件經其本並是曼陀羅從扶南國賷來獻上陀終没後羅専事勸勑令沙門寶唱慧超僧智法雲及袁曇允等筆受天子禮接甚厚道俗改觀婆羅不畜私財以其嚫施成立住寺太尉臨川王所重

優婁頻經

右一卷唱録直云天監十五年木道賢獻上更不辯由委

大乘頂王經亦云維摩兒經第二出與晉世竺法護大方等頂王經同本異出文少異

右一部武帝世大同年優禪尼國王子月婆首那梁言高空辭齊入梁仍被留住因譯此經

金光明經七卷承聖元年於正觀寺及揚雄宅出是第二譯與梁世曇無讖出者全長四品

彌勒下生經承聖三年於豫章寶田寺出是第二譯

仁王般若經是第三譯與晉世法護出者少異大同三年在寶田寺見曹毗

真諦譯

十七地論 五卷太清四年於富春陸元哲宅爲沙門寶瓊等二十名德譯

大乘起信論 大同四年在陸元哲宅出

中論　如實論

十八部論　本有無論

三世分別論 已上並四年同出

金光明疏 十三卷太清五年出

仁王般若疏 六卷太清三年出

起信論疏 二卷太清四年出　中論疏 二卷

九識義記 二卷太清三年於新吳美業寺出

轉法輪義 已大同三年出

右一十六部合四十六卷武帝末世至承聖年西天竺優禪尼國三藏法師波維末陀梁言真諦遠聞蕭主菩薩行化搜選名匠軌範聖賢懷寶本邦來適斯土所賫經論樹葉梵文凡三百四十夾若具足翻應得二萬餘卷多是震旦先所未傳屬梁季崩離不果宣吐遇緣所出略説如前後之所翻復顯陳録載序其事多在曹毗三藏傳文長房曰僧祐云道由人弘法待縁顯信哉昔有人有法無縁不値時今遇良時好縁而闕人無法蒼生可愍良足悲夫矣

衆經要抄 一部并目録八十八卷

右一部天監七年十一月帝以法海浩博淺識窺尋卒難該究因勑莊嚴寺沙門釋僧旻等於定林上寺緝撰此部到八年夏四月方了見寶唱録

華林佛殿衆經目録 四卷

右一録天監十四年勑安樂寺沙門釋

僧紹略取祐三藏集記目録分為四色
餘增減之見寶唱録

經律異相一部并目録五十五卷天監十五年勅撰

名僧傳并序目三十一卷

衆經飯供聖僧法五卷亦十五年

衆經目録四卷十五年

衆經護國鬼神名録三卷十五年

衆經諸佛名三卷十六年

衆經擁護國土諸龍王名録三卷十六年

衆經懺悔罪方法三卷或四卷十六年並見寶唱録

出要律儀二十卷

右九部合一百二十七卷帝以國土調適住持無諸災障上資三寶中賴四天下藉龍王衆神祐助如是種種世間蒼生始獲安樂雖具有文散在經論急要究尋難得備覩故天監中頻年降勅令莊嚴寺沙門釋寶唱等總撰集録以備要須或建福禳災或禮懺除障或饗神鬼或祭龍王諸所祈求帝必親覽指事祠禱訖多感靈所以五十年間兆民荷賴緣斯力也

大般涅槃子注經七十二卷

右一部天監年初建元寺沙門釋慧朗注見寶唱録

摩訶般若波羅蜜子注經五十卷或一百卷

右一部武帝蕭衍年三十七即位在位四十九年年八十六帝以庭蔭早傾常懷哀感每歎曰雖有四海之尊無以得申罔極故留心釋典以八部般若是十方三世諸佛之母能消除災障蕩滌煩

勞故採衆經躬述注解又親講讀冀藉玆勝福望得展斯思慕頻奉代捨身時地為之震相繼齋講不斷法輪於鍾山起大愛敬寺青溪起智度寺臺内立至敬殿景陽臺立七届室月再過設淨饌每至展拜及宗廟蒸嘗未曾不涕泗滂沲哀感左右預從者莫不掩淚普通八年造同泰寺成樓閣殿臺房廊綺飾淩雲九級麗魏永寧開大通門對同泰寺因號大通元年三月大駕每親臨幸寺禮懺雖億兆務殷而卷不輟手披覽内外經論墳典恒以達曙自禮記古文周書左傳老莊諸子論語孝經往哲未詳前儒所滯悉皆訓釋國學生數有限兼又隔以貴賤帝每欲招來後進備斯善誘故别置立五館博士以引寒儁致孔釋二門鬱然森茂前後有集百二十卷著通史書苑等數千卷年事雖尊自強不息未明求衣坐以待旦五更便出外殿秉燭而省萬機流恩獄市多所弘恕其有應罹重憲不可矜原改容久之焚香念佛然後下勑悲愍黎元慈惻若是察姦擿伏有若通神自非享宴不聽音樂後宫妃嬪並無羅綺内殿小寢衣衾率素布被莞席草屨葛巾無餘服玩天監中便血味備斷日惟一食食止菜蔬蜀獻蒟蒻噉之覺美曰與肉何異勑復禁之帝王能然信不思議菩薩君也

般若抄 十二卷

右天監十六年勑靈根寺沙門釋慧令

撰見寳唱録

高僧傳十四卷并目録

右一部武帝世會稽嘉祥寺沙門釋慧皎撰學通内外善講經律著涅槃義十卷梵網戒等䟽並盛行世爲時所軌

成實論類抄二十卷

右天監年優婆塞袁曇允撰與齊文宣抄經相似亦見唱録

法寳集二百卷亦云法寳聮璧

右一部簡文帝蕭綱在儲宫日躬覽内經指撝科域令諸學士編寫結連成此部卷以類相從有同華林徧略惰學者有省過半之功

義林八十卷

右一部並大通年勑開善寺沙門釋智藏等二十大德撰但諸經論有義例處悉録相從以類聚之譬同世林無事不植每大法會帝必親覽以觀講論賔主往還理致途趣如指掌也

内典博要三十卷

右一部湘東王記室虞孝敬撰該羅經論所有要事備皆收録頗同皇覽類苑之流敬後出家改名慧命入關亦更有著述云然此博要亦是内學郡部之要逕也

後魏元氏飜傳佛經録第十三

元氏之先北代雲中虜也世爲豪傑南去定襄四千餘里案梁湘東王繹貢職圖云本姓託跋鮮卑胡人也西晉之亂有託跋盧出居晉樓煩地晉即封爲代王於後部落分散經

六十餘年至盧孫捨翼犍或言涉珪魏史云即道武皇帝魏之太祖也改號神瑞元年當晋孝武太元元年也出據朔州東三百里築城立邑號爲恒安之都爲符秦護軍堅敗後仍即真號生知信佛興建大寺恒安郊西大谷石壁皆鑿爲窟高十餘丈東西三十里櫛比相連其數衆矣谷東石碑見在紀其功績不可以筭也其碑略云自魏國所統貲賦並成石龕故其規度宏遠所以神功逾久而不朽也至第三主太武帝伏鼇世信納邪言毁壞佛法誅僧破寺涉歷七年惡疾災身薨後還復四主在北至孝文帝宏世遷京洛陽改姓稱元去胡衣服冠冕絶虜語尊華風手制文章談述雅誥聖天子也至孝明帝熈平元年靈太后胡氏造永寧寺起九層木浮圖高

九十丈上有寶刹復高十丈去地千尺離京百里即遥見之初欲築基掘至黄泉下得金像三十二軀太后信爲崇法之祥徵也是以營造窮極世工刹上金寶瓶容二十五石寶瓶下有承露金槃一十一重周帀輪郭皆垂金鐸復有鐵鏁四道引刹向浮圖角四角鏁上亦有金鐸大小皆如一石甕浮圖九級角角皆懸金銅鈴鐸合上下有百三十鐸浮圖四面别各有三門六牕並皆朱漆扇上各有五行金鈴其十二門二十四扇合有五千四百枚鈴鈴下復鏤金鐶鋪首窮造製之巧極土木之工庶人子來匪日而作佛事精妙不可思議繡柱金鋪駭人心目至於秋月永夜高風寶鐸和鳴聲響諧韻中霄晃朗熀爚燿空鏗鏘之音聞十餘里浮圖北有佛殿一所

形如太極中有丈八金像一軀等身金像十軀編真珠像三軀金織成像五軀玉像二軀作工奇巧冠於當世僧房樓觀一千餘間雕梁粉壁青瑣綺疎難得而言栝柏椿松扶疎簷霤叢竹香草布護堦庭是以常景製寺碑云須彌寶殿兜率淨宮莫尚於斯是也外國所獻神異經像皆在此寺寺之墻院皆施短椽以瓦覆之狀若宮墻寺之四面各開一門其正南門有三重樓通三閣道去地二十丈形製似今端門圖以雲氣畫彩仙靈列錢青鎖赫奕華麗夾門兩傍有四力士四師子飾以金碧加之珠玉莊嚴煥炳世所未聞東西兩門悉亦如之所可異者唯樓兩重北門一道上不施屋似烏頭門其四門外皆樹青槐亘以淥水京邑行人多庇其下路斷飛塵非由渰雲之潤清風送凉豈藉合歡之發而供養具與祇園等四事給施七百梵僧菩提流支爲譯經首也勑遣李廓撰經録云至永熈主遷入關中因成西東南北四魏合一十六帝歷一百六十一年泒入周齊依檢道俗一十三人所出經論傳録等總八十七部合三百二卷爲後魏三臺之經録云

北臺沙門釋曇曜 二部五卷經傳

沙門釋曇靜 一部二卷經

沙門吉迦夜 五部二十五卷經論

沙門釋曇辯 一部一卷經

南京沙門曇摩流支 三部八卷經

沙門釋法場 一部一卷經

沙門菩提流支 四十九部一百二十七卷經論録

沙門勒那摩提 六部二十四卷經論方

沙門佛陀扇多十部一十卷經論

鄴都婆羅門瞿曇般若流支一十四部八十五卷經論

越國王子月婆首那三部七卷經

期城郡守楊衒之一部五卷記

清信士李廓一部一卷經録

沙門達摩菩提一部一卷

元魏北臺淨度三昧經第二出與寶雲譯一卷同廣略異見道祖録

付法藏傳四卷見菩提流支録

右二部合五卷宋文帝元嘉二十二年丙戌是北魏太平真君七年太武皇帝信任崔皓邪佞諂諛崇重冦謙號爲天師殘害釋種毀破浮圖至庚寅年太武遭疾方始感悟兼有白足禪師來相啓發生媿悔心即誅崔皓到壬辰歲太武帝崩孫文成立即起浮圖毀經七年還興三寶至和平三年詔玄統沙門釋曇曜慨前陵廢欣今載興故於北臺石窟寺集諸僧衆譯諸傳經流通後賢使法藏住持無絶

提謂波利經二卷見出三藏記

右宋孝武世元魏沙門釋曇靖於北臺撰見其文云東方太山漢言代岳陰陽交代故云代岳於魏世出只應言魏言乃曰漢言不辨時代一妄太山即此方言乃以代岳譯之兩語相翻不識梵魏二妄其例甚多不可具述備在兩卷經文舊録别載有提謂經一卷與諸經語同但靖加足五方五行用石糅金疑成疑耳今以一卷成者爲定

雜寶藏經十三卷
付法藏因緣傳二卷或四卷因緣廣異曜自出者
稱揚諸佛經三卷第二出一名集華一現在佛名一諸佛華四名與羅什宋跋陀羅譯者本同出異
大方廣菩薩地經第二出與晉法護出菩薩十地大同小異見始興录
方便心論二卷或一卷凡四品
右五部二十五卷宋明帝世西域沙門吉迦夜魏言何事延興二年爲沙門統釋曇曜於北臺重譯劉孝標筆受見道惠宋齊録
寶車菩薩經一云妙寶車經
右齊武帝世元魏淮州沙門釋曇辯出後青州沙門道侍改治訪無梵本世多注爲疑見三藏集記及諸别録
元魏南京信力入印法門經五卷正始元年出

如來入一切佛境界經二卷景明二年白馬寺出一名如來莊嚴智慧光明入一切諸佛境界經
金色王經正始四年出法上録云菩提流支後更重勘
右三部合八卷齊梁間南天竺國三藏法師曇摩流支魏云法希於雒陽爲宣武帝譯沙門道寶筆受
辯意長者子所問經一名長者辯意經
右梁武帝世天監年中元魏沙門釋法場於洛陽出見沙門法上録
佛名經一十二卷正光年出
入楞伽經一十卷延昌二年譯第二出與宋跋陀羅四卷楞伽廣略爲異沙門僧朗道湛筆受
大薩遮尼乾子受記經十卷正光元年於洛陽爲司州牧汝南王於第出或七卷
法集經八卷延昌四年於洛陽出僧朗筆或六卷見法上録

勝思惟梵天所問經 六卷神龜元年於洛陽出第三出與法護出六卷持心經什四卷思益經同見法上録

深密解脱經 五卷延昌三年於洛陽出僧辯筆受見法上録

奮迅王問經 二卷第二譯與秦世羅什出自在王經同本

不增不減經 二卷正光年於洛陽譯或一卷

金剛般若波羅蜜經 永平二年於胡相國第譯第二出僧朗筆受與羅什出小異見法上録

差摩波帝受記經 正光年洛陽出

佛語經 僧朗筆受

不必定入印經 覺意筆受

無字寶篋經 僧朗筆受

大方等修多羅經 第二出與轉有經同本異譯

彌勒菩薩所問經 與大乘要慧經同本別出於趙欣宅心覺意筆受

第一義法勝經

伽耶頂經 第二出與羅什菩提經同本一名伽耶頂經論別出異名僧朗筆受

文殊師利巡行經 覺意筆受

一切法高王經 與諸法勇王經同本別出

護諸童子陀羅尼經 撿失本今獲

謗佛經 第二出與法護決定總持經同本別名一云決定總持經

十地經論 一十二卷李廓録云初譯宣武皇帝期一一自手筆受然後方付沙門僧辯訖

勝思惟經論 一十卷普泰元年洛陽元桃陽宅出僧朗僧辯筆受

彌勒菩薩所問經論 一十卷在洛陽趙欣宅出

寶性論 四卷

寶積經論 四卷

金剛般若經論 三卷永平二年於胡相國宅出僧朗筆受

順中論 二卷侍中崔光筆受

妙法蓮華經論 二卷曇林筆受并制序

伽耶頂經論 二卷天平二年鄴城殷周寺出一云文殊師利問菩提心經論 僧辯道湛筆受

三具足經論 正始五年出侍中崔光筆受

無量壽優波提舍經論 普泰元年僧辯筆受

寶髻菩薩四法論　轉法輪經論 曇林筆受
十二因縁論　百字論
破外道四宗論　破外道涅槃論
譯衆經論目録
右三十九部合一百二十七卷梁武帝世北天竺國三藏法師菩提流支魏言道希從魏永平二年至天平年其間凡歷二十餘載在洛及鄴譯李廓録稱三藏法師房内婆羅門經論本可有萬夾所翻經論筆受草本滿一間屋然其慧解與勒那相亞而神悟聰敏洞善方言兼工雜術嘗坐井口澡瓶内空弟子未來無人汲水三藏乃操柳枝聊撝井口密心誦呪纔始數徧泉遂湧上平至井脣三藏即鉢盥酌用傍僧見之並歎稱聖法師曰斯是術法耳外國共行此方不習乃言是聖懼惑於世遂祕雜法云

毗耶娑問經 二卷
十地經論 一十二卷初譯論時未善魏言名器世間爲盞子世間後因入殿齋見諸德索器乃總授鉢幞因悟器是總名遂改器世間云
究竟一乘寶性論 四卷一寶性分別七乘增上論趙欣宅出見寶唱録
寶積經論 四卷與十地二論菩提流支並譯且三德爭名不相詢訪其間隱沒更有不同致文言亦有異處後人始合見寶唱録載
法華經論 侍中崔光筆
龍樹菩薩和香方 凡五十法
右六部合二十四卷梁武帝世中天竺國三藏法師勒那摩提或云婆提魏言寶意正始五年來在洛陽殿内譯初菩提流支助傳後相爭別譯沙門僧朗覺意侍中崔光等筆

金剛上味陀羅尼經
如來師子吼經上二經正光六年出
轉有經
十法經
銀色女經
正法恭敬經或無法字亦云威德陀羅尼中說經
無畏德女經與阿術達菩薩經同本異出曇林筆受
無字寶篋經石六經元象二年出
阿難多目佉尼訶離陀羅尼經與支謙無量微密持一跋陀羅無量門持一舍利弗陀羅尼一名功德直無量門破魔陀羅尼等五經同本別出異名
攝大乘論二卷普泰元年出
右一十部合一十一卷梁武帝世北天竺國三藏法師佛陀扇多魏言覺定從正光六年至元象二年於洛陽白馬寺及鄴都金華寺譯元魏鄴都

正法念處經七十卷興和元年鄴城大丞相高澄第譯曇林僧昉等筆受
聖善住意天子所問經三卷興和三年鄴城金華寺出與護出如幻三昧經同本別名曇林筆受
八佛名經
金色王經上二經並興和四年於金華寺出並曇林筆受
無垢女經興和三年出
無垢優婆夷問經興和四年出
寶意猫兒經於金華寺爲高仲密出
菩薩四法經金華寺出曇林李希義等筆受
解脫戒本興和三年出僧昉筆受出迦葉毗律
犢子道人問經於金華寺爲高仲密出李希義筆受
迴諍論元象元年出曇林筆受
業成就論興和三年於金華寺出曇林筆受
唯識無境界論亦云唯識論
伊迦輸盧迦論上二論並金華寺出

右一十四部合八十五卷梁武帝世東魏南天竺國波羅柰城婆羅門瞿曇般若流支魏言智希從元象初至興和末在鄴城譯時有菩提流支雖復前後亦同出經而衆録目相傳抄寫去上菩提及般若字唯云流支譯不知是何流支迄今群録交涉相參謬濫相入難得詳定後賢博採幸願討之

僧伽吒經 四卷元象元年於司徒公孫騰第譯

大迦葉經 二卷一無大字

頻婆娑羅王問佛供養經 上二經並興和三年出

右三部七卷梁武帝世東魏中天竺優禪尼國王子月婆首那魏言高空於鄴城譯僧昉筆受

洛陽地伽藍記 五卷或爲一大卷

右斯城郡守楊衒之撰其序云三墳五典之説九流百氏之言並理在人區而義非天外至於一乘二諦之源六通三達之旨西域備詳東土靡記自頃日感夢滿月流光陽門飾毫眉之像夜臺圖紺髮之形爾來奔競其風遂廣至於晉室永嘉唯有寺四十二所皇魏受圖光宅嵩洛篤信彌繁法教逾盛王侯貴臣棄象馬如脱屣庶士豪家捨資財若遺跡於是招提櫛比寶塔駢羅云云京城内凡有一千餘寺並選擿祥異以注述云

衆經録目

右梁武帝世洛陽清信士李廓魏永平年奉勅撰廓負内外學注述經録甚有條貫

大涅槃論 卷一

右檢唐前録云達摩菩提譯不顯帝代疑故附此

後齊高氏傳譯佛經録第十四

元魏將季其祚分崩肅宋孝明崇信佛理太后胡氏親臨國政一紀之内天下晏然及帝之崩梟獍相及爾朱榮死於内殿吐萬仁擒帝晉陽高歡承疊破爾朱於鄴下宇文接亂翊平陽於關内歡乃燒洛宫殿殄絶帝圖建號天平徙都北鄴一十七載扶翼魏室梁太清三年武帝既崩高歡先殞世子澄襲相又殂魏之静帝乃禪位於高洋即相王之第三子也世族武川神用卓詭愚智混迹賢聖亂倫建號天保仍都鄴下王四瀆之三統九州之五誅滅李老其流出家道士抗者勑令深剃遂斬之於是並歸佛法十年之中佛法大盛僧二百餘萬寺出四十千並通弘護中興大法相承六主二十八年爲周所滅譯人道俗二頭出經七部經論五十三卷爲高齊録云

沙門那連耶舍 七部五十二卷經論

優婆塞萬天懿 一部一卷經

菩薩見實三昧經 十四卷天統四年天平寺出

月藏經 一十二卷天統二年天平寺出

月燈三昧經 一十卷天保八年天平寺出

大悲經 五卷天保九年天平寺出

須彌藏經 一卷

然燈經 亦名施燈功德經上二經天保九年於天平寺出

法勝阿毗曇論 七卷河清二年天平寺出

右七部五十二卷周明帝世高齊沙門統北天竺烏場國三藏法師那連提耶

舍齊言尊稱於鄴城譯昭玄沙門都瞿曇般若流支長子達摩闍那齊言法智傳語

尊勝菩薩所問經一名入無量門陀羅尼經

右周武帝世高齊居士萬天懿於鄴城譯懿元是鮮卑姓萬俟氏少而出家師事婆羅門甚聰哲善梵書語工呪術醫方故預翻譯焉

大唐内典録卷第四下

大唐內典錄卷第五上

唐 沙門 釋 道 宣 撰

歷代衆經傳譯所從錄第一之五

後周　陳朝　隋朝　唐朝

後周宇文氏傳譯佛經錄第十五

世襲衰亂離魏晉更覇各陳正朔互指僞朝仁義可曰銷聲德行是稱凋殞仍自諸代國史昌言我是彼非斯則一是一非一政一虐都難愜當誰敢籌之故北魏以江表爲島夷南晉以河內爲獯鬻周承魏運魏接晉基餘則偏王無所依據而宋齊梁陳之日自有司存國亡帝落遂即從諸筆削可不然乎周之先祖宇文覺者即西魏大丞相黑泰之世子也泰舉高陽王爲魏帝西遷長安改衣旛爲皂色號大統元年一十八載改年廢帝立魏齊王四年而薨覺承魏禪當年被廢立弟毓爲帝四年而崩立弟邕爲帝太祖第三子也開闊大度統御群小立十二年殺叔大冢宰晉國公護父子十人大臣六家改元建德至三年內納道士張賓妖佞云佛法於國不祥遂滅除之至建德六年東平齊國又殄前代數百年來公私寺塔掃地除盡融刮聖容焚燒經典八州佛寺出四十千盡賜王公三方釋子減三百萬還歸編戶帝以爲大周一統天下無事也志高慮遠改元宣政五月而崩太子贇立殺齊王父子八人改元大成二月立子衍爲太子禪位與之改元大象自號天元皇帝立四皇后威儀服飾倍多於古大象二年五月天元崩子衍立正月一日改元大定二月禪位於隋周凡五帝二十五年治於長

安傳譯沙門一十一人所出經論天文要等
三十二部合一百四卷焉
後周經録云
沙門釋曇顯一部二十卷經典
沙門攘那跋陀一部一卷論
沙門建摩留支一部二十卷梵天文
沙門闍那耶舍六部一十七卷經
沙門耶舍崛多三部八卷經
沙門闍那崛多四部五卷經
沙門釋僧勔二部二卷傳
沙門釋慧善一部八卷論
沙門釋亡名一部十一卷論銘傳
沙門釋靜藹一部一十一卷三寶集
沙門釋道安一部一卷三教論
周衆經要二十二卷　一百二十法門一卷

右二部二十三卷魏丞相王宇文黒泰興隆釋典崇重大乘雖攝萬機恒闡三寶第内每常供百法師尋討經論講摩訶衍遂命沙門釋曇顯等依大乘經撰菩薩藏衆經要及一百二十法門始從佛性終至融門而開講時即恒宣述永爲常則以代先舊五時教迹迄今流行山東江南雖稱學海軌儀楷則更莫是過乃至香火梵音禮拜歎佛悉是其内每事徵覈領綱有據

五明論一聲論二醫方論三工巧論四咒術論五符印論周二年出

右明帝世波頭摩國三藏律師攘那跋陀羅周言智賢共闍那耶舍於長安舊城婆伽寺譯耶舍崛多闍那崛多等傳譯沙門智僊筆受

婆羅門天文二十卷天和年出

右武帝世摩勒國沙門達摩流支周言

法希爲大冢宰晉蕩公宇文護譯

定意天子所問經五卷出大集天和六年譯沙門圓明筆受

大乘同性經四卷一名佛十地經一名一切佛行入智毗盧遮那藏經天和五年譯上儀同城陽公蕭吉筆受

寶積經三卷天和六年譯沙門道詧筆受

入如來智不思議經三卷天和三年譯沙門圓明筆受

佛頂呪經并功能保定四年譯學士鮑永筆受

大雲輪經請雨品第一百天和五年譯沙門圓明筆受初出

右六部一十七卷武帝世摩伽陀國三

藏禪師闍那耶舍周言藏稱共二弟子

耶舍崛多闍那崛多等爲大冢宰晉蕩

公宇文護於長安舊城四天王寺譯柱

國平陽公侯伏壽爲總監檢校

金光明經更廣壽量大辯陀羅尼五卷第二出於歸聖寺譯智僊筆受

須跋陀羅因緣論二卷於四天王寺譯沙門圓明筆受

十一面觀世音呪并功能經於四天王寺譯上儀同城陽公蕭吉筆受

右三部八卷武帝世優婆國三藏法師

耶舍崛多周言稱藏共小同學闍那崛

多爲大冢宰宇文護譯

金色仙人問經二卷於長安四天王寺譯蕭吉筆受

妙法蓮華經普門重誦偈

種種雜呪經　佛語經上三經並在益州龍淵寺譯

右四部合五卷武帝世北天竺揵達國

三藏法師闍那崛多周言志德於益州

爲總管上柱國譙王宇文儉譯沙門圓

明筆受

釋老子化胡傳

十八條難道章

右二卷新州願果寺沙門釋僧勔撰勔以像代邪正相參季俗澆情易爲趍競未辯眞僞更遞譽毀今以十八條難檢三科遣釋則聖賢皎然凡俗見矣其序略云勔以老子與尹喜西度化胡出家老子爲説經戒尹喜作佛教化又稱是鬼谷先生撰南山四皓注未善尋者莫不信從以爲口實異哉此傳君子尚不可罔況貶大聖乎今誠尋此説非直人世差錯假託名字亦乃言不及義翻辱老子意者勝人君子不出此言將是無識異道誇競佛法託鬼谷四皓之名附尹喜傳後作此異論用迷凡俗傳而不習夫子不許妄作者凶老君所誡此之巨患增長三途宜應糺正救其此失然教有内外用生疑似人有聖賢多迷本迹今考校年月究尋人世依内經外典採摭群達誠言區別眞假使一覽便見也

散華論八卷

右揚州栖玄寺沙門釋慧善撰善工毗曇學以智度論每引小乘以證成義善故依文次第散釋譬諸星月助朗太陽猶如衆華繽紛而散故名散華論也序略云著述之體貴言約而理豐余頗悉諸今覼縷者正由斯轍罕人諳練是以觸義慇懃逢文指掌詳覽君子想鑒鄙心焉善太清季上江陵承聖末入關在

長安舊城崇華寺柱國冢宰別供養敷
演法勝迄乎壽終六十餘矣
至道論　淳德論
遺執論　不殺論
去是非論　修空論
影喻論　法界寶人銘并序
厭食想文
僧崖菩薩傳保定二年於成都燒身當焚身日數百里内人悉集看肉骨俱盡唯留心在天華瑞相具在傳載長房親見
韶法師傳并序讃
驗善知識傳擬陸杲觀音應驗記
右一十卷武帝世沙門釋亡名著俗姓
宋諱闕殆南陽人爲梁竟陵王友曾不
婚娶梁敗出家改名上蜀齊王入京請
將謁帝以元非沙門欲逼令反俗并遺
少保蜀郡公別書勸喻報書云六不可
其後略云沙門持戒心口相應所列六
條若有一誑生則蒼天厭之靈神殛之
死則鐵鉗拔之融銅灌之仰戴三光行
年六十不欺暗室況乃明世且鄉國殄
喪宗戚衰亡貧道何人獨堪長久誠得
收迹山中攝心塵外支養殘命敦修慧
業此本志也寄骸精舍乞食王城稱力
行道隨緣化物此次願也如其不爾觸
處丘壑安能憒憒久住閻浮地乎有集
十卷文多清素語恒勸善存質去華見
重於世
三寶集一十一卷
右一部武帝世沙門釋靜藹依諸經論
撰出弘讚大乘光揚像代録佛法僧事

故云三寶集藹後厭身遂自捐命其捨壽日遺偈略云一見身多過二不能護法三欲速見佛早令身自在法身自在已在在諸趣中隨有利益處護法救衆生又復業應盡有爲法皆然三界皆無常時來不自在他殺及自死終歸如是處智者所不樂應當如是思衆縁既運湊業盡於今日凡三十餘偈山壁樹葉血徧書已然後捨命

三教論

右一論武帝世既崇道法欲齊三教時俗紛然異端競作始以天和四年三月十五日召集德僧名儒道士文武百官二千餘人於大殿上帝昇御筵身自論議欲齊三教至二十日復集論議四月十五日如前集議到二十五日司隷大夫甄鸞上笑道論至五月十日大集群臣評笑道論以爲不可即於殿庭以火焚之至九月沙門釋道安慨時俗之昬蒙遂纂斯二教論以光至理有一十二篇以内外二教爲本道無别教攝入儒流易之謙謙斯其徒也故外論之本古昔先王爲教主也仁義五常爲教體也孔丘述之亦非主也是以外教之宗治身治國盡於身代餘不有言内教之本以佛爲教主除惑入正爲教所歸諸餘道俗讃述而已是以内教之宗不以身爲累本意存心惑是稱内也道教云天下大患莫若有身斯言同儒故入外攝故内外二教文理卓明初帝重道而輕

佛欲除佛而存道及覽安論無以抗之遂二教俱除別立通道觀簡二教諸人達解三教者置負立學著衣冠而登其門焉餘如續高僧傳二十四

陳朝傳譯佛緣録第十六

有梁祚微禍難自作魏末大臣侯景統御河南因隙奔梁帝獨建議納之封爲河南王乗寵亂階遂陷梁室經於兩載乃稱尊號梁湘東王先在荆陜使大將王僧辯陳霸先等往平金陵曾未旋踵湘東爲西魏所滅僧辯爲霸先所殺擁兵稱王都於金陵以姓爲國其先吳興長城人代爲甲族形器異倫長九尺二寸鬚長三尺垂手過膝神明高放衆所推重及臨大寶復故梁基舊建業都七百餘寺侯景焚爇餘者無幾陳祖興祚皆備修補翻譯新經講通舊論不謝前軌自創國太平元年至降主叔寶禎明三年合五帝三十三年其二十四年與周同政其九年與隋同政所降之年即隋開皇九年也傳譯道俗三人所出經傳論疏等合四十八部總二百五十七卷爲陳朝經録云

沙門倶那羅陀三十八部二百三十二卷經論疏傳論

王子月婆首那一部七卷經

沙門須菩提一部八卷經

沙門釋慧思八部十卷大乘觀門

佛阿毗曇經九卷

無上依經二卷永定二年南康郡淨土寺出

解節經此本有十八品今止第四一品一卷眞諦略出以證義耳

金剛般若波羅蜜經第三出與什菩提流支出本同廣略異

廣義法門經

僧澁多律陳言總攝

修禪定法　俱舍釋論二十二卷
俱舍論本十六卷
攝大乘論一十五卷天嘉四年廣州制旨寺出慧愷筆受或十二卷
立世阿毗曇一十卷永定二年出
佛性論四卷
四諦論四卷　僧佉論三卷
攝大乘論本三卷第二譯與元魏佛陀扇多出少異
十八空論三卷豫章栖隱寺出
中邊分別論三卷於臨川郡出并疏三卷
金七十論二卷　俱舍論偈
金剛般若論
律二十二明了論亦云明了論并疏五卷
大般涅槃經論　遺教論
三無性論　反質論
墮負論　求那摩底隨相論

寶行王正論　成就三乘論
正說道理論　意業論
執異部論　佛阿毗曇
起信論　解捲論
思塵論
唯識論文義合一卷第二出與元魏般若流支出異在臨川郡出
正論釋義五卷於晉安佛力寺出
佛性義三卷　禪定義
俱舍論疏六十卷　金剛般若疏合一十一卷
十八部論疏一十卷　解節經疏四卷
無上依經疏四卷　如實論疏三卷
四諦論疏三卷　破我論疏
隨相論中十六諦疏始興郡出
婆藪盤豆傳一卷　衆經通序二卷
翻外國語七卷一名雜事一名俱舍論因緣事

右四十八部合二百三十二卷周武帝世西天竺優禪尼國三藏法師拘那羅陁陳言親依又別云眞諦起陳氏永定元年丙子至太建初已丑凡十四年既懷道遊方隨所在便譯並見曹毗三藏曆傳云闍梨太建元年正月十一日午時遷化年七十一遺文並付神足弟子智休領受三藏寺沙門法海未集闍梨文本已成部軸云闍梨外國經論並是多羅樹葉書凡有二百四十縛若依陳紙墨翻應得二萬餘卷今之所譯止是數縛多羅葉書已得六百餘卷通及梁代減三百卷是知佛法大海不可思議其梵本華嚴涅槃金光明將來建康已外多在嶺南廣州制旨王園二寺冀不思議弘法大士將來共尋庶令法燈傳照不隱輝於海隅

勝天王般若波羅蜜經七卷

右周武世月婆首那者生知俊朗自魏達齊之梁逮陳世學佛經尤精義理洞曉音韻兼善方言那先在鄴齊受魏禪諸有蕃客去留任情那請還鄉路經江左因爾遂被梁武帝留勑總監知外國使命太清二年忽遇于闐婆羅門僧求那跋陁陳言德賢有勝天王般若梵本那因祈請乞願弘宣求那跋陁嘉其雅操豁然授與那得保持以爲希遇屬侯景亂未暇及翻擕負西東諷持供養到陳天嘉乙酉之歲始於江州興業伽藍方果譯出沙門智昕筆受陳文凡六十

日江州刺史儀同黄法氍爲檀越僧正沙門釋慧恭三學德僧監掌始末具經後序不廣煩述那雖一身而備經涉歷魏齊梁陳相繼宣譯

大乘寶雲經 八卷第二出與梁世曼陀羅所出七卷同本異譯

右周武扶南國沙門須菩提陳言善吉於揚都城内至敬寺爲陳主譯見一乘寺藏衆經目録

四十二字門 兩卷　無諍門 兩卷

隨自意三昧　次第禪要

釋論玄門　三智觀門

安樂行法　弘誓願文

右八部十卷南岳沙門釋慧思撰思本武津人定慧凝遠性戒自然威德尊嚴道風遐扇幼感梵僧勸令出俗長蒙徧吉現形摩頂諷誦法華智通宿命翹勤方等靈相鬱蒸九旬策修一時圓證法華三昧大乘門於一念中朗然開發自是之後寂照幽深辯才無滯於是内求之侶重蠒雲集以所證法傳授學人並託靜山林宴居巖藪練微入寂弘益巨多昔江左佛法盛學義門自思南度定慧雙舉乃著茲觀法以通大化皆口授成章不加潤色而理玄旨奥蓋千載之徽猷焉

隋朝傳譯佛經録第十七

天命有隋膺斯五運帝圖榮祐宅此九州所以誕育之初神光洞發君臨已後靈瑞競臻故使天兆龜文水浮五色地開泉醴山響萬年雲慶露甘珠明石變聾聞瞽視瘖語躄行

禽獸見非常之祥草木呈難紀之瑞是知昔聞七寶匪局金輪今則神異四時徧和王燭往以赤若之歲黄屋馭宸土制水行興廢毀之佛日火秉木運啓嘉號於開皇高祖以周靖帝大定二年黄龍降於舊地卿雲見於城上二月十三日周以帝祚歸禪在隋景命既臨服黄替皂廢周六官依漢五省佛日還曜法水潛通其冬有前周沙門賫西域梵文二百餘部膺期而至下勑所司訪人令譯開皇二年仲春之月便就翻傳季夏詔曰殷之五遷恐民盡死是則以吉凶之土制短長之命謀新去故如農望秋龍首之山川原秀麗卉木滋阜宜建都邑定鼎之基永固無窮之業在兹可域城曰大興城殿曰大興殿門曰大興門縣曰大興縣園曰大興園寺曰大興善寺三寶慈化自此而興萬國仁風縁斯遠大伽藍鬱峙法宇交臨開士肩聯信心接踵及仁壽啓號寶塔是興百有餘州皆陳靈應于斯時也四海靜浪九服無塵大度僧尼將三十萬崇緝寺宇向有五千翻譯道俗二十四人所出經部垂五百卷煬帝嗣録卜宅東都仍於洛濵上林園置翻經館四事供養無乏歲時翻度新經備如別録今總一朝兩代三十七年道俗二十餘人所出經論傳法等合一百一十一部六百六卷結爲前隋傳録如左

京師洋川郡守曇法智 一部一卷經

沙門毗尼多流支 二部二卷經

沙門那連提耶舍 八部二十八卷經

沙門釋僧就 一部六十卷經

沙門闍那崛多三十七部一百七十六卷經

沙門釋法上三部四十三卷數録

沙門釋靈裕八部三十卷論記

沙門釋智顗十九部八十七卷大乘觀門疏論傳

沙門釋信行二部四十卷三階集

沙門釋法經一部七卷經目

沙門釋寶貴一部八卷經

沙門釋僧粲一部一卷論

沙門釋僧琨一部三十一卷數論

沙門釋彦琮六部九卷論傳録

沙門釋慧影四部三十七卷解論

廣州司馬郭誼一部二卷

儒林郎侯君素一部二十卷傳

晉府祭酒徐同卿一部二卷論

翻經學士劉憑一部一卷内數術

勑有司撰衆經法式一部十卷

沙門釋灌頂五部一十三卷觀門録傳記

東都沙門達磨笈多七部三十三卷經論

沙門釋明則一部一十三卷

沙門釋行矩二部二卷

大隋業報差别經開皇二年三月譯第二出與罪業報應同小異

右一部元魏世婆羅門優婆塞瞿曇般若流支長子達摩般若隋言法智門世已來相傳翻譯高齊之季爲昭玄都齊國旣平佛法同毀智因僧職轉任俗官册授洋州洋川郡守大隋受禪梵牒卽來勑召智還使掌參譯於大興善寺翻出智旣妙善隋梵二言執本自翻無勞傳語大興善寺沙門成都釋智鉉筆受文詞銓序義理日嚴寺沙門趙郡釋彦

琮製序

象頭精舍經開皇二年二月譯第二出與伽耶山頂經本同

大乘方廣總持經開皇二年七月譯

右二部北天竺烏場國三藏法師毗尼多流支隋言滅喜既不遠五百由旬振錫巡方來觀盛化至止便於大興善寺譯出給事李道寶般若流支次子曇皮二人傳語大興善寺沙門釋法纂筆受爲隋言并整文義沙門彦琮並製序

大方等日藏經十五卷開皇四年五月起出五年二月訖沙門智鉉道邃慧獻奉朝請庾質學士費長房等筆受

力莊嚴三昧經三卷開皇五年十月出費長房筆受

大莊嚴法門經二卷開皇三年正月出智鉉筆受與文殊師利神力經勝金色光明女經大淨法門經本同小異

德護長者經二卷三年六月出僧琨筆受一名拙多長者經與申日兜本及日光童子經同

蓮華面經二卷四年三月出

大雲輪請雨經二卷五年正月出是大雲經第一百品

牢固女經二年十二月出

百佛名經二年十二月出上四經慧獻筆受

右八部二十八卷北天竺烏場國三藏法師高齊昭玄統那連提耶舍隋言尊稱譯舍少出家五天遊四大小諸國經六十餘但是釋迦勝迹處所無不必践既窮南海還返北天復之茹茹逢彼國破因入鄴都正值文宣時始四十舍之骨梗頗異等倫縁是文宣偏所待遇藉甚既著理此統焉時亦出經論備齊世録齊被周滅仍憩漳濵開皇元年新經至止勑便追召二年七月傳送到京見

勞慇懃即勅安處大興善寺給以上供爲法重人其年季冬就干翻譯沙門僧琛明芬給事李道寶學士曇皮等僧俗四人更遞度語京城大德昭玄統沙門曇延昭玄都大興善寺主沙門靈藏等二十餘德監掌始末至五年十月勘校訖了舍九十餘矣至九年而卒有別傳所譯之經並沙門彥琮製序

新合大集經六十卷

右招提寺沙門釋僧就開皇六年所合長房録云就少出家專寶坊學依如梵本此大集經凡十萬偈若具足出可三百卷見今譯經崛多三藏口每說云于闐東南二千餘里有遮拘迦國彼王純信敬重大乘諸國名僧入其境者並皆試練若小乘學即遣不留摩訶衍人請停供養王宮自有摩訶般若大集華嚴三部大經並十萬偈王躬受持親執鍵鑰轉讀則開香華供養又道場内種種莊嚴衆寶備具並懸諸雜華時非時果誘諸小王令入禮拜彼土又稱此國東南二十餘里有山甚險其内安置大集華嚴方等寶積楞伽方廣舍利弗陀羅尼華聚陀羅尼都薩羅藏摩訶般若八部般若大雲經等凡十二部皆十萬偈國法相傳防護守視兼云有三滅定羅漢在彼山窟寂禪冥衛半月一月或有僧往山爲羅漢淨髮信哉神力固當實焉鬚髮剃還生入滅定不動難思議福地獲此寶任持所冀今來明王睿主種

賢紹聖弘法化君寫以宣流所統之內聞善尚傳故因叙載然去聖將遠凡識漸昏不能總持隨分撮寫致來梵本部夾弗全略至略翻廣來廣譯緣是前哲支曇所翻及羅什出或二十七或復三十或三十一卷軸匪定就既宣揚每恒嗟歎及覩耶舍高齊之世出月藏經一十二卷至今開皇復屬耶舍譯日藏經一十卷既並大集本舊品內誠欣躍即依合之成六十軸就雖附入未善精比有大興善寺沙門洪慶者識度淵明奉爲皇后檢校抄寫衆經兩藏遂更正就所合名題甚爲整類又今見翻其間尚有是大集分略撮都訖應滿百卷於本梵文三分將一且夫土石末爲細塵無自持之力及其結爲堆阜有生載之功況條離株希盛榮流捨源求廣潤而可得乎我隋皇帝之挺生也應天時順地理九州離隔出三百年十萬偈分將踰千祀散經還聚聚光大集之文別壞遂通通顯大興之國非夫位握金輪化弘方等先皇前帝開壇闡法其孰並斯焉

佛本行集經 六十卷七年七月起十一年二月訖僧曇學士長房劉憑等筆 彥琮序

法炬陀羅尼經 二十卷十二年四月起十四年六月訖道邃等筆

威德陀羅尼經 二十卷十五年七月起十六年十二月訖僧現等筆

諸佛護念經 十卷十四年十月起至十二月訖僧曇等筆

五千五百佛名經 八卷十三年八月起十四年九月訖僧曇等筆

大集賢護菩薩經 六卷十四年十二月起十五年二月訖明芬等筆

聖善住天子所問經 四卷十五年四月出道邃等筆

觀察諸法行經四卷十五年四月二十四日出五月二十五日訖長房等筆
四童子經三卷十三年五月出七月訖僧現筆
諸法本無經三卷開皇五年六月起七月訖劉憑等筆
虚空孕菩薩經二卷七年正月起三月訖僧曇筆彦琮序
大方等大雲請雨經二卷見唐録
月上女經二卷十一年四月翻六月訖劉憑筆彦琮序
善思童子經二卷十一年七月起九月訖長房筆彦琮序
無所有菩薩經四卷見唐録
移識經二卷十一年十一月翻十二月訖長房筆
譬喻王經二卷十五年五月出六月訖道密等筆
護國菩薩經二卷見唐録
發覺淨心經二卷十五年九月出十月訖僧琨筆
一向出生菩薩經五年十一月出十二月訖僧曇等筆琮序
佛華嚴入如來不思議境界經二卷見唐録
大威燈仙問疑經六年正月出二月訖道邃筆琮序

文殊尸利行經六年三月出四月訖僧曇筆琮序
東方最勝燈王如來經見唐録
八佛名號經六年五月出六月訖道邃筆琮序
希有校量功德經六年六月出其月訖僧曇筆彦琮序
善恭敬師經六年七月出八月訖僧曇筆琮序
如來方便善巧呪經十年正月出二月訖僧曇筆琮序
不空羂索觀世音心呪經七年四月出五月訖僧曇筆琮序
十二佛名神呪除障滅罪經七年五月出訖僧琨筆琮序
金剛場陀羅尼經七年六月出八月訖僧琨筆琮序
諸法最上王經十五年出七月訖明芬筆
入法界經十五年七月出八月訖道密等筆
商主天子問經十五年八月翻九月訖學士費長房筆
出生菩提經十五年十月翻訖學士劉憑筆
金光明經囑累品銀主品涼世曇無讖出四卷梁世眞諦出六卷周世崛多出五卷並無此兩品今有故復出之

大乘三聚懺悔經（見唐録）

右三十七部合一百七十六卷北天竺犍達國三藏法師闍那崛多隋言至德又云佛德周明帝世武成年初共同學耶舍崛多隨本師主摩伽陀國三藏禪師闍那耶舍賫經入國師徒同學悉習方言二十餘年崛多最善周世在京及往蜀地隨處並皆宣譯新經或接先闕文義咸允時遭魔難世迫王威建德三年逢毁二教夏之七衆俱俗一衣崛多師徒亦被誘逼既元結契捐命遊方弗憚苦辛弘化爲業值法陵滅遂爽本心既辭是梵人不從華服秉古志節乞求返邦國家依聽以禮放遣我脂那者實是閻浮之陸海也爲諸退裔殊服異形咸所奔湊其非樂土寧感致斯慕化而來來者容納思鄉欲去去者不違還向北天路經突厥遇值中面他鉢可汗慇重請留因往復曰周有成壞勞師去還此無廢興幸安意住資給供養當使稱心遂爾併停十有餘載師及同學悉彼先徂唯多獨在時屬相州沙門寶暹道邃智周僧威法寶僧曇智照僧律等十有一人以齊武平六年相結西遊往還七載凡得梵經二百六十部迴到突厥聞周滅齊併毁佛法進無所歸退則不可還延彼間遂逢志德如渴值飲若暗遇明仍共尋閲所得新經請翻名題勘舊録目頻覺巧便有殊前人律等内誠各私慶幸獲寶遇匠得不虛行同誓焚

香共羿宣譯
大隋受禪佛法即興周等賫經先來應運開皇元年季冬届止勑旨付司訪人令翻崛多四年方果入國處處興善將事弘宣五年勑旨即令崛多共婆羅門沙門若那竭多開府高恭恭息都督天奴和仁又婆羅毗舍達等道俗六人令於內史內省翻梵古書及乾文等于時廣濟寺唯獨耶舍一人譯經至七年別勑崛多便兼翻經兩頭來往到十二年翻書訖了合得二百餘卷進畢爾時耶舍先已終亡仍勑崛多專主翻譯仍移法席就大興善更召婆羅門沙門達摩笈多并遣高天奴高和仁兄弟等同翻又增置十大德沙門僧休法粲法經慧藏洪遵慧遠法纂僧暉明穆曇遷等監掌始末銓定指歸其十四部本行集經七十六卷並是餘處十一年前崛多自翻沙門彦琮制序皆是其十七部法炬等八十九卷十二年來在大興善寺禪堂內出沙門笈多高天奴兄弟等助沙門明穆沙門彦琮重對梵本再更覆勘整理文義其外尚有九十餘部見在續翻訖隨附錄仰惟如來金口所唱異類各掌悟解譬如日月輝天迦葉阿難親承梵音結集布乎皮牒猶如炬燭朗夜後漢迄金國俗殊別宣譯著在文言狀如瑩燈照室所冀石火之繼太陽以影傳光津液法流露潤含識庶無斷絶若論真僞本末可得同年而比校哉

無所有菩薩經四卷　護國菩薩經二卷

佛華嚴入如來不思議境界經二卷

大雲請雨經　東方最勝燈王如來經

大乘三聚懺悔經

右六部經十一卷亦是崛多笈多二師於興善續出長房録闕名今搜現入藏經有之故附此第

增一數四十卷略諸經論所有數法從一至十至百乃至千萬有似數林

佛性論二卷　衆經録

右三部合四十三卷相州前定國寺沙門釋法上撰上戒山崇峻慧海幽深德可軌人威能肅物故魏齊世歷爲統都所部僧尼減三百萬而上綱紀將四十年當文宣時盛弘釋典上總擔荷並得緝諧内外闡揚黒白咸允非斯柱石孰此棟梁景行既彰逸響遐被致高句麗國大丞相王高德乃深懷正信崇重大乘欲以釋風被之海典然莫測法教始末縁由自西徂東年世帝代故從彼國件録事條遣僧義淵乘帆向鄴啓發未聞事條略云釋迦文佛入涅槃來至今幾年又在天竺經歷幾年方到漢地初到何帝年號是何又齊陳國佛法誰先從爾至今歷幾年帝請乞具注其十地智度地持金剛般若等諸論本誰述作著論縁起靈瑞所由有傳紀不謹録諮審垂爲釋疑上答佛以姬周昭王二十四年甲寅歲生十九出家三十成道當穆王二十四年癸未之歲穆王聞西方有化人出便即西入而竟不還以此爲驗四十九年在世滅度已來至今齊世武平七年丙申凡一千四百六十五年後漢明帝永平十年經法初來魏晉相

傳至今孫權赤烏年康僧會適吳方弘教法地持是阿僧佉比丘從彌勒菩薩受得其本晉安帝隆安年曇無讖爲河西王沮渠蒙遜譯摩訶衍論龍樹菩薩造晉隆安年鳩摩什婆至長安爲姚興譯十地論金剛般若論並是僧佉弟婆藪槃豆造至後魏宣武帝時三藏法師菩提留支始翻上答指訂由緣甚廣今略舉要以示異同而上所服素納袈裟一鉢三衣外更無聚積諸受請供感世利財起一山寺名爲合水山之極頂造彌勒堂常願往生覲覩彌勒四事供養百五十僧齊破法湮山寺弗毀上私隱俗習業如常當願殘年見三寶復更一頂禮慈氏如來業行既專精誠感激心如注石遂屬開皇至尊龍飛佛日還照上果情願力疾服袈裟弟子扛轝舁山寺頂合掌三禮彌勒世尊右繞三周訖還山下奄然而卒九十餘矣

安民論十二卷　陶神論十卷

因果論二卷　聖迹記一卷

塔寺記　經法東流記

十德記僧尼制

右八部合三十卷相州大慈寺沙門釋靈裕撰裕即道憑法師之弟子也軌師德量善守律儀慧解鉤深見聞弘博兼內外學爲道俗歸性愛傳燈情存著述可謂篤識高行沙門也觀裕安民陶神因果意存宣通無上法寶開皇十年追入見訖辭帝東返十一年春厚禮放之

大唐内典録卷第五上

大唐内典録卷第五下

唐　沙門釋道宣撰

隋朝傳譯佛經録第十七之餘

圓頓止觀十卷於荆州玉泉寺説沙門灌頂筆記

禪波羅蜜門十卷於金陵瓦官寺説沙門法慎記

維摩經疏三十卷隋帝請出并前玄十卷後玄六卷

法華玄十卷沙門灌頂筆記

法華疏十卷沙門灌頂筆記

小止觀二卷　六妙門

覺意三昧　法華三昧

觀心論　三觀義

四教義　四悉檀義

如來壽量義　法界次第章三卷

大方等行法　般舟證相行法

請觀音行法　南嶽思禪師傳

右十九部八十七卷天台山沙門釋智顗撰顗俗縁陳氏荆南人㓜㝠禎感夙禀玄風蘊道天台尋師衡嶺雙弘定慧圓照一乘受四教於神僧傳三觀於上德入法華三昧證陀羅尼門照了法華若高輝之臨幽谷説摩訶衍似長風之遊太虚假令文字之師千羣萬數尋彼妙辯無能窮也自發軫南嶽弘道金陵託業玉泉遁跡台嶺三十餘載盛弘一乘止觀禪門利益惟遠義同指月不滯筌蹄或於一法中演無量義攝無量義還入一心實觀玄微清辯無盡由是四方法侶請益如林若定若慧傳燈逾廣爲大機感著述茲文並理會無生宗歸一極者也禪門止觀及法華玄但約觀

心爲衆敷演灌頂法慎隨聽筆記覬自印可天下盛傳可謂行人之心鏡巨夜之明燈自古觀門未之加矣陳隋兩帝師爲國寶尊人重法委託舟航捨寶捨身詳諸別録

對根起行雜録集三十六卷

三階位別録集四卷

右二部四十卷眞寂寺沙門釋信行撰行魏人少而落髮博綜羣經蘊獨見之明顯高踣之迹與先舊德解行弗同不全聲聞兼菩薩行捨二百五十戒居大僧下在沙彌上門徒悉行方等結淨頭陀乞食日止一餐在道路行無問男女率皆禮拜欲似法華常不輕行此亦萬衢之一術也但人愛同惡異緣是時復致譏此録誠並引經論正文而其外題無定准的雖曰對根起行幽隱指體標榜於事少微來哲儻詳幸知有據開皇二十年勑斷不聽行想同箴勗然其屬流廣海陸高之

衆經録目七卷

右開皇十四年大興善寺沙門釋法經等二十大德奉勑撰揚化寺沙門明穆區域條分指蹤紘絡日嚴寺沙門彥琮覼縷緝維考校同異故表略云總計衆經合有二千五十七部五千三百一十二卷凡爲七軸但法經等既未盡三國經本校驗同異今唯且據十餘家録删簡可否總標綱紀位爲九録區分品類有四十二分凡初六録四十六分略示

經律三藏大小之殊粗顯譯傳是非眞僞之别後之三録集傳記注前三分者並是西域賢聖所撰以非三藏正經故爲别録後之三分並是此方名德所修雖不類西域所製莫非毗賛正經發明宗教光輝開進後學故兼載焉

新合金光明經八卷

右一部大興善寺沙門釋寶貴開皇十七年合貴即周世道安神足翫閲羣典見昔晋世沙門支敏度合兩支兩竺一白五家首楞嚴五本爲一部作八卷又合一支兩竺三家維摩三本爲一部作五卷今沙門僧就又合二讖羅什耶舍四家大集四本爲一部作六十卷諸此合經文義宛具斯既先哲遺蹤貴遂依承以爲規矩而金光明見有三本初曇無讖譯四卷其次崛多譯爲五卷又眞諦譯復爲七卷其序果云曇無讖法師稱金光明經篇品闕漏每尋文揣義謂此說有徵而讎校無指永懷寤寐梁武皇帝愍三趣之輪迴悼四生之漂没汎寳舟以救溺秉慧炬以照迷大同年中勑遣直後張汜等送扶南獻使反國仍請名僧及大乘諸論雜華經等彼國乃屈西天竺優禪尼國三藏法師波羅末陀梁言眞諦并齎經論恭膺帝旨法師遊歷諸國故在扶南風神爽悟悠然自遠羣藏淵部罔不研究太清元年始至京邑引見殿内武皇躬伸頂禮於寶雲殿供養欲翻經論寇羯憑陵大法斯舛

國難夷謐沙門僧隱始得諮禀法師譯經經目果闕三身分別業障滅陀羅尼最淨地依空滿願等四品全別成爲七卷今新來經二百六十部内其間復有銀主陀羅尼品及囑累品更請崛多三藏出沙門彦琮重覆校勘故貴今合分爲八卷品部究足始自乎斯文號經王義稱深妙願言幽顯頂戴護持

十種大乘論

右大興善寺沙門釋僧粲撰粲俗姓孫氏陳留人少出家尚遊學江河南北靡所不經關隴西東觸處皆履涉歷三國備齊陳周諸有法筵無不必践工難問善博尋今爲二十五衆第一摩訶衍匠故著斯論光賛大乘十種者一無障礙二者平等三逆四順五接六挫七迷八夢九相即十中道引經論成文證據甚有軌轍亦初學者巧方便門也

論場一部 三十一卷

右一部大興善寺沙門成都釋僧琨集琨即周世釋亡名之弟子俗緣鄭氏性沉審善音聲今爲二十五衆教讀經法主搜括羣經卷部連比唯諸雜論篇軸參差引經説云欲知智者意廣讀諸異論緣是采摭先聖後賢所撰諸論集爲一部稱曰論場譬世園場則五果百穀戲場則歌舞音聲戰場則牟甲兵仗道場則幡華寶盖種種莊嚴今此論場譬同於彼無事不有披帙一閲俱覧百家自利利人物我同益者也

凡聖六行法 二十卷 五卷 三卷 十卷 一卷 七卷

右六部凡五十餘卷滄州逸沙門釋道正所撰正頭陀爲業不蒃名貫悼時俗聲說故撰茲行門廣采羣典布列名目開皇中入京僕射高熲重之爲建法筵談述行體名德患其功教不許流布正遂逃越人世埋名塵俗不測其終後收其遺文恨相知之遠矣

達摩笈多傳 四卷

通極論　辯教論

辯正論　通學論

善財童子諸知識録

新譯經序

右六部合十卷日嚴寺沙門釋彥琮撰琮俗縁李氏趙郡栢仁人世號衣冠門稱甲族少而通敏才藻内融識洞幽微情同水鏡遇物便曉事罕再詳其論傳辭並皆精洽通極者破世諸儒不信因果執於教迹好生異端此論所宗佛理爲極辯教者明釋教宣眞孔教弘俗論老子教不異俗儒靈寶等經則非儒攝通學者勸誘世人徧師孔釋令知外内備識俗眞善知識者是大因縁登聖越凡不因知識無由達到此勸於人廣結知友若善財焉

述釋道安智度論解 二十四卷并道安自製序

存廢論　傷學論　厭修論

右四部合二十七卷舍衛寺沙門釋慧影撰影俗縁江氏巴西人周世智度論師釋道安義解之神趾傳燈注水繼踵

法輪述而不作弘摩訶衍亦爲二十二衆主潛形寺宇汎志慧流迹罕人間情多物外文鋒出口理窟入神觀夫論興厥意可覩傷學論者爲除謗法之愆存廢爲防姦求之意厭修令人改過服道者也

占察經二卷

右一部檢録無目經首題云菩提登在外國譯似近代出今諸藏内並寫流傳而廣州有一僧行塔懺法以皮作二枚帖子一書善字一書惡字令人擲之得善者好得惡者不好又行自撲法以爲滅罪而男女合雜青州亦有一居士同行此法開皇十三年有人告廣州官司云是其妖官司推問其人引證云塔懺法依占察經自撲法依諸經中五體投地如太山崩廣州司馬郭誼來向岐州具狀聞奏有勑不信占察經道理令内史侍郎李元操共郭誼就寶昌寺問諸大德沙門法經等報云占察經目録無名及譯處塔懺法與衆經復異不可依行下勑云諸如此者不須流行

旌異傳二十卷

右一部相州秀才儒林郎侯君素奉隋文勑撰素名白神思卓詭博綜玄儒常居宰伯之右以問幽極之略故著茲傳用悟士俗

通命論兩卷

右一部晉王府祭酒徐同卿以爲儒教亦有三世因果之義但以文言隱密理

致幽微先賢由來未所辯立卿今備引經史正文會通運命歸於因果意欲發顯儒教旨宗助佛宣揚導達羣品咸奔一趣斯蓋博識能洞此玄云

外内傍通比校數法

右一部翻經學士涇陽劉憑撰憑内外學數術偏工每以前代翻經筭數比校術法頗有不同故爲斯演其序略云世之道藝有淺有深人之稟學有踈有密故尋筭之用也則兼該大衍其不思也則致惑三隅然華夏數法自有三等之差天竺所陳何無異端之例然先譯經並以大千稱爲百億言一由旬爲四十里依諸算計悉不相合竊疑翻傳之日彼此異音指麾之際於斯取失故録衆經算數之法與華夏相參十十變之傍通對衍庶擬翻譯之次執而辯惑既參經語故附此録云

開皇三寶録 一十五卷

右一部翻經學士成都費長房所撰房本出家周廢僧侶及隋興復仍習白衣時預參傳筆受詞義以歷代羣録多唯編經至於佛僧紀述蓋寡乃撰三寶履歷帝年始自周莊魯莊至於開皇末歲首列甲子傍列諸經翻譯時代附見綸綜今所集録據而本之至於入藏瓦玉相謬得在繁富失在覈通非無憑准未可偏削

衆經法式 十卷

右一部開皇十五年文帝勑令有司撰

初即依位辯而出之奏聞在內隋祖敬重教法無時可忘所以自始登極終及大行每日臨朝於御牀前置列高座二所一置經師令轉大乘二置大德三人通三藏者帝目覽萬機耳聆聲教纔有喜怒經師潛默帝曰師何默耶僧曰見陛下責人不敢轉讀帝曰但讀此臨御億兆喜怒尋常不足致恠乃是俗事何關佛法聞樂佛言不敢違背意願常聞耳於經有疑隨藏問決致有約文法式統明三學條列有序聞于時俗

東都起世經 卷十　緣生經 卷二

藥師如來本願經　攝大乘論 卷十

菩提資糧論 卷六　金剛般若論 卷二

緣生論

大方等善住意天子所問經 卷四

大方等大集菩薩念佛三昧經 卷十

右前經論三十三卷北天竺烏場國三藏達摩崛多隋言法藏不遠鄉國來儀帝京開皇仁壽並參傳譯于時崛多控權令望居最傳度梵隋時唯稱美至於深義莫不及啓斯人而容範洎然無涉世路所以傳譯聲望抑已揚人仁壽之末崛多以緣他事流擯東越笈多秉機專掌傳譯大業三年東都伊始煬帝於洛水南汭天津橋右置上林園立翻經館遂移京師舊侶於新邑翻經笈多相從羈縻而已余以大業十年躬至其館時琮師已徃則上猶在洛濵風猷綴旒誰賞尋爾離亂宗師殄絕悲哉

福田論　　僧官論
西域玄志卷十
右諸論並沙門釋彦琮所撰名顯兩代叅譯一朝東都立館掌録經典煬帝著令僧拜俗官琮不忍此著論陳列前引東晉慧遠沙門不敬王者後解維摩法華權宜非是化體廣陳出處之迹嚴陵周黨之徒高暨三寶之儀崇尚歸敬之本文極該贍衢路顯然近者龍朔之元下詔令尋此議京官大半互有異同余以論示毀謗攸息録狀聞奏下勑罷之
四念處觀卷四　天台山國清寺百録卷五
金光明行法　修禪證相口訣
天台智者師別傳
杭州眞觀法師別傳
右十三卷天台山國清寺沙門釋灌頂撰頂即智者之猶子也景行冰霜俊神清朗聞持教義類若瀉瓶深明止觀雙修定慧敷揚妙法池開靈瑞之蓮學侶雲臻泉涌輕甘之水天台智者樂説無窮止觀禪門約心開演頂皆總持一聞靡失以定慧之餘出四念處觀及諸傳録述陳隋二帝崇信三尊尊師重法歸敬之相又撰法華涅槃淨名金光明請觀音等經疏各有部袠今不備載
翻經法式論一部十卷　諸寺碑銘卷三
右件論文翻經沙門釋明則所撰則本冀人生知挺秀文彩之盛聞于鄉曲初未之齒也及製覺觀寺碑楚公楊素見而重之追入京室預叅傳譯述作銘頌

論序等備于別集

別内法一卷　内訓一卷

右翻經沙門行炬所撰炬即彦琮之猶子也然家風梵學故之此任後召翻經不乆終世不成其器云

皇朝傳譯佛經録第十八

聖人利見應録在期隋煬末齡天地同閉鵄張鵲起蟻結蛇盤人不聊生物無寧止皇唐教舉義動天心四海廓清三寶雲構爰初武德之祀迄今龍朔之元天下大同四十餘載高祖創基定業太宗廓靜方維今上垂拱巖廊方享無窮之祚度僧立寺廣事弘持翻譯新經備諸史録總撮略此隨緣廣之將用顧廣未聞龜鏡今古然則皇運之始天步猶艱薛舉直指於豳岐王充擁甲於河洛東西引寇各擅威雄自餘偏裨蜂飛蝟峙國家守本鋭意誅除至於佛理彌隆顧及故高祖一代仍舊遵崇至於翻譯未遑銓品貞觀之始兵荐猶在玁狁飲馬於渭涇關輔寄食於樊汴螟螣布野穀洛侵宫文帝解網思政日旰忘食瞻言寺塔務事經營所以四方壁壘咸置伽藍立碑表德以光帝業（如破薛舉立昭仁寺破王充立昭覺寺破武周立弘濟寺破宋金剛立慈雲寺破宋老生立普濟寺破建德立等慈寺破劉闥立昭福寺並官給供度佛事弘敞立碑頌德爲萬代之大歸焉）及天下清平思弘仁教乃捨舊宅爲興聖寺爲先妣立弘福寺爲東宫立慈恩寺於昭陵立瑶臺寺躬幸弘福手製疏文垂泣對於僧徒優言陳於肅敬每下明勑監造有司經像締構畢存精妙至於老宗鮮聞褒顯時有波頗梵僧帝所尊重延入内殿優問頻仍翻度新文天府供

給今上之嗣位也信重逾隆先皇別宮咸捨爲寺傳度法本更甚由來有沙門玄奘觀方遊國還返帝京二帝欽承徵入宮闕爲製教序布所譯經官供豐華于今不絕故爰初貞觀迄於龍朔之年三十餘祀傳經道俗沙門唐梵略有一十餘人綴文筆受備如下列所出經論記傳行法等合有一百餘部一千五百餘卷結爲皇朝内典經録流之遠代永作楷模同軌光揚長存不朽冀將來明哲乘此續修述三寶之神功徧忍土而施化弖千佛之成教歷賢劫而無窮焉

沙門波羅頗蜜多 三部三十八卷經

沙門釋玄琬 七部一十三卷論

沙門釋法琳 二部一十卷論

沙門釋慧淨 四部一十五卷内論詩英華

典儀李師政 一部一卷論

沙門釋法雲 二部一十三卷論

沙門釋道宣 一十八部一百餘卷集論録序記儀

沙門釋玄奘 六十五部一千三百八卷經論傳記

沙門釋彥悰 二部十六卷寺録不拜俗集

沙門釋玄應 一部二十五卷經音

沙門釋玄惲 八部一百三十卷雜記傳

沙門釋玄範 二部注經及序

寶星經 一部十卷

般若燈論 一部一十三卷

大乘莊嚴論 一部十卷

右三部三十五卷西天竺國沙門波羅頗蜜多唐言光智以貞觀初年齎梵葉本至止京輦奏聞乃勑左僕射房玄齡太府卿蕭璟給事杜正倫監護翻譯又

選京邑大德沙門玄模度語沙門慧賾慧淨法琳綴文沙門慧乘慧朗智首曇藏僧珍靈佳慧明法常僧辯等證義于斯時也大集梵文將事廣傳陶津後代而恨語由唐化弘匠不行致使梵寶無由分布故十載之譯三部獻功可悲深矣

三德論 卷一　入道方便門 卷二
鏡喻論　無礙縁起 卷一
十種讀經儀　無盡藏儀
發戒縁起 卷二　法界圖 卷一
懺悔罪法 卷二

右九部一十二卷延興寺沙門釋玄琬所撰琬道行純備慧學該洽道俗歸依像末城塹以德聲高被徵爲皇太子戒師晚以年尊脚疾乘輿而入内禁太宗隆重文德深敬說法誘導上帝稱善王臣百辟莫不奉其戒誥然其弘護居心誘進成務所以著論多門意存開化爲本又以法流東漸三被誅殘雖後鳩拾不無紕紊琬欲證一文義該貫後賢乃集達解名德三十餘人親面綜括披尋詞理經延歳序方乃究竟即寫淨本以爲法寶正則故方隅道俗欲寫藏經皆就傳本以爲楷准斯亦後代之僧傑也故能振此遺基

破邪論 一部二卷　辯正論 一部八卷

右二部一十卷終南山龍田寺沙門釋法琳所造琳本住荊楚少叅名匠宗猷教義道釋玄儒遊不擇方護法爲任徃

以武德之始法門亢塞飾詐之儔過聞天聽太史令傅奕乗便舉隙奏上誹毀事一十餘條意存退僧貶佛道士李少卿又上十異九迷論道士劉進喜又上顯正論皆塵黷佛法無取於時京邑諸僧亦有抗論者皆無可尚於是釋教蒙塵道俗同恥琳不忍其誣惘乃著論以衛之廣引孔老敬佛之文多陳王臣重法之事作論既成時俗競寫有道士秦英扇動宮儲以琳著論訕毀祖禰文帝大怒追琳辯對前後重沓愜附聖心末後對云所著破邪辯正皆與文籍扶同一字有虧任從斧鉞陛下若順忠順正琳則不損一毛陛下若刑濫無辜琳則有伏尸之痛云云帝不罪放于益部爲僧在道終歿諸有別集三十餘卷秦英竟以虛詐伏誅劉李傅氏相從化往故其遺文往行可爲萬代宗轄云

釋疑論一部一卷　內典詩英華一部十卷
注金剛般若經　諸經講序

右四部一十餘卷京師紀國寺沙門釋慧淨所撰淨本趙人俗緣房氏即隋國子博士徽遠之猶子也神慧標舉有聲京國談述餘論凌轢後賢每以士俗諸儒沉迷報業輕侮僧儔以文自擁淨乃著釋疑論以曉業緣集詩英華以知僧中不可輕罔爾後文府雄伯皆造法筵重其機鑒朗拔欣其慧悟清峻左僕射玄齡引爲家僧春宮已下資其理義多遊內禁對論李宗列辟解頤皇儲欽敬

下令徵延爲普光寺主仍知紀國上座淨當斯榮幸兩以居之所著諸經莊嚴雜心俱舍等論疏百有餘卷故不備載

内德論一部一卷

右件論貞觀初年門下典儀李師政之所作也政家上黨學識攸歸少翫大方長遂通洽每與諸朝士共談玄奥多陷名相以佛宗爲虚誕同迷緣業以聖理爲捫虚政乃著論三篇初明顯正喻傳氏之讒誹中明運業曉今古之迷濫後述因果辯感報之非謬文極該要統史籍之前言義實明冠拔沉冥之滯結

辯量三教論一部三卷

十王正業論一部十卷

右二論一十三卷京師西明寺沙門釋法雲所造雲本絳人少遊玄肆又居定室亟動神機雖不廣閲經書歴眼玄知旨趣每見俗流雅論均三教於一宗商略皇王混政道於時俗遂捜採名理討覈玄儒著茲二論開道悟俗

注戒本一部二卷并疏記四卷　注羯磨一部二卷疏記四卷

行事删補律儀一部五卷或六卷

釋門正行懺悔儀一部二卷

釋門亡物輕重儀　釋門章服儀

釋門歸敬儀　釋門護法儀

釋氏譜略　聖迹見在圖贊

佛化東漸圖贊一部二卷　釋迦方志一部二卷

古今佛道論衡一部三卷　大唐内典録一部十卷

續高僧傳一部三十卷　後集續高僧傳一部十卷

廣弘明集一部三十卷

東夏三寶感通記 一部三卷

右諸注解儀賛傳記一十八部一百一十餘卷終南山沙門釋道宣所撰宣少尋教相長慕尋師闕之東西河之南北追訪賢友無憚苦辛貞觀末年方事修緝所列如右遺失不無意存毗賛故也

大般若波羅蜜多經 一部六百卷

顯慶四年在玉華宫寺譯

大菩薩藏經 一部二十卷

貞觀十九年在弘福寺譯

大方等十輪經 一部十卷

無垢稱經 一部六卷　解深密經 一部五卷

分別緣起經 一部兩卷　能斷金剛般若經

佛地經　藥師本願功德經

如來教勝王經　稱讚淨土經

最無比經　寂照神變三摩地經

甚希有經　稱讚大乘功德經

顯無邊佛土經　六門陀羅尼經

諸佛心陀羅尼經　拔苦難陀羅尼經

勝幢臂印陀羅尼經

八名普密陀羅尼經

不空羂索神呪心經

十一面神呪心經　稱讚七佛名號功德經

般若多心經　千囀陀羅尼經

菩薩戒本　天請問經

菩薩羯磨　持世陀羅尼經

已上二十八部大乘經

瑜伽師地論 一部百卷大慈恩寺譯

顯揚聖教論 一部二十卷弘福寺譯

大乘阿毗達磨雜集論 一部十六卷弘福寺譯

攝大乘本論一部三卷

攝大乘論世親釋一部十卷

大乘阿毘達磨集論一部七卷

攝大乘論無性釋一部十卷

廣百論一部十卷

成唯識論一部十卷

佛地經論一部七卷

辯中邊論一部三卷

掌珍論一部兩卷

成業論一部一卷已下單卷

因明正理門論

因明入正理門論

大乘百法明門論略録

大乘五蘊論

廣百論頌

顯揚聖教論頌

王法正理論

觀所緣緣論

唯識三十論

記法住傳

辯中邊論頌

已上二十四部大乘論

本事經一部七卷

緣起聖道經一部一卷已上二經小乘

大毗婆沙論一部二百卷

順正理論一部八十卷

顯宗論一部四十卷

俱舍論一部四十卷

集異門論一部二十卷

發智論一部二十卷

品類足論一部一十八卷

識身足論一部一十六卷

法蘊足論一部一十二卷

入阿毗達磨論一部二卷

俱舍論頌一部一卷

已上一十一部小乘論

大唐西域傳一部一十二卷

右大小乘經論六十五部一千三百八卷京師大慈恩寺沙門釋玄奘奉詔譯奘本潁川俗緣陳氏小年出家師無遠近以貞觀三年出觀釋化五竺八河備經歷覽名德勝地訪無不遠大獲梵本遊途帝城以貞觀十九年躬謁文帝異

倫禮接仍勑名德沙門二十人助緝文句初在弘福翻經公給資什沙門靈閏等證義沙門行友等綴文沙門辯機等執筆及慈恩創置又移於彼叅譯紛綸未遑條列帝乃延内禁弁幸南北山宫面叙玄理極展誠敬天命有終日月奄曜奘還京寺如常傳譯後以緣故徙住玉華宫供給仍不爽前及故始自弘福今迄北宫一十八載傳度法本雖非超挺然不墜譯功庶後之明識因斯重復塵廣也

大唐京寺録傳一部十卷龍朔元年修葺

沙門不敬俗録六卷

右二部京師弘福寺沙門釋彦悰以宇内塔寺靈相極多足感人心開洽誠信江表梁室著記十卷東都後魏亦流五軸而渭陰帝里名寺勝塔獨亡述紀悰憤斯事創就纂結文實鋪發事亦典據有宗轄焉

大唐衆經音義一部二十五卷

右一部京師大慈恩寺沙門釋玄應所造應博學字書統通林苑周涉古今括究儒釋昔高齊沙門釋道慧爲一切經音不顯名目但明字類及至臨機搜訪多惑應憤斯事遂作此音徵覈本據務存實録即萬代之師宗亦當朝之難偶也恨叙緣纔了未及覆疎遂從物故惜哉

敬福論十卷　　略敬福論二卷

大小乘觀門十卷　　法苑珠林集一百卷

金剛般若經集注三卷
百願文一卷　釋門靈感五十卷
四分律僧尼討要略五卷
右七部一百三十一卷京師西明寺沙門釋玄惲所撰惲本名道世律學有聲慕重賢良綴緝爲務兼有鈔疏注解衆經人代即目略敘如右
注金剛般若經　注二帝三藏聖教序
右二部普光寺僧釋玄範所撰範少染大方資學名匠立履清曠不羣庸小專門強學出自天心弘賛正理開明道俗有別集二十卷序其神用

大唐内典録卷第五下

音釋
顗魚豈切　汭而稅切水北曰汭　玁狁玁喜檢切狁余準切玁狁匈奴別號也　螟螣螟莫經切食禾心蟲也螣徒德切食苗葉蟲也　賾鋤陌切　黷徒谷切恩也　頤弋支切頷也

大唐内典録卷第六

唐　沙　門　釋　道　宣　撰

歷代大乘藏經翻本單重傳譯有無録第二之初

序曰所言大乘藏者謂諸佛大人之用心也教本無相理趣無緣統羣有而出重昏拔心因而靜煩妄斯其致也故經云言語道斷心行處滅強以名相用顯筌蹄故能聲滿天下而無滯於有空形充法界而超挺於情境既亡於彼此何小大之可乘隨機適化示緣相之殊計試論教主義顯三焉法佛常住寄量揆於寂光應身假相託質形於藏海蓮華啓於千葉隨葉各億億輪隨輪百億開化化佛乘機而現是以三身離合二諦有空逐情量而抑揚赴前緣而隱顯討其本也終歸本無試論教體則方等一乘因緣方便在物成務故三篋九藏總理義之奧區十二八萬該相見之玄致如雲則原隰俱覆等雨則高下同霑任根葉而增榮遂華果而光茂故文云汝等所行是菩薩道即其證也或開五住別利鈍之根源智分六位顯行解之明昧戒纓六聚齊輕重而護持定攝有空等深淺而流觀慧該真俗統凡聖而通明既號種智無境而不知獨稱大聖無相而不達積空爲量無生不在化門大地爲籌無時而不度物約緣極廣梗槩若斯通曰大乘無教不攝據此而敘無別小乘是知大能攝小如海之納百川小不容大若庭不遊龍象自經流東夏斯教極弘全部多闕別品題録譯人隨本因而附之致使正宗前後重沓故天竺大乘類例而結

分爲十二各十萬偈西沮渠國備有本文如別所陳可自披閲且如華嚴見翻三萬餘偈覈論本部二分尚遺自餘十一居然大鈌而羣録編次別顯單重討論事義紛綸難紀故般若大品十有餘翻乃以大品爲初單道行爲重貳強分前後致失宗途今依本經單複次列提頓綱維品目斯備仍述譯人存亡時代庶使尋覽之者知本末之有歸焉故始自後漢至於皇運龍朔之元一十八代六百餘祀總有四百九十八部二千三百六十三卷以爲大乘菩薩藏攝餘有別生疑僞注述之流各體化源無非毗贊自依別録不濫真乗然則遺逸極多無由獲本庶有同舟補斯漏闕云爾

大乘經 合一千一百五十二卷

大乘律 合一百一十卷

大乘論 合五百卷

大乘經單重翻本幷譯有無録 合三百八十六部一千一百五十二卷萬八千五百二十二紙

大方廣佛華嚴經 六十卷或五十卷者南本一千八十七紙

東晉義熈年佛陀跋陀羅於揚都譯

度世經 六卷一百一十九紙是本經離世間品

西晉元康年竺法護別譯

漸備一切智德經 五卷是十地品一百五紙

西晉元康年竺法護別譯

信力入印法門經 五卷九十三紙

元魏正始年曇摩流支別譯

十住經 四卷是十地品九十七紙

後秦弘始年羅什共佛陀耶舍譯

如來興顯經 四卷是性起論六十七紙

西晉元康年竺法護譯

羅摩伽經三卷是入法界品七十七紙

西秦堅公譯羣録又云安法賢譯

菩薩十住經一卷五紙

西晉竺法護譯

菩薩本業經一卷是淨行品無偈十二紙

吳黄武年支謙譯

諸菩薩求佛本業經一卷是淨行品十一紙

佛說兜沙經一卷五紙

後漢支讖別譯

大方廣十地經譯抄十住品前見別譯

右一十一經並華嚴經別品殊譯

摩訶般若波羅蜜經四十卷或三十卷九百一十九紙

後秦弘始年鳩摩羅什於長安逍遥園譯

放光般若波羅蜜經三十卷或二十卷四百六十紙

西晉元康年無羅叉等於陳留譯

光讚般若波羅蜜經十卷或十五卷二百一十五紙

西晉太康年竺法護於長安譯大品上帙

新小品經七卷一百五十四紙

後秦羅什譯

小品經七卷一名新道行一百五十四紙

西晉竺法護譯

道行般若波羅蜜經十卷或入卷一百六十五紙

後漢支讖譯是小品經

大明度經六卷或四卷九十一紙

吳支謙黄武年譯

摩訶般若波羅蜜經五卷有說長安品

前秦建元年曇摩蜱於長安譯

大智度無極經四卷別譯

右九經並大品般若之同本別譯前後

抄録致別更有別譯本無故闕

大般涅槃經四十卷七百二十紙

北涼沮渠氏玄始年曇無讖於涼都姑臧譯

大般涅槃經三十六卷二十五品

宋文帝元嘉年釋慧觀謝靈運文飾前經行於江表

泥洹經二十卷

宋元嘉年釋智猛於西涼州譯

大般泥洹經六卷一百三十紙即本經前十卷

東晉義熙年釋法顯於揚都譯

右四經同本前後別翻仍不具足故沮渠國本此涅槃經總十萬偈今出四帙止三萬偈所少二分有餘若具本文以唐言度則百有餘卷

大方等大集經三十卷六百四紙

北涼曇無讖於涼都譯

大方等日藏經十卷或十五卷二百四紙

隋開皇年耶舍於京師大興善寺譯

大方等月藏經十卷二百十四紙

北齊耶舍於鄴都譯

大方等大集經八卷百二十八紙

已前四經並大集之宗致合用一千一百五十紙前後翻別今合之爲六十卷或五十八卷見費長房開皇三寶録

大哀經八卷是大集陀羅尼自在王菩薩品或七卷一百一十九紙

西晉元康年竺法護於長安譯

虛空藏菩薩所問經八卷或六卷是虛空藏菩薩品一百八紙

西秦乞伏仁世法堅於河南國譯

菩薩淨行經二卷是寶髻菩薩品一名寶髻菩薩經四十八紙

西晉永熈年竺法護於長安譯
無盡意經六卷或四卷是阿差末經八十六紙
西晉太始年竺法護於長安譯
無盡意經十卷
宋明世法眷於廣州譯
阿差末經七卷或四卷是無盡意品九十二紙
西晉永嘉年竺法護於長安譯
小阿差末經三卷
無言童子經二卷是無言品四十一紙亦名無言菩薩經
西晉竺法護於長安譯
寶女經二卷或四卷是寶女品六十三紙一名寶女問慧經
西晉太康年竺法護於長安譯
寶星經十卷一百二十五紙
唐貞觀年波頗於大興善寺譯
寶結菩薩經二卷抄寶結品四十八紙一名菩薩淨行

西晉竺法護譯
自在王菩薩經二卷抄陀羅尼品少異
後秦羅什於常安譯
奮迅王問經二卷上二同本別出四十二紙
後魏菩提留支於洛都譯
魔女問得男身經一卷是寶女分性古品
別譯見寶唱録
須彌藏經四卷三十八紙
高齊耶舍於天平寺譯
右十五經是大集經別品殊譯不入大本別部流行
大威德陀羅尼經二十卷二百六十五紙
隋開皇年闍那崛多等於京師興善寺譯
大法炬威德陀羅尼經二十卷三百紙
隋大業年達摩笈多於東都上林園翻經

館譯

大菩薩藏經二十卷四百一十紙

唐貞觀年玄奘於京師弘福寺譯

菩薩瓔珞經十二卷或十四卷三百三十七紙

前秦建元年竺佛念於長安譯

菩薩見實三昧經十四卷二百三十八紙

後齊耶舍於鄴都譯

佛名經十二卷二百四十七紙

後魏菩提留支於鄴都譯

月燈三昧經十一卷或十卷二百二紙

後齊天統年耶舍於鄴都譯

賢劫經十三卷一百九十五紙

西晉元康年竺法護於長安譯

華手經十三卷二百二十五紙

後秦弘始年羅什於長安譯

十住斷結經十卷一百五十四紙

前秦建元年竺佛念於長安譯

大灌頂經十二卷或九卷一百一十一紙

東晉元年帝世帛尸利蜜多於揚都譯

觀佛三昧經十卷或八卷一百五十九紙

宋永初年佛陀跋羅於揚都譯

悲華經十卷一百九十四紙

北涼玄始年曇無讖於涼都譯

大悲分陀利經八卷一百六十三紙

右二經同本異譯

念佛三昧經六卷或五卷九十二紙

宋大明年功德直於揚都譯

大方等大集菩薩念佛三昧經十卷一百三十二紙

隋大業年笈多於東都上林園翻經館譯

右二經同本異譯

大方廣十輪經八卷一百一十紙
大乘大集地藏十輪經十卷一百七十一紙
唐永徽年玄奘於京師大慈恩寺奉制譯
右二經同本異譯
正法華經十卷一百八十九紙
西晉永康年竺法護於長安譯
妙法蓮華經七卷或八卷一百四十八紙
後秦弘始年羅什於長安譯
添品妙法蓮華經八卷一百五十五紙移囑累品在末加藥草喻品五紙咒文異
隋仁壽二年笈多於大興善寺譯
右三經同本異譯
楞伽阿跋多羅寶經四卷九十二紙
宋元嘉年求那跋陀羅於揚都譯
入楞伽經十卷一百七十五紙
後魏菩提留支於洛都譯
右二經同本異譯
五千五百佛名經八卷一百二十六紙
隋開皇年崛多於京師大興善寺譯
大方便佛報恩經七卷一百二十四紙
失譯見寶唱録
菩薩行方便境界神通變化經三卷四十七紙
大薩遮尼乾子經七卷或八卷一百三十一紙
後魏延光年菩提留支於洛都汝南王第
譯
右二經同本異譯
勝天王般若經七卷一百二十一紙
陳世月支國王子月婆首那於江州譯
金光明經六卷或七卷八卷一百一十五紙
北涼曇無讖譯前四卷後三卷陳時真諦

譯
寶雲經七卷一百紙
梁時曼陀羅於揚都譯
法集經六卷或七卷百二十二紙
後魏菩提留支於洛都譯
菩薩處胎經五卷一百一十二紙
前秦竺佛念於長安譯
大悲經五卷八十八紙
後齊天統年耶舍於鄴都譯
大集賢護菩薩經五卷或六卷九十三紙
隋開皇年耶舍於大興善寺譯
大雲經六卷一名大方等無相經九十二紙
前秦竺佛念於長安譯寶唱録云曇無讖於涼都内苑寺譯
密迹金剛力士經五卷一百一十二紙
西晉竺法護譯見支敏度録

大方等陀羅尼經四卷六十二紙
北涼釋法衆於高昌郡譯
海龍王經四卷七十三紙
北涼曇無讖於涼城譯
央掘魔羅經四卷七十八紙
宋元嘉年求那跋陀羅於揚都譯
無所有菩薩經四卷六十紙
隋開皇年笈多等於大興善寺譯
僧伽吒經四卷五十一紙
後魏月婆首那王子於鄴都譯
觀察諸法經四卷六十紙
隋開皇年崛多等於大興善寺譯
七佛神呪經四卷七十紙
大樹緊那羅王所問經四卷六十五紙
後秦弘始年羅什於長安譯

伅真陀羅所問經二卷或三卷五十七紙

後漢建寧年支讖於洛都譯

右二經同本異譯

持人菩薩所問經四卷五十三紙

西晉竺法護於長安譯

持世經四卷一名法印經七十五紙

後秦弘始年羅什於長安譯

右二經同本異譯

弘道廣顯三眛經四卷五十三紙

西晉永嘉年竺法護於長安譯

阿耨達龍王經二卷或三卷五十二紙一名阿耨請佛經

西晉竺法護於長安譯

右二經同本異譯

菩薩本行經三卷五十二紙

稱揚諸佛功德經三卷五十五紙

後秦弘始年羅什於長安譯

菩薩藏經三卷六十一紙

後秦羅什譯

力莊嚴三眛經三卷四十六紙

隋開皇年耶舍於大興善寺譯

須真天子經三卷或四卷四十六紙

西晉太始年竺法護於長安譯

首楞嚴三眛經三卷或二卷五十一紙

後秦弘始年羅什譯

般舟三眛經三卷或二卷四十七紙

西晉竺法護譯

普超三眛經三卷六十七紙

西晉太康年竺法護於長安譯

阿闍世王經二卷五十四紙

後漢支讖譯

右二經同本異譯

等集衆德三昧經三卷或二卷四十九紙

西晉竺法護譯

集一切福德三昧經三卷四十八紙

右二經同本異譯

聖善住意天子所問經三卷五十五紙

後魏留支於洛陽譯

如幻三昧經二卷或三卷五十六紙

西晉竺法護譯

大方等善住意天子所問經四卷六十八紙

隋大業年笈多於東京翻經館譯

右三經同本異譯

廣博嚴淨不退轉法輪經四卷或六卷七十八紙

宋元嘉年智嚴等於揚都譯

不退轉法輪經四卷七十一紙

阿惟越致遮經三卷或四卷六十一紙

西晉太康年竺法護譯

右三經同本異譯

思益梵天問經四卷八十二紙

後秦弘始年羅什於長安譯

持心梵天所問經四卷或六卷九十四紙一名等御諸法又莊嚴佛法

西晉太康年竺法護譯

勝思惟梵天所問經六卷一百紙

後魏菩提留支於洛下譯

右三經同本異譯

佛昇忉利天爲母說法經二卷或三卷三十六紙

西晉太康年竺法護於長安譯

道神足無極變化經四卷或二卷五十一紙

西晉太康年安法欽於洛陽譯

右二經同本異譯

深密解脫經五卷七十二紙
後魏留支於洛都譯
解深密經五卷七十三紙
唐貞觀年玄奘於京師大慈恩寺譯
相續解脫經紙十八
宋元嘉年求那跋陀羅譯
解節經紙十
陳真諦譯
右四經同本異譯
毗摩羅詰經二卷五十二紙
吳黄武年支謙於武昌譯
維摩詰所說經三卷六十一紙
後秦弘始年羅什於逍遥園譯
說無垢稱經六卷九十七紙
唐貞觀年玄奘於大慈恩寺譯

右三經同本異譯
諸法無行經二卷三十一紙
後秦弘始年羅什譯
諸法本無經三卷三十八紙
隋開皇年崛多等於大興善寺譯
右二經同本異譯
無極寶三昧經一卷三十紙
西晉永嘉年竺法護譯
寶如來三昧經二卷三十紙
右二經同本異譯
方等泥洹經二卷四十五紙
東晉佛陀跋陀羅共法顯於揚都譯
哀泣經二卷三十紙
四童子經三卷四十二紙一加三昧字
隋開皇年崛多等於大興善寺譯

右三經同本異譯

慧上菩薩問大善權經二卷三十紙

西晉太康年竺法護譯

大乘方便經三卷或二卷四十一紙

西晉元熈年天竺居士竺難提於洛都譯

右二經同本異譯

文殊師利現寶藏經三卷三十三紙

西晉太始年竺法護譯

大方廣寶篋經三卷三十三紙

右二經同本異譯

等目菩薩問三昧經二卷或三卷五十一紙

西晉竺法護譯

明度五十校計經二卷四十紙

後漢安世高譯

菩薩瓔珞本業經二卷三十八紙

前秦竺佛念於長安譯

護國菩薩經二卷四十二紙

隋開皇年崛多於大興善寺譯

超日明三昧經二卷四十六紙

西晉大始年竺法護譯

月上女經二卷二十七紙

隋開皇年崛多譯

中陰經二卷二十七紙

前秦竺佛念於長安譯

須彌藏經三卷三十八紙

後齊耶舍於鄴都譯

佛華嚴入如來不思議境界經二卷二十一紙

隋開皇年崛多於大興善寺譯

大法鼓經二卷三十一紙

宋求那跋摩於揚都譯

諸佛要集經二卷三十三紙

西晉竺法護譯

文殊師利佛土嚴淨經二卷三十四紙

西晉永熙年竺法護於洛陽譯

濡首菩薩無上清淨分衛經二卷二十七紙一名決了諸法如幻三昧經

宋時翔公於南海郡譯

大乘同性經二卷三十九紙

後周天和年崛多共僧安於長安譯

大集譬喻王經二卷三十三紙

隋開皇中崛多等於大興善寺譯

阿閦佛佛國經二卷三十八紙一名佛刹菩薩學成經

後漢建和年支讖於洛陽譯

蓮華面經二卷二十三紙

隋開皇年耶舍譯

迦葉經二卷二十九紙

後魏月婆首那王子於洛都譯

孔雀王陀羅尼經二卷三十二紙

梁僧伽婆羅於揚都占雲館出

發覺淨心經二卷二十七紙

隋開皇中崛多等於大興善寺出

無上依經二卷三十一紙

陳真諦於廣州譯

移識經二卷三十三紙

隋開皇年崛多等於大興善寺出

未曾有因緣經二卷四十紙

南齊曇景於揚都譯

大方廣如來性經二卷或三卷五十一紙

不思議功德經二卷或四卷三十八紙

大吉義呪經二卷或四卷三十八紙

菩薩夢經二卷三十四紙

文殊師利問經二卷四十九紙

仁王般若經二卷二十八紙

法界體性無分別經二卷二十四紙

密迹金剛力士經二卷三十六紙

大方廣如來秘密藏經二卷二十四紙

善臂菩薩所問經二卷二十六紙

大淨法門經一卷二十四紙

西晉竺法護譯

大莊嚴法門經二卷二十六紙

隋開皇年耶舍譯

右二經同本異譯

順權方便經二卷或一卷一名轉女身菩薩經二十七紙

西晉竺法護譯

樂瓔珞莊嚴方便經一卷二十五紙

宋法海譯

右二經同本別譯

大雲請雨經一卷二十二紙

後周崛多於長安譯

大雲輪請雨經二卷二十八紙

隋開皇年耶舍譯

大方等大雲請雨經一卷九紙

隋開皇年崛多於大興善寺譯

右三經同本別譯

度諸佛境智嚴經一卷一十一紙

梁天監年僧伽婆羅於揚都譯

如來嚴智光入佛境經一卷三十四紙

後魏菩提留支於洛都譯

度諸佛境智光嚴經一卷一十七紙

右三經同本別譯

月光童子經一卷八紙更有一卷同名而少不足
西晉竺法護譯
申日經一卷八紙
德護長者經二卷二十六紙
隋開皇年耶舍於長安譯
右三經同本別譯
大方等頂王經一卷一名維摩詰子問經二十紙
大乘頂王經一卷一十六紙
善思童子經二卷二十紙
隋開皇年崛多譯
右三經同本
郁伽長者所問經一卷二十四紙
魏康僧鎧於洛陽譯
郁迦羅越問菩薩行經二卷二十五紙
西晉竺法護譯

法鏡經二卷二十二紙
後漢安玄共嚴佛調譯
右三經同本
無量清淨等覺經二卷六十紙
魏時帛延於洛陽寺譯
阿彌陀經二卷五十三紙
吴黄武年支謙於武昌譯
無量壽經二卷二十九紙
西晉永嘉年竺法護譯
右三經同本
觀虛空藏菩薩經紙二
宋元嘉年曇摩密多於揚都譯
虛空藏菩薩經一卷二十七紙
虛空藏菩薩神呪經十七紙
後秦佛陀耶舍於罽賓國譯寄來此土

虚空孕菩薩經二卷三十紙
隋開皇年崛多譯
右四經同本
緣生經二卷二十二紙
隋大業年達摩笈多於東都上林園翻經館譯
分別緣起經二卷二十二紙
唐永徽年玄奘於大慈恩寺譯
右二經同本別譯
東方最勝燈王如來經一十三紙
隋開皇年崛多於大興善寺譯
諸法最上王經二十二紙
隋開皇年崛多於大興善寺譯
成具光明定意經二十二紙
後漢靈帝時支曜於洛陽譯

太子須大拏經一十六紙
西秦乞伏國仁世法堅於河南譯
太子慕魄經五紙
西晉竺法護譯
須賴經十九紙
吳黄武年支謙譯
金色王經八紙
後魏般若留支於洛都譯
獨證自誓三昧經一名如來自誓三昧經八紙
西晉竺法護譯
摩訶摩耶經二十五紙
南齊曇景於揚都譯
大方等如來藏經九紙
東晉義熈年佛陀跋陀羅於揚都譯
如來方便善巧呪經十一紙

隋開皇年崛多譯
勝鬘師子吼一乘大方便經十九紙
宋元嘉年求那跋陀羅於揚都譯
須摩提經一名須摩提菩薩經八紙
西晉竺法護譯
希有校量功德經六紙
隋開皇年崛多譯
梵女首意經五紙
西晉竺法護譯
差摩婆帝受記經四紙
後魏留支於洛都譯
月明菩薩經三紙
吳黄武年支謙譯
滅十方冥經六紙
西晉元熈年竺法護譯

出生菩提心經十一紙
隋開皇年崛多於大興善寺譯
普門品經十二紙
西晉太康年竺法護譯
商主天子經十六紙
隋開皇年崛多等於大興善寺譯
日明經三紙
西晉竺法護譯
月燈三昧經一名文殊師利十事行經一名建慧三昧經十紙
宋時先公譯
不思議光菩薩所説經一名無思議光孩童菩薩經十二紙
西晉竺法護譯
文殊師利問菩薩署經一名問署經二十紙
後漢靈帝世支讖譯
德光太子經一名須賴問光德太子經一十九紙

西晋太始年竺法護於長安譯
施燈功德經紙十四
後齊耶舍於鄴下譯
菩薩訶色欲經紙二
後秦弘始年羅什於長安譯
人本欲生經紙十四
後漢桓帝世安世高譯
人所從來經本失
西晋竺法護譯
不增不減經紙六
後魏菩提留支譯
佛語經紙三
後魏菩提留支譯
無字寶篋經紙六
後魏菩提留支譯

如來師子吼經紙五
後魏菩提留支共佛陀扇多譯
十法經二十紙加大乘字
梁普通年僧伽婆羅於揚都譯
不必定入印經二十一紙
後魏留支譯
十二佛名神呪經紙六
隋開皇年崛多譯
魔逆經紙十八
西晋太康年竺法護譯
濟諸方等學經紙十四
菩薩行五十緣身經紙六
西晋竺法護譯
内藏百寶經紙八
後漢靈帝世支讖譯

大乘方廣總持經十三紙
隋開皇年毗尼多留支譯
彌勒菩薩所問本願經八紙
西晉竺法護譯
文殊説般若波羅蜜經二十二紙
梁天監年曼陀羅於揚都譯
堅固女經六紙
隋開皇年耶舍譯
演道俗業經九紙
西秦法堅譯
菩薩生地經一名差摩竭經三紙
私訶三昧經一名菩薩道樹一名道樹三昧經十一紙
吳黄武年支謙譯
寶網經一名寶網童子經二十三紙
西晉竺法護譯

百佛名經六紙
隋開皇年耶舍譯
無量義經十七紙
南齊建元年曇無伽陀舍於廣州譯
觀彌勒上生兜率天經八紙
北涼沮渠安陽侯譯
觀無量壽經十六紙
宋元嘉年畺良耶舍於揚都譯
觀普賢菩薩行法經十六紙
宋元嘉年曇無密多於揚都譯
觀藥王藥上二菩薩經十九紙
宋元嘉年畺良耶舍譯
請觀世音消伏毒害經十紙
宋時外國舶主竺難提譯
觀世音菩薩授記經十四紙

宋時曇無竭於揚都譯
鹿母經四紙
西晉竺法護譯
鹿子經三紙
吳建興年支謙譯
除恐災患經一十五紙
魏世帛延譯
温室洒浴衆僧經三紙
西晉竺法護譯
四不可得經四紙
福田經一名諸德福田經六紙
西晉法炬共法立等譯
出家功德經五紙
吳支謙譯
入法界體性經十紙

隋開皇年崛多等於大興善寺譯
彌勒成佛經一卷十七紙
西晉竺法護譯
彌勒下生經一名彌勒受決經六紙
後秦弘始年羅什譯
彌勒來時經訪本得三紙
右三經同本異譯
不空羂索經十紙
隋開皇年崛多譯
不空羂索神呪經十二紙
唐貞觀年玄奘譯
右二經同本
小無量壽經四紙
宋元嘉年求那跋陀羅於揚都譯
無量壽佛經五紙

後秦弘始年羅什譯
稱讚淨土佛攝受經十紙
唐永徽年玄奘於大慈恩寺譯
右三經同本
藥師瑠璃光經十三紙 世注爲疑
宋揚都鹿野寺慧簡譯
藥師如來本願經十二紙
隋大業年笈多於東都上林園譯
藥師如來本願功德經十二紙
唐貞觀年玄奘於京師大慈恩寺譯
上三經同本異譯
老毋經亦名老女人經二紙
吳支謙譯
老毋六英經二紙
後魏留支譯

上二經同本別譯
文殊師利巡行經五紙
後魏留支譯
文殊尸利行經七紙
隋開皇年崛多譯
上二經同本別譯
金剛上味陀羅尼經十四紙
後魏佛陀扇多譯
金剛場陀羅尼經十四紙
隋開皇年崛多譯
正恭敬經五紙
後魏佛陀扇多譯
善恭敬經七紙
隋開皇年崛多譯
上四經同本別譯

離垢施女經二十四紙
西晉太康年竺法護譯
無垢施菩薩應辯經二十二紙
西晉竺法護譯
得無垢女經二十五紙
後魏興和三年瞿曇留支於鄴都譯
上三經同本近訪得
無畏德女經十五紙
後魏元象年佛陀扇多譯
阿闍世王女阿術達菩薩經十七紙
西晉竺法護譯
無崖際持法門經十五紙
西秦法堅譯
尊勝菩薩入無量門陀羅尼經十七紙
後齊居士萬天懿於鄴都譯

第一義法勝經十四紙
後魏興和年留支譯
大威燈光仙人問疑經十四紙
隋開皇年崛多譯
上六經同本
八吉祥經二紙
宋元嘉年求那跋陀羅於揚都譯
八佛名號經三紙
隋開皇年崛多譯
龍施女經二紙
西晉竺法護譯
龍施菩薩本起經四紙
睒子經五紙
西晉法堅譯
菩薩睒子經五紙

了本生死經紙四
吴黄武年支謙譯
稻芉經紙六
大方廣菩薩十地經紙七
西晉竺法護譯
莊嚴菩提心經紙七
後秦弘始年羅什譯
無所希望經一名象步經十九紙
象腋經紙十五
西晉竺法護譯
大方等修多羅王經紙二
轉有經紙二
大乘方等要慧經紙二
彌勒菩薩所問經紙四
後魏留支譯

上十六經同本別譯
慧印三昧經紙二十
吴支謙譯
如來智印經紙十九
一切法商主經紙二十
後魏興和年留支譯
諸法勇王經紙十七
上四經同本異譯
決定總持經一名決總持經八紙
西晉世竺法護譯
謗佛經紙七
後魏留支譯
乳光佛經紙六
西晉竺法護譯
犢子經紙二

佛遺日摩尼寶經十五紙
後漢光和年支讖譯
大寶積經二十一紙
摩訶衍寶嚴經二十紙
金剛般若經舍衛國十二紙
後秦弘始年羅什譯
金剛般若波羅蜜經婆伽婆十四紙
後魏菩提留支於洛都譯
金剛般若經祇樹林十四紙
陳真諦譯
能斷金剛般若經十九紙
唐永徽年玄奘於大慈恩寺譯
長者子制經一名制經六紙
逝童子經二紙
西晉支法度譯

菩薩逝經一名逝經四紙
文殊問菩提經一名菩提無行經十紙
後秦弘始年羅什於長安譯
伽耶山頂經十紙
後魏菩提留支譯
象頭精舍經九紙
隋開皇年毗尼多留支譯
貝多樹下思因縁經四紙
西晉竺法護譯
聞成十二因縁經四紙
後漢安世高譯
十二因縁經四紙
南齊永明年求那毗地譯
轉女身經十九紙
腹中女聽經二紙

南齊尼法化誦出
胎藏經 三紙
無垢賢女經 三紙
無量門微密經 五紙
吳黃武年支謙譯
出生無量門持經 七紙
東晉元熙年佛陀跋陀羅於揚都譯
阿難目佉尼訶陀羅尼經 十紙
後魏佛陀扇多譯
無量門破魔陀羅尼經 十一紙
宋大明年功德直於荊州譯
舍利弗陀羅尼經 八紙
一向出生菩薩經 十一紙
隋開皇年崛多譯
前世三轉經 六紙

銀色女經 六紙
太子和休經 三紙
太子刷護經 四紙
善法方便陀羅尼經 六紙
金剛祕密善門陀羅尼經 五紙
阿闍世王受決經 四紙
採華違王上佛授決經 二紙
師子奮迅菩薩問經 二紙
華積陀羅尼經 二紙
華聚陀羅尼經 三紙
上四十五經同本別出
放鉢經 是普超經別品殊譯 六紙
拔陂菩薩經 是初四品般舟三昧經別品 十三紙
十一面觀世音經 一紙
後周世崛多譯

十一面觀世音神呪經十紙
唐北闕金標門内玄奘譯
孔雀王呪經八紙
東晉咸康年帛尸利密多譯
虚空藏菩薩問持經幾福經六紙
菩薩修行經一名威勢長者觀身經七紙
菩薩投身餓虎起塔縁經七紙
一切施王所行檀波羅蜜經四紙
頻毗娑羅王詣佛供養經五紙
薩羅國經四紙
大意經五紙
天王太子辟羅經三紙
長者音悦經五紙
長者法志妻經三紙
一切智光明仙人慈心不食肉經五紙
文殊師利般涅槃經四紙
師子月佛本生經七紙

阿彌陀鼓音聲陀羅尼經四紙
法華三昧經十一紙
金剛三昧本性清淨不壞滅經一名金剛清淨經八紙
寶積三昧文殊問法身經六紙
千佛因縁經十八紙
八部佛名經二紙
八吉祥神呪經十紙
八陽神呪經三紙
十吉祥經二紙
賢首經一名賢者夫人經三紙
甚深大迴向經五紙
賢者五福經三紙
幻士仁賢經十八紙
八大人覺經二紙
後出阿彌陀佛偈一紙
失譯人名
甚希有經五紙
最無比經二紙
諸佛心陀羅尼經二紙
受持七佛名號經五紙
佛臨涅槃說法住經五紙
佛地經十紙
稱讚大乘功德經五紙

顯無邊佛土功德經二紙
勝幢臂印陀羅尼經二紙
度濟苦難陀羅尼經二紙
八音普密陀羅尼經二紙
持世陀羅尼經七紙
六門陀羅尼經二紙
天請問經三紙
唐玄奘譯
大乘律單重翻本并譯有無録合三十四部一百一十一卷二千二十二紙
優婆塞戒經六卷或七卷是在家菩薩戒八十二紙
北涼曇無讖在涼城閑豫宫内譯
佛藏經四卷大十九紙
後秦弘始年羅什於長安譯
大方廣三戒經二卷三十四紙

緣起聖道經五紙
般若多心經二紙

寶梁經二卷三十紙
北涼道龔譯
梵網經二卷三十四紙
後秦羅什譯
菩薩藏經九紙
梁天監年僧伽婆羅於揚都譯
決定毗尼經一十七紙
羣録皆云於燉煌譯竟不顯人代名
文殊師利悔過經一名文殊五體悔過經二十紙
舍利弗悔過經一名悔過經五紙
清淨毗尼方廣經十七紙
文殊師利淨律經十三紙
西晉竺法護譯
寂調音所問經十八紙
宋時法海譯

大乘三聚懺悔經十三紙
隋開皇年崛多等於大興善寺譯
菩薩戒本經十八紙
唐貞觀二十一年玄奘於翠微宫譯
菩薩羯磨經六紙
唐貞觀二十三年玄奘於翠微宫譯
法律三昧經七紙　菩薩内戒經十七紙
失譯
三曼陀跋羅菩薩經六紙
菩薩受齋經一紙　淨業障經十四紙
菩薩善戒經十五紙　菩薩五法懺悔文二紙
大乘論單重翻本并譯有無録合七十二部五百卷九千二百二十紙
大智度論一百卷二千四十三紙
後秦弘始年羅什於長安譯

瑜伽師地論一百卷一千八百四十八紙
唐貞觀二十年玄奘於大慈恩寺譯
顯揚聖教論二十卷三百二十六紙
阿毗達磨雜集論十六卷二百五十五紙
唐貞觀十九年玄奘於弘福寺譯
般若燈論一十五卷二百四十二紙
唐貞觀三年波頗密多於勝光寺譯
大莊嚴論十五卷或十卷馬鳴菩薩造一百一十紙
十住毗婆沙論龍樹菩薩撰十四卷二百七十紙
後秦羅什譯
大乘莊嚴論十三卷二百紙
唐貞觀四年波頗於勝光寺譯
十地經論十二卷二百四十五紙
後魏永明年勒那摩提等於洛都譯
攝大乘釋論十五卷三百三十紙

陳真諦於廣州制旨寺譯
攝大乘釋論十二卷三百四十五紙
陳真諦於廣州譯
攝大乘論十卷一百七十五紙
隋大業五年笈多於東都上林園譯
攝大乘釋論十卷世親解一百八十紙
唐玄奘於北闕及大慈恩寺譯
右四論同本異譯
攝大乘論十卷無性菩薩作二百一十紙
唐永徽年玄奘於大慈恩寺譯
菩薩地持論十卷或八卷一百八十一紙
北涼曇無讖譯
菩薩善戒經九卷一名菩薩地經上一論經同本一百七十二紙
宋元嘉年求那跋摩於揚都譯
廣百論十卷二百二紙

大乘阿毗達磨集論七卷一百八紙
唐顯慶年玄奘譯
佛地經論七卷一百一十九紙
唐永徽年玄奘譯
菩提資糧論六卷六十七紙
隋大業五年笈多於東都上林園譯
彌勒菩薩問經論五卷或十卷一百二十五紙
寶積經論四卷八十四紙
後魏留支譯
勝思惟經論四卷五十紙
佛性論四卷八十二紙
陳真諦譯
中論四卷九十七紙
後秦羅什於長安譯
寶性論四卷八十六紙
後魏菩提留支於洛都譯

金剛波若論三卷三十七紙
後魏菩提留支於秦太上文宣公第譯
攝大乘本論二卷四十四紙
後魏佛陀扇多譯
攝大乘本論三卷五十八紙
陳真諦譯
攝大乘本論三卷六十一紙
唐貞觀二十二年玄奘於玉華宮内譯
上三論同本
文殊問菩提經論二卷一名伽耶山頂論二十八紙
後魏菩提留支於洛都譯
大丈夫論二卷提婆菩薩撰三十七紙
北涼道泰譯
中邊分別論二卷三十八紙
陳真諦譯
佛阿毗曇論二卷四十四紙

順中論二卷四十一紙
後魏菩提留支譯
百論二卷三十二紙
後秦羅什譯
金剛波若論二卷僧佉菩薩造二十八紙
隋大業九年笈多於東都上林園譯
三無性論二卷三十四紙
陳真諦譯
入大乘論二卷堅意菩薩造三十九紙
北涼道泰譯
發菩提心論二卷二十八紙
失譯
唯識論唯識無境十九紙
後魏瞿曇留支譯
唯識論修道不共他十一紙
思塵論三紙

陳真諦譯
觀所緣緣論三紙　業成就論十七紙
後魏瞿曇留支譯
大乘成業論十七紙
唐貞觀二十二年玄奘譯
上六論同本
大涅槃經論十一紙
達磨菩提譯
涅槃本有今無論六紙
陳真諦於廣州譯
三具足論六紙
後魏菩提留支譯
法華經論二十五紙
後魏菩提留支於鄴下譯
轉法輪經論十紙

寶結菩薩四法經論十一紙
無量壽經論八紙
後魏菩提留支譯
迴諍論十二紙
後魏瞿曇留支譯
起信論二十三紙　如實論二十三紙
陳真諦譯
十二門論二十三紙
後秦羅什譯
十八空論十九紙　方便心論十七紙
後魏延興年吉迦夜與曇曜譯
解拳論二紙
陳真諦譯
緣生論十紙
隋大業十年笈多於東都洛濱上林園譯

十二因縁論 九紙
後魏菩提留支譯
一輸盧迦論 龍樹菩薩造四紙
後魏瞿曇留支譯
百字論 八紙
後魏菩提留支譯
掌珍論 一卷三十一紙　因明正理門論 十紙
因明入正理門論 六紙　大乘五蘊論 八紙
王法正理論 十七紙　百法明門論 二紙
顯揚論頌本 十一紙　廣百論本 十六紙
右八論並貞觀二十一年玄奘從駕於
翠微宫内譯

大唐内典録卷第六

大唐内典録卷第七

唐沙門釋道宣撰

歷代小乘藏經翻本單重傳譯有無録第二之二

序曰所云小乘藏者謂諸佛隨緣赴機之漸教也良由智識褊隘固執鏗然空有分壃心塵别境封守界繫位列因緣排倒我之本基折流轉之纏結憚佛道長遠居止化城耻聲聞從師栖形空土斯等之經名二乘道也討論教主曲引釋迦託八相而垂光寄三界而稱號胎誕右脇引同類而攝生捨位若遺接染愛之迷客四十九載三輪現於人天方八十年四諦揚於生趣斯道被俗開誘寔繁非佛本懷乘機權設故經云十方佛土唯有一乘隨宜方便故説三教而登機之士依教策修斷我見之牽連傾分段之生死鈍根證此謂窮盖㢉之源利智澄慮沉疑而在空性所以五部異執分計而討其迷十八本二尋根而知理一故知兎馬涉水未足香象之能羊鹿載駝豈等大牛之力所以大乘義本性空極於教宗小乘理淺生滅會於真解故佛性論云二乘之人同觀生滅以爲真如據斯以言顯小大之衢術也至於經部所攝必祖四含隨機説導更開雜藏戒律流被非經所收議論披解最爲繁廣且夫大聖施化本遣惑纏除病稱藥不拘名體故初説四諦八萬諸天而發大心後説六度億量比丘悟於四果自餘凡淺執教守株互相指斥全乖本意迷客舊之二醫明于極教毀本師之兩足著在離詞小無述大之言自局心計大有含小之

致通明弊開是知迦葉興悲於敗種逼引同徒身子悔咎於法性悟迷斯反諸餘故習沿革卒難終待會機異名施化今所集經始於仙苑終盡金河所説半教號聲聞藏傳度東漸年代可知總有二百七十二部一千四百九十四卷用爲小乘藏録餘有賢聖傳集將二百卷文兼小大理雜聖凡不在二藏所收自依別録所顯至於單重翻本傳譯存亡無勞別歷通入三藏庶得披覽之者以類相從即用大觀釋然易辯序之云爾

小乘經 五百四十四卷

小乘律 二百七十四卷

小乘論 六百七十六卷

西梵賢聖集傳 一百八十四卷此通大乘 都合四件凡三百一十九部一千六百九十八卷二萬八千四百二十四紙

小乘經單重翻本并譯有無録 合二百四部五百四十四卷七千六百七十四紙

正法念處經 七十卷一千一百九十九紙

後魏菩提留支於洛都譯

中阿含經 六十卷一千一百四十七紙

東晉僧伽提婆於揚都譯

增一阿含經 五十一卷七百九十五紙

東晉前秦建元年曇摩難提於長安譯

雜阿含經 五十卷一千三十紙

宋求那跋陀羅於揚都譯

長阿含經 二十二卷四百二十六紙

東晉後秦弘始年佛陀耶舍於長安譯

已前四經小乘大宗四含爲本支派分散故有多部今總舉本經如上自餘別品殊譯濟俗利生不無弘利故復因仍

相從叙列

漏分布經 八紙

後漢桓帝時安世高於洛陽譯

四諦經 九紙

後漢與平年康孟詳譯

是法非法經 四紙

一切流攝守因緣經 四紙

後漢安息三藏安世高譯

項生王故事經 一名文陀竭王經出本經第十一卷五紙

閻羅王五天使者經 一名鐵城泥犂經出第十二卷三紙

古來世時經 出第十三卷五紙

長壽王經 出第十七卷五紙

阿那律八念經 一名禪行歛意經出第十八卷四紙

釋摩男本經 一名五陰因事經出第二十五卷四紙

吳黄武年支謙於武昌譯

瞿曇彌記果經 出第二十八卷七紙

諸法本經 出第二十八卷二紙

魔嬈亂經 一名弊魔試目連經一名魔王入目揵蘭腹經出第三十卷八紙

賴吒和羅經 出第三十卷十一紙

摩喻經 出第三十一卷九紙

吳月氏優婆塞支謙譯

鸎鵡經 一名兜調經出第四卷八紙

齋經 一名八關齋二名優婆夷墮舍迦經出第五十五卷四紙

吳黄武年支謙譯

十支居士八城人經 出第六十卷三紙

恒水喻經 一名海八德經一名瞻波比丘經一名法海經三紙

比丘問佛多優婆塞命終經 二紙

佛説求欲經 十一紙

孫多耶致經 一名梵志孫陀耶致經三紙

凡人三事愚不足經 失本

萍沙王五願經一名弗迦沙王經七紙
七知經二紙　鹹水喻經二紙
已前二十六經並中阿含別品殊譯
瑠璃王經六紙　鴦崛髻經一名指鬘經五紙
力士移山經一名移山經五紙
西晉竺法護於長安青門譯
三摩竭經一名須摩提女經一名難國王經一名恕和檀王經八紙
吳時竺律頭餤譯
大愛道般泥洹經一名佛母般泥洹經四紙
宋沮渠安陽侯於揚都譯
須達經一名長者須達經一名三歸五戒慈心厭德經三紙
南齊永明年求那毗地於揚都譯
行七行現報經出第三十卷一紙
阿難同學經出第三十八卷四紙
增一阿含經三紙　羣牛譬經二紙

國王不犂先尼十夢經一名國王七夢經五紙
波斯匿母崩土坌身經一名波斯匿王喪母經三紙
施食獲五福報經一名福德經一名施色力經二紙
四未曾有法經二紙
阿那邠坻化七子經四紙
放牛經四紙
長者子六過出家經三紙
已前一十七經並增一阿含經別品殊譯
七處三觀經或二卷十六紙　九橫經二紙
八正道經二紙
五陰譬喻經一名水沫所漂經二紙
轉法輪經訪本十紙
後漢安息三藏安世高譯
聖法印經二紙

西晉元康年竺法護譯

雜阿含經二十一紙

失譯人時代巳後例爾

不自守意經一名自守亦名自守意一紙

戒德香經二紙

比丘聽施經一名聽施比丘經三紙

馬有三相經二紙

馬有八態經一名馬有八弊惡態經二紙

禪行三十七品經二紙

比丘避女惡名欲自殺經二紙

戒相應法經二紙

巳前一十五經並雜阿含經別品異譯

普法義經一名具法行經九紙

後漢安息三藏安世高譯

樓炭經六卷或八卷是世記經一百三十紙

西晉沙門法炬等譯

大般涅槃經二卷亦是遊行經四十八紙

吳黃武年支謙於江南譯

佛般泥洹經二卷亦是遊行經五十五紙

尸迦羅越六向拜經一卷一名大六向經三十紙

梵網六十二見經一名梵網經三十紙

西晉竺法護譯

十報法經二卷一名多增道章經二十七紙

後漢安世高譯

寂志果經十六紙

梵志阿跋經一名阿跋摩納經十三紙

七佛父母姓字經一名婦人無延請佛經四紙

梵志阿羅延問種尊經七紙

巳前一十一經並長阿含經別品殊譯

阿蘭若習禪法經二卷五十五紙

後秦弘始年羅什於長安譯

坐禪三昧經 三卷或二卷上二經同本別出四十八紙

舍頭諫經 一名太子二十八宿經一名虎耳太子經二十六紙

西晉永嘉年竺法護譯

摩登伽經 三卷或二卷上二經同本別出三十二紙

宋時求那跋陀羅於揚都譯

過去現在因果經 四卷九十六紙

吳建興年支謙於金陵譯

太子本起瑞應經 二卷三十一紙

後漢竺曇果竺大力共譯

修行本起經 二卷上三經同本別出三十二紙

後漢安息三藏安世高譯

本相倚致經 二紙

緣本致經 上二經同本別出三紙

阿難問事佛吉凶經 四紙

西秦乞伏國仁世法堅譯

佛說阿難分別經 一名分別經上二經同本別出六紙

罪福報應經 一名分別業報經五紙

業報差別經 上二經同本別出十五紙

隋開皇年曇法智譯

諫王經 四紙

如來示教勝軍王經 上二經同本別出八紙

唐永徽年玄奘於大慈恩寺譯

五母子經 二紙

沙彌羅經 上二經同本別出二紙

阿遬達經 二紙

玉耶經 一名長者詣佛說子婦無敬經一名七婦經上二經同本別出四紙

盂蘭盆經 又別本云淨土盂蘭盆經未知所出五紙

灌臘經 一名般泥洹後四輩灌臘經二紙

報恩奉盆經 上三經同本異出二紙

摩鄧女經一名摩登女經又一名阿難爲蠱道女惑經三紙
摩登女解形中六事經上二經同本別出二紙
雜藏經九紙
東晉佛陀跋陀羅共法顯於揚都譯
鬼問目連經四紙
餓鬼報應經一名目連說地獄餓鬼因緣經上三經同本別出五紙
賢愚經十三卷或十六卷三百七十五紙
宋惠覺共威德於高昌郡譯
別譯雜阿含經二十卷三百六紙
起世因本經十卷一云起世經一百六十紙
隋大業年達摩笈多於東都上林園譯
雜寶藏經八卷或十卷一百五十紙
後魏延興年吉迦夜共曇曜於北臺譯
普曜經八卷或十卷百四十七紙
西晉永嘉年竺法護譯

本事經十卷九十四紙
唐永徽年玄奘於長安譯
修行道地經六卷一百三十紙
陰持入經二卷三十二紙
後漢安息三藏安世高譯
生經五卷或四卷一百七紙
西晉三藏竺法護譯
中本起經二卷四十二紙
後漢建安年康孟詳共竺大力譯
興起行經二卷二十八紙
後漢外國三藏康孟詳譯
達摩多羅禪經二卷五十紙
後秦佛陀跋陀羅譯
義足經二卷四十一紙
吳黃武年支謙譯

毗耶娑問經 二卷三十一紙

後魏菩提留支譯

大安般守意經 二卷或一卷三十紙

優婆夷淨行經 二卷三十紙

那先比丘經 二卷或一卷三十紙

大安般經 二卷或一卷訪本二十紙

後漢安息三藏安世高譯

般泥洹經 一卷二十二紙

宋元嘉年求那跋陀羅於揚都譯

當來變經 二紙　過去佛分衛經 二紙

柰女耆域經 十七紙

西晉三藏竺法護譯

淨飯王般涅槃經

北涼安陽侯沮渠京聲譯

八師經 三紙

吳月支優婆塞支謙譯

大迦葉本經 五紙

西晉三藏竺法護譯

四願經 二紙

吳黄武年支謙譯

婦女遇辜經 一名婦遇對經二紙

西秦法堅譯

辯意長者子問經 一名長者問意經九紙

後魏法場譯

胞胎經 一名胞胎受身經十五紙　四自侵經 四紙

五百弟子自說本緣經 二十紙

西晉太康年竺法護譯

七女經 六紙　阿難四事經 三紙

吳黄武年支謙譯

所欲致患經 二紙

西晉三藏竺法護譯

法受塵經 二紙　禪行法想經 二紙

後漢安息三藏安世高譯

四天王經 二紙

宋元嘉年智嚴寶雲於揚都譯

佛臨般涅槃略説教誡經 一名遺教經六紙

後秦羅什於長安譯

舍利弗目連遊四衢經

西晉三藏竺法護譯

難提釋經 四紙　無垢優婆夷問經 三紙

造立形像福報經 二紙　法常住經 二紙

懈怠耕者經 二紙

優填王經 一名優田王作佛像經五紙

阿難七夢經 一名阿難八夢經或誤八字二紙

佛入涅槃密迹金剛力士哀戀經

迦葉赴佛涅槃經 一名涅槃時迦葉赴佛經二紙

佛滅度棺殮葬送經 一名比丘師經名比丘經三紙

摩訶剎頭經 一名灌洗佛經四紙

羅雲忍辱經 一名忍辱經三紙

出家緣經 二紙

三品弟子經 一名弟子學三輩經三紙

四輩經 三紙　見正經 一名生死變識經七紙

阿鵰阿那經 一名荷鵰阿那含經二紙

五無返復經 一名五有返復經三紙

阿含正行經 一名佛説正意經四紙

五恐怖經 二紙　大魚事經 二紙

頞多和多耆經 二紙　梵摩和難國王經 二紙

摩訶迦葉度貧母經 四紙

中心經 五紙

龍王兄弟經 一名降龍王經一名難龍經三紙

沙曷比丘功德經二紙　樹提伽長者經五紙
盧至長者經九紙　須摩提長者經八紙
燈指因緣經八紙　十二品生死經二紙
五王經四紙　末羅王經二紙
摩達國王經二紙　普達王經三紙
犍陀國王經二紙　堅意經一名堅心意經二紙
佛大僧大經六紙　祇耶經二紙
十二頭陀經一名沙門頭陀經五紙　木槵子經一紙
護淨經二紙　得道梯隥經三紙
時非時經一名時經二紙　新歲經一名婆和羅經五紙
栴檀樹經三紙
貧窮老公經一名貧老經三紙
長者子懊惱三處經四紙
佛說越難經一名日難經二紙
栴檀越國王經三紙　自愛經一名自愛不愛經四紙

佛說處處經十五紙　無上處經一紙
轉輪五道罪福報應經四紙
未生怨經三紙　十八泥犂經五紙
泥犂經一名勸若泥犂經十三紙
罪業報應教化地獄經六紙
僧護經二十紙　未曾有經三紙
迦延說法沒盡經五紙
佛爲少比丘說正事經三紙
四品學法經一紙
失譯人時代
小乘律本并譯有無録合三十五部二百七十四卷五千八百一紙
十三紙
十誦律六十一卷一千紙
後秦弘始年弗若多羅共羅什譯前二
分後分於東晉卑摩羅叉於壽春石澗

寺譯

四分律 六十卷 一千紙

後秦弘始年佛陀耶舍於長安譯

僧祇律 四十卷

東晉佛陀跋陀羅共法顯於揚都譯

彌沙塞五分律 三十卷

宋景平年佛陀什共道生智勝於揚都譯

善見毗婆沙 十八卷

南齊永明年僧伽跋陀羅於廣州譯

鼻柰耶 十卷

前秦竺佛念道安等於長安譯

薩婆多摩得勒伽 十卷

宋元嘉年僧伽跋摩於揚都譯

僧祇戒本 三十紙

前魏曇摩迦羅於許昌譯

四分戒本 三十三紙

後秦佛陀耶舍於長安譯

解脫戒本 出迦葉毗律 二十一紙

後魏瞿曇流支譯

沙彌威儀 九紙

宋求那跋摩於揚都譯

曇無德羯磨 三十一紙

前魏正光元年曇諦於洛陽譯

四分尼羯磨 十五紙

宋元嘉年求那跋摩譯

優婆塞五戒相 十五紙

宋求那跋摩譯

彌沙塞戒本 或云五分戒本 十九紙

宋景平年佛陀什於揚都譯

薩婆多毗尼毗婆沙 九卷

大比丘三千威儀經二卷
毗尼母論八卷 大愛道比丘尼經二卷
舍利弗問經十一紙
真偽沙門經一名摩訶比丘經三紙
戒消災經四紙 迦葉禁戒經三紙
犯戒罪報輕重經一名犯罪經二紙
僧祇比丘尼戒二十四紙 十誦比丘戒二十紙
十誦比丘尼戒二十六紙 四分比丘尼戒三十一紙
優婆塞五戒威儀二十三紙
優婆離問律二十三紙
大沙門百一羯磨二十二紙
十誦羯磨二十三紙
沙彌十戒并威儀二十一紙
沙彌尼十戒四紙 沙彌尼離戒四紙
失譯人名

小乘論單重本并譯有無録合三十三部六百七十六卷一萬二千一百七十七紙
阿毗達磨大毗婆沙二百卷三千一百九紙
唐永徽年玄奘於京師奉詔譯
阿毗曇八揵度毗婆沙六十卷上二論同本別出一千二百七十八紙
北涼沮渠世道挻等於北涼姑臧譯
順正理論八十卷一千四百二十紙
顯宗論四十卷六百四十四紙
唐永徽年玄奘於大慈恩寺譯
阿毗曇八揵度三十卷四百五十紙
發智論二十卷三百六十四紙
唐永徽年玄奘於内宫中譯
俱舍論二十二卷四百五十紙
陳真諦於廣州譯

俱舍論三十卷上四論同本别出四百七十紙

唐顯慶年玄奘於内宫中譯

舍利弗阿毗曇論二十二卷五百九十九紙

後秦弘始年曇摩崛多於長安譯

出曜論二十卷四百八十七紙

前秦竺佛念於長安譯

成實論二十卷或十四卷四百紙

後秦羅什譯

識身足論十六卷二百七十一紙

唐顯慶年玄奘於宫中譯

鞞婆沙阿毗曇十四卷一名廣説論三百四十七紙

前秦建元年僧伽提婆於洛陽譯

法藴足論十二卷一百九十二紙

唐顯慶年玄奘於内宫中譯

解脱道論十二卷一百九十八紙

梁僧伽婆羅於揚都占雲舘譯

衆事分阿毗曇心論十二卷二百九紙

雜阿毗曇心論十一卷二百八十紙

宋元嘉年伊葉波羅共求那跋摩譯

立世阿毗曇論十卷一百七十三紙

陳真諦於始興郡譯

尊婆須蜜所集論十卷二百七十五紙

前秦建元年僧伽跋澄共竺佛念譯

法勝阿毗曇論六卷一百三紙

後齊天統年耶舍共法智譯

四諦論四卷七十四紙

陳真諦於南康郡譯

阿毗曇心論四卷六十七紙

東晉太元年提婆共慧遠於盧山譯

分别功德論四卷或五卷七十三紙

失譯
三彌底論三卷二十五紙　入阿毗達磨二卷二十紙
唐顯慶年玄奘於内宫中譯
阿毗曇甘露味二卷四十五紙
界身足論三卷尊者世友造
辟支佛因緣論二卷二十紙
集異門足論二十卷
唐三藏玄奘譯
三法度論三卷三十四紙
東晉太元年僧伽提婆於廬山譯
俱舍論頌本二十四紙
唐三藏玄奘譯
十八部論七紙　部異執論九紙
明了論一名律二十二明了論二十四紙
隨相論三十四紙

陳天竺三藏真諦譯
賢聖集傳録合四十七部一百八十四卷二千七百六十紙
佛本行集經六十卷八百六十二紙
隋開皇中崛多於京師奉勑譯
撰集百緣經十卷一百四十五紙
吴支謙於建業譯
陀羅尼集十卷一名雜呪集九卷一百八十七紙
六度集八卷一百二十五紙
吴康僧會於武昌譯
佛本行經七卷一百一十四紙
宋元嘉年寶雲於揚都譯
阿育王傳七卷或五卷百二紙
梁天監年僧伽婆羅於揚都譯
付法藏傳六卷或四卷七十五紙
後魏吉迦夜共曇曜於北臺譯

佛所行讚傳五卷馬鳴菩薩讚九十紙

東晉寶雲於揚都譯

禪祕要五卷或三卷一名禪法要七十一紙

宋元嘉年曇摩蜜多於江表譯

摩訶般若鈔長安品五卷一名須菩提品一名長安品八十三紙

前秦建元年曇摩蜱共竺佛念譯

百喻集四卷僧斯那撰四十四紙

南齊永明十年求那毗地於揚都譯

法句喻集四卷或五卷一名法句本末九十二紙

西晉沙門法炬共法立譯

菩薩本緣三卷僧伽斯那撰五十三紙

吴支謙於江南譯

僧伽羅刹集三卷八十四紙

前秦沙門曇摩難提譯

法句經二卷四十四紙

吴支謙譯

禪祕要法三卷七十五紙

後秦弘始年羅什譯

禪法要解二卷三十四紙

後秦羅什譯

舊雜譬喻二卷四十七紙

吴康僧會譯

雜譬喻二卷一名菩薩度人經二十六紙

孛經鈔集十八紙

吴黄武年支謙於武昌譯

思惟要略一名思惟經九紙

後漢安息三藏安世高譯

佛醫經鈔四紙

吴竺律頭炎共支謙譯

分别業報略集大勇菩薩撰七紙

宋元嘉年求那跋摩譯
爲禪陀迦王說偈 龍樹菩薩撰一名勸發諸王偈七紙
宋求那跋摩譯
雜譬喻經 十紙
後秦三藏羅什出道略集
無明羅刹集 二十三紙　四十二章 六紙
後漢永平十年竺法蘭等譯
治禪病祕要 二十八紙
北涼安陽侯沮渠京聲譯
請賓頭盧法 二紙
阿含口解十二因緣 七紙
阿毗曇五法行經 十一紙
後漢安息三藏安世高譯
賓頭盧爲王說法經 訪本七紙
賓頭盧爲優陀延王說法 八紙

十二遊經 五紙
迦葉結經 一名迦葉集結經傳九紙
西晉三藏竺法護譯
育王子壞目緣經 二十六紙
前秦建元年曇摩難陀共竺佛念譯
馬鳴菩薩傳 二紙　龍樹菩薩傳 四紙
提婆菩薩傳 三紙
後秦三藏鳩摩羅什譯
婆藪槃豆傳 十四紙
陳天竺三藏真諦譯
撰集三藏及雜藏傳 八紙
四阿含暮鈔 或二卷四十二紙
前秦鳩摩羅佛提譯
外道金七十論 三卷五十二紙
陳天竺三藏真諦譯

破外道四宗論五紙

後魏三藏菩提留支譯　破外道涅槃論六紙

大阿羅漢難陀蜜多法住記七紙

唐龍朔年玄奘於坊州王華宮寺譯

衆經目録五卷九十紙

唐貞觀初普光寺玄琬撰

見定經入藏録一十九紙

未詳作者

大唐内典録卷第七

音釋

邠坻 邠彼貧切坻直尼切 褊隘 褊俾緬切隘烏懈切褊隘陿陋也

大唐內典録卷第八

唐 沙門 釋 道宣 撰

歷代衆經見入藏録第三

序曰自初録已來帝年顯矣至於條例叢雜交加固難料簡良由隨譯人代所出論經註解撰述不局倫次所以依之編録無得分衢今則隨乘大小據譯單重經律論傳條然取別猶依舊例未敢天分用啓未聞知非故意依別入藏架閣相持帙軸籤牓標顯名目須便抽檢絶於紛亂若夫凡識昏迷妙籍開智有教無類俗諺常談而頃代後銳神解不凡弊於墮學忽於披覽入藏見經三千餘卷未曾通歷明智何從徒丧一生虛張六識邪正莫辨眞妄混然隨俗而流無由反本惜哉何由曉三藏之由途據三學之宗轄內無負於初念外有識於後心今則一切而不行乃謂五塵爲道本耽附不捨如正聖焉竊服之喻已顯於十輪鳥鼠之譏復彰於佛藏形骸之累不能不服口腹之勞不能不食解脫之方既絶惑網之計轉深一杯之水聖久制之一納之衣經文斷服既削足於幽顯又報苦於將來神未超生於何逃跡昔聞蕭勤俗士讀書三萬餘卷慧斐末法遺僧手寫二千餘軸彼何人斯若此之勝此何人斯若此之劣季代澆俗未足涉言高山仰止庶可規諫全梵行之善友何時不無從如流之准的歷代衆有固當常爲心師御制情境自須斂轄何得任人閑三方之聖經尋三千之法律歷三祇之遠行造三佛之覺場斯道不亡如何背捨輒此引喻覽者詳焉今約已譯舊經具如別

顯餘有王華後翻未覩新本續出續附自依

餘録

衆經律論傳合八百部三千三百六十一卷五萬六千一百七十三紙三百二十六帙

大乘經一譯二百四部六百八十五卷一萬一千三十三紙六十六帙

大乘經重翻二百二部四百九十七卷七千二百九十紙四十九帙

小乘經一譯一百八部四百三十五卷六千六百九十七紙三十九帙

小乘經重翻九十六部一百一十四卷九百七十七紙六帙

小乘律三十五部二百七十四卷五千八百一十三紙二十八帙

大乘論七十四部五百二卷九千一百三十紙五十二帙

小乘論三十三部六百七十六卷一萬二千一百七十七紙六十八帙

賢聖集傳四十九部一百八十四卷二千八百八紙一十八帙

大乘經一譯六十六帙

大方廣佛華嚴經六十卷六帙

右一經六帙內中間從上第一隔

大方等大集經五十八卷六帙

大般涅槃經四十卷四帙

大威德陀羅尼經二十卷二帙

大菩薩藏經二十卷二帙

右四經一十四帙中間從上第二隔

摩訶般若波羅蜜經四十卷四帙

大法炬陀羅尼經二十卷二帙

菩薩見實三昧經十四卷一帙

菩薩瓔珞經十二卷一帙

佛名經十二卷一帙　月燈三昧經十一卷一帙

賢劫經十三卷一帙

右七經十一帙中間從上第三隔

華手經十三卷一帙　十住斷結經十卷一帙

大灌頂經十二卷一帙　觀佛三昧經十卷一帙

五千五百佛名經八卷一帙

大方廣十輪經八卷一帙
勝天王般若波羅蜜經七卷一帙　大方便報恩經七卷一帙
金光明經六卷一帙
寶雲經七卷一帙　法集經六卷
大方等陀羅尼經四卷二經同帙
菩薩處胎經五卷　深密解脱經五卷二經同帙
右十四經十二帙中間從上第四隔
大集賢護菩薩經五卷
密迹金剛力士經五卷二經同帙
大雲經六卷一名大方等無相　僧伽吒經四卷
大吉義神呪經二卷前三經同帙
大悲經五卷
稱揚諸佛功德經三卷
菩薩瓔珞本業經二卷前三經同帙
無所有菩薩經四卷　觀察諸法經四卷

佛藏經四卷前三經同帙　鴦掘摩經四卷
海龍王經四卷
大集須彌藏經二卷前三經同帙
菩薩藏經三卷　須真天子經三卷
首楞嚴三昧經三卷前三經同帙
菩薩本行經三卷　力莊嚴三昧經三卷
般舟三昧經三卷
大方廣三戒經三卷前四經同帙
濡首菩薩經二卷　發覺淨心經二卷
等目菩薩經二卷　中陰經二卷前四經同帙
大方廣如來性起微密藏經二卷
超日明三昧經二卷
七佛神呪經四卷
大方廣如來祕密藏經二卷前四經同帙
優婆塞戒經六卷一帙

諸佛要集經二卷　蓮華面經二卷
阿閦佛國經二卷　大乘同性經二卷
大集譬喻王經二卷前五經同帙
護國菩薩經二卷　月上女經二卷
明度五十校計經二卷
大法鼓經二卷
佛華嚴入如來德智不思議境界經二卷五經同帙
右十二帙內中間從上第五隔
文殊師利問經二卷
菩薩夢經二卷　仁王般若經二卷
緣生經二卷　不思議功德經二卷
文殊師利佛土嚴淨經二卷前六經同帙
法界體性無分別經二卷
寶梁經二卷　密迹金剛力士經二卷
梵網經二卷

善臂菩薩所問經二卷上五經同帙
未曾有因緣經二卷
無上依經二卷　移識經二卷
迦葉經二卷
孔雀王陀羅尼呪經二卷上五經同帙
菩薩投身餓虎起塔因緣經
施燈功德經
文殊師利問菩薩署經
千佛因緣經　觀世音菩薩受記經
濟諸方等學經　觀普賢菩薩經
人本欲生經　觀無量壽佛經
商主天子經
人所從來經失本上十一經同帙
觀藥王藥上二菩薩經
文殊悔過經　大乘方廣總持經

無量義經　太子須大拏經
摩訶摩耶經　諸法最上王經
德光太子經　除恐災患經
寶網經上十經同帙　決定毗尼經
文殊師利所說摩訶般若波羅蜜經
淨業障經
勝鬘師子吼一乘大方便經
幻士仁賢經　不必定入定入印經
須賴經　菩薩内戒經
魔逆經　大乘十法經上十經同帙
如來方便善巧呪經
不空羂索呪經　内藏百寶經
請觀世音消伏毒害陀羅尼經
大方等如來藏經　演道俗業經
東方最勝燈王如來經

菩薩善戒經　私呵三昧經
十一面觀世音神呪經
大乘三聚懺悔經　普門品經
觀彌勒菩薩上生兜率天經
出生菩提心經　月燈三昧經上十五經同帙
成具光明定意經　諸福田經
虛空藏菩薩問幾福經
希有校量功德經　梵女首意經
滅十方冥經　菩薩十住經
不思議光菩薩所問經
出家功德經　如來師子吼經
菩薩修行經　彌勒菩薩問本願經
入法界體性經
頻婆羅王詣佛供養經
大意經

一切智光明慈心不食肉經
甚深大迴向經
文殊師利般涅槃經 上十八經同帙
無字寶篋經
寶積三昧文殊師利菩薩問法身經
法華三昧經
金剛三昧本性清淨不壞不滅經
菩薩藏經
三曼陀颰陀羅菩薩經
長者音悅經　太子慕魄經
須摩提經　堅固女經
不增不減經　法律三昧經
心明經　四不可得經
金色王經　百佛名經
如來獨證自誓三昧經

菩薩行五十緣身經　十二佛名神呪經
師子月佛本生經 上二十經同帙
諸佛心陀羅尼經　顯無邊佛土功德經
勝幢臂印陀羅尼經　拔濟苦難陀羅尼經
八名普密陀羅尼經
持世陀羅尼經　緣起聖道經
佛地經　六門陀羅尼經
般若多心經　天請問經
甚深希有經　最無比經
佛臨般涅槃法住記經
受持七佛名所生功德經
稱讚大乘功德經 上十六經同帙
差摩婆帝授記經　月明菩薩經
菩薩訶色欲經　佛語經
菩薩生地經　鹿母經

鹿子經　温室經
一切施主行檀波羅蜜經
薩羅國經　太子辟羅經
長者法志妻經　阿彌陀鼓音聲王經
八吉祥神呪經　八部佛名經
八陽神呪經　十吉祥經
賢者五福經　賢首經
八大人覺經　後出阿彌陀佛偈經
舍利弗悔過經　菩薩五法懺悔經
菩薩受齋經上二十四經同帙
右十一帙内中間從上第六隔
大乘經重翻四十九帙
放光般若波羅蜜經三十卷三帙
光讚般若波羅蜜經十卷一帙
道行般若波羅蜜經十卷一帙

新道行經七卷一帙　小品般若經八卷一帙
大乘大集地藏十輪經十卷一帙
右五經八帙内左間從上第一隔
悲華經十卷一帙　大悲分陀利經八卷一帙
大方等大集菩薩念佛三昧經十卷一帙
妙法蓮華經七卷一帙　正法華經十卷一帙
入楞伽經十卷一帙　大哀經八卷一帙
虛空藏所問經八卷一帙　大般泥洹經六卷一帙
大薩遮尼乾子經七卷一帙
深密解脫經五卷　解深密經五卷上二經同帙
維摩詰經三卷　無垢稱經六卷上二經同帙
念佛三昧經六卷　度世經六卷二經同帙
阿差末經七卷
聖住意天子所問經二卷二經同帙
右十四帙内左間從上第二隔

信力入印法門經五卷
漸備一切智德經五卷上二經同帙
不退轉法輪經四卷
思益梵天問經四卷
持世經四卷上三經同帙
持人菩薩所問經四卷
持心梵天所問經四卷
弘道廣顯三昧經四卷上三經同帙
道神足無極變化經四卷
廣博嚴淨不退轉輪經四卷
十住經四卷上三經同帙
勝思惟梵天所問經六卷
如幻三昧經二卷二經同帙
無盡意經六卷
佉眞陀羅經二卷
哀泣經二卷上三經同帙
大明度無極經四卷
楞伽阿跋多羅寶經四卷二經同帙
大方等善住意天子問經四卷

如來興顯經四卷
諸法本無經三卷三經同帙
大樹緊那羅王經四卷
普超三昧經三卷
集一切福德三昧經三卷三經同帙
阿惟越致遮經三卷
羅摩伽經三卷
寶女經三卷三經同帙
大乘方便經三卷
菩薩行方便境界神通變化經三卷
文殊師利現寶藏經二卷
等集衆德三昧經三卷四經同帙
大方廣寶篋經三卷
順權方便經二卷
四童子三昧經二卷
阿耨達龍王經二卷
無量清淨平等覺經二卷五經同帙
右十二帙内中間從上第七隔
大雲輪請雨經二卷
阿彌陀經二卷

法鏡經二卷　德護長者經二卷
如來莊嚴智慧光明入一切佛境界經二卷五經同帙
寶如來三昧經二卷　奮迅王問經二卷
自在王經二卷　阿闍世王經二卷
慧上菩薩問大善權經二卷五經同帙
維摩詰經三卷　大莊嚴法門經二卷
方等般泥洹經二卷　諸法無行經二卷
佛升忉利天爲母説法經二卷五經同帙
樂瓔珞莊嚴方便經　虚空藏菩薩經
金剛上味陀羅尼經　金剛場陀羅尼經
藥師瑠璃光經　慧印三昧經
一切法高王經　抜陂菩薩經
彌勒成佛經　轉女身經上十經同帙
度諸佛境界智光嚴經

第一義法勝經
度一切諸佛境界智嚴經　金剛般若波羅蜜經
諸法勇王經
大威燈光仙人問經
無量門破魔陀羅尼經
相續解脱經　能斷金剛般若經
一向出生菩薩經
金剛般若波羅蜜經上十一經同帙
無言童子經二卷　無量壽經二卷
善思童子經二卷　菩薩淨行經二卷
虚空孕菩薩經二卷五經同帙
佛遺日摩尼寶經　大淨法門經
大方等大雲請雨經　象腋經
虚空藏菩薩神呪經　大雲請雨經
郁迦羅越問菩薩行經

大寶積經　郁伽長者所問經
無所希望經 十經同帙
無垢施菩薩分別應辯經
阿闍世王女阿術達菩薩經
清淨毗尼方廣經　文殊師利淨律經
無崖際持法門經　無極寶三昧經
寂調音所問經　得無垢女經
無畏德女經　離垢施女經 十經同帙
緣生經 二卷
藥師如來本願分別緣起經
菩薩本業經　大方等頂王經
稱讚淨土攝受經　大乘頂王經
藥師如來本願經　文殊師利巡行經
尊勝菩薩所問經　大方廣菩薩十地經
如來智印經　摩訶衍寶嚴經

金剛般若波羅蜜經　孔雀王呪經 上十四經同帙
諸菩薩求佛本業經
阿難陀目佉尼呵離陀鄰尼經
善法方便陀羅尼經
文殊師利問菩提經
莊嚴菩提心經　出生無量門持經
舍利弗陀羅尼經　象頭精舍經
前世三轉經　決定總持經
伽耶山頂經　月光童子經
文殊尸利行經　解節經
稻稈經　中日經 上十六經同帙
彌勒下生經　彌勒來時經
無量壽佛經　老母經
老母女六英經　觀虛空藏菩薩經
正恭敬經　善恭敬經

八吉祥經　八佛名號經
龍施女經　龍施菩薩本起經
睒子經　菩薩睒子經
了本生死經　大方等修多羅經
轉有經　大乘方等要慧經
彌勒菩薩所問經　謗佛經
小無量壽經 上二十一經同帙　乳光佛經
犢子經　長者子制經
逝童子經　菩薩逝經
闡城十二因緣經　十二因緣經
貝多樹思惟十二因緣經
腹中女聽法經　胎藏經
無垢賢女經　無量門微密持經
銀色女經　太子和休經
太子刷護經　金剛祕密陀羅尼經

阿闍世王受決經　採華違王上佛經
師子奮迅菩薩問經　華積陀羅尼神呪經
華聚陀羅尼呪經　放鉢經
兜沙經 上二十三經同帙
右十二帙内中間從上第八隔
小乘經一譯 二十九帙
正法念處經 七十卷七帙　增一阿含經 五十一卷五帙
右二經十二帙内左間從上第三隔
中阿含經 六十卷六帙　雜阿含經 五十卷五帙
右二經十一帙内左間從上第四隔
長阿含經 二十二卷二帙
別譯雜阿含經 二十卷二帙　雜寶藏經 八卷一帙
起世經 十卷一帙
賢愚經 十三卷一帙　普曜經 八卷一帙
修行道地經 六卷一帙　本事經 七卷一帙

生經 卷五　胞胎經
處處經　泥犁經
五百弟子自説本起經 卷一
僧護因緣經 上六經同帙　達摩多羅禪經 卷二
毗耶娑問經 卷二　大安般守意經 卷二
興起行經 卷二　中本起經 卷二 上五經同帙
優婆夷淨行法門經 卷二
那先比丘經 卷二　陰持入經 卷二
義足經 卷二　柰女耆域國經
般泥洹經　大安般經 卷二 上七經同帙
右十三帙内左間從上第五隔
淨飯王般涅槃經　八師經
辯意長子經　四自侵經
七女經　優填王經
佛入涅槃密迹金剛力士哀戀經

見正經　中心經
樹提伽經　盧至長者因緣經
須摩提長者經　燈指因緣經
普達王經　佛大僧大經
十二頭陀經　新歲經
十八泥犁經
舍利弗摩訶目揵連遊四衢經
未曾有經 上二十經同帙
佛滅度後棺斂葬送經
摩訶迦葉度貧母經　迦葉赴佛般涅槃經
梵摩難國王經　羅云忍辱經
造立形像福報經　頞多和多耆經
三品弟子經　禪行法想經
所欲致患經　阿難七夢經
婦人遇辜經　當來變經

出家緣經　五無返復經
木槵子經　法受塵經
未生怨經　栴檀樹經
末羅王經　無上處經
法常住經　越難經
五王經　四輩經
自愛經　四願經
護淨經　遺教經上二十九經同帙
罪業應報教化地獄經
迦旃延說法沒盡經　得道梯隥錫杖經
長者子懊惱三處經
佛為年少比丘說正事經
無垢優婆夷問經　沙曷比丘功德經
灌洗佛形像經　旃陀越國王經
過去佛分衛經　呵雕阿那含經

摩達國王經　龍王兄弟經
懈怠耕者經　難提釋經
大迦葉本經　阿含正行經
十二品生死經　時非時經
堅意經　五恐怖經
諫王經　貧窮老公經
四品學法經　輪轉五道經
阿難四事經　揵陀國王經
四天王經　大魚事經
耶祇經上三十經同帙
右三帙内左間從上第六隔
小乘經重翻六帙
樓炭經六卷
過去現在因果經四卷上二經同帙
阿蘭若習禪法經二卷　太子本起瑞應經一卷

修行本起經二卷　佛般泥洹經二卷
大般涅槃經二卷上五經同帙
坐禪三昧經三卷　摩登伽經
長阿含十報法經二卷　舍頭諫經
普法義經　梵網六十二見經
寂志果經上七經同帙　開解梵志阿颰經
梵志問頞羅延問種尊經
業報差別經　雜藏經
三摩竭經　求欲經
大愛道般泥洹經　七處三觀經
瑠璃王經　漏分布經
如來示教勝軍王經　四諦經
賴吒和羅經　鸚鵡經
十支居士八城人經　雜阿含經上十六經同帙
比丘避女惡名欲自殺經

阿難問事佛吉凶經　尸迦羅越六向拜經
瞿曇彌記果經　蓱沙王五願經
般泥洹後灌臘經　頂生王故事經
一切流攝守因經　罪福報應經
釋摩男本經　報恩奉盆經
本相倚致經　阿那律八念經
餓鬼報應經　七佛父母姓字經
魔嬈亂經　梵摩喻經
摩登女解形中六事經
阿難分別經　沙彌羅經
鬼問目連經　玉耶經
阿遬達經　古來世時經
五母子經　長壽王經
恒水經　摩鄧女經
菩薩戒經　菩薩受戒羯磨

縁本致經　齋經 上三十二經同帙
比丘問佛多優婆塞命終經
波斯匿王太后崩塵坌身經
轉法輪經
國王不棃先泥十夢經
長者子六過出家經　施食獲五福報經
閻羅王五天使者經　阿那邠邸化七子經
是法非法經　四未曾有經
力士移山經　戒相應法經
五陰譬喻經　孫多耶致經
鶖崛髻經　諸法本經
聖法印經　增一阿含經
群牛譬經　禪行三十七品經
戒德香經　比丘聽施經
行七行現報經　馬有八態經

盂蘭盆經　馬有三相經
鹹水喻經　不自守意經
八正道經　七知經
九横經　放牛經
須達經　阿難同學經 三十四經同帙
右六帙亦同内左間第六隔
小乘律 二十八帙　僧祇律 四十卷四帙
四分律 六十卷六帙
右二律十帙内左間從上第七隔
十誦律 六十一卷六帙　彌沙塞律 三十卷三帙
善見毗婆沙律 十八卷二帙
右三律十一帙内左間從上第八隔
毗柰耶 十卷一帙
薩婆多毗尼摩德勒伽 十卷一帙
薩婆多毗尼毗婆沙論 九卷一帙

毗尼母八卷一帙　大愛道比丘尼經二卷
大比丘三千威儀二卷　曇無德羯磨法
大沙門百一羯磨法
十誦羯磨比丘要用經
四分比丘尼羯磨法上六經同帙
四分比丘戒本經　十誦比丘戒本經
僧祇比丘戒本經　彌沙塞比丘戒本經
四分比丘尼戒本經　十誦比丘尼戒本經
僧祇比丘尼戒本經　解脱戒本經上八經同帙
優婆塞五戒威儀經　優婆塞五戒相經
犯戒罪報輕重經　沙彌尼十戒經
眞僞沙門經　舍利弗問經
迦葉禁戒經　優波離問佛經
戒消災經
沙彌十戒法并威儀經

沙彌威儀經
沙彌尼雜戒文經上十二經同帙
右三十律七帙内左間從上第九隔
大乘論五十二帙
大智度論一百卷十帙
右大乘一論十帙内右間從上第一隔
瑜伽師地論一百卷十帙
阿毗達磨雜集十六卷二帙
顯揚聖教論二十卷二帙
般若燈論十五卷二帙　大莊嚴論十五卷一帙
十住毗婆沙論十四卷二帙
大乘莊嚴論十三卷一帙
攝大乘論十五卷二帙　攝大乘論十二卷一帙
攝大乘論十卷一帙
右大乘論二十五帙内右間從上第二

隔分爲二隔

攝大乘論 十卷一帙 無性菩薩釋

攝大乘論 十卷一帙 世親菩薩釋

廣百論 十卷一帙

十地經論 十二卷一帙

菩薩地持論 十卷一帙

菩薩善戒經 九卷一帙

大乘阿毗達磨論集 七卷一帙

菩提資糧論 六卷

佛地論 七卷一帙

入大乘論 二卷 論同帙上三

佛阿毗曇經 二卷

彌勒菩薩所問經論 五卷

三無性論 二卷 論同帙上二

佛性論 四卷

百論 二卷 論同帙上三

中論 四卷

大乘寶積經論 四卷

勝思惟梵天所問經論 四卷

文殊師利問菩提經論 三卷 論同帙上三

究竟一乘寶性論 四卷

中邊分別論 二卷

順中論 二卷

丈夫論 二卷 論同帙上四

攝大乘本論 三卷

金剛般若經論 三卷

攝大乘本論 二卷

金剛般若論 二卷 論同帙四

大乘起信論

如實論

十八空論

十二門論

三具足論

方便心論

迴諍論

法華論

唯識論 無境界

唯識論 修道不共他 上十論同帙

攝大乘論本 三卷

發菩提心論 二卷

掌珍論 二卷

因明理門論

因明入正理論

大乘五蘊論

百法明門論

顯揚論頌本

廣百論頌本

王法正理論

觀所緣論

大乘成業論

涅槃經本有今無偈論

寶髻菩薩四法經論　壹輸盧伽論
轉法輪經論　無量壽經論
業成就論　無想思塵論
百字論　涅槃論
解捲論　緣生論
十二因緣論　上二十四論同帙
右大乘論十六帙內右間從上第三隔
小乘論　六十八帙
阿毗達磨大毗婆沙論　二百卷二十帙
阿毗達磨順正理論　八十卷八帙
阿毗達磨顯宗論　四十卷四帙
阿毗達磨俱舍論　三十卷三帙
阿毗曇毗婆沙論　六十卷六帙
阿毗曇八犍度論　三十卷三帙
解脱道論　十二卷一帙　法蘊論　十二卷一帙

右小乘論四十七帙內右間從上第四隔分兩隔
舍利弗阿毗曇論　二十二卷二帙
俱舍論　二十二卷二帙　發智論　二十卷二帙
出曜論　二十卷二帙　成實論　二十卷二帙
阿毗達磨識身足論　十六卷一帙
右小乘論十二帙內右間從上第五隔
鞞婆沙阿毗曇論　十四卷二帙
衆事分阿毗曇　十二卷一帙
雜阿毗曇心論　十一卷一帙
立世阿毗曇論　十卷一帙
尊婆須蜜所集論　十卷一帙
法勝阿毗曇心論　六卷上二論同帙
阿毗曇心論　四卷　分別功德論　四卷
四諦論　四卷　三彌底論　三卷上四論同帙

甘露味阿毗曇二卷　辟支佛因緣論二卷
俱舍論頌本二卷　入阿毗達磨頌二卷
三法度論二卷　隨相論
十八部論　部異執論
明了論上九論同帙
右小乘論九帙内右間從上第六隔
賢聖集傳三十九部
佛本行集經六十卷六帙　撰集百緣經十卷一帙
陀羅尼集十卷一帙　六度集八卷一帙
佛本行經七卷一帙
右集傳十帙内右間從上第七隔
付法藏因緣傳六卷　阿育王傳七卷上二傳同帙
摩訶般若波羅蜜經鈔五卷
佛所行讚經傳五卷上二集同帙
禪祕要經五卷　禪法要解二卷

禪祕要法三卷上三集同帙　法句譬喻經四卷
百喻經四卷　法句集二卷上三集同帙
僧伽羅刹所集經三卷　舊雜譬喻經集二卷
雜譬喻經二卷　菩薩本緣經三卷四集同帙
阿育王太子壞目因緣經
無明羅刹集　治禪病祕要法
孛經鈔集　四阿含暮鈔二卷
金七十論三卷上六集同帙　撰集三藏及雜藏傳
阿含口解十二因緣經
婆藪盤豆法師傳　阿毗曇五法行經
馬鳴菩薩傳
龍樹菩薩爲禪陀迦王說法要偈
請賓頭盧法　思惟略要法
提婆菩薩傳　龍樹菩薩傳
分別業報略　雜譬喻經

迦葉結經　四十二章經
十二遊經　佛醫經鈔
破外道四宗論　破外道涅槃論
賓頭盧突羅闍爲優陀延王說法經
大阿羅漢蜜陀法住記經
賓頭盧爲王說法經　入藏目（一卷上二十二集同帙）
衆經目録（五卷一帙）　大唐内典録（十卷一帙）
右集傳八帙内右間從上第八隔

大唐内典録卷第八

大唐内典録卷第九上

唐　沙　門　釋　道宣　撰

歷代衆經舉要轉讀録第四

序曰觀夫大聖乘機敷説聲教離惱爲本不在曲繁故半頌八字號稱開空法道一四句偈喻以全如意珠廣讀多誦未免於生源常不説法乃聞於具足是以法行比丘形于大集之典捨筏明況備之般若至乘斯道顯然由來不没會西明寺貞懿律師博見識機通鑒時俗欲興法藏歲別轉持然以重譯廣文多生倦怠告予此致因而演之然則頃代轉讀多陷廣文識鈍情浮彌嫌觀博此並在人勤墮豈以卷部致懷何以知耶故心薄淡者望大卷而顰眉意專精者見帙多而意勇據斯以論考性欲之康衢也原夫五濁交運四感現行聖賢晦迹是稱遺命不可約之以一揆固得引之以殊途故知天挺英靈不局言方陶誘中流在學必假善説津梁夫以廣略二教元興極聖之言知幾其神已明恒俗之訓今則去其泰甚隨務行藏舉大部而攝小經撮本根而捨枝葉文雖約而義廣卷雖少而意多能使轉讀之士覽軸日見其功行福清信開藏歲增其業此則卷卷常度無負施之識訶品品情欣絶厭法之深咎事不獲已觀機而立此篇撫膺長慨摧折一何若此豈不聞龍海藏録竟夏尋而不周鐵圍結法億象負之莫盡沮渠巖窟恒鎮十二寶乘那伽幽寺常住億千聖範東流震旦萬不一來而厚夜沉冥重於厭怠無明障深輕於博觀自可悲哉且生滅催切命報泫露之光心相不

留興言飛電之頃隨聞教旨即用修身略得時緣便依領觀何暇廣尋闡海通覽法門故論云智者應修道剋獲解脫果然後以多聞而作妙瓔珞然則凡小使性互有不同既不能靜坐思微則須披讀經論開決耳目分解性靈導揚理義識邪正之方隅陶化未聞暢佛宗之位致此則宅生推日不負遺寄茲篇成樹司存有歸云爾

衆大乘經律論 合三百三十七部一千二百六十七卷二萬一千六百二十五紙

大乘經本 七百九十卷一萬三千七十九紙

大乘律本 三十二卷四百三十紙

大乘論本 四百四十五卷八千一百一十五紙

大乘經正本 二百五十四部

大方廣佛華嚴經 六十卷或五十卷一千八十七紙紙二十八行

東晉義煕年佛陀跋陀羅於揚都譯

右一經前後異譯一十四部所謂度世漸備信力十住興顯羅伽住法本業兜沙佛藏等並抄略本部支品流行文或出沒義理無異故非所録

大般涅槃經 四十卷七百二十紙

北涼沮渠玄始年曇無讖於涼都譯

右一經五譯支條不具未足通行故舉上經總攝餘部

摩訶般若波羅蜜經 四十卷或三十卷六百一十九紙

後秦弘始年羅什於常安逍遥園西明閣譯

右一經前後十譯謂放光光讚道行小品各有新舊明度無極遺日抄品重沓罕尋舉前以統大義斯盡玉華後譯大

般若者斯乃明佛一化十有六會依會敷説六百許卷可謂智度大道佛從來智度大海無涯極得在所供養難用常行故羅什譯論千卷有餘秦人所傳十分略九今則通貫彼此隨時制宜

大方等大集經 六十卷或五十八卷一千一百五十紙

北涼曇無讖譯前三十卷

北齊隋時耶舍譯後三十卷

右一經前後一十四譯所謂大哀空藏寶髻寶女無盡意阿差末寶星淨行自在王奮迅王須彌藏無言童子等並録本經之別品後人隨部別行今總會通重本未足開其後代

大威德陀羅尼經 二十卷二百六十五紙

隋開皇年闍那崛多於京師大興善寺譯

法炬威德陀羅尼經 二十卷三百紙

隋大業年達摩笈多於東都上林園翻經館譯

大菩薩藏經 二十卷四百一十紙

唐貞觀年玄奘於京師弘福寺譯

菩薩瓔珞經 十二卷或十四卷三百三十七紙

前秦建元年竺佛念於長安譯

菩薩見實三昧經 十四卷二百四十八紙

後齊天保年耶舍於鄴都譯

佛名經 十二卷二百四十七紙

後魏天平年菩提留支於鄴下譯

月燈三昧經 十一卷或十卷二百二紙

後齊天統年耶舍於鄴下譯

賢劫經 十三卷一百九十五紙

西晉元康年竺法護於長安譯

華手經十三卷二百二十五紙
後秦弘始年羅什於常安譯
十住斷結經十卷二百五十四紙
前秦建元年竺佛念於長安譯
大灌頂經十二卷或九卷一百一十二紙
東晉元帝年帛尸利蜜多於揚都譯
觀佛三昧經十卷或八卷一百五十九紙
宋永初年佛陀跋陀羅於揚都譯
悲華經十卷一百九十四紙
北涼玄始年曇無讖於涼都譯
右一經再譯稱大悲分陀利經八卷失
翻人代文義大同於前
大方等菩薩念佛三昧經十卷一百三十二紙
隋大業年笈多於東都上林園翻經舘譯
右一經前譯稱念佛三昧經六卷宋大
明年功德直於揚都翻出二本大同
大乘大集地藏十輪經十卷一百七十一紙
唐永徽年玄奘於京師慈恩寺譯
右一經前譯稱大方廣十輪經八卷失
翻人代文義分明二本大同
妙法蓮華經七卷一百四十八紙
後秦弘始年羅什於常安譯
右一經西晉竺法護初譯稱正法華經
十卷隋大業年笈多後譯加藥草品之
五紙諸呪並異移囑累品在後隋機所
尚無減秦翻
楞伽阿跋多羅寶經四卷九十二紙
宋元嘉年求那跋陀羅於揚都譯
右一經後魏菩提留支晚譯稱入楞伽
經十卷文相乃多義理如舊

五千五百佛名經八卷一百二十六紙
隋開皇年耶舍於京師興善寺譯
大方便佛報恩經七卷一百二十四紙
失譯人時代
大薩遮尼乾子經七卷或八卷一百三十一紙
後魏正光元年菩提留支於鄴都譯
右一經前譯云菩薩行方便神化經三
卷失譯人代二本大同
勝天王般若波羅蜜經七卷一百二十一紙
陳時外國王子月婆首那於九江郡譯
金光明經六卷或至八卷一百一十五紙
北涼曇無讖譯前四卷陳真諦譯後經
寶雲經七卷一百紙
梁天監年曼陀羅於揚都譯
法集經六卷或七卷一百二十二紙
後魏延昌四年菩提留支於洛都譯
菩薩處胎經五卷一百一十三紙
前秦建元年竺佛念於長安譯
大悲經五卷八十八紙
後齊天統年耶舍於鄴都譯
大集賢護菩薩經五卷或六卷九十三紙
隋開皇年耶舍於大興善寺譯
大雲經六卷一名大方等無相經九十二紙
前秦竺佛念譯寶唱録云曇無讖於涼都
譯
密迹金剛力士經五卷一百一十二紙
西晉竺法護釋
大方等陀羅尼經四卷六十二紙
北涼釋法衆於高昌郡釋
海龍王經四卷七十三紙

北涼曇無讖於涼都譯
鴦掘摩羅經四卷七十十八紙
宋元嘉年求那跋陀羅於揚都譯
無所有菩薩經四卷六十紙
隋開皇年笈多等於興善寺譯
僧伽吒經四卷五十一紙
後魏月婆首那王子於鄴都譯
觀察諸法經四卷六十紙
隋開皇年崛多等於興善寺譯
七佛神呪經四卷七十紙
失譯
大樹緊那羅王問經四卷六十五紙
後秦弘始年羅什於常安譯
右一經後漢支讖前譯稱伅眞所問經
二卷在文隱質於義大同

持世經四卷一名法印經七十五紙
後秦弘始年羅什於常安譯
右一經西晉竺法護初譯稱持人所問
經四卷二本大同
弘道廣顯三昧經四卷五十三紙
西晉永嘉年竺法護於長安譯
右一經竺法護初譯稱阿耨達龍王經
三卷同本異譯存於一經
菩薩本行經三卷五十二紙
稱揚諸佛功德經三卷五十五紙
後秦弘始年羅什譯
菩薩藏經三卷六十一紙
後秦羅什譯
力莊嚴三昧經三卷十六紙
隋開皇年耶舍於興善寺譯

須真天子經三卷或四卷四十六紙
西晉太始年竺法護於長安譯
首楞嚴三昧經三卷或二卷五十一紙
後秦羅什譯
般舟三昧經三卷或二卷四十七紙
西晉竺法護譯
普超三昧經三卷六十七紙
西晉太康年竺法護於長安譯
右一經後漢支讖初譯稱阿闍世王經
二卷文義無爽且存後譯
等集衆德三昧經二卷或三卷四十九紙
西晉竺法護譯
右一經與集一切福德三昧經同本異
譯
大方等善住意天子問經四卷六十八紙
隋大業年笈多於東都翻經館譯
右一經三譯西晉竺法護譯稱如幻三
昧經二卷後魏留支譯稱聖善住問經
三卷文理大同故存後出
廣博嚴淨不退轉法輪經四卷或六卷七十八紙
宋元嘉年智嚴等於揚都譯
右一經三譯西晉竺法護稱阿惟越致
遮經三卷又異譯稱不退轉法輪經並
同本異出
思益梵天問經四卷八十一紙
後秦羅什譯
右一經三譯西晉竺法護譯爲持心梵
天問經四卷或云等御諸法等後魏菩
提留支譯稱勝思惟天問經六卷文理
大同隨時尚者思益爲重

佛升忉利天爲母説法經二卷或三卷三十六紙
西晉太康年竺法護譯
右一經西晉安法欽譯爲道神足變化經四卷同本異翻

解深密經五卷七十三紙
唐貞觀年玄奘於京師慈恩寺譯
右一經四譯初宋時求那跋陀羅出名相續解脱經陳時眞諦出名解節經文略不具與後魏留支所譯深密解脱經同故存後本爲定

維摩詰所説經三卷六十一紙
後秦羅什於常安逍遥園渭陰譯
右一經三譯吳時支謙所譯爲毗摩羅詰經二卷唐玄奘所譯爲説無垢稱經六卷繁略折衷難逮秦翻終是周因殷禮損益可知云

諸法無行經二卷三十一紙
後秦羅什譯
右一經再譯隋崛多所翻爲諸法本無經三卷詞力未足同本故略

無極寶三昧經一卷三十紙
西晉永嘉年竺法護譯
右一經再譯異翻一本云寶如來三昧經一卷失譯人代文同故略

方等泥洹經二卷四十五紙
東晉佛陀跋陀羅共法顯於揚都譯
右一經三翻異譯爲哀泣經二卷隋時崛多譯爲四童子經三卷文無以異故存晉本

慧上菩薩問大善權經二卷三十紙

西晉太康年竺法護譯
右一經二本西晉天竺居士竺難提譯稱大乘方便經三卷既同前本故略不出
文殊師利現寶藏經三卷四十三紙
西晉太始年竺法護譯
右一經又譯云大方廣寶篋經三卷不顯人代文同故略
等目菩薩問三昧經二卷或三卷五十一紙
西晉竺法護譯
明度五十校計經二卷四十紙
後漢安世高譯
菩薩瓔珞本業經二卷三十八紙
前秦竺佛念於長安譯
護國菩薩經二卷三十二紙

隋開皇年崛多等於大興善寺譯
超日明三昧經二卷三十六紙
西晉太始年竺法護譯
月上女經二卷二十七紙
隋開皇年崛多譯
中陰經二卷二十七紙
前秦竺佛念譯
須彌藏經三卷三十八紙
後齊那舍於鄴都譯
佛華嚴入如來不思境界經二卷二十一紙
隋開皇年崛多等於興善寺譯
大法鼓經二卷三十一紙
宋求那跋摩於揚都譯
諸佛要集經二卷三十三紙
西晉竺法護譯

文殊師利佛土嚴淨經二卷三十四紙
西晉永熙年竺法護於洛陽譯
輭首無上清淨分衛經二卷二十七紙一名決了諸法如幻三昧經
宋時翔公於南海郡譯
大乘同性經二卷三十九紙
後周天和年崛多共僧安於長安譯
大乘譬喻王經二卷三十三紙
隋開皇年崛多等於興善寺譯
阿閦佛國經二卷一名佛刹菩薩學成經二十八紙
後漢建和年支讖於洛陽譯
蓮華面經二卷二十三紙
隋開皇年耶舍譯
迦葉經二卷二十九紙
後魏月婆首那王子於洛陽譯

孔雀王陀羅尼經二卷三十二紙
梁僧伽婆羅於揚都占雲舘譯
發覺淨心經二卷二十七紙
隋開皇年崛多等於興善寺譯
無上依經二卷三十一紙
陳眞諦於廣州譯
移識經二卷二十三紙
隋開皇年崛多等於興善寺譯
未曾有經二卷四十紙
南齊曇景於揚都譯
大方廣如來性經二卷或三卷五十一紙
不思議功德經二卷或四卷四十八紙
大吉義呪經二卷或四卷三十八紙
菩薩夢經二卷三十四紙
文殊師利問經二卷四十九紙

仁王般若波羅蜜經二卷二十八紙
法界體性無分別經二卷二十四紙
密迹金剛力士經二卷訪前同名五卷者本三十紙
大方廣如來祕藏經二卷二十四紙
善臂菩薩所問經二卷二十六紙
大淨法門經一卷二十四紙
西晉竺法護譯
右一經隋耶舍又譯爲大莊嚴法門經
二卷文義大同
順權方便經二卷或一卷一名轉女身菩薩經二十七紙
西晉竺法護譯
右一經宋時法海又譯稱樂瓔珞莊嚴
方便經一卷文同
大雲輪請雨經二卷二十八紙
隋開皇年耶舍譯

右一經三譯初後周崛多譯稱大雲請
雨經後隋崛多又譯加大方等字意同
故略
如來莊嚴智光入佛境經一卷二十四紙
後魏菩提留支於洛都譯
右一經三譯梁時僧伽婆羅出者名度
諸佛境智嚴經又別譯加智慧光嚴經
同本異譯
德護長者經二卷二十六紙
隋開皇年耶舍於長安譯
右一經三譯初晉竺法護翻出名月光
童子經一卷又別譯云申日經文同故
略
善思童子經二卷二十紙
隋開皇年崛多譯

右一經三譯初名大方等頂王亦名維摩詰子問經後又云大乘頂王經文相大同

郁迦羅越問菩薩行經一卷二十五紙

西晉竺法護譯

右一經三譯初後漢安玄出名法鏡經後魏僧鎧出名郁伽問經文理大同

無量清淨平等覺經二卷六十紙

魏時帛延譯

右一經三譯吳時支謙出者名阿彌陀經二卷西晉竺法護出者名無量壽經二卷其文無異故略

虛空孕菩薩經二卷三十紙

隋開皇年崛多譯

右一經四譯後秦佛陀耶舍出者名虛空藏神呪經宋時曇摩蜜多出名觀虛空藏菩薩經又別譯爲虛空藏經廣略殊文義同一揆

緣生經二卷二十二紙

隋大業年笈多於東都上林園譯

右一經再譯唐玄奘出名分別緣起經二卷雖言巧妙尋者易迴

東方最勝燈王如來經十三紙

隋開皇年崛多於大興善寺譯

諸法最上王經二十紙

隋開皇年崛多譯

成具光明定意經二十二紙

後漢靈帝時支曜譯

太子須大拏經十六紙

西秦乞伏國仁時法堅譯

太子慕魄經五紙

西晉竺法護譯

須賴經十九紙

吳黄武年支謙譯

金色王經八紙

後魏般若留支於洛都譯

獨證自誓三昧經一名如本自誓三昧八紙

西晉竺法護譯

摩訶摩耶經二十五紙

南齊曇景於揚都譯

大方等如來藏經九紙

東晉義熈年佛陀羅於揚都譯

如來方便善巧呪經十一紙

隋開皇年崛多譯

勝鬘師子吼一乘大方便經十九紙

宋元嘉年求那跋陀羅於揚都譯

須摩提經一名須摩提菩薩經八紙

西晉竺法護譯

希有校量功德經六紙

隋開皇年崛多譯

梵女首意經五紙

西晉竺法護譯

差摩婆帝受記經四紙

後魏留支於洛都譯

月明菩薩經三紙

吳黄武年支謙譯

滅十方冥經六紙

西晉元熈年竺法護譯

出生菩提心經十一紙

隋開皇年崛多於興善寺譯

普門品經十二紙
西晉太康年竺法護譯
商王天子經十六紙
隋開皇年崛多於興善寺譯
心明經三紙
西晉竺法護譯
月燈三昧經一名文殊師利十事行經一名建慧三昧經十紙
宋時先公譯
不思光菩薩所説經一名無思議光孩童菩薩經十二紙
西晉竺法護譯
文殊師利問菩薩署經一名問署經二十紙
後漢靈帝時支讖譯
德光太子經一名須頼問光德太子經十九紙
西晉太始年竺法護於長安譯
施燈功德經十四紙

後齊耶舍於鄴下譯
菩薩呵色欲經二紙
後秦弘始年羅什於常安譯
人本欲生經又竺法護出人所從來經先本十四紙
後漢桓帝時安世高譯
不增不減經六紙
佛語經三紙
無字寶篋經六紙
後魏留支譯
師子吼經五紙
後魏菩提留支共佛陀扇多譯
十法經二十紙
梁普通年僧伽婆羅於揚都譯
不必定入印經二十一紙
後魏留支譯

十二佛名呪經六紙
隋開皇年崛多譯
魔逆經十八紙
西晉太康年竺法護譯
濟諸方等學經十四紙
菩薩行五十緣身經六紙
西晉竺法護譯
内藏百寶經八紙
後漢靈帝時支讖譯
大方廣總持經十三紙
隋開皇年毗尼多留支譯
彌勒問本願經八紙
西晉竺法護譯
文殊般若波羅蜜經二十二紙
梁天監年曼陀羅於揚都譯

堅固女經六紙
隋開皇年耶舍譯
演道俗業經九紙
西秦法堅於阿南譯
菩薩生地經一名差摩竭經三紙
吴黄武年支謙譯
私呵三昧經一名菩薩道樹一名道樹三昧十一紙
吴黄武年支謙譯
寶網經一名寶網童子經二十三紙
西晉竺法護譯
百佛名經六紙
隋開皇年耶舍譯
無量義經十七紙
南齊建元年曇無耶舍於廣州譯
觀彌勒上生兜率經八紙

北涼沮渠安陽侯京聲譯
觀無量壽經十六紙
宋元嘉年畺良耶舍於揚都譯
觀普賢行法經十六紙
宋元嘉年曇無蜜多於揚都譯
觀樂王樂上二菩薩經十九紙
宋元嘉年畺良耶舍譯
請觀世音消害經十一紙
宋時外國舶主竺難提譯
觀世音授記經十四紙
宋時曇無竭於揚都譯
鹿母經四紙
西晉竺法護譯
鹿子經三紙
吳建興年支謙譯

除恐災患經十五紙
魏時帛延譯
温室洗浴衆僧經三紙
四不可得經四紙
西晉竺法護譯
福田經一名諸德福田經六紙
西晉法炬共法立譯
出家功德經五紙
吴支謙譯
入法界體性經十紙
隋開皇年崛多於興善寺譯
彌勒成佛經十七紙
西晉竺法護譯
右一經三譯後秦羅什譯爲彌勒下生
文乃流便事義闕略又人別譯爲彌勒

來時經三紙許詞理不具故存前本

不空羂索神呪經十二紙

唐玄奘譯

同本

右一經與前隋崛多出爲不空羂索經

無量壽佛經五紙

後秦弘始年羅什譯

右一經三譯與宋時求那跋陀羅所出

小無量壽及唐玄奘所出稱讃淨土攝

受經同本故不兩出

藥師瑠璃光經宋廣尋者多以爲疑經十三紙

宋鹿野寺沙門譯

右一經三譯與隋笈多出藥師本願經

同又與唐玄奘所出者不異

老母經亦名老女人經二紙

吳時支謙譯

右一經與人別譯老母六英經同不可

雙行隋存一本餘經例然

文殊尸利行經七紙

隋開皇年崛多譯

右一經與後魏留支譯文殊巡行經同

本

金剛場陀羅尼經十四紙

隋開皇年崛多譯

右一經與後魏扇多所出金剛上味經

同

善恭敬經七紙

隋開皇年崛多譯

右一經與扇多所出正恭敬經同

得無垢女經二十五紙

後魏瞿曇留支於鄴都譯
右一經三譯與離垢施女經無垢施菩
薩應辯經同
無畏德女經十五紙
後魏元象年佛陀扇多譯
右一經與西晉法護出阿闍世王阿術
菩薩經同
尊勝入諸門陀羅尼經十七紙
後齊居士萬天懿鄴都譯
右一經與法堅所出無涯持法門經同
大威燈光仙問疑經十四紙
右一經與後魏留支譯第一義法勝經
同
八佛名號經三紙
隋開皇年崛多譯

右一經與宋求那跋陀羅所出八吉祥
經同
龍施菩薩本起經四紙
右一經與西晉竺法護所出龍施女經
同
睒子經五紙
西秦法堅譯
右一經與別譯菩薩睒經同
稻稈經六紙
右一經與支謙所出了本生死經同
莊嚴菩提心經七紙
後秦羅什譯
右一經與竺法護所出大方廣菩薩十
地經同
無所希望經一名象步經十九紙

乳光佛經六紙
西晉竺法護譯
右一經與別譯犢子經同
大寶積經二十一紙別譯失人代
右一經三譯與支讖佛遺日寶及摩訶衍寶嚴經同
金剛般若經十二紙
後秦弘始年羅什於常安譯
右一經四譯後魏留支出者與論扶同受持者多尚秦本故諸餘三本少被於時

西晉竺法護譯
右一經與別譯象腋經同
大方等修多羅王經二紙
右一經與別譯轉有經同
彌勒菩薩所問經四紙
後魏留支譯
右一經與別譯大乘方等要慧經同
慧印三昧經二十紙
吳時支謙譯
右一經與別譯如來智印經同
一切法商主經二十紙
後魏興和年留支譯
右一經與別譯諸法勇王經同
決定總持經八紙
右一經與留支出謗佛經同

大唐内典録卷第九上

大唐内典録卷第九下
唐沙門釋道宣撰
歷代衆經舉要轉讀録第四之餘
長者子制經一名制經別譯六紙
右一經三本與法護所出逝童子及菩薩逝二種經同故隨出一本
象頭精舍經紙九
隋開皇年毗尼多留支譯
右一經三譯與文殊問菩提經及伽耶山頂經同
十二因緣經紙四
南齊永明年求那毗地譯
右一經三出與西晉竺法護所譯貝多樹下思惟因緣經及漢安世高所出聞城十二因緣經同
轉女身經紙十九
右一經四出與腹中女聽經胎藏經無垢賢女經並同
一向出生菩薩經紙十一
隋開皇年崛多於興善寺譯
右一經六譯與無量門微密經出無量門持經阿難目佉經無量門破魔經舍利弗陀羅尼經同
十一面觀世音經紙十
後周崛多譯
右一經與皇朝玄奘譯十一面觀音神呪經同
前世三轉經紙六
右一經與別譯銀色女經同
太子刷護經紙四

右一經與別譯太子和休經同

菩薩方便陀羅尼經六紙

右一經與別譯金剛祕密陀羅尼經同

阿闍世王受決經四紙

右一經與採華違王上佛授決經同

華聚陀羅尼經三紙

右一經三譯與師子奮迅問經華積陀羅尼經同

放鉢經是普超經別品殊譯六紙

拔陂菩薩經是般舟三昧經別品殊譯十三紙

孔雀王呪經八紙

東晉帛尸利蜜譯

虛空藏問持經福經失譯餘經例知六紙

菩薩修行經一名威勢長者觀身經七紙

菩薩投身餓虎起塔因縁經七紙

一切施王行檀波羅蜜經四紙

頻毗娑羅王請佛供養經五紙

薩羅國王經四紙　大意經五紙

天王太子辟羅經三紙　長者音悅經五紙

長者法志妻經三紙

一切智光仙人慈心不食肉經五紙

文殊師利般涅槃經四紙

師子月佛本生經七紙

阿彌陀鼓音聲陀羅尼經四紙

法華三昧經十一紙

金剛三昧本性不壞滅經一名金剛清淨經八紙

寶積三昧文殊問法身經六紙

千佛因縁經十八紙　八部佛名經二紙

八吉祥神呪經十紙　八陽神呪經三紙

十吉祥經二紙　賢首經一名賢者夫人經三紙

甚深大迴向經 五紙
賢者五福經 二紙
幻士仁賢經 十八紙
八大人覺經 二紙
後出阿彌陀佛偈 一紙
甚希有經 五紙
已後十七經並唐玄奘於京師譯
最無比經 二紙
諸佛心陀羅尼經 二紙
受持七佛名號經 五紙
佛臨涅槃記住法經 五紙
佛地經 十紙
稱讚大乘功德經 五紙
顯無邊佛土經 二紙
勝幢臂印陀羅尼經 八紙
濟苦陀羅尼經 二紙
八音普蜜陀羅尼經 二紙
持世陀羅尼經 二紙
緣起聖道經 五紙
六門陀羅尼經 二紙
般若多心經 一紙
天請問經 三紙

大乘律 合二十部三十二卷四百三十紙
優婆塞戒經 六卷或七卷是在家菩薩戒八十二紙
北涼曇無讖於涼都閑豫宮譯
佛藏經 四卷六十九紙
後秦羅什於常安譯
方廣三戒經 三卷三十四紙
寶梁經 二卷三十紙
北涼道龔譯
梵網經 二卷三十四紙
後秦羅什譯
菩薩藏經 九紙
梁天監年僧伽婆羅於揚都譯
決定毗尼經 十七紙
群録皆云於燉煌譯竟不顯人代名目
文殊師利悔過經 一名文殊五體悔過經二十一紙

西晉竺法護譯

舍利弗悔過經一名悔過經五紙

西晉竺法護譯

寂調音所問經十八紙

宋時法海譯

右一經與西晉所出清淨毗尼方廣經

及文殊淨律經同故存一本而已

大乘三聚懺悔經十三紙

隋開皇年崛多等於興善寺譯

菩薩戒本十八紙

唐貞觀二十一年玄奘於翠微宮譯

菩薩羯磨六紙

唐貞觀二十三年玄奘於翠微宮中譯

法律三昧經七紙

菩薩内戒經十七紙

三曼陀跋陀羅菩薩經六紙

菩薩受齋經十紙　淨業障經十四紙

菩薩善戒經十五紙

菩薩五法懺悔文二紙

大乘論合六十三部四百四十五卷八千一百一十五紙

大智度論一百卷二千四十二紙

後秦弘始年羅什於常安西明寺閣上譯

瑜伽師地論一百卷一千八百四十八紙

唐貞觀二十年玄奘於大慈恩寺譯

顯揚聖教論二十卷三百二十六紙

唐貞觀十九年玄奘於弘福寺譯

阿毗達磨雜集論十六卷二百五十五紙

唐貞觀十九年玄奘於弘福寺譯

般若燈論十五卷二百四十二紙

唐貞觀三年波頗蜜多於勝光寺譯

大莊嚴論十五卷或十卷馬鳴菩薩造二百一十紙
後秦羅什譯
十住毗婆沙論十四卷龍樹菩薩造二百七十紙
後秦羅什譯
大乘莊嚴論十三卷二百紙
唐貞觀四年波頗於勝光寺譯
十地經論十二卷二百四十五紙
後魏永明年勒那摩提等於洛都少林寺
譯
攝大乘釋論十卷世親菩薩解一百八十紙
唐永徽年玄奘於北闕及慈恩寺譯
右一論四出與梁眞諦所出二本及隋
時笈多出者同義無以異
攝大乘論十卷無性菩薩造二百二十紙
唐永徽年玄奘於慈恩寺譯

菩薩地持論十卷或八卷一百八十一紙
北涼曇無讖於姑臧譯
右一論與善戒經大同
廣百論十卷二百二紙
唐顯慶年玄奘於慈恩寺譯
大乘阿毗達磨集論七卷一百八紙
唐顯慶年玄奘譯
佛地經論七卷一百一十九紙
唐永徽年玄奘譯
菩提資糧論六卷六十七紙
隋大業年笈多於東都上林園翻經館譯
彌勒菩薩問經論五卷或十卷一百二十五紙
寶積經論四卷八十四紙
勝思惟經論四卷五十紙
後魏留支譯

佛性論四卷八十二紙
陳眞諦譯
中論四卷九十七紙
後秦羅什於常安譯
寶性論四卷八十六紙
後魏菩提留支於洛都譯
金剛般若論三卷四十七紙
後魏菩提留支於泰太上文宣公第譯
攝大乘本論三卷六十一紙
唐貞觀二十二年玄奘於玉華宮譯
右一論三出與陳眞諦及魏扇多二本
大同
文殊師利問菩提經論二卷一名伽耶山頂論二十八紙
後魏菩提留支於洛都譯
文夫論二卷提婆菩薩造三十四紙

北涼道泰譯
中邊分別論二卷三十八紙
佛阿毗曇論二卷三十四紙
陳眞諦譯
順中論二卷三十二紙
後魏菩提留支譯
百論二卷四十二紙
後秦羅什譯
金剛般若論二卷僧佉菩薩造二十八紙
隋大業九年笈多於東都上林園譯
三無性論二卷三十四紙
陳眞諦譯
入大乘論二卷堅意菩薩造三十九紙
北涼道泰譯
發菩提心論二卷失譯人代二十八紙

惟識論惟識無境者十九紙
後魏瞿曇留支譯
右一論與陳眞諦出者大同
思塵論三紙
陳眞諦譯
右一論與別譯觀所縁經論同
大乘成業論十七紙
唐貞觀年玄奘譯
右一論與後魏瞿曇留支所出業成論大同
辯中邊論三卷無著菩薩造
大涅槃經論十一紙
陳達摩菩提譯
涅槃本有今無論六紙
陳眞諦於廣州譯

三具足論六紙
後魏菩提留支譯
法華經論二十五紙
後魏菩提留支於鄴下譯
轉法輪論十紙
寶結菩薩四法經論十二紙
無量壽經論八紙
後魏菩提留支譯
迴諍論十三紙
後魏瞿曇留支譯
起信論二十三紙
如實論二十三紙
陳眞諦譯
十二門論二十三紙
後秦羅什譯
十八空論十九紙
方便心論十七紙

後魏延興年吉迦夜與曇曜譯

解拳論二紙

陳眞諦譯

縁生論十紙

隋大業年笈多於東都上林園譯

十二因縁論九紙

後魏菩提留支譯

一輸盧迦論龍樹菩薩造四紙

後魏瞿曇留支譯

百字論八紙

後魏菩提留支譯

掌珍論二卷三十二紙

已下八卷並玄奘譯

因明正理門論十二紙　大乘五蘊論八紙

三法正理論十七紙　百法明門論二紙

顯揚論頌本十一紙　廣百論本十二紙

小乘經律論翻本單重譯人有無録

經有四百一十卷六十七百一十三紙

律有二百七十四卷五千七百一十八紙

論有五百六十五卷九千九百九十七紙

小乘經律論都合一百八十二部合一千二百五十二卷二萬二千四百二十八紙

小乘經合一百一十八部

正法念處經七十卷一千二百紙

後魏菩提留支於洛都譯

中阿含經六十卷一千一百四十七紙

東晉僧伽提婆於揚都譯

右一經前後別譯二十六部在文出没

於義全同故録本經餘經蓋闕

增一阿含經五十一卷七百九十五紙

東晉前秦建元年曇摩難提於長安譯
右一經前後別譯一十七部文義無爽
故略不出
雜阿含經五十卷一千三十紙
宋求那跋陀羅於楊都譯
右一經前後別譯一十五部大同廣本
故不重出又有別譯雜含二十卷約准
文義以類可知
長阿含經二十二卷四百二十六紙
東晉後秦弘始年佛陀耶舍於常安譯
右一經前後異譯一十一部既同本經
故不重出
賢愚經十三卷或十六卷三百七十五紙
宋時惠覺共威德於高昌郡譯
起世經十卷一百六十五紙

隋大業年笈多於東都上林園譯
雜寶藏經八卷或十卷一百五十紙
後魏延興年吉迦夜共曇曜於此臺譯
普曜經八卷或十卷一百四十七紙
西晉永嘉年竺法護譯
本事經七卷九十四紙
唐永徽年玄奘於京師譯
修行道地經六卷一百三十紙
後漢安世高譯
生經五卷或四卷一百七紙
西晉竺法護譯
阿蘭若習禪法二卷五十紙
後秦弘始年羅什於常安譯
右一經與別譯坐禪三昧經大同
摩登伽經三卷或二卷三十二紙

右一經與西晉竺法護所譯舍頭諫經
同或名太子二十八宿經一名虎耳太
子經
過去現在因果經四卷九十六紙
宋時求那跋陀羅於揚都譯
右一經三譯初後漢曇果出者名修行
本起及吳時瑞應經義同
本相倚致經二紙
後漢安世高譯
右一經與別譯緣本致經同
阿難問事佛吉凶經四紙
西秦乞伏國仁時法堅譯
右一經與別譯阿難分別經同
業報差別經十五紙
隋開皇年曇法智譯

右一經與別譯罪福報應經同
如來示教勝軍王經八紙
唐永徽年玄奘於慈恩寺譯
右一經與別譯諫王經同
五母子經二紙
右一經與別譯沙彌羅經同
玉耶經一名說子婦無敬經一名七婦經四紙
右一經與別譯阿遬達經同
盂蘭盆經一紙
右一經三本與灌臘經報恩奉盆經淨
土盂蘭盆經同
摩登女解形六事經三紙
右一經與別譯摩鄧女經同又二名雖
別本實一經
陰持入經二卷三十三紙

後漢安世高譯
中本起經二卷四十七紙
後漢建安年康孟詳共大力譯
興起行經二卷二十八紙
後漢康孟詳譯
達磨多羅禪經二卷五十紙
後秦佛陀跋陀羅
義足經二卷四十一紙
吳黄武年支謙譯
毗耶娑問經二卷三十一紙
後魏菩提留支譯
大安般守意經二卷或一卷三十紙
後漢安世高譯
優婆夷淨行經二卷三十紙
那先比丘經二卷或一卷三十紙

大安般經二卷或一卷二十紙
後漢安世高譯
般泥洹經一卷十二紙
宋元嘉年求那跋陀羅於揚都譯
已後一百二卷單經
當來變經二紙
過去佛分衛經二紙
㮈女耆域經十七紙
西晉竺法護譯
淨飯王泥洹經六紙
北涼安陽侯沮渠京聲譯
八師經三紙
吳時支謙譯
大迦葉本經五紙
西晉竺法護譯
四願經二紙

吳黄武年支謙譯
婦人遇辜經一名婦遇對經二紙
西秦法堅譯
𨐮意長者子問經一名長者問意經九紙
後魏法場譯
胞胎經一名胞胎受身經十五紙
西晉太安年竺法護譯
四自侵經四紙
西晉竺法護譯
五百弟子説本緣經二十紙
西晉太康年竺法護譯
七女經六紙
吳黄武年支謙譯
阿難四事經三紙
吳支謙譯

所欲致患經二紙
西晉竺法護譯
法受塵經二紙　禪行法想經二紙
後漢安世高譯
四天王經二紙
宋元嘉年智嚴寶雲等於揚都譯
佛臨涅槃略誡經一名遺教經六紙
後秦羅什於常安譯
舍利弗目連遊四衢經
西晉竺法護譯
難提釋經四紙
已下並失釋經
無垢優婆夷問經一紙
造立形像福報經二紙　法常住經二紙
懈怠耕者經二紙

優塡王經一名優田王佛像經五紙
阿難七夢經或云八夢者誤二紙
佛入涅槃密迹金剛哀戀經
迦葉赴佛涅槃經二紙
佛滅度後葬送法經一名比丘師經三紙
摩訶刹頭經一名灌洗佛經四紙
羅云忍辱經一名忍辱經三紙
出家緣經二紙
三品弟子經一名弟子學三輩經三紙
四輩經三紙
見正經一名生死變識經七紙
呵鵰阿那經一名荷鵰那含經二紙
五無返復經一名有返復三紙
阿那含正行經一名正意經四紙
五恐怖經二紙
大魚事經二紙
頞多和多耆經二紙
梵和難國王經二紙

摩訶迦葉度貧母經四紙
中心經五紙
龍王兄弟經一名降經三紙
沙曷比丘功德經二紙
樹提伽長者經五紙
盧至長者緣經九紙
須摩提長者經八紙
五王經四紙
十二品生死經二紙
魔達國王經二紙
末羅王經二紙
燈指因緣經八紙
普達王經三紙
揵陀國王經二紙
堅意經二紙
佛大僧大經六紙
祇耶經二紙
十二頭陀經一名沙門頭陀經五紙
護淨經一紙
木槵子經一紙
時非時經二紙
得道梯隥經三紙

栴檀樹經三紙
貧窮老公經一名貧老經三紙
長者子懊惱三處經四紙
新歲經一名婆和羅經五紙
佛說越難經二紙
栴檀越國王經二紙
自愛經一名不自愛經四紙
佛說處處經十五紙
無上處經一紙
轉輪五道罪福經四紙
未生怨經三紙
十八泥犂經王紙
泥犂經一名勤苦泥犂經十三紙
罪業報應教化地獄經六紙
僧護經二十紙
未曾有經三紙
迦延說法沒偈五紙
佛爲少比丘說正事經三紙
四品學法經一紙
小乘律合三十五部二百七十四卷五千八百一十八紙

曇無德四分律六十卷一千二百一十紙
後秦弘始年佛陀耶舍於常安譯
薩婆多十誦律六十卷一千三百九十一紙
後秦弘始年弗若多羅共羅什譯
初二分後分東晉卑摩羅叉於壽春石澗寺譯
摩訶僧祇律四十卷九百七十三紙
東晉佛陀跋陀羅共法顯於揚都譯
彌沙塞五分律三十卷五百九十七紙
宋京平年佛陀什共道生智勝於揚都譯
善見毗婆沙十八卷三百六十八紙
南齊永明年僧伽跋陀羅於廣州譯
鼻柰耶十卷一百五十五紙
前秦竺佛念共道安等於長安譯
薩婆多摩得勒十卷一百九十五紙

宋元嘉年僧伽跋摩於揚都譯
薩婆多毗尼毗婆沙九卷一百八十一紙
失譯人代
大比丘三千威儀二卷四十二紙
毗尼母八卷一百五十三紙
大愛道尼經二卷三十一紙
四分律比丘戒本一卷三十一紙
後秦佛陀耶舍於常安譯
四分律比丘尼戒本一卷三十一紙
十誦律比丘戒本二十紙
十誦律比丘尼戒本二十六紙
僧祇律比丘戒本二十紙
前魏曇摩迦羅於許昌譯
僧祇律比丘尼戒本二十四紙
彌沙塞五分戒本十九紙

宋景平年佛陀什於揚都譯
解脱戒本出迦葉毗律二十一紙
後魏瞿曇留支譯
曇無德羯磨三十一紙
前魏正光元年曇諦於洛陽譯
四分尼羯磨十五紙
宋元嘉年求那跋摩譯
十誦羯磨三十三紙
大沙門百一羯磨二十二紙
沙彌十戒并威儀二十紙
沙彌尼十戒四紙
沙彌離戒四紙
沙彌威儀九紙
優婆塞五戒相十五紙
宋求那跋摩譯
舍利弗問經十一紙
眞僞沙門經一名摩訶比丘經三紙

戒消災經四紙　迦葉禁戒經三紙
犯戒罪報輕重經一名犯罪經二紙
優婆塞五戒威儀二十三紙
優波離問律二十三紙
明了論一名律二十二明了論二十四紙
陳眞諦於臨川郡譯
小乘論合二十九部五百六十五卷九千九百九十七紙
阿毗達磨大毗婆沙二百卷三千一百九紙
唐永徽年玄奘於京師奉　制譯
右一論與北涼道挻所出阿毗曇八犍
度毗婆沙六十卷同但今以廣爲異
順正理論八十卷一千四百二十紙
顯宗論三十卷六百三十四紙
發智論二十卷三百六十四紙
唐永徽年玄奘譯

右一論與舊迦延八犍度三十卷同
俱舍論三十卷四百七十紙
唐顯慶年玄奘譯
右一論與眞諦所出二十二卷同
舍利弗阿毗曇二十二卷五百九十九紙
後秦弘始年曇摩崛多於常安譯
出曜論二十卷四百八十七紙
前秦竺佛念於長安譯
成實論二十卷或十四卷四百紙
後秦羅什譯
識身足論十六卷二百七十一紙
唐顯慶年玄奘譯
鞞婆沙阿毗曇論十四卷三百四十七紙
前秦建元年僧伽提婆於洛陽譯
法蘊足論十二卷一百九十二紙

唐顯慶年玄奘譯
解脱道論十二卷一百九十八紙
梁僧伽婆羅於揚都占雲館譯
衆事分阿毗曇十二卷二百九紙
雜阿毗曇心論十一卷二百八十紙
宋元嘉年伊葉波羅共求那跋摩譯
品類足論十八卷尊者世友造
立世阿毗曇十卷一百七十三紙
陳真諦於始興郡譯
尊婆須蜜集論十卷二百七十五紙
前秦建元年僧伽跋澄共竺佛念譯
法勝阿毗曇六卷一百三紙
後秦天統年耶舍共法智譯
四諦論四卷七十四紙
陳真諦於南康郡譯

阿毗曇心論四卷六十七紙
東晋太元年提婆共慧遠於廬山譯
分别功德論四卷或五卷七十三紙
失譯人代
三彌底論三卷三十五紙
又阿毗達磨三卷二十紙
唐顯慶年玄奘譯
阿毗曇甘露味二卷四十五紙
界身足論三卷尊者世友造
辟支佛因緣論二卷二十紙
三法度論三卷三十四紙
東晋太元年僧伽提婆於廬山譯
俱舍論頌本一卷三十四紙
唐玄奘譯
十八部論七紙
部異執論九紙

隨相論四紙三十
陳眞諦譯
賢聖集録合四十三部一百七十一卷六千七百九十七紙
佛本行集六十卷八百六十二紙
隋開皇中崛多於京師奉　勑譯
撰集百緣經十卷一百三十五紙
吳時支謙於建業譯
陀羅尼經十卷一名雜呪集九卷一百八十七紙
六度集八卷一百三十五紙
吳時康僧會於武昌譯
佛本行經七卷一百十四紙
宋元嘉年寶雲於揚都譯
阿育王傳七卷或五卷一百一紙
梁天監年僧伽婆羅於揚都譯
付法藏傳六卷或四卷七十五紙
後魏吉迦夜共曇曜於北臺譯
佛所行讃傳五卷馬鳴菩薩撰九十紙
東晉寶雲於揚都譯
禪祕要五卷或三卷一名禪法要七十二紙
宋元嘉年曇摩蜜多於江南譯
百喻集四卷僧伽斯那撰四十四紙
南齊永明年求那毗地於揚都譯
法句喻集四卷一名法句本九十二紙
西晉沙門法炬共法立譯
菩薩本緣三卷僧伽斯那撰五十三紙
吳時支謙譯
僧伽羅刹集三卷八十四紙
前秦曇摩難提譯
法句經二卷四十四紙
吳時支謙譯

禪祕要法 三卷七十五紙
後秦弘始年羅什譯
禪法要解 二卷三十四紙
後秦羅什譯
舊雜譬喻 二卷三十七紙
吳康僧會譯
雜譬喻 二卷一名菩薩度人經二十六紙
孛經鈔集 十八紙
吳黃武年支謙於武昌譯
思惟要略 一名思惟經九紙
後漢安世高譯
佛醫經鈔 四紙
吳世竺律頭炎共支謙譯
分別業報略集 大勇菩薩撰七紙
宋元嘉年求那跋摩譯

爲禪陀王說偈 一名勸發諸王經龍樹菩薩撰七紙
宋求那跋摩譯
雜譬喻經 十紙
後秦羅什譯
無明羅刹集 二十三紙
四十二章 六紙
後漢永平年竺法蘭於東京譯
治禪病祕要 二十八紙
北涼安陽侯沮渠京聲譯
請賓頭盧法 二紙
阿含口解十二因緣 七紙
阿毗曇五法行 十一紙
後漢安世高譯
賓頭盧爲王說法 七紙
賓頭盧爲優陀延王說法 八紙
十二遊經 五紙

迦葉結經一名迦葉結經傳九紙
西晋竺法護譯
育王子壞目因縁經二十六紙
前秦建元年曇摩難陀共竺佛念譯
馬鳴菩薩傳二紙
龍樹菩薩傳四紙
提婆菩薩傳二紙
後秦羅什譯
婆籔槃豆傳十四紙
陳眞諦譯
撰集三藏及雜藏傳八紙
四阿含暮鈔或二卷四十二紙
前秦鳩摩羅佛提譯
大阿羅漢難陀蜜多法住記七紙
唐龍朔二年玄奘於坊州玉華宫寺譯
大唐衆經録十卷二百八十紙

唐龍朔四年終南山釋氏於京師西明寺
撰依前録有外道金七十論破外道四宗
論破外道涅槃論未暇故闕
大小乘經律論并賢聖集都合四萬六千八百五十紙
大唐内典録卷第九下

大唐内典録卷第十上

唐　沙　門　釋　道宣　撰

歷代衆經有目闕本録第五

序曰自佛經之流東夏也六百餘載三被誅除值弘護者覩機而作先隱巖穴固守至眞雲霧霑漬又被淹爛及後興法方事拾遺百不存一且存綱領賴值江表五代奉信無虧遂使傳度法本周流寰宇而西晉之末天下分崩譯人遭難寄死無地焉使經本獨得安全又漢靈棲遑東西臨幸佛經俗典於此淪亡故致目本俱遺其數不少今總會群録鳩聚結之勘本則無校日便有恐後獲者據現録無便委棄之同於疑僞是以尋閱古今諸録校定經本有無有則依而入藏無則題目擬訪庶有同舟之士懷斯而廣集云尋群録闕本其類繁多試以現經校閱定録居然顯異今欲列名廣示具已備在前篇紙墨易繁終爲詞費故略而不叙必捜訪獲本眞僞莫分或人代未明可依録檢歷則名目顯然是非斯決故不勞備載又隨代後録皆連寫之又可易現

歷代道俗述作註解録第六

大智度論明十二部經中乃至後代凡聖解釋佛語斯即是第十二部優波提舍經據唐言譯云論義也深有所以名之爲義義取慧解通敏能之非彼庸踈而得陳迹故佛經東漸自漢至唐年過六百代經偏正道俗歸信森若繁雲毗賛正理弘揚大化世高創述於縁理亹亹惟良釋安甄解於持心超然孤逈沿斯已降代有人焉約准卷收將二千卷今

人澆薄多不鏡尋致令前録同所輕削所以通法不能開俗如不編次則相從埋没昔齊末梁初有鍾山定林寺僧祐律師弘護在懷綜拾遺逸纘述經誥不負來寄今叙其所綴爲始餘則附録列之

釋僧祐撰三藏集十有二卷其雜録序曰夫靈源啓潤則萬流脉散玄根育萌則千條雲結何者本大而末盛基遠而緒長也自尊經神運秀出俗典由漢届梁世歷明哲雖復緇服素飾然並異迹同歸至於講議賛析代代彌精註述陶練人人競密所以記論之富盈閣以物房書序之繁充車而被軫矣宋明皇帝標心淨境載飡玄味乃勑中書侍郎陸澄撰録法集陸博識洽聞包舉群籍銓品名例隨義區分凡十有六帙百有三卷名爲續法論其所閲古今亦已備矣雖非正經而毗賛道化可謂聖典之羽儀法門之警衛足以輝顯前緒照進後學是以寄于三藏集末以廣枝葉之覽焉

宋明帝勑中書侍郎陸澄撰續法論目録序

論或列篇立第兼明衆義者今總其宗致不復擿分合之則體全别之則文亂

置難形神援譬薪火庾闡發其議謝瞻廣其意然桓譚未及聞經先著此言有足奇者宜其綴附

牟子不入教門而入緣序以特載漢明之時像法初傳故也

魏祖答孔是知英人開尊道之情習生貽安則見全主弘信法之心所以有取二書指存兩事

又支遁敷翰遠江南僧業故兼録
即色遊玄論 支道林王敬和問支答
辯著論 支道林
釋即色本無義 支道林王幼恭問支答
不眞空論 釋僧肇
本無難問 郗嘉賓竺法汰難
郗與法濬書
郗與開法師書 郗答往返四首
郗與支法師書
心無義 桓敬道王稚遠難桓答
釋心無義 劉遺民
法性論 上下釋慧遠　　實相義 釋道安
問實相 王稚遠外國法師答
問如法性實際 釋慧遠什法師答
問實法有 釋慧遠什法師答

問分破空 釋慧遠什法師答
實相論 釋曇無成　　實相通塞論 釋道含
會通論 支曇諦　　支書與郗嘉賓
會通論 上下釋慧義
始元論 釋僧宗　　略論諸經
勝鬘經序 釋慧觀
百論序 釋僧叡　　百論序 釋僧肇
右續法論第一帙 法性集一十五卷
涅槃無名論 釋僧肇
佛性論 上下釋僧宗
問涅槃有神不 王稚遠什法師答
問滅度權實 王稚遠什法師答
問清淨國 王稚遠什法師答
涅槃三十六問 竺道生
釋八住初心欲取泥洹義 竺道生

與諸道人論大涅槃義 范伯倫
論經目　大涅槃經序
辯佛性義 竺道生王稚遠問竺答
佛性集 釋靜慧　佛性論
右續法論第二帙 覺性集 七卷
道行指歸 支道林何敬問支答
道行指歸 云是公述相傳云
般若無知論 釋僧肇劉遺民難肇答
問佛成道時何用 王稚遠什師答
問般若法 王稚遠什師答
問般若稱 王稚遠什師答
問般若知 王稚遠什師答
問般若是實相智非 王稚遠什師答
問般若薩婆若同異 王稚遠什師答
問無生法忍般若同異 王稚遠什師答

問禮事般若 王稚遠什師答
問佛慧 王稚遠什師答
問權智同異 王問什答
問菩薩發意成佛 王問什答
般若析疑略序 釋道安
大品經序 釋道安　大品經序 釋僧叡
大智釋論序 釋僧叡
般若經問論序 釋慧遠
中論序 釋僧叡　小品經序 釋僧叡
合維摩詰經序 支敏度
道行品註序　維摩詰經註序 釋僧肇
毗摩羅詰經義疏序 釋僧叡
自在王經後序 釋僧叡
思益經義疏序 釋僧叡
與釋慧遠書論眞人至極 荀問慧遠答

與諸道人論般若義范伯倫
右續法論第三帙般若集六卷
問法身王稚遠什師答
問法身釋慧遠什師答
重問法身釋慧遠什師答
問眞法身像類釋慧遠什師答
問眞法身壽釋慧遠什師答
問法身應感釋慧遠什師答　問法身非色釋慧遠什師答
問修三十二相釋慧遠什師答
問法身二義竺僧叡問釋慧嚴答
丈六即眞論釋僧肇
通佛影迹顔延年　通佛頂齒爪顔延年
通佛衣鉢顔延年　通佛二氎不然顔延年
右續法論第四帙法身集四卷
問法身佛盡本習釋慧遠什師答

問成佛時斷何累王稚遠什師答
右續法論第五帙解脱集一卷
法華經後序釋僧叡　妙法蓮華經序釋慧遠
妙法蓮華經宗要序釋慧觀
與竺道生書劉遺民
法華經論　辯三乘論支道林
無三乘統略釋慧遠
問釋道安三乘并書竺法汰
問三乘一乘什答　問得三乘王稚遠什師答
問三歸王稚遠什師答　問辟支佛王稚遠什師答
四阿含暮抄序　長阿含經序釋僧肇
三法度經序釋慧遠　正誣論
了本生死經序　法句經序
明佛論宗少文　譬道論孫興公
座右銘支道林　道學誡支道林

支道林答謝長遐書
切悟章支道林
離識觀顏延年
張景猷與從弟景玄書論西方并答
奉法要郗嘉賓　七衆法
通神祝郗嘉賓　明感論郗嘉賓
問菩薩生五道中王稚遠什師答
問七佛王稚遠什師答
問不見彌勒不見千佛王稚遠什師答
右續法論第六帙十教門集二卷
優婆塞五學跡略論上下三藏法師
外寺僧節度序釋慧遠
法社節度序釋慧遠
節度序釋慧遠
般若臺衆僧集議節度序支道林
比丘尼節度序釋慧遠
咸康六年門下議并詔及何次道議二首

晉成帝詔及何次道議四首詔是庾季堅作
桓敬道書與八坐論道人敬王者八坐答
桓敬道與王稚遠書往返九首
桓敬道與釋慧遠書往返三首
桓敬道僞詔沙門不須敬天子并下嗣之答往返十首
桓敬道沙汰沙門教
釋慧遠答桓敬道書論料簡沙門事
宋武作相沙汰道人教
沙門不敬王者論釋慧遠
問佛法不老王稚遠什師答
與釋慧遠書論沙門袒服鄭道子
沙門袒服論釋慧遠何無忌難遠答
與禪師書論踞食鄭道子
與王司徒諸人書論據食范伯倫釋慧遠答范重答
與道生慧觀二法師書范伯倫

論據食表并詔 四首范伯倫
右續法論第七帙 戒藏集八卷
本起四禪序并註 支道林
安般守意經註序 康會
十二門經註序 釋道安　十二門註序
陰持入經序　人本欲生經註序
禪經序 釋僧叡　禪經序 釋慧遠
釋神足 釋慧遠　問念佛三昧 釋慧遠什答
安書禪慧宣諸弘信 顏延年
問慧思修禪定義　在家習定法
右續法論第八帙 定藏集四卷
阿毗曇心序 釋慧遠　阿毗曇序
阿毗曇五法行義 謝慶緒
阿毗曇心略解數　阿毗曇心雜數林
問竺道生諸道人佛義 范伯倫

衆僧述范問　范重問道生 往返三首
傅季友答范伯倫書　辨宗論 謝靈運
法勗問 往返六首　僧維問 往返六首
慧驎述僧維問 往返六首
驎雜問 往返六首
竺法綱釋慧林問 往返十一首
王休元問 往返十四首
竺道生答王問 一首
漸悟論 釋慧觀　竺道生執頓悟論
謝康樂靈運辨宗述頓悟
釋慧觀執漸悟　明漸論 釋曇無成
右續法論第九帙 慧藏集七卷
問徧學 外國法師答　問徧學 釋慧遠什答
重問徧學 釋慧遠什答　問羅漢受 釋慧遠什答
論三行上 鄒嘉賓　叙通三行 鄒嘉賓

郗與謝慶緒書往返六首
論三行下郗嘉賓
郗與傅叔玉書往返三首
答英郎中書一首　王季琰書往返四首
與仰法師書并答二首
道地經註序
略解三十七品次第什法師
本業略例支道林　本業經註序支道林
論十住上下傅叔子
書與謝慶緒論十住往返四首二首分爲上下卷
傅叔玉重書并謝答
四十二字十住義釋曇遇
實相標格論　問住壽釋慧遠什答
問釋道安六通竺法汰
右續法論第十帙雜行集十卷下第十一帙原本失開

神本論支曇諦　命源論釋慧靜
識三本論謝慶緒
支道人書與謝論三識并答
戴安道書與謝論三識并答往返三首
四執論
問精神心意識王稚遠什答
問十數法王稚遠什答　辨心意識釋慧遠
釋神名釋慧遠　驗寄名釋慧遠
問論神釋慧遠　問釋道安神竺法汰
問神識王稚遠什答　五陰三達釋郗嘉賓
問後識追憶前識釋慧遠什答
神不更受形論更仲初
更生論羅君章孫安國難羅答　習鑿齒難
神不滅論鄭道子　桓君山新論論形神
書與何彥德論感果生滅五往返顏延年

山伯源問　摯元禮諮
顔答山摯二難
右續法論第十二帙 色心集 九卷
問四相 釋慧遠　物不遷論 釋僧肇
中無生論 釋曇無成
右續法論第十三帙 物理集 三卷
牟子 一云蒼梧太守牟子博傳　舊首楞嚴經後序
支法護像讚 支道林　答孔文舉書 魏武帝
與釋道安書 習鑿齒　與釋道安書 伏玄度
與高句驪國道人書 支道林
右續法論第十四帙 緣序集 二卷
難沙門于法龍 釋道彥龍答
答謝宣明難佛理 范伯倫
論檢 顔延年　答或人問 顔延年
關中法濟道人與涼州同學書

達性論 何承天
顔延年釋何 五往返道問何答
均善論 釋慧琳
何承天與宗少文書 五往返演均善論
斷家養論 何彥德
釋慧琳難廣何 顔延年　顔重與何書
右續法論第十五帙 雜論集 六卷
辯敎論 桓敬道　婚農無傷論 釋慧琳
昭極明化論 顧長康　問難 釋慧琳
右續法論第十六帙 雜論集 三卷
自漢末晉初軍國競接乍分乍統教明未融雖有命篇已備代録既並約文故不重出東晉迄今詞什繁富如不歷顯將何陳迹故沿時隨出如後備之然續法論中間題英作試閱群録不無遺漏故從次續集又本文罕具

難具見之止獲題目著于此録惜乎壓委斯
文墜諸
東晉元帝揚都瓦官寺沙門竺僧敷撰神無
形論一卷
東晉成帝沙門康法暢撰人物始義論一卷
晉哀帝會稽沃洲沙門支道林撰論六首別集十卷
即色遊玄論　辨三乘論
聖不辨知論　釋蒙論
辨著論　道行指歸
本業本起等諸序
晉哀帝沙門竺僧度撰毗曇指歸一卷
晉孝武世九江廬山沙門釋慧遠撰論三十
餘卷別集十卷
大智論要略二十卷　問什師大乘深義三卷
法性論　明報應論爲晉太尉桓玄作
釋三報論　辨心識論
沙門不敬王者論　沙門袒服論
諸經論序註
晉孝武世剡東岇山沙門竺法濟撰高逸沙
門傳一卷
晉孝武世荊州上明寺沙門釋曇徽撰論二
卷
立本論九篇　六識指歸十二首
晉孝武世廬山東林寺沙門釋曇詵撰六卷
註維摩詰經五卷　窮通論一卷
前秦符氏當晉孝武太元中長安沙門釋道
安撰註三十許卷
般若析疑略二卷　大十二門註解二卷
陰持入註解二卷　答法汰難二卷

光讃析中解一卷　光讃抄解一卷
般若析疑唯起重解
道行集異註　小十二門註解
了本生死註解　㝠迹持心二經甄解
賢劫諸度無極解　人本欲生註撮解
安般守意解　大道地註解
衆經十法連雜註解
義指註解　九十八結連約通解
三十二相解　三界混然諸雜録
答法將難　西域志
後秦姚氏晋安帝世天竺沙門鳩摩羅什註
維摩經撰實相論
後秦京兆沙門釋僧肇撰論註經如左
註維摩經　撰般若無知論
不眞空論　物不遷論

涅槃無名九折十演論
無名子今有其論云是肇作然詞力浮薄寄名爲有之
後秦隱逸沙門釋道恒撰釋駮論百行箴
宗揚都龍光寺沙門竺道生著善不受報頓
悟成佛等論諸卷
又著應有縁論　佛無淨土論
佛性當有論　法身無色論
二諦論
前齊武帝世沙門釋王宗撰佛制名數經五
卷舊録爲僞今檢依經名教
前齊太宰竟陵王蕭子良撰註經史義等二
十餘部將三百卷餘有二十餘部單卷文繁不載
註遺教經一卷　註優婆塞戒三卷
抄妙法蓮華經五十九卷
抄阿毗曇毗婆沙五十九卷

抄百喻經三十八卷一云法句譬經

抄維摩詰經二十六卷

抄方等大集經十二卷

抄地持一十二卷　抄華嚴經一十四卷

抄菩薩決定要行十卷亦名淨行優婆塞經

抄成實論九卷王請僧柔等二十法師出

抄勝鬘經七卷　抄阿差末經四卷

抄摩訶摩耶經三卷

抄淨土三昧經四卷　抄方便報恩經二卷

抄胎經三卷

抄鴦掘摩羅經二卷

抄義足經二卷　抄頭陀事經二卷

抄三寶記十卷亦云佛史法傳僧録

淨住子上下二十卷　雜義記二十卷

齊武帝世永明中沙門釋超度撰律例七卷

齊揚都靈根寺沙門釋法瑗註解勝鬘經三卷

齊會稽法華山沙門釋慧基註解遺教經一卷

齊揚都沙門釋弘充註文殊問菩提及首楞嚴二經

齊司徒文宣王記室王巾撰僧史一十卷

齊南郡武當山隱士劉虬註法華無量義二經并序一十一卷

齊代有人抄撮衆經以類相從號法華經合一百九十卷出僧祐録

梁武帝天監年鍾山定林寺律師釋僧祐撰述十一部百八十餘卷

出三藏集記一十六卷　法華集一十五卷

衆僧行儀三十卷　弘明集一十四卷

世界記一十卷　集諸寺碑文四十六卷
集諸僧名行記三十九卷　薩婆多師資傳五卷
釋迦譜一十卷
十誦義記一卷
諸法集雜記傳銘七卷
梁高祖武皇註摩訶般若經一百卷或五十卷者
梁太宗簡文帝撰法寶聯壁二百二十卷一名法集
梁鐘山開善寺沙門釋智藏奉勅撰義林八
十一卷
梁揚都大莊嚴寺沙門釋僧旻奉勅撰衆經
要八十八卷
梁揚都建元寺沙門釋僧朗奉勅註涅槃經
七十二卷
梁揚都莊嚴寺沙門釋寶唱奉勅撰諸經律
相合一百餘卷
經律異相并目五十五卷
出要律儀二十卷并翻梵言三卷
名僧傳并序目三十一卷
飯聖僧法五卷　衆經目録四卷
衆經護國神録三卷
衆經護國龍録三卷
衆經滅罪法三卷
梁揚都靈根寺沙門釋慧令奉勅撰般若抄
一十二卷
梁會稽嘉祥寺沙門釋慧皎撰高僧傳一十
四卷
梁著作中書監裴子野撰沙門傳三十卷其十卷劉璆續
梁外兵郎劉璆奉勅撰揚都寺記一十卷

梁中宗元帝文學虞孝敬撰内典博要三十
卷
魏期城太守楊衒之撰洛陽伽藍記五卷
後齊鄴下定國寺沙門釋法上撰增數法門
四十卷（一名内法數林）
佛性論等一十卷
後周沙門釋曇顯奉魏丞相宇文泰撰大乘
衆經要二十二卷
後周新州願果寺沙門釋僧勔釋老子化胡
傳難道十八條
後周崇華寺沙門釋慧善撰散華論八卷
後周武帝世沙門釋亡名著論一十一卷（別集十卷）
至道論　淳德論
遣執論　不殺論
去是非論　修空論
影喻論　法界寶人銘
厭食觀　驗善知識記
後周武帝世終南山沙門釋靜藹撰三寶集
一十卷
後周武帝世長安沙門釋道安撰二教論一
十二篇
陳西域三藏眞諦制衆經通序二卷（翻梵言）
七卷
陳南嶽大明寺沙門釋慧思撰觀門等一十
卷
四十二字門（二卷）　無諍門（二卷）
隨自意三昧　次第禪要
釋論玄門　三智觀門
安樂行法　弘誓願文

隋相州大慈寺沙門釋靈裕撰論記等三十卷別集八卷

安民論一十二卷　陶神論十卷

因果論二卷　聖迹記二卷

塔寺記一卷并寺銘　經法東流記

昭玄十德記　僧尼制

隋天台山修禪寺沙門釋智顗撰觀門論傳等一百三卷

圓頓止觀十卷　禪波羅蜜門十卷

維摩經疏三十卷前出玄義十卷後更出六卷並爲煬帝所請

法華玄十卷　法華疏十卷

小止觀兩卷　六妙門

覺意三昧　法華三昧

觀心論　三觀義

四教義　四悉檀義

如來壽量義　法界次第章三卷

大方等行法　般舟證相行法

請觀音行法　南嶽思禪師傳

隋眞寂寺沙門釋信行撰三階集録將四十卷

對根起行雜録集三十五卷

三階位別録集四卷

隋京師大興善寺沙門釋僧粲撰十種大乘論一卷

隋大興善寺沙門釋僧琨撰論場一部三十卷

隋滄州逸沙門釋道正撰凡聖行法六部五十許卷

凡聖六行一部二十卷　六行法一部十卷

六行門一部七卷　六行要一部五卷

六行略一部二卷　六行録一部一卷謂罪行福行小乘人行小菩薩行大菩薩行佛果證行

隋日嚴寺沙門釋彦琮撰諸論傳二十許卷別集十卷

通極論　辨教論

辨正論　通學論

福田論　僧官論

善財論　諸新經序

笈多傳四卷　西域志十卷

隋舍衛寺沙門釋慧影撰論解一十七卷述

智論解二十四卷

傷學論　存廢論

厭修論

隋相州秀才儒林郎侯君素撰旌異傳二十卷

隋晉王府祭酒徐同卿撰通命論兩卷

隋翻經學士劉憑撰外内傍通比校數法一卷

隋翻經學士費長房撰開皇三寶録一十五卷

隋高祖文皇帝勑有司撰衆經法式一部十卷

隋著作郎王劭撰靈異志一部二十卷在隋運

隋天台山國清寺沙門釋灌頂撰觀法傳一十三卷

四念觀處

天台山國清寺百録五卷

金光明行法　修禪證相口訣

天台智者別傳　杭州眞觀法師別傳

隋煬帝東都洛濱上林園翻經館沙門釋明

則撰翻經法式十卷 別集十卷
隋煬帝東都翻經館沙門釋行矩撰法訓二
卷
唐京師延興寺沙門釋玄琬撰論門一十二
卷
三德論 入道方便門二卷
鏡喻論 無礙緣起
十種讀經儀 無盡藏儀
發戒緣起二卷
法界圖像 懺悔罪法
唐西明寺沙門釋玄惲論觀記律儀百三十
餘卷
敬福論十卷 略論二卷
大小乘觀門十卷 法苑珠林百卷
四分律僧尼討要各五卷

唐大慈恩寺沙門釋玄應撰衆經音二十五
卷
唐終南山龍田寺沙門釋法琳撰論十卷 別集二十卷
破邪論一部三卷 辨正論一部八卷
唐紀國寺沙門釋慧淨撰論註序十有餘卷
別集三卷
註金剛般若經 釋疑論
諸經講序 內詩英華一部十卷
唐門下典儀李師政撰内德論一卷三篇
唐西明寺沙門釋法雲撰論二部一十三卷
辨量三教論一部三卷
十王正業論一部十卷
唐終南山沙門釋道宣撰傳録等合一百餘
卷

釋門懺悔儀一部三卷
釋迦方誌一部二卷
古今佛道論衡一部二卷
大唐内典録一部十卷
續高僧傳一部三十卷
後集續高僧傳十卷
廣弘明集一部三十卷
東夏三寶感通記一部三卷
删補律相雜儀合二十卷
唐坊州玉華宫寺沙門釋玄奘撰大唐西域傳一部一十二卷
唐弘福寺沙門釋彦悰撰大唐京寺録一部一十卷
右略列諸代道俗所傳檢阮氏七録僧祐統叙更有綴緝但有空名缺本故略

大唐内典録卷第十上

大唐内典録卷第十下

唐　沙　門　釋　道　宣　撰

歷代諸經支派陳化録第七

序曰所言支派出生經者謂於本部敷時救弊而陳異卷也今就文尋檢括其大抵都非極言何者大聖垂教發悟在心不以事相而詮教體故集衆託處爲成信之階基放光動地開蒙情之兆域然後資其故習因而陶化統其解網之要揚其決目之方知煩惱非趣聖之由識解悟爲出凡之徑一聞決絶若厇裂而天分再尋根力便入位而登住今則單品别卷曲寫時心末曰紹隆抑惟離本故淳味流變明于涅槃極誡抄略非具固涉邪求之緣然本其啓化之辰非無其理以經教初傳譯人創列梵本凋落全部者稀華嚴涅槃尚三分獲一況餘群部寧不品卷支離故安法師云得略翻略得廣翻廣斯言是也一四句頌聞之而啓惑一四諦言聞之而生天況乎全品離詞而非悟俗之要即言明達豈乖聖心之旨哉由斯以言則發智之通鑒也復何論於本末叙其澆薄之競乎固當不以曲滯之心而光其所出耳向依檢群録斯緣備列詳之今復連寫則致弊於紙墨然恐亂於疑僞或有涉於緝修故兩録列名定非别生之位自餘不顯便是支分之經又代代分張卷部漸廣故且約指大數求名故目出之

大乘别生經　二百二十一部　二百六十三卷

小乘别生經　三百四十一部　三百四十六卷

余檢定其所出小乘别生二十五經出增一四十經出中含一百二十八經出雜含四經

出長含五十經出生經五經出賢愚十二經出道地八經出義足餘則本起普曜等經斯並具録本部别品流化至於入藏見録具引出於四含者此乃本譯殊品文義俱異不同出生之經也恐有迷於兩經故重銓顯分其名體也

歷代所出疑僞經論録第八

序曰古人云正道遠而難希邪徑捷而易明斯言得矣夫眞經體趣融然深遠假託之文詞意淺雜玉石朱紫迷者混之至於通鑒逃形無所固當定名僞妄何得雜在遲疑故晉彌天釋道安著疑録云外國法學皆跪而口受同師所受若十二十轉以授後學若有一字異者共相推㪣得便擯之僧法無縱也經至晉土其年未遠而喜事者以沙糅金斌斌如也而無括正何以别眞僞乎農者禾草俱存后稷爲之嘆息金匱玉石同緘卞和爲之懷恥安敢豫學次見涇渭雜流龍蛇並進豈不恥之今列非佛經以示將來學士共知鄙倍焉安序如此妄作者凶終歸愚者洎至代代其濫不無或致妖訛相接或因飾僞邪命斯徒衆矣務須糺除其中名目相同與正不别如提謂法句之流若不親尋則迷名法愚斯及矣可不誡哉自法流中原三被除屏乃後開顯末閱正經好事狂生我聞與於户牖流俗蒙叟印可出於胷懷並趨耳目之事情故非經通之意致詿誤後學良足寒心悲哉末法遂及此乎昔隋祖開皇創定經録校閲僞濫卷將五百已總焚除今人中流傳猶未銓叙既是法穢不可略之故隋代顯明庶知

博觀之弘益也

寶如來經南海胡作一加三昧字

定行三昧經或云佛道定行摩目連所問經

眞諦比丘慧明經或云慧明比丘經或云清淨眞諦經

尼吒國王經或云尼吒黄羅國王經或云黄羅王經

胃有萬字經或云胃現萬字經

薩和菩薩經舊録云國王薩惒菩薩經

善信女經二卷或云善信經

護身十二妙經一云度世護世經

度護經一云度護法經

毗羅三昧經二卷

善王皇帝經二卷一云善王皇帝功德經或爲一卷

惟務三昧經一作惟無三昧

阿羅訶公經一云相國阿羅呵公經

慧定普徧神通菩薩經一加國土字

陰馬藏經一加光明字

大育王經一云佛在波羅柰者

四事解脱一云四事八解度人經

大阿那律經一云非八念者

貧女人經一云難陀者舊録云貧女難陀經

鑄金像經　四身經

普慧三昧經

阿秋那經舊録加三昧字

兩部獨證經　法本齋經西涼州來

覓歷所傳大尼戒

右二十六部三十卷出安法師僞疑録

從大阿那律經後九經僧祐録云缺本

比丘應供法行經題云羅什出僧録云撿無什譯

居士請僧福田經題云曇無識出祐録云檢無

灌頂度星招魂斷復連經

決定罪福經
無爲道經卷二　情離有罪經
燒香咒願經一云咒願經　安墓咒經
觀月光菩薩記
佛鉢記或云佛鉢記甲申年大水及月光菩薩出事
彌勒下教經在鉢記後
九十六種道經已前十二部並文義乖正詞偈淺鄙故入疑中
灌頂藥師經宋孝武世慧簡出之今勘隋唐二録具重翻正非疑
提謂波利經二卷宋武時北國曇靖撰
寶車經或加妙好字淮州曇辨撰青州沙門道侍改治
菩薩福藏法華三昧經齊武時僧道備撰後改名道歡
佛法六義第一應知
六通無礙六根淨業義門上二部齊武時比丘法願抄集
佛所制名數經五卷齊釋王宗抄經撰以經名亂故列
衆經要覽法偈二十一首梁天監二年比丘道歡撰

右二十部二十六卷檢梁沙門僧祐録
有目其中藥師六義六根名數要覽等未可涉疑
大法尊王經三十一卷　十方佛決狐疑經
八方根本八十六佛名經
普賢菩薩說證明經
彌勒成佛本起經十七卷
彌勒下生觀世音施珠寶經
彌勒成佛伏魔經一云救度衆生經
妙法蓮華度量天地經
觀世音詠託生經
滅七部莊嚴成佛經
空寂菩薩所問經一云法滅盡經偽妄非護所出
照明菩薩經一加頭陀字
照明菩薩方便譬喻治病經
首羅比丘見月光童子經

阿難現變經　般若玄記經
幽深玄記經　大契經四卷
玄記經二卷　發菩提心經
菩薩求五眼經　般泥洹後諸比丘經
小般泥洹經一名大法滅經　佛說法滅盡經
五濁惡世經
妙法蓮華天地變異經
華嚴十惡經　觀世樓炭經
小樓炭經
正化内外經二卷一名老子化胡經傳録云晋時祭酒王浮作
須彌四域經

右三十一部八十四卷檢隋費長房録

攝入僞妄中

抄爲法捨身經六卷　抄法華藥王經
抄維摩經二卷方便佛國問疾三品

抄菩薩本業願行經　抄法律三昧經
抄照明三昧不思議事經
抄諸佛要集經　抄大乘方便要慧經
抄樂瓔珞莊嚴方便經
抄未曾有因緣經
抄諸法無行經　抄無爲道經
抄德光太子經　抄安般守意經
抄菩薩本業願行品　抄四諦經要數
抄普賢觀懺悔法　抄阿毗曇五法行經
抄分別經　抄魔化比丘經
抄優婆塞受戒品　抄優婆塞受戒法
抄貧女爲國王夫人經

右二十三部二十九卷並齊竟陵王所

抄既異本經題抄顯別令後尋者知有
所因然風味弘通義理愜附接蒙俗之

繁博考性欲之殊途有道存焉義非疑安而僧祐長房諸録並註疑經莫不恐涉沉滓餘波失本然情取會解事取簡要前後翻傳備本無一猶能開明象正誘訓塵蒙半偈全頌寶璧之喻顯然四字八言靜倒之方攸託據此而述何得雷同玉石不有甄解者乎

薩婆若陀眷屬莊嚴經

右一經檢僧祐録云梁天監九年郢州僧妙光所出朝法擯訖

梁朝博士江泌女比丘尼僧法所誦出淨土經等三十五卷已備代録撿不從譯群録並入疑中

梵天神策經　天皇梵摩經

安墓經　安塚經

安宅經　危脆經

安宅神呪經　天公經

度生死海神船經　度法護經

救蟻沙彌經　北方禮佛呪願經

敬福經　阿羅呵修國王經

五百梵志經一名亦有亦無經

修行方便經　偈令經

度世不死經　齋法清淨經

佛說正齋經

佛說法社經披尋古録更別正本

呪魅經　尸陀林經

招魂魄經　太子讚經

比丘法藏見地獄變經

人民求願經　閻羅王東太山經

七寶經　字論經

救護衆生惡疾經　救護身命經

五果譬喻經　國一切度經一名薩和薩經
孤兒孤女經
度人王并民受戒正信除邪經
右二十八部單經檢隋經法師録入僞
安分
諸佛下生大法王經六十卷余於汾部親見此文
方廣滅罪成佛經三卷
占察經兩卷上卷一百八十事卜占
法句經兩卷下卷寶明菩薩
金棺囑累經　罪福決疑經
五辛經　初教經
罪報經與正經罪報輕重全異　日輪供養經
乳光經其文全異於正經云不得服乳獲罪
福田報應經　寶印經
究竟大悲經三卷　獨覺經

毗尼決正論　優波離論
普決論一本加惟識字　阿難請戒律論
迦葉問論　大威儀請問論
寶鬘論　遺教論
沙彌論　文殊請問要行論
右諸僞經論人間經藏往往有之其本
尚多待見更録
歷代所出衆經録目第九
序曰名教設位戢濟淪亡將使眞僞分流邪
正異轍所以歷代道俗崇重教門皆敦編次
沿時無替考校存没三十餘家銓定人代皆
遵安録然彌天亞聖道洽幽明感神僧而示
慈天蒙印定而明註解故能徽覈教旨輕斷
鑿而重淳風商度句義宗質文而排鄙野致
使遺文餘行經累代而逾新其德孔明固略

標擬自餘後作皆號命家詞什繁略難爲通簡然相乘置位代出新經法俗讃述無時不有比多惰學無暇博觀競撮本經少有通贍所以傳述義解斯文蓋缺然夫開信適道權謀率先導達化源理兼俗典故慧遠釋桓玄之疑道林開郗超之信僧會啓呉王之惑次道弘宋主之心泌彼迄今代有其事莫不雅引三際陳報應如指掌綜襲六經明殃咎之倚伏傍括子史統詳譬喻以近徵遠用俗悟道知幾其神在斯一舉豈得埋名沒迹而不列挺者乎今所撰録該括衆氏勘閱 正僞研訪遺逸僞無所取非目無以定名遺篇所求列卷以彰可録敢叙由來用陳有寄想諸來鑒復織組焉

古經録 卷一

右尋諸舊録多稱爲古録則似秦時釋利防等所齎經録

舊録 卷一

右檢似是前漢劉向校書天閣往往多見佛經斯即往古所藏經録或孔壁所藏或秦正焚書人中所藏者

漢時佛經目録 卷一

右檢似是迦葉摩騰所譯四十二章經等因即撰録

魏時沙門朱士行漢録 卷一

右依檢元是頴川沙門於洛陽講道行經因著其録

西晉沙門竺法護衆經録 卷一

右依檢是晉武帝長安青門外大寺沙門也翻經極廣因出其録

西晉清信士聶道眞衆經録卷一

右依檢晉惠帝永嘉中禀受護公之筆匠也後自翻經因出録云

二趙經録卷一

右依檢似是二石趙時諸録遥註未知姓氏

前秦沙門釋道安綜理衆經目録卷一

右依檢東晉孝武太元中前秦沙門也自前諸録但列經名品位大小區别人代蓋無所紀後生追尋莫測由緒安乃總集名目表其時世銓品新舊定其制作衆經有據自此而明在後群録資而增廣是知命世嘉運睿哲卓興可不鏡諸其文見僧祐録

後秦沙門釋僧叡二秦録卷一

右依檢後秦姚興弘始年長安沙門也即前道安之弟子神用通朗思力標舉參譯什門多有撰緝

東晉沙門竺道祖衆經録部四

魏世經録目卷一　吴世經録目卷一

晉世雜録目卷一　河西經録目卷一

右四録依檢東晉廬山東林寺遠公弟子釋道流創撰未就而卒同學道祖爲成之

東晉沙門支敏度經論都録卷一

右依檢晉成帝豫章山沙門也其人總校古今群經故撰都録敏度又撰别録一部

前齊沙門釋王宗録卷二

右依檢齊武帝時沙門也所出此録見

梁三藏集記
前齊沙門釋道慧宋齊録
後魏沙門菩提流支録
後齊沙門釋道憑録
始興録（未詳作者）　廬山録（未詳作者）
釋正度録　王車騎録
岑號録　釋弘充録（南齊揚都人）
華林佛殿録（四卷梁天監年勅沙門僧紹撰）
隋沙門釋靈裕譯經録
衆經都録（八卷撿名似總合群家而未詳作者）
已前諸録二十四家檢紀傳有之未見
其本故列名而已
衆經別録（二卷未詳作者言似宋時）
上卷三録
大乘經録第一　三乘通教録第二
三乘中大乘録第三
下卷七録
小乘經録第四　篇目缺本録第五
大小乘不判録第六
疑經録第七　律録第八
數録第九　論録第十
右都合一千八十九部二千五百九十
三卷
梁出三藏集記（齊末梁初律師釋僧祐撰）
新集撰出經論録一
新集異出經論録二　新集序四部律録三
新集安公古異經録四
新集安公失譯經録五
新集安公涼土異經録六
新集安公關中異經録七

新集續撰失譯經録八
新集抄經録九　新集安公疑經録十
新集疑經僞撰録十一
新集安公註及雜志録十二
右都合一十二件二千一百六十二部
四千三百二十八卷
元魏衆經目録永熙年勑舍人李廓撰
大乘經目録一　大乘論目録二
大乘經註目録三　大乘未譯經論目四
小乘經律目録五　小乘論目録六
有目缺本目録七　非眞經目録八
非眞論目録九
全非經愚者作目録十
右都合十件四百二十七部二千五十
三卷

梁代衆經目録天監十七年勑沙門寶唱撰
第一卷大乘　第二卷小乘
第三卷先異譯經疑經註經數論　禪經戒律義記
第四卷隨事別名譬喻佛名　隨事失名神呪
右四卷二十件凡一千四百三十三部
三千七百三十卷
齊代衆經目録武平年沙門法上撰
雜藏録　修多羅録
毗尼録　阿毗曇録
別録　衆經抄録
集録　人撰作録
右八件經律論眞僞凡七百八十七部
二千三百三十四卷
大隋衆經目録七卷開皇十四年勑翻經所沙門法經等二十大德撰
依檢其録位爲九條區別品類爲四十

二分初六分畧示經律三藏大小之殊粗顯傳譯是非眞僞之目後之三録並是集傳記註此名道俗所修雖非西域所製莫非光讚正經發明宗教開進後學

右九録凡二千二百五十七部　五千三百一十卷

開皇三寶録開皇十七年大興善寺翻經學士費長房録

合一十五卷一卷總目三卷帝年兩卷入藏九卷代録

右所出經律戒論傳二千一百四十六部六千二百三十五卷

隋仁壽年内典録五卷京師延興寺釋玄琬傳云文帝勑大興善寺大德與翻經沙門學士披檢法藏詳定此録

單本一　　重譯二

賢聖集傳三　　別生四

疑僞五

右五件即今京輦通寫盛行直列經名仍銓傳譯所略過半未足尋之其序略云別生疑僞不須抄寫已外三分入藏所收至如法寶集之流淨住子之類還同略抄例入別生餘有僧傳等詞集文史體非淳正事雜可尋義無在録云云已如上紀

大唐京師西明寺所寫正翻經律論集傳等顯慶三年

入藏正録合七百九十九部　三千三百六十一卷五萬六千一百七十五紙

大唐内典録一帙十卷

歷代衆經傳譯録五卷

歷代翻經單重人代存亡録卷一

歷代衆經分乗入藏録 卷二
歷代衆經舉要轉讀録 卷一
歷代衆經有目缺本録
歷代道俗述作註解録
歷代衆經支派陳化録
歷代所出疑僞經論録
歷代衆經録目所從序
歷代衆經應感興敬録 下六録合成一卷

右總合一十八代所出經教凡二千二百六十二部七千餘卷 可自筭定則知作者疲焉

余少沐法流五十餘載宗匠成教軌範賢明每值經誥德能無不目閲親謁至於經部大録欣悟良多無論眞僞思聞其異自方朔覩昆明之灰劉向校佛經天閣故知周漢久巳聞之非後顯宗方流此地故法蘭創出章本世高廣譯衆經餘部相從無非通道故魏晉之後騰譯鬱蒸制録討論居然非一或以數列或用名求或憑時代或寄条譯各紀一隅務存所見斯並當時稽古識量修明而綴撰筆削不至詳審者非爲才不足而智不周也直以宅身所遇天下分崩壃場關艱莫閲經部雖聞彼有終身不閲今則九圍靜謐八表通同尚絶追求諸何纂歷上集群目取訊僧傳等文勘閲詳定更条祐房等録祐録徵據文義可觀然大小雷同三藏雜揉抄集条正傳記亂經考括始終莫能通決房録後出該贍前聞然三寶共部僞眞淆亂自餘諸録胡可勝言今余所撰望革前弊然以七十之年獨運神府檢括漏落終陷前科且述所懷示其量據庶有同好復雅正之可不同舟相從

懷古

歷代衆經應感興敬録第十

序曰三寶弘護各有司存佛僧兩位表師資之有從聲教一門顯化導之靈府故佛僧隨機感見之緣出沒法爲除惱滅結之候常臨所以捨身偈句恒列於玄崖遺法文言總會於龍殿良是三聖敬重藉顧復之劬勞幽明荷恩慶靜倒之良術所以受持讀誦必降徵祥如說修行無不通感天竺往事固顯常談震旦見緣紛綸恒有士行投經於火聚焰滅而不燋賊徒盜葉於客堂既重而不舉或合藏騰於天府或單部瑞於王臣或七難由之獲消或二求因之果遂斯徒衆矣不述難聞敢隨代録用呈諸後經不云乎爲信者施疑則不說至如石開矢入心決致然水流冰度情疑頓決斯等尚爲士俗常傳況慧拔重空道超群有心量所指窮數極微因緣之遘若影隨形祥瑞之徒有逾符契義非隱默故述而集之然尋閱前事多出傳紀志怪之與冥祥旌異之與徵應此等衆矣備可覽之恐難覩其文固疏其三數并以即目所詳亦存感通之在數矣

高僧傳云宋元初中有黃龍沙彌曇無竭者誦觀音經淨修苦行與諸徒屬二十五人往尋佛國備經荒險貞志彌堅既達天竺舍衛路逢山象一群竭齎經誦念稱名歸命有師子從林中出象驚奔走復有野牛一群鳴吼而來將欲加害竭又如初歸命有大鷲飛來牛便驚散遂得剋免

又昔東晉孝武之前恒山沙門釋道安者經

石趙之亂避地于襄陽註般若道行密迹諸經析疑甄解二十餘卷恐不合理乃誓曰若所說不違理者當見瑞相乃夢見胡道人頭白眉毛長語安曰君所註經殊合道理我不得入泥洹住在西域當相助弘通可時時設食也後十誦至遠公云昔和尚所夢乃賓頭盧也於是立座飯之又感神僧現形說法云

又蜀郡沙門釋道生者出家以苦行致目爲蜀三賢寺主誦法華習定嘗山中誦經虎蹲其前竟部乃去每至諷誦輒見左右四人爲侍年雖衰老而翹勤彌厲遂終其業云

又扶風釋道冏者爲師入河南霍山採鍾乳四人入穴數里三人溺死炬火又亡冏素誦法華憑誠乞濟有頃見螢光追之遂得出穴頻作普賢行道並見感應或見胡僧入坐或見騎馬人至未及言次倏忽不見後遊宋都以般舟爲業中夜入禪見四人御車呼冏上乘不覺自身已在大路見一人坐胡牀侍衛數百人見冏驚起曰向令知處而已何忽勞屈法師遂拜別令送還寺扣門方開房門亦閉衆咸敬服

又宋孝建中釋普明者少出家禀性清純蔬食布衣懺誦爲業誦法華維摩若諷誦時有別衣別座未嘗穢雜每至勸發品輒見普賢乘象立其前誦維摩亦聞空中倡樂之聲云

又宋太始中揚都瓦官寺釋慧果者少以蔬素自節誦法華十地嘗於圊廁前一鬼致敬云昔爲衆僧作維那小不如法墮在噉糞鬼中法師慈悲願助拔濟又昔有錢三千埋在柹樹下願取爲福果因告衆掘錢爲造法華

設會後夢見鬼云已得改生大勝昔日之苦報也

前齊永明中揚都高座寺釋慧進者少雄勇遊俠年三十忽悟非常因出家蔬食布衣誓誦法華用心勞苦執卷便病乃發願造百部以悔先障始聚得一千六百文賊來索物進示經錢賊慚而退爾後遂成百部故病亦損誦經既度情願又滿迴此誦業願生安養聞空中告曰汝願已足必得徃生因無病而卒年八十餘矣

永明中會稽釋弘明者止雲門寺誦法華禮懺爲業每旦水瓶自滿實諸天童子爲給使也又虎來入室伏牀前久之乃去又見小鬼來聽經云昔是此寺沙彌盜僧廚食今墮圊中聞上人誦經故方來聽願助方便免斯累也明爲説法領解方隱後山精來惱明乃捉取腰繩繫之鬼謝遂放因之永絶

昔元魏天平年中定州募士孫敬德在防造觀音像年滿將還在家禮事後爲賊所引不堪考楚遂妄承罪明日將決其夜禮懺流淚忽如睡夢見一沙門教誦救生觀世音經經有諸佛名令誦千徧得免苦難敬覺如夢所緣了無参錯遂誦一百徧有司執縛向市且行且誦臨刑滿千刀下斫之折爲三段皮肉不傷易刀又斫凡經三換刀折如初監司問之具陳本末以狀聞丞相高歡歡乃爲表請免死因此廣行於世所謂高王觀世音也敬還設齋迎像乃見項上有三刀痕見齊書

梁天監末富陽縣泉林寺釋道琳者少出家有戒節誦淨名經寺有鬼怪自琳居之便歇

弟子爲屋壓頭陷入胷琳爲祈請夜見兩胡僧拔出其頭旦遂平復琳又設聖僧齋鋪新帛於牀上齋畢見帛上有人迹皆長三尺衆咸服其徵感

後魏末齊州釋志湛者住太山北人頭山邃谷中衡草寺省事少言人鳥不亂讀誦法華人不測其素業將終時神僧寶誌謂梁武曰北方衡草寺須陀洹聖僧今日滅度湛之亡也無惱而化兩手各舒一指有梵僧云斯初果也還葬此山後發看之唯舌如故乃立塔表之今塔存焉鳥獸不敢陵踐

又范陽五侯寺僧失其名誦法華爲常業初死權殯隄下後改葬骸骨並枯唯舌不壞

雍州有僧亦誦法華隱白鹿山感一童子供給及死置尸巖下餘骸並壞唯舌如故

齊武成世幷東看山人掘見土黃白又見一物狀如兩脣其中有舌鮮紅赤色以事聞奏帝問道俗沙門法上曰此持法華者六根不壞也誦滿千徧其徵驗乎乃集持法華者圍繞誦經纔始發聲此靈脣舌一時鼓動同見毛竪以事奏聞乃石函緘之

又魏高祖太和中代京閹官自慨刑餘奏乞入山修道勑許之乃齎華嚴晝夜讀誦禮悔不息一夏不滿至六月末髭鬚生得丈夫相以狀聞帝大驚重之於是國敬華嚴復尊恒日並見侯君素旌異記

隋開皇初有揚州僧忘其名誦通涅槃自矜爲業岐州東山下林中沙彌誦觀音經二俱暴死心下俱暖同至閻王所乃處沙彌金高座甚恭敬之處涅槃僧銀高座敬心不重事

訖勘問二俱餘壽皆放還彼涅槃僧情大恨恨恃所誦多問沙彌住處於是兩辭各趣所在彼從南來至岐訪得具問所由沙彌言初誦觀音別衣別所燒香呪願然後乃誦斯法不怠更無他術彼僧謝曰吾罪深矣所誦涅槃威儀不整身口不淨救忘而已古人遺言多惡不如少善於今取驗悔往而返

釋道積貞觀初住益州福成寺誦通涅槃淨衣澡沐日爲恒度慈愛兼濟固其深心終于五月炎氣赫然而尸不腐臭百有餘日跏坐如初道俗莫不嘉賞

時蜀川又有釋寶瓊者綿竹人出家貞素讀誦大品兩日一徧無他方術唯勸信佛爲先本邑連比什邡並是米族初不奉佛沙門不入其鄉故老人女婦不識者衆瓊思拔濟待其會衆便往赴之不禮而坐道黨咸曰不禮天尊非沙門也瓊曰邪正道殊所奉各異天尚禮我我何得禮老君乎衆議紛紜瓊曰吾若下禮必貽辱也即禮一拜道像連座動搖不安又禮一拜連座反倒狼藉在地遂合衆禮瓊一時迴信乃召成都大德就而陶化以貞觀八年終於所住

釋空藏者貞觀時住京師會昌寺誦經三百餘卷說化爲業遊浪川原有緣斯赴昔往藍田負兒山誦經齋麨六斗擬爲月調乃經三周日噉二升猶不得盡又感神鼎不知何來晚至玉泉以爲終焉之地時經亢旱泉竭合寺將散藏乃至心祈請泉即應時涌溢道俗動色驚嗟不已貞觀十六年終於京寺還葬山所

釋遺俗者不測所住遊行醴泉山原誦法華爲業乃數千徧貞觀中因疾將終告友人慧廓禪師曰比雖誦經意望有驗若生善道舌根不朽可埋之十年發出若舌朽滅知誦無功若舌如初爲起一塔生俗信敬言訖而終至十一年依言發之身肉都盡唯舌不朽一縣士女咸共戴仰乃函盛舌本起塔於甘谷岸上

又郊南福水之陰有史村史呵誓者誦法華經名充令史往還途步生不乘騎以依經云哀愍一切故也病終本邑香氣充村並怪而莫測其緣終後十年其妻又殞乃發塚合葬見其舌本如生餘肉並朽乃別收葬斯徒衆矣餘且略之

貞觀五年有隆州巴西令令狐元軌者信敬佛法欲寫法華金剛般若涅槃等無由自檢馮彼土抗禪師檢校抗乃爲在寺如法潔淨寫了下帙還岐州莊所經留在莊并老子五千文同在一處忽爲外火延燒堂是草覆一時灰蕩軌于時任馮翊令家人相命撥灰取金銅經軸既撥外灰其内諸經宛然如故潢色不改唯箱帙成炭又覔老子便從火化乃收取諸經鄉村嗟異其金剛般若一卷題字焦黑訪問所由乃初題經時有州官能書其人行急不獲潔淨直爾立題由是被焚其人現在瑞經亦存京師西明寺主神察目驗說之

余曾於隰州有曇韻禪師定州人行年七十隋末喪亂隱于離石比干山常誦法華欲寫其經無人同志如此積年忽有書生無何而

至云所欲潔淨並能行之於即清旦食訖入浴著淨衣受八戒入淨室口含檀香燒香懸旛寂然抄寫至暮方出明又如初曾不告倦及經寫了如法嚫奉相送出門斯須不見乃至裝潢一如正法韻受持讀之七重裹結一重一度香水洗手初無暫廢後遭胡賊乃箱盛其經置高巖上經年賊靜方尋不見周慞窮覓乃於巖下獲之箱巾糜爛撥朽見經如舊鮮好余以貞觀十一年親自見之

絳州南孤山陷泉僧徹禪師曾行遇癩者在穴中徹引至山中爲鑿穴給食令誦法華素不識字加又頑鄙句句授之終不辭倦誦經向半夢有教者自後稍聰得五六卷瘡漸覺愈一部既了鬚眉平復肌膚如常故經云病之良藥斯誠驗矣

河東有練行尼常讀誦法華訪工書者寫之價酬數倍而潔淨翹勤有甚餘者一起一浴然香熏衣筒中出息通於壁外七卷之功八年乃就龍門寺僧法端集衆講經借此尼經以爲楷定尼固不與端責之事不獲已乃自送付端端開讀之唯見黃紙了無文字餘卷亦爾端媿悔還尼尼悲泣受已香水澆函頂戴繞佛七日不休開視文字如故即貞觀二年端自説之

昔開皇初有河東曇延法師初造疏解涅槃經恐不合聖心乃陳經及疏於佛舍利塔前啓告靈聖若所解合理願垂神應言訖涅槃卷軸各放光明舍利大塔亦放光明上至空天傍照四遠諸有道俗謂寺遭火崩騰驚赴至乃知非三日三夜騰焰不絶隋祖重爲戒

師迎入京爲建延興寺門人見在蒲州仁壽寺僧道愻者即延之學士講涅槃將百徧有弘護正法心四方所歸無問客主將洽之富無有過者貞觀四年崔義直爲虞鄉令人請愻講經及發願訖泣曰去聖滋遠微言隱絶庸鄙所傳不足師範但以信心希向自發誠悟今講止於師子品日時既促願存心聽既至其品無疾而終道俗哀慟義直徒跣扶柩送之南山于時隆冬十一月土地冰嚴下屍於地地生蓮華而小頭及手足各一義直奇之令守不覺盜折明旦視之周身有華總五百莖七日不萎

幽州沙門釋智苑者有學識思造石經藏于西南山巖以備法滅之護也隨大業中初搆石室四面鐫之又取方石寫諸藏經每一室滿以石錮之鐵錮其縫遠近公私無不送施工匠既湊欲造佛堂食院而山東無木可得忽一夜暴雨雷震山崩旦晴乃見大松栢數千株漂積道次尋蹤遠自西山送來此爲神助即依而構造頃之畢成所造石經已滿七室貞觀十三年苑卒弟子等猶繼其業云

隋開皇中蔣州人嚴恭者於郭下造精舍寫法華經清淨供給書生歡喜常有十人道俗送直恭親檢校勞不告倦嘗有人從貸經錢一萬恭不獲已與之貸者得錢船載中路傾覆錢失而人不溺是日恭入錢庫見一萬錢濕如水澆怪之後見所貸錢人方知其没溺又商人至邾亭湖祭神上物夜夢神云倩君以所送物與嚴法華令經用也及覺所上之物在前又恭至市買紙少錢忽有人持三千

錢授恭曰助君買紙言已不見又有漁人夜見江中火燄燄浮來以船迎之乃是經函及明尋視乃是嚴家經其後發願略云無一字而不經眼無一字而不用心及大業末子孫猶傳經業群盗相約不入其里里人賴之至今故業猶爾

右監門校尉馮翊李山龍以武德中暴亡心暖七日乃甦云初去至官庭前有囚數千枷鎖禁撿見一大官坐廳高座問傍人何官彼曰王也因至階問生平何脩業龍云鄉人設會恒施物同之又曰作何善業龍曰誦法華兩卷王曰大善可升階就東北高座誦之便舉聲曰妙法蓮華經序品第一王曰請法師止向法師誦經非唯自利乃令庭中諸囚皆以聞法獲免諸囚寂爾不見乃放還備見地獄五苦休息亦由聞經故止

太廟丞趙郡李思一者以貞觀二十年正月八日失瘖至十三日死經日乃甦自言備見冥官云年十九時嘗害生命思一悟之曰所害之時在黄州旻法師下聽涅槃何緣於彼相害官追旻師有答云旻生金粟界不可追且放還家家近清禪寺寺僧玄通素與往來家人請通讀經追福俄見其活又説冥事因爲懺悔受戒并勸轉金剛般若五千徧至日晚又死明日還甦自云見大官遥便大喜曰還家大作福德復見二僧證云旻師遣來官見驚懼迎之僧曰思一昔時聽講又不殺害何緣妄録耶冥官曰即放還僧送至家曰淨心修善因遂活云

陳公太夫人豆盧氏信福誦金剛般若一紙

未度後一日昏時頭痛四肢不安自念儻死
經不終耶即起强誦而燈已滅命婢然燭廚
中外院覓火俱絶夫人深恨忽見庭中有然
火燭上階入堂至牀前三尺許無人執而光
明若晝夫人驚喜所苦亦除取經誦之有頃
家人鑽燧得火然燈入堂堂中燭火即滅便
以此夜誦竟因此日誦五徧爲常云云
中書令岑文本少信佛常念誦法華經普門
品嘗乘船於吴江中船壞人死文本亦没水
聞有人言但念佛必不死如是三言遂隨波
出没須臾著岸云
武德年中以都水使者蘇長爲巴州刺史渡
嘉陵江中流風起船没男女六十餘人皆溺
死唯有一妾常讀法華經及水入船妾頭戴
經函誓與俱没乃隨波汎濫頃之達岸經函

外濕内乾于今尚在
貞觀中河東董雄爲大理丞少誠信蔬食十
數年十四年中坐連李仙童事上大怒使侍
御韋悰鞫問甚急因禁數十人大理丞李敬
玄司直王忻同連此坐雄與同屋因鎖專念
普門品日得三千徧夜坐誦經鎖忽自解落
地雄驚告忻玄忻玄共視鎖堅全在地而鉤
鎖相離數尺即告守者其夜監察御史張守
一宿直命吏開鎖火燭照之見鎖不開而相
離甚怪又重鎖紙封書上而去雄如常誦經
五更中鎖又解落有聲雄又告忻玄等至明
告敬玄視之封題如故而鎖自相離敬玄素
不信佛法其妻讀經常謂曰何爲胡神所媚
而讀此書耶及見雄此事乃深悟不信之咎
方知佛爲大聖也時忻亦誦八菩薩名滿三

萬徧其鎖解落視之如雄不異其事臺中内
外具皆闇見不久俱脱
益州西南新繁縣西三十里許有王李村隋
時有書生姓荀氏在此教學大用工書而不
顯迹人欲其書終不肯出乃毆之亦不出遂
以筆於前村東空中四面書般若經數日便
了云此經擬諸天讀之人初不覺其神也後
忽雷雨大注牧牛小兒於書經處住而不澆
濕其地乾燥可有丈許自外流潦及晴村人
怪之爾後每雨小兒常集其中衣服不濕武
德年有非常僧語村人曰此地空中有般若
經村人莫汙諸天於上設蓋覆之不可輕踐
因此四周欄楯不許人畜往于今雨時仍乾
齋日村人就供每聞天樂聲繁會盈耳
又近龍朔三年正月二十七日有高表仁孫
子嘗讀法華經乘馬從順義門出有兩騎追
之曰今捉獲矣其人問曰卿是何人答曰我
是閻王使者故來追卿其人惶忙走馬西出
欲投普光寺使人曰疾捉寺門勿令入入即
得脱及至寺門乃見一騎捉門又西走欲入
開善又令騎捉門遂相從西奔欲還本宅宅
在化度寺東恐道遠乃欲入醴泉坊一騎在
前其人以拳擊之鬼遂落馬後鬼曰此人大
麤急曳下挽却頭髮即被牽髮如刀割狀遥
擲于地亦隨髮落馬家人輿還至晚甦云備
見閻王云君何盜僧果子何事説三寶過遂
依伏罪無敢厝言王言盜果之罪合吞鐵丸
四百五十枚四年受之方盡説過之罪合耕
其舌因放令出遂甦少時還絶口如吞物通
身艷赤有若楚相經日方醒云經年吞百餘

丸其苦難言明日復爾恰經四日吞丸亦盡方欲拔舌耕之拔而不出勘案所由乃云曾誦法華經舌不可出遂放令活今見在化度寺圓滿師處聽法懺悔云

大唐内典録卷第十下

續大唐内典録讃序

唐 沙 門 釋 道 宣 撰

夫以大聖者體辯而長幽寂普霑動植同熟氣而登焉幽蔽而不光能異變而不養不謂親相歸於在相有道或藏嵯峨住於巖演登般若雙林虛空有六十萬億百千說涅槃會菩薩樂衆生者于時廣大盡城於在此國著於秦漢我臨之會初存使賢僧白象驅連立域於帝京中道場念心乃翻聖跡石舍安然降曾多述仍廣度群萠難以盡筭至於華香而設集大衆之流二十七譯雜增阿含等經凡爲二十八譯良是前王後帝擇出民人之輩各變於斯新別前翻不譯相似不同者多或有是非交横不失得部帙深大卷多言廣切轉者微薄成不登於崇誦力勞不盡有新不終實此之行實則鼓手腹心在也意淨云何齊身結誓敬登一經見得之敎筆紙淨院語將初首以其大歌足沉吟衆會住院名僧盡宣律師執杖尋庠修行遊憶法師之意性若物不下茂愛識多解學集古今多能多才集句說演經等煩須讀廣億言一紙一顧顔容似華不飲兩端愛德三衣無著淨染棄時俗如棄涙不絶爲懷輕錦帛如客塵未能留惜而所妙哉兩臂不偷卷聖圖筆不停操律建跡於總持寺之院東西修房實所留意畫像序讃一體不隱集遠無餘定秀每人前後相繼於賢難方卓異絶群是法師之曠度耳者也

續大唐内典録序 麟德元年於西明寺起首移總持寺釋氏撰

若正於法名寶崇誠或有由賢是通俗法律

之眞海聖之高廣以歷於方如尊卑在日月明存道隆之美豈得不以凶我倒之筌蹄須證貧生之珍位者也自仙苑告就名水淨濟演字群品手說塵蒙隨機候而說謀由往性欲而見聲教網羅一絶統括大千受其道者也

續代衆經傳譯盡隨近録第一部卷第一（續代翻出經及人述作無非通法並入經收故隨經出）

續代譯經本軍重人代見亡録第二部卷第七（非前後異出人代不同又亂道俗波迸今總計會故有重單緣敘莫知致傳失）

續代衆經總撮入藏録第三（謂經部繁多或要備列從帙入藏以類相從故分大小）

續代衆經舉要誦說録第四（續尋在要博繁文辭義不非日時隨部撮簡而未自餘）

續代衆經有目或有缺本録第五（謂統檢群録按其定本無隨方別出未能別顯目訪之）

續代道俗述作註解録第六（謂註述先聖之言用通未悟前後已別題續録若尋異解也）

續代諸經支派陳化録第七（謂別生經不譯入此續譯廣本且接初心一切並須不可輕也）

續代歷出疑僞經論録第八（謂正法深遠凡愚未達隨俗下化有勃眞經所以續此録也）

續代衆經録目終始序第九（謂經録不盡所續此録也）

續代衆經應感興敬録第十（謂經東夏應感徵祥而有蒙祐增信故所以續此録）

續大唐内典録續代衆經傳譯所從録第一之新

自教流東夏代涉帝朝必假時君弘一

傳聲略然後玄素依繕方開基構明后重其義方情在監護闇君順其倫軌相從而已故始自後漢爰洎惟唐世變澆淳宗猷莫二皆欽承至訓爲滅結之元標體解玄圖鏡死生之本據故能傳度梵網代代滋彰斯即法施奔流時時不絶然則西番五竺祖尚天言東夏九州聿遵鳥迹故天書天語海縣之所絶思八體六文大夏由來罕覿致令昔聞重譯方見於斯然夫國史之與禮經質文互舉佛言之與俗典詞理天分何以知耶故佛之布教說道爲先開蒙解樸決疑去滯不在文華無存卷軸意在啓情理之昏明達神思之機敏斯其致也諦聽諦聽善思念之吾當爲汝分別解說斯聖言也善哉善哉願樂欲聞唯願世尊分別解說斯受法也言重意得不慮煩拏但論正語莫叙文對斯本經也譯從方俗隨俗所傳多陷浮訛所失多矣所以道安著論五失易從彥琮屬詞八倒難及斯誠證也諸餘俗習不足涉言今録彼帝世翻譯賢明并顯時君信毀偏競以爲初録且夫漢晉隋唐之運天下大同歳朔所臨法門一統魏宋齊梁等朝地分圮裂華夷參政翻傳並出至於廣部傳俗絶後超前即見敷揚聯輝惟遠今則隨其時代即而編之仍述道俗所撰附之於後庶將來同其若面焉

都合一十八代續出衆經總有二千一百八十一部六千七百二十三卷續譯經三百六部

後漢朝傳譯道俗一十二人所出經律等 四百五十六部四百一十五卷續譯經一百二十五部新譯一百五十二卷

前續魏朝傳譯僧八人續譯經律等 一十部二十七卷

南唐孫氏傳譯道俗十一人續出經傳等 一百二十二部一百七十五卷續譯經一百五部二百七十卷

西晉朝記譯經傳道俗九人續譯經戒律等 三百五十部七百一十五卷續譯經十部一十五卷

前秦符氏譯律傳僧八人續經傳録等 五十部三百二十卷

秦乞伏氏傳譯僧二人所出經 十二部二十七卷續譯經八部十五卷

前涼張氏傳譯僧九人所出經律 二百部九百五十卷

南涼漢孟氏傳譯道俗十一人出經傳 五十二部二百七十卷續譯經五部一十八卷

宋國朝傳譯道俗三十一人續出經傳 三百二十部三百四十卷

前齊朝傳譯道俗三十人所出經律傳 六十部四百二十卷

梁朝傳譯道俗二十五人所譯經律傳等 八十七部九百二卷

後魏元氏傳譯道俗一十四人所出經律傳 七十九部三百六十八卷

後齊高氏傳譯道俗三人所譯經論 九部四十八卷

後周宇文氏傳譯道俗二十人所譯經論天文等 二十五部二百卷

陳朝傳譯道俗五十人所譯經論傳疏等

隋朝傳譯道俗等三十一人譯出經論等六十部二百七十卷

皇朝傳譯僧等十八人同譯出經論等一百一部七百卷

一百七十二十部一千七百二十一卷

神州時出九代朝分眞僞土雜華夷所以五涼四燕三秦二趙夏蜀之居𥠖隘晉宋之據江陰經部翻傳隨方而出上列秉正之國取其傳譯所由自餘不言以無通法故也庶後之覽者知其致焉

續大唐内典録

後漢沙門迦葉摩騰一部一卷經

沙門竺法蘭四部二十八卷

沙門安清字世高一百七十六部一百九十七卷

沙門支婁迦讖二十一部六十三卷

優婆塞都尉安玄二部三卷經

沙門竺佛朔二部三卷經

沙門支曜十一部十三卷經

沙門康臣一部一卷經

清信士嚴佛調七部九卷經

沙門康孟詳六部九卷經

沙門釋曇果一部二卷經

沙門竺大力一部二卷經

諸失譯經一百二十五部一百四十八卷雜於經呪

四十二章經一卷

右一經後漢明帝世中天竺國婆羅門沙門迦葉摩騰所譯或云竺攝摩騰群録互存未詳孰是先來不譯故備叙之以永平十年隨漢使蔡愔東返至雒邑於白馬寺翻譯此經依録而編即是漢地之經祖也舊録云其經本是天竺經抄元出大部撮引要者似孝經十八章也道安録無出在舊録及士行漢録僧祐出三藏集記又載但大法初傳人少歸信使摩騰藴其深解不復多翻後卒雒陽載其委由備朱士行録及高僧傳諸雜録等寶唱録云竺法蘭所出者此或據其同來時耳

佛本行雜經五卷

十地斷結經四卷或八卷見朱士行録

二百六十戒合異二卷見別録
法海藏經一卷一本無藏字
佛本生經一卷
右五部合一十三卷是中天竺國沙門竺法蘭與迦葉摩騰同來土行後至在明帝世翻之初共騰出四十二章騰卒蘭自譯訖昔漢武穿昆明池底得黒灰問東方朔朔云非臣所知可問西域梵人法蘭既至追以問之蘭云此乃劫燒之遺灰也朔言有徵信者甚衆又秦景使還於月支國得優塡王栴檀像師第四畫像樣來至雒陽帝勑圖之於西陽城門及顯節陵上供養自爾丹青流演于今又以佛法初至異道乖競遂叙時事著漢法本内傳五卷未詳作者今見在焉

修行道地經六卷出支敏度録製序及寶唱録別録一云順道行經
大僧威儀經四卷見別録新附異出不同祐録安譯分兩部二卷此別録合者是
法句經四卷與威儀同見別録分二部
禪行三十七品經一卷見寶唱録
十報法經二卷祐録云一云多增道章經舊録云出長阿含
陰持入經二卷別録云道安註解見朱士行漢録及祐録
大安般守意經二卷道安云小安般見士行僧祐李廓録
大安般經一卷道安註見僧祐録
雜四十四篇經二卷或云四十四篇既不顯名未知何經道安出增一見祐録
大道地經二卷初出道安註是修行經抄無中國略本或無大字出長阿含見祐録
道意發行經二卷出長阿含或一卷見道安及祐録

禪經二卷初出見別録
無量壽經二卷初出見別録沙門曇鸞著論註解
百六十品經一卷舊録云增一阿含百六十章經見祐録
大十二門經卷別録云二卷出長含道安註見唱祐二録
小十二門經一卷出長含見唱祐二録
七法經一卷舊録云阿毗曇七法行經出長含或直云七法行見祐録
十四意經一卷舊録云菩薩十一曰意經見祐録
阿毗曇九十八結經一卷見祐録
明度五十校計經二卷
難提迦羅越經一卷見祐録
獨富長者經一卷一云獨富長者財物無付經一云無子付物經出雜含四十六卷
長者無惱二處經一云長者懊惱二處經一云二處惱經以下並單卷
申起長者悔過經一云申越長者悔過供佛經申起申越未詳何者
佛爲那拘說根熟經一云爲那拘羅長者論根熟經

長者兄弟詣佛經一云長者利師達多兄弟二人往佛所經出中含
佛神力救長者子經
阿那邠邸化七子經出增一阿含
十支居士八城人經出中阿含第六十卷
無畏離車白阿難經出雜阿含二十一卷
受呪願經一云最勝長者受呪願經
長者子制經一名制經
郁伽居士見佛聞法醒悟經一云修伽陀居士佛爲說法得醒悟經出雜阿含經
得非常觀經一云伽長者夜輸字
舍頭諫經初出見舊録一云舍頭諫太子明二十八宿經一云太子明星二十八宿經一云虎耳經
出家因緣經一加佛說字但云出家緣經
佛度旃陀羅兒出家經
純陀沙彌經或作沙門字出雜阿含二十四卷

外道出家經
精勤四念處經出雜含二十九卷
父母恩難報經一云難報經出中含
禪思滿足經出阿含
數息事經
禪法經
禪秘要經出禪要秘治病經或無秘字
世間言美色經出雜含二十四卷
一切行不恒安住經出雜含三十四卷
人受身入陰經出修行道地經初卷
多倒見衆生經一無多字出出曜經第十六卷
人身四百四病經出修行道地經初卷
人病醫不能治經出修行地經
分別善惡所起經
斫毒樹復生經出出曜經

禪定方便次第法經
阿練若習禪法經出菩薩禪法第一
四百三昧名經
自誓三昧經內題云獨證品第四出比丘淨行中初出與護師出者小異
瑠璃王經初出出增一
罵意經
佛爲頻頭婆羅門說像類經出雜含第十二卷
婆羅門問佛布施得福經
佛爲調馬聚落主說法經出雜含三十二卷
婆羅門行經出中含三十九卷
豆遮婆羅門論義出家經出雜含
佛爲事火婆羅門說法悟道經出雜含
婆羅門虛僞經出雜含三十卷
佛化大興婆羅門出家經出雜含一作火字
佛爲阿支羅迦葉說自他作苦經

婆羅門子命終愛念不離經 出增一含
四吒婆羅門出家得道經 出雜含
佛爲憍慢婆羅門說偈經
婆羅門服白經 出雜含
婆羅門問佛將來有幾佛經 出雜含
婆羅門避死經 出增一
佛爲婆羅門說耕田經 出雜含
七老婆羅門請爲弟子經
婆羅門通達論經 出雜含
佛覆裸形子經 出生經
婆羅門解知衆術經 出雜含
佛爲婆羅門說四法經 出雜含
佛爲年少婆羅門說善不善經
如幻三昧經 或二卷
安般經

内藏經 元嘉二年十月第二譯一名内藏百品一名百寶見朱士行漢録
五門禪要用法經 初出
水喻經 出增含
浮木譬喻經
鼈喻經 六度集
提婆達生身入地獄經 出出曜經
摩那祇女人誹謗佛生身入地獄經
尸迦羅越六向拜經 一名大六向拜經與法護出小異
人本欲生經 出長含道安註見祐録
鬼問目連經
地獄罪人衆苦經
目連見衆生身毛如箭經 出雜含
摩訶衍精進度中罪報品經
尊者薄拘羅經 出中含
阿難問事佛吉凶經 一名阿難問事經一名事佛吉凶經

迦旃延無常經（出生經）
當來變滅經　堅心正意經
分明罪福經　多增道章經
金色女人經　前世爭女經
承事勝已經　悔過法經
舍利弗悔過經　太子夢經
小般泥洹經　慈仁不殺經
阿難同學經　商人脫賊難經
過去彈琴人經　世間强盗布施經
商人子作佛事經　呪賊經
卒逢賊結衣帶呪經
梵天詣婆羅講堂經
五陰成敗經　八光經
五鬪戰經
五法經（見僧祐録）

五行經　三毒經
良時難遇經　求離牢獄經
蓮華女人經　孤母喪一子經
昔有二人相愛敬經
住陰持入經　鏡面王經
子命過經
歎寶女經（一名舍利弗歎寶女經說不思議經）
大迦葉遇尼揵子經
正齋經
阿那律思惟目連神力經
舍利弗問寶女經
月燈三昧經
阿難惑經
佛印三昧經
迦葉詰阿難經（一云迦葉責阿難雙度羅漢喻經初出）

大乘方等要慧經
空淨天感應三昧經
情離有罪經
藥王藥上菩薩觀經
義決律一卷一云義決律法行或云經者道安云長阿含見祐録
四諦經與孟詳出小異道安云出長阿含經已前見祐録三十四部四十卷餘雜出附見
寶積三昧文殊問法身經
法受塵經　禪行法想經
阿含正行經　揵陀國王經
佛説處處經　十八泥犁經
罪業報應教化地獄經
犯戒罪報輕重經
聞成十二因緣經
本相倚致　普法義經

摩鄧女經　漏分布經
是法非法經
聞成十二因緣經一卷右出別録與世高譯同
墮落優婆塞經二卷
小道地經一卷
阿那律八念經二卷
大摩耶經一卷
馬有三相經二卷
右一十一部西域沙門支曜以靈帝世於雒陽譯
問地獄事經一卷
右一經一卷中國沙門康臣以靈帝中平四年於雒陽譯並言直指詣不加潤飾
古維摩詰經二卷

輭首菩薩無上清淨分衛經二卷

思意經二卷

慧上菩薩問大善權經二卷

内六波羅蜜經二卷

十慧經二卷

迦葉詰阿難經一卷出別録

梵網經二卷出別録

中本起經二卷出雜録

興起行經二卷或名十緣出吳録

四諦經一卷出見吳録

修行本起經二卷出雜録

梵本經四卷出吳録

泥洹後千歲中變記經四卷出別録

合道神足經二卷一名極變經

諸經佛名二卷一名佛名經

舊譬喻經二卷或名譬喻經

觀無量壽經一卷出單經

龍種尊國變化經二卷出別録

佛見牧牛㚏道經一卷

三千佛佛名經

五十三佛名經

南方佛名經

一佛治城寺經

滅罪得福經

觀世音所說行法經

彌勒爲女身經

寂調意所問經

薩陀波崙菩薩求深般若圖紀經

菩薩生地經

初發意菩薩常晝夜六時行道經

一切流攝守因緣經

七處三觀經

九横經出雜含經

八正道經　　五陰譬喻經
轉法輪經　　思惟要略經
請賓頭盧法
阿含口解十二因緣
阿毗曇五法行經
大集經二十七卷
道行般若波羅蜜經十卷初出名摩訶般若波羅蜜經或八卷一名波羅蜜經道行品經出支敏度及祐録
首楞嚴經二卷後漢中平三年二月八日初出見士行祐二録呉録云三卷
無量清淨經二卷呉録與帛延出者異本一云無量清淨平等覺經
阿閦佛國經二卷一名阿閦佛刹菩薩學成經一名阿閦佛經
孛本經二卷出見僧祐録
般舟三昧經二卷光和二年初出見聶道眞及呉祐等三録舊云大般舟三昧經
伅眞陀羅所問經二卷初出舊録云伅眞陀羅尼王經

阿闍世王經二卷初出道安云出長含經
佛遺日摩尼寶經一卷出方等部經一名摩訶衍經
大寶積經二卷
右尋此經與前略同以光和二年初出
道安云摩尼寶經或二卷見舊録及士
行漢録
文殊師利問署經二卷一名問署經出道安云方等部見呉録
内藏百寶經十卷第一出與世高譯異道安云出方等
梵般泥洹經八卷初出或六卷出漢録
阿闍世王問五逆經二卷又直云阿闍世王經
大方便報恩經七卷見呉録
光明三昧經一卷安録無見呉録及三藏記
禪經一卷在見別録
雜譬喻經二卷凡十事祐云失譯今總見別録故載之
阿育王太子壞目因緣經七卷

右佛滅後一百三十年育王方出故非公所譯與前無異故兩別來由耳

續大唐内典録

佛出

兜沙經 二卷在別録

法鏡經 二卷或一卷唐續僧會

阿含口解十二因緣經 出斷十二因緣中

般舟三昧經 二卷録云大般舟三昧經一卷第二出見高僧傳

道行經 二卷嘉平元年譯出續大唐内典録道安云是般若抄

小本起經 二卷修行本起經云宿行近來別録在高僧傳

成具光明定意經 四卷僧祐録云

馬有八態譬人經 一卷出僧祐録

賴吒和羅經 一卷初出道安云出方等部

首至問佛十四事經 二卷出高僧傳

右中起經亦是沙門曇果於迦維羅衛國得此梵本於雒陽以建安十二年翻孟詳度語見始興録及長房録余以詳

集神州塔寺三寶感通録

唐終南山釋道宣撰

清刻龍藏佛說法變相圖

集神州塔寺三寶感通録卷第一

唐終南山釋道宣撰

夫三寶利見其來久矣但以信毀相競故有感應之緣自漢洎唐年餘六百靈相肸響群録可尋而神化無方待機而扣光瑞出没開信於一時景像垂容陳迹於萬代或見於既往或顯於將來昭彰於道俗生信於迷悟故撮舉其要三卷成一部云

初明舍利表塔

次列靈像垂降

後引聖寺瑞經神僧

第一舍利表塔（凡二十緣）

舍利表塔者昔如來行乞有童子戲於路側以沙土爲米麪逆請以土麪奉佛因爲受之命侍者以爲土漿塗佛住房足徧南面記曰

此童子者吾滅度後一百年王閻浮提空中地下四十里内所有鬼神並皆臣屬開前八塔所獲舍利於一日夜役諸鬼神造八萬四千塔廣如衆經故不備載此土即洲之東境故塔現不足以疑舍利西梵天言此云骨身也恐濫凡夫之骨故依本名而列之

西晉會稽鄮縣塔緣第一

西晉會稽鄮縣塔者今在越州東三百七十里鄮縣界東去海四十里在縣東南七十里南去吳村二十五里案前傳云晉太康二年有并州離石人劉薩何者生在畋家弋獵爲業得病死甦見一梵僧語何曰汝罪重應入地獄吾愍汝無識且放今洛下齊城丹陽會稽並有古塔及浮江石像悉阿育王所造可勤求禮懺得免此苦旣醒之後改革前習出家學道更名慧達如言南行至會稽海畔山澤處處求覓莫識基緒達悲塞煩惋投告無地忽於中夜聞土下鐘聲即遷記其處剡木爲剎三日間忽寶塔及舍利從地涌出靈塔相狀青色似石而非石高一尺四寸方七寸五層露盤似西域于闐所造面開窻子四周天全中懸銅磬每有鐘聲疑此磬也繞塔身上並是諸佛菩薩金剛聖僧雜類等像狀極微細瞬目注睛乃有百千像現面目手足咸具備焉斯可謂神功聖迹非人智所及也今在大木塔内於八王日昇巡邑里見者莫不下拜念佛其舍利者在木塔底其塔左側多有古迹塔側諸暨縣越舊都之地以句章對鄮剡等四縣爲之諸暨東北一百七里大部鄉有古越城周迴三里地記云越之中葉在

此爲都離宮別館遺基尚在悉生豫章多在門階之側行伍相當森聳可愛風雨晦朔猶聞鐘磬之聲百姓至今多懷肅敬其迹繁矣諸暨西北百里新義鄉有許公巖地誌云晉時高陽許詢字玄度與沙門支道林爲友每相從歷覽山水至此乃棲焉晉辟度爲司徒掾徵不就後詣建業見者傾都劉惔爲丹陽尹有名當世日數造之歎曰今見許公使我遂爲輕薄京尹於郡立齋以處之至于梁代此屋猶在許掾既反劉尹嘗至其齋曰清風朗月何嘗不恒思玄度矣句章縣西南一百三十里明鄉有四明天台赤城瀑布等山天下稱最東北百四十里有沙塘道廣數丈入海百餘里地記云是秦皇追安期先生於蓬萊至深而息故此塘道至今宛然鄮縣古城在句章東三百餘里昔閩越所都其靈塔即縣界孝義鄉也地誌云阿育王造八萬四千塔此之一也宋會稽内史孟顗修理之山有石坎方可三尺水味清淳冬溫夏冷輿地誌云阿育王釋迦弟子能役鬼神一日夜於天下造佛骨寶塔八萬四千皆從地出案晉沙門竺慧達云東方兩塔一在於此一在彭城今秣陵長干又是其一則有三矣今以經驗億家一塔計此東夏理多不疑且見楊越即有二塔廣袤九城故有之焉會稽記云東晉丞相王導云初過江時有道人神彩不凡言從海來相造昔與育王共遊鄮縣下眞舍利起塔鎭之育王與諸眞人捧塔飛行虛空入海諸弟子攀引一時俱墮化爲烏石石猶人形其塔在鐵圍山也太守褚府君云海行者

述島上有聚烏石作道人形頗有衣服褚今鑿取將視之石文悉如袈裟之狀東海不遠島上是徐偃王避地之處宮郭古基宛然昔周穆西巡登崑崙山偃王乃有統焉穆王聞之馳還日行萬里偃王避之於此晉孫恩作逆寄仙妖以惑衆築城自衛其處猶存梁視普通三年重其古迹建木浮圖堂殿房廊周環備滿號阿育王寺四面山繞林竹蔥翠華卉間發飛走相娛實閑放者之佳地有碑頌之著作郎顧僙祖文寺東南三十五里山上有佛右足跡寺東北二里山頭有佛左足跡二所現于石上莫測其先寺北二里有聖井其實深池鰻魚俗號爲魚菩薩也人至井所禮拜魚隨出來賊過僞禮魚出賊便以刀斫之因斷魚尾自爾潛隱魚不時出有至心邀請禮拜者但噴水而已初有一僧聞塔來禮處所荒涼侍食爲難有一老姥患脚來爲造食便去如是怪之去後私尋乃入池内據量即魚所化也其塔靈異往往不一大略爲瑞多現聖僧繞塔行道每夕然燈於光影中現形在壁旋轉而行且列數條多則詞費

貞觀十九年敏法師者禹穴道勝歷覽聖迹依然動神領徒數百來寺一月敷講經論士俗咸會夜中有人見梵僧百餘繞塔行道以事告衆寺僧曰此事常有不足可怪自古至今四大良日遠近來寺建齋樹福然於夜中每見梵僧行道誦經讚頌等相

永徽元年會稽處士張太玄於寺禮誦沙門智悅獨與太玄連牀而寢半夜聞誦金剛般若了了分明二人靜聽形心欣泰乃至誦訖

然契其相若眞尋視無形明知神授矣

東晉金陵長干塔緣第二

東晉金陵長干塔者今在潤州江寧縣故揚都朱雀門南古越城東廢長干寺内昔西晉末統江南是稱吳國於長干舊里有古塔地即育王所搆也依於邑里既崩子亮立孫綝執政五鳳中毀除佛寺此塔同湮而舍利潛地吳平之後諸僧頗依故處而居起塔三層既不得舊塔之基事迹蕪没莫之或識至東晉咸安二年簡文立塔三層孝武上金相輪露盤冥祥記云簡文有意興搆未遂而崩即三層之塔疑是先立至孝武太元末有并州西河沙門劉慧達本名薩何見於僧傳來尋古塔莫知其地乃登越城四望獨見長干有異氣便往禮拜而居焉時於昏夕每有光明遷記其處掘之入地丈許得三石碑長六尺中央一碑鑿開方孔内有鐵銀金三函相重於金函内有三舍利光明映徹及爪甲一枚又有一髮申可數尺放則成螺光彩照曜咸以爲育王之所藏也即徙就塔北更築一塔孝武加爲三層故寺有兩塔西邊是育王古塔也丹陽尹王雅奉五斗米道常謂宜黜佛法除毀塔寺其日下詔令會稽王道子將雅觀焉時沙門正行舍利至雅撥翻其鉢而舍利附于器内終不墜落王更貯清水燔香呪曰三丹陽酷不信法世尊威靈願有以示應聲光明煥然騰發雅自此後雖未能精至終身不復謡訾佛法梁大同中月犯五車老人星見改造長干寺阿育王塔出舍利髮爪天子幸寺設大無礙法會下詔曰天地盈虚與

時消息萬物不得齊其蠢生二儀不得恒其覆載故勞逸異年懽慘殊日去歲失稔斗粟貴騰民在困窮運臻斯濫原情察理或有可矜下車問罪聞諸往誥責歸元首實在朕躬若皆以法繩則自新無路書不云乎有殺不辜寧失不經易曰隨時之義大矣哉今眞形舍利復見於世逢希有之事起難遭之想今出阿育王寺設無礙會耆年童齒莫不欣悅如積飢得食如久別見親幽顯歸心遠近顒仰士女覆布冠蓋雲集同時布德允叶人靈凡天下罪無輕重皆赦除之今潤州江寧故基但有甎基三層并刹佛殿餘則榛木荒叢非人所涉示是古基而巳頻有大蟲發塔基者多自死而草深人希惟有惡獸於中産育或銜鹿而血汙塔者尋被打撲號叫驚人今去永安坊張侯橋南一里余本住京師曲池日嚴寺寺即隋煬所造首在晉蕃作鎮淮海京寺有塔未安舍利乃發長干寺塔下取之入京埋於日嚴塔下施銘於上于時江南大德五十餘人咸言京師塔下舍利非育王者育王者乃長干本寺而不測其是非也至武德七年日嚴寺廢僧徒散配房宇官收惟舍利塔無人守護寺墉屬官事須移徙余師徒十人配住崇義乃發掘塔下得舍利三枚白色光明大如黍米并爪一枚少有黃色并白髮數十餘有雜寶瑠璃古器等總以大銅函盛之檢無螺髮又疑爪黃而小如人者尋佛倍人爪赤銅色今則不爾乃將至崇義寺佛堂西南塔下依舊以大石函盛之本銘覆上埋于地府余問隋初南僧咸曰爪髮梁武帝

者舍利則有疑焉埋之本銘置于其上據事以量則長干佛骨頗移於帝里然江南古塔猶有神異崇義所流蓋蔑如也故兩述之矣但年歲綿遠後人莫測略編斯紀以顯厥緣

石趙青州東城塔緣第三

青州古城寺塔者代歷周秦莫知其地石趙時佛圖澄者在鄴勒虎敬重廣置寺塔而少露盤方欲作之澄曰臨菑城中有阿育王寺猶有佛像露盤在深林巨樹下上有伏石可尋而取也虎使求之依言指授入地二十丈獲之至鄴阿育聲之轉耳頃訪故地處所故慧達在冥中告云雒陽臨菑建業鄮陰成都五處並育王塔禮者不入地獄故知此塔不虛名也

姚秦河東蒲坂塔緣第四

河東蒲坂古塔者後秦姚略叔父爲晉王鎮於河東古老傳云蒲坂古塔即阿育王所立也疑之屢有光現依掘得佛骨於石函銀匣中照曜殊常送以上略略乃親迎覲於灞上今蒲州東坂有救苦寺僧住立大像極宏冠而古塔不樹

周岐州岐山南塔緣第五

扶風岐山南古塔者在平原上南下北高東去武亭川十里西去岐山縣二十里南去渭水三十里北去岐山二十里一名馬頟山同岐山斯並在大山之北南有小山東西迥中間大谷南與北別故號岐山岐即分也西北二十餘里有鳳泉泉在岐山之陽極高顯即周文時鸑鷟鳴於岐山斯地是也飲此泉水故號鳳泉又南飛至終南之陰故渭南山下

亦有鳳泉又西南飛越山至于河池今所謂鳳州古河池郡是也不可窮鳳之始末且論置塔之根源故隋高美其地泉仍就置塔俯臨目極誠爲虚迥寺名久廢僧徒化往人物全希塔將頹壞余往覲焉榛叢彌滿雖無黍離之實深切黍離之悲今平原上塔俗諺爲阿育王寺鄉曰柳泉取其北山之舊號耳周魏川前寺名育王僧徒五百及周滅法廟宇外級唯有兩堂獨存隋朝置之名成實寺大業五年僧不滿五十人者廢之此寺從廢入京師寶昌寺其塔故地仍爲寺莊唐運伊始義寧二年寶昌寺僧普賢慨寺被廢芟諸草莽具狀上請于時特蒙大丞相見識昔曾經往覽表欣然仍述本由可名法門寺自爾至今武德二年薛舉稱兵將事南及太宗率師薄伐初度八十僧未有住寺寶昌寺僧惠素掃洒鳳泉以僧未配遂奏請住法門蒙勑依奏便總住焉年歲既久殂落略盡寺在孤城之中問其本起乃云大業末年四方賊起諸鄉在平原之上無以自安乃共築此城以防外冦唐初雜住未得出居延火焚之一切都盡二堂餘燼燋黒尚存貞觀五年岐州刺史張亮素有信向來寺禮拜但見古基曾無上覆奏勑望雲宮殿以蓋塔基下詔許之因搆塔上尊嚴相顯古老傳云此塔一閉經三十年一示人令生善亮聞之以貞觀年中請開剖出舍利以示人恐因聚衆不敢開塔有勑並許遂依開發深一丈餘獲二古碑並周魏之所樹也文不足觀故不載録光相照燭同諸舍利既出舍利通現道俗無數千人一時

同觀有一盲人積年目冥急努眼直視忽然明淨京邑內外崩騰同赴屯聚塔所日有數千舍利高出衆人同見於方骨上見者不同或見如玉白光映徹或見緑色或不見者問衆人曰舍利何在時有一人以不見故感激懊惱搥胷而哭衆人愍之弔問曰汝是宿作努力懺悔何用搥胷此人見他燒指行供養者即以麻纏拇指燒之繞塔而走火盛心急來舍利所欻然得見歡喜踊躍跳擲不覺指痛火滅心歇還復不見顯慶四年九月內僧智琮弘靜見追入內語及育王塔事年歲久遠須假弘護上曰豈非童子施土之育王耶若近有之則八萬四千之一塔矣琮曰未詳虛實古老傳云名育王寺言不應虛又傳云三十年一度出前貞觀初已曾出現大有感應今期已滿請更出之上曰能得舍利深是善因可前至塔所七日行道祈請有瑞乃可開發即給錢五千絹五十疋以充供養琮與給使王長信等十月五日從京旦發六日逼夜方到琮即入塔內專精苦到行道久之未有光現至十日三更乃臂上安炭就而燒香懍勵專注曾無異想忽聞塔內像下震裂之聲往觀乃見瑞光流溢霏霏上涌塔內三像足各各放光赤白緑色纏繞而上至於衡桷合成帳蓋琮大喜踊將欲召僧乃覩塔內充塞僧徒合掌而立謂是同寺須臾既久光蓋漸歇冉冉而下去地三尺不見群僧方知聖隱即召來使同覩瑞相既至像所餘光薄地流輝布滿赫奕潤滂百千種光若有旋轉久方沒盡及旦看之獲舍利一枚殊大於粒光

明鮮潔更細尋視又獲七枚總置盤内一枚獨轉繞餘舍利各放光明炫燿人目琮等以所感瑞具狀上聞勑使常侍王君德等送絹三千疋令造朕等身阿育王像餘者修補故塔仍以像在塔可即開發出佛舍利以開福慧僧以舊材多雜朽故遂總換以栢編石爲基莊嚴輪奐製置殊麗又下勑僧智琮弘靜鴻臚給名住會昌寺初開塔日二十餘人同共下鑿及獲舍利諸人並見唯一不見其人懊惱自拔頭髮苦心邀請哀哭號叫聲駭人畜徒自咎責終不可見乃置舍利於掌雖覺其重不見如初由是諸來謁者恐不見骨不敢見其光瑞寺東去龍坊人勑使未至前數日望寺塔上有赤色光周照遠近或見如虹直上至天或見光照寺城丹赤如晝旦具以聞寺僧歎訝曰舍利不久應開此瑞如貞觀不異其舍利形狀如小指初骨長寸二分内孔正方外楞亦爾下平上圓内外光淨余内小指於孔中恰受便得勝戴以示大衆至於光相變現不可常准于時京邑内外道俗連接二百里間往來相慶皆稱佛德一代光華京師大慈恩寺僧慧滿在塔行道忽見綺井覆海下一雙眼睛光明殊大通召道俗同視亦然皆懾然喪膽更不敢重視顯慶五年春三月下勑取舍利往東都入内供養時周又獻佛頂骨至京師人或見者高五寸闊四寸許黄紫色將往東都駕所時又追京師僧七人往東都入内行道勑以舍利及頂骨出示行道僧曰此佛真身僧等可頂戴供養經一宿還收入内皇后捨所寢衣帳直絹一千疋

爲舍利造金棺銀槨數有九重雕鏤窮奇以龍朔二年送還本塔至二月十五日奉勑令僧智琮弘靜京師諸僧與塔寺僧及官人等無數千人共藏舍利于石室掩之三十年後非余所知後有開瑞可續而廣也

岐州岐山縣華陽鄉王莊村馮玄嗣者先來麤獷殊不信向母兄承舍利從東都來將欲藏掩嗣不許往母兄不用其語至舍利所禮拜訖還家玄嗣怒曰此有何功德若舍利有功德家中佛像亦有功德即取像燒之有何靈驗母兄救之已燒下半玄嗣即時忽倒後醒曰忽到一處似是地獄大鳥飛來啄睛啜肉入大火坑燒烙困苦以手摩面眉鬚墮落目看天地全無精光親屬傍看曰汝自造罪無可代者玄嗣神識不與人對但曰火燒我心東西馳走又被打之拍胲摧慟號哭又稱懺悔懺悔而晝夜唯走不曾得住至二月十三日親屬將至塔所于時京邑大德行虔法師等百餘僧爲衆說法裴尚宮比丘尼等數百俗士五六千人咸見玄嗣五體投地對舍利前號哭懺悔不信之罪又懺犯尼淨行打罵衆僧盜食僧果自懺已後眠夢稍安云其佛頂骨國用珍寶贖之計寶約估評絹直四千疋遂依其數以蕃綵酬之頂骨今仍在內

周瓜州城東古塔緣第六

瓜州城東古基者乃周朝阿育王寺也廢教已後隋雖興法更不置寺今爲寺莊塔有舍覆東西廊廡周迴牆帀時現光相士俗敬重每道俗宿齋集會興福官私上下乞願有應云云

周沙州城内大乘寺塔緣第七
沙州城内廢大乘寺塔者周朝古寺見有塔基相傳云是育王本塔纔有災禍多來求救云云

周洛州故都西塔緣第八
洛州故都塔者在城西一里故白馬寺南一里許右基俗傳爲阿育王舍利塔疑即迦葉摩騰所將來者降邪通正故立塔表以傳真云云

周涼州姑臧縣塔緣第九
涼州姑臧塔者依檢諸傳咸云姑臧有育王塔然姑臧郡名今以爲縣屬州漢書河西四郡則張掖姑臧酒泉燉煌也然塔未詳

周甘州删丹縣塔緣第十
甘州删丹塔者今名爲縣在甘州東一百二十里縣城東弱水北大道側土塠者俗傳是阿育王塔但有古基荒廢極久斯即疑爲姑臧塔也

周晉州霍山南塔緣第十一
晉州北霍山南原大塠塔者遠近道俗咸稱是育王塔余曾遊焉地居爽塏南望迴敞亦是古基村落希遠

齊代州城東古塔緣第十二
代州城東古塔俗云阿育王寺考北朔鴈門周時北狄地也故詩云北逐玁狁至于太原然朔方馬邑古城大冢往往非一此非北狄所有明知本是夏人爲狄所侵故至太原也

隋益州福感寺塔緣第十三
益州郭下福感寺塔者在州郭下城西本名大石相傳云是鬼神奉育王教西山取大石

爲塔基舍利在其中故名大石也隋蜀王秀作鎮井絡聞之令人掘鑿全是一石尋縫至泉不見其際風雨暴至人有於石傍斵𨫼取一片將出乃是黳玉問於識寶商者云此眞黳玉世中希有隋初有詵律師見此古迹於上起九級木浮圖今見在益州旱澇年官人祈雨必於此塔祈雨有應特有感徵故又名福感余嘗至焉誠如所述近有人盜鈴將下三級有神擘櫨斗起以賊胜内中其人被壓唱呼寺僧爲射斗起方得脱出永徽元年有王顏子者剽掠有名夜上相輪取博山將下至底級兩柱忽夾之求出不得漸漸急困見一梵僧曰可大唱賊不爾死矣即唱數聲寺僧聞救方得拔出貞觀年初地大震動此塔揺颺將欲摧倒于時郭下無數人來忽見四神形如塔量各以背抵塔之四面乍倚乍傾卒以免倒有一人極豪侈多産業見前露盤由來小短不稱塔形乃捨金三百兩共諸信者更造露盤旣成拆下至覆盆香氣㶿焞如雲騰涌流芳城邑十日乃歇

隋益州晉源縣塔緣第十四雒縣塔附

益州晉源塔者在州西南一百餘里今號爲等衆寺本名大石基本緣略亦同前尋諸古塔其相不同豈非當部鬼神情有所樂案蜀三塔同一石蓋餘不定准益州北百里雒縣塔者在縣城北郭下寶興寺中本名大石基相同前隋初有天竺僧曇摩掘叉遠至東夏禮育王塔承蜀三塔又往禮拜至雒縣大石寺塔所敬事已訖欲往成都宿兩女驛將旦聞左右行動聲又曰是何人耶妄相恐動空

中應曰有十二神王從本國來所在擁護明日當見成都塔今欲西還與師別耳又曰既能遠送何不現形神即現形又爲人善畫便一皃之既徧形隱及至成都禮大石塔訖詵律師乃依圖刻木爲十二神像莊飾在於塔下今見在云

益州郭下法成寺沙門道卓有名僧也大業初雒縣寺塔無人修葺纔有下基卓乃率化四部造木浮圖莊飾備矣塔爲龍護居在西南角井中時有相現側有三池莫知深淺三龍居之人莫敢臨視貞觀十三年三龍大鬪雷霆震擊水火交飛久之乃靜塔如本住人皆拾取龍毛長三尺許黄赤可愛

隋鄭州超化寺塔緣第十五

鄭州超化寺塔者在州西南百餘里密縣界在縣東南十五里東大川西嵩嶽南歸山北又川寺院東西五六十步南北亦爾塔在東南角其北連寺方十五步許其寺塔基在淖泥之上西面有五六泉南面亦有皆孔方三尺騰涌沸出流溢成川灌溉遠近泉上皆下安栢柱鋪在泥水上以炭沙石灰次而重填最上以大方石可如八尺牀編次鋪之四面細腰長一尺五寸深五寸生鐵錮之近有人試發一石下有石灰乃至栢團便抽出一團長三丈徑四尺見在自非輪王表塔神功所爲何能辦此基搆終古不見其儔也今於上架塔三重塔南大泉涌沸鼓怒絕無水聲豈非神化所致也有幽州僧道嚴者姓李氏形極奇偉本入隋煬帝四道場從俗服今年一百五歲獨住深山每年七日來此塔上盡力

供養莊嚴怪其泉流涌注無極乃遣善水崑崙入泉討之但見石柱羅列不測其際中有寶塔可高三尺獨立空中四面水圍凝然而住竟不至塔所考其源始莫測其由時俗所傳育王所立隋祖已來寺塔見在寺南歸山寺西嵩山寺在川中地極汙下每年二山大水常東流注繞寺北轉方始東逝水漲寺高水減寺下自古至今終不遭溺泉初出孔文如蓮華下打礰磑浪極恬靜水中沙石渌色鮮明國家見寺衝要欲造離宮尋行有塔將欲南徙其基牢固遂休近有僧於南夜坐望見比塔光明殊異矣

隋懷州妙樂寺塔緣第十六

懷州妙樂寺塔者在州東武陟縣西七里妙樂寺中見有五級白浮圖塔方可十五步並是側石編砌石長五尺闊三寸以下鱗次葺之極細密道俗目見咸驚訝其鬼作其下不測其底古老相傳塔從地涌下有大水莫委眞虛有刺史疑僧濫飾乃使人傍掘其下至泉源猶不盡其基際

隋并州淨明寺塔緣第十七

并州子城東淨明寺塔者本號育王是僧所住唐初已來僧散寺空尼請居之余往問塔全無蹤跡但有空名遂失其本

隋并州榆社縣塔緣第十八

并州大父榆社塔者今在縣郭下育王寺中見有僧住中有小塔古今相傳此是本塔亦未聞異相

隋魏州臨黃縣塔緣第十九

魏州臨黃塔者在縣西北三十里本名舍利

寺今爲尼住其塔見在三邊有水唯西開路基搆編石從水底上蓮華彌滿於三面其水澄深人皆怯入傳云舍利真塔在水内空中如鄭州者今改爲冀州大都督府

雜明神州山川藏寶等緣第二十

雜明神州山澤所藏珍異神寶如上所列育王子之諸塔沉隱未形其徒不一如後列之滄州長河界中塔稱育王名非虚立豈唯骨塔靈像亦爾吳宜涼三州俱山現像郊北屬山近復出佛愚俗謗爲虚誕故知謗者虚焉豈有人造妖訛山中藏三丈石佛特是謗者坎并焉知九海之天池哉齊州臨邑縣東有甎塔云是誌公所營四面石獸石獸迅殺可畏周滅法時令人百千挽出終不可脫亦勞有損今在彼云高麗遼東城傍塔者古老傳云往昔高麗聖王出見案行國界次至此城見五色雲覆地即往雲中有僧執錫住立既至便滅遠看還見傍有土塔三重上如覆釜不知是何更往覓僧唯有荒草掘深一丈得杖并履又掘得銘上有梵書侍臣識之云是佛塔王委曲問答曰漢國有之彼名蒲圖王因生信起木塔七重後佛法始至具知始末今更損高本塔朽壞斯則育王所統一閻浮洲處處立塔不足可怪倭國在此洲外大海中距會稽萬餘里有會承者隋時來此學諸子史統及術藝無事不閑武德之末猶在至貞觀五年方還本國會問彼國昧谷東隅佛法晩至未知已前育王及不會答文字不言無以承據驗其事迹則是所歸何者人開發土地往往得古塔露盤佛諸儀相故知素有

也益州城南空慧寺金藏者有穴在寺近有道士素知有藏來就守寺神乞神令入穴取二升金粟依言即入唯見地下金甕行行相對莫測其邊寺僧通知無敢侵者雍州渭南縣南山倒豺谷崖有懸石文狀倒豺因以名焉谷有巖像於佛面亦號像谷古老傳云昔有梵僧來云我聞此谷有像面山七佛龕昔七佛曾來此谷說法澗內有瞻蔔華常所供養近永徽中南山龍池寺沙門智積聞之往尋至谷聞香莫知何所深訝香從澗內沙出即撥沙看形似茅根裹甲沙土然極芬馥就水抖發洗之一澗皆香將返龍池佛堂中堂皆香極深美山下俗人時見此山或如佛塔或全如佛面挺出空際故像顏之號非是虛立像去嘉美谷甚近即姚秦時王嘉所住者也坊州玉華宮寺南二十里許大高嶺俗號檀鉢山上有古塔基甚宏壯面方四十三尺上有一層甎塔四面開戶石門高七尺餘廣五尺餘傍有破甎無數古老傳云昔周文王於此遊獵見有沙門執錫持鉢山頭立住喚下不來王遣往捉將至不見遠看仍在勑乃掘所立處深三丈獲鉢及杖而已王重之為起甎塔一十三級左近村墟常聞鐘聲龍朔元年京師大慈恩寺沙門惠貴聞之便往又聞鐘聲慷慨古迹將事修理恨無泉貝懷惑猶豫貴又感祥雲護塔善神曰可即經始不勞疑慮又感異僧曰我是南方淨土菩薩行化至此塔自古至今已經四造勿辭勞倦功用必成唯須牢作不事華侈三層便止貴聞此告親事經營塔側古窰三十餘所猶有熱

甎填滿更尋塔南川中乃是古寺背山面水一期幽棲之勝地也自未修前鐘聲時至即令營構依時發聲三下長打如今僧事龍朔三年掘得古銘云周保定年塔崩塔初成時南望見渭又云置塔經四百餘年崩計周保定至開皇元年得二十年開皇至今龍朔初得八十一年又計銘記四百年後始崩則塔是後漢時所造後周無道文者前周大逸未知古老所傳周文是何帝代但知塔甎巨萬終非下俗所立耳

江州廬山有三石梁長數十丈廣不及尺下望無底晉咸康年中庾亮爲江州登山過梁見老公殊偉夏屋崇峻玉堂眩目靈塔高竦莫測是何修葺久之終非人宅乃拜謝而返

唐貞觀二十一年荊州大興國寺塔西南柱無故有聲人往看之乃見金銅佛頭出如是日日漸出經三夕方盡長六尺許是立佛道俗咸異之唐初相州大慈寺塔被焚余至彼問焚所由僧云大業末歲群盜互陳寺三爵臺西葛屨山上四嚮來投築城固守人物擁聚尺地不空塔之上下重復皆滿於中穢汙不可見聞及賊平人出糞穢狼藉寺僧無力可用屏除忽然火起焚蕩都盡唯東南角太子思惟像殿得存可謂火淨以除其臭穢也此塔即隋高祖手勅所置初以隋運創臨天下未附吳國公蔚迴周之柱臣鎭守河北作牧舊都聞楊氏御圖心所未允即日聚結舉兵抗詔官軍一臨大陣摧收擁俘虜將百萬人總集寺北遊豫園中明旦斬決園牆有孔出者縱之至曉便斷猶有六十萬人並於漳

河岸斬之流尸水中水爲不流血河一月夜夜鬼哭哀愍切人以事聞帝帝曰此段一誅深有枉濫賊止蔚迴餘並被驅當時惻隱咸知此事國初機候不獲縱之可於遊豫園南葛屨山上立大慈寺拆三爵臺以營之六時禮佛加一拜爲園中枉死者寺成僧住依勅禮唱愍哭之聲一期頓絶矣

震旦神州佛舍利感通序

原夫大聖謀權通濟爲本容光或隨緣隱遺景有可承眞故將事拘尸從於俗化入金剛定碎此全軀欲使福被天人功流海陸至於牙齒髮爪之屬頂蓋目睛之流衣鉢瓶杖之具坐處足蹈之迹備滿中天罕被東夏而齒牙髮骨時聞視聽昔育王土中之塔略顯於前而偏感應之形隨機又出自漢洎唐無時不有旣稱靈骨不可以事求任緣而舉止得以敬及通信之士舉神光而應心懷疑之夫假琢磨而發念所以討尋往傳及以現祥故依纉序庶有披者識釋門之骨梗萬載之後難可塵没矣

漢法本内傳云明帝旣弘佛法立寺度僧五嶽觀諸道士等請求角試以燒經神變爲驗及經從火化隱沒莫陳費才自感於衆前張衍啓悟於時俗于時西域所將舍利光明五色直上空中旋環如蓋映蔽日光摩騰羅漢踊身高飛神化自在天雨寶華散佛僧上又聞天樂繁會人感信心焉魏明帝洛城中本有三寺其一在宮之西每繫旛刹頭輒斥見宮内帝患之將毀除壞時外國沙門居寺乃齋金盤水以貯舍利五色光明騰焰不息帝

歎曰非夫神効安得爾乎乃於道東造周閭百間名爲官佛圖精舍云

吳孫權赤烏四年沙門康僧會創達江表設像行道吳人以爲妖異以狀聞之權召會問佛何靈會曰佛晦靈迹遺骨舍利應現無方權曰何在會曰神迹感通祈求可獲權曰若得舍利當爲興寺經三七日遂獲瓶中旦呈於權光照宮殿權執瓶寫于銅盤舍利下衝盤即破碎權大驚嗟希有瑞也會進曰佛之靈骨金剛不朽劫火不燋權乃使力者擊之鎚砧俱陷舍利不損光明四射耀晃人目又以火燒乃騰光上涌作大蓮華權大發信乃爲立建初寺改所住地名佛陀里

孫皓虐政將欲除屏佛法燔經夷塔有諫皓曰且少寬假信無神驗誅除不晚皓從之召會曰若能驗現於目前助君興之如其不能將道廢而人戮會曰道以緣應感而必通如蒙寬假庶降神効皓與期三日僧衆百餘同集會寺皓陳兵圍寺刀鎗齊至尅期就戮或懼無靈先自縊者會謂衆曰佛留舍利止在今時前已有驗今豈欺我恰期便獲乃進於皓曰此如來金剛之骨責獲擊以百鈞之杵終莫毀也皓曰金石可磨枯骨豈在沙門面欺祇速死耳乃置之鐵砧以金鎚擊之金鐵並碎而舍利如故又以清水行之舍利揚光散彩洞燭一殿皓乃欣服華心膺化

晉初竺長舒先有舍利重之其子爲沙門名法欸每欲還俗歎曰是沙石耳何足可貴父投之水五色三帀光高數尺遂不還俗長舒死後還發俗念輒病委頓卒爲沙門以舍利

安江夏塔中

晉大興中於潛董汪信尚木像夜有光明後像側有聲投地視乃舍利水中浮沉五色晃昱左右行三帀後沙門法恒看之遥起四五投恒懷中恒曰若使恒興立寺宇更見感神又耀于前於即恒建寺塔於潛入法者日以十數焉

晉大興中北人流播廣陵日有千數有將舍利者建立小寺立刹舍利放光至于刹杪遂感動遠近信心云

晉咸和中北僧安法開至餘杭欲建立寺無地欠財手索錢貫貨之積年得錢三萬帀地作屋常以索貫爲資欲立刹無舍利有羅幼者先自有之開求不許及開至寺禮佛見幼舍利囊已在座前即告幼幼隨來見之喜悅與開共立寺宇於餘杭云

晉咸康中建安太守孟景欲建刹孟於夕聞牀頭鏘然視得舍利三枚景立刹時元嘉十六年六月舍利放光通照上下七夕乃止一切咸見

晉義熙元年有林邑人嘗有一舍利每齋日放光沙門慧邃隨廣州刺史刁逵在南敬其光相欲請之未及發言而舍利自分爲二逵聞心悅又請留敬而又分爲三逵欲模長干像寺主固執不許夜夢人長數丈告曰像貴宣導何故悋耶明報聽模既成逵以舍利著像髮中西來諸像放光者多懷舍利故也

宋元嘉六年賈道子行荆上明見芙蓉方發聊取還家聞華有聲怪尋之得一舍利白如真珠焰照梁棟敬之擎以箱盛懸于屋壁家

人每見佛僧外來解所被躍坐案上有人寄宿不知汙慢之乃夢人告曰此有釋迦眞身衆聖來敬爾何行惡死墮地獄出爲尼婢何得不怖其人大懼無幾癩死舍利屋地生荷八枚六旬乃枯歲餘失之不知所去

宋元嘉八年會稽安千載者家世奉佛夜有扣門者出見十餘人著赤衣運材積門内云官使作佛圖忽無所見明至他家齋食上得一舍利紫金色鎚打不碎以水行之光明照發便自舉敬常有異香後出欲禮忽而失之尋覓備至半日還得臨川王鎮江陵迎而行之雜光間出佐吏沙門咸見不同王捧水器呪曰(詞多如別辯之)呪訖輒應聲光出夜見百餘人繞舍利屋燒香持華如狀及明人及舍利俱失矣

宋元嘉九年潯陽張須元家設八關齋道俗數十人見像前華上似冰雪視得舍利數十便以水行之光焰相屬後遂失之數十日開厨更視獲牙奩中有白氎裹舍利十枚光焰燭天諸處咸來請之

宋元嘉十五年南郡凝之隱衡山徵不出奉五斗米道不信佛法夢見人去地數丈曰汝疑方解覺及悟旦夕勤至半年禮佛忽見額下有紫光揣光處得舍利二枚剖擊不損水行光出後於食時口中隱齒吐出有光妻息又獲一枚合有五枚後又失之尋爾又得

宋元嘉十九年高平徐椿讀經及食得二舍利盛銀瓶中後看漸增乃至二十後寄廣陵令馥私開之空覓椿在都忽自得之後退轉皆失舍利應現值者甚多皆敬而得之慢而

失也舍利東流綿歷帝代傳記所及略陳萬一由事相重沓屢現非奇佛現棲隱誠其致也然有國興塔無勝有隋一化之中百有餘所神瑞開發陳諸别傳今略出之以顯盛德云爾

隋高祖昔在龍潛有神尼智仙無何而至曰佛法將滅一切神明今已西去兒當爲普天慈父重興佛法神明還來後周氏果滅佛法及隋受命常以爲言又昔有婆羅門僧詣宅出一裹舍利曰檀越好心故留供養尋爾不知所在帝曰我與由佛故於天下立塔并置神尼像焉又於京師法界寺造連基浮圖下安舍利開皇十五年秋夜神光自基上繞露盤赫若冶焰一旬内四如之帝於仁壽宫仁壽元年六月十三日御宫之仁壽殿降生日也帝於此日追惟永往報父母恩延諸沙門與論至道欲於海内清靜處三十所建塔下詔曰仰惟正覺大慈大悲救護群生津梁庶品朕歸依三寶重興聖教思與四海共修福業今使現在未來俱爲利益宜請沙門三十人解法相堪宣導者各將侍者散官分道送舍利於諸州起塔盡州現僧爲朕及皇后太子諸王宫人民庶幽顯生靈七日行道懺悔打刹布施限以十文以供塔用不充役丁用正庫物其刺史以下常務停七日專知塔事同至十月十五日正午入函一時起塔帝以起塔之旦在京大興殿西執珽而立延佛像沙門三百六十人上殿左右密數三度常膳一人帝見異僧披褐色覆膊語左右曰勿驚置之及行道散不復見帝曰今佛法重興立

舍利塔必有感應果如言
雍州仙遊寺立塔天降陰雪舍利將下日光
朗照及入函雲合
岐州鳳泉寺立塔感文石如玉爲函又現雙
樹鳥獸等基石變如水精
涇州大興國寺立塔三處各送舊石非界所
有合用爲函恰然相可
秦州静念寺立塔定基已瑞雲再覆雪下草
木開華入函光照聲贊
華州思覺寺立塔初陰雪將下日照五色氣
光數丈覆塔上屬天雨四華
同州大興國寺立塔值雨無塵入函日出光
繞於日十二月内夜光照五十里
蒲州棲巖寺立塔地震山吼鐘鼓聲又放光
五道二百里皆見
并州無量壽寺立塔初晝昏雲至乃日照將
入函放光明天神無量
定州恒嶽寺立塔異公來施布負土忽失之
舊無水忽有水來前後非一
相州大慈寺立塔陰雪將下日出入函復合
後雨天華前後非一
鄭州定覺寺立塔感光如流星入寺設二千
人供萬餘人食不盡
嵩州閑居寺立塔感兎來輿所初陰雪將下
日明入函訖雲復合
亳州開寂寺立塔界内無石别處三石合而
成函基至磐石有二浪井夾之
汝州興世寺立塔初雲將下日出入函雲合
泰州岱嶽寺立塔廟夜鼓聲三重門自開騎
自廟出迎光相非一

青州勝福寺起塔掘基遇自然磐石函將入有光明
牟州巨神山寺立塔獲紫芝二陰雲將下日開閉訖還合
隋州智門寺立塔掘基得神龜甘露降黒蜂繞龜有似符文
襄州大興國寺立塔初天陰將下日明入函雲合
揚州西寺立塔久旱舍利入境夜雨大洽
蔣州棲霞寺立塔隣人先夢佛從西北來入寺舍利至恰如所夢
吳州大禹寺立塔舍利凡度五江風波皆不起又放光獲紫芝
蘇州虎丘山西寺立塔掘基得舍利一空樂聞人井吼二日舍利方至

衡州衡嶽寺立塔四遇逆風四乞順水峯上白雲闊二丈直至其所三帀乃散
桂州緣化寺立塔未至十里鳥有千許夾與行飛入城乃散
番州靈鷲寺立塔坑内有神仙雲氣像
交州禪衆寺起塔
益州法聚寺立塔初晦冥將下日朗奄巳便暗
廓州法講寺立塔初行郊西爾夜廓州光高數又從東來入地内外皆見
瓜州崇教寺起塔洧州官人王威送流人九十道逢舍利放之爲期其囚被放十里一期無一逃者
隋州人於湞水作魚獄三百既見舍利悉決放餘州亦多放矣王公百官以舍利應感非

一拜表奉賀時有詔曰門下仰惟正覺覆護
群生朕所以至心迴向恩崇勝業普及幽顯
共爲善因故分布舍利營建神塔而大聖垂
慈頻示光相宮殿之内舍利降靈莫測來由
得未曾有斯實群生多幸延此嘉福豈朕微
誠所能致感覧表悚敬彌深今眞形舍利猶
有可依前式分送海内五十三州庶三塗六
道俱免蓋纏禀識含靈同登妙果
仁壽三年正月復分布舍利五十三州至四
月八日同午時下其州如左
恒州無雲雨天華徧城寺如此者　泉州　循州　營州三放白光出
古石解作函　洪州白項鳥引路　杭州掘基自然石窟
恰容石函　涼州　德州癖行大鳥旋塔　滄州　觀州塔上五色雲
現午至暮　瀛州基内紫光　冀州患盲覽者即愈
幽州函如水鏡放光衆像　徐州函出仙人僧等相　莒州三現

光基得古塔癡者言　齊州　萊州　楚州野鹿來聽鶴翔塔上
江州地出銅像　潭州舍利至江鳥即迎送　毛州天雨金銀
華　貝州　宋州井苦變甘放光天雨如雪　趙州放赤光有
佛像等相　濟州二放光香氣鐘音出空　兗州　壽州
信州　荊州雲蓋塔上雨華不下　黎州地下毛及千秋樂
慈州雲蓋如飛仙泉涌病愈　魏州　潞州泉自涌病者愈
汴州異香放光現像病愈　杞州放光　許州去州九十里放光照
見雲光覆塔甘井現　沇州　蘭州基下得石像又得二銅像　梁
州　利州放光如日明　豫州五色光文字金色　顯州
曹州光變最多　安州感香一夕放光雲蓋魚集　鄧州函作
玉文現　秦州重得舍利　衛州光照於外　洺州僧先患腰
不得行聞舍利至起迎十里　晉州三度放光　懷州雄雉來馴附放
光異迹　陝州前後十一度現瑞　洛州香氣如風又放光明
鄭州放光旛日向

集神州塔寺三寶感通録卷第一

集神州塔寺三寶感通録卷第二

唐終南山釋道宣撰

第二靈像垂降凡五十緣

自法移東漢教漸南吳佛像靈祥充物區宇而群録互舉出没有殊至於瑞迹蓋無異也今依叙列而罕以代分何者或像陳晉代而曆表隋唐或陶化在人而迹從倚伏故不獲更編銓次依緣而辯集之

東漢雒陽畫釋迦像緣第一

案南齊王琰冥祥記云漢明帝夢見神人形垂二丈身黄金色項佩日光以問群臣或對曰西方有神其號曰佛形如陛下所夢得無是乎於是發使天竺寫致經像表之中夏自天子王侯咸敬事之聞人死精神不滅莫不懼然自失初使者蔡愔將西域沙門迦葉摩騰等齎優塡王畫釋迦倚像帝重之如夢所見也乃遣畫工圖之數本於南宫清涼臺及高陽門顯節壽陵上供養又於白馬寺壁畫千乘萬騎繞塔三帀之像如諸傳備載云

南吳建業金像從地出緣第二

吳時於建業後園平地獲金像一軀討其本緣即周初育王所造鎭於江府也何以知然自秦漢魏未有佛法江南達何得有像埋瘞于地皓得之素未有信不甚尊重置於圊廁令執屛籌至四月八日皓如廁戲曰今是八日浴佛時遂尿像頭上尋即通腫陰處尤劇痛楚號呼太史占曰犯大神所致便徧祀神祇卒無應効妓女中素有信佛者曰佛爲大神陛下前穢之今可請也皓信之伏枕歸依有頃便愈遂以馬車迎沙門僧會入宫以香

湯洗像慚謝重修功德送於建初寺云

西晉吳郡石像浮江緣第三

西晉愍帝建興元年吳郡吳縣松江滬瀆口漁者華卒遥見海中有二人現浮遊水上漁人疑爲海神延巫祝備牲牢以迎之風濤彌盛駭懼而返復有奉五斗米道黄老之徒曰斯天師也復共往接風浪如初有奉佛居士吳縣華里朱膺聞之歎曰將非大覺之垂降乎乃潔齋共東靈寺帛尼及信佛者數人至瀆口稽首迎之風波遂靜浮江二人隨潮入浦漸近漸明乃知石像將欲捧接人力未展聊試擎之飄然而起便舁還通玄寺看像背銘一名維衛二名迦葉莫測帝代而書迹分明舉高七尺施設法座欲安二像人雖數十而了不可動復重啓請翻然得起以事表聞朝廷士庶歸心者十室而九沙門釋法開來自西域稱經說東方有二石像及阿育王塔有供養禮覲者除積劫罪云又別傳出天竺沙門一十二人送像至郡像乃立水上不沒不行以狀奏聞下勅聽留吳郡（見僧傳及今旌異記）京邑咸陽長公主聞斯瑞迹故遣人往通玄寺圖之在京起模方欲顯相云

西晉泰山七國金像瑞緣第四

西晉泰山金輿谷朗公寺者昔中原值亂永嘉失馭有沙門釋僧朗者姓李冀人西遊東返與湛意兩僧俱入東嶽卜西北巖以爲終焉之地常有雲蔭士俗咸異其禎感聲振殊國端居卒業于時天下無主英雄負圖秦宋燕趙莫不致書崇敬割縣租稅以崇福焉故有高麗相國胡國女國吳國崑崙北代七國

所送金銅像朗供事盡禮每陳祥瑞令居一堂門牖常開焉鳥雀莫踐咸敬而異之其寺至今三百五十許歲寺塔基構如其本焉隋改爲神通道場今仍立寺云

東晉揚都金像出渚緣第五

東晉成帝咸和中丹陽尹高悝往還帝闕每見張侯橋浦内有異光現乃使吏尋之獲金像一西域古制光趺並缺悝下車載像至長干巷口牛不復行悝止御者任牛所往遂徑趣長干寺因安置之揚都翕然觀拜悟者甚衆像於中宵必放金光歲餘臨海縣漁人張係世於海上見銅蓮華趺丹光遊泛乃馳舟接取具送上臺帝令試安像足恰然符合久之有西域五僧振錫詣悝云昔遊天竺得阿育王像至鄴遭亂藏于河濱王路既通尋覓失所近感夢云吾出江東爲高悝所得在阿育王寺故遠來相投欲一禮拜悝引至寺五僧見像歔欷涕泣像爲之放光照于堂内及繞僧形僧云本有圓光今在何處亦尋當至五僧即住供養至咸安元年以於南海交州合浦採珠人董宗之每見海底有光浮於水上尋之得光以事上聞簡文帝勑施其像孔穴懸同光色無異凡四十餘年東西祥感光趺方具此像華臺有西域書諸來者多不識惟三藏法師求那跋摩曰此古梵書也是阿育王第四女所造時瓦官寺沙門慧邃欲求摹寫寺主僧尚恐損金色語邃曰若能令佛放光迴身西向者非余所及邃至誠祈請中宵聞有異聲開殿見像大放光明轉坐面西於是乃許模之傳寫數十軀所在流布至梁

武帝於光上加七樂天并二菩薩至陳永定二年王琳屯兵江浦將向金陵武帝命將泝流軍發之時像身動揺不能自安因以奏聞帝檢之有實俄而鋒刃未交琳衆解散單騎奔北遂上流大定故動容表之天嘉之中東南兵起帝於像前乞願兇徒屏退言訖光照階宇不久東陽閩越皆平沙門慧曉長干領袖行化所及事若風移乃建重閣故使藻繢窮奇登臨極目至德之始加造方趺自晉迄陳五代王臣莫不歸敬亢旱之時請像入宮乘以帝輦上加油覆僧爲雨調中途滂注常候不失有陳運否亟涉訛謡禎明二年像面自轉雖正還爾以狀上聞帝延入太極設齋行道其像先有七寶冠飾以珠玉可重三斤上加錦帽至曉寶冠挂于像手錦帽猶在頭上帝聞之燒香祝曰若國有不祥還脱寶冠用示徵咎乃以冠在首至明脱掛如昨君臣失色及隋滅陳舉國露首面縛西遷如所表焉隋高聞之勑送入京大内供養常躬立侍下勑曰朕年老不堪久立可令右司造坐像形相使同其本立像送大興善寺像既初達殿大不可當陽乃置北面及明乃處正陽雖衆異之還移北面至明還南如初衆咸愧謝輕略今見在圖寫殷矣余博採衆傳記合成此録有未廣者庶知非加飾焉云

東晉襄陽金像遊山緣第六

東晉孝武寧康三年四月八日襄陽檀溪寺沙門釋道安盛德昭彰擅聲宇内於郭西精舍鑄造丈六金銅無量壽佛明年季冬嚴飾成就晉鎮軍將軍雍州刺史郄恢之創莅襄

部贊擊福門其像夜出西遊方山遺示一跡
印文入石鄉邑道俗一時奔赴驚嗟迎接還
本供養復以其夕出住寺門衆咸駭異恢乃
改名金像寺至梁普通三年四月八日下勅
於建興苑鑄金銅華趺高五尺九寸廣九尺
八寸莊嚴既訖泝流送之以承像足立碑頌
德劉孝儀文蕭子雲書天下稱最碑見在逮
周武滅法建德三年甲午之歲太原公王康
爲襄州刺史副鎮將上開府長孫哲志不信
法聞有靈感先欲毀除邑中士女被髮僧尼
聞欲除滅哀號盈路哲見道俗歎惜瞋怒彌
盛驅逐侍從速令摧碎先令一百人以繩繫
頸挽牽不動哲謂不用心杖監事者加一百
牽之如初又加三百不動如故哲怒逾壯又
加五百牽引方倒聲振地動人皆悚慄哲獨

喜勇即令融毀揚聲自快便馳馬欲報刺史
纔可百步塌然落地失瘖直視四肢不舉至
夜便死道俗唱快當毀像時於腋下倒垂衣
内銘云晉太元十九年歲次甲午月朔日次
比丘道安於襄陽西郭造丈六金像一軀此
像更三周甲午百八十年當滅後計年月與
廢悉符同焉信知印手聖人誠無虚記云今
本所住名啓法寺所履之石人鑿取之今見
在焉初隋末分崩方隅守固襄陽留守寶盧
褒權據一部屬王世充有啓法寺憲法師者
爲士俗所重數諫竇君令投唐國竇不從憲
與士俗内外通俠京輔遂發兵至襄陽竇固
守三度兵至屠城不陷後知憲情遂殺之憲
臨終語弟子蘇富妻曰我與汝父見毀安師
金像自爾已來遺迹不嗣我死後可依造之

及武德四年官軍圍急賓降方恨不取憲計枉殺何酷斯即於國有功無人申者城平富婁便捨俗服憲有衣資什物並婁鳩捨乃有心擬造像不知何模樣遂夢見婆羅門像指畫其相并訪古老亦有畫圖即依模鑄一冶便成無有缺少當鑄像時天陰雲布雨華如李徧一寺內富婁性巧財用自富又於家內造金銅彌勒像高丈餘後又夢憲令其更造佛像乃於梵雲寺造大像高五十九尺事如別顯昔隋初秦孝王俊曾鎮襄部聞安師古像形製甚異乃遣人圖之於長安近興寺造之初鑄之夕亦感天樂天華等相今見在寺云

東晉荊州金像遠降緣第七

東晉穆帝永和六年歲次丁未依勘長曆乃三年也二月八日夜有像現于荊州城北長七尺五寸舍光趺高一丈一尺皆莫測其所從也初永和五年廣州商客下載欲竟恨船輕中夜覺有人來奔船驚共尋視了無所見而船載自重不可更加雖駭其異而不測也引邁利涉恒先諸船不久遂達渚宮纔泊水次夜復覺人自船登岸其載還輕及像現也方知其非時大司馬桓溫鎮牧西陝躬事頂拜傾動邦邑諸寺僧衆咸競迎引鏗然不動有長沙太守江陵滕畯（一云滕合）以永和二年捨宅爲寺額表郡名承道安法師襄川綜領請一監護安謂弟子曇翼曰荊楚士庶始欲信法成其美者非爾誰歟爾其行矣翼負錫南征締搆一載僧宇雖就而像設弗施每歎曰育王寺像隨緣流布但至誠不極何憂不垂

降乎及聞荆城像至欣感交懷曰斯像余之本誓也必歸我長沙固可以心期難可以力致衆咸僉曰必如所言驗之非遠翼燒香禮拜請令弟子三人捧之飄然輕舉遂安本寺道俗慶悦至晉簡文咸安二年加鑄華趺晉孝武帝太元中殷仲堪爲刺史像於中夜出寺西門邏者謂人問而不答以刀擊之鏗然視乃像也刀擊胷處文現於外有罽賓僧伽難陀禪師者多識博觀從蜀來荆入寺禮像歎咽久之翼問其故答曰近天竺失之如何遠降此土便勘年月悉符同焉看像光背有梵文曰阿育王造也時聞此銘更倍欽重曇翼興念致應之驗也及病將臨像光忽逝翼曰佛示此相病必不損光往他方復爲佛事旬日而終後僧擬光更鑄今者宋孝武時像大放光江東佛法一期甚盛也宋明帝太始末像輒垂淚明帝尋崩嗣主狂勃便有宋齊革運荆州刺史沈攸之初不信法沙汰僧尼長沙一寺千有餘僧應還俗者將數百人舉衆惶駭長幼悲泣像爲流汗五日不止有聞於沈沈召寺大德玄暢法師訪問所以暢曰聖不云遠無幽不徹去來今佛相念得無令佛念諸佛乎欲請檀越除不信之心故有斯應問出何經答云無量壽經攸之取經尋之殊悦即停沙汰齊永元二年鎮軍蕭穎胄與梁高共荆州刺史南康王寶融起義時像行出殿外將欲下階兩僧見而驚喚乃迴入殿三年穎胄暴亡寶融亦廢而慶歸高祖梁天監末寺主道嶽與一白衣淨塔邊草次開塔戶乃見像繞龕行道嶽密禮拜不令泄言及

大開堂像亦在座梁鄱陽王爲荆州屢請入城建大功德及病迎之倍揑不起少日而薨高祖昔在荆陜宿著懇誠屢遣上迎終無以致中大通四年三月遣白馬寺僧璡主書何思遠齎香華供養具申丹欵夜即放光似隨使往明旦承接還復留礙重謁請祈方申從往四衆戀慕送至江津至二十三日届于金陵去都十八里帝躬步迎竟路放光相續無絶道俗欣慶歎未曾有在殿三日竭誠供養（一云停中興寺）設無遮大齋二十七日從大通門出入同泰寺其夜像大放光勑於同泰寺大殿東北起殿三間兩廈施七寶帳座以安瑞像又造金銅菩薩二軀斵山穿池奇樹怪石飛橋欄檻夾殿兩階又施銅鑊一雙各容三十斛三面重閣宛轉玲瓏中大同二年三月帝幸同泰設會開講歷諸殿禮黄昏始到瑞像殿帝纔登階像大放光照竹樹山水並作金色遂半夜不休及同泰被焚堂房並盡唯像所居殿存焉太清二年像大流汗其年十一月侯景亂階大寶三年賊平長沙寺僧法敬等迎像還江陵復止本寺後梁大定七年像又流汗明年二月中宗帝崩天保三年長沙寺延火所及合寺洞然煙焰四合欲救瑞像無方轉移此像由來舉必百人爾日六人便起天保十五年明帝迎像入內禮懺冥感二十三年帝崩嗣主蕭琮移像於仁壽宮又大流汗廣運二年而梁國亡滅開皇七年長沙寺僧法藉等復迎還寺開皇十五年黔州刺史田宗顯至寺禮拜像即放光公發心造正北大殿一十三間東西夾殿九間初運材木

在荆上流五千餘里斫材運之至江散放其木流至荆州自然泊岸雖風波鼓扇終不遠去遂引上營之柱徑二尺下礎闊八尺斯亦終古無以加也時大殿以沉香貼徧中安十三寶帳並以金寶莊嚴乃至榱桁藻栱無非寶華間列其東西二殿瑞像所居並用檀貼中有寶帳華距並用眞金所成窮極宏麗天下第一大業十二年瑞像數汗其年朱粲破掠諸州來至荆門營于寺內大殿高臨城北賊上殿上射城中留守患之夜以火箭燒之城中道俗悲悼瑞像滅矣其夜不覺像踰城而入至寶光寺門外立旦見像存合城欣悅賊散後看像故處一不被燒灰炭不及今續立殿不如前者僞梁蕭銑鳳鳴五年僞宋王楊道生等至寺禮拜像大流汗身首雨流竟日不息其年九月大唐兵馬從蜀江下其月二十日寺僧法通以唐運將統希求一瑞繞像行道其夜放光明滿堂至二十五日光彩漸滅其日趙郡王兵馬入城斯亦慶幸大同故流光爲其善瑞也至於九陽之月宰牧致誠無不感應貞觀六年六月大旱都督應國公武彠迎像建齋行道七日官僚上下立於像前一心觀佛良久雲氣四布甘雨滂流其年遂登都督乃捨黃金更鍍瑞像輦輿旛華莊嚴衆具備矣今見在江陵長沙寺又有外國銅像高七尺許古異不甚重云道安在石城長安所送令弟子於髻中得一舍利有光失之云

東晉吳興金像出水緣第八

東晉周玘字宣佩義興陽羨人晉平西將軍

處之第二子也位至吳興太守家世奉佛其女尤甚精到家僮捕魚忽見金光溢川映流而上當即下網得一金像高三尺許形相嚴明浮水而住牽排不動馳往白玘玘以告女乃以人船送女往迎遥見喜心禮而手挽即得上船在家供養女夕夢佛左膝痛覺看膝果有穿處便截金釵以補之玘後以女適吳郡張澄將像自隨言歸張氏後病卒乃見女在城牆上姿飾逾於平日内外咸覩俄而紫雲下迎遂上升空極目乃没澄曾孫事接戎旅平討孫恩之亂久廢齋戒不覺失像而光尚在舉家懺悔祈求備至有一老姥齎詣賣之索價極少識是前像方欲雇直失姥所在此像遂亡光在張家云

東晉會稽木像香瑞縁第九

東晉會稽山陰雲寶寺木像者徵士譙國戴逵所製逵以中古製像略皆朴質其於開敬不足動心素有潔信又甚巧思方欲改斵威容庶參眞極注慮累年乃得成遂東夏製像之妙未之有如上之像也致使道俗瞻仰忽若親遇高平郄嘉賓撮香呪曰若使有常將復覩聖顔如其無常願會彌勒之前所拈之香於手自然芳煙直上極目雲際餘芳徘徊馨盈一村于時道俗莫不感厲像今在越州嘉祥寺云

東晉吳郡金像傳眞縁第十

東晉元嘉二年沙門支慧護於吳都紹靈寺建釋迦文丈六金像於寺南傍高鑿宂以啓鎔鑄既成將移夜中空内清明有華六出白色鮮發四面翻灑未及於地自斂而上歸及

曉曰雲若煙出所鑄宂雲中白龍見長數十丈光彩炳煥徐引繞宂每至像前瞻仰遲徊似歸敬者斯時風霽景清細雨而加香氣像既入坐龍乃升天元嘉初徵士譙國戴顒嫌製古朴治像首面威相若眞自肩以上短舊六寸足蹠之下削除一寸云

東晉東掖門金像出地縁第十一

東晉義熙元年司徒王謐入宮住東掖門有侍人於門東見五色光出地驚而穿之得古形銅盤下獲金像高四尺光趺並具斯又同孫皓之育王像也因奉入宮宋祖素不甚信及獲此像加敬欣悟躬禮事焉此本在瓦官寺後移龍光寺云

東晉徐州太子思惟像縁第十二

東晉徐州呉寺太子思惟像者昔晉沙門法顯勵節西天歷遊聖迹往投一寺大小逢迎顯時遇疾主人上座親事經理勑沙彌爲客僧覓本郷齋食倐忽往還脚有瘡血云往彭城呉蒼鷹家求食爲犬所嚙顯怪其旋轉之間而遊數萬里外方悟寺僧並非常人也後隨舶還國故往彭城追訪得呉蒼鷹具狀問之答有是事便指餘血塗門之處顯曰此羅漢聖人血也當時見爲覓食耳如何遂損耶鷹聞慚悚即捨宅爲寺自往揚都求諸經像正濟江中船遂傾側忽有雙骨各長一丈隨波騰涌奄入船中即得安流升岸以事奏聞乃龍齒也鷹求像未獲泝江西上暫息林間遇見婆羅門僧持此像行曰欲往徐州與呉蒼鷹供養鷹曰必如彼言弟子是也便付像將還至京詔令模取千軀皆足下施銘而人

莫辨新舊任鷹探取像又降夢示其本相恰取還得本像東還徐州每放異光元魏孝文請入北臺至高齊後主遣使者常彪之迎還鄴下齊滅周廢爲僧藏之大隋開教還重光顯今在相州大慈寺云

東晉盧山文殊金像緣第十三

東晉盧山文殊師利菩薩像者昔有晉名臣陶侃字士衡建旟南海有漁人每夕見海濱光因以白侃侃遣尋之俄見金像淩波而趣船側檢其銘勒乃阿育王所造文殊師利菩薩像也昔傳云育王既統此州斅鬼王制獄恐酷尤甚文殊現處鑊中火滅水清生青蓮華王心感悟即日毀獄造八萬四千塔建立形像其數亦爾此其一也初侃未能深信因果既見嘉此瑞像遂大尊重乃送武昌寒溪寺後遷荆州故遣迎之像初在輿數人可舉今加以壯夫數十確不移處後更足以事力輔車牽拽僅得上船船復即沒使具聞侃聽還本寺兩三人便起沙門慧遠敬伏威儀迎入盧岫而了無艱阻斯即聖靈感降唯其人乎故諺曰陶惟劒雄像以神標雲翔泥宿邈何遥遥是也隋末賊發僧衆四散有一老僧失名來辤瑞像像曰爾年老但住何得相捨遂依言住于時董道沖賊冦擾江州其徒入寺覓財物執僧索金僧曰無可得乃炙之僧曰徒受炙死屍穢伽藍何如寺外賊將出欲殺僧曰年七十不負佛教待正念已伸頸時可下刀賊殺之見伸頸受刀即便下斫刀反刺賊心刃出於背群賊奔怕東走至遠法師墓于時天氣清朗忽有雲如蓋墨屯下布雷

電而繞遂震賊九人死之江州子女及以衣物多依山藏匿由是賊徒不敢入山江州郭下焚蕩略盡像今在山東林寺重閣上武德中石門谷風吹閣北傾將欲射正施功無地僧乃祈請山神賜吹令正不久復有大風從北而吹閣還得正如舊云

元魏涼州石像山裂出現縁第十四

元魏涼州山門出像者太武太延元年有離石沙門劉薩何者備在僧傳歷遊江表禮鄮縣塔至金陵開育王舍利能事將訖西行至涼州西一百七十里番禾郡界東北望御谷山遥禮人莫測其然也何曰此山崖當有像出靈相具者則世樂時平如其有缺則世亂人苦經八十七載至正光元年因大風雨雷震山巖挺出石像高一丈八尺形相端嚴唯無其首登即選石命工安訖還落魏道陵遲其言驗矣至周元年治涼州城東七里澗石忽出光照燭幽顯觀者異之乃像首也奉安像身宛然符合神儀彫缺四十餘年身首異處二百許里相好昔虧一時還備時有燈光流照鐘聲飛響皆莫委其來也周保定元年立爲瑞像寺建德將廢首又自落武帝令齊王往驗乃安首像頂以兵守之及明還落如故遂有廢法國滅之徵接焉備于周釋道安碑周雖毀敎不及此像開皇通法依前置寺大業五年煬帝西征躬往禮覲改爲感通道場今仍存焉依圖擬者非一及成長短終不得定云

北涼河南王南崖塑像縁第十五

涼州石崖塑瑞像者昔沮渠蒙遜以晉安帝

隆安元年據有涼土三十餘載隴西五涼斯最久盛專崇福業以國城寺塔終非久固古來帝宮終逢煨燼若依立之効尤斯及又用金寶終被毀盜乃顧眄山宇可以終天於州南百里連崖綿亘東西不測就而鐫窟安設尊儀或石或塑千變萬化有禮敬者驚眩心目中有土聖僧可如人等常自經行初無寧舍遙見便行近矚便止視其顏面如行之狀或有羅土坌地觀其行不人纔遠之即便蹈地足跡網納來往不住如此現相經今百餘年彼人說之如此云

北涼沮渠丈六石像現相緣第十六

北涼河西王蒙遜爲母造丈六石像在于山寺素所敬重以宋元嘉六年遣世子與國攻於罕大敗興國遂死於佛氏遜恚恨以事佛無靈下令毀塔寺斥逐道人遜後行至楊述山諸僧候於路側望見發怒立斬數人爾時將士入寺禮拜此像涕淚橫流驚還說之遜聞往視至寺門舉體戰悸如有把持之者因喚左右扶翼而進見像淚下若泉即稽首禮謝深自咎責登設大會倍更精到招集諸僧還復本業焉觀遜之爲信弗深明攻殺以取豈佛之爲非禁也性以華改爲先任意肆惡知何所而不至初重法識譯大涅槃願同生死後因少忿乃使刺客害之今行役失行又咎佛僧殄寺誅僧一何酷濫晚雖再復不補其譽云今沙州東南三十里三危山即流四凶之地崖高二里佛像二百八十龕光相亟發云

宋都城文殊師利金像緣第十七

宋元嘉二年劉式之造文殊金像朝夕禮拜

頃之便失惆悵祈請夙夜匪懈經于五年昏夕時見佛座有光發座至棟式之因燒香拂拭牀帳乃見失像儼然具存云

宋東陽銅像從地出緣第十八

宋元嘉十二年留元之東陽長山人家以種芋爲業毎燒田墟輒有一處叢草不然經久怪之不復墾伐後試薄掘得銅坐像高三寸許尋檢其地舊非邦邑莫測何來云

宋江陵金像出樹光照緣第十九

宋元嘉十四年江陵靈牧寺尼慧玉行業精勤人也昔於長安薛尚書寺見紅白光於寺中後有六重寺初沙門於先光處得彌勒金像高一尺及住江陵見寺東樹有紫光起暉映一林以告餘人並云不見後寺主法和將於樹下築禪堂基仰首樹上得金坐像亦高尺許云

宋浦中金像光現及出緣第二十

宋元嘉十四年孫彥曾家世奉佛妾王惠稱少而信向年大彌篤誦法華經輒見浦中有雜色光使人掘深三尺得金像連光趺高二尺一寸趺銘云建武元年歲在庚子瓦官寺道人法新僧行等所造即加磨瑩之云

宋江陵上明澤中金像緣第二十一

宋元嘉十五年羅順爲平西府將戍在上明十二月放鷹野澤同輩見鷹雉俱落于時火燒野平唯有三丈許叢草不然遂披而覓鷹乃得金銅菩薩坐像通趺高一尺工製殊巧時定襄令謂盜者所藏乃下符界內無失像者遂收而奉之云

宋荊州壁畫像塗却現緣第二十二

宋衛軍臨川康王在荆州城内築堂三間供養經像堂壁上多畫菩薩圖相及衡陽文王代鎮廢爲卧堂悉加泥治乾輒圻脱畫狀鮮淨再塗猶爾王不信向亦謂偶爾又使濃塗而畫像徹見炳然可列王復令毀故壁悉更繕改不久抱疾閉眼輒見諸像森然滿目於是廢而不居頗事齋講云

宋江陵支江金像誓志緣第二十三

宋元嘉中江陵支江張僧定妹幼而奉法志欲出家常供養小形金像以爲前路之資也而父母逼嫁誓志不行而密許郚氏女初不知也及羔鴈既至女悲呼不就燒香伏地取死此像遂放金光彌竟一村父兄驚其通感止不嫁之張郚二門因大敬信僧定爲之出家宋丞相南郡王鎮陜乃以其居建精舍焉云

宋相州栴盾感通作佛光緣第二十四

宋泰始中東海何敬叔少而奉法隨湘州刺史劉韞監縣遇有栴檀製以爲像既就無光營索甚勤而卒無可獲憑几思之如睡見沙門納衣杖錫來曰檀非可得麤木不堪唯縣後何家栴盾堪用雖惜之苦求可得寤問左右果如所言因固求買之何氏曰有盾甚愛患人乞奪曾未示人明府何以得知直求市耶敬叔以事告之何氏驚喜奉以製光後爲湘府直省中夜夢像云鼠嚙吾足清旦疾歸視像果然云

齊番禺石像遇火輕舉緣第二十五

齊建元中番禺毗耶離精舍舊有扶南國石像莫知其始形甚巨異常七八十人乃能勝

致此寺草茨遇火延及屋在下風煙焰已接屋衆十餘相顧無計中有意不已者試共三四人捧之飄然而起曾無鈞石之重像既移矣屋亦焚焉每有神光州部兵寇輒淚汗滿體嶺南以爲恒候後廣州刺史劉悛表送出都今應在故蔣州寺中云

齊彭城金像汗出表祥縁第二十六

宋徐州刺史王仲德於彭城宋王寺造丈八金像相好嚴華江左之妙製也比境兵起或貽僧禍像輒流汗滴其多少則難之小大逆可知矣郡人常以候之齊建元初像復流汗其冬魏寇淮上時兖州數郡起義南附鳩略甚衆亦驅迫沙門助其戰守魏軍屠其營壘志欲夷滅表奏魏臺誣以助亂須及斬決時像大汗殿地流濕魏徐州刺史梁王奉法勤勤至魏寺親使人以巾帛拭隨出不已至數十人交手競拭猶不能止王乃燒香禮拜執巾呪曰衆僧無罪誓自營護必不罹禍若幽誠有感當隨拭即止言已自拭果應手而燥王具事表聞下詔皆見原宥云

齊揚都觀音金像縁第二十七

齊建元初太原王琰昔年在幼稚於交阯賢法師所受五戒以觀音金像令供養遂奉還揚都寄南澗寺琰晝寢夢像立于座隅意甚異之即馳迎還其夕南澗失像十餘盜毀鑄錢至宋大明七年秋夕放光照三尺許金輝映奪合家同覩後以此像寄多寶寺琰適荆楚垂將十載不知像處及還揚都夢在殿東衆小像内的的分明詰旦造寺如夢便獲於建元元年七月十日也故琰冥祥記自序云

此像常自供養庶必永作津梁循復其事有感深懷沿此徵覼縷成斯記夫鏡接近情莫踰儀像瑞驗之發多是自興經云鎔斵圖繢類形相者爰能行動及放光明今西域釋迦彌勒二像輝用若真蓋得相乎今東夏景模神應亟著亦或當年群生因會所感假憑木石以見幽異不必剋由容好而能然也故沉石浮深實闔閭吳之化瑩金寫液用綿彭宋之福其餘銓示繁方雖難曲辨率其大抵允歸曰從若夫經塔顯効旨證亦同事非殊貫故不盡其本餘如冥祥記部十卷具云

梁荊州優塡王栴檀像緣第二十八

梁高祖武帝以天監元年正月八日夢檀像入國因發詔募人往迎案佛遊天竺記及雙卷優塡王經云佛上忉利天一夏為母說法王臣思見優塡國王遣三十二匠及齎栴檀請大目連神力運往見令圖佛相既如所願圖了還返坐高五尺在祇桓寺至今供養帝欲迎請此像時決勝將軍郝騫謝文華等八十人應募往達具狀祈請舍衛王曰此中天正像不可將適邊方乃令三十二匠更刻紫檀人圖一相卯時運手至午便就相好具足而像頂放光降微細雨并有異香故優塡王經云真身既隱次二像現普為衆生深作利益者是也騫等負第二像行數萬里備歷艱關難以具聞又渡大海冒涉風波隨浪至山粮食又盡所將人衆及傳送者身多亡沒逢諸猛獸一心念佛乃聞像後有甲冑聲又聞鐘聲巖側有僧端坐樹下騫登背負像下置其前僧起禮像騫等禮僧授澡水令飲並得

飽滿僧云此像名三藐三佛陀金毗羅王自從至彼大作佛事語頃失之爾夜僉夢見神曉共圖之至天監十年四月五日鶱等達于揚都帝與百寮徒行四十里迎還太極殿建齋度人大赦斷殺絓是弓刀矟等並作蓮華塔頭帝由此菜蔬斷慾至太清三年五月帝崩湘東王在江陵即位號元承聖遣人從楊都迎上至荆都承光殿供養後梁大定八年於城北靜陵造大明寺乃以像歸之今見在多有傳寫流被京國云

梁揚都光宅寺金像縁第二十九（剡縣石像附）

梁祖天監初於本宅立光宅寺造丈八金像圖樣既成不爽分寸臨鑄疑銅不足始欲上請忽有使者領銅十五車至云奉勑送寺便即鎔寫一治即成冠絕通國唯覺高大試以量之乃長二丈四尺以狀奏聞鑄像已成不改元樣所續送銅用亦俱盡更重審量乃增四尺勑云銅初不送何縁乃爾豈不以眞相應感獨表神奇乎可鐫著華趺以爲靈誌乃具疏而勒于足下於今存焉梁祖爲父於鍾山造大愛敬寺中殿大像神相有之故不重顯廣如別記有梁佛像多現神奇剡縣大石像者元在宋初育王所造初有曇光禪師從北來巡行山川爲幽棲之所見此山崇麗乃於峯頂構小草室聞天樂空中聲曰此是佛地如何輒有蔬圃耶光聞南移天台後遂繕造爲佛像積經年稔終不能成至梁建安王患降夢能建剡縣石像者病可得愈遂請僧祐律師既至山所規模形製嫌其先造太爲淺陋思緒未絕夜忽山崩壓二百餘人其内

佛現自頸已下猶在石中乃刻鑿浮石至本仍止既都除訖乃具相焉斯則眞儀素在石中假工除刻故得出現梁太子舍人劉勰製碑於像所備之云

梁高祖等身金銀像緣第三十

梁祖登極之後崇重佛教廢絶老宗每引高僧談叙幽旨又造等身金銀像兩軀於重雲殿晨夕禮事五十許年冬夏蹋石六時無缺足蹈石處十指文生遂卒窮祚侯景篡位猶存供養太尉王僧辯誅景修復臺城會元帝陷於江陵江南無主辯乃通款於齊迎貞陽侯蕭淵明爲帝時江左未定利害相雄辯遣女壻杜龕典衛宮闕龕性兇頑不見後際欲毀二像爲鋌先令數十人上三層閣令鑱佛項推鑿始舉二像一時迴顧眄之所遣諸人臂如墮落不自勝舉失瘖如醉杜龕亦爾久乃醒悟仍被打築徧身青腫唯見金剛力士可畏之物競來擊之受苦呻吟舉形洪爛膿血交流穿皮露骨而卒此乃近事道俗同知云

元魏定州金觀音像高王經緣第三十一

元魏天平中定州募士孫敬德防於北陲造觀音金像年滿將還常加禮事後爲劫賊横引禁於京獄不勝拷掠遂妄承罪並斷死刑明旦行決其夜禮拜懺悔淚下如雨啓曰今身被枉當是過去枉他願償債畢誓不重作又發大願云云言已少時依稀如夢見一沙門教誦觀世音救生經經有佛名令誦千徧得度苦難敬德欻覺起坐緣之了無參錯比至平明已滿一百徧右司執縛向市且行且

誦臨欲加刑誦滿千徧執刀下斫折爲三段不損皮肉易刀又折凡經三換刀折如初監當官人莫不驚異具狀聞奏丞相高歡表請其事遂得免死勑寫此經傳之今所謂高王觀世音是也敬德放還設齋報願出在防像乃見項上有三刀痕鄉郭同覩歎其通感見齊志及旌異等記具說云

陳重雲殿并像飛入海緣第三十二

陳武帝崩兄子蒨立將欲修葬造轀輬車國創新定未遑經始昔梁武帝立重雲殿其中經像並飾珍寶映奪諸國運雖在陳殿像仍在蒨欲收取重雲佛帳珠珮以飾送終人力既足四面齊至但見雲氣擁結流繞佛殿自餘方左開朗無陰百工怪焉競往看覩須臾大雨横注雷電振擊煙張鵄吻火烈雲中流布光焰高下相涉欻見重雲殿影二像峙然四部神王并及寶座一時上騰煙火挾之忽然遠逝觀者傾國咸歸奉信雨晴之後覆看故處唯礎存焉至後月餘有人從東州來云於此日見殿影像乘空飛海今望海者有時見之又魏氏洛京永寧寺塔去地千尺爲天所震其緣略同有人於東海時見其迹云

周晉州靈石寺石像緣第三十三

北齊末晉州靈石寺沙門僧護守道直心不求慧業願造丈八石像衆僧咸怪其大言後於寺北谷中見有卧石可長丈八乃雇匠就而造佛向經一周面腹粗了而背猶著地以六具物舉之不動經夜自翻旦視欣然即就營作移在佛堂晉州陷日像汗流地周兵入境先燒寺塔此像被焚初不變色唯傷二指

後欲倒之人牛六十牽挽不遂忽有異僧咸無識者以瓦木土墼雜累圍之須臾便了失僧所在像後降夢信心者曰吾患指痛其人悟而補之隋氏啓運如前開復開皇十五年有盜旛蓋者即夢丈八人入室責之其賊慚怖而還像今見在云

周宜州北山鐵礦石像緣第三十四

周武建德三年猜忌佛法勇意殄滅天下闇㝠有宜州姜明者督事夜行經州北百餘里山中行往常見上山光明怪之因巡行光處見有卧石狀如像形便斲掘尋之乃是鐵礦不可鏨鑿故其形礦磓高三丈許欲加摩鎣卒不可觸又向下尋乃有石趺孔穴具足乃共村人以物舉之其像欻然流下遥趣趺孔卓然特立衆以爲奇瑞也以狀奏聞時天元嗣曆佛法將融乃改爲大像元年仍以其處爲大像寺隋祖開運重搆斯迹又改爲顯際寺討尋其本處非人往又無大石及以鐵礦豈非育王之神力所降感也大唐因之不改貞觀末寺西置宮名曰玉華像仍舊所在宮東三十里苑内太宗常往禮淨嫌非華飾乃捨物莊嚴永徽年中改宮立寺還名玉華今屬坊州陰闇之夕每發光瑞道俗常見故不甚驚歎云

周襄州峴山華嚴行像緣第三十五

周襄州峴山華嚴寺行像者古來木像莫知其始而面首殊麗瞻仰無已可高五丈許徵應在昔不在其今不復具陳及周滅法人藏其首隋開皇乃出如前莊飾以爲聖像號盧舍那佛每年祈福以爲歸依之所也隋文將

崩兩鼻洟出沾汙懷中金薄剥起洟流有光拭之無塵望還如洟貞觀二十三年四月内洟還連出塗漫懷内方圓一尺初未委也及後太宗升遐方知兆見至六月内洟又重出合州同懼不知何禍至七月内漢水汎漲溢入城郭水深丈餘陷溺不少今在本寺祈求殷矣襄陽士俗有少子胤者皆往祈之隨其本心男女感應

隋蔣州興皇寺焚像移縁第三十六

隋開皇中蔣州興皇寺佛殿被焚當陽丈六金銅大像并二菩薩俱長丈六其模戴顒所造止當棟下于時火大盛佛殿被焚衆人拱手咸共嗟悼大像融滅忽見欻起移南一步棟梁摧下像得全形四面甎瓦木炭皆去像身五六尺許雖被火焚而金色不變趺下有銘大衆咸駭歎聲滿路今移在白馬寺鳥雀無踐永徽二年盜者欲刻像銅乃鋸窓櫺斷將欲拔出遂被夾腕求拔不脫至曉僧問盜者云有一人著白衣在堂内撮手求脫不得去云

隋釋明憲五十菩薩像縁第三十七

阿彌陀佛五十菩薩像者西域天竺之瑞像也相傳云昔天竺雞頭摩寺五通菩薩往安樂界請阿彌陀佛娑婆衆生願生淨土無佛形像願力莫由請垂降許佛言汝且前去尋當現彼及菩薩還其像已至一佛五十菩薩各坐蓮華在樹葉下菩薩取葉所在圖寫流布遠近漢明感夢使往祈法便獲迦葉摩騰等至雒陽後騰姊子作沙門持此瑞像又達此國所在圖之未幾賫像西返而此圖傳不

甚流廣魏晉已來年載久遠又經滅法經像湮除此之瑞迹殆將不見隋文開教有沙門明憲從高齊道長法師所得此一本說其本起與傳符焉是以圖寫流布徧於宇内時有北齊畫工曹仲達者本曹國人善於丹青妙盡梵迹傳模西瑞京邑所推故今寺壁正陽皆其真範云

隋京師日嚴寺瑞石影像緣第三十八

隋京師日嚴寺石影像者其形八楞紫石英色高八寸徑五寸内外映徹昔梁武太清年中有西域僧將來會侯景作亂遂安江州廬山西林寺像頂上隋開皇十年煬帝鎮於揚越廣搜英異江表文記悉總收集乃於雜記中得影像傳即令舍人王延壽往寺推覓得之自任晉蕃已來每有行往常以烏漆函盛之令人馬上捧而前行後登儲貳乃送曲池日嚴寺有令當寺看已封鎖勿令外人見之寺即帝之所造也大業之末天下沸騰京邑僧衆常來瞻覩余住此寺亦未之信重以見石中金光晃晃疑似佛像耳仍見名行諸僧更說不同咸言了了分明面目相狀未曾有睞余慨無所見又潔齋別懺七日後依前觀之見有銀塔後又觀之見有銀佛而道俗同觀往往不同或見佛塔菩薩或見僧衆列坐或見帳蓋旛幢或見山林八部或見三塗苦相或見七代存亡一覩之間或定或變雖惡善交現而善相繁焉故來祈者咸前發願往作何形來生何處何言爲現信爲幽塗之業鏡者也貞觀六年七月内下勑迎入内宫供養二

隋邢州沙河寺四面像縁第三十九

隋邢州沙河縣寺四面佛者隋祖時有人入山見僧守護此佛銅身高三尺餘便請遂許失僧所在諸處聞之競來引挽都不得起唯沙河寺僧引之隨手至寺後人寺側獲金一塊上有鳥形銘云擬鍍四面佛因鍍之像身上都是鳥形後忽失之於寺側瀅中數有光現尋乃漉出隋主後聞遣工冶鑄擬之卒不成經二百餘日乃成終有缺少遂罷云

唐坊州石像出山現縁第四十

唐武德年中坊州西南慈烏川有郝辯郝積者素有信敬見群鹿常在山上逐去還來異之共掘鹿所止處得石像高一丈四尺許移出川中村内至今現存自像出後群鹿因散古老傳云迦葉佛時所藏有四十軀令雖兩現餘在山隱其形如今王華東鐵鑛像相似不可治斷云

唐簡州佛跡神光照縁第四十一

唐蜀川簡州三學山寺有佛跡常有神燈自空而現每夕常爾齋日則多有州宰意欲尋之乘馬來寺十里已外空燈列現漸近漸昧遂並失之返還十里如前還現至今不絶貞觀末有僧法藏以至爲心不護細行夜宿寺中有大神衣甲冑從門鑰中拔出藏擲于寺外七里藏夜返還寺重門皆閉云

唐涼州山出石文有佛字縁第四十二

唐貞觀十七年九月涼州都督李襲譽因巡境至州東南昌泉縣界有石表文合臺百一十字乃有七佛八菩薩上果佛田等字以狀奏聞有勑覆檢如其所奏下詔涼府給復一

年罪者赦之云

唐渝州相思寺佛跡出石緣第四十三

唐渝州西百里相思寺北石山有佛跡十三枚皆長三尺許闊一尺一寸深九寸中有魚文在佛堂北十餘步見有僧住貞觀二十年十月忽於寺側饒亦泉內出蓮華形紅色鬚臺具足大如三尺面合攣出如涕入水成華舟艥往還無不歎訝經月不滅相思寺因以名之一云涪州亦有此寺本貧煎由是感施至今常富昔南齊荊州城東菩薩井出錦于時士女取用如人中錦不異經月乃歇故知華出不足可怪出吳均齊春秋蕭誠荊南志云

唐循州靈龕寺佛跡緣第四十四

唐循州東北興寧縣靈龕寺北石上佛跡三十餘大者五尺以下循州一川中東西二百南北百里寺極豐渥近得銅藏面三尺爐可獲百餘諸盤合等又其銘云僧得福與俗得禍至古傳云晉時北僧在此山隱遊大洪嶺至佛跡處有大石窟華果美茂遂住經宿山神爲怪怖之心卓不動曰此不可居山鬼數來望前石山陵雲槩日遂往登之下望懸絕不可至彼還興寧說之宋代二僧承前不達勇意覆尋其僧誦法華經戒行貞潔能伏神鬼乃至見形受戒爰及家屬望前崖上有異光彩隔一丈許上下俱絕僧以木爲梁度視乃見奇跡七枚色如人肉現于石上貞觀三年又現一跡並放光明輪相具足今有看者多少不同因置靈龕厥取其異又訪其本宋時王家捨栗園爲寺即今古堂尚存云

唐撫州降潭州行像緣第四十五

唐顯慶四年撫州刺史祖氏爲亢旱請祈無効有人於州東山見有行像莫測其由將事移徙鏗然不動風聲扇及遠近同趣有潭州人云彼寺失之乃在此耶尋其行路乃現二跡各長三尺相去五百里刺史以元炎旣久便往祈請盡州官庶香華步往二十里許泣告情事勤至彌甚使三人捧之飄然應接返還州寺隨路布雲當夕滂下遂以有年今在撫州云

唐雍州藍田金像出石中緣第四十六

唐永徽年雍州藍田東悟眞山寺寺居藍田谷之西崖製窮山美殿堂嚴整有僧於寺比澗更修別院大石橫礙甚爲妨害乃以火燒水沃之令散終無以致便以鐵椎打破石中獲金像一軀四邊無縫天然裹甲不知何來像趺全具非解合作亦不識是何珍寶高五尺今在山寺其年益州光明寺柱上有一佛二菩薩現雖削還影出初在九隴佛堂長史張緒以聚衆移入光明今見在云

唐雍州鄠縣金像出澧緣第四十七

唐雍州鄠縣東澧水西李趙曲有金像高三尺六寸并焰光四尺數放光明像形露右膊極威嚴余聞往尋見之趺上銘云秦建元年四月八日於長安中寺造女王慧韶感佛泥曰幸遇遺像是以賴身之餘造鑄神儀若其誠感必應願使十方同福銘文如此問其獲緣云昔廢二教遂藏於澧水羅仁渦中有人岸行聞渦中有聲亦放光明向村老說便趣水求渦中純沙水出光明便就發掘乃獲前

像時尚在周村家藏隱互相供養閉在闇室放光自照今在村中云

唐沁州像現光明常照林谷縁第四十八

唐龍朔三年春二月沁州像現州北六十餘里在綿上縣界長谷中半崖上有古佛龕中有三鋪石像中央像常放光明照燭林谷村人異之以事聞州遂以達上上乃勅京師大慈恩寺僧玄秀共使人乘驛往審登到即見光明如火流飛出没然續不絶時有白雲至窟其光暫隱雲去光現便即馳報勅令圖寫重覆依審光還如初頻煩三夕如初照曜至今相傳光仍不斷余昔貞觀九年曾遊沁部在綿上界周歷三年山林勝地石龕佛像之所大有古跡莫委其初然不覩瑞故是障厚今在三輔乃聞斯異依口録云

唐代州五臺山像變聲現縁第四十九

唐龍朔元年下勅令會昌寺僧會賾往五臺山修理寺塔其山屬代州五臺縣備有五臺中臺最高目極千里山川如掌上有石塔數千薄石壘之斯並魏高祖孝文帝所立臺北石上人馬太跡陷文如新頂有大池名太華泉又有小泉迭相延屬夾泉有二浮圖中有文殊師利像傳云文殊師利與五百仙人往清涼山説法故此山極寒不生樹木所有松林森於下谷山南號清涼峯山下有清涼府古今遺基見在不滅從臺東南而下三十里許有古大孚靈鷲寺見有東西二道場佛事備焉古老傳云漢明帝所造南有華園三頃許異華間發昱焰人目實神仙之宅也屢有僧現欻然難尋聖跡神寺往往出没今上龍朔

二年又令賾往并吏力財帛往修理故寺賾與五臺縣承并將從二十餘人直詣中臺見石像臨崖搖動身手及至像所乃是方石悽然無感悵恨久之令作工修理二塔并文殊像徙倚塔邊忽聞塔間鐘聲振發連椎不已又聞異香氳氳屢至道俗咸感歎未曾有又往西臺遥見一僧乘馬東上奔來極急賾與諸人立待其至久而不到就往參迎乃變爲栟悵恨無已然則像相通感有時隱顯鐘聲香氣相續恒聞其上方三百里東南脚即恒嶽也西北脚即恒天池也中有佛光山仙華山王子塔古寺六所解脫禪師僧明禪師遺蹤坐龕身相存焉廣如別記云

唐遼口山崩自然出像緣第五十

唐龍朔中有事遼左行軍將薛仁貴行至隋主討遼古地乃見山像空曠蕭條絶於行往討問古老云是先代所現便圖寫傳本京師云

集神州塔寺三寶感通録卷第二

集神州塔寺三寶感通録卷第三上

唐 終 南 山 釋 道宣 撰

第三引聖寺瑞經神僧

初明聖寺

次明瑞經

後列神僧

序曰正法弘護其惟在人故佛未降靈法存而莫顯僧初不至徒聞而豈傳是知事理因循義非沉隱所以四依三品人依厥初人法兩現畢資聖力致使三洲聞道終顯賓頭之功六萬遐齡救貧羅漢之德神僧聖寺陳祥山海之間香氣鐘聲相顯幽明之際列於視聽良書筌而不窮備諸古老口實仰而無絶故撮略所聞紀之云爾

聖寺第一凡一十二寺

東晉初天台山寺者昔有沙門帛道猷或云竺姓者鋭涉山水窮括奇異承天台石梁終古無度者乃慷慨曰彼何人斯獨無貞操故使聖寺密爾對面千里遂揭錫獨往徑趣石梁周瞰崖險久之方獲其山石梁非一聖寺亦多將欲直度不惜形命且虹梁亘谷下望萬尋上闊尺許莓苔斜側東邊似通西礙大石攀登路絶猷乃别思異校夜宿梁東便聞西寺磬聲經唄唱薩勇意相續通夕不安又聞聲曰却後十年當來此住何須苦求雖爾不息晨夕惋恨結草爲菴彌年禪觀後試造梁乃見横石洞開梁道平正因即得度遂見棟宇宏壯圖塔瓌奇神僧敘接宛同素識中食既訖將陳住意僧曰却後十年自當至此何勞早住相送度梁横石已塞至晉太元元

年終於山所形似緑色端坐如生王羲之聞之造焉望崖仰挹令有往者雲迷其道也宋時朱齡石者使往遼東還返失道隨風泛海一月餘日達于一島粮水俱竭入島求泉漸深登山乃見一寺堂宇莊嚴非所曾覩僧問所從具說行事設食飲水問以去留石曰此乃聖居非凡可住僧曰欲住任懷石苦辭欲還僧告曰此間去都二十餘萬里石等聞之驚怖曰若爾何緣得達僧曰自當相送不勞致憂又問曰識杯度道人不曰識之便指壁上鉢帒曰此是彼物有小過罰在人中便取鉢帒與石并書一封上爲書字然不可識曰可以書鉢與之令沙彌送勿從來道此有直路疾至船所須臾至海沙彌以一竹杖著船頭語曰但閉舫聽往不勞帆柂也於是依言但聞颼颼風聲有窺視者見船在空雲飛奔於山樹海上數息間遂達揚都大桁正見杯度騎桁欄口云馬齡石既至書自飛上度手度驚曰汝那得蓬萊道人書喚我歸耶乃具說緣由又將鉢與之手捧曰吾不見此鉢四千餘年擲上入雲下還接取太初中無故而死事在別條

晉初河州唐述谷寺者在今河州西北五十里度風林津登長夷嶺南望名積石山即禹貢導之極地也衆峯競出各有異勢或如寶塔或如層樓松栢映巖丹青飾岫自非造化神功何因綺麗若此南行二十里得其谷焉鑿山構室接梁通水繞寺華藥果菜充滿今有僧住南有石門濵於河上鐫石文曰晉太始年之所立也寺東谷中有一天寺窮討處

所略無定指常聞鐘聲又有異僧故號此谷名爲唐述羌云鬼神也所以古今諸人入積石者每逢仙聖行往怳惚現寺現僧東北嶺上出於醴泉甜而且白服者不老

高齊初有異僧投鄴下寺中夏坐與同房僧亡名欵曲意得客僧患痢甚困名以酒與之客曰不可也名曰但飲酒雖是戒禁有患通開客顰眉爲飲患損夏滿辭還本寺相送出都客曰頗聞鼓山竹林寺乎名曰聞之古來虛傳竟無至者客曰無心相造何由而至一夏同房多相惱亂患痢給酒乃是佳藥本所不欲爲患而飲願不以此及人山寺孤逈時可應覧想一登陟以副虛懷名聞喜踊曰必能遵達夕死無恨至九月間剋望尋展幸賜提引不爾無由客曰若來可從鼓山東面而上東度小谷又東北上即至山寺至期與好事者五六人直詣石窟寺山僧曰何以得來曰欲往竹林道由於此僧曰世人可笑專聽妖言此山東西我並遊涉何處有寺古有斯言不勞往也名曰彼客致詞極非孟浪何有虛也只得尋之尋而不獲非余咎也石窟寺僧十數相隨依言東上度谷尋嶺忽見一翁把钁斸地又見一僧來至鋤禾四邊把鋤曳钁曰去年官寺道人放馬食我禾盡今年復來蹋我秋苗舉钁趂僧並皆返歸惟名一人東北獨上翁曰放你上山乞蟲喫却遂依東上林木深茂聞南嶺上有吟詠聲名曰非往者客耶曰是也排榛而出執手叙闊相將造寺瞬目間忽見崇峯造日脩竹干雲重門洞開複殿基列門外東西槽櫪飾以金鋪似有

馬蹤而無繫者行至門首曰且住此入通和尚去須臾出引入佛殿前禮拜訖西至廊下和尚可年九十許眉長鼻高狀如西域傍有官吏可三十人執文簿有所判斷舉手告曰下里山寺殊無可觀何能遠涉名即禮拜十數和尚曰行來疲頓可止將至房去便引西房比東轉見僧憑案讀經名便禮拜都不懈問便引盡北行東出至本客房中歡笑通宵屢言永住彼曰一任和尚不敢爲礙待明爲諮報白和尚不許乃至中食不異鄰中臨別和尚曰知欲永住知友情也然出家人不可兩處安名本寺受供可得乖否必欲永住可除彼名好去便辭送出執手悢悢既別悽然行一里間數數返顧寺塔林竹依然滿目更行二里返顧一無但是峯崖雜樹行行西下依隨本道不見田苗亦無田父乃至石窟備爲諸僧說之云

高齊初沙門嵩公者嵩山高棲士也旦從林慮向白鹿山因迷失道日將過中忽聞鐘聲尋響而進巖岫重阻登陟而趣乃見一寺獨據深林三門正南赫奕輝煥前至門所看額云靈隱之寺門外五六犬其狀如牛白毛黑喙或踊或臥以眼眄嵩嵩怖將返須臾梵僧外來嵩喚不應亦不迴顧直入門內犬亦隨入良久嵩見無人漸入次門屋宇四周房門並閉進至講堂惟見牀榻高座儼然嵩入西南隅牀上坐久之忽聞棟間有聲仰視見開孔如口大比丘前後從孔飛下遂至五六十人依位坐訖自相借問今日齋時何處食來或言豫章成都長安隴西薊北嶺南無處不

至動即千萬餘里末後一僧從空而下諸人競問來何太遲答曰今日相州城東彼岸寺鑒禪師講會各各竪義大有後生聰俊難問鋒起殊爲可觀不覺遂晚而至嵩本事鑒既聞此語望得叅話希展上流整衣將起奄然失地獨坐盤石柞木之下向之寺宇一無所見唯多巖谷禽鳥翔集嵩出以問上統法師法師曰此寺石趙時佛圖澄所造年歲久遠賢聖居之或現或隱遷徙無定今山行者猶聞鐘聲云云

高齊文宣在晉陽使人騎白馲駝向我寺取經函去使問不知何寺帝曰但任駝行自知寺處日晚出城駝行至忽奄然如睡忽至一山名爲眞寂山半有寺群沙彌曰高洋馲駝來也便引入寺見一老僧拜已問曰高洋作天子何似答曰聖明問曰汝來何爲曰令取經函僧曰洋在寺嬾讀經今北行東頭是其房可取函與之即乘駝而返如睡如夢奄至晉陽以函返命不久帝行至谷口木井寺有捨身癡人不解語忽語帝曰我先去爾後可來帝然之是夜癡人死不久帝於晉陽不豫使劉桃枝負行鼻血淋瀝是夜帝崩云

代州東南五臺山古稱神仙之宅也山方三百里極嶮巖崇峻有五高臺上不生草松栢茂林森於谷底其山極寒南號清涼山亦立清涼府經中明文殊將五百仙人往清涼雪山即斯地也所以古來求道之士多遊此山遺蹤靈窟奄然即目不徒設也中臺最高去并州七百里望如指掌上有小石浮圖其量千計即魏文帝宏所立也石上人馬跡宛然

有大泉名曰太華清澄如鏡有二浮圖夾之中有文殊師利像人有至者鐘聲香氣無日不有神僧瑞像往往逢遇龍朔已來下勑令會昌寺僧會賾往彼修理寺塔前後再返亦遇靈感中臺東南下三十里有大孚靈鷲寺古傳漢明所造見有東西二道場像設猶存南有華園三頃許四時名華相續間發貞觀中解脫禪師聚徒習定自云於華園北四度見文殊師利翼從滿空群仙異聖不可勝紀近有僧明禪師居山三十餘載亦遇仙聖飛雲而去唯留故處南臺三十里內多是名華徧於峯岫俗號華山中有聖寺鐘聲時發曾見異人形偉冠世言語之間超騰遂遠其山甚近滯俗者罕登登者必感勝緣故述前來往者也

案別傳云西域天竺黒蜂山龍猛菩薩寺者二十四依中此大士最爲宏冠威加異道德洽王臣藝術智能無不通練號佛滅度後一切智人也王爲立寺鑿石爲龕擬于終天不可改壞龕各立像并一化主經累年運功府藏已竭而寺不成王來拜曰藏庫已空寺猶未立徒有志願力不遂心如何菩薩曰王之德化無思不服福報如影隨作有功何慮財盡寺不成也可案行寺側功用若爲菩薩先以要術爲藥筆取點之無不成金隨石小大金塊亦爾王依言尋果見金聚大悅即以造寺今猶見在故西域出金名有多種龍樹金者紫光外發俗爲第一自餘諸金光色少減昔菩薩長年七百餘歲山寺來往無由固留自隱已來將及千歲俗知有之其道重阻從

地宂入方到其崖近有一僧被召夏坐徧歷龕像無不眞金所有經匣充牣崖窟方知三寶住持幽明兩會也夏滿欲持經出寺人不許曰本擬住法不得缺漏空手入宂行經數里乃得出焉

雍州鄠縣南盤頭山寺者其山本舟人繫船其側故以名焉昔太一未分山連太行王屋白鹿河水停於此川號爲少海及巨靈大人秦洪海者患水浩蕩以左掌托太華右足蹋中條太一爲之裂河通地出山遂高顯仍本號焉張衡西京云高掌遠蹠以流河曲者是也古老傳云盤頭南有九空仙寺昔有人入山採樵逼暮不知歸道依林而宿夜聞鐘聲在近即尋之忽見一寺僧衆百餘但有行坐而不叙問其人怪之至明失寺此來在近無

往尋者余曾至山但有層峯秀林不可登踐又云山有九窟仙人所居也有藍田大谷伏義側歸義寺僧弘藏者有膽勇聞而往尋積日累夜巡踐山隒止獲五窟甚圓淨如人所造無缺漏似有居者又光明寺了禪師亦往尋覓依窟一夏今所謂照陽窟也足爲華望之大觀也而仙寺終不見焉

子午關南大秦嶺竹林寺者貞觀初採蜜人山行聞鐘聲尋而至焉寺舍二間有人住處傍大竹林可有二頃其人斷二節竹以盛蜜可得五斗許兩人負下尋路而至大秦戍具告防人竹林至此可十五里戍主利其大竹將往伐取遣人依言往覓過小竹谷達于崖下有鐵鎖長三丈許防人曳鎖掣之大牢上有二大蟲據崖頭向下大呼其人怖急返走

又將十人重尋值大洪雨便返藍田悟眞寺僧歸眞少小山棲聞之便往至小竹谷北上望崖失道而歸常以爲言眞云此竹林去闕可十五許里

梁州道子午關南第一驛名三交驛東有澗東南來南坡數十頃是栗樹素不知有僧住屢聞鐘聲不以爲奇一時驛家婦女樵採入澗忽值一僧獨坐石上縫衣傍無一人此女人有信心白曰不知師在此日時欲至向驛食來僧云貧道山居不得食驛家官食女曰自有私食足以供養僧曰信心人食亦不可得女恐時過絶走取食及來尋之不見其迹由是常食家人左近追之永不可值而有鐘聲此寺去驛可五里許

終南山折谷內欆𣝕寺者近有人見一僧云倩爲擎襆問寺在何處云在折谷炬明東額頭其人爲荷襆將至寺見一僧從南崖下可長五十丈相召來其人辭返語曰君日日入山採柴可於柴下取齋殘餅食之不須道得緣便隨其言日得其餅妻怪窮之不得已便說遂瘂經年又見二僧入谷其人手喚指口如是三返便即得語其人近死今入山者至炬明額側常聞鐘聲亦往往見異僧近有一僧聞之遇見入谷僧疑是欆𣝕寺問云大德不是欆𣝕寺僧不曰是欲隨大德去得不曰可相隨來但聞耳邊颼颼風聲至急心思惟曰此何必是聖或入深山蹭頓我竊生念時前僧便失懊恨之甚返迴三日方達谷口乃於避世堡立精舍以候之精舍見存其僧不知所終云

又終南山庫谷内西南又名瓠蘆谷昔有人於山採斫遇見一寺并石室石門門内並寶器重大不可勝然不見僧人是衆僧具度其人徘徊顧眄記誌處所以所齎瓠蘆掛於空樹下山召村人往尋其谷内樹上往往悉是瓠蘆莫知縱跡今有尋山者云石門扇在山崖旁半入山下其半雖出無人力開之今其谷名庫地名天藏故谷口府坊皆名天藏測其山中則彌勒下生方現於凡俗耳云

案別傳云佛令九十九億大阿羅漢三明六通住持正法於三千界四大洲中統通加護極人壽六十歲時雖遇三災諸聖暫隱至壽百歲聖人還出廣通佛法如是漸增千歲萬歲終六萬歲方涅槃七萬歲時辟支佛現八萬歲時慈佛方降云

瑞經第二凡三十八段

序曰三寶弘護各有司存佛僧兩位表師資之有從聲教一門顯化道之靈府故佛僧隨機識見之緣出沒法為除惱滅結之候常臨所以捨身偈句恒列於玄崖遺法文言總會於龍殿良是三聖敬重藉顧復之劬勞幽明荷恩慶靜倒之良術所以受持讀誦必降徵祥如說修行無不通感天竺往事固顯常談震旦見緣紛綸恒有士行投經於火聚焰滅而不燋賊徒盜葉於客堂腕重而不舉或合藏騰於天府或單部瑞於王臣或七難由之獲消或二求因之果遂斯徒衆矣不述難聞敢隨代録用呈諸後經不云乎為信者施疑則不說至如石開矢入心決致然水流冰度情疑頓決斯等尚為士俗常傳況慧拔重空

道超群有心量所指窮數極微因緣之遘若影隨形祥瑞之徒有逾符契義非隱默故述而集之然尋閱前事多出傳紀志怪之與冥祥旌異之與徵應此等衆矣備可攬之恐難覩其文固疏其三數并以即目所詳示存感通之存數也

高僧傳云宋元初中有黄龍沙彌曇無竭者誦觀音經淨修苦行與諸徒屬二十五人往尋佛國備經荒險貞志彌堅既達天竺舍衛路逢山象一群竭齎經誦念稱名歸命有師子從林中出象驚奔走復有野牛一群鳴吼而來將欲加害竭又如初歸命有大鷲飛來牛便驚散遂得尅免云

又昔東晉孝武之前恒山沙門釋道安者經石趙之亂避地于襄陽註般若道行密迹諸經析疑甄解二十餘卷恐不合理乃誓曰若所說不違理者當見瑞相乃夢見一梵僧頭白眉毛長語安曰君所註經殊合道理我不得入泥洹住在西域當相助弘通可時時設食也後十誦至遠公云昔和尚所夢乃賓頭盧也於是立座飯之遂成永則云

又蜀郡沙門釋僧生者出家以苦行致目爲蜀三賢寺主誦法華習定嘗山中誦經虎蹲其前竟部乃去每至諷詠輒見左右四人爲侍年雖衰老而翹勤彌勵遂終其業云

又扶風釋道冏者爲師入河南霍山採鍾乳四人入穴數里三人溺死炬火又亡冏素誦法華憑誠乞濟有頃見螢光追之遂得出穴頻作普賢行道並見感應或見梵僧入坐或見騎馬人至未及言次倏忽不見後遊宋都

以般舟爲業中夜入禪見四人御車呼岡上乘不覺自身已在大路見一人坐胡牀侍衛數百人見岡驚起曰向令知處而已何忽勞屈法師遂拜別令送還寺扣門方開房門亦閉衆咸敬服云

又宋孝建中釋普明者少出家稟性清純蔬食布衣懺誦爲業誦法華維摩若諷誦時有別衣別座未甞穢雜每至勸發品輒見普賢乘象立其前誦維摩亦聞空中倡樂之聲云

又宋太始中揚州瓦官寺釋慧果者少以蔬素自節誦法華十地甞於圊廁一鬼致敬云昔爲衆僧作維那小不如法墮地獄生噉糞鬼中法師慈悲願助拔濟又昔有錢三千埋在柿樹下願取爲福果因告衆掘錢爲造法華設會後夢見鬼云已得改生大勝昔日之苦報也云

前齊永明中揚都高座寺釋慧進者少雄勇遊俠年四十忽悟非常因出家蔬食布衣誓誦法華用心勞苦執卷便病乃發願造百部以悔先障始聚得一千六百文賊來索物進示經錢賊慚而退爾後遂成百部故病亦損誦經既度情願又滿迴此誦業願生安養聞空中告曰汝願已足必得往生因無病而卒年八十餘矣

又永明中會稽釋弘明者止雲門寺誦法華經禮懺爲業每旦水瓶自滿實諸天童子爲給使也又虎來入室伏牀前久之乃去又見小兒來聽經云昔是此寺沙彌盜僧廚食今墮圊廁中聞上人誦經力故來聽願助方便免斯累也明爲說法領解方隱後山精來惱

明乃捉取腰繩繫之鬼謝遂放因之永絶云
元魏天平年中定州勇士孫敬德在防造觀
音像年滿將還在家禮事後爲賊所引不堪
拷楚遂妄承罪明日將決其夜禮懺流涙忽
如睡夢見一沙門教誦救苦觀世音經經有
諸佛名令誦千徧得免若難敬德忽覺如夢
所縁了無差錯遂誦一百徧右司執縛向市
且行且誦臨刑滿千刀下斫之折爲三段皮
肉不傷易刀又斫凡經三換刀折如初監司
問之具陳本末以狀聞丞相高歡歡爲表請
免死因此廣行世所謂高王觀世音也敬德
還設齋迎像乃見項上有三刀痕見齊書
梁天監末富陽縣泉林寺釋道琳者少出家
有戒節誦淨名經寺有鬼怪自琳居之便歇
弟子爲屋壓頭陷入胷琳爲祈請夜見兩梵
僧拔出其頭旦遂平復琳又設聖僧齋鋪新
帛於牀上齋畢見帛上有人迹皆長三尺衆
咸服其徵感矣
後魏末齊州釋志湛者住太山北人頭山邃
谷中銜草寺省事少言人鳥不亂讀誦法華
人不測其素業將終時神僧寶誌謂梁武曰
北方銜草寺須陀洹聖僧今日滅度湛之亡
也無惱而化兩手各舒一指有梵僧云斯初
果也還葬此山後發看之唯舌如故乃立塔
表之令塔存焉鳥獸不敢陵踐云
又范陽王侯寺僧失其名誦法華爲常業初
死權殯隄下後改葬骸骨並枯唯舌不壞
又雍州有僧亦誦法華隱白鹿山感一童子
供給及死置屍巖下餘骸並枯唯舌如故
齊武陵世弃東看山人掘見土黄白又見一

物狀如兩脣其中有舌鮮紅赤色以事聞奏帝問道俗沙門法上曰此持法華者六根不壞也誦滿千徧其徵驗乎乃集持法華者圍繞誦經纔始發聲此靈脣舌一時鼓動同見毛豎以事奏聞乃石函緘之云

又魏高祖太和中代京閹官自慨形餘奏乞入山服道勅許之乃賫華嚴晝夜讀誦禮懺不息一夏不滿至六月末髭鬚生得丈夫相以狀聞奏帝大驚重之於一國敬華嚴後尊恒日並見侯君素旌異記云

周祖滅法經籍從灰以後年忽見空中如囷大者五六飛上空中極目不見一段隨風飄飄上下朝宰立望不測是何久乃翻下墮上土牆視乃大品之第十三也云

隋開皇初有揚州僧忘其名誦通涅槃自矜爲業岐州東山下林寺沙彌誦觀音經二俱暴死心下俱暖同至閻王所乃處沙彌金高座甚恭敬之處涅槃僧銀高座敬心不重事訖勘問二俱餘壽皆放還彼涅槃僧情大恨恨恃所誦多問沙彌住處於是兩辭各甦所在彼從南來至岐州訪得具問所由沙彌言初誦觀音別衣別所燒香呪願然後乃誦斯法不怠更無他術彼謝曰吾罪深矣所誦涅槃威儀不整身口不淨救忘而已古人遺言多惡不如少善於今取驗悔往而返云

釋僧道積貞觀初住益州福成寺誦通涅槃淨衣澡沐自爲恒度慈愛兼濟固其深心終于五月炎氣赫然而屍不腐臭百有餘日跏坐如初道俗莫不嘉賞云

蜀川釋寶瓊者綿竹人出家貞素讀誦大品

兩日一徧無他方術唯勸信佛爲先本邑連比十方並是朱族初不奉佛沙門不入其鄉故老人女婦不識者衆瓊思拔濟待其會衆便往赴之不禮而坐道黨咸曰不禮天尊非沙門也瓊曰邪正道殊所奉各異天尚禮我我何得禮老君乎衆議紛紜瓊曰吾若下禮必貽辱也即禮一拜道像連座動摇不安又禮一拜連座反倒狼藉在地遂合衆禮瓊一時迴信乃召成都大德就而陶化以貞觀八年終於所住云

釋空藏者貞觀時住京師會昌寺誦經三百餘卷説化爲業遊涼川原有緣斯赴昔往藍田負兒山誦經齋麵六斗擬爲月料乃經三周日敢二升猶不得盡又感神鼎不知何來時至玉泉以爲終焉之地時經亢旱泉竭合寺將散藏乃至心祈請泉即應時涌溢道俗動色驚嗟不已貞觀十六年終於京寺還葬山所云

釋遺俗者不測所住遊行醴泉山原誦法華爲業乃數千徧貞觀中因疾將終告友人慧廓禪師曰比雖誦經意望有驗若生善道舌根不朽可埋之十年發出若舌朽滅知誦無功若舌如初爲起一塔生俗信敬言訖而終至十一年依言發之身肉都盡唯舌不朽一縣士女咸共載仰乃函盛舌奉起塔於甘谷岸上云

雍州長安縣界郊南福水之陰有史村史呵誓者誦法華經名充令史往還步涉生不乘騎以依經云哀愍一切故也病終本邑香氣充村並怪而莫測其緣然後十年其妻又殞

乃發塚合葬見其舌本如生餘肉並朽乃別收葬斯徒衆矣餘且略之更不多述云

貞觀五年有隆州巴西縣令狐元軌者信敬佛法欲寫法華金剛般若涅槃等無由自檢憑彼土抗禪師檢校抗乃爲在寺如法潔淨寫了下帙還岐州莊所經留在莊并老子五千言同在一處忽爲外火延燒堂是草覆一時灰蕩軌于時任馮翊令家相命撥灰取金銅經軸既撥外灰其内諸經宛然如故潢色不改唯箱帙成炭又見老子便從火化乃收取諸經鄉村嗟異其金剛般若一卷題字燋黒訪問所由乃初題經時有州官能書其人行急不獲潔淨直爾立題由是被焚其人見在瑞經亦存

京師西明寺主神察自驗説之余曾於隰州有曇韻禪師定州人行年七十隋末喪亂隱于離石比干山常誦法華經欲寫其經無人同志如此積年忽有書生無何而至云所欲潔淨並能行之於即清旦食訖入浴著淨衣受八戒入淨室口含檀香燒香懸旛寂然抄寫至暮方出明又如先曽不告倦及經寫了如法親奉相送出門斯須不見乃至裝潢一如正法韻受持讀之七重裹結一重一度香水洗手初無暫廢後遭胡賊乃箱盛其經置高巖上經年賊靜方尋不見周慞窮覓乃於巖下獲之箱巾糜爛撥朽見經如舊鮮好余以貞觀十一年親自見之云

絳州南孤山陷泉寺僧徹禪師曽行遇癩者在穴中徹引至山中爲鑿穴給食令誦法華素不識字加又頑鄙句句授之終不辭倦誦

經向半夢有教者自後稍聰得五六卷瘡漸覺愈一部既了鬚眉平服膚色如常故經云病之良藥斯誠驗矣云

河東有練行尼常誦法華訪工書者寫之價酬數倍而潔淨翹勤有甚餘者一起一浴然香熏衣筒中出息通於壁外七卷之功八年乃就龍門寺僧法端集衆講說借此尼經以爲指定尼固不與端責之事不獲已乃自送付端端開讀之唯見黃紙了無文字餘卷亦爾端愧悔送尼尼悲泣受已香水洗函頂戴繞佛七日不休開視文字如故即貞觀二年端自說之云

開皇初有河東曇延法師初造疏解涅槃經恐不合聖心乃陳經及疏於佛舍利塔前啓告靈聖若所解合理願垂神應言訖涅槃經軸各放光明舍利大塔亦放光明上至空天傍照四遠諸有道俗謂寺遭火崩騰驚赴至乃知非三日三夜騰焰不絶隋祖重爲戒師迎延入京爲建延興寺門人見在云

蒲州仁壽寺僧道遜者即延之學士講涅槃將百徧有弘護正法心四方所歸無問客主將給之當無有過者貞觀四年崔義直爲虞鄉令遣人請遜講經及發題訖泣曰去聖滋遠微言隱絶庸鄙所傳不足師範但以信心希向日發誠悟令講止於師子品日時既促願存心聽既至其品無疾而終道俗哀慟義直徒跣扶柩送之南山于時隆冬十一月土地冰嚴下屍於地地生蓮華而小頭及手足各一義直奇之令守不覺盜折明旦視之周身有華總五百莖七日乃萎云

幽州沙門釋智苑者有學識思造石經藏于西南山巖以備法滅之護也隋大業中初構石室四面鐫之又取方石寫諸藏經每一室滿以石錮之融鐵其縫遠近公私無不送施工匠既湊欲造佛堂食院而山東無木可得忽一夜暴雨雷震山崩旦晴乃見大松栢數千株漂積道次尋蹤遠自西山送來此爲神助即依而構造頃之畢成所造石經已滿七室貞觀十三年苑卒弟子等猶繼其業云

隋開皇中蔣州人嚴恭者於郭下造精舍寫法華經清淨供養若紙若筆必以淨心不行欺詐信心而與不行乞覓隨得便營如法經給書生歡喜常有十人道俗送直恭親檢校勞不告倦嘗有人從貸經錢一萬恭不獲已與之貸者得錢船載中覆錢失人活是日恭入錢庫見一萬錢濕如水洗怪之後見所貸錢人方知其沒溺又有商人至邦亭湖祭神上物夜夢神云倩君以物送與嚴恭法華令經用也及覺所上之物在前又恭曾至市買紙少錢忽有人持二千錢授恭曰助君買紙言已不見又有漁人夜見江中火焰焰浮來以船迎之乃是經函及明尋視乃是嚴家經其後發願略云無一字而不經眼無一字而不用心及大業末子孫猶傳經業群盜相約不入其里里人賴之至今故業猶爾云

右監門校尉馮翊李山龍以武德中暴亡心暖七日乃甦云初至官庭前有囚數千枷鎖檢繫見一大官坐廳高座問傍人何官彼曰王也因至階問生平作何福業龍云鄉人設會恒施物與之又曰更作何善業龍曰誦法

華兩卷王曰大善可升階就東北高座誦之便舉聲曰妙法蓮華經序品第一王曰請法師止向法師誦非唯自利乃令庭中諸囚皆以聞法獲免諸囚叙爾不見乃放還略見地獄五苦休息亦由聞經故止也云

太廟丞趙郡李思一者以貞觀二十年正月八日失瘖至十三日死經日乃甦自言備見冥官云年十九時嘗害生命思一悟之曰所害之時在安州旻法師下聽涅槃何縁於彼相害官追旻師有答云旻生金粟界不可追且放還家家近清禪寺僧玄通素與往來俄見其活又說冥事因爲懺悔受戒并勸轉金剛般若五千徧至日晩又死明日還甦自云見大官遥見便大喜曰還家大作福德復見一僧證云旻師遣來官見驚懼迎之僧曰思一昔時聽講又不殺害何縁妄録耶冥官曰即放還至家日淨心修善因遂活云

陳公太夫人豆盧氏信福誦金剛般若一紙未竟後日昏時頭痛四肢不安自念儻死經不終耶即起强誦而燈已滅命婢然燭厨中外院覓火俱絶夫人深恨忽見庭中有然火燭上階入堂至牀前三尺許無人執而光明若晝夫人驚喜所苦亦除取經誦之有頃家人鑽燧得火然燈入堂堂中燭火即滅便以此夜誦竟因此日誦五徧爲常云

中書令岑文本少信佛誦法華經普門品嘗乗船於吳江中船壊人死文本亦没水聞有人言但念佛必不死如是三言遂隨波出没須臾著岸云

武德年中都水使者蘇長爲巴州刺史度嘉

陵江中流風起船没男女六十餘人皆溺死唯有一妾常誦法華經及水入船妾頭戴經函誓與俱死乃隨波汎濫頃之達岸經函外濕内乾于今尚在云

貞觀中河東董雄爲大理丞少來信誠蔬食十數年十四年中坐連李仙童事上大怒使侍御韋悰鞫問甚急因禁數十人大理丞李敬玄司直王忻同連此坐雄與同屋囚鎖專念普門品日得三千徧夜坐誦經鎖忽自解落地雄驚告忻玄忻玄共視鎖堅全在地而鉤鎖相離數尺即告守者其夜監察御史張守一宿直命吏開鎖火燭之見鎖不開而相離甚怪又重鎖紙封書上而去雄如常誦經五更中鎖又解落有聲雄又告忻玄等至明告守一守一來視之封題如故而鎖自相離敬玄素不信佛法其妻讀經常謂曰何爲胡神所媚而讀此書耶及見雄此事乃深悟不信之咎方知佛爲大聖也時忻亦誦八菩薩名滿三萬徧晝鎖解落視之如雄不異其事臺中内外具皆聞見不久俱脱云

益州西南新繁縣西四十里許有王李村隋時有書生姓荀氏在此教學大工書而不顯迹人欲其書終不肯出人乃毆之亦不出遂以筆於前村東空中四面書般若經數日便了云此經擬諸天讀之人初不覺其神也後忽雷雨大注牧牛小兒於書經處住而不澆濕其地乾燥可有丈許自外流潦及晴村人怪之爾後每雨小兒等常集其中衣服不濕武德年有非常僧語村人曰此地空中有般若經村人莫汙諸天於上設蓋覆之不可輕

踐因此四周欄楯不許人畜往踐于今兩時仍乾齋日村人就供毎聞天樂聲繁會盈耳
龍朔三年正月二十七日有京師高表仁孫子眘讀法華經乗馬從順義門出有兩騎追之曰今捉獲矣其人問曰卿是何人答曰我是閻王使者故來追卿其人惶忙走馬西出欲投普光寺使人曰疾捉寺門勿令入入即得脱及至寺門乃見一騎捉門又西走欲入開善寺又令騎捉門遂爾相從西奔欲還本宅宅在化度寺東恐道遠乃欲入醴泉坊一騎在前其人以拳擊之鬼遂落馬後鬼曰此人大麤急曳下挽却頭髪即被牽髪如刀割狀遥擲于地亦隨落馬家人轝還至晩甦云備見閻王云君何盜僧果子何事説三寶過遂依伏罪無敢厝言王言盜果之罪合吞鐵丸四百五十枚四年受之方盡説過之罪合耕其舌因放令出遂甦少時還絶口如吞物通身皰赤有苦楚相纒經日方醒云經一年吞百餘丸其苦難言明日復爾恰經四日吞丸亦盡方欲拔舌耕之拔而不出勘案所由乃云曾讀法華舌不可出遂放令活今見在化度寺圓滿師處聽法懺悔云
龍朔三年六月二十日司元少常伯崔義起大不信佛妻父蕭鏗念善誦法華般若數千偏辛酒不入門起妻以五月亡爲修三七齋正食亡妻來有婢素玉見作夫人語我生時雖聞地獄不大信今受苦不可言汝男女等不得不信由汝爲我轉經然燈功德放暫歸便向大衆陳懺我至二十日更來將素玉看我受罪至期果至將素玉去見大城官府夫

人入别院須臾火鑊鐵牀總至夫人受毒忽見夫人父蕭公坐蓮華臺語夫人早放素玉還告素玉我女生時不用我語多瞋妬不信善惡今受此苦我無力可救汝歸可語其夫兒女道令修功德不久解脱又見婆羅門僧從空中下教素玉誦金剛般若又誦藥師法華一徧兩卷並改名爲聲聞又曰閻浮提人不信佛汝誦此經聞婆羅門並解經語婢死三日便甦家人良賤初如常遇患麟德元年正月薛將軍宅齋迎婢請三道佛頂骨婆羅門僧令試素玉乃升座長誦一無脱漏皆合掌歎曰如西國本不異合衆驚訝希有奇事薛將軍遂口奏天子大歎曰百官亦有不信者冥道若此何得不信時朝貴聞者咸生大信司成館博士范叔元又將僧二十人就翊善坊宅召素玉令誦本經梵音深妙令人樂聞自云不忘故爾云

集神州塔寺三寶感通録卷第三上

集神州塔寺三寶感通録卷第三下

唐終南山釋道宣撰

神僧第三 凡三十人

僧之眞僞唯佛明之自餘凡小卒未能辯良由道俗化方適縁不一權道難謀變現隨俗不可以威儀取難得以事相求通道爲先故無常准經云示衆有三毒又現邪見相我弟子如是方便度衆生所以二十四依通三乘於季俗一十六聖躬六萬而弘持又有九十九億三達眞人七十四賢五通明士冥通佛性顯益神功遂使三有太洲釋門所流四圍輪内同禀仁風能使七衆歸依碎四魔於身世八部弘護澄五翳於當時固得代有澆淳時逢信毀淳信之侶感淨果而高升澆毀之徒受濁報而下没斯並無辜起惡謂冒精靈佛於爾無嫌凡於佛有障徒爲訕謗終難絶之故周魏兩武威服諸侯輕欺佛法望使除滅自貽伊戚禍及其身命窮政改呼嗟何已尋滅興復更顯由來斯則興亡在人正法蕪没良由前列衆聖冥力住持存廢自彼道無不在豈得以百年之短壽而拒六萬之脩期乎豈得以一國之局王而擁三千之鴻化乎豈得以人中之聖睿而抗天表之正眞乎豈得以生死之形儀而格金剛之寶質乎以四據量殊不可也彼周魏兩君明明后辟知萬歳之焉有審百年之不期寶位由於非道神識抱於愚蔽者則自救無暇焉能及人皆謂常住萬邦鄙三五而稱聖威加四海蔑堯舜之獨夫遂使誅除佛化非我誰能坐受天殃賢愚同笑故集僧中之道勝爲住持之臣證

手依付法藏傳佛以正法付大迦葉令其護持不使天魔龍鬼邪見王臣所有輕毀既受囑已結集三藏流布人天迦葉以法囑累阿難如是展轉乃至師子合二十五人並閻浮洲中六通聖者大迦葉今在靈鷲山西峯巖中坐入滅盡定經五十六億七千萬歲慈氏佛降傳能仁佛所付大衣然後涅槃又于填國南二千里沮渠國有三無學在山入定無數年來卓然如生至十五日外僧入山爲剃鬚髮案諸經律佛令大阿羅漢賓頭盧不得滅度傳於佛法於三天下福利群生今出生死又入大乘論云賓頭盧羅睺羅等十六無學及九十九億羅漢皆於佛前受籌住法又依別傳住在四大洲及小洲并天上至人壽六十歲時中雖少隱後還興復斯諸聖人冥爲利益故今山内聖寺神僧鐘聲香氣往往值遇皆不虚也後明顯益略述如左

漢桓帝時沙門安清字世高者安息國王之太子也捨位出家入於聖果自云過去曾至廣州值一昔怨見便唾手以刀逐之高曰卿之宿怨猶未除也其人曰眞得汝矣便申頸受刃於彼命終今生爲太子即高身也有一同學好施多瞋高曰卿明經好施不在吾後然多瞋忿命報如何彼曰物來相惱誠難忍之冀受報時希垂拯濟高然之彼命終已便於此土爲䢼亭湖神威力所統上下千里祈禱給福分風泝流高歷遊中原將往度之寄載至湖舟人奉牲請福神曰船上沙門可召來也即召來至神曰吾昔與君本雖同學但以多瞋故受神報命在旦夕死入地獄然此

形骸恐汙江湖當徙於西岸有布絹千疋并寶物可用致福高曰故來相造叙昔舊縁報至難免長慨如何可現眞形心願盡矣神曰醜形可恥如何示人高曰但出無損神乃從座後出身乃是大蟒申頸至高膝上高見已淚出如泉蟒亦下泣便作梵唄亡契爲除鱗内小蟲又作梵語數百言已蟒便漸隱高命舟人盡取財寶載往豫章舉帆西引蟒又登山出身極望夜宿江浦有青衣者上船曰蒙爲興福得免苦趣極受安樂高以其物爲造東寺明日江西澤中有一死蟒頭尾相去極遠今潯陽蛇頭蛇尾村是也相去四十里高重往廣州問昔害身猶尚在執手解伏爲善知識又曰小債未償須往會稽至市亂鬪妄被打死云

魏廢帝甘露五年沙門朱士衡者講小品經恨章句未盡此年往西域尋求獲之彼有留難不許東返士衡執經王庭曰必大法不傳當從火化便以棄經投火一無所損舉國敬異便達東夏即放光經是也年八十亡依法火焚而經曰不壞道俗異之乃具呪曰若眞得道法應毀壞便應聲摧碎遂收而起塔云

晉武太康中沙門耆域者西域人浮海東遊達于襄陽寄載北度船人見胡人衣裳弊陋輕而不載比達北岸域巳先上兩虎弭耳逐之域摩其頭人問之無所答惠帝末至洛陽誡諸僧服章華侈不以佛法爲志見洛宮曰忉利天宮髣髴似此上有千二百作具本是天匠當以道力成之而以生死力作不亦勤苦乎更見支法淵曰好菩薩羊中來見竺法

興曰好菩薩天中來告人曰聖人將去京師贈遺億萬悉受臨發封而留之作大旛八百口駞駝負而西返又曰此方後大造新罪可哀如何及晉亂鼎沸斯言不朽洛陽中食訖送者無數耆域徐行而奔馬不及後有西來估客於流沙北逢討校其日乃初發洛陽日也量其所行蓋已萬里之外云

晉初沙門佛調者住常山積年業尚純朴獨行山林夜投虎窟大雪虎來橫卧其前調曰我奪汝舍有愧如何以手拂虎上雪虎弭耳下山從者駭怖自尅亡日近遠與訣曰天地長久尚有崩壞豈況人乎若能遣除三垢則此爲不朽耳遂還房端坐而卒後數年白衣弟子入山伐木見調在巖上衣服鮮明同輩八人驚曰和尚尚在耶曰吾常在耳具問知故良久乃去遂發其冢不見其屍云

沙門犍陀勒者晉初遊洛數年雖敬其風操而不測其通照也後語人曰盤鵄山有古寺塔能建之者其福不貲衆人許之依言發掘咸得礎石卒遂興復以勒爲寺主去洛百里至時食訖乞油一鉢擎以還寺去來迅速其狀若飛有能行者逐之須臾遠失勒笑曰可捉我衣角既持之不移晷而達寺云

抵世常者晉太康中富人居時禁晉人作沙門常奉法不懼憲網潛於宅中 立精舍供養沙門于法蘭亦在其中比丘來者不憚後有僧來姿形頑陋衣弊足泥常逆作禮命奴洗足僧曰常自洗之何用奴也常曰老病以奴自代僧不許常私罵而去僧現八尺形容儀光煒煒飛行而去常撫膺自撲泥中家內僧

尼行路五六十人望見空中數十丈分明奇香芬氣一月留宅云

闕公則者趙人恬放蕭然唯勤法華晉武時死于洛邑同志爲設會於白馬寺其夕轉經空中聞唱薩聲仰視一人形器光麗曰我是闕公則也生西方安樂界與諸上人來此聽經合堂驚出咸共見之時衞士度汲郡苦行居士師於則母亦篤信常飯僧日將中忽空中下鉢正落母前乃則鉢也有飯盈滿香氣充堂皆得飽滿七日不飢士度有文章見冥祥傳云

東晉初南陽滕並舍之父也家門信敬每設會不逆請隨來者而供之後設會於路要僧見一僧蔭柳而坐請入舍行食淨人翻飯傾簞于地惘然無計僧曰貧道鉢飯充足一衆所作既畢擲鉢空中極目乃滅即刻木擬之朝夕禮事災禍則其像先到云

西晉末竺法進開度浮圖主也多知聰達值國欲亂將入山隱衆人設會與別布香有僧來處上座衣服塵垢面目黃腫進怪之牽曳就下復來如是至三不復見衆坐食忽暴風起揚沙柈案俱覆法進懺失自責輕侮之過

李恒西晉末遇一僧曰君福將至然後禍來若守貧不仕者殃滅休至若帶金紫極於三郡於一郡即止者善矣恒性躁本寒門恒曰且富貴何豫後患此僧留宿夜視見滿一牀恒驚呼家人看之又化爲鳥峙梁上天曉復形而去恒送出忽不見因此信佛亦不能用其言後爲西陽江夏廬江太守太興中錢鳳之亂被誅斯僧言不謬云

西晉末竺佛圖澄西域人形皃似百歲者左脇孔圍可四五寸以帛塞之齋日水邊抽腸胃出洗巳內孔夜則除帛光照一室以讀書雖未通群籍與諸學士輒辯析無滯莫不伏者永嘉中遊洛下時石勒屯兵河北以殺戮爲威道俗遇害不少澄往造軍門豫定吉凶勒見每拜澄化令奉佛滅虐刑故中州免死者十而八九勒與劉曜相拒搆隙以問澄澄曰可生擒取何憂乎麻油塗掌令視之見曜被執朱繩縛肘後果獲之如掌所見至建平四年四月八日勒至寺灌佛微風吹鈴有聲澄顧謂衆曰解此鈴音者不鈴言國有大喪不出今年至七月而勒死石虎即位師奉過勒錫以輿輦出入乘焉所有祥感其相多矣虎末年澄告弟子曰禍將作矣乃期未至吾且過世至戊申年太子殺其母弟虎怒誅及妻子明年虎死遂有冉閔之亂葬於鄴西一云澄死之日商者見在流沙虎聞開棺唯有衣鉢澄在中原時遭凶亂而能通暢仁化其德最高非夫至聖何能救此塗炭凡造寺九百八十餘所通濟道俗者中分天下矣

釋道安姓衛氏常山人事澄公爲弟子澄與語終日而無歇門人怪而問曰和尚道化既廣當與先輩宿德通言安非衆望而與語終日澄曰此人有遠識非爾所知及澄亡安與徒屬千餘逃難王屋濩澤諸山木食澗飲南渡河趣漢陰夜行乘電過人家令召林伯升主人驚曰素不行往何得知名安曰卿門馬柳中掛一篼可容一斛非百升耶兩木夾之非林如何然安手臂上有肉釧捋可上下而

不出腕時俗號印手菩薩羅什之在龜茲亦遥禮焉既達荆襄大行道化分衆四出所在流法夜有異僧寄宿大堂窻隟出入守者告安安往禮曰自顧罪重如何臨顧僧曰君殊無罪當生兜率即以手撝西北天際重霄既收天宫奄現又曰當浴聖僧此果畢矣安曰浴具可辦聖何由致僧曰但依浴法聖可致也安便事之至時果有非常小兒十數入寺遊戯須臾失之但聞浴室用水聲久之不見開室而巾濕水減及襄陽没秦安歸符氏將平東晉安苦諫不從遂有淮南之敗將終日因早食先還與僧大訣便卒葬於五級寺中云

沙門單道開燉煌人出家山居服練松栢三十年後唯呑小石子行歩如飛不耐人諠樂幽靜在抱罕多年石虎時來自西平日行七百至鄴周行邑野救諸患苦得財即散徒行而已石氏將末與弟子來建業又南造羅浮山遂卒山舍袁彦伯興寧中登山禮其枯骸云

東晉司空何充弱而信法於齋立座數年以待神聖設會於家道俗甚盛座中一僧容服垢汙神色低陋自衆升坐拱默而已一堂怪之謂在謬僻充亦不平形於顔色及行中食僧飯於座事畢提鉢而出堂顧充曰何俟勞精進耶擲鉢空中凌虚而逝充及道俗目送天際共追惋恨稽悔累旬云

晉大司馬桓温末年奉法有尼失名自遠來造而才行不群桓温敬而不倦每浴必移影温訝而私視見尼裸形揮刀自剖破腹出臟

斷截身首支分臠切温駭而怖有頃尼出空身如常温以情問尼曰若遂凌居上刑當如之時温方謀問鼎聞此悵然便止遂辭不測所之云

晉太元三年杜願涪人家巨富男天保十歲暴亡數月家養猪生五子一最肥官長新至願將爲禮捉就欲殺有僧忽至謂願曰㹠是天保如何百日遂相忘耶言竟不見即四尋視乃在天西騰空而去也云

廬山七嶺同會於東共成一峯晉太元中豫章太守范甯遣人伐木此山見一沙門凌虚直上踞峯久之與雲俱隱能文之士咸爲之興詞沙門曇諦賦此山曰應眞凌雲以據峯眇翳景而入冥是也

沙門竺僧朗戒行嚴明華戎敬異嘗與諸徒受請行於中道曰吾竊有疑寺有盜者同伴返視果及偷焉晉太康中於東嶽金輿谷起寺列衆符堅之末降斥道人惟朗一衆不在毀例信者由此高之每有外來輒預爲調舊谷多虎自朗居之如家犬焉有井神異女人臨之則竭朗謝而復滿焉燕主給以二縣租調拜爲東齊王魏主晉帝符秦並致書遠錫至今三百餘年寺像存焉現有僧住重其古迹名爲神通寺云

沙門梁法相者河東人山居獨住禽獸馴其左右太山祠大石函以貯神物相宿其廟見一玄衣武冠令相開函蓋重千鈞義非獨舉試提之飄若輶毛遂取財寶以施貧窶後度江住越城寺忽遨遊放達俳優干冒鎭北司馬恬惡其不節招而鴆之頻傾三杯神氣自

若年八十九元興末卒云

杯度沙門不知何來如前即蓬萊道人也初在冀州年可七十隱匿姓名不護細行人不齒之曽投人夜宿家有金像度持而出主人奔馬追之安行如故騎走不及至河以小杯在水一足投中抃舞而過因號之杯度時在彭城荷簞而行至食赴會便置簞當道人嫌妨行移終不動食訖持去不以爲礙永嘉初中江南卒羅什聞度在彭城曰吾與此子戲別已數百年如何南度遂不面耶云

沙門道冏扶風馬氏有學業元嘉二年於洛作普賢齋道俗四十餘人已經七日中食忽見一人著褶乘馬入至堂前下馬禮佛謂是常人不甚禮異便登馬揮鞭忽失所在但見赤光洞天良久乃滅後三年末復作普賢齋將竟之日有二僧至容服如凡直來禮佛而出有覺異者出門送之忽見飛直上天失僧所在云

求那跋摩西域人宋初來遊揚都多所開化時咸謂得聖人也以華布諸座下諸僧皆萎唯跋摩鮮淨及卒端坐叉手咸謂入深禪定多日不起於席下得遺言三十餘行云得二果時夜集者二百餘人咸見一物長如疋許繞屍而西南去云

宋元嘉元年東官侖二女姊十歳妹九歳里越愚家未知經法忽其年二月八日並失所在三日而歸粗說見佛至九月十五日又失一旬還作外國語誦經梵書見西域僧便相開解明年正月十五日又失田作人見從風上天父母哀哭求禱神鬼經月乃返剃頭爲

尼被服法衣持髮而歸自說見佛及比丘尼曰汝宿緣爲我弟子手摩頭髮便落與其法名大曰法緣小曰法綵遣還曰可作精舍當興經法旣達家即除鬼坐立精舍旦夕禮誦每五色光流汎峯嶺自此容止音調詮正有法上京風規不能過也刺史韋朗孔默皆迎敬異云

沙門慧全涼州禪師也門徒五百中有一人性頗麤異全不齒錄後忽自云得那含果全以無行永所不信全有疾閉房此弟子夜至問病而門閉頗異之全密重關而自靜又至牀前曰闍黎可見信也若命過當生婆羅門家全曰我一生坐禪豈析生彼耶弟子曰闍黎信道不篤外學未絕雖有福業不能超詣若作一會飯一聖人可成道果全即依辦弟子又曰可以僧伽黎施須者勿擇及會訖施衣有沙彌就全取衣謂是其弟子曰吾欲擬聖人那得與汝復憶前囑不得擇人便以歡施他曰問沙彌曰先所得衣著不大耶沙彌曰何等衣也此日他行全方悟取衣者聖所化也弟子俄過世唯冢四邊時有白光元嘉末年全猶在世云

宋元嘉初劉凝之在廣陵逢一異僧曰君將病氣然不死可作三百錢食飯僧則免此患凝之素不敬信聞之加忿僧曰勿怒但加敬自得福也二十步許忽不見後經七日病發殆死後在都下有僧先不相識直入戶曰君有法緣何不精進凝之因說前事僧曰此賓頭盧也語已不知所之凝之以十七年於廣陵惠往精舍見旛蓋在空久之滅矣

魏太武沙門曇始甚有神異常坐五十餘年足不躡履跣行泥中舉足便淨色白於面俗號白足阿練也赫連昌破長安始被白刃不傷由是僧尼免死者衆太武敬重死十餘年形色不改云

宋孝武時江陵長沙寺沙門慧遠本名黄遷即禪師慧印之弟子也印每入定見遠是印之先師雖應爲蒼頭故度爲弟子常寄江陵楊家行般舟勤苦歲餘頗有感變一日十會通見遠身而般舟之處行道如故自尅終日至期果卒久之現形多寶寺謂僧曇珣曰明年二月二十三日當與天人相迎言已不見珣於是日設大法會建捨身齋其日異氣自知必盡三更中間空中樂磬聲香煙甚異珣曰遠公之契至矣尋爾神逝云

宋大明四年路太后於中興寺造普賢乘像事因設講會忽有異僧風皃秀舉一堂異之與語百餘尋爾不見初有一僧前起問曰不審上人從何而來曰自天安不審何名曰名慧朗也云云

宋末沙門寶誌者遊於揚都初無異相後頗涉疑分形赴供人乃加異齊氏受禪多有猜疑刑加鉗鋸忤犯者衆聞誌有異長囚鏁于圓戸誌任之曾無憂恚召獄吏曰門外兩輿食何不取來及看乃是文惠文宣所送行始至獄後於市中巷内見誌徒行有司白帝帝令看獄中有無見誌著械如故往市捜捉隨見隨滅隱顯不定預記未然萬無一失時又浪言無表次梁祖建運下詔出云任其往返無所拘礙形如耆老被髪擎杖懸鏡剪刀無

所定泊多來延賢寺僧寶意處意以聖化處之時亢旱誌白帝曰雲能得雨可講勝鬘即令法雲法師講之膏雨充洽帝後時從容問曰帝位更運誰守百年弟子既能奪他故知他亦能奪不知是誰當續梁後誌張喉開口以手指之初不委也侯景事故方知先及不久曰聖人將去如是卧於空野云

今并州郭下安仁寺西劉薩何師廟者昔西晉之末此鄉本名文成郡即晉文公避地之所也州東南不遠高平原上有人名薩何姓劉氏余至其廟備盡其緣諸傳約略得一涯耳初何在俗不異於凡人懷殺害全不奉法何尚同之因患死甦曰在冥道中見觀世音曰汝罪重應受苦念汝無知且放汝今洛下齊城丹陽會稽並有育王塔可往禮拜得免先罪何得活已改革前習土俗無佛承郭下有之便具問已方便開喻通展仁風稽胡專直信用其語每年四月八日大會平原各將酒餅及以淨供從旦至中酣飲戲樂即行淨供至中便止過午已後共相讃佛歌詠三寶乃至于曉何遂出家法名慧達百姓仰之敬如日月然表異迹生信逾隆晝在高塔為衆說法夜入繭中以自沉隱旦從繭出初不寧舍故俗名為蘇何聖蘇何者稽胡名繭也以從繭宿故以名焉故今彼俗村村佛堂無不立像名胡師佛也今安仁寺廟立像極嚴士俗乞願萃者不一每年正月輿巡村落去住自在不唯人功欲往彼村兩人可舉額文則開顏色和悅其村一歲死衰則少不欲去者十人不移額文則合色皃憂慘其村一歲必

有灾障故俗至今常以爲候俗亦以爲觀世音者假形化俗故名慧達有經一卷俗中行之純是梵語讀者自解余素聞之親往二年周遊訪迹始末斯盡故黄河左右并隰嵐石丹延綏銀八州之地無不奉者皆有行事如彼説之然今諸原皆立土塔上施栢剎繫以蠶繭擬達之棲止也何於本鄉既開佛法東造丹陽諸塔禮事已訖西趣涼州番禾御谷禮山出像行出肅州酒泉郭西沙磧而卒形骨小細狀如葵子中皆有孔可以繩連故今彼俗有灾障者就磧覓之得之凶亡不得吉喪有人覓既不得就左側觀音像上取之至夜便失明旦尋之還在像手故土俗以此尚之云

齊周隋唐代有神異事止百年見聞不少備之僧傳故鈌而不載略述感通之會知僧中之有人焉

集神州塔寺三寶感通録卷第三下

大唐西域記

唐三藏法師玄奘奉詔譯

清刻龍藏佛說法變相圖

大唐西域記序

唐尚書左僕射燕國公製

若夫玉毫流照甘露灑於大千金鏡揚輝薰風被於有截故知示現三界粤稱天下之尊光宅四表式標域中之大是以慧日淪影像化之跡東歸帝猷宏闡大章之步西極有慈恩道場三藏法師諱玄奘俗姓陳氏其先頴川人也帝軒提象控華渚而開源大舜賔門基歷山而聳構三恪照於姬載六奇光於漢祀書奏而承朗月遊道而聚德星縱壑駢鱗培風齊翼世濟之美鬱爲景胄法師藉慶誕生含和降德結根深而莜茂道源浚而靈長奇開之歲霞軒月舉聚沙之年蘭薰桂馥泊乎成立藝殫墳索九皐載響五府交辟以夫早悟眞假夙照慈慧鏡眞筌而延佇顧生涯

而亦息而朱紱紫纓誠有界之徽網寶車丹枕實出世之津途由是擯落塵滓言歸閑曠令兄長捷法師釋門之棟幹者也擅龍象於身世挺鶖鷺於當年朝野挹其風猷中外羨其聲彩既而情深友愛道睦天倫法師服勤請益分陰靡棄業光上首擢秀檀林德契中庸騰芬蘭室抗策平道包九部而吞夢鼓枻玄津俯四韋而小魯自兹徧遊談肆載移涼燠功既成矣能亦畢矣至於泰初日月燭耀靈臺子雲鑾帨發揮神府於是金文曁啓佇秋駕而雲趨玉柄纔撝披霧市而波屬若會斵輪之旨猶知拜瑟之微以瀉瓶之多聞泛虛舟而獨遠迺於轘轅之地先摧鏶腹之誇井絡之鄉遽表浮杯之異遠邇宗挹爲之語曰昔聞荀氏八龍今見陳門雙驥汝頴多奇

士誠哉此言法師自幼迄長遊心玄理名流先達部執交馳趨末忘本摭華捐實遂有南北異學是非紛糺永言於此良用憮然或恐傳譯踳駮未能筌究欲窮香象之文將罄龍宫之目以絶倫之德屬會昌之期杖錫拂衣第如遐境於是背玄灞而延望指葱山而矯迹川陸綿長備嘗艱險陋博望之非遠嗤法顯之爲局遊踐之處畢究方言鐫求幽賾妙窮津會於是詞發雎黄韮英天竺文傳貝葉聿歸震旦太宗文皇帝金輪纂御寶位居尊載佇風徽召見青蒲之上迺睠通識前膝黄屋之間手詔綢繆中使繼路俯摛睿思乃製三藏聖教序凡七百八十言今上昔在春闈裁述聖記凡五百七十九言啓玄妙之津書揄揚之旨蓋非道映鷄林譽光鷲嶽豈能緬

降神藻以旌時秀奉詔翻譯梵本凡六百五十七部具覽遐方異俗絕壤殊風土著之宜人備之序正朔所曁聲教所覃著大唐西域記勒成一十二卷編録典奥綜覈明審立言不朽其在兹焉

大唐西域記卷第一

唐三藏法師玄奘奉詔譯

大總持寺沙門辯機撰

三十四國

阿耆尼國　屈支國

跋禄迦國　笯(奴故切)赤建國

赭時國　怖(敷廢切)捍國

窣堵利瑟那國　颯秣建國

弭秣賀國　劫布呾那國

屈霜(去聲)你迦國　喝捍國

捕喝國　伐地國

貨利習彌伽國　羯霜(去聲)那國

呾蜜國　赤鄂衍那國

忽露摩國　愉(色俱切)漫國

鞠和衍那國　鑊沙國

珂咄羅國　拘謎(莫閉切)陀國

縛伽浪國　紇露悉泯健國

忽懔國　縛喝國

鋭秣陀國　胡實健國

呾剌健國　揭職國

梵衍那國　迦畢試國

歷選皇猷遐觀帝録庖羲出震之初軒轅垂衣之始所以司牧黎元所以疆畫分野暨乎唐堯之受天運光格四表虞舜之納地圖德流九土自兹已降空傳書事之册逖聽前修徒聞記言之史豈若時逢有道運屬無爲者歟我大唐御極則天乘時握紀一六合而光宅四三皇而照臨玄化滂流祥風遐扇同乾坤之覆載齊風雨之鼓潤與夫東夷入貢西戎即叙創業垂統撥亂反正固以跨越前王

囊括先代同文共軌至治神功非載記無以贊大猷非昭宣何以光盛業玄奘輙隨遊至舉其風土雖未能考方辨俗信已越五踰三含生之儔咸被凱澤能言之類莫不稱功越自天府暨諸天竺幽荒異俗絶域殊邦咸承正朔俱霑聲教贊武功之績諷成口實美文德之盛鬱爲稱首詳觀載籍所未嘗聞緬惟圖諜誠無與二不有所叙何記化洽今據聞見於是載述然則索訶世界（舊曰娑婆世界又曰娑訶世界皆訛）三千大千國土爲一佛之化攝也今一日月所照臨四天下者據三千大千世界之中諸佛世尊皆此垂化現生現滅導聖導凡蘇迷盧山（此言妙高山舊曰須彌又曰須彌婁皆訛略）四寶合成在大海中據金輪上日月之所迴薄諸天之所遊舍七山七海環峙環列山間海水具八功德七金山外乃鹹海也海中可居者大略有四洲焉東毗提訶洲（舊曰弗婆提又曰弗于逮訛）南贍部洲（舊曰閻浮提洲又曰剡浮洲訛也）西瞿陀尼洲（舊曰瞿耶尼又曰劬伽尼訛）北拘盧洲（舊曰鬱單越又曰鳩樓訛）金輪王乃化被四天下銀輪王則政隔北拘盧銅輪王除北拘盧及西瞿陀尼鐵輪王則唯贍部洲夫輪王者將即大位隨福所感有大輪寶浮空來應感有金銀銅鐵之異境乃四三二一之差因其先瑞即以爲號則贍部洲之中地者阿那婆答多池也（此言無熱惱舊曰阿耨達池訛）在香山之南大雪山之北周八百里矣金銀瑠璃頗胝飾其岸焉金沙彌漫清波皎鏡大地菩薩以願力故化爲龍王於中潛宅出清冷水給贍部洲是以池東面銀牛口流出殑（巨升切）伽河（舊曰恒河又曰恒伽訛也）繞池一帀入東南海池南面金象

口流出信度河（舊曰辛頭河訛）繞池一帀入西南海池西面瑠璃馬口流出縛芻河（舊曰博叉河訛）繞池一帀入西北海池北面頗胝師子口流出徙多河（舊曰私陀河訛）繞池一帀入東北海或曰潛流地下出積石山即徙多河之流爲中國之河源云

時無輪王應運贍部洲地有四主焉南象主則暑濕宜象西寶主乃臨海盈寶北馬主寒勁宜馬東人主和暢多人故象主之國躁烈篤學特閑異術服則橫巾右袒首則中髻四垂族類邑居室宇重閣寶主之鄉無禮義重財賄短製左衽斷髮長髭有城郭之居務殖貨之利馬主之俗天資獷暴情忍殺戮毳帳穹廬鳥居逐牧人主之地風俗機慧仁義昭明冠帶右衽車服有序安土重遷務資有類三主之俗東方爲上其居室則東闢其戶旦日則東向以拜人主之地南面爲尊方俗殊風斯其大槩至於君臣上下之禮憲章文軌之儀人主之地無以加也清心釋累之訓出離生死之教象主之國其理優矣斯皆著之經誥聞諸土俗博關今古詳考見聞然則佛興西方法流東國通譯音訛方言語謬音訛則義失語謬則理乖故曰必也正名乎貴無乖謬矣夫人有剛柔異性言音不同斯則繫風土之氣亦習俗之致也若其山川物產之異風俗性類之差則人主之地國史詳焉馬主之俗寶主之鄉史誥備載可略言矣至於象主之國前古未詳或書地多暑濕或載俗好仁慈頗存方志莫能詳舉豈道有行藏之致固世有推移之運矣是知候律以歸化飲

澤而來賓越重險而欵玉門貢方奇而拜絳闕者蓋難得而言焉由是之故訪道遠遊請益之隙存記風土黒嶺已來莫非胡俗雖戎人同貫而族類羣分畫界封疆大率土著建城郭務田畜性重財賄俗輕仁義嫁娶無禮尊卑無次婦言是用男位居下死則焚骸喪期無數務面截耳斷髮裂裳屠殺羣畜祀祭幽魂吉乃素服凶則皂衣同風類俗略舉條貫異政殊制隨地別敘印度風俗語在後記

出高昌故地自近者始曰阿耆尼國（舊曰烏耆）

阿耆尼國東西六百餘里南北四百餘里國大都城周六七里四面據山道險易守衆流交帶引水爲田土宜穈黍宿麥香棗蒲萄梨柰諸果氣序和暢風俗質直文字取則印度微有增損服飾氈㲲斷髮無巾貨用金錢銀錢小銅錢王其國人也勇而寡略好自稱伐國無綱紀法不整肅伽藍十餘所僧徒二千餘人習學小乘教説一切有部經教律儀既遵印度諸習學者即其文而翫之戒行律儀潔清勤勵然食雜三淨滯於漸教矣從此西南行二百餘里踰一小山越二大河西得平川行七百餘里至屈（居勿切）支國（舊曰龜茲）

屈支國東西千餘里南北六百餘里國大都城周十七八里宜穈麥有粳稻出蒲萄石榴多梨柰桃杏土產黃金銅鐵鉛錫氣序和風俗質文字取則印度粗有改變管絃伎樂特善諸國服飾錦㲲斷髮巾帽貨用金銀錢小銅錢王屈支種也智謀寡昧迫於强臣其俗生子以木押頭欲其匾䖬也伽藍百餘所僧徒五千餘人習學小乘教説一切有部經教

律儀取則印度其習讀者即本文矣尚拘漸教食雜三淨潔清耽翫人以功競國東境城北天祠前有大龍池諸龍易形交合牝馬遂生龍駒㦗悷難馭龍駒之子方乃馴駕所以此國多出善馬聞諸先志曰近代有王號曰金華政教明察感龍馭乘王欲終沒鞭觸其耳因即潛隱以至于今城中無井取汲池水龍變爲人與諸婦會生子驍勇走及奔馬如是漸染人皆龍種恃力作威不恭王命王乃引搆突厥殺此城人少長俱戮略無噍類城今荒蕪人煙斷絕荒城北四十餘里接山阿隔一河水有二伽藍同名昭怙釐而東西隨稱佛像莊飾殆越人工僧徒清肅誠爲勤勵東昭怙釐佛堂中有玉石面廣二尺餘色帶黃白狀如海蛤其上有佛足履之迹長尺有八寸廣餘八寸矣或有齋日照燭光明大城西門外路左右各有立佛像高九十餘尺於此像前建五年一大會處每歲秋分數十日間舉國僧徒皆來會集上自君王下至士庶損廢俗務奉持齋戒受經聽法渴日忘疲諸僧伽藍莊嚴佛像瑩以珍寶飾之錦綺載諸輦輿謂之行像動以千數雲集會所常以月十五日晦日國王大臣謀議國事訪及高僧然後宣布會場西北渡河至阿奢理貳伽藍（此言奇特）庭宇顯敞佛像工飾僧徒肅穆精勤匪怠並是耆艾宿德博學高才遠方俊彥慕義至止國王大臣士庶豪右四事供養久而彌敬聞諸先志曰昔此國先王崇敬三寶將欲遊方觀禮聖迹乃命母弟攝知留事其弟受命竊自割勢防未萌也封之金函持以上王

王曰斯何謂也對曰迴駕之日乃可開發即付執事隨軍掌護王之還也果有搆禍者曰王令監國婬亂中宮王聞震怒欲置嚴刑弟曰不敢逃責願開金函王遂發而視之乃斷勢也曰斯何異物欲何發明對曰王昔遊方命知留事懼有讒禍割勢自明今果有徵願垂照覽王深敬異情愛彌隆出入後庭無所禁礙王弟於後行遇一夫擁五百牛欲事刑腐見而惟念引類增懷我今形虧豈非宿業即以財寶贖此羣牛以慈善力男形漸具以形具故遂不入宮王怪而問之乃陳其始末王以為奇特也遂建伽藍式旌美迹傳芳後葉從此西行六百餘里經小沙磧至跋祿迦國(舊謂姑墨又曰亟墨)

跋祿迦國東西六百餘里南北三百餘里國大都城周五六里土宜氣序人性風俗文字法則同屈支國語言少異細氈細褐隣國所重伽藍數十所僧徒千餘人習學小乘教說一切有部國西北行三百餘里度石磧至凌山此則葱嶺北原水多東流矣山谷積雪春夏合凍雖時消泮尋復結冰經途險阻寒風慘烈多暴龍難陵犯行人由此路者不得赭衣持瓠大聲叫微有違犯災禍目覩暴風奮發飛沙雨石遇者喪沒難以全生山行四百餘里至大清池(或名熱海又謂鹹海)周千餘里東西長南北狹四面負山衆流交湊色帶青黑味兼鹹苦洪濤浩汗驚波汨急龍魚雜處靈怪間起所以往來行旅禱以祈福水族雖多莫敢漁捕清池西北行五百餘里至素葉水城城周六七里諸國商胡雜居也土宜糜麥蒲萄

林樹稀疎氣序風寒人衣氈毼素葉巳西數十孤城城皆立長雖不相稟命然皆役屬突厥自素葉水城至羯霜那國地名窣利人亦謂焉文字語言卽隨稱矣字源簡略本三十餘言轉而相生其流浸廣粗有書記竪讀其文遞相傳授師資無替服氈毼衣皮氎裳服褊急齊髮露頂或總剪剃繒綵絡頟形容偉大志性恇怯風俗澆訛多行詭詐大抵貪求父子計利財多爲貴良賤無差雖富巨萬服食麤弊力田逐利者雜半矣

素葉城西行四百餘里至千泉千泉者地方二百餘里南面雪山三垂平陸水土沃潤林樹扶疎暮春之月雜華若綺泉池千所故以名焉突厥可汗每來避暑中有羣鹿多飾鈴鐶馴狎於人不甚驚走可汗愛賞下命羣屬敢加殺害有誅無赦故此羣鹿得終其壽

千泉西行百四五十里至呾邏私城城周八九里諸國商胡雜居也土宜氣序大同素葉南行十餘里有小孤城三百餘戶本中國人也昔爲突厥所掠後遂鳩集同國共保此城於中宅居衣服去就遂同突厥言辭儀範猶存本國從此西南行二百餘里至白水城城周六七里土地所產風氣所宜逾勝呾邏私西南行二百餘里至恭御城城周五六里原隰膏腴樹林蓊鬱從此南行四五十里至笯赤建國

笯赤建國周千餘里地沃壤備稼穡草木鬱茂華果繁盛多蒲萄亦所貴也城邑百數各別君長進止往來不相稟命雖則畫野區分總稱笯赤建國從此西行二百餘里至赭時

國（此言石國）

赭時國周千餘里西臨葉河東西狹南北長土宜氣序同窣赤建國城邑數十各別君長旣無總主役屬突厥從此東南千餘里至怖捍國

怖捍國周四千餘里山周四境土地膏腴稼穡滋盛多華果宜羊馬氣序風寒人性剛勇語異諸國形貌醜弊自數十年無大君長酋豪力競不相賓伏依川據險畫野分都從此西行千餘里至窣堵利瑟那國

窣堵利瑟那國周千四五百里東臨葉河葉河出葱嶺北原西北而流浩汗渾濁汨淴漂急土宜風俗同赭時國自有王附突厥從此西北入大沙磧絕無水草途路彌漫疆境難測望大山尋遺骨以知所指以記經途行五百餘里至颯秣建國（此言康國）

颯秣建國周千六七百里東西長南北狹國大都城周二十餘里極險固多居人異方寶貨多聚此國土地沃壤稼穡備植林樹蓊鬱華果滋茂多出善馬機巧之伎特工諸國氣序和暢風俗猛烈凡諸胡國此爲其中進止威儀近遠取則其王豪勇隣國承命兵馬強盛多是赭羯赭羯之人其性勇烈視死如歸戰無前敵從此東南至弭秣賀國（此言米國）

弭秣賀國周四五百里據川中東西狹南北長土宜風俗同颯秣建國從此北至劫布呾那國（此言曹國）

劫布呾那國周千四五百里東西長南北狹土宜風俗同颯秣建國從此國西行三百餘里至屈霜（去聲）你迦國（此言何國）

屈霜你迦國周千四五百里東西狹南北長土宜風俗同颯林建國從此國西二百餘里至喝捍國(此言東安國)

喝捍國周千餘里土宜風俗同颯秣建國從此國西四百餘里至捕喝國(此言中安國)

捕喝國周千六七百里東西長南北狹土宜風俗同颯秣建國從此國西四百餘里至伐地國(此言西安國)

伐地國周四百餘里土宜風俗同颯秣建國從此西南五百餘里至貨利習彌伽國

貨利習彌伽國順縛芻河兩岸東西二三十里南北五百餘里土宜風俗同伐地國語言少異從颯秣建國西南行三百餘里至羯霜那國(此言史國)

羯霜那國周千四五百里土宜風俗同颯秣建國從此西南行二百餘里入山山路崎嶇谿徑危險既絕人里又少水草東南山行三百餘里入鐵門鐵門者左右帶山山極峭峻雖有狹徑加之險阻兩傍石壁其色如鐵既設門扉又以鐵錮多有鐵鈴懸諸戶扇因其險固遂以爲名出鐵門至覩貨邏國(舊曰吐火羅國訛也)其地南北千餘里東西三千餘里東阸葱嶺西接波剌斯南大雪山北據鐵門縛芻大河中境西流自數百年王族絕嗣酋豪力競各擅君長依川據險分爲二十七國雖畫野區分總役屬突厥氣序既溫疾疫亦衆冬末春初霖雨相繼故此境已南濫波已北其國風土並多溫疾而諸僧徒以十二月十六日入安居三月十五日解安居斯乃據其多雨亦是設教隨時也其俗則志性恇怯容貌鄙

陋粗知信義不甚欺詐語言去就稍異諸國
字源二十五言轉而相生用之備物書以橫
讀自左向右文記漸多逾廣窣利多衣氎少
服𣰽貨用金銀等錢模樣異諸國順縛芻河
北下流至呾蜜國
呾蜜國東西六百餘里南北四百餘里國大
都城周二十餘里東西長南北狹伽藍十餘
所僧徒千餘人諸窣堵波（所謂浮圖也又曰鍮婆又曰塔婆又曰私鍮簸又曰數斗波皆訛也）及佛尊像多神異有靈鑒東
至赤鄂衍那國
赤鄂衍那國東西四百餘里南北五百餘里
國大都城周十餘里伽藍五所僧徒尠少東
至忽露摩國
忽露摩國東西百餘里南北三百餘里國大
都城周十餘里其王奚素突厥也伽藍二所
僧徒百餘人東至愉漫國
愉漫國東西四百餘里南北百餘里國大都
城周十六七里其王奚素突厥也伽藍二所
僧徒寡少西南臨縛芻河至鞠和衍那國
鞠和衍那國東西二百餘里南北三百餘里
國大都城周十餘里伽藍三所僧徒百餘人
東至鑊沙國
鑊沙國東西三百餘里南北五百餘里國大
都城周十六七里東至珂咄羅國
珂咄羅國東西千餘里南北千餘里國大都
城周二十餘里東接葱嶺至拘謎陀國
拘謎陀國東西二千餘里南北二百餘里據
大葱嶺中國大都城周二十餘里西南隣縛
芻河南接尸棄尼國南渡縛芻河至達摩悉
鐵帝國鉢鐸創那國淫薄健國屈浪拏國呬

摩呾羅國鉢利曷國訖栗瑟摩國曷邏胡國阿利尼國瞢健國自活國東南至闍悉多國安呾邏縛國事在迴記活國西南至縛伽浪國

縛伽浪國東西五十餘里南北二百餘里國大都城周十餘里南至紇露悉泯健國

紇露悉泯健國周千餘里國大都城周十四五里西北至忽懔國

忽懔國周八百餘里國大都城周五六里伽藍十餘所僧徒五百餘人西至縛喝國

縛喝國東西八百餘里南北四百餘里北臨縛芻河國大都城周二十餘里人皆謂之小王舍城也其城雖固居人甚少土地所產物類尤多水陸諸華難以備舉伽藍百有餘所僧徒三千餘人普皆習學小乘法教城外西南有納縛（此言新）僧伽藍此國先王之所建也大雪山北作論諸師唯此伽藍美業不替其佛像則營以名珍堂宇乃飾之奇寶故諸國君長利之以攻劫此伽藍素有毗沙門天像靈鑒可恃冥加守衞近突厥葉護可汗子肆葉護可汗傾其部落率其戎旅奄襲伽藍欲圖珍寶去此不遠屯軍野次其夜夢見毗沙門天曰汝有何力敢壞伽藍因以長戟貫徹胷背可汗驚寤便苦心痛遂告羣屬所夢咎徵馳請衆僧方伸懺謝未及返命已從殞沒伽藍內南佛堂中有佛澡鑵量可斗餘雜色炫燿金石難名又有佛牙其長寸餘廣八九分色黃白質光淨又有佛掃箒迦奢草作也長餘二尺圍可七寸其把以雜寶飾之凡此三物每至六齋法俗咸會陳設供養至誠所

感或放光明伽藍北有窣堵波高二百餘尺金剛渥塗衆寶廁飾中有舍利時燭靈光伽藍西南有一精廬建立已來多歷年所遠方輻湊高才類聚證四果者難以詳舉故諸羅漢將入涅槃示現神通衆所知識乃有建立諸窣堵波基址相隣數百餘矣雖證聖果終無神變蓋亦千計不樹封記今僧徒百餘人夙夜匪懈凡聖難測大城西北五十餘里至提謂城城北四十餘里有波利城城中各有一窣堵波高餘三丈昔者如來初證佛果趣菩提樹方詣鹿園時二長者遇彼威光隨其行路之資遂獻麨蜜世尊爲說人天之福最初得聞五戒十善也既聞法誨請所供養如來遂授其髮爪焉二長者將還本國請禮敬之儀式如來以僧伽胝(舊曰僧伽梨訛)方氎布下次下鬱多羅僧次僧却崎(舊曰僧祇支訛)又覆鉢豎錫杖如是次第爲窣堵波二人承命各還其城擬儀聖旨式修崇建斯則釋迦法中最初窣堵波也城西七十餘里有窣堵波高餘二丈昔迦葉波佛時之所建也從大城西南入雪山阿至銳秣陀國

銳秣陀國東西五六十里南北百餘里國大都城周十餘里西南至胡實健國

胡實健國東西五百餘里南北千餘里國大都城周二十餘里多山川出善馬西北至呾剌健國

呾剌健國東西五百餘里南北五六十里國大都城周十餘里西接波剌斯國界從縛喝國南行百餘里至揭職國

揭職國東西五百餘里南北三百餘里國大都城周四五里土地磽确陵阜連屬少華果多菽麥氣序寒烈風俗剛猛伽藍十餘所僧徒三百餘人並學小乘教說一切有部東南入大雪山山谷高深峯巖危險風雪相繼盛夏含凍積雪彌谷蹊徑難涉山神鬼魅暴縱妖祟羣盜橫行殺害為務行六百餘里出覩貨邏國境至梵衍那國

梵衍那國東西二千餘里南北三百餘里在雪山中也人依山谷逐勢邑居國大都城據崖跨谷長六七里北背高巖有宿麥少華果宜畜牧多羊馬氣序寒烈風俗剛獷多衣皮毼亦其所宜文字風教貨幣之用同覩貨邏國語言少異儀貌大同淳信之心特甚隣國上自三寶下至百神莫不輸誠竭心宗敬商估往來者天神現徵祥示祟變求福德伽藍數十所僧徒數千人宗學小乘說出世部王城東北山阿有立佛石像高百四五十尺金色晃耀寶飾煥爛東有伽藍此國先王之所建也伽藍東有鍮石釋迦佛立像高百餘尺分身別鑄總合成立城東十二三里伽藍中有佛入涅槃卧像長千餘尺其王每此設無遮大會上自妻子下至國珍府庫既傾復以身施羣官僚佐就僧酬贖若此者以為所務矣卧像伽藍東南行二百餘里度大雪山東至小川澤泉池澄鏡林樹青葱有僧伽藍中有佛齒及劫初時獨覺齒長五寸餘廣減四寸復有金輪王齒長三寸廣二寸商諾迦縛娑（舊曰商那和修訛也）大阿羅漢所持鐵鉢量可八九升凡三賢聖遺物並以黃金緘封又有商諾

迦縛娑九條僧伽胝衣絳赤色設諾迦草皮之所績成也商諾迦縛娑者阿難弟子也在先身中以設諾迦草衣於解安居日持施衆僧承兹福力於五百身中陰生陰恒服此衣以最後身從胎俱出身既漸長衣亦隨廣及阿難之度出家也其衣變爲法服及受具戒更變爲九條僧伽胝將證寂滅入邊際定發智願力留此袈裟盡釋迦遺法法盡之後方乃變壞今已少損信有徵矣從此東行入雪山踰越黑嶺至迦畢試國

迦畢試國周四千餘里北背雪山三垂黑嶺國大都城周十餘里宜穀麥多果木出善馬鬱金香異方奇貨多聚此國氣序風寒人性暴獷言辭鄙媟婚姻雜亂文字大同覩貨邏國習俗語言風教頗異服用毛氎衣兼皮褐貨用金錢銀錢及小銅錢規矩模樣異於諸國王刹利種也有智略性勇烈威懾隣境統十餘國愛育百姓敬崇三寶歲造丈八尺銀佛像兼設無遮大會周給貧窶惠施鰥寡伽藍百餘所僧徒六千餘人並多習學大乘法教窣堵波僧伽藍崇高弘敞廣博嚴淨天祠數十所異道千餘人或露形或塗灰連絡髑髏以爲冠鬘

大城東三四里北山下有大伽藍僧徒三百餘人並學小乘法教聞諸先志曰昔健馱邏國迦膩色迦王威被隣國化洽遠方治兵廣地至葱嶺東河西蕃維畏威送質迦膩色迦王既得質子特加禮命寒暑改館冬居印度諸國夏還迦畢試國春秋止健馱邏國故質子三時住處各建伽藍今此伽藍即夏居之

所建也故諸屋壁圖畫質子容貌服飾頗同東夏其後得還本國心存故居雖阻山川不替供養故今僧衆每至入安居解安居大興法會爲諸質子祈福樹善相繼不絶以至于今伽藍佛院東門南大神王像右足下坎地藏寶質子之所藏也故其銘曰伽藍朽壞取以修治近有邊王貪婪凶暴聞此伽藍多藏珍寶驅逐僧徒方事發掘神王冠中鸚鵡鳥像乃奮羽驚鳴地爲震動王及軍人辟易僵仆久而得起謝咎以歸

伽藍北嶺上有數石室質子習定之處也其中多藏雜寶其側有銘藥叉守衛有欲開發取中寶者此藥叉神變現異形或作師子或作蟒虵猛獸毒蟲殊形震怒以故無人敢得攻發石室西二三里大山嶺上有觀自在菩薩像有人至誠願見者菩薩從其像中出妙色身安慰行者大城東南三十餘里至曷邏怙羅僧伽藍傍有窣堵波高百餘尺或至齋日時燭光明覆鉢勢上石隙間流出黑香油靜夜中時聞音樂之聲聞諸先志曰昔此國大臣曷邏怙羅之所建也功既成已於夜夢中有人告曰汝所建立窣堵波未有舍利明旦有獻上者宜從王請旦入朝進請曰不量庸昧敢有願求王曰夫何所欲對曰今日有先獻者願垂恩賜王曰然曷邏怙羅佇立宮門瞻望所至俄有一人持舍利瓶大臣問曰欲何獻上曰佛舍利大臣曰吾爲爾守宜先白王曷邏怙羅恐王珍貴舍利追悔前恩疾往伽藍登窣堵波至誠所感其石覆鉢自開安置舍利已而疾出尚拘衣襟王使逐之石

已掩矣故其隙間流黑香油

城南四十餘里至霫蔽多伐剌祠城凡地大震山崖崩墜周此城界無所動揺

霫蔽多伐剌祠城南三十餘里至阿路猱（奴高切）山崖嶺峭峻巖谷杳冥其峯每歲增高數百尺與漕矩吒國䅗（士句切下同）那呬羅山髣髴相望便即崩墜聞諸土俗曰初䅗那天神自遠而至欲止此山山神震恐揺蕩谿谷天神曰不欲相舍故此傾動少垂賓主當盈財寶吾今往漕矩吒國䅗那呬羅山每歲至我受國王大臣祀獻之時宜相屬望故阿路猱山增高既已尋即崩墜

王城西北二百餘里至大雪山山頂有池請雨祈晴隨求果願聞諸先志曰昔健馱邏國有阿羅漢常受此池龍王供養每至中食以神通力并坐繩牀陵虛而往侍者沙彌密於繩牀之下攀援潛隱而阿羅漢時至便往至龍宮乃見沙彌龍王因請留食龍王以天甘露飯阿羅漢以人間味而饌沙彌阿羅漢飯食已訖便爲龍王說諸法要沙彌如常爲師滌器器有餘粒駭其香味即起惡願恨師忿龍願諸福力於今悉現斷此龍命我自爲王沙彌發是願時龍王已覺頭痛矣羅漢說法誨喻龍王謝咎責躬沙彌懷忿未從誨謝既還伽藍至誠發願福力所致是夜命終爲大龍王威猛奮發遂來入池殺龍王居龍宮有其部屬總其統命以宿願故興暴風雨摧拔樹木欲壞伽藍時迦膩色迦王怪而發問其阿羅漢具以白王王即爲龍於雪山下立僧伽藍建窣堵波高百餘尺龍懷宿忿遂發風

雨王以弘濟爲心龍乘瞋毒作暴僧伽藍窣堵波六壞七成迦膩色迦王耻功不成欲塡龍池毀其居室卽興兵衆至雪山下時彼龍王深懷震懼變作老婆羅門叩王象而諫曰大王宿植善本多種勝因得爲人王無思不服今日何故與龍交爭夫龍者畜也卑下惡類然有大威不可力競乘雲馭風蹈虛履水非人力所制豈王心所怒哉王今擧國興兵與一龍鬬勝則王無伏遠之威敗則王有非敵之耻爲王計者宜可歸兵迦膩色迦王未之從也龍卽還池聲震雷動暴風拔木沙石如雨雲霧晦冥軍馬驚駭王乃歸命三寶請求加護曰宿殖多福得爲人王威懾强敵統贍部洲今爲龍畜所屈誠乃我之薄福也願諸福力於今現前卽於兩肩起大煙焰龍退

風靜霧卷雲開王令軍衆人擔一石用塡龍池龍王還作婆羅門重請王曰我是彼池龍王懼威歸命唯王悲愍赦其前過王以含育覆燾生靈如何於我獨加惡害王若殺我我之與王俱墮惡道王有斷命之罪我懷怨讎之心業報皎然善惡明矣王遂與龍明設要契後更有犯必不相赦龍曰我以惡業受身爲龍龍性猛惡不能自持瞋心或起當忘所制王今更立伽藍不敢摧毀每遣一人候望山嶺黑雲若起急擊揵椎我聞其聲惡心當息其王於是更修伽藍建窣堵波候望雲氣於今不絕聞諸先志曰窣堵波中有如來骨肉舍利可一升餘神變之事難以詳述一時中窣堵波內忽有煙起少時間便出猛焰時人謂窣堵波已從火燼瞻仰良久火滅煙消

乃見舍利如白珠璠循環表柱宛轉而上昇
高雲際縈旋而下
王城西北大河南岸舊王伽藍内有釋迦菩
薩弱齡齓齒長餘一寸其伽藍東南有一伽
藍亦名舊王有如來頂骨一片面廣寸餘其
色黄白髮孔分明又有如來髮髮色青紺螺
旋右縈引長尺餘卷可半寸凡此三事每至
六齋王及大臣散華供養頂骨伽藍西南有
舊王妃伽藍中有金銅窣堵波高百餘尺聞
諸土俗曰其窣堵波中有佛舍利升餘每月
十五日其夜便放圓光燭耀露盤聯輝達曙
其光漸斂入窣堵波
城西南有比羅娑洛山（此言象堅）山神作象形故
曰象堅也昔如來在世象堅神奉請世尊及
千二百大阿羅漢山巔有大磐石如來即之
受神供養其後無憂王即磐石上起窣堵波
高百餘尺今人謂之象堅窣堵波也亦云中
有如來舍利可一升餘
象堅窣堵波北山巖下有一龍泉是如來受
神飯已及阿羅漢於中漱口嚼楊枝因即植
根今爲茂林後人於此建立伽藍名鞞鐸佉
（此言嚼楊枝也）自此東行六百餘里山谷接連峯巖
峭峻越黒嶺入北印度境至濫波國（北印度境）

大唐西域記卷第一

音釋

奘（徂朗切）頼（庚須切）培（蒲枚切）莌（羊雪切草木盛貌）紱（甫勿切印組也）枻（以制切楫也）鞶（步安切大帶也）帨（輸芮切佩巾也）鍱（音葉）紇（吉酉切線戾也）踳（尺允切乖舛也）駮（北角切不純也）綜縠（綜子宋切縠下革切）赭（止野切）紇（下沒切）懍（力錦切）獷（古任切麤）

惡也儱悷儱力董切悷力計切儱悷多惡不調也頟音額恇曲王切恐也可汗可音克汗音寒汗戎長之稱也呾邏呾當割切邏郎佐切

酋慈秋切魁帥之名埿奴低切朽也磽确磽丘交切确轄覺切磽确石地也媟先結切慢也慴之涉切怖也齓初覲切毀齒也

大唐西域記卷第二

唐三藏法師玄奘奉　詔譯

大總持寺沙門辯機撰

三國

濫波國　那揭羅曷國

健馱羅國

詳夫天竺之稱異議糺紛舊云身毒或曰賢豆今從正音宜云印度印度之人隨地稱國殊方異俗遥舉總名語其所美謂之印度印度者唐言月月有多名斯其一稱言諸羣生輪迴不息無明長夜莫有司晨其猶白日既隱宵燭斯繼雖有星光之照豈如朗月之明苟緣斯致因而譬月良以其土聖賢繼軌導凡御物如月照臨由是義故謂之印度印度種姓族類羣分而婆羅門特爲清貴從其雅稱傳以成俗無云經界之别總謂婆羅門國焉若其封疆之域可得而言五印度之境周九萬餘里三垂大海北背雪山北廣南狹形如半月畫野區分七十餘國時特暑熱地多泉濕北乃山阜隱軫丘陵潟鹵東則川野沃潤疇壠膏腴南方草木榮茂西方土地磽确斯大槩也可略言焉夫數量之稱謂踰繕那（舊曰由旬又曰踰闍那又曰由延皆訛略也）踰繕那者自古聖王一日軍行也舊傳一踰繕那四十里矣印度國俗乃三十里聖教所載唯十六里窮微之數分一踰繕那爲八拘盧舍拘盧舍者謂大牛鳴聲所極聞拘盧舍分一拘盧舍爲五百弓分一弓爲四肘分一肘爲二十四指分一指節爲七宿麥乃至虱蟣隙塵牛毛羊毛兔毫銅水次第七分以至細塵細塵七分爲極

細塵極細塵者不可復析析即歸空故曰極微也若乃陰陽曆運日月次舍稱謂雖殊時候無異隨其星建以標月名時極短者謂刹那也百二十刹那爲一呾刹那六十呾刹那爲一臘縛三十臘縛爲一牟呼栗多五牟呼栗多爲一時六時合成一日一夜（夜三晝三）居俗日夜分爲八時（晝四夜四於一時各有四分）一月盈至滿謂之白分月虧至晦謂之黒分黒分或十四日十五日月有小大故也黒前白後合爲一月六月合爲一行日遊在内北行也日遊在外南行也總此二行合爲一歳又分一歳以爲六時正月十六日至三月十五日漸熱也三月十六日至五月十五日盛熱也五月十六日至七月十五日雨時也七月十六日至九月十五日茂時也九月十六日至十一月十五日漸寒也十一月十六日至正月十五日盛寒也如來聖教歳爲三時正月十六日至五月十五日熱時也五月十六日至九月十五日雨時也九月十六日至正月十五日寒時也或爲四時春夏秋冬也春三月謂制呾邏月吠舍佉月逝瑟吒月當此從正月十六日至四月十五日夏三月謂頞沙荼月室羅伐拏月婆達羅鉢陀月當此從四月十六日至七月十五日秋三月謂頞濕縛庾闍月迦剌底迦月末伽始羅月當此從七月十六日至十月十五日冬三月謂報沙月磨祛月頗勒窶拏月當此從十月十六日至正月十五日故印度僧徒依佛聖教坐兩安居或前三月或後三月前三月當此從五月十六日至八月十五日後三月當此從六月十六日至

九月十五日前代譯經律者或云坐夏或云坐臘斯皆邊裔殊俗不達中國正音或方言未融而傳譯有謬又推如來入胎初生出家成佛涅槃日月皆有參差語在後記

若夫邑里閭閻方域廣峙街衢巷陌曲徑盤紆闤闠當塗旗亭夾路屠釣倡優魁膾除糞旌厥宅居斥之邑外行里往來僻於路左至於宅居之制垣郭之作地旣卑濕城多壘甎曁諸牆壁或編竹木室宇臺觀板屋平頭泥以石灰覆以甎墼諸異崇構製同中夏苫茅苫草或甎或板壁以石灰爲飾地塗牛糞爲淨時華散布斯其異也諸僧伽藍頗極奇製隅樓四起重閣三層榱梠棟梁奇形彫鏤戶牖垣牆圖畫衆彩黎庶之居內侈外儉奧室中堂高廣有異層臺重閣形製不拘門闢東戶朝座東面至於坐止咸用繩牀王族大人士庶豪右莊飾有殊規矩無異君王朝座彌復高廣珠璣間錯謂師子牀敷以細氎蹈以寶机凡百庶僚隨其所好刻彫異類瑩飾奇珍衣裳服玩無所裁製貴鮮白輕雜彩男則繞腰絡腋橫巾右袒女乃襜衣下垂通肩總覆頂爲小髻餘髮垂下或有剪髭別爲詭俗首冠華鬘身佩瓔珞其所服者謂憍奢耶衣及氎布等憍奢耶者野蠶絲也叄摩衣麻之類也頷鉢羅衣織細羊毛也褐剌縭衣織野獸毛細輭可得緝績故以見珍而充服用其北印度風土寒烈短製褊衣頗同胡服外道服飾紛雜異製或衣孔雀羽尾或飾髑髏瓔珞或無服露形或草板掩體或拔髮斷髭或蓬鬢椎髻裳衣無定赤白不恒沙門法服唯

有三衣及僧却崎泥縛些(桑箇切)那三衣裁製部執不同或緣有寬狹或葉有小大僧却崎(此言掩腋舊曰僧祇支訛也)覆左肩掩兩腋左開右合長裁過腰泥縛些那(此言裙舊曰涅槃僧訛也)既無帶襻其將服也集衣為襵束帶以絛襵則諸部各異色乃黃赤不同剎帝利婆羅門清素居簡潔白儉約國王大臣服玩良異華鬘寶冠以為首飾環釧瓔珞而作身佩其有富商大賈唯釧而已人多徒跣少有所履染其牙齒或赤或黑齊髮穿耳脩鼻大眼斯其貌也夫其潔清自守非矯其志凡有饌食必先盥洗殘宿不再食器不傳瓦木之器經用必棄金銀銅鐵每加摩瑩饌食既訖嚼楊枝而為淨澡漱未終無相執觸每有溲溺必事澡濯身塗諸香所謂栴檀鬱金也君王將浴鼓奏絃歌祭祀拜詞沐浴盥洗

詳其文字梵天所製原始垂則四十七言遇物合成隨事轉用流演枝派其源浸廣因地隨人微有改變語其大較未異本源而中印度特為詳正辭調和雅與天同音氣韻清亮為人軌則隣境異國習謬成訓競欲澆俗莫守淳風至於記言書事各有司存史誥總稱謂尼羅蔽荼(此言青藏)善惡具舉災祥備著而開蒙誘進先導十二章七歲之後漸授五明大論一曰聲明釋詁訓字詮目流別二曰巧明伎術機關陰陽曆數三醫方明禁呪閑邪藥石針艾四謂因明考定正邪研覈眞僞五曰內明究暢五乘因果妙理其婆羅門學四吠陀論(舊曰毗陀訛也)一曰壽謂養生繕性二曰祠謂享祭祈禱三曰平謂禮儀占卜兵法軍陣四

曰術謂異能伎數禁呪醫方師必博究精微貫窮玄奧示之大義導以微言提撕善誘彫朽勵薄若乃識量通敏志懷逋逸則拘縶及關業成後已年方三十志立學成旣居祿位先酬師德其有博古好雅肥遁居貞沉浮物外逍遙事表寵辱不驚聲聞已遠君王雅尚莫能屈迹然而國重聰叡俗貴高明褒贊旣隆禮命亦重故能强志爲學忘疲遊藝訪道依仁不遠千里家雖豪富志均羈旅口腹之資巡匃以濟有貴知道無恥匱財娛遊惰業媮食靡衣旣無令德又非時習恥辱俱至醜聲載揚如來理教隨類得解去聖悠遠正法醇醨任其見解之心俱獲聞知之悟部執峯峙諍論波騰異學專門殊途同致十有八部各擅鋒鋭大小二乘居止區別有宴默思惟

經行住立定慧悠隔諠靜良殊隨其衆居各制科防無云律論經紀凡是佛經講宣一部乃免僧知事二部加上房資具三部差侍者祇承四部給淨人役使五部則行乘象輿六部又導從周衛道德旣高旌命亦異時集講論考其優劣彰別善惡黜陟幽明其有商攉微言抑揚妙理雅辭贍美妙辯敏捷於是馭乘寶象導從如林至乃義門虛闢辭鋒挫鋭理寡而辭繁義乖而言順遂即面塗赭堊身坌塵土斥於曠野棄之溝壑旣旌淑慝亦表賢愚人智樂道家勤志學出家歸俗從其所好罹咎犯律僧中科罰輕則衆命訶責次又衆不與語重乃衆不共住不共住者斥擯不齒出一住處措身無所羈旅艱辛或返初服若夫族姓殊者有四流焉一曰婆羅門淨行

也守道居貞潔白其操二曰刹帝利王種也（舊曰刹利略也）奕世君臨仁恕爲志三曰吠奢（舊曰毗舍訛也）商賈也貿遷有無逐利遠近四曰戍陀羅（舊曰首陀訛也）農人也肆力疇壠勤身稼穡凡茲四姓清濁殊流婚娶通親飛伏異路内外宗枝姻媾不雜婦人一嫁終無再醮自餘雜姓實繁種族各隨類聚難以詳載

君王奕世唯刹帝利簒弒時起異姓稱尊國之戰士驍雄畢選子父傳業遂窮兵術居則宮廬周衛征則奮旅前鋒凡有四兵步馬車象象則被以堅甲牙施利距一將安乘授其節度兩卒左右爲之駕馭車乃駕以駟馬兵帥居乘列卒周衛扶輪挾轂馬軍散禦逐北奔命步軍輕捍敢勇充選負大櫓執長戟或持刀劒前奮行陣凡諸戎器莫不鋒銳所謂矛盾弓矢刀劒鉞斧戈殳長矟輪索之屬皆世習矣夫其俗也性雖狷急志甚貞質於財無苟得於義有餘讓懼冥運之罪輕生事之業詭譎不行盟誓爲信政教尚質風俗猶和凶悖羣小時虧國憲謀危君上事迹彰明則常幽囹圄無所刑戮任其生死不齒人倫犯傷禮義悖逆忠孝則劓鼻截耳斷手刖足或驅出國或放荒裔自餘咎犯輸財贖罪理獄占辭不加荆朴隨問欵對據事平科拒違所犯恥過飾非欲究情實事須案者凡有四條水火稱毒水則罪人與石盛以連囊沉之深流校其眞僞人沉石浮則有犯人浮石沉則無隱火乃燒鐵罪人踞上復使足蹈既遣掌案又令舌舐虛無所損實有所傷懦弱之人不堪炎熾捧未開華散之向焰虛則華發實

則華焦稱則人石平衡輕重取驗虛則人低石舉實則石重人輕毒則以一羖羊剖其右髀隨被訟人所食之分雜諸毒藥置剖髀中實則毒發而死虛則毒歇而穌舉四條之例防百非之路

致敬之式其儀九等一發言慰問二俯首示敬三舉手高揖四合掌平拱五屈膝六長跪七手膝踞地八五輪俱屈九五體投地凡斯九等極唯一拜跪而讚德謂之盡敬遠則稽顙拜手近則舐足摩踵凡其致辭受命褰裳長跪尊賢受拜必有慰辭或摩其頂或拊其背善言誨導以示親厚出家沙門既受敬禮唯加善願無止跪拜隨所宗事多有旋繞或唯一周或復三帀宿心別請數則從欲

凡遭疾病絕粒七日期限之中多有痊愈必未瘳差方乃餌藥藥之性類名種不同醫之工伎占候有異終沒臨喪哀號相泣裂裳拔髮拍額椎胷服制無聞喪期無數送終殯葬其儀有三一曰火葬積薪焚燎二曰水葬沉流漂散三曰野葬棄林飼獸國王殂落先立嗣君以主喪祭以定上下生立德號死無議謚喪禍之家人莫就食殯葬之後復常無諱諸有送死以爲不潔咸於郭外浴而後入至於年耆壽耄死期將至嬰累沉痾生涯恐極猒離塵俗願棄人間輕鄙生死希遠世路於是親故知友奏樂餞會泛舟鼓棹濟殑伽河中流自溺謂得生天十有其一未盡鄙見出家僧衆制無號哭父母亡喪誦念酬恩追遠慎終實資冥福

政教既寬機務亦簡戶不籍書人無傜課王

田之内大分爲四一充國用祭祀粢盛二以封建輔佐宰臣三賞聰叡碩學高才四樹福田給諸異道所以賦斂輕薄傜稅儉省各安世業俱佃口分假種王田六稅其一商賈逐利來往貿遷津路關防輕稅後過國家營建不虚勞役據其成功酬之價直鎮戍征行宫廬宿衛量事招募懸償待入宰牧輔臣庶官僚佐各有分地自食封邑風壤既別地利亦殊華草果木雜種異名所謂菴沒羅果菴弭羅果末杜迦果跋達羅果劫比他果阿末羅果鎮杜迦果烏曇跋羅果茂遮果那利薊羅果般潒裟果凡厥此類難以備載見珍人世者略舉言焉至於棗栗椑柿印度無聞梨柰桃杏蒲萄等果迦濕彌羅國已來往往間植石榴甘橘諸國皆樹墾田農務稼穡耕耘播植隨時各從勞逸土宜所出稻麥尤多蔬菜則有薑芥瓜瓠葷陀菜等葱蒜雖少噉食亦希家有食者驅令出郭至於乳酪膏酥沙糖石蜜芥子油諸餅麨常所膳也魚羊麞鹿時薦肴胾牛驢象馬豕犬狐狼師子猴猨凡此毛羣例無味噉噉者鄙耻衆所穢惡屏居郭外希迹人間若其酒醴之差滋味流別蒲萄甘蔗刹帝利飲也麴糵醇醪吠奢等飲也沙門婆羅門飲蒲萄甘蔗漿非酒醴之謂也雜姓卑族無所流別然其資用之器功質有殊什物之具隨時無闕雖釜鑊斯用而炊甑莫知多器坏土少用赤銅食以一器衆味相調手指斟酌略無匕箸至於病患乃用銅匙若其金銀鍮石白玉火珠風土所産彌復盈積珍奇雜寶異類殊名出自海隅易以求貨然

其貨用交遷有無金錢銀錢貝珠小珠印度之境疆界具舉風壤之差大略斯在同條共貫粗陳梗槩異政殊俗據國而叙

濫波國周千餘里北背雪山三垂黒嶺國大都城周十餘里自數百年王族絶嗣豪傑力競無大君長近始附屬迦畢試國宜粳稻多甘蔗林樹雖衆果實乃少氣序漸温微霜無雪國俗豐樂人尚歌詠志性怯弱情懷詭詐更相欺誚未有推先體貌卑小動止輕躁多衣白氎所服鮮飾伽藍十餘所僧徒寡少並多習學大乘法教天祠數十異道甚多從此東南行百餘里踰大嶺濟大河至那揭羅曷國北印度境

那揭羅曷國東西六百餘里南北二百五六十里山周四境懸隔危險國大都城二十餘里無大君長主令役屬迦畢試國豐穀稼多華果氣序温暑風俗淳質猛鋭驍雄輕財好學崇敬佛法少信異道伽藍雖多僧徒寡少諸窣堵波荒蕪圮壞天祠五所異道百餘人

城東三里有窣堵波高三百餘尺無憂王之所建也編石特起刻彫奇製釋迦菩薩值然燈佛敷鹿皮衣布髮掩泥得受記處時經劫壞斯迹無泯或有齋日天雨衆華羣黎心競或修供養其西伽藍少有僧徒次南小窣堵波是昔掩泥之地無憂王避大路遂僻建焉

城内有大窣堵波故基聞諸先志曰昔有佛齒高廣嚴麗今既無齒唯餘故基其側有窣堵波高三十餘尺彼俗相傳不知源起云從空下峙基於此既非人工實爲靈瑞

城西南十餘里有窣堵波是如來在日中印

度陵虛遊化降迹於此國人感慕建此靈基其東不遠有窣堵波是釋迦菩薩昔值然燈佛於此買華

城西南二十餘里至小石嶺有伽藍高堂重閣積石所成庭宇寂寥絕無僧侶中有窣堵波高二百餘尺無憂王之所建也

伽藍西南深澗陗絕瀑布飛流懸崖壁立東岸石壁有大洞穴瞿波羅龍之所居也門徑狹小窟穴冥闇崖石津滴磎徑餘流昔有佛影煥若真容相好具足儼然如在近代已來人不徧覩縱有所見髣髴而已至誠祈請有冥感者乃暫明視尚不能久昔如來在世之時此龍爲牧牛之士供王乳酪進奉失宜既獲譴責心懷恚恨以金錢買華供養受記窣堵波願爲惡龍破國害王即趣石壁投身而死遂居此窟爲大龍王便欲出穴成本惡願適起此心如來已鑒愍此國人爲龍所害運神通力自中印度至龍所龍見如來毒心遂止受不殺戒願護正法因請如來常居此窟諸聖弟子恒受我供如來告曰吾將寂滅爲汝留影遣五羅漢常受汝供正法隱沒其事無替汝若毒心奮怒當觀吾留影以慈善故毒心當止此賢劫中當來世尊亦悲愍汝皆留影像影窟門外有二方石其一石上有如來足蹈之迹輪相微現光明時燭影窟左右多諸石室皆是如來諸聖弟子入定之處影窟西北隅有窣堵波有如來經行之處其側窣堵波有如來髮爪鄰此不遠有窣堵波是如來顯暢真宗說蘊界之處所也影窟西有大盤石如來嘗於其上濯浣袈裟文影微現

城東南三十餘里至醯羅城周四五里堅峻崄固華林池沼光鮮澄鏡城中居人淳質正信復有重閣畫棟丹楹第二閣中有七寶小窣堵波置如來頂骨骨周一尺二寸髮孔分明其色黃白盛以寶函置窣堵波中欲知善惡相者香末和埿以印頂骨隨其福感其文煥然又有七寶小窣堵波以貯如來髑髏骨狀若荷葉色同頂骨亦以寶函緘絡而置又有七寶小窣堵波貯如來眼睛睛大如柰光明清徹曒映中外又以七寶函緘封而置如來僧伽胝袈裟細氎所作其色黃赤置寶函中歲月既遠微有損壞如來錫杖白鐵作鐶栴檀爲笴寶筒盛之近有國王聞此諸物並是如來昔親服用恃其威力迫愶而歸既至本國置所居宮中曾未浹辰求之已失爰更尋訪已還本處斯五聖迹多有靈異迦畢試王令五淨行給侍香華觀禮之徒相繼不絶諸淨行等欲從虛寂以爲財用人之所重權立科條以止諠雜其大略曰諸欲見如來頂骨者稅一金錢若取印者稅五金錢自餘節級以次科條科條雖重觀禮彌衆

重閣西北有窣堵波不甚高大而多靈怪人以指觸便即搖震連基傾動鈴鐸和鳴從此東南山谷中行五百餘里至健馱邏國（舊曰乾陀衛訛也北印度境）

健馱邏國東西千餘里南北八百餘里東臨信河國大都城號布路沙布邏周四十餘里王族絶嗣役屬迦畢試國邑里空荒居人稀少宮城一隅有千餘戶穀稼殷盛華果繁茂多甘蔗出石蜜氣序溫暑略無霜雪人性恇

怯好習典藝多敬異道少信正法自古已來印度之境作論諸師則不那羅延天無著菩薩世親菩薩法救如意脇尊者等本生處也僧伽藍千餘所摧殘荒廢蕪漫蕭條諸窣堵波頗多頹圮天祠百數異道雜居

王城内東北有一故基昔佛鉢之寶臺也如來涅槃之後鉢流此國經數百年式遵供養流轉諸國在波剌斯城外東南八九里有畢鉢羅樹高百餘尺枝葉扶踈蔭影蒙密過去四佛已坐其下今猶現有四佛坐像賢劫之中九百九十六佛皆當坐焉冥祇警衛靈鑒潛被釋迦如來於此樹下南面而坐告阿難曰我去世後當四百年有王命世號迦膩色迦此南不遠起窣堵波吾身所有骨肉舍利多集此中

畢鉢羅樹南有窣堵波迦膩色迦王之所建也迦膩色迦王以如來涅槃之後第四百年君臨膺運統贍部洲不信罪福輕毀佛法畋遊草澤遇見白兔王親奔逐至此忽滅見有牧牛小豎於林樹間作小窣堵波其高三尺王曰汝何所爲牧豎對曰昔釋迦佛聖智懸記當有國王於此勝地建窣堵波吾身舍利多聚其内大王聖德宿植名符昔記神功勝福允屬斯辰故我今者先相警發説此語已忽然不現王聞是説喜慶增懷自負其名大聖先記因發正信深敬佛法周小窣堵波處建石窣堵波欲以功力彌覆其上隨其數量恒出三尺若是增高踰四百尺基址所峙周一里半層基五級高一百五十尺方乃得覆小窣堵波王用喜慶復於其上更起二十五

層金銅相輪即以如來舍利一斛而置其中式修供養營建纔訖見小窣堵波在大基東南隅下傍出其半王心不平便即擲棄遂住窣堵波第二級下石基中半現復於本處更出小窣堵波王乃退而歎曰嗟夫人事易迷神功難掩靈聖所扶憤怒何及慙懼既已謝咎而歸其二窣堵波今猶現在有嬰疾病欲祈康愈者塗香散華至誠歸命多蒙瘳差大窣堵波東面石陛南鏤作二窣堵波一高三尺一高五尺規模形狀如大窣堵波又作兩軀佛像一高四尺一高六尺擬菩提樹下跏趺坐像日光照燭金色晃耀陰影漸移石文青紺聞諸耆舊曰數百年前石基之隙有金色蟻大者如指小者如麥同類相從囓其石壁文若彫鏤廁以金沙作爲此像今猶現在

大窣堵波石陛南面有畫佛像高一丈六尺自胷已上分現兩身從胷已下合爲一體聞諸先志曰初有貧士傭力自濟得一金錢願造佛像至窣堵波所謂畫工曰我今欲圖如來妙相有一金錢酬工尚少宿心憂負迫於貧乏時彼畫工鑒其至誠無云價直許爲成功復有一人事同前迹持一金錢求畫佛像畫工是時受二人錢求妙丹青共畫一像二人同日俱來禮敬畫工乃同指一像示彼二人而謂之曰此是汝所作之佛像也二人相視若有所懷畫工心知其疑也謂二人曰何思慮之久乎凡所受物毫釐不虧斯言不謬像必神變言聲未靜像現靈異分身交影光相昭著二人悅服心信歡喜大窣堵波西南百餘步有白石佛像高一丈八尺北面而立

多有靈相數放光明時有人見像出夜行旋繞大窣堵波近有羣賊欲入行盜像遂出迎賊賊黨怖退像歸本處住立如故羣盜因此改過自新遊行邑里具告遠近

大窣堵波左右小窣堵波魚鱗百數佛像莊嚴務窮工思殊香異音時有聞聽靈仙聖賢或見旋繞此窣堵波者如來懸記七燒七立佛法方盡先賢記曰成壞已三初至此國適遭火災當見營構尚未成功大窣堵波西有故伽藍迦膩色迦王之所建也重閣累榭層臺洞戶旌召高僧式昭景福然雖圮毀尚曰奇工僧徒減少並學小乘自建伽藍異人間出諸作論師及證聖果清風尚扇至德無泯第三重閣有波栗濕縛（此言脇）尊者室久已傾頓尚立旌表初尊者之爲梵志師也年垂八十捨家染衣城中少年便誚之曰愚夫朽老一何淺智夫出家者有二業焉一則習定二乃誦經而今衰耄無所進取濫迹清流徒知飽食時脇尊者聞諸譏議因謝時人而自誓曰我若不通三藏理不斷三界欲得六神通具八解脫終不以脇而至於席自爾之後唯日不足經行宴坐住立思惟晝則研習理教夜乃靜慮凝神綿歷三歲學通三藏斷三界欲得三明智時人敬仰因號脇尊者焉

脇尊者室東有故房世親菩薩於此製阿毗達磨俱舍論人而敬之封以記焉

世親室南五十餘步第二重閣末笯曷利他（此言如意）論師於此製毗婆沙論論師以佛涅槃之後一千年中利見也少好學有才辯聲聞遐被法俗歸心時室羅伐悉底國毗訖羅摩

阿迭多王（此言超日）威風遠洽使臣詣印度曰以五億金錢周給貧窶孤獨主藏臣懼國用乏匱也乃諷諫曰大王威被殊俗澤及昆蟲請增五億金錢以賑四方匱乏府庫既空更税有土重斂不已怨聲載揚則君上有周給之恩臣下被不恭之責王曰聚有餘給不足非苟為身侈靡國用遂加五億惠諸貧乏其後畋遊逐豕失蹤有尋知迹者償一億金錢如意論師一使人剃髮輒賜一億金錢其國史臣依即書記王耻見高心常怏怏欲罪辱如意論師乃招集異學德業高深者百人而下令曰欲收視聽遊諸眞境異道紛雜歸心靡措今考優劣專精遵奉洎乎集論重下令曰外道論師並英俊也沙門法衆宜善宗義勝則崇敬佛法負則誅戮僧徒於是如意詰諸外道九十九人已退飛矣下席一人視之蔑如也因而劇談論及火煙王與外道咸諠言曰如意論師辭義有失夫先煙而後及火此事理之常也如意雖欲釋難無聽覽者耻見衆辱齰斷其舌乃書誡告門人世親曰黨援之衆無競大義群迷之中無辯正論言畢而死居未久超日王失國興王膺運表式英賢世親菩薩欲雪前耻來白王曰大王以聖德君臨為含識主命先師如意學窮玄奧前王宿憾衆挫高名我承導誘欲復先怨其王知如意哲人也美世親雅操焉乃召諸外道與如意論者世親重述先旨外道謝屈而退

迦膩色迦王伽藍東北行五十餘里渡大河至布色羯邏伐底城周十四五里居人殷盛閭閻洞連城西門外有一天祠天像威嚴靈

異相繼城東有窣堵波無憂王之所建也即過去四佛説法之處先古聖賢自中印度降神導物斯地實多即伐蘇蜜呾羅（此言世友舊曰和須蜜多訛也）論師於此製衆事分阿毗達磨論城北四五里有故伽藍庭宇荒涼僧徒寡少然皆遵習小乘法教即達磨呾邏多（此言法救舊曰達磨多羅訛也）論師此製雜阿毗達磨論伽藍側有窣堵波高數百尺無憂王之所建也彫木文石頗異人工是釋迦佛昔爲國王修菩薩行從衆生欲惠施不倦喪身若遺於此國土千生爲王即斯勝地千生捨眼捨眼東不遠有二石窣堵波各高百餘尺右則梵王所立左乃天帝所建以妙珍寶而瑩飾之如來寂滅寶變爲石基雖傾陷尚曰崇高梵釋窣堵波西北行五十餘里有窣堵波是釋迦如來於此化鬼子母令不害人故此國俗祭以求嗣化鬼子母北行五十餘里有窣堵波是商莫迦菩薩（舊曰睒摩菩薩訛也）恭行鞠養侍盲父母於此採果遇王畋遊獵毒矢誤中至誠感靈天帝傅藥德動明聖尋即復穌

商莫迦菩薩被害東南行二百餘里至跋虜沙城城北有窣堵波是蘇達拏太子（此言善牙）以父王大象施婆羅門蒙譴被擯顧謝國人既出郭門於此告别其側伽藍五十餘僧並小乘學也昔伊濕伐邏（此言自在）論師於此製阿毗達磨明證論

跋虜沙城東門外有一伽藍僧徒五十餘人並大乘學也有窣堵波無憂之所建立也昔蘇達拏太子擯在彈多落迦山（舊曰檀特山訛也）婆羅門乞其男女於此鬻賣跋虜沙城東北二

十餘里至彈多落迦山嶺上有窣堵波無憂王所建蘇達拏太子於此棲隱其側不遠有窣堵波太子於此以男女施婆羅門婆羅門捶其男女流血染地今諸草木猶帶絳色巖間石室太子及妃習定之處谷中林樹垂條若帷並是太子昔所遊止其側不遠有一石廬即古仙人之所居也仙廬西北行百餘里越一小山至大山山南有伽藍僧徒尠少並學大乘其側窣堵波無憂王之所建也昔獨角仙人所居之處仙人爲婬女誘亂退失神通婬女乃駕其肩而還城邑

跋虜沙城東北五十餘里至崇山山有青石大自在天婦像毗摩天女也聞諸士俗曰此天像者自然有也靈異既多祈禱亦衆印度諸國求福請願貴賤畢萃遠近咸會其有願見天神形者至誠無貳絕食七日或有得見求願多遂山下有大自在天祠塗灰外道式修祠祀毗摩羅天祠東南行百五十里至烏鐸迦漢荼城周二十餘里南臨信度河居人富樂寶貨盈積諸方珍異多集於此

烏鐸迦漢荼城西北行二十餘里至婆羅覩邏邑是製聲明論波你尼仙本生處也遂古之初文字繁廣時經劫壞世界空虛長壽諸天降靈導俗由是之故文籍生焉自時厥後其源泛濫梵王天帝作則隨時異道諸仙各製文字人相祖述競習所傳學者虛功難用詳究人壽百歲之時有波你尼仙生知博物愍時澆薄欲削浮偽刪定繁猥遊方問道遇自在天遂伸述作之志自在天曰盛矣哉吾當祐汝仙人受教而退於是研精覃思捃摭

群言作爲字書備有千頌頌三十二言矣究極今古總括文言封以進上王甚珍異下令國中普使傳習有誦通利賞千金錢所以師資傳授盛行當世故此邑中諸婆羅門碩學高才博物强識

婆羅覩邏邑中有窣堵波羅漢化波你尼仙後進之處如來去世垂五百年有大阿羅漢自迦濕彌羅國遊化至此乃見梵志捶訓稚童時阿羅漢謂梵志曰何苦此兒梵志曰令學聲明業不時進阿羅漢逌爾而笑老梵志曰夫沙門者慈悲爲情愍傷物類仁今所笑願聞其說阿羅漢曰談不容易恐致深疑汝頗嘗聞波你尼仙製聲明論垂訓於世乎婆羅門曰此邑之子後進仰德像設猶存阿羅漢曰今汝此子即是彼仙猶以强識翫習世典唯談異論不究眞理神智唐捐流轉未息尚乘餘善爲汝愛子然則世典文辭徒疲功績豈若如來聖教福智眞滋曩者南海之濱有一枯樹五百蝙蝠於中穴居有諸商侶止此樹下時屬風寒人皆飢凍聚積樵蘇蘊火其下煙焰漸熾枯樹遂然時商侶中有一賈客夜分已後誦阿毗達磨藏彼諸蝙蝠雖爲火困愛好法音忍而不出於此命終隨業受生俱得人身捨家修學乘聞法聲聰明利智並證聖果爲世福田近迦膩色迦王與脇尊者招集五百賢聖於迦濕彌羅國作毗婆沙論斯並枯樹之中五百蝙蝠也余雖不肖是其一數斯則優劣良異飛伏懸殊仁今愛子可許出家出家功德言不能述時阿羅漢說此語已示神通事因忽不現婆羅門深生敬

信歎羨久之具告隣里遂放其子出家修學因即迴信崇重三寶鄉人從化於今彌篤從烏鐸迦漢荼城北踰山涉川行六百餘里至烏仗那國此言苑昔輪王之苑囿也舊曰烏孫場或曰烏荼皆訛北印度境也

大唐西域記卷第二

音釋

窶其矩切　拏女加切　闤闠闤戶頑切闠胡對切　榱所龜切桷也　梠力語切楣也　褊俾緬切　襻普患切衣系也　襵陟葉切衣襵也　盥古玩切　櫓郎古切大盾也　矟所角切矛屬　囹圄囹郎丁切圄魚巨切　劓魚記切刑鼻也　刖魚厥切　橠乃可切木名　逌夷周切古攸字

大唐西域記卷第三(第四同卷)

唐三藏法師玄奘奉　詔譯

大總持寺沙門辯機撰

八國

烏仗那國　鉢露羅國

呾叉始羅國　僧訶補羅國

烏剌尸國　迦濕彌羅國

半笯(奴故切)蹉國　曷羅闍補羅國

烏仗那國周五千餘里山谷相屬川澤連原穀稼雖播地利不滋多蒲萄少甘蔗土産金鐵宜鬱金香林樹蓊鬱華果茂盛寒暑和暢風雨順序人性怯懦俗情譎詭好學而不功禁呪爲藝業多衣白氎少有餘服語言雖異大同印度文字禮儀頗相參預崇重佛法敬信大乘夾蘇婆伐窣堵河舊有一千四百伽藍多已荒蕪昔僧徒一萬八千今漸減少並學大乘寂定爲業善誦其文未究深義戒行清潔特閑禁呪律儀傳訓有五部焉一法密部二化地部三飲光部四說一切有部五大衆部天祠十有餘所異道雜居堅城四五其王多治瞢揭釐城城周十六七里居人殷盛

瞢揭釐城東四五里大窣堵波極多靈瑞是佛在昔作忍辱仙於此爲羯利王(此言鬪諍舊云哥利訛也)割截肢體

瞢揭釐城東北行二百五六十里入大山至阿波邏羅龍泉即蘇婆伐窣堵河之源也派流西南春夏含凍昬夕飛雪雪霏五彩光流四照此龍者迦葉波佛時生在人趣名曰殑祇深閑呪術禁禦惡龍不令暴雨國人賴之以蓄餘糧居人衆庶感恩懷德家税斗穀以

饋遺焉既積歲時或有逋課殑祇含怒願爲毒龍暴行風雨損傷苗稼命終之後爲此池龍泉流白水損傷地利釋迦如來大悲御世愍此國人獨遭斯難降神至此欲化暴龍執金剛神杵擊山崖龍王震懼乃出歸依聞佛說法心淨信悟如來遂制勿損農稼龍曰凡有所食賴收人田今蒙聖教恐難濟給願十二歲一收糧儲如來含覆愍而許焉故今十二年一遭白水之災

阿波邏羅龍泉西南三十餘里水北岸大磐石上有如來足所履迹隨人福力量有長短是如來伏此龍已留迹而去後人於上積石爲室遐邇相趨華香共養順流而下三十餘里至如來濯衣石袈裟之文煥焉如鏤

瞢揭釐城南四百餘里至醯羅山谷水西派逆流東上雜華異果被澗緣崖峯巖危險谿谷盤紆或聞諠語之聲或聞音樂之響方石如榻宛若工成連延相屬接布崖谷是如來在昔爲聞半頌（舊曰偈梵文略也或曰偈陀梵音訛也今從正音宜云伽陀伽陀者此言頌頌三十二言）之法於此捨身命焉

瞢揭釐城南二百餘里大山側至摩訶伐那（此言大林）伽藍是如來昔修菩薩行號薩縛達達王（此言一切施）避敵棄國潛行至此遇貧婆羅門方來乞匃既失國位無以爲施遂令羈縛擒往敵王冀以賞財迴爲惠施

摩訶伐那伽藍西北下山三四十里至摩愉（此言豆）伽藍有窣堵波高百餘尺其側大方石上有如來足蹈之迹是佛昔蹈此石放拘胝光明照摩訶伐那伽藍爲諸人天說本生事其窣堵波基下有石色帶黃白常有津膩是

如來在昔修菩薩行爲聞正法於此析骨書寫經典

摩愉伽藍西六七十里至窣堵波無憂王之所建也是如來昔修菩薩行號尸毗迦王（此言與舊曰尸毗王略也）爲求佛果於此割身從鷹代鴿

代鴿西北二百餘里入珊尼羅闍川至薩裒殺地（此言蛇藥）僧伽藍有窣堵波高八十餘尺是如來昔爲帝釋時遭飢歲疾疫流行醫療無功道殣相屬帝釋悲愍思所救濟乃變其形爲大蟒身僵屍川谷空中徧告聞者感慶相率奔赴隨割隨生療飢療疾其側不遠有蘇摩大窣堵波是如來昔爲帝釋時世疾疫愍諸含識自變其身爲蘇摩蛇凡有噉食莫不康豫珊尼羅闍川北石崖邊有窣堵波病者至求多蒙除瘥如來在昔爲孔雀王與其羣而至此熱渴所逼求水不獲孔雀王以觜啄崖涌泉流注今遂爲池飲沐愈疾石上猶有孔雀趾迹

瞢揭釐城西南行六七十里大河東有窣堵波高六十餘尺上軍王之所建也昔如來之將寂滅告諸大衆我涅槃後烏仗那國上軍王宜與舍利之分及諸王將欲均量上軍王後來遂有輕鄙之議是時天人大衆重宣如來顧命之言乃預同分持歸本國式遵崇建窣堵波側大河濱有大石狀如象昔上軍王以大白象負舍利歸至於此地象忽蹎仆因而自斃遂變爲石即於其側起窣堵波

瞢揭釐城西五十餘里渡大河至盧醯呾迦（此言赤）窣堵波高五十餘尺無憂王之所建也昔如來修菩薩行爲大國王號曰慈力於此

剌身血以飼五藥叉（舊曰夜叉訛也）瞢揭釐城東北三十餘里至遏部多（此言奇特）石窣堵波高四十餘尺在昔如來爲諸人天說法開導如來去後從地涌出黎庶崇敬香華不替

石窣堵波西渡大河三四十里至一精舍中有阿嚩盧枳低濕伐羅菩薩像（此言觀自在合字連聲梵語如上分文散音即阿嚩盧枳多譯曰觀伊濕伐羅譯曰自在舊譯爲光世音或觀世音或觀世自在皆訛謬也）威靈潛被神迹照明法侶相趨供養無替

觀自在菩薩像西北百四五十里至藍勃盧山山嶺有龍池周三十餘里淥波浩汗清流皎鏡昔毗盧釋迦王前伐諸釋四人拒軍者宗親擯逐各事分飛其一釋種既出國都跋涉疲弊中路而止時有一鴈飛趣其前既以馴狎因即乘焉其鴈飛翔下此池側釋種虛遊遠適異國迷不知路假寐樹陰池龍少女遊覽水濱忽見釋種恐不得當也變爲人形即而摩拊釋種驚寤因即謝曰羇旅羸人何見親附遂欵慇懃陵逼野合女曰父母有訓祇奉無違雖蒙恵顧未承高命釋種曰山谷杳冥爾家安在曰我此池之龍女也敬聞聖族流離逃難幸因遊覽敢慰勞弊命有燕私未聞來旨況乎積禍受此龍身人畜殊途非所聞也釋種曰一言見允宿心斯畢龍女曰敬聞命矣唯所去就釋種乃誓心曰凡我所有福德之力令此龍女舉體成人福力所感龍遂改形既得人身深自慶悅乃謝釋種曰我積殃運流轉惡趣幸蒙垂顧福力所加曠劫弊身一旦改變欲報此德糜軀未謝心願

陪遊事拘物議願白父母然後備禮龍女還池白父母曰今者遊覽忽逢釋種福力所感變我爲人情存好合敢陳事實龍王心欣人趣情重聖族遂從女請乃出池而謝釋種曰不遺非類降尊就卑願臨我室敢供灑掃釋種受龍王之請遂即其居於是龍宮之中親迎備禮燕爾樂會肆極歡娛釋種覩龍之形心常畏惡乃欲辭出龍王止曰幸無遠舍隣此宅居當令據疆土稱大號總有臣庶祚延長世釋種謝曰此言非冀龍王以寶劒置篋中妙好白氎而覆其上謂釋種曰幸持此氎以獻國王王必親受遠人之貢可於此時害其王也因據其國不亦善乎釋種受龍指誨便往行獻烏仗那王躬舉其氎釋種執其袂而刺之侍臣衛兵諠亂階陛釋種麾劒告曰我所仗劒神龍見授以誅後伏以斬不臣咸懼神武推尊大位於是沿弊立政表賢恤患已而動大衆備法駕即龍宮而報命迎龍女以還都龍女宿業未盡餘報猶在每至燕私首出九龍之頭釋種畏惡莫知圖計伺其寐也利刃斷之龍女驚寤曰斯非後嗣之利非徒我命有少損傷而汝子孫當苦頭痛故此國族常有斯患雖不連綿時一發動釋種既沒其子嗣位是爲嗢呾羅犀那王（此言上軍）上軍王嗣位之後其母喪明如來伏阿波邏羅龍還也從空下其宮中上軍王適從遊獵如來因爲其母略說法要遇聖聞法遂得復明如來問曰汝子我之族也今何所在母曰旦出畋遊今將返駕如來與諸大衆尋欲發引王母曰我惟福遇生育聖族如來悲愍又

親降臨我子方還願少留待世尊曰斯人者我之族也可聞教而信悟非親誨以發心我其行矣還語之曰如來從此往拘尸城娑羅樹間當入涅槃宜取舍利自爲供養如來與諸大衆陵虚而去上軍王方遊獵遠見宫中光明赫奕疑有火災罷獵而返乃見其母復明慶而問曰我去幾何有斯祥感能令慈母復明如昔母曰汝出之後如來至此聞佛說法遂得復明如來從此至拘尸城娑羅樹間當入涅槃召汝速來分取舍利時王聞已悲號頓躃久而醒悟命駕馳赴至雙樹間佛已涅槃時諸國王輕其邊鄙寶重舍利不欲分與是時天人大衆重宣佛意諸王聞已遂先均授

瞢揭釐城東北踰山越谷逆上信度河途路危險山谷杳冥或履絙索或牽鐵鎖棧道虚臨飛梁危構椽棧躡隥行千餘里至達麗羅川即烏仗那國舊都也多出黄金及鬱金香達麗羅川中大伽藍側有刻木慈氏菩薩像金色晃煜靈鑒潛通高百餘尺末田底迦舊曰末田地訛略也阿羅漢之所造也羅漢以神通力攜引匠人升覩史多天舊曰兜率陀又曰兜術陀訛也親觀妙相三返之後功乃畢焉自有此像法流東派

從此東行踰嶺越谷逆上信度河飛梁棧道履危涉險經五百餘里至鉢露羅國北印度境

鉢露羅國周四千餘里在大雪山間東西長南北狹多麥豆出金銀資金之利國用富饒時唯寒烈人性獷暴薄於仁義無聞禮節形貌麤弊衣服毛褐文字大同印度言語異於諸國伽藍數百所僧徒數千人學無專習戒

行多濫從此復還爲鞞迦漢荼城南渡信度河河廣三四里西南流澄清皎鏡汩淴漂流毒龍惡獸窟穴其中若持貴寶奇華果種及佛舍利渡者船多飄没渡河至呾叉始羅國（北印度境）

呾叉始羅國周二千餘里國大都城周十餘里酋豪力競王族絶嗣往者役屬迦畢試國近又附庸迦濕彌羅國地稱沃壤稼穡殷盛泉流多華果茂氣序和暢風俗輕勇崇敬三寶伽藍雖多荒蕪已甚僧徒寡少並學大乘

大城西北七十餘里有醫羅鉢呾邏龍王池周百餘步其水澄清雜色蓮華同榮異彩此龍者即昔迦葉波佛時壞醫羅鉢呾邏樹苾芻也故今彼土請雨祈晴必與沙門共至池所彈指慰問隨願必果

龍池東南行三十餘里入兩山間有窣堵波無憂王之所建也高百餘尺是釋迦如來懸記當來慈氏世尊出興之時自然有四大寶藏即斯勝地當其一所聞諸先志曰或時地震諸山皆動周藏百步無所傾揺諸有愚夫妄加發掘地爲震動人皆顛仆傍有伽藍圮損已甚久絶僧徒城北十二三里有窣堵波無憂王建也或至齋日時放光明神華天樂頗有見聞聞諸先志曰近有婦人身嬰惡癩竊至窣堵波責躬禮懺見其庭宇有諸糞穢掬除灑掃塗香散華更採青蓮重布其地惡疾除愈形貌增妍身出名香青蓮同馥斯勝地也是如來在昔修菩薩行爲大國王號戰達羅鉢剌婆（此言月光）志求菩提斷頭惠施若此之捨凡歷千生

捨頭窣堵波側有僧伽藍庭宇荒涼僧徒減少昔經部拘摩羅邏多（此言童受）論師於此製述諸論城外東南南山之陰有窣堵波高百餘尺是無憂王太子拘浪拏爲繼母所誣抉目之處無憂王所建也盲人祈請多有復明此太子正后生也儀貌妍雅慈仁夙著正后終没繼室嬌婬縱其昏愚私逼太子太子瀝泣引責退身謝罪繼母見違彌增忿怒候王閑隙從容言曰夫呾叉始羅國之要領非親子弟其可寄乎今者太子仁孝著聞親賢之故物議斯在王惑聞説雅悅姦謀即命太子而誡之曰吾承餘緒垂統繼業唯恐失墜忝負先王呾叉始羅國之襟帶吾今命爾作鎮彼國國事殷重人情詭雜無妄去就有虧基緒凡有召命驗吾齒印印在吾口其有謬乎於是太子銜命來鎮歲月雖淹繼室彌怒詐發制書紫泥封記候王眠睡竊齒爲印馳使而往賜以責書輔臣跪讀相顧失圖太子問曰何所悲乎曰大王有命書責太子抉去兩目逐棄山谷任其夫妻隨時生死雖有此命尚未可依今宜重請面縛待罪太子曰父而賜死其敢辭乎齒印爲封誠無謬矣命旃荼羅抉去其眼眼既失明乞丐自濟流離展轉至父都城其妻告曰此是王城嗟乎飢寒良苦昔爲王子今作乞人願得聞知重伸先責於是謀計入王内廏於夜後分泣對清風長嘯悲吟箜篌鼓和王在高樓聞其雅唱辭甚怨悲怪而問曰箜篌歌聲似是吾子今以何故而來此乎即問内廏誰爲歌嘯遂將盲人而來對盲王見太子銜悲問曰誰害汝身遭此

禍釁愛子喪明猶不覺知凡百黎元如何究察天乎天乎何德之衰太子悲泣謝而對曰誠以不孝負責於天某年日月忽奉慈旨無由致辭不敢逃責其王心知繼室爲不軌也無所究察便加刑辟時菩提樹伽藍有瞿沙此言妙音大阿羅漢者四辯無礙三明具足王將盲子陳告其事唯願慈悲令得復明時彼羅漢受王請已即於是日宣令國人吾於後日欲說妙理人持一器來此聽法以承泣淚也於是遠近相趨士女雲集是時阿羅漢說十二因緣凡厥聞法莫不悲哽以所持器承其瀝泣說法既已總收衆淚置之金盤而自誓曰凡吾所說諸佛至理理若不眞說有紕繆斯則已矣如其不爾願以衆淚洗彼盲眼眼得復明明視如昔發是語訖持淚洗眼眼遂復明王乃責彼輔臣詰諸僚佐或黜或放或還或死諸豪世俗移居雪山東北沙磧之中

從此東南越諸山谷行七百餘里至僧訶補羅國北印度境

僧訶補羅國周三千五六百里西臨信度河國大都城周十四五里依山據嶺堅峻險固農務少功地利多獲氣序寒人性猛俗尚驍勇又多譎詐國無君長主位役屬迦濕彌羅國城南不遠有窣堵波無憂王之所建也莊飾有虧靈異相繼傍有伽藍空無僧侶

城東南四五十里至石窣堵波無憂王建也高二百餘尺池沼十數映帶左右彫石爲岸殊形異類激水清流汩急漂注龍魚水族窟穴潛流四色蓮華彌漫清潭百果具繁同榮異色林沼交映誠可遊玩傍有伽藍久絶僧

侣窣堵波側不遠有白衣外道本師悟所求理初說法處今有封記傍建天祠其徒苦行晝夜精勤不遑寧息本師所說之法多竊佛經之義隨類設法擬則軌儀大者謂苾芻小者稱沙彌威儀律行頗同僧法唯留少髮加之露形或有所服白色爲異據斯流別稍用區分其天師像竊類如來衣服爲差相好無異從此復還呾叉始羅國北界渡信度河東南行二百餘里度大石門昔摩訶薩埵王子於此投身飼餓烏菟(音徒)其南百四五十步有石窣堵波摩訶薩埵愍餓獸之無力也行至此地乾竹自刺以血啖之於是乎獸乃噉焉其中地土洎諸草木微帶絳色猶血染也人履其地若負芒刺無云疑信莫不悲愴捨身北有石窣堵波高二百餘尺無憂王之所建也彫刻奇製時燭神光小窣堵波及諸石龕動以百數周此塋域其有疾病旋繞多愈石窣堵波東有伽藍僧徒百餘人並學大乘教從此東行五十餘里至孤山中有伽藍僧徒二百餘人並學大乘法教華果繁茂泉池澄鏡傍有窣堵波高三百餘尺是如來在昔於此化惡藥叉令不食肉從此東南山行五百餘里至烏剌尸國(北印度境)

烏剌尸國周二千餘里山阜連接田疇隘狹國大都城周七八里無大君長役屬迦濕彌羅國宜稼穡少華果氣序溫和微有霜雪俗無禮義人性剛猛多行詭詐不信佛法大城西南四五里有窣堵波高二百餘尺無憂王所建也傍有伽藍僧徒寡少並皆習學大乘法教從此東南登山履險度鐵橋行千餘里

至迦濕彌羅國（舊曰罽賓訛也北印度境）
迦濕彌羅國周七千餘里四境負山山極峭峻雖有門徑而復隘狹自古隣敵無能攻伐國大都城西臨大河南北十二三里東西四五里宜稼穡多華果出龍種馬及鬱金香火珠藥草氣序寒勁多雪少風服毛褐衣白氎土俗輕慓人性怯懦國爲龍護遂雄隣境容貌妍美情性詭詐好學多聞邪正兼信伽藍百餘所僧徒五千餘人有四窣堵波並無憂王建也各有如來舍利升餘國志曰國地本龍池也昔佛世尊自烏仗那國降惡神已欲還中國乘空當此國上告阿難曰我涅槃之後有末田底迦阿羅漢當於此地建國安人弘揚佛法如來寂滅之後第五十年阿難弟子末田底迦羅漢者得六神通具八解脱聞佛懸記心自慶悅便來至此於大山嶺宴坐林中現大神變龍見深信請資所欲阿羅漢曰願於池内惠以容膝龍王於是縮水奉施羅漢神通廣身龍王縱力縮水池空水盡龍飜請地阿羅漢於此西北爲留一池周百餘里自餘枝屬別居小池龍王曰池地總施願恒受供末田底迦曰我今不久無餘涅槃雖欲受請其可得乎龍王重請五百羅漢常受我供乃至法盡法盡之後還取此國以爲居池末田底迦從其所請時阿羅漢既得其地運大神通力立五百伽藍於諸異國買鬻賤人以充役使以供僧衆末田底迦入寂滅後彼諸賤人自立君長隣境諸國鄙其賤種莫與交親謂之訖利多（此言買得）今時泉水已多流濫

摩揭陀國無憂王以如來涅槃之後第一百年命世君臨威被殊俗深信三寶愛育四生時有五百羅漢僧五百凡夫僧王所敬仰供養無差有凡夫僧摩訶提婆（此言大天）闊達多智幽求名實覃思作論理違聖教凡有聞知羣從異議無憂王不識凡聖因情所好黨援所親召集僧徒赴殑伽河欲沉深流總從誅戮時諸羅漢既逼命難咸運神通陵虛履空來至此國山棲谷隱時無憂王聞而悔懼躬來謝過請還本國彼諸羅漢確不從命無憂王爲羅漢建五百僧伽藍總以此國持施衆僧健馱邏國迦膩色迦王以如來涅槃之後第四百年應期撫運王風遠被殊俗內附機務餘暇每習佛經日請一僧入宮說法而諸異議部執不同王用深疑無以去惑時脇尊者曰如來去世歲月逾邈弟子部執師資異論各據聞見共爲矛盾時王聞已甚用感傷悲歎良久謂尊者曰猥以餘福聿遵前緒去聖雖遠猶爲有幸敢忘庸鄙紹隆法教隨其部執具釋三藏脇尊者曰大王宿植善本多資福祐留情佛法是所願也王乃宣令遠近召集聖哲於是四方輻湊萬里星馳英賢畢萃睿聖咸集七日之中四事供養既欲法議恐其諠雜王乃具懷白諸僧曰證聖果者住具結縛者還如此尚衆又重宣令無學人住有學人還猶復繁多又更下令具三明備六通者住自餘各還然尚繁多又更下令其有內窮三藏外達五明者住自餘各還於是得四百九十九人王欲於本國苦其暑濕又欲就王舍城大迦葉波結集石室脇尊者等議曰

不可彼多外道異論糾紛酬對不暇何功作論衆會之心屬意此國此國四周山固藥叉守衛土地膏腴物産豐盛賢聖之所集住靈仙之所遊止衆議斯在僉曰允諧其王是時與諸羅漢自彼而至建立伽藍結集三藏欲作毗婆沙論是時尊者世友戸外納衣諸阿羅漢謂世友曰結使未除諍議乖謬爾宜遠迹勿居此也世友曰諸賢於法無疑代佛施化方集大義欲製正論我雖不敏粗達微言三藏玄文五明至理頗亦沉研得其趣矣諸羅漢曰言不可以若是汝宜屏居疾證無學已而會此時未晚也世友曰我顧無學其猶洟唾志求佛果不趨小徑擲此縷丸未墜于地必當證得無學聖果時諸羅漢重訶之曰增上慢人斯之謂也無學果者諸佛所讚宜可速證以決衆疑於是世友即擲縷丸空中諸天接縷丸而請曰方證佛果次補慈氏三界特尊四生攸賴如何於此欲證小果時諸羅漢見是事已謝咎推德請爲上座凡有疑議咸取決焉是五百賢聖先造十萬頌鄔波第鑠論（舊曰優波提舍論訛也）釋素呾纜藏（舊曰修多羅藏訛也）次造十萬頌毗奈耶毗婆沙論釋毗奈耶藏（舊曰毗那耶藏訛也）後造十萬頌阿毗達磨毗婆沙論釋阿毗達磨藏（或曰阿毗曇藏略也）凡三十萬頌六百六十萬言備釋三藏懸諸千古莫不窮其枝葉究其淺深大義重明微言再顯廣宣流布後進賴焉迦膩色迦王遂以赤銅爲鍱鏤寫論文石函緘封建窣堵波藏於其中命藥叉神周衛其國不令異學持此論出欲求習學就中受業於是功既成畢還軍本都出此國

西門之外東西面而跪復以此國總施僧徒迦膩色迦王既死之後訖利多種復自稱王斥逐僧徒毀壞佛法覩貨邏國呬摩呾羅王（此言雪山下）其先釋種也以如來涅槃之後第六百年先有疆土嗣膺王業樹心佛地流情法海聞訖利多毀滅佛法招集國中敢勇之士得三千人詐爲商旅多齎寶貨挾隱軍器來入此國此國之君特加賓禮商旅之中又更選募得五百人猛烈多謀各抽利刃俱持重寶躬齎所奉持以獻上時雪山下王去其帽即其座訖利多王驚慴無措遂斬其首令羣下曰我是覩貨邏國雪山下王也怒此賤種公行虐政故於今者誅其有罪凡百衆庶非爾之辜然典國輔宰臣遷於異域既平此國召集僧徒式建伽藍安堵如故復於此國西門之外東面而跪持施衆僧其訖利多種屢以僧徒覆宗滅祀世積其怨疾惡佛法歲月既遠復自稱王故今此國不甚崇信外道天祠特留意焉

新城東南十餘里故城北大山陽有僧伽藍僧徒三百餘人其窣堵波中有佛牙長可寸半其色黄白或至齋日時放光明昔訖利多種之滅佛法也僧徒解散各隨利居有一沙門遊諸印度觀禮聖迹伸其至誠後聞本國平定即事歸途遇諸群象横行草澤奔馳震吼沙門見已升樹以避是時群象相趨奔赴競吸池水浸漬樹根互共排掘樹遂蹎仆既得沙門負載而行至大林中有病象瘡痛而卧引此僧手至所苦處乃枯竹所刺也沙門於是拔竹傅藥裂其裳裹其足别有大象持

金函授與病象象既得已轉授沙門沙門開函乃佛牙也諸象圍繞僧出無由明日齋時各持異果以爲中饌食已載僧去林數百里外方乃下之各跪拜而去沙門至國西界渡一駛河濟乎中流船將覆沒同舟之人互相謂曰今此船覆禍是沙門沙門必有如來舍利諸龍利之船主檢驗果得佛牙時沙門舉佛牙俯謂龍曰吾今寄汝不久來取遂不渡河迴船而去顧河歎曰吾無禁術龍畜所欺重往印度學禁龍法三歲之後復還本國至河之濱方設壇場其龍於是捧佛牙函以授沙門沙門持歸於此伽藍而修供養

伽藍南十四五里有小伽藍中有觀自在菩薩立像其有斷食誓死爲期願見菩薩者即從像中出妙色身

小伽藍東南三十餘里至大山有故伽藍形製宏壯蕪漫良甚今唯一隅起小重閣僧徒三十餘人並學大乘法教昔僧伽跋陀羅(此言衆賢)論師於此製順正理論伽藍左右諸窣堵波大阿羅漢舍利並在野獸山猨採華供養歲時無替如承指命然此山中多諸靈迹或石壁横分峯留馬迹凡厥此類其狀譎詭皆是羅漢沙彌群從遊戲手指麾畫乘馬往來遺迹若斯難以詳述

佛牙伽藍東十餘里北山崖間有小伽藍是昔索建地羅大論師於此作衆事分毗婆沙論小伽藍中有石窣堵波高五十餘尺是阿羅漢遺身舍利也先有羅漢形量偉大凡所飲食與象同等時人譏曰徒知飽食安識是非羅漢將入寂滅也告諸人曰吾今不久當

取無餘欲說自身所證妙法衆人聞之更相譏笑咸來集會共觀得失時阿羅漢告諸人曰吾今爲汝說本因緣此身之前報受象身在東印度居王內廄是時此國有一沙門遠遊印度尋訪聖教諸經典論時王持我施與沙門載負佛經而至於此是後不久尋即命終乘其載經福力所致遂得爲人復鍾餘慶早服染衣勤求出離不遑寧居得六神通斷三界欲然其所食餘習尚然每自節身三分食一雖有此說人猶未信即升虛空入火光定身出煙焰而入寂滅餘骸墜下起窣堵波王城西北行二百餘里至商林伽藍布剌拏此言圓滿論師於此作釋毗婆沙論城西行百四五十里大河北接山南至大衆部伽藍僧徒百餘人昔佛地羅此言覺取論師於此作大衆部集眞論從此西南踰山涉險行七百餘里至半笯奴故切蹉國北印度境

半笯蹉國周二千餘里山川多疇壠狹穀稼時播華果繁茂多甘蔗無蒲萄菴沒羅果烏談跋羅茂遮等果家植成林珍其味也氣序溫暑風俗勇烈裳服所製多衣氎布人性質直淳信三寶伽藍五所並多荒圮無大君長役屬迦濕彌羅國城北伽藍少有僧徒伽藍北有石窣堵波實多靈異從此東南行四百餘里至曷邏闍補羅國北印度境

曷邏闍補羅國周四千餘里國大都城周十餘里極險固多山阜川原隘狹地利不豐土宜氣序同半笯蹉國風俗猛烈人性驍勇國無君長役屬迦濕彌羅國伽藍十所僧徒寡少天祠一所外道甚多自濫波國至於此土

形貌麤弊情性獷暴語言庸鄙禮義輕薄非印度之正境乃邊裔之曲俗從此東南下山渡水行七百餘里至磔迦國北印度境

大唐西域記卷第三